U0927831

无稽的神话

米高猫 著

天津出版传媒集团
天津人民出版社

图书在版编目（CIP）数据

无稽的神话 / 米高猫著 . —天津：天津人民出版社，2020.7

ISBN 978-7-201-16311-6

Ⅰ . ①无… Ⅱ . ①米… Ⅲ . ①长篇小说 - 中国 - 当代 Ⅳ . ① I247.5

中国版本图书馆 CIP 数据核字（2020）第 133030 号

无稽的神话

WUJI DE SHENHUA

米高猫　著

出　　版　天津人民出版社
出 版 人　刘　庆
地　　址　天津市和平区西康路 35 号康岳大厦
邮政编码　300051
邮购电话　（022）23332469
网　　址　http://www.tjrmcbs.com
电子信箱　reader@tjrmcbs.com

责任编辑　谢仁林
封面设计　颃童书衣

制版印刷　天津雅泽印刷有限公司
经　　销　新华书店
开　　本　710 毫米 ×1000 毫米　1/16
印　　张　24.75
字　　数　445 千字
版次印次　2020 年 7 月第 1 版　2020 年 7 月第 1 次印刷
定　　价　79.80 元

【引子】

词曰：

香奁梦，好在风流无数。人间俯仰今古。冷雨幽窗话凄凉，幽恨不埋黄土。相思树。流年度、无端又被西风误。兰舟少住。怕载酒重来，红衣半落，不知今朝何处。

念一首《摸鱼儿》，说一段故旧闲话。

话说也不知是何太平年月之时，万物滋生，承顺承天，真龙下界，四海升平，海疆一统，肇庆升民，物产丰澄。此事便从江陵府泗州城说起，因此地距京千里，偏安一隅。地接淮阴，物华天宝，岸芷汀兰，杂花生树，市井繁华，人丁迥异，行商坐贾环伺，往来市者不绝。因鱼龙混杂，自不似天子脚下规整，法度纲纪，日渐废弛，奢靡之风日盛。泗州城狱有淮人刘还，系狱中给事。终日里闲来无事，或四处闲逛，或与狱中熟犯闲话家常。狱中府衙素日里收了银子好办事，兼泗州狱中多为家长里短、小偷小摸之事，无甚要犯，因此对狱中诸犯日常行事多是睁只眼闭只眼。这日，刘还暗中拔掣狱中友人王翁出狱饮酒，共诣酒家闲话。此时，细雪如盐，二人在泗州城中找了一处打尖住客的临街老铺户，字号原味斋，一边温酒闲话一边赏窗外雪景。

那原味斋生意兴隆，掌柜的在里，跑堂的在外，忙忙呵呵，张张罗罗，脚下甚得辛苦。适值饭口，二人无甚闲事，酽酽地沏，慢起徐端，滋味十足地品着酒。正酒酣耳热之际，忽听楼下吵嚷四起，不多时，便有人一边急急拍门一边叫道“王翁安在？”刘还起身，却瞧见门口站了一位宽头大耳的员外和一位徐娘妇人。二人鞋上泥水淋漓，身后数仆也是如此，显是星夜赶路至此。问其缘故，那员外道：“家有小女，为精魅所扰，连请数名僧道，皆祛之不去。昨夜那精魅借小女之口云：‘某只畏泗州王翁耳’。故今日一路相询，访公至此，特此恳王公勿惮路途遥远，若能救得小女生全，定以千金相报。”

王翁闻言道：“吾垂朽老翁，酒囊饭袋而已，岂有治怪之才？”那员外恳求不已，门外妇人亦是哭哭啼啼，甚是哀切。王翁知道今日自己是无法推脱，只得叹道：“罢了。今日你且先回府去。”那员外正待再求，却听王翁接道：“具瓮一口，方砖一块，血狗皮一张，炽炭以待，我随后便来。”

列位看官，你道王翁为何有此本领。此事原当从数十年前说起。彼时适逢王翁从凤阳至泗州，途中遇一跛足道人，襆被而行，龛喘蹒跚。王翁见其如此，顿起恻隐之心，赠了一匹空驴与那道人行路。道人感念王翁善举，以一卷旧书回赠，并附言曰：“依照此书所载法门行事，可除各等精魅魔怪，唯有一条禁忌，便是除怪之后，切勿收人酬金，一旦犯此禁忌，此法便不再灵验。”

闲话休提。话说那王翁回处所取了那卷旧书，携了符剑直奔员外住处。入了正厅门，那员外请小姐来见。小姐一见王翁便大惊失色，连忙掩面而逃。王翁提剑追上，大叱道：“老魅何去？”那小姐被精魅附体，慌不择路，只边泣边逃道：“何处可藏？”员外夫妇先一日受了王翁叮嘱，忙指着瓮答道：“此瓮可躲！”那精魅情急之下钻入瓮中，王翁用预先备下的狗皮将瓮口封紧，又用青砖覆之，将瓮放在炭上炙烤。初时瓮中精魅骂声不绝，不多时，那骂声便成了哀泣，众人只听瓮中精怪道：“我尚有妻妹在世间，求法师怜我，日后再敢作恶，法师再收拾不迟。”王翁厉声问道：“尔乃何妖物？”那妖怪嗫嚅羞道：“丑氏。”王翁又问：“何谓丑氏？”那妖物忙道：“我乃千年牛骨，因牛而曰丑，遂自讳丑氏。”

王翁道：“你所谓妻妹又是何精怪？”那牛骨在瓮中道：“吾妻名红砖儿，妹名绣鞋儿，我等三人，皆是沾了俗人精血幻化而成。当日吾被主人弃在城隍庙后苑，某年庚申日，因一人踢伤脚趾，以血拭吾身，所以变幻成形，不合存心扰害某家小姐。”那牛骨精音调甚是哀切，接道：“法师若能见吾妻红砖儿，吾妹绣鞋儿，死而无憾。”

王翁停火作法，只见厅梁上伏着的两名女子渐渐现身，便又用火收了。正是牛骨精所谓的红砖儿和绣鞋儿。原来那红砖儿是赵员外家的刺梅花下古砖，因为赵千户小女采花被花刺刺伤了手，那鲜血滴在砖上，才得了灵气。那绣鞋儿却是张员外之妻的癸水之日，被月水沾上，亦得变幻，与那牛郎假合妻妹，实非一体。三怪在瓮中哀哀哭泣，恳求王翁怜其修行不易，切勿赶尽杀绝，若能将几人放行，自当远离市城，自不敢近人世。王翁听完三怪陈述，竟丝毫不为所动，反而发火愈炽，只将三怪烧死在瓮中。只听瓮中哀声不绝，复又归于沉寂，揭开狗皮，将瓮翻倒时，只见瓮中掉出一段尺许的烧焦牛骨、一块青砖、一只女绣鞋。

此事暂且算是告一段落。但那牛骨精来头，却还牵出一段往事。那牛骨精自云：庚申日粘男子精血，故才有今日附体员外之女之事。列位看官，你道为何独云庚申日一词？因庚申乃水生之日，天一生水，水生万物。生生之数，在丁庚中，沾人生气，故能为怪。那牛骨精本来头不小，这一段引子往事，是为了日后叙述那一段魑魅魍魉，妖魔精怪之事。故将其留作引子，供列位看官知道这牛骨精由何而来之意。

目 录

CONTENTS

【第一章】

此书从开天辟地之日表起。无稽山无稽崖外有一荒村，名为福氏村。福氏之氏，便是牛骨精丑氏自称氏之根源。闲话休提，福氏村地处荒郊野岭，村中众人多以务农为业。逢上那灾旱之年，村中颗粒无收亦是常事。自古穷山恶水出刁民，天长日久，那村中存活下来的诸民，经天道、人道几番优胜劣汰下来，穷而愈狡者渐多。

有诗为证：

辛勤蓺宿麦，所望明年熟；
一饱正自艰，五穷故相逐。
南邻更可念，布被冬未赎；
明朝甑复空，母子相持哭。

话说这福氏村虽说民风彪悍，粗鄙浅陋，但村中并非人人皆坏。村中有一位放牛娃，本是跟着双亲生活，无奈双亲不抵饥寒，相继亡故，他年幼失怙，只得跟着哥嫂讨生活。放牛娃哥哥为人尚算敦厚，嫂嫂却是一等的刻薄寡恩。双亲临终托孤，嫂嫂碍于故旧之情，面上不好发作，心底却暗藏孤拐，只待求个合适机会，将那兄弟逐出家门才好。

话说自从放牛娃托庇于兄嫂之家后，嫂嫂便借故儿支走了家中做活计的长工和老妈儿，只说是缺银少粮，入不敷出。一面在明面上与哥哥索要银钱，一面暗中驱使放牛娃多做日常活计。可怜那放牛娃寄人篱下，也只是敢怒不敢言。本以为托庇兄弟能有片瓦遮顶、三餐无误，却不想长工与老妈儿尚有几文薄钱，而他却连此都不如。兄长见弟弟受气，看不过眼之处，偷偷给他几个钱，那嫂嫂见了，便唠叨好一番："自家吃我的还不知足，又带来一个添头！兄弟迟早是要分家的。也就你心实，闲饭吃了，还作兴这些花样子！两眼看不见屋里人怎么算计着过活的，胳膊肘净往外拐了！”

哥哥本就胆小怕事，一心只是勤恳做活，侍奉夫人如侍奉宫里的娘娘一般谨慎小心，现如今被婆娘指着鼻子骂，也不敢如何计较，面上只得唯唯诺诺地应着。

嫂嫂指桑骂槐数次，见哥哥不敢反驳，便越发得势，将那放牛娃欺负得如同贱奴还不如。那放牛娃无人可依，只得白日做活，夜晚哀泣。白日里吃灶膛里的剩饭，夜晚卧凄寒的柴房，才半年时间，便瘦得芦棒一般。

你道哥嫂家为何牝鸡司晨、女人当家？原是因为那放牛娃的兄弟也是个穷家子，因年岁到了，没钱娶媳妇，便做了倒插门，到嫂子家当了上门女婿。虽然模样周正，但性格绵软，当不得大事。成日家只知道埋头做活，虽说是女婿，却连年长一点的仆妇都还不如。当日岳丈在世时，那嫂嫂尚有个约束，如今岳丈去了，那嫂嫂更是无法无天，家中称霸，只如女阎王一般。家中众人与她交互，皆屏气凝神，小心翼翼，生怕一个不小心触怒她，惹出雷霆震怒。

时飞日驰，那放牛娃低眉顺眼、做小伏低，转眼间已在兄嫂家过了一年时间。这日，放牛娃正要出门，只见兄长牵了一头牛过来道：“你嫂子让你牵上九头牛出去，何时九头牛变成十头牛了，你才可回来。”

原来，那兄长亦看不下去弟弟在嫂家受如此严峻苛待。索性咬牙送了他九头壮牛，想着傻兄弟总也该明白自己的意图，将那牛牵上集市便卖，换几个银钱也足够自立门户了。但他虽说是好心，却犯了两重错处。哪两重呢？一是他惧内日久，自作主张将那耕牛送给兄弟，一时间心如鼓擂，唇干舌燥，也不敢将话说得太透；二是他虽然怜惜兄弟，却不懂兄弟的一副老实心肠，只道兄弟领会了自家的意思，牵着这几头牛，便可远走高飞，从此不必再回来受苦了！

端的是：

十年骨肉情何厚，贫贱兄弟百事哀。

可那当哥哥的千算万算，却没有算到自己这个放牛娃兄弟既然与他出自一门，当然也是个不透气的喇叭——实心眼，哪里能领悟到兄长这赠牛出逃、望他能自立门户的一番深意呢？只见那放牛娃听了哥哥的话，亦是双眼含泪，两重伤心：一是看到兄长这般双目通红，面藏不舍，定是怜惜自己兄弟现如今的尴尬处境，但又要周全妥帖嫂嫂的刻薄泼辣性子，不由得对兄长又觉抱愧伤感；二是为着自己人小力薄，备受世俗风霜欺凌而毫无招架之力的这番光景，难免心中升腾些自怨自艾之意。

两重心绪煎熬下，放牛娃赶着那九头耕牛，一路走一路想，从天明至黄昏，却还是一筹莫展，无论如何也想不出将九牛变十牛的法子。

日轮西沉，暮色四合。不知不觉间，那放牛娃已走到了一棵古树下，暮色昏光之下，伤心歧路之间，只见那一株古树生得枝繁叶茂，耸入云天。骤然间风移影动，树上寒鸦四起，扑棱乱飞。他被那冷风一激，想起了素日在旁人口中听到的鬼狐神怪之说，不由得遍体生凉。此刻既不敢往林深处走去，又不敢折回兄嫂家，衣不蔽体，腹中饥饿，便忍不住生出无限绝望之情。心绪一散，便一步路也不能再走，只得抱着膀子，坐在那树下哀哀切切地流泪。

他哭了半晌，见那天越发得黑了，夜色沉沉之下已不辨来路，想来今日想回兄嫂家亦是不成了。他呆了片刻，又纵声大哭起来。正哭着，却听耳畔传来一声低低的轻叹。

放牛娃闻声一愣，顿时汗毛倒竖，头脑轰鸣。他凝了凝神，待再要细听时，却只听见风声潇潇，虫鸣寂寂，却哪里又有什么人声？

他被此事一惊，伤心之情渐淡，恐怖之意顿起。正待起身，只听那叹声又起，逼近耳畔，倒是比先前清晰了许多。

放牛娃心道：今日兄嫂家是回不去了，自己若再往林中走，不知是冻死还是饿死，左右也不过是个死字，倒还不如省些气力，让这不知是神是怪之物吃了自己便是。想明了这一层，顿时心下一横，反倒闭上双眼，安安心心地坐在树下等起死来。只听寂静之中叹声又起，细细辨认，却觉那怪物发出的声响中并无恐吓自己之意，反倒像是在同情自己的遭遇。

他眼睛闭了半晌，也不见那怪物有所动作，不由得暗自好奇，将双眼张开一线，这一张倒是又吓了一跳，眼见不单没有任何可怖之物，反倒是一位须发皆白的老头笑吟吟地拈了拈须站在他跟前。放牛娃打量了一下来人，只见那老人鹤发童颜，双目含威，丰神俊朗、器宇轩昂，一身装扮恰如诗中所言：

弹琴石壁上，翻翩一仙人。
手持白鸾尾，夜扫南山云。

放牛娃此时两眼发愣、心中惊诧，一时间竟忘了该作何言语，只道此人是仙人下凡、神将临世。

那老头拂尘一扫，叹道：“你这娃儿，到底何事哀鸣？”

放牛娃道：“老仙人有所不知，自双亲撒手之后，我无奈之下投靠兄长，不想兄长软懦厚道，悍嫂霸道蛮横，将我百般欺压。素日排挤打骂自不必说，今日竟提出让我将九头耕牛变作十头方可回家，我实在无法可想，只能坐在树下伤心。”

老头听他说完，淡笑两声：“我道是为何事伤心，原是为此！这事原不难，你只待细细听我吩咐，便有法可解。”

放牛娃听他口气笃定，急忙洗耳凝神，听他到底作何讲解。

正是：

山重水复疑无路，柳暗花明又一村。

列位看官，你道那老神仙到底与放牛娃说了什么，那九牛变十牛之事又是如何解法，且待下回分解。

【第二章】

书接上回。话表放牛娃拜服哀泣，陈说前情之后，那老神仙便指点他道：“自此向东，行十里路，有一座伏牛山，山中有一座伏牛谷，谷中正卧着一头老牛。”放牛娃闻言一喜。那老神仙又道：“那牛身上病着，你且好生喂养那病牛，等牛复原，便可将其赶回兄嫂家。”放牛娃闻言又是一忧。喜的是剩下的那一牛该从何处寻得的难题可破，忧的却是自己这番去寻那病牛，这九头耕牛该做何藏法。

那老神仙见放牛娃仍是愁眉紧锁，满面踟蹰，又道：“这九头牛我权且先帮你看着，等你将那病牛赶回此处，如此一来，九牛加上那一牛，并做十牛，他们也就再无话讲了。”

放牛娃此时才放下心头大石，眉头舒展，对着老神仙连连拜谢。

二人语毕，云收风住，浓浓夜色中现出一点亮色，将前路照得一清二楚。放牛娃见此，再无半分怀疑，自以为得了神人指点，便依那老神仙所指的方向，欢天喜地地去了。

说来也怪，那放牛娃本来饥肠辘辘，与那老神仙谈完之后，却突然福至心灵，全身上下笼了一团融融暖意，也不觉得有甚饥渴了，一路上风尘仆仆、晓行夜宿，不多时便赶到了那老神仙所说的伏牛山下。

他一路行去倒是轻松，却不知自己此番动作，着实轻率。你道是为何？

原那指点他寻牛的老头，却真的并非等闲之辈。他本是此地山神，因近日天庭发生了一件大事，他已踌躇数日，不知当作何解。此事说来话长。月余前，因一仙人触发天条，玉帝将这位神仙贬下了界。本来天界诸神下凡，与他这等小小山神并无勾连，可偏巧那位仙人下界时，被贬到伏牛山中，却令他着实为难。

你道因何为难呢？一是那谪仙与他尚有些交情，如若不救，说不过去；可若是助他一臂之力，却又恐怕会传到天界诸神耳中。他思来想去，正在踌躇迟疑，听见放牛娃在山中悲泣，顿时灵机一动，计上心头，双手一拈，做了个戏法，化作一白发老者，出言指点放牛娃去寻那老牛。他做了这番动作，自已心中倒甚是得意。这法子一是能指点那放牛娃上山救牛，二是能同时解开这一人一仙的困厄。当真是：

解困厄山神妙计，汇人仙一箭双雕。

花开两朵，各表一枝。说回那放牛娃处，那放牛娃得了山神指点，一心便想着伏牛山老牛之事，也不知这法子真假，便要冒险一试；也不管那神仙虚实，已把他看作指路仙人。原来，那放牛娃在家中时，心知自己早已被嫂嫂视为眼中钉、肉中刺，在兄嫂家多吃一粒米、多喝一口水便是罪过，只因怕着兄长难为，他便一心一意地想要给嫂嫂办事，为哥哥分忧。九牛变十牛这等事，他若作寻常人思路，早已明白其中关窍，偏偏这放牛娃是天底下一等实心眼之人，只想着哥哥的难处，而不想着自己的难处；只考虑兄长的处境，不考虑自己的处境。一听那九牛变作十牛之事有法可解，便星夜向着伏牛山赶去。

闲话休提。且说那放牛娃依着山神指点，到了伏牛山之后，又进了伏牛谷，见那谷中真卧着一头老病牛。也不知那老牛在谷中伏了多久，已饿得毛发稀疏、瘦骨嶙峋，只有出气未有进气了。

好在老牛虽是病得厉害，却也并非无药可救。放牛娃心善志坚，饲牛有道，每日天不亮便起来采嫩草、捧溪水，只管将那病牛喂得饱饱的。如此一月有余，那老牛的伤势渐收，也渐渐恢复了些气力，只是站不起身。放牛娃见此，信心大增，将它将养得更殷勤了些，如此一人一牛，在谷中相处了两月有余。放牛娃日日喂它时，见那老牛别的伤处都好得差不多，唯有四蹄绵软无力，无法起身行走。他心中焦灼，却又无法可想。某一日，那放牛娃喂毕老牛，想起家中兄长的殷切关心，不由得心有戚戚，起了思乡之情。自此白日叹气，夜晚神伤，一有机会，便独自坐在溪边垂泪。

这日，那放牛娃又独自落了一阵眼泪，正在暗自神伤之际，却听见身后有人在唤自己的小名。

放牛娃转头去看时，见身后空无一人，唯一头病牛而已。他心中慌张，以为那谷中来了什么精怪妖物，顿时撒腿狂奔。跑了一阵，忽又觉得弃那老病牛独在山谷中面对妖物，于心不忍，便又悄悄折回，躲在山石后，偷偷向那谷中瞧了一眼。

这一眼望去，却见谷中阳光明媚，清幽静谧，毫无妖怪踪迹。那病牛见放牛娃折回，昂着头口吐人言道："你这娃娃，良心倒不甚坏。你莫要再找，方才正是我灰牛大仙在说话。你这娃儿既得了山神指点来寻我灰牛大仙，为何又对此间之事心生不满，白天长吁短叹，夜间伤心落泪？"

放牛娃见那老牛口吐人言，心知那老牛与白胡子神仙一样，不是凡间俗品，顿时连忙拜服，恭恭敬敬地向那老牛施了一礼后，方将自己与兄嫂之间的瓜葛一一陈情表述。

那老牛闻言道："我道你所谓何事，原是为此！这个好办。我本是那天上的灰牛大仙，因触犯天条，玉帝责罚，才被贬入这伏牛谷中历劫。你与我既有这段缘分，我便再指点你一二，既可让你去交了那兄嫂之差，也可免去我在这谷中受劫度厄之苦。只不过，此事尚有些麻烦处，就是不知你能不能有那么些耐心，能去将此事办妥。"

那放牛娃是一等一的实心人，一听困局有法可解，哪还有不答应之理？只见他跪在地上，连连叩首，慌忙向那灰牛大仙请求道："还请大仙指点则个，小子自当尽心竭力，铭记于心，一刻也不敢疏忽。"

灰牛大仙听他语气诚恳笃定，缓缓点头："本仙久困于此，原是因从天庭贬落凡间时，被玉帝施仙法摔断了四肢，所以才无法动弹。你若有心想要医治好本仙的腿伤，便采那春天开的栀子、迎春、杜鹃、含笑、白掌等二十五种花露，夏天开的茉莉、紫薇、石榴、莲花、藿香等二十五种花露，再加上秋天开的桂花、金茶、石蒜、菊花、芙蓉等二十五种花露，合着那冬天开的白梅、蜡梅、水仙、凌霄等二十五种花露，共足足一百样总在一处，洗上整整三十天后，我的伤处便可痊愈，能站起来随你去兄嫂家交差。"

放牛娃闻言，连忙将那花名在心中默诵几十遍，确信自己烂熟于胸之后，方依照灰牛大仙的指点，朝采暮收，日夜奔忙。他攒了一春一夏，一冬一秋，方将那花露按名次、顺序一一攒齐，期间辛苦自不必说。

正是：

殷勤接畲露，辛苦知尊王。
采花与用药，晓夜多奔忙。

说来也怪，那伏牛山伏牛谷秉天地之灵气，接四时之风霜，千杆灵树，万种花草，葳蕤多姿，蓊蓊郁郁，疏忽一年期满，那灰牛大仙口中的百花花露，放牛娃在山上谷中竟尽皆寻着，按日与那灰牛大仙涂在患处。他每与那灰牛大仙涂上一层花露，那灰牛大仙法力便恢复一层，待他涂满三十天时，将养了片刻，只见那老牛抖了抖背上的草根，施施然从山谷中站起，跟在放牛娃身后，便要与它一同回那兄嫂家去。

放牛娃见那老牛身上的伤处已然痊愈，不禁也有些由衷的欢喜。但一想到兄嫂家的种种光景，倒还不如他们一人一牛在这谷中生活的月余时间，这等无忧无虑之感，只怕比在兄嫂家还自在些。

原来那放牛娃自入谷之后，渴饮泉水，饿食菌果，日间捕猎几只走失的野兔，晚上抓几只落单的山鸡。少了嫂嫂的讥讽打骂，多了牛仙的教导点引，太平无事、足衣足食，不由得心怀舒畅，竟比先前入谷时还胖了些。更兼那山神施了一个仙法，令那谷中一年四季风和日丽、时和年丰，端的是不知岁月长短、忘却今夕何夕。

列位看官，你道是那一人一牛，将作何去处？那哥哥既送给了弟弟九头耕牛，那懦兄悍嫂之间，此事又该作何结果？欲知后事如何，且待下回分解。

【第三章】

书接上回，话分两头。先说那放牛娃医好那灰牛大仙后，一人一牛跋山涉水、日夜兼程，不多时仍赶回那老树下，见山神果然依言在此等候二人，并归还放牛娃的九头牛后，一人十牛一并赶往福氏村。

那放牛娃虽多出了这一头牛，却仍是心绪复杂、喜忧参半。喜的是如今他竟真把兄长嘱托的无稽之事办成了，还平白无故结识了山神与那灰牛大仙；忧的却是自己现下返回福氏村虽不难，但要在兄嫂家讨生活却如软刀子割肉一般又钝又痛，十分难挨。要将兄长的软懦与悍嫂的白眼周全妥帖，暗地里不知道又会咽下多少委屈。

正是：

兄弟日生分，各自将及人。
今来始离恨，未知疏与亲。

话说另一头哥哥自将那九头牛偷偷赠予自家的放牛娃兄弟后，心中便一直七上八下、忐忑不安。他虽是心绪不宁，但却与兄弟一样喜忧参半。列位看官，你道喜是为何喜，忧又是为何忧？喜的是自家兄弟如今有了这九头牛，尚有可托身之物；忧的却是自己虽然擅作主张处置了九头牛与兄弟，却不知待家中那河东狮发现丢牛后，该是一副何等怒气冲天的作态嘴脸。

果不其然，你道是这世间好人好事常无甚好报，但那坏事而往往却是越怕越应。且说这哥哥一心巴望着自家兄弟带着那九头牛去过安生日子的事尚未完全分明，他担忧家中河东狮发现丢牛之事却说应便应。原是因家中婆娘一向是个内宽外严、待别人苛刻到底待自己放纵上天的性儿，所以平日里才会锱铢必较、悭吝成性，把家里从上到下的人物都欺压得连哼都不敢哼一声。只见那嫂嫂平日里成天在外闲耍，每日唯一的一件要紧大事，便是晚上回家清点家中资财。别说是发现少了九头牛，便是少了一段线头，那也是要骂上三天三夜，期间咒词儿滔滔不绝，不带半句重样。

这日她清点了牛栏，不清尚好，一清便发现那栏中少了九头牛，顿时又惊又怒。只见她心中先是惧，后是惊，再是怕，最后是脸色青白、浑身颤抖。她先不管那牛的去处，疾走进屋子，先是责骂那哥哥为何牛丢了也不知晓，后又亲自上阵，左右开弓，狠狠扇了自家丈夫几十个耳光，直打得他眼冒金星、天旋地转；待她打得累了，才站在院中一通乱骂，各种污言秽语不绝于耳。

话说她虽是在自家丈夫放牛娃哥哥身上出了那口丢牛的恶气，但自己心中却着实为丢牛一事感到肉痛。她虽在院中叫骂，心中却在暗自揣度怀疑，眼见天色将暗，自家等到快入夜时，家中那放牛娃弟弟也未曾归来，她心中便暗暗断定此事是那放牛娃在暗中捣鬼，定是那放牛娃弟弟起了歹心，趁着自己白日不在家中，借放牛之机，将家中几头壮牛暗中牵走，恐怕此时早已不知藏到多远处去了。一念及此，她便怒上心头，在院中恨一阵骂一阵，也不叫那哥哥做活了，吵嚷着定让那哥哥去报官将偷牛贼狠狠惩戒一番才肯罢休。

列位看官，自那九头牛被哥哥赠予了自家兄弟作安身立命之资后，哥哥更是没有片刻心安。那哥哥一向是个软性到打不还手骂不还口的人物，听到报官一说，虽是心里害怕，却还是违拗不过家中悍妻，只得硬起头皮，随着家中婆娘一同去寻那福氏村村正。

这福氏村地界虽是不大，但村正却是位十足的官油子。素日里在正经事上五行不做主，但凡村中谁家有宴席聚餐、好吃好喝时，倒是鞋底生风，跑得比谁都殷勤。且说这日放牛娃兄嫂因丢牛之事寻到他时，他便正在与人吆五喝六的吃酒划拳。听完兄嫂两人寻他的缘由，本想寻个借口将两人随意打发了，无奈那嫂嫂说什么也不依，也不管他人作何想法，一提及此事，在席间便兀自骂那偷牛贼不停。那村正见推脱不成，也只好叫上几个泼皮，随两人一同星夜兼程地赶往县城，将那偷牛一事去报与那县太爷知道。

话说几人好容易赶到了县城府衙，那县太爷尚未问审，嫂嫂便在堂上又哭又骂。只在县衙堂前将那偷牛贼咒得简直合该暴毙、死不足惜。那县太爷只得皱眉将嫂嫂赶出堂去，令那哥哥陈词。那哥哥本就不擅说谎，被县衙气势震慑，脸上青一阵，白一阵，哆哆嗦嗦、断断续续地将那家中丢牛之事告知那堂上县官。

且说那县官听完哥哥陈情，又翻来覆去盘问他与丢牛有关的细节。那哥哥心中有亏，又急又怕，颠来倒去便还是那几句话，只是一口咬定自己什么也不知。县官眼见自己从哥哥处也审不出什么有用的信息，便派了两名衙役，随几人一同回福氏村明察暗访，看看能否拿住那偷牛贼。列位看官，你道那县中官他为何要做出如此决断？说起缘由，却也简单，只因那县官是个一等夙心夜昧、公而忘私的青天大老爷，一贯将那福氏村与相邻几座村庄理得井井有条、俨然有序，现今出了丢牛大案，那县官大老爷听毕自是如鲠在喉、一等重视，若不星夜赶着去将那犯人抓住，怕是食不下咽寝不安席了。

哥哥先前哪会料到这些？他既高估了自己的放牛娃兄弟，又不曾料想此事会严重至斯。心里虽是吓得筛糠一般，面上却还要不动声色，只怕是其中辛苦煎熬，比先前做活时要难上十倍。

好在那村正虽是为人油滑，但到底却还是个明辨是非之人。见那泼妇嫂嫂实在吵得不成样，口中无故嚷嚷着自己的亲弟弟放牛娃便是那偷牛贼，便偷偷布了酒菜，私邀那几名衙役吃饭喝酒。他在席上抽了个空，与几名衙役明言了素日那兄嫂并那放牛娃弟弟的家中景况。衙役本就觉得这家嫂嫂的妇人之泼，是一等地惹人厌烦，此刻加上那村正作保，便在心中先有几分信了；饭毕，那村正带衙役又暗访了几户村民，众口一词地言明那放牛娃弟弟是出名的老实头，素日里只有那嫂嫂打骂弟弟的份儿，哪有那弟弟敢欺瞒嫂嫂的份儿？那衙役得了众人的证词，便在心中笃定这丢牛一事无非是那嫂嫂的借口托词想要除掉幼弟，因此也不再理会那嫂嫂，只说与那兄嫂二人知道，那丢牛之事，无非是他们那放牛的幼弟在山间迷途未归，只待耐心等待便是。

那嫂嫂心中虽然不信，却也不敢与衙役纠缠，只得先让村正一行人离去，依言在家中等候消息。此后那嫂嫂只要想起丢牛一事，便揪出哥哥一顿好打好骂。除了打骂，便是遣他去将家中所丢的几头牛寻回。那哥哥一则十分惧内，二则心中有亏，也不与家中婆娘分辨，只是日日装模作样地在田间山头转悠，远远避开家中悍妻，只要能不与她照面，便绝不会在屋里多待片刻。

话说那哥哥在村口转悠，名为寻牛，实为寻弟。列位看官，你道是自古便是兄弟连心，血浓于水，人人皆知。那哥哥虽是赠予了自家的放牛娃兄弟九头牛，对兄弟离家后的情况毕竟关切担心，总盼着能得着他的一点音讯，所以才借着这寻牛的借口，看看能不能打听一两则兄弟的消息。

花开两朵，各表一枝。且说回放牛娃弟弟这边，牵着那十头牛紧赶慢赶，好容易才回到那福氏村村口，正百感交集之际，却远远瞧见一个灰扑扑的人影正在大路上远远地巴望着，待他细细分辨，那巴望自己之人不是自己的哥哥，却又是谁？

原来放牛娃他这一走，在山中不知时光流逝、岁月长短，哥哥在福氏村却已过了一年有余。话说先头时，那哥哥对能不能寻到自家那放牛娃兄弟尚存着三五分期待，但时日渐短、失望渐长，三五分期待经那天长日久地消磨，慢慢变成三五分的失望伤感，他心中虽不存能寻着自己放牛娃兄弟的心思，却亦是日日来这大路边上顾望一番，算是得个心中的安稳慰藉。

只不过那做哥哥的做梦也不曾料到，这日自己照例在大路边等待时，竟真个等到了自家的放牛娃兄弟。

端的是：

兄弟得相见，荣枯何处论。
承颜胝手足，运命佑儿孙。

列位看官，且看那兄弟相见之后，这灰牛大仙随放牛娃回到家中，又待怎的？欲知后事如何，且听下回分解。

【第四章】

上回说到那放牛娃哥俩在路边重逢之事。哥哥见了弟弟，弟弟见了哥哥，均是悲喜交集、心潮起伏，那兄弟二人先是各自抱头痛哭了一场，然后才分别诉说这二人之后的情境。

那哥哥身为兄长，自是先定下神来，只听他问自己那放牛娃弟弟道："你离家了这么些时候，到底去往何处？又遇到了什么人什么事？如今怎的又突然回来了？"

那放牛娃弟弟听哥哥一下问了这么些问题，一时也不知道该从何说起，如何作答，只是兴奋地将那灰牛大仙所化的那头灰牛牵了出来，要与哥哥夸耀分享自己此前的经历。只听他开口说道："哥哥当日嘱咐我将那九头牛领出去，什么时候能将这九头牛放成十头，才可回这福氏村与兄长相见，我便牵着这九头牛一路走一路想，看看到底有什么法儿才能令九头牛变作十头。不曾想到，居然还真给我找到法子了！"

那哥哥听自己的放牛娃兄弟如此说，心中又疑又愧。愧的是自己的放牛娃兄弟居然这般老实，丝毫未曾想到要带着这九头牛逃离魔坑的主意，反倒是一门心思地记挂着自己这个兄长的嘱托。疑的却是自己当日只是随口一说，为的不过是令他这个放牛娃兄弟有个去村离家的借口罢了。不料想自己这个傻兄弟非但没起歹心，反而一心一意地将自己的嘱托当成一件了不得的大事看待，竟然真的不知从哪找到了那把九头牛变作十头牛的法子。

且说兄弟二人虽是在此相谈甚欢，但身后的灰牛大仙却不高兴了。列位看官，你想，那灰牛大仙原是因为触犯天条而被玉帝贬下凡间，也是为此而受了重伤，在那伏牛谷中，一养便是几月有余。若不是山神点化，还不知要熬到多久方能出谷呢。万一它露了行藏、显了身份，一旦传入那玉帝耳中，只怕是会惹玉帝震怒、王母生忧。此时若那放牛娃口无遮拦地将它身份传开，万一为此牵出祸端，玉帝认真纠察起来，连带着那山神亦会为此遭殃。所以，他听那放牛娃在兄长面前提起此事，心中已是不快；见那放牛娃说到兴起之处，欲牵出灰牛来与哥哥炫耀时，更是万分抵触。只见那放牛娃扯了缰绳，欲将这头灰牛拉出来时，却见灰牛双蹄顶地，双角指天，说什么也不愿意跟着自己上前。

那灰牛如此抵抗法，换作其他任何一个略有机灵之人，便早已觉察出有异。可是放牛娃弟弟却只作不知，一面使力将那灰牛向前拉扯，一面向兄长笑道："哥哥有所不知，这大灰牛可不是凡物俗品，乃是九天上的神仙所……哎哟！"只听他尚未说完，便被身后的老牛一角叉得四仰八叉，将他未说完的半截话头截在口中。

列位看官，你道是事已至此，那做兄弟的放牛娃怎么也该领悟到那灰牛大仙的意思了。但那灰牛大仙又怎会料到这放牛娃弟弟乃是天下一等一的实心傻瓜蛋，一心只想着把自己的奇遇说与他兄长一同欢喜，对在自己身后警告提醒的灰牛大仙，直是置若罔闻。他虽是跌倒，但却也只道是因为自己不小心才跌倒的，一番挣扎起身后，拍拍背上的尘土，依旧与兄长道："兄长过来瞧瞧，这多出来的这头灰牛，乃是天上的神人所化……"

他话音刚落，正要等待兄长夸赞。转头一见，却见兄长未答一言，反而身体颤抖、眼神呆滞，四肢僵化，如犯了重病一般，直挺挺地向后栽倒。放牛娃被兄长的情态震慑，又惊又惧，连忙舍了手中牵那灰牛大仙的缰绳，快步奔到兄长身边，一时间也忘了自己适才想要跟兄长说什么话了，只记得俯身去看兄长到底犯的是何等病症。只见那放牛娃蹲下身，趴在自己兄长身畔急道："大哥你怎么了？"

"大哥，大哥！大哥你这是怎么啦！？"

他焦急地连唤了数声，兄长非但未见转醒，身上反倒越来越冷，如同覆了一层坚冰一般，通体冷硬，指尖触上，便如同抚摸到了三九天的冰块。

那放牛娃何时见过这等阵仗，加上不知情由，立时便被吓得如同天塌下一般，待在原地只晓得流泪，不晓得该如何办才好。

他正在哀哀切切地痛哭之际，只见那灰牛大仙头顶白雾、眼射蓝光，使了一个仙法将他的兄长冻在冰块之中，又用一阵仙风，将他从两人身畔移开，再听不见他们谈话了，方悠悠开口道："你这娃儿，莫要再哭哭啼啼的了！你的兄长并无大碍，只是你行事太过鲁莽，所以才会为他招来本仙的惩戒。你过来，我有几句话要说与你知道，以防你这样冒冒失失地给自己惹来无穷祸事。"

放牛娃见灰牛大仙作法伤人，对它的本领已然心中畏惧；此刻听它愿意开口嘱咐，哪能经得起他这样威吓并用，连忙战战兢兢地挨过去附耳倾听，生怕自己因为什么遗漏，鼓捣出来的这些无心之举，又会无端惹怒这灰牛大仙。

只听那灰牛大仙道：“你兄长今日虽然无碍，但是本仙却要说与你知道，若是你再这般不知收敛，本仙便不敢保证会不会惹上祸事了。你原是知晓，本仙是因为触犯天条，才被那玉帝贬至凡间。玉帝罚我在伏牛谷中受罪思过，既然因机缘巧合被你这娃儿从伏牛谷中带了出来，便要小心行事，切忌张扬，以免被那好事之徒，报以玉帝知晓，到时候玉帝降罪下来，你这娃儿，连同你的兄长及这福氏村众村民，怕是也讨不到什么好去。”

那放牛娃听了灰牛大仙的这番叮嘱，慌忙不迭地点头称是。那灰牛大仙见他确已心悦诚服，便拈了一个法诀，从鼻孔中喷出一团浓雾，将他兄长从冰缚之中解开，又甩了一个仙法，令他兄长悠悠转醒。

放牛娃见灰牛大仙显了这两次本事，心中震慑，再也不敢有一点造次，只战战兢兢、老老实实地将那拴在牛鼻孔处的缰绳牵了，与他那醒过来的兄长一起将那十头牛赶回去。说来也怪，他那兄长醒来之后，竟似一点也记不起刚才的情境，只是好奇地问他道：“你这多出来的一头牛，到底是从何而来？”他那放牛娃兄弟得了灰牛大仙这一番警告，如何还敢再乱说，只得小心翼翼地答道：“我在那山中乱转之时，见了这头无主之牛，等了许久也无人认领，便将它牵了回来。”那兄长听他这番解释，却依然有些不信，只见他激灵灵地打了一个冷战，却不知怎的忽然又想起兄弟此前未尽的那句话，接着问放牛娃道：“你适才所提到的关于天上、神仙那些词，却又是因为何事？难道你得到这牛，却是因为福从天降，遇到神人相助吗？”

那放牛娃此刻听兄长主动提起，却哪里还敢继续搭腔，反而回避兄长的目光，低头嗫嚅道：“兄长怕是听茬了，弟弟哪里有遇到神仙的福气，这头老牛不过是别人家丢弃不要，被我侥幸捡到罢了。”

这做哥哥的亦不是什么机灵人，听自己的放牛娃兄弟如此回答，也未曾追问怀疑。二人牵着牛一路向家中走去，那兄长只觉得身上颇冷，再瞧了一眼自己兄弟，见他身上衣服已经破烂不堪、邋里邋遢，顿觉得有些莫名不忍之意。只见他一路走一路与兄弟低语道：“这天气怕是快入秋了，竟然有些寒意，你怕是也要多注意才行。”

放牛娃牵了那老灰牛，低声应和了一声兄长的殷切关心之语，兄弟二人各怀心事，一路无话，只是百感交集地将那十头耕牛向家中赶去。

正是：

一波三折几重关，峰回路转乱云穿。
欲知人仙运如何，慎语慎行各相安。

列位看官，你道是那家中悍嫂将如何看那失牛又得牛一事？兄弟二人并那灰牛大仙，回到福氏村后，又将会遇到何事？欲知后事如何，且听下回分解。

【第五章】

上回说到那放牛娃哥俩带着那灰牛大仙所化的老灰牛，共二人十牛一同赶往福氏村家中去。那放牛娃因得了灰牛大仙的警告，再也不敢随意吐露灰牛大仙的神仙身份，一路沉默地跟着哥哥回到福氏村的家中。

闲话休叙。且说那兄弟二人归家之后，那家中的嫂嫂一见之下，顿时欣喜若狂。喜的缘故一是为着那丢的九头牛回来了，二是她发现除了原来的九头牛之外，这哥俩还多带回了一头大灰牛，这番收获，实属因祸得福、喜从天降。妇人眼界甚浅，常常恨人有笑人无，轮到自身时，有则喜无则怒，芝麻绿豆般的小钱也舍不起，更何况是一次丢了九头耕牛。现如今见不但自己原来的九头耕牛无恙，个个养得毛发光亮，那大灰牛更是显得精气十足、矫健有力，顿时喜上眉梢，对那放牛娃兄弟俩说话的声音，也缓和了三分，直把那哥哥夸得英明神武，把弟弟赞得举世无双，一时间口吐芳艳、舌灿莲花，仿若这兄弟二人与自己之前打骂诅咒的不是同一个人一般。

正是：

瞬间转头臂遮手，放下之时面具翻。

眨眼间到了晌午时分，那悍嫂因自家的放牛娃弟弟今日寻牛有功，心情也舒畅了许多，竟大姑娘上轿——头一遭——将那放牛娃弟弟也叫上桌吃饭。且不似之前只把与他一些残羹冷炙，命他在厨房草草吃了了事，而是破天荒地赏了他一碗白饭，令他与自己同桌而食。

那放牛娃原本是独自在厨房吃惯了冷菜剩饭的，路上回来时，一直在忧心那嫂嫂是否会待见自己，归家后会不会受她冷眼奚落。如今眼见自己那惯于爬高踩低的势利嫂嫂头一次这般殷勤，他也不知道该如何应对，只如浑身长刺一般在饭桌旁坐立不安，谨慎扭捏，毫无自在可言。

且说回嫂嫂那边。她因耕牛失而复得一事，觉得甚是舒心，眼见那兄弟二人都团坐在自己身旁，自己轻哼一声，他们二人便都如惊弓之鸟一般，受好一番惊吓；自己命令一声，他们兄弟二人便如奴婢一般，鞍前马后地服侍自己，不敢有半分违拗。一念及此，那妇人心中顿时也升腾出几分洋洋得意之情，顺口与那兄弟二人道："你们兄弟二人既已寻回耕牛，也勉强算是为家中生计着想，我便不再与你二人为难。既然你们有此一功，我想着素日里只使唤你兄弟老二，也没个名儿，甚是不便，旁人听着也不成话。今日我左思右想，既然你们父母都已作古，不若由我帮你兄弟二人取个名儿，将来唤着也方便。"

那放牛娃听了嫂嫂这番言语，自是感激涕零、心情激荡，慌忙不迭地放下碗筷，请那嫂嫂赐名。列位看官，你道是那放牛娃为何如此欣喜激动？原是因为，自从他来到兄嫂家中之后，一直仰人鼻息、伏低做小，整日里夹着尾巴做人，不敢多行一步路，多说一句话。如今那嫂嫂不过面上稍有霁色，他便觉得又喜又惊，直如天大的恩赐一般。

这兄弟二人的情态，嫂嫂自然尽收眼底。她见那放牛娃哥哥一脸的老实相，见那放牛娃兄弟更是一脸的惶恐相，心中更觉志得意满，便道："既然你们祖家姓牛，而你便唤作牛大青，不若从今日开始，他便唤作牛小青，如何？"

那做哥哥听见婆娘这样安排，心中虽是觉着鄙夷，在这母老虎面前，却也只是敢怒不敢言。他这几年与那村正等人偶尔有些交通往来，慢慢也养出了一些心气儿。说起那福氏村里几个略平头正脸之人的名姓，早不似早时，都唤些"猫儿""狗儿""猪儿"之类贱名，而是由家中长辈恭恭敬敬请了村正和略读几句书的乡绅或是先生赐个有吉祥富贵寓意的字儿。如今家中亡父给自己取的"牛大青"这名，无非是把当日家中一头"大青牛"几个字，略做变通，变成了"牛大青"几个字罢了。不过，他素来便知道家中婆娘也是大字不识一个，料来也想不到多好的名字，却不曾想到居然比自己的爹娘更加敷衍，连词儿也不用新想了，直接将自己名字中的"大"字变作"小"字，就算作是自己那放牛娃弟弟的名儿了。

那牛大青正暗自皱眉，却听身畔妇人接道："你们对这名字没有什么其他想法吧。料来以你们二人的见识，也很难想出什么更好的名字。如今名字就按我说的唤着吧，牛大青，你去厨房再与我添一碗饭去。"

那牛大青接了婉，小心翼翼地鼓起勇气道："这'牛小青'与我那'牛大青'三个字，唤起来也太过类似，旁人弄混了便不好了，不如明儿得空，你我们二人还再去问问那村头的教书先生，瞧个好字，再与我弟弟取名吧。"

他婆娘听了这番话，脸上如罩寒霜，十分不悦。她也不答话，只瞧了那牛大青一眼。牛大青本来心中有千万句言语，被那婆娘一瞪眼，也不知道该从何讲起了，只得讪讪地接过碗，自往厨房去了。

那牛大青知道自家婆娘此时正在兴头上，万不可有什么驳她的言语，只得苦着脸去与她添了一碗饭，恭恭敬敬拿到堂前来。列位看官，你道那牛大青为何如此苦恼？原是因为他一直想着等日后家中婆娘心情好了，自己再与她细细商量，令两人能腾出一点时间，去与那弟弟好好求个名儿，日后年长了，听着脸面上也周正些，不再似自己这般只是随便借了一个畜生名，胡乱安上三个字便算完事。他本想在岳家拼命做活，若是能略存下一点钱财，还能把与放牛娃弟弟跟着那村里的教书先生学着读几句书、略识得几个字，也不像自己这般只知道干农活。但自他将赐名之事说与那婆娘之后，家中婆娘嘴上应承着，心里头却全然未当回事，自己明明成日家在外头闲耍，耍累了便上午睡觉，下午与村正家的女人一同抹牌赌钱，却一直推说没甚时间去给他弟弟求名，实是半点也未将他的嘱托放在心上。连取名一事都办得如此敷衍，更别提他日后的所思所想能否有实现的可能了。

正是：

贤兄恶嫂聚一伙，各怀心思细琢磨。
姓名本是寻常事，奈何牛家多风波。

且说回放牛娃，现如今的牛小青这头来。他如今得了嫂嫂赐名，也分辨不出好坏，只是觉得今日嫂嫂不似往日凶恶，当是自己时来运转、否极泰来之兆，现如今得了嫂嫂赐名“牛小青”，更是欢喜得手脚不知道该放在何处，激动得一晚上也未曾睡着过。他自得了嫂嫂几句好言好语，白日里做起活来也更加殷勤，生怕自己一个不小心又惹出那嫂嫂的冷言冷语、叫骂不休的姿态来。

列位看官，你道是那牛家，自牛小青入门以来，便未过过一天略安生些的日子。如今这灰牛大仙随兄弟二人归家，那嫂子因心情愉悦，也突然也对哥俩好言好语，这牛家便是走上那平静安稳、同心协力的正道上了吗？非也。古人云：“文似看山不平”，这牛家风波，端的是一波未平一波又起，欲知后事如何，且听下回分解。

【第六章】

上回且说到那悍嫂与牛小青赐名之事。那牛小青因得了赐名，又见嫂嫂这几日心情大好，满心以为自己自此便能在兄嫂家安稳度日，因此干活越发卖力，一心只盼着得兄嫂欢喜。那牛小青之事，暂且表到这里，再说回那牛大青。那牛大青这几日见自己这婆娘心情好，也是小心翼翼、尽心侍奉着家中的婆娘，巴望着能过几天安生日子，却不料想江山易改本性难移，那婆娘先是好言好语了几天，晚上睡觉时转念一想，现自己如今给了他们兄弟二人好脸，他们二人若是因着自己，对干活放纵懈怠了，自己便不好收拾他们兄弟了。一念及此，便越想越不是滋味，第二天一早，又依照此前的态度复了原样，重新将那些冷言冷语、讽刺挖苦拿了起来，派给与兄弟二人的活，也较以往更为繁重了些。

那牛大青哪里能揣度出婆娘这瞬息万状的心思变化，见婆娘这些时日又恢复了以往的刻薄严苛，心中也颇有隐忧，只怕自己与弟弟牛小青的好日子又到头了。但念及寄人篱下的现状，又想到弟弟牛小青既已回家，多一事便不如少一事。但见弟弟牛小青巴望着讨自己嫂嫂欢心，每每想到自家弟弟的处境，也不想多开罪于家中的婆娘，只是一味懦弱着，抢着做那些重活累活便罢了。因此那牛大青素日在家中与婆娘相处，便越发小心翼翼，能不惹她叫骂便不惹她叫骂，省得那牛小青听了，愈发觉得难堪。

闲言少叙。虽说兄嫂心中各有想法，但牛小青日子倒还真轻省了不少。有了那灰牛大仙助力后，他非但没被那些多加的活所拖累，反倒以一当十起来。说起那灰牛大仙，却真真是个神奇的。只见那大灰牛虽看着老态龙钟，年迈弱势。实则有神力非凡，其一可以当百，倒是帮牛小青省了不少事。牛小青心里暗想：不愧是神仙下凡，自不是凡间俗物可比的。

再说那牛小青，因救了灰牛大仙有功，且自从受了灰牛大仙的警告后，再也不曾与任何人吐露过灰牛大仙神仙身份及过往之事。如今那灰牛大仙不但伤好得全了，且因这牛小青得这拖庇之所，对那牛小青也颇为照顾。这日做完了活，它也不知从哪里采得了一株仙草，把与那牛小青，命他吃下。那牛小青见是灰牛大仙所赠，毫不疑心，张口便吃。且见那牛小青吃了仙草之后，先是全身发热，接着便通体舒泰，浑身的浊气如同在瞬间尽数散尽一般，顿时觉得身体轻盈有力，走起路来健步如飞。先前举不动的物件，如今不费吹灰之力便可轻轻抬起；先前有心无力的农活，如今干起来轻而易举。可谓是脱胎换骨，每天都觉着神清气爽，步履轻盈，气足神满，力大无穷。他嫂嫂虽是派得活多了，但他做起来却易如反掌，不费多会功夫，便能全部做完。多出余力，还觉无处施展，帮着家里其他长工做事。他如今有了仙草助力，动作较以往麻利得多，做得也比以往好了许多，可谓举步生风、干脆利落。不过半天工夫，便犁完了一块田；未到晌午时光，便垒完一条埂。插秧，施肥，放水之事一应俱全，除了帮自家人，收割之余，还不忘顺手把别人家里能搭把手的活计也一并给解决了。

那牛大青本以为自己与牛小青两人又要一年到头辛劳苦累，不曾想牛小青竟如此能干，直似变了个人一般。不仅把自己的大半活揽去了不说，竟是还帮着家中其他人做了不少，似是有使不完的气力。开始那牛大青还暗暗觉得弟弟这般做太过吃亏。

但没过几天，牛大青便觉得自家弟弟非但没觉得累，反是越做这些事便越觉得有滋味。如今弟弟不但身心舒泰，家里长工甚至福氏村中的乡里的邻居，都敬了他们兄弟不少。牛大青心中知道原始是因为自家弟弟帮了他们忙，众人拿人手短，吃人嘴软，他们既得了他兄弟二人的好处，对他们态度自然也好上了许多。时间一久，无论邻里乡亲，还是家中长工，对兄弟二人都颇为照顾。有攒了钱买了好吃好喝的长工，专门谢过他兄弟二人；有受了惠而抱愧的邻里的农户，有什么好东西也先想着分他们些。久而久之，一来二去，牛大青得了这些无形的好处，倒觉得自己弟弟面上吃些亏也无妨。

就这般，日复一日，牛小青帮过的长工和乡里邻居越来越多，那福氏村中一条村子，大大小小的人都得过那牛小青的帮助，便也都知道他神力非凡，心善淳朴。

于是，那远亲近邻里，凡是受了他帮助的，无不对牛小青赞不绝口，在他嫂嫂面前，张口闭口也会念几句牛小青的好。他嫂嫂听得心生烦躁，但却也是无可奈何。她本就想故意刁难那牛小青，不曾想，竟然还让他出尽了风头，她岂能真心高兴？但她虽说不高兴，却又无法挑出牛小青的错处来。因这牛小青食了仙草之后，与那灰牛大仙一起劳作，一人一牛，合力之下，竟是让年末的岁入比往年多出一倍有余。待那秋收入账之日，账房还以为是算错了，算盘打得噼啪作响，可算了又算，确是翻了一倍无疑。

那家中众人皆知今年收成中有牛小青的一份功劳。且不说他今年私下里帮了大伙多少忙，他日常做活的实诚劲众人可都是瞧在眼中的。阖家上下都欢欣雀跃，却唯有一人愤懑不满。

列位看官，你道是谁在愤懑不乐、郁郁寡欢？说起来虽是可笑，但却又觉有些可叹。那愤懑不满之人，却正是牛小青的嫂嫂。原来他那嫂嫂独自郁郁不乐，一腔怒气愤懑，皆因如今自己那股刻薄酸性上来，找不到任何说处去发作嘲讽。这按理说，家里收入倍增，原必令家人称心如意，也令家人受益无穷。无奈牛小青他嫂嫂因为性子孤拐，竟慢慢变成了怪癖——骂人成性，如若是一会儿不骂，便浑身不自在，宛如烟鬼没了烟草，酒鬼没了酒水一般。没人犯事，他嫂嫂便无从骂起。便是骂了，也骂不起劲。她心中只觉着那牛小青如今倒也真是有些邪门，安排的活样样干得漂亮利索。连带着房间收拾得井然有序、一尘不染。米田里到了秋收，粒圆饱满，穗大颗多。其他的那些畜生，鸡鸭猪鱼肥，牛马羊驴壮。竟是挑不出一丁点毛病来。这可苦了他嫂嫂了，憋着不能挑人刺，一时片刻于她都是煎熬，更何况如今这么长时间？

正可谓：

少年向善常助人，埋头苦干不与争。
恶嫂害人反伤己，算计只添烦恼生。

列位看官，你道那古语有云“福兮祸之所倚，祸兮福之所伏”，这牛小青既得到了这么些好处，自然也是有人欢喜，有人羡慕，有人嫉妒，有人愤恨。欲知那牛家兄弟将又有如何遭遇，且听下回分解。

【第七章】

上回说到那牛家如今五谷丰登、六畜兴旺，日子端的是红红火火、丰衣足食，堪得是羡煞旁人。但列位看官，你道是自古那些祸事，皆因“无事生非”这四个字作祟，这世间之人，若是肯好好安于现状便也罢了；但安稳的日子过得久了，难免会生出那莫名的邪祟、说不出的烦恼，偏要惹得众人都不安省，约莫是因为这世间从来都是“只有享不了的福，没有吃不了的苦”这个缘由，人安逸久了，即便天不降祸，自个儿也要折腾自个儿，冥冥之中求得一个平衡罢了。

现如今这牛小青的嫂嫂，既然一向便是个好事的，又怎能过得了这太平年月的安生日子，别人家中皆是“家有贤妻夫少祸”，她倒好，偏偏是“一波不平一波起”，放着清闲日子不过，反而是睁大了眼睛等着挑错，如今见自己真的挑不出什么，又兼那牛小青在中间作用，家中长工们今年多领了不少工钱去，因此越发不自在，待那秋收过后不久，她便假惺惺地叫了牛大青牛小青在一处，待两人落座后，她便与他们二人道：“你们二人，也休怪我老话重提。”那牛大青牛小青闻言一愣，也不知这婆娘葫芦里头卖得是什么药。只听见那婆娘又道：“我今日叫你兄弟二人过来，是有两件事要说与你们听。因此前小青还小，我便一直留他在家中将养着，饿了与他吃饭，渴了与他饮水，冷了与他添衣，知寒知暖，关怀呵护，今年我瞧着那小青也已经长成人了，在我们家也养得人强马壮、孔武有力，屋里屋外做活是个好把式，这第一件事嘛，便是让小青自立门户，也省得大了还要受兄嫂管辖，不自在。”那牛小青听了嫂嫂的话，还未醒过来她是话中有话，欲将自己逐出家门，还以为是那嫂嫂因今年年成好，突然又善心大发，怕她派个自己的活多了，惹得自己心中不自在呢！只见那牛小青听完了嫂嫂说的第一件事，慌忙不迭地摆摆手道：“不碍事不碍事，兄嫂管教弟弟乃天经地义之事，但凡弟弟有不对的地方，嫂嫂只管说便是！”

正是：

画虎画皮难画骨，知人知面不知心。

只见那婆娘听了弟弟牛小青的这几句话，心中更是不快。她一向面上做善人，心中做恶人，如今已是王八吃秤砣——铁了心地要赶那牛小青出门了。她心思一转，脑中便全是恶念：那牛小青如今在自己面前伏低做小，却花自家的钱去那长工中收买人心、用给自家做活计的时间去与那福氏村人闲话联络，端的是个不省事的，留在家中势必是个祸害，因此她也不听那牛小青辩解，只道："你且待我说完再看。这第二件事，正是兄嫂要说与你听的。你如今也大了，陇头田间的活做起来也是一把好手，总有那自立门户的一天。如今总在兄嫂的掩庇之下也不是正经，不若早日自力更生，也好磨炼磨炼心性。依我说，这福氏村中规矩一向是男人从得了名儿开始，便要自立门户的，我与你兄长怜你孤贫弱小，便又多留了你一年，如今你既已长大成人，不若早点自立门户，也省得心中总想着依靠兄长，没得耽误了自个儿。"

那牛大青听了婆娘的话，顿时心生疑窦。自己这兄弟牛小青这一年里堂前屋后、田间菜畦，忙里忙外地辛勤劳作，家里的收成有他一大半的功劳，这番劳苦功高未曾得到婆娘的什么表扬不说，却不曾想，自己的婆娘轻描淡写地用了一句"自力更生"，便要将其扫地出门。那婆娘口中关于福氏村中男人得了名儿便要离家一说，更是无稽之谈。想来如今这婆娘为了赶自家弟弟牛小青走，竟还捏造了这么个习俗出来。但那牛大青怒归怒，却不敢直言顶撞，只讪讪道："这福氏村中，应该没有这等规矩吧，你瞧便是村正家那成年男子，不也还住得好好的吗？"

婆娘听了这话，冷笑一声，讥道："你道是谁家都有村正的俸禄，能养三五个闲人不成？自古男大当立，哪有一家几个男人同在一个屋檐下的规矩？你说福氏村没有这规矩，难道那福氏村的规矩，还能大过圣人的规矩去？你若是觉得我今日说的令你不满意，你便也混个村正与我瞧瞧，到时有了那一二分的俸禄了，也省得在娘们儿家做那等倒插门的女婿，没得让自家婆娘在外头抛头露面，为家中生计计较，自己倒是躲在女人背后当那和事佬。"

牛大青听那婆娘越骂越不成话，自己索性便不说话了，只是沉默地低着头，任由那婆娘发泄一通便算了。那婆娘数落了一阵牛大青，想起今日的正事，便又唤那牛小青过来，与他们兄弟二人齐道："如今不是我要你离家，要知道，嫂嫂我又岂能是那铁石心肠之人？我瞧着你今年在家中做活的情景，比那些个长工熟手都强些，这点大家亦是有目共睹的。我看你也不必再拘于此处，倒不如去开辟自己的一番天地去，将来若是你有出息，兄嫂也可沾你的光。"

列位看官，你道这嫂嫂一番话说得虽是漂亮，可却是存心刁难那牛小青。原是因为那牛小青虽然强健有力，但人人皆知“巧妇难为无米之炊”，那福氏村的众人，大都有田有地，牲畜傍身，嫂嫂如今让那牛小青一个寡人离家，便是令他空有一身做活的本事却无任何施展的天地。且万事开头难，若是前头有兄嫂帮衬着，那牛小青熬过初期，在外做一番事业，本也不是什么难事。可如今听那嫂嫂的意思，却是要牛小青两手空空地去立自己的门户，自己是决计不会与他任何钱粮的。

那牛小青听了嫂嫂的话，心中早已明了，这悍嫂如今是又要赶自己离家了。现如今自己食用了那仙草之后，早已今非昔比了，真的要开荒垦土、种禾苗植稼穑，对自己而言也不是什么难事。只不过这些都是得了那灰牛大仙的好处，若是能与那灰牛大仙一同离去，却也未必是坏事。一念及此，他便对那嫂嫂道：“嫂嫂原是为我好，我依了嫂嫂的话便是。如今也是我该自立门户之时了，若嫂嫂怜我孤贫，还请嫂嫂将我当日带回来的大灰牛给我，我也好有些安身立命之资。”

嫂嫂听了这话，眼珠一转，思及那大灰牛平日健壮无匹，劳作殷勤，只觉得极合手极好用，乃生平所见第一神牛，无论如何舍不得与了那牛小青去，便道：“你如今刚刚立业，无田无目，要了那灰牛也是无用，不若我把你一点钱，许还实际些。”那嫂嫂说着便从自己的钱袋之中掏了小半吊钱与那牛小青，命他即刻动身，早早去村外选定地方，也别再耗在兄嫂家耽误自家的时间了。

正是：

无稽愚妇轻兄弟，余亦辞家西入秦。
祸福两端人间事，岂独只看牛家人。

列位看官，你道那牛小青得了这只吃一顿饭的半吊钱，如何去成就自己的一番事业？那嫂嫂留了灰牛大仙所化的大灰牛，牛小青又该何去何从？欲知后事如何，且听下回分解。

【第八章】

上回说到那悍嫂把与牛小青半吊钱之后，着牛小青离家去自立门户之事。牛小青虽然心中无奈，但也只得拿了钱，怏怏出了兄嫂的家门去寻觅去处。一时间只觉得心中烦闷伤感，千头万绪，也不知道该如何是好。举目望天，只觉得现如今头无片瓦遮阴，脚无立锥之地，实在是不知道下一步该去向何处。

他怔了片刻，又在原地呆了半晌，忽地想起那灰牛大仙来，这灰牛大仙神通广大，法力无边，虽说现在受难下界，但解决个把小问题总也较常人强些。自己此时若是去找那灰牛大仙，求他指点一二，或许尚能找到一个出路解法。那牛小青一念及此，便如同抓了一根救命稻草一般，飞奔到牛棚去瞧那灰牛大仙所化的神牛。

这不看还好，一看倒是叫牛小青吓了一跳。

列位看官，你道是他是被何所惊，被何所吓？

原来这牛小青一入牛棚，便先闻见了一股难挡的恶臭，待自己抬头细看时，只见那神牛毛疏体瘦，浑身脓疮，伏在地上奄奄一息，只比当日自己在伏牛谷中找到它时看起来还要病弱。牛小青心中大惊，不知为何才一夜的工夫，这神牛便萎靡如此。他望着那神牛，一时心中闪过了千百个可能，生怕是因为那神牛犯禁之事被玉帝知晓，如今被玉帝降下惩罚所以才会如此。他本就已遭到悍嫂责难，如今见那神牛也是凶多吉少，更觉得心中惊骇，连忙走上去询问那神牛到底为何会如此。

只见那灰牛大仙所化的神牛望见牛小青，眼中闪过欣喜之色，忙艰难抬首，缓缓睁了眼，痛心疾首道："你这娃儿，如今还知道来看我，可见也是个心地良善的。昨夜子时，我天劫降临，承受玉帝三道天雷，所以才会如此。"咳咳……那灰牛大仙连咳数声，低语道："此刻我只怕是无力回天了。当日在伏牛谷中一段缘分，如今尽了，你也不必伤心……"那神牛一边说一边气喘，又接连咳，虚弱无力地对牛小青道："我如今这般光景，怕是也不能再帮你嫂嫂家继续犁田了。你且叫你嫂嫂过来瞧瞧，她既是家中主母，如今这情形，怎么着也该她拿个主意，看看到底如何是好？”

那牛小青本就是个老实的，见了这番情景，自己心中便先慌了神，也不及细想，更拿不定主意，慌忙着连忙连滚带爬地奔向正堂，淌眼抹泪地去唤他嫂子出来瞧那灰牛大仙到底如何了。

那嫂嫂本就在堂前，见牛小青奔眼泪汪汪地奔到近前，混乱地说着那灰牛大仙的情景。她听完牛小青的汇报，心中也是惊疑不定。好死不死自己今日要逐那牛小青出门，这大灰牛便病了，还说什么以后也无法犁田，岂能不令人心生疑窦？只见她未听牛小青的说完，自己便先三步并作两步奔向那牛棚，先瞧那灰牛大仙的情形去。

待她进了牛棚，一望之下，果见那灰牛大仙正奄奄一息地躺在地上，浑身脓疮，出气多进气少，瞧着便是不成了的。嫂嫂盯了那牛一阵，虽想不出那灰牛为何如此，但眼见为实，自己想要用那灰牛大仙再做活怕也是不成了的。她虽然心中愤恨，面上还是一副惋惜的神色，低声对牛小青道：“也不知这大灰牛到底是何病症，倒是可惜了一头好牛。我瞧着它也没有什么可医治的余地了，倒不如你把它牵走便罢了。”牛小青听她如此说，顿时神色茫然，连面上的泪痕也不及擦干，只是呆呆望着他嫂嫂，也不知该说什么才是。只听他嫂嫂叹道：“病倒了这么好一头牛，我心中也觉得甚是可惜，不过你既然想要将牛牵走，这牛便把与你吧。虽说这牛如今快病死了，但若宰杀了，那牛皮兴许也还能卖几个钱呢。”

牛小青听嫂嫂说出这番言语，心中也觉得十分难过，只听他哭着求嫂嫂道：“嫂嫂，这大灰牛也是勤勉辛劳，兢兢业业地辛苦了整年的。如今病成这样，您行行好，找个兽医来瞧一眼，弄明白了这灰牛到底是生了什么病也是好的呀！”

他嫂嫂站在这肮脏牛棚里，闻见那一阵阵脓疮恶臭，心中早就不耐烦了。此刻听那牛小青在耳边哭哭啼啼地絮叨那大灰牛的劳苦功高，倒似是在讽刺自己面冷心黑一般，更觉得生气。列位看官，你道是这世间之事，常常便是如此。往往越是那刻薄寡恩之人，往往便越觉着自己义薄云天；而越是那悭吝小气之人，便越觉得自己心善大度。那牛小青的嫂嫂，偏偏这两样都占全了，此刻听那牛小青的哭诉，似是被戳破了面皮一般，不由得脸上青一阵、白一阵，心中也没有一分自在，只得打断那牛小青道：“你瞧瞧这灰牛伏在地上的样儿，还能有什么救？昨夜这牛还好好的，今儿就不行了。约莫不是发了那牛瘟？若真是发了牛瘟，又如何能治得好，还白花些冤枉钱。”那嫂嫂说到“牛瘟”二字，自己神色也是一变，对牛小青疾声道：“你赶紧将那牛牵走，省得别的牛被它传染了，快走快走，若是感染别的牛你可吃罪不起。”

牛小青听嫂嫂如是说，只得将那牛牵起来，一人一牛离家而去。那嫂嫂生怕因那灰牛惹上什么晦气，慌忙不迭地将那牛小青赶走，眼见那牛小青刚走出家门，忽得又想起了自己那半吊钱来，又连忙赶将上去，对那牛小青道：“你如今既已有了这头大灰牛，也可剥了那牛皮换钱，不如把那半吊钱还与我，也省得留在你手中瞎花了，若是将来你缺了钱，我再给你也不迟。”

那牛小青一心只顾着为自己的大灰牛生气，也不去细听嫂嫂到底说了什么，如今她既然要钱，便从怀中掏出那半吊钱来把与嫂嫂，独自一人牵着那大灰牛，暗自垂着泪，一脚深一脚浅地离开了兄嫂家。

正是：

谁家宅第成还破，何处亲宾哭复歌？
昨日屋头堪炙手，今朝门外好张罗。
北邙未省留闲地，东海何曾有顶波。
莫笑贱贫夸富贵，共成枯骨两何如？

列位看官，你道那牛小青与灰牛大仙，一穷一病，该如何自立，又该何去何从呢？欲知后事如何，且听下回分解。

【第九章】

上回说到那牛小青被嫂子赶出家门并那灰牛大仙所化的大灰牛突发疾病之事。他嫂子因自己把那病牛把与牛小青，遂将自己先前给他的半吊钱也索了回去。此番意外一桩接一桩，于那牛小青而言，不啻于雪上加霜。

只见那牛小青愁苦着脸，牵了自己身后的大灰牛，孤零零地站在道上，一筹莫展。眼下已近年节，三九天气、滴水成冰，一路行去，只见田地荒芜，路上行人稀少，唯有阵阵北风发出尖啸的呼声，刷在人脸上又木又疼。

牛小青无法，只得牵着大灰牛硬着头皮向那集市方向行去。一人一牛行了一阵，只见天色越来越暗，远处黑云压顶，眼见一场大雪在即。又行一阵，便有纷纷乱乱的雪珠子不停落下，不多时便在地上蒙上了厚厚一层白霜。

他见雪越下越大，也不便再前行，便在街边随意找了一处角落躲避风雪。那灰牛出门时便已病重不堪，此时又被牛小青拖着行了这么半天路，甫一歇下，便趴在地上一动也不动。那牛小青欲哭无泪，见那神牛紧闭双目，也不知是死是活，趴在地上似是连喘气的气力也没有了，更别提向其求助了。先前在伏牛谷时，尚有山神和灰牛大仙相助，此刻才真是叫天天不应，叫地地不灵。此时风雪越来越大，冻得牛小青在雪地中颤抖哆嗦，双手冰凉得连缰绳也握不住。他想起自己战战兢兢地勤勉劳作了整年，还是落得如此下场，不由得也泄了气，也不强撑着被冷意灌满的头脑想辙了，反而一屁股坐在冷硬的雪地上，哀哀哭泣起来。

列位看官，你道是那牛小青服了神牛与他的仙草后，本该是身强体壮、精神健旺的，可常言道：人活一口气。须知任何人要活得好，全得仰仗着精、气、神。若是那一口心气松了，便再难强打精神、建立意志了。此刻牛小青便形神俱疲，这一松懈下来，便一步也走不动了。

只见那牛小青伏在雪地之中哀哀哭泣之际，却听见雪地中一阵细碎的脚步声传入耳畔。那脚步声在自己的身前停下，牛小青愣愣抬头，却见面前站着的正是自己的兄长。原来是哥哥放心不下，冒着风雪来寻自己了。那牛小青骤见兄长，顿如抓住了救命稻草般欣喜若狂，满心以为是兄长终究不忍赶自己离家，终是来寻回自己了。他正想着，却听兄长急匆匆道：“这包裹里头有一些棉衣、水和干粮，还有我素日省吃俭用攒下来的二两银子。如今你嫂嫂当家，我想留你在家便也是留不住的，你若是能在别处安身立命，也省得在这家里受气。你且听我说，你出了这村，一路往南走，最多一天便能到那福氏村的另一处大姓聚居处。我前几日去那处做过工，那里有户人家刚搬去镇里，房屋空闲下来，正在愁那租户呢。你权且用我给你的银子，将那屋子租下，等到解冻开春时，你有这身气力，也不怕找不到活干。”

那牛小青听完兄长的嘱咐，心中悲喜交加，也不知道说什么好。他在兄嫂家住了这几年，自是明白兄长息事宁人的懦弱性格，但真到分开之时，却还是忍不住心中苦楚。只见那牛小青哭道：“大哥关心我，我自是感激的。可是眼下这大灰牛病到这般田地，可怎生是好呢？还得请个兽医来瞧瞧才行。哥哥且想想，春耕夏种，秋收冬藏时，这灰牛可是与咱们家立下了汗马功劳。”

牛大青见此时弟弟仍死心眼去关心那灰牛的死活，顿时沉下脸道：“耕牛失了，再买一头便是。纵使不如此牛好使唤，勉强凑合也能过得。你也不瞧瞧现在是什么时候，自己都已露宿街头了，却还想着一头畜生呢！”

他见牛小青哭丧着脸不答话，便解道：“你也别怪哥哥心狠，哥哥救得你，却救不得这牛。若是你真与那牛有情分，待你出了大路，随便找个山野将那牛弃下便是，它是死是活，也全看它自己的造化了。这灰牛先前跟着我们做活，也是好吃好喝供养着，不曾有过半分鞭打虐待，现如今这灰牛自己生了病，眼看是不成了，你强拉着它也是个累赘，倒不如弃了做自己的打算去吧。且你带着这牛，何时才能走到福氏村呢？我给你的包裹里，干粮与水也不甚多，你要赶紧去将那空宅子租了，别到时候被别人租下，你无片瓦遮阴时，还是只能自己独个儿悲切。”

牛小青听了哥哥这番话，明白他说的确有道理，但想起过去一两年中与那灰牛日夜相处的时刻，不禁仍觉得无限伤悲。那牛大青也不管弟弟心中此刻是怎么想的，只是一味催促道：“你若要走，便快些走，我是瞒着你那嫂嫂偷偷跑出来的，若是被她瞧见，不知又会怎样大吵大闹呢。我已耽误了这么些时候，要是再不回去，回头被你嫂嫂发现，不但会把我与你的这些东西收缴了去，还会遭到一顿好骂。”兄长说完，将那包裹往牛小青怀里一塞，便匆匆离去。

牛小青心知哥哥说得有理，只得跌跌撞撞地爬起来，牵起那大灰牛穿在口鼻处的牛嚼，挽了缰绳，背着哥哥把与自己的包袱，亦步亦趋地向前行去。只见那雪越下越紧，不多时，天地间便已是白茫茫的一片了。

正是：

百忧攒心人独行，夜长耿耿不可过。
风吹雪片似花落，月照冰文如镜破。

列位看官，你道是那一牛一人的命运到底如何，那牛小青到底能不能顺利寻到兄长所说的空屋，那大灰牛是否还有康复的可能？欲知后事如何，且听下回分解。

【第十章】

上回且说到那牛大青冒雪追上牛小青后，送给了牛小青一个包裹，并给了他二两银子，令他弃了那大灰牛自己去福氏村村北谋条出路。那牛大青原想着弟弟一身力气，有了这些钱粮，也不怕谋生问题，因此嘱咐完弟弟后，便急急忙忙地赶回去，只留了牛小青一人在原地发呆失神。牛小青见那雪越下越大，心中便也越来越忧虑。

一是忧自己到了那空屋，开春能不能寻到一条活路。二是忧自己此刻若是弃了那大灰牛而去，恐怕那牛转身便死，自己是无论如何也做不出这等事情来的。他见地上积雪渐厚，眼见在路口待着也是不成的了，只得从那包裹中划拉出哥哥给自己的棉衣胡乱套上。那棉衣上霉味甚重，还散发着一股刺鼻的腐臭之气，也不知道是猫还是狗的尿骚味儿，约莫是兄长从哪个角落里翻检出来的。

那牛小青此刻也无甚更好的选择，只得将就着穿了这件棉衣，顶着风雪继续赶路。但他无论如何也无法丢了那大灰牛不顾，只能钻到牛身下，用力抬起它的两只前蹄，使吃奶的劲头将那牛托起来，并在那牛耳边低语道："神牛啊神牛，你可是要振作呀！你如今若是再起不来，我们可都要冻死在路边了。来，再使点劲，你只要能站得起来，我们便可一起走了。"

只见那大灰牛在牛小青的搀扶下艰难起身，一牛一人便慢吞吞地在风雪中向前挪动。二人刚出村不久，牛小青刚要扯那大灰牛，却见那大灰牛突然瘫倒在地上，浑身如同癫痫一般剧烈抽搐颤抖，那牛小青一慌神，手中的缰绳也脱了，不知道是该跑路还是该上前，似是被吓得傻了，一下子瘫坐在雪地上，傻傻地望着眼前的一切。

只见那灰牛一边抖动身体，一边发出奇怪的咕噜声响，似是被什么东西拉扯着一般。约莫过了不多时，那神牛的身上的脓包便随着它的动作，一个个慢慢平整了些，并随着那些动作，灰牛毛皮也渐渐复原如初。牛小青呆呆地望着眼前的一切，不过一顿饭的工夫，却见那灰牛身上的块斑已然脱尽，皮毛也重新长了出来，依旧恢复了那生病之前神采奕奕的模样。那灰牛大仙做法脱了这一身瘌痢，抖抖身子站了起来，长啸一声，方与那牛小青道："原承想生病便是那最轻松的时刻，可以什么都不干，却没料到装病居然如此痛苦，看样子决不可再有下次了。"

那牛小青听了灰牛大仙此刻的言语，方知道这大灰牛原不过是在做法装病而已。此刻谜底揭开，那牛小青简直气血翻涌、火冒三丈。自己悲悲戚戚地又是求嫂嫂又是告哥哥的折腾了老半天，却不过是那老灰牛的一个障眼法而已，那什么玉帝降罪、天劫所至，原都是它编出来的胡话，此刻听在耳中，想起自己白白被它骗了许久，换作谁能不气闷？

灰牛大仙见牛小青此刻是真的恼羞成怒，只得与他又哄又劝的赔礼道歉。只听它与那牛小青好声好气地解释道："我先前施法装病，不过也是为了骗过你那悭吝的嫂嫂罢了，若我还是一副身强力壮的模样，你那嫂嫂，焉能放我与你一同出门？且你这娃儿一向老实，素来不会撒谎骗人，若是提前知道了我是装病，断不能做到如此情真意切，若是无法表现得如此情真意切，又岂能骗得过你嫂嫂那样的精明人呢？若不能骗过她，她又如何能放你走呢？"

那牛小青听了大灰牛的这番解释，心知确实情同此理，但是情感上无论如何也还是无法接受灰牛大仙的骗局，日常中竟有意与那灰牛大仙生疏起来。好在灰牛大仙醒得牛小青人品如何，见那牛小青虽然对自己置之不理，却也不怪他，每日帮着他做活不说，还得空便哄他劝他，希望那牛小青不要责备自己当日装病欺瞒之事。列位看官，你道那灰牛大仙乃天上神将，为何却对那牛小青低声下去呢？原是那灰牛大仙见当日牛小青对自己确是情真意切、关怀无比，宁可牺牲了自己性命也不愿意抛弃自己，心中也觉得这等诚实良善不可多得。那牛小青虽是恼怒灰牛大仙欺骗自己，他也确实实心眼、一根筋，但他终究是心地良善之辈，几个月的时间过去，他便淡忘了神牛骗他之事，又与那神牛亲厚起来。

话说那牛小青来到福氏村北村之后，春耕之时，他便与往常在兄嫂家一般，见了其他村民家中劳务繁重，凡是能搭把手的活，便一马当先、有力出力，有闲帮闲，整日除了挣自己的工钱，闲暇时间全都殷勤地帮着其他村民做活。村里的那些人见牛小青做事实在，素日里帮完忙了也不爱邀功请赏，便都渐渐与他亲厚起来。那福氏村的村正本就对牛小青印象不坏，一向便觉得牛小青在兄嫂家生活的时候可怜无辜，只是终究是家事，自己不便插手罢了。现如今两人住得近了，他见牛小青做事肯下气力，心眼实在，是一等的淳朴亲厚之辈，便自作主张与他分了两亩肥田，着他先种着，并嘱咐牛小青待秋收了之后，再把那租地的钱还他即可。将来若是那牛小青攒足了钱，想要将那种熟了的地买下来，作安身立命之资，也无甚不可。

那牛小青自得了那仙草的功力，又有灰牛大仙相助，素日里做活时，便时时觉得精力充沛，气力绵长。待到当年秋收时留足了自己与灰牛大仙的银两后，将那剩余的粮食卖了之后，剩下的算算，将那两亩地买了下来，居然还略有结余。

话说那牛小青自与那灰牛大仙搬家之后，日子便也可用一个歇后语形容，那便是：芝麻开花——节节高。他有了安身立命的天地房屋，又没有悍嫂刻薄寡恩、克扣虐待，生活自是越来越舒心了。

正是：

时运何所济，得失存心知。
运命唯所遇，循环不可寻。

【第十一章】

上回且说到那牛小青在福氏村村北安家落户之事。牛小青离了兄长的庇护，暗下决心开家立户、谋求生路、不求于外、自力更生。挨过初时艰难光景，放下了心中忐忑不定，生计上日渐顺风顺水、心境上愈发怡情悦性。那牛小青天性便克勤克俭、禀赋乃任劳任怨；每日家起早贪黑、晨炊星饭、不辞辛劳、兢兢业业，田间收成一年胜过一年；丰衣足食、胸怀舒畅、劳逸结合、心想事成，身体一天壮过一天。如今他的身姿样貌、精神气韵，怕是熟知他的兄嫂见了也要大为吃惊，此人与当日骨瘦如柴、凄风苦雨的放牛娃绝不可同日而语。

列位看官，牛小青这不咸不淡的平庸时光，自不必赘言陈述。话说那牛小青并灰牛大仙如此这般风平浪静、波澜不惊地过了一两年，牛小青便也到了那情窦初开、春心萌动的年龄。这日那牛小青上山打柴，待他三下五除二收毕一捆柴火，躺在树上歇晌午觉之际，却听见那林间传来一阵似有若无、窸窸窣窣的响动声。

这响声似人非人，似兽非兽，端的是乱人心绪、惹人厌烦。牛小青少年心性、顽性未消，便悄悄藏与叶底，瞅着四周无人注意，便放眼偷看那树后到底是何物什。

岂料牛小青才瞧了一眼，心中便“咯噔”一响，险些从枝杈掉落。一时间他思潮起伏、五味杂陈，也不知当喜当悲。却见他伏在树后，一会眉开眼笑、一会抓耳挠腮，端的是情不自胜、心性难明。闲言少叙。列位看官，你道这牛小青到底是见着何物，才会有这般表情姿态？说起根由，虽算不得什么稀奇事儿，但也蹊跷难明。牛小青瞧见的，原不是什么洪水猛兽，而是位漂亮女子。

列位看官，你道那女子是何长相？有诗为证：

芙蓉不及美人色，桃李不似佳人香。
态浓意远淑且真，肌理细腻骨肉匀。

牛小青心痒难忍，但苦于一时拿捏不准女子是人是妖，既恐她是山精鬼魅，又盼她是世外仙姝。他唯恐自己莽撞，惊跑那女子，便只蹑手蹑脚绕至她身后，想细瞧瞧那女子到底在此作甚。一眼望去，先见那了女子的一双纤纤细足，神魂便失了三分，再一看那女子足上肌肤新腻、欺霜赛雪，更是心猿意马，七窍中顿时没了六窍。只见那牛小青呆呆站在原地，只觉足底的热血瞬间涌上头顶，胸腔的情欲顷刻结至腹下，茫茫然不明就里，飘飘兮神情恍惚。

他见那女子竟似未瞧见自己，心念一转，便想寻了个主意，准备悄悄去吓她一吓。列位看官，你道那牛小青素来老实，此刻为何突然起了这些奇念邪思？原来是那男欢女爱、阴阳之道，乃人之秉性天赋，到了那豆蔻年华、血气方刚的年纪，便无师自通、本能生发。这牛小青乃是位正当青春年少的男子，对异性之渴慕是本能中自然生发而出，即刻便能知晓其中的一番道理。

只见牛小青蹑手蹑脚地绕至那女子身后，瞅见那女子不注意，便先藏了她一只鞋，然后才高声问道："你是何人，来这里作甚？"

那女子未料到这荒山野地里竟还藏有生人，吃了那牛小青一吓，顿时惊慌错乱、满面羞红。只把那牛小青瞧得越发暗自咂舌，春思萌动。二人离得近了，他闻见那女子身上的香气，见她樱唇欲动、眼波将流，不由神摇意夺；再看她髻云高簇，衣饰雅利，更觉心神荡漾。

只听那女子羞答答地低声道："哥哥饶我则个，将那绣鞋还与我，我便把我在此处的来龙去脉，尽皆说与你听了便是。"

牛小青连连点头，疾走去搬来了一块石板，坐在那女子身畔。女子见他坐下，掩了羞红的脸，先偷瞧了那牛小青一眼，方低声道："我本是九天上的仙女，王母坐下的掌管桃花的花神。因贪恋人间的风景，瞅那南天门上的门将不注意，偷偷溜下凡间来玩耍。却不知这山林中荆棘丛生、猛兽四伏，在那路上，听了几声怪响，以为是偷跑的事让玉帝王母得了消息，派人来抓我回去，便慌不择路地跑了许久。这一跑之下便偏离了大路，我既识不得来路，又扭伤了脚，只好在这路边干坐着了。"

牛小青听了这几句娇言糯语，早已对这仙女心生怜惜，慌忙道："敝舍不远，现下天色将晚，你既无处可去，即烦请姑娘枉顾寒舍，今晚也好有个落脚之处。"那仙女听了这话，喜不自胜，焉有不从之理？她心中欢喜，却不知那牛小青比她更欢喜。当下便胡乱理了理柴枝，又扶那女子穿了绣鞋，方引她与自己同归福氏村家中。

那仙女到了牛小青的住处，四顾一眼，见周并无旁人，便悄悄问那牛小青道："君何无家口？"牛小青见仙子发问，慌忙一五一十答云："我早与兄嫂分家数年，尚未婚配，此刻家中只余一人一牛罢了。”那仙女听他答得慌乱，扑哧一笑道：“我既偷溜到凡间，便是要寻个住处的。我看此所良佳。如怜妾而活之，与我片瓦遮身，便可与你结为良伴，每日织布纺纱、洒扫缝补，凡是那力所能及之事，便都可做去。”那牛小青听那仙女竟然如是说，简直大喜过望，恨不得立刻便与她把事情办了，哪里还有那不同意之理。夜间便拉了仙女与之寝合，此后的几日几夜也是片刻不离地守着那仙女，只管与那仙女翻云覆雨，耳鬓厮磨，哪管自己田间地下还有杂草、山上林间还有野禽？

二人这一番交合事小，得罪了一人却是事大。列位看官，你道那牛小青家中，原不止这桃花仙女一个神仙，还有那经山神指点寻到，当日在伏牛谷中疗伤治病，后头又在兄嫂家中春耕秋收的灰牛大仙。牛小青与那仙女如何颠三倒四灰牛大仙并不关心，但两人因此而失了安身立命的根基，却叫那灰牛大仙却不得不插手了。

正是：

晚态愁新妇，残妆望少夫。
不知惜身重，莫教一头沉。

【第十二章】

上回且说到牛小青婚后与那仙女日日耳鬓厮磨不理稼穑，惹得灰牛大仙略有不满之事。牛小青虽正是年少情浓之时，他却比不得那两位大仙，可以餐风饮露、不食人间烟火。

那桃花仙女告诉牛小青道，她虽位列仙班，但却不是什么仙术高妙之辈。仙界里日升月落，皆有彩霞相伴。凡人晚间目睹的灿灿锦霞、澄澄辉光，便是她们这些天界仙姑所织就的。斗转星移、沧海桑田，那桃花仙女也不知自己在仙界织了多久的锦霞，只道是心中对这件事烦闷无比，索然无趣，因此凡心炽盛，得了个空子，便偷偷下界，邂逅了这牛小青。

且说她下界之时，因为带了一只天蚕，倒是解了两人生计上的困厄。且说那天蚕乃云锦之母种，将养在王母娘娘的御花园里，由专人照料。五百年才能从仙蛾的蛹中孵化，又有一千年方能从幼虫长成成蚕，此后才能吐丝。那第一道蚕丝是细丝，乃是编织天宫仙人衣物的火浣布材料。那第二道蚕丝是茧丝，方是织就天上云锦朝霞的材料。那桃花仙女带来的天蚕已经吐过第一道丝，现下正是吐第二道蚕丝之时，且见它姿态娴雅、身躯款动，那云锦蚕丝便源源不断地从身体中抽出，不停地将那蚕身一层层包裹起来。

只听那桃花仙女对牛小青道："郎君可知，这仙蚕不同于凡品，它吐第二道丝，共需七七四十九天。第一周那蚕丝是赤色，艳丽无匹；第二周是橙色，厚重沉潜；第三周便是黄色，灿若金光；第四周是绿色，鲜翠欲滴；第五周是青色，古朴端庄；到了第六周，便是蓝色，悠远澄澈；第七周便是紫色，华贵高雅。这七彩之色，调配得当，织出来的锦缎便是天下第一美轮美奂之物。"

那牛小青听了，不禁悠然神往。此后见那桃花仙女用天蚕丝织了一匹锦缎，那锦缎织工齐整、针脚绵密、摸起来细密平滑，熨帖舒适，果不似人间俗物。那桃花仙女也不藏私，非但不藏私，她还颇有些经营生意头脑，她在家中想了个主意，与那牛小青一商议，便决定将自己那投梭织锦的技术，交给那福氏村那些略通针工的女子。

列位看官，你可知那缫丝纺织之术，本就是牛家仙妇的不传秘事，二人守着此道，织就那华贵云锦，可不就是财源滚滚、日进斗金么？若你真作如此想法，便是低估牛家仙妇的智慧了。原来那桃花仙女冰雪聪明，许多事情在心中略转一转，便有了主意。不止如此，她对那“人之初，性本善”及“人之初，性本恶”，皆知之甚深。若是她与牛小青二人躲在家中悄悄织锦，富得了一时，却富不了一世。那福氏村阡陌交通、鸡犬相闻，邻里往来密切，时间一长，便保不齐有人会眼红。倒不如自己先做个大方人，将那织锦的技术交与众人，自己守着仙蚕，与他们供给蚕丝，到时候那织锦的村姑农妇织锦，自己养蚕，他们卖锦缎换得银钱，自己养蚕丝亦有了进益，倒正应了独乐乐不如众乐乐的古训。

两人说做便做。不出几月光景，牛小青果见那桃花仙女将织锦术教会众女，并知会那村正，专门腾出一间空屋供众女纺纱织锦之用。有那桃花仙女指引，这福氏村的锦缎织得飞快，一时间银钱成倍收入，惹得邻村之人也艳羡无比，纷纷登门拜访，求告织锦秘事，一时间福始村周遭的妇孺孩童，皆以能向桃花仙女学纺纱织锦为荣。

列位看官，你道那福氏村经此一役，许多人的主业便从当日稼穑耕种转为缫丝织锦，那福氏村的村正尝到甜头，每日也在家施然自乐，只着婆娘们纺纱织锦，自己则供着牛小青与那桃花仙女的仙蚕，逢初一十五，便恭恭敬敬地焚香祝祷。

牛小青见自己的仙妻不费吹灰之力便挣得以前数倍的钱财，还广受福氏村村民爱戴，不禁心下又敬又佩，对她更是言听计从。此时两人也不管田间稼穑，不记挂春耕夏种秋收冬藏之事，家中的两亩肥田被闲得久了，自是荒草萋萋、人迹罕至。

这厢牛小青与那桃花仙姑心中虽然清闲快活，那厢老村正与那灰牛大仙却是忧心忡忡。原是那老村正辛劳了一辈子，勤勤恳恳、兢兢业业，对仙姑那些机巧心思虽无甚言语，却看不得牛小青一个大好青年荒废时光。村正劝牛小青曰“福不可享尽”，望他别浪费自己的一身气力，日日缠着桃花仙女游山玩水，终不是长久之事，得空还是得理理田间陇头的稼穑之事，方不负了自己成家立户之本。那灰牛大仙比村正更甚，它原是牛小青唯一可依靠的物事，此时却被牛小青置诸脑后，被那桃花仙女比得一无是处，心中更是失落不满。它与牛小青同处一室，便更是一见牛小青便要他下地做活，省得错过那四时耕种的季节，期间语重心长、唉声叹气之态，只把那牛小青与桃花仙女折腾得烦心生厌，因此两人初时尚与它敷衍敷衍，日子久了，一见它便躲开。

话分两头，各表一支。列位看官，你道那桃花仙子，下界日久，为何却不曾令天帝与王母动怒？且听我慢慢道来。原来那天界众人，与凡间众人大不相同。修炼成仙之际，必是要摈弃那凡间所有陋习劣习，只必须存着那仙家高高在上的做派方可。那王母娘娘与玉帝见桃花仙女只是奴役凡人，自己却大偷其懒，日日享用他人的成果供奉，依然是神仙做派，自是不曾折损仙家颜面，因而也不曾抓她回仙界受罚。

但提起那灰牛大仙，却又是不同。说起灰牛大仙根由，却还需从头讲起。你道那灰牛大仙是何来历？说来话长，灰牛大仙本是人间的一头耕牛，因旧主怜惜，在那灰牛大仙年迈之时，不曾宰杀食肉，便悄悄保住了性命。奄奄一息之际，那旧主人道："老牛啊老牛，如今你已年迈，不能再为我所用。我自不伤你性命，如今且放你自生自灭，若是你真有机缘巧合，能保住自家性命，也是你的命定之数；若不能，当也怪不得我薄情寡义了。"

那老牛听了主人这番言语，便也不再强求，独自向山中去了。眼见已是奄奄一息之态，便想寻个去处，安安静静死去便是，不曾想自己刚躺下，眼前竟然生出七彩幻光，也不知道是真是幻。

老牛见此，摇摇晃晃站了起来，眼见一株状如稚子般的小灵芝，正在月下吞吐修炼。老牛本就饥饿难当，闻见芝草异香扑鼻，张口就咬。

那小灵芝被它衔在口中，顿时手脚并用，咿呀乱叫，却始终无法腾挪半寸。它伸了自己的两只须角，猛力推着那老牛的上下颚，又锤又打，那老牛半点反应也无，只是将之随自己卷入口中的草料一同咀嚼，半点也不理会芝草控诉。那芝草被它吞入口中，不由得气鼓鼓地嚷嚷道："你这畜生，我与你往日无怨，近日无仇，眼见便是我小芝的飞升之日，竟然被你这破牛搅局截胡！实在气煞我也！"

老牛本不知自己误食了灵芝仙草，此刻听那灵芝的胁迫之语，便在心中暗道："嘿，你这烂草，已经在我肚腹之中，还敢如此凶恶！"

那小灵芝见自己威胁无效，便又开始与老牛攀亲套近，只听那小灵芝道："牛兄，牛叔，牛爷爷，您高抬贵口，怜我修行不易，待我飞升之后，许您享用不尽的肥美仙草，饮不尽的琼浆玉液，您觉得如何？"

那老牛饥肠辘辘，眼前的生死尚无定论，以后又有何可信之处？便又在心中道："你这小灵芝，既生在此处，可见是命中注定有此一劫。不若成全我，日后我因此得活，定会日日烧高香感激你的。"

那小灵芝见哭诉亦是无效，便在那老牛口中又踢又咬，只把那修炼的劲头全数拿出来，却见老牛舌头一翻一卷，那灵芝的仙气便尽数散去，全部化作那老牛的仙气。

那灰牛大仙，因为误食了这株千年灵芝，吸取了芝草的仙气，自此便开了灵识神识，有了眼耳口鼻舌声意的慧根，成了仙界的一名牛仙。如此倒是苦了那仙草，你道是为何？

原是因这世间的修炼法门，各有不同。且听我细细道来。这人界修仙，乃是一种。譬如那袁天罡、明崇俨之流，因苦修窥得天道，只需要数十年工夫。那畜生道，又是一重。这化身为畜生的物种要修仙，需苦修上百年，更甚者，需要上千年，比如那青蛇白蛇。另有第三种，便是草木精怪，此道修炼最难，因为那草木无情，需机缘巧合，方开得神识，懂得一二分修炼之法。那灵芝便是被天雷震动，所以才开窍修炼，岂料正到紧要关头竟出此意外，实属造化弄人。如此一来，岂非天意？

闲言少叙。且说回到灰牛大仙处。那灰牛大仙本就是人间耕牛，自是除了种地，其他什么也不懂。且它因机缘巧合位列仙班，自是不懂天劫地劫之苦，因而也无甚利用神仙身份享受的辛勤。在天界自也是与众仙格格不入。每日只做些有损仙家尊严、不入众仙法眼之事，对于吟风弄月、饮酒作乐、奴役下届、维系天道自是一窍不通。这等不入流之事做得多了，不单众仙，便是王母玉帝亦觉得有些碍眼。

正是：

天上天公各不知，人间愁恨无数重。
是非之地不留人，何时更有留人处？

列位看官，你道是这灰牛大仙的所思所想，所行所怨，与那牛小青，是不是有同病相怜之处？欲知那与众仙家格格不入的灰牛大仙到底因何事下界，与那牛小青、桃花仙女之间到底又会如何，且听下回分解。

【第十三章】

上回且说到那灰牛大仙初登仙界，因刻板粗鄙、陋习众多，惹得众仙在心中略生怨怼之事。花开两朵，各表一枝，上回书既说到那灰牛大仙处，今日便顺着那灰牛大仙这一线索继续陈述探究，将其在天界的光景及被玉帝罚下凡间的因果缘由，分说得明明白白、通通透透，也叫列位看官心中得以分明。

话说那灰牛大仙虽登仙殿，却依然是个仙体凡心的，与天界那等悠闲自在、乘轻驱肥、鼎珰玉食、象箸玉杯等一干高贵仙翁仙娥自是有所不同。一言以蔽之，那灰牛大仙江山易改，禀性难移，不知晓纵使那仙家天界，正是凡人向往的一个纵情任性、清静逍遥的好去处。而世间之事，亦同此理。那大彻大悟之人，必是挣脱了规矩戒律、看破了俗世红尘，修得一身清闲安逸、超脱自在，明白尘世碌碌、无不是为名利奔忙；熙来攘往，无不是被欲望所导。因此，素日除了及时行乐，便再无其他俗事扰心。

闲言休叙。且说回那灰牛大仙之事。这牛仙在天界行走，因为素日劳碌习气深入骨髓，实在是难以适应这天界的仙人行止。它行为刻板古怪，惹得众仙侧目，但时日久了，个个仙家都明了它性情禀赋，因此每日只是怡然自乐，便也不大理会这我行我素的灰牛大仙。它爱做活便做活，与众仙毫无干系。这灰牛大仙闲则生变，日日在天宫中瞎转悠，见有一处花草生虫，便慌忙去捉；见有一处草叶枯黄，便赶紧拾掇；见有一处亭台生尘、楼榭结王，便赶忙爬高上低地擦拭。素日只要见到有仙人吟风弄月、饮酒作乐，它便要上前与之理论，面斥那仙家大好年龄，却在此处白日纵情、虚度时光。那仙界众人，早已修得凡心泯灭、别无他求，一腔骄矜贵气、通身仙风道骨，怎豫与这蛮牛争执？所以闹得众仙对它无可奈何，只得一见他走近，便慌得都远远避开。

这日，灰牛大仙闲来无事。不觉逛到了太上老君的兜率宫处，见那太上老君的府上云烟缭绕，古朴空旷若海市蜃楼般，不觉好奇心炽，晃晃悠悠踱步进去，想瞧个究竟。

列位看官，正所谓“无巧不成书”，它不逛还好，这一逛之下，反倒是坏了大事。原来素日之前，这太上老君掐指一算，算出人间将有一场浩劫，虽不知因何而起，他身为天界首臣，却断然不能坐视不理。

于是那太上老君当即便祭祀祝祷，架起了三清仙鼎，辅以谦和冲淡、清静无为的仙家真气，欲炼仙丹数枚，以备人间浩劫降临之际的不时之需。

那太上老君自己亦是盘膝而坐，闭目凝神，口中诵祷道家真经，头顶聚集三花之气，助那仙丹大成。

那灰牛甫一进门，便见那太上老君仪态悠闲地在堂前闭目假寐打坐，身前的正厅之中，架了一口铜鼎，那鼎有四侧，一侧绘的是凤舞龙翔、百兽齐鸣之威，另一侧是高山流云，天女散花之雅，再一侧是金刚怒目、世人拜服之态，又一侧是蓬莱仙山，众仙畅饮之乐。这鼎上绘制的图像栩栩如生，端的是令人望而生畏。

那鼎前跪了两名童子看顾炉火，只见两人对着那幽暗火苗轻轻打扇，丝毫不敢用力，以不教那鼎下之火熄灭。

灰牛大仙向那鼎下一望，见那大鼎下只一小束蓝幽幽的火苗，正随风跃动，似是随时便有熄灭之险。那灰牛大仙见状，顿时心下不快，那好管闲事的旧毛病便不假思索地涌上心头。只见它向鼎旁的仙童斥了几句，便奔向正堂，预备与那白日躲懒的太上老君好好理论一番。

太上老君心知与这蛮牛理论不通，也不与它说话，只是心中默念那道家的“清心咒”，意欲控制自我心境，以免坏了炉中丹药之仙气。

灰牛大仙一辈子辛勤劳碌，最见不得人偷懒。见了太上老君这副模样，却只当他是在躲懒，越发不依不饶地与他理论起来。

列位看官，这世间有一句俚语曰“好心办坏事”，便是如此。你道那太少老君因何如此，那童儿为什么又守着那一烛幽幽蓝光而毫无作为？究其根由，皆因炼化仙丹，是用文火细化；而将那仙丹聚气，则需要形神俱安方可。

这其中疑问，且容我慢慢道来。

先说那太上老君之丹炉。那太上老君炼丹的鼎炉，名为“三清”。《道德经》第四十二章曰：“道生一，一生二，二生三，三生万物，万物负阴而抱阳，冲气以为和。”由无名大道化生混沌元气，由元气化生阴阳二气，阴阳之相和，生天下万物。第十四章又说：“视之不见名曰夷，听之不闻名曰希，搏之不得名曰微。此三者不可致诘，故混而为一，”认为一化为三，三合为一，“用则分三，本则常一”。后来便依此衍化出居于三清胜境的三位尊神。因此“三清”尊神，在道教众仙家里地位尊崇。这“三清”更是了不得的境地。《道教义枢》

卷七引《太真科》说："大罗生玄元始三气，化为三清天也：一曰清微天玉清境，始气所成；二日禹余天上清境，元气所成；三曰大赤天太清境，玄气所成。从此三气各生，是为三清。"

而这束蓝幽幽的火苗，名曰"三昧真火"。说起那三昧真火，也是来头甚大。列位看官，你道是那三昧真火，何谓"三昧"？这三昧原是佛教偈语，译作"三摩地"，顾名会意，意为"正定""息虑凝心"之意。《大智度论》卷五说："心注一处不动，是名三昧。"同书卷二十说："一切禅定，亦名定，亦名三昧。"说的便是要摒绝杂念，心静神宁。三昧是修养的之法门，而"真火"则源自修道炼丹。陈抟老祖《指玄篇》曰："吾有真火三焉：心者君火也，其名曰上昧；肾者臣火也，其名曰中昧；膀胱者民火也，其名曰下昧。聚焉而为火，散焉而为气，升降循环而有周天之道。"这三昧真火，能炼化天地一切妖神，据说只有"万载玄冰可灭之"。

这三清鼎配了这三昧真火，已是世间至刚至猛之物，其燥气热气，可想而知。因此炼丹之时，须得一清心寡欲之人，以心意对那丹药的转化之力加以引导，冲正那丹药的燥热之气，才可堪以大用。

话分两头。这厢太上老君正在凝神静气、修炼心神之际，却被这灰牛大仙吵嚷，初时尚可视之为无物，但不虞那灰牛大仙却越吵越上劲，搅扰得他无法安宁，因此他也不得不中断修行，起身与之理论。这一起身便坏了事，只见那鼎炉下幽暗火苗，少了这谦和冲淡、凝神静气的温和引导，顿时化为熊熊业火，毁了一炉丹药。太上老君抬眼瞧了瞧那灰牛大仙，见他仍是一副无知无畏之态，顿时怒从心起，不由得拂袖上前，与之理论起来。

只听太上老君怒道："你这笨牛，因何要多管闲事，害得我丹药尽毁？"不晓那灰牛大仙却回敬道："你这老儿，自己白日间偷懒在庭歇觉、闭目养神，还敢说是在炼制丹药，简直是岂有此理涅！"

太上老君甩袖怒道："岂有此理！岂有此理！本仙哪里是玩乐，分明是在炼制丹药。你这不学无术的莽夫又如何能分辨！你可知道，这丹药我炼制了九九八十一天，费了多少心血，眼见便到了那开鼎封炉之日，大功告成之时，却被你这蠢牛乱我心境，毁我炼丹大业！"

灰牛大仙哪知这其中关窍，只道这不过是太上老君在掩人人耳目、危言耸听罢了。他因自己做惯了活，生平便最见不得、最看不惯有人闲适安逸、好逸恶劳，因此一见那神仙姿态，便觉甚是碍眼，忍不住想管一管。只听它道："哪有人闭着眼炼丹一说？分明是你白日偷懒，不知反思，还想吓唬俺老牛呢。"

这二人各据一理，谁也不让着谁，太上老君见自己真与这疯牛痴搅下去也不知何时才能了结，便拂袖而去，要请玉帝王母过来与自己评理。

端的是：

莫将凡心扰清静，二仙皆自道我赢。
不识风雅莽憨久，且说何处有亏成。

列位看官，你道是这太上老君与那灰牛大仙各执一词到底是何收场？那丹药此时毁坏，人间浩劫又当怎的？欲知后事如何，且听下回分解。

【第十四章】

常跟同好争高下，休与蛮人较短长。
几杯浊酒身渐热，一卷古书心自凉。

念一首打油诗，接一段前文。上回且说到灰牛大仙因见不惯众仙家悠闲懒散之态，愤然与太上老君理论争吵之事。那太少老君见自己与灰牛大仙理念有异，便拂袖而去，直吵着要去找玉帝评理。待老君去往玉帝处，见玉帝正携着王母赏四时美景、品琼浆玉液，其悠闲懒散之态，比自己那兜率宫中的闲适安逸、奢靡浮华之气，有过之而无不及，一见之下，不觉愈加悲愤无言，只道那老牛实在是蛮憨顽愚，无故坏人好事。

且说玉帝听完老君禀报，觉得此事并不甚大，为此等事体小题大做，断不值当。若是真把那灰牛大仙置办了，一则显得他这仙界的紫薇殿主小肚鸡肠，二则做神仙的时日久了，过惯了每日意态闲散、锦衣华服的日子，多少气性也烟消云散了，断不值得为此等小事动怒。

一念及此，玉帝便好声安慰了太上老君几句，着他先回兜率宫去，言此事自己断会好生处理。太少老君去后，玉帝略一思忖，寻了个主意，便借此机会，广邀一干仙人前来凌霄宝殿，名为评理，实则宴饮。众仙似是惯于出入这等场合，皆呼朋引伴，欣然而至。于是席间觥筹交错、推杯换盏、载歌载舞、欢声笑语不绝于耳，其氛围之融洽，意态之悠闲，蔚为可观。一望之下，只道众仙是来赴宴而非来做说客，似是已将那灰牛大仙与太上老君争执之事置诸脑后。

列位看官，你道那众仙家何故如此？原是玉帝为着将太上老君与灰牛大仙争执一事大事化小、小事化了，便想在这宴席上做个和事佬，与此二人说和说和。且天界众神想来秉承“不以富骄人，不以贵矜人”之良诫，因此那宴席上，尽是一派融洽之态，众仙东家长、李家短地各自闲扯家常、互相恭维，其娴雅之态，甚为可喜；相交之情，委为奇观。兼有玉帝从旁牵引，因此那茶会宴饮的目的，早已从为灰牛大仙与太上老君二人说和之事变成了众仙闲话家长里短、谈论日常琐事之聚会宴饮。

列位看官，这世间之事，向来一喜便有一悲，一聚便有一散。若是千人一面，众口一词，反倒是件稀罕事了。这玉帝宴饮，众仙皆意态翩然，乐而忘忧，不论今夕何夕，然席间却有一仙，极为不适，正是那灰牛大仙。他在人间之时，每日兢兢业业、不辞辛劳，不敢有半点懈怠，只道是只有勤勤恳恳、踏实勤奋才是人生第一要义。那等浪掷光阴、清谈闲聊之事，素来那勤勉上进者所不屑，料定此等姿态，唯有世间那等无甚出息的纨绔子弟才做。如今自己初登仙界，却只与这些每日只知逗趣解闷、赏花描画、吟风弄月、无所事事的一干仙人为伍，成日家唯一可做之事，便是修身养性，于他而言，与虚度时光并无二致。在他原来的设想中，那仙界众人应当是一众克己奉公、严于律己、勤勉敬业、造福万民之态势。如今一见，当真大失所望。因此，他越见众仙耽于安逸、沉湎享乐，他便越觉可气，真可谓是与玉帝之初衷南辕北辙。

且说这厢灰牛大仙因见了众人宴饮之乐，非但未受众人感染，胸中反倒越发愤懑难平、心情激荡。它怒气愈炽，竟渐渐现出牛身原形，前蹄刨地，竟吼叫着向那玉帝冲将过去，要将玉帝当成这天界享乐休闲之罪魁祸首。玉帝本是好生劝它，见状亦恼怒异常，伸手拈了一个法诀，端的是风云变色，山河齐震。那玉帝上掌三十六天，下辖七十二地，掌管神、仙、佛、圣、人间、地府的一切事，权力无边，有穹苍圣主、诸天宗王之称，赞玉帝之尊，权大化，得元始天尊密授赤字玉文而开天执符，主承太上无极大道之法旨而含真御历，金阙四御辅助，北极四圣佐护，神霄九宸大帝拱卫，妙相庄严，法身无上，统御诸天，统领万圣，灰牛大仙又如何是他的对手？

眼见那灰牛大仙被玉帝紫薇神诀紧缚了双角，一时间动弹不得。它愈挣扎，那神诀便捆得越紧，如千钧之力压在牛头上，犹如万顷之力齐拴住牛角拉扯，端的是痛苦万分。玉帝恼那灰牛大仙敬酒不吃吃罚酒，挥手招来天兵天将，要将它捆去乱炖，以罚其冥顽不灵、食古不化之罪。

那灰牛大仙本是一身牛脾气，玉帝要捆便捆，它见挣扎不脱那玉帝仙法，便紧闭双目，预备悲愤赴死。玉帝见状，顿时又气又喜。气得是这蛮牛至死也如此蛮劲，喜的是这蛮牛真乃仙界第一愚仙。他消停这片刻工夫，气便消了大半，寻思着这蠢牛一贯如此，如今自己与之置气，实属自贬身份。一念及此，玉帝心念一转，又不豫杀这蛮蠢的灰牛大仙了，只将它贬下凡间，着它在那伏牛谷思过便是。它既喜耕种劳作，自己权且便贬它去人间劳作，至此仙界可得清静，那灰牛大仙亦是求仁得仁，何乐而不为之哉？

列位看官，这便是那灰牛大仙与牛小青相遇之始末，至此方真相大白。这世间因由，虽是千头万绪，但终是事出有因，可寻得一个首尾。

闲言少叙。且说回玉帝处，这厢因它乃众仙之首，掌管神、仙、佛、圣、人间、地府的一切事，权力无边，有穹苍圣主、诸天宗王之称，因此，轻易不得动怒。人间尚有“天子一怒，流血漂杵”一说，更何况是天君之尊，众仙之首，掌管那紫薇宫太极殿的玉皇大帝？

那玉帝一怒，天上的众仙倒是无妨，却苦了凡间的众生。原来那天帝之怒气，皆会化作人间的瘴疠之气，引发那洪灾旱灾等诸般祸事。如见凡间为天君此一怒，山崩地裂、颗粒无收，尽是命运使然，又怎能事先预料？可见神通广大如玉帝，也无法料想预设命运造化之事，当真是天意昭昭，殊途同归也。不过如此一来，此前那太上老君掐指一算，算出人间将有一场浩劫，倒却也不曾说错。只是不曾想，那人间的浩劫竟是因为这般而来，当真令人哭笑不得。

端的是：

生易尽朝露未曦，世事无常坏复陂。
天意昭昭应如是，浩劫轮回原属实。

列位看官，如今灰牛大仙被贬下凡尘之始末你等已然知晓，天界凡间，事由交织。你道如今那牛小青自甘堕落，不事生产，日日与桃花仙女厮混在一处，那玉皇大帝与灰牛大仙见了此状，又待怎的？欲知后事如何，请听下回分解。

【第十五章】

列位看官，上回书说至灰牛大仙在仙界的种种经历，这诸般往事、万重纠葛已成前尘，并交代其与牛小青相遇之前的种种事由，至此诸位心中方始分明，知道那灰牛大仙是因何故下界，又因何故与那牛小青结识之始末。

如今且说回这牛小青处。话说自他与那桃花仙女结为秦晋之好，在那仙女的指导下，心思活泛了许多。想那桃花仙女，活在九重天上，乃这世上第一锦衣玉食之处、荣华富贵之乡，素日里吃的、用的、住的、看的，与那凡间大有不同。仙界中多少绿窗风月，绣阁烟霞、雕梁画栋、珍禽异兽，其眼界之开阔，心气之高雅，凡夫俗子，难望项背。正所谓“饱暖思淫欲”，那桃花仙女在仙界衣食无忧惯了，亦是闲则生事，便随着一干男仙学了些风流浪荡事，如今既与牛小青结为夫妇，便将此云雨之事，统统授予牛小青。那牛小青哪经得住桃花仙女的这番引诱调教，只被她略一勾引，便日日与她行巫山之会，作云雨之欢，既悦其色、复恋其情。成日家只将这男欢女爱之事当作第一紧要事，与那桃花仙子寸步不离，只恨不能合成一人。

话说那玉帝王母虽在天界行事，却对人间诸般情态、万种事端，一一瞧在眼中。如今牛小青行事荒淫放浪、轻慢农事，丝毫不见此前的朴素忠厚、老实纯良之态，令此二仙不由得也暗自忧心。玉帝当下云，自古红颜祸水，积毁销骨，古往今来，不知道多少轻薄浪子、大好男儿，皆以淫字为由，又以情字作案，也不知虚度了多少大好时光，浪掷了多少气力钱财，如今牛小青步此后尘，断不能放任自流，听之任之。更何况牛小青这等食五谷杂粮的肉身凡胎，焉能比得桃花仙子这样吸风饮露的不坏金身，岂可学她日日纵欲、时时宣淫？

玉帝在心中略一计较，便想了条计策，又与王母聚在一处，共议一番，皆云牛小青这番耽于享乐、沉于淫欲，有损福德，不是什么好事。因此二仙便提议将那桃花仙女带回仙界，以此警示那牛小青，令他勿再重蹈覆辙、放任情欲，当勤于务本，以正事为要。

且说自玉帝与王母订下这条计策后，牛小青尚蒙在鼓里，毫不知情。他每日与那桃花仙女浑浑噩噩度日，厮守玩乐、不事农桑只觉得天长日阔，诸事无聊。岂料这日一觉醒来，竟然不见了那桃花仙女。

初时他只以为这桃花仙女是有事出门，也不知是何缘故，竟然未曾唤他同去。但素日福氏村中农桑之事，桃花仙女独自出门亦有之。遂牛小青虽然心中纳罕，但却也不甚担心。他见已是日上三竿了，便起身去寻那桃花仙女，不提防跑出门之际，不知被何物重重挡住，将他弹回屋内。

牛小青以为自己又遇上了什么妖魔鬼怪之事，吓得连连后退。待他醒神立定，再要看时，却见门墙之上，缓缓浮出几行金字。那金字先言曰："平生性格，随分好些春色，沉醉恋花陌。虽然年老心未老，满头花压中帽侧。鬓如霜，须似雪，自嗟恻！几个相知动我染，几个相知劝我摘。染摘有何益！当初伯作短命宛，如今已过中年客。"牛小青识不了几个字，丝毫不懂得那几行诗歌是劝人惜取时光，莫要耽于女色之意。待那几行字慢慢掩去，那墙上又浮出另几行大字，字曰：尘缘已尽，诸事无常。这桃花仙女本是我西王母座下侍女，因凡心炽盛，方下凡历此缘劫。如今你二人尘缘已了、前事已尽，桃花仙女自当由我带回天宫，重归侍女职位。你二人从此尘归尘、土归土，各安天命、不必再见。牛小青，你此番际遇，乃命定之劫数。如今缘劫已了，当好自为之。言毕，那金字下还有一方落款，正是西王母三个大字。

牛小青大字不识一个，假模假式地阅毕西王母用仙法在墙上留予自己的一番好言好语，呆呆思忖了片刻，也不知那墙上所写的金字意寓几何。当下便穿戴工整，欲往那村正处去，请那村正来帮忙辨认一番。他收拾完毕，如往日一般在村中闲庭信步地观赏了一番春日美景，方缓缓向村正家行去。

那村正见牛小青主动相请，亦觉得脸上颇有有几分薄面。二人皆心怀雀跃，一路闲聊，闲庭信步地去往那牛小青家中，去辨认那墙上金字，想弄清这字到底是何言语。

那村正进门，阅毕西王母留给牛小青之规训警诫，顿时心中大为讶异，连连叫嚷着向家中奔去。列位看官，你道他到底为何如此大惊小怪？原是那村正心中本以为这桃花仙女不过是天上一个司花散仙，不承想竟是王母座下，蓬莱宫中的天界一等侍女。他身处穷乡僻壤，何曾见过西王母这等出身高贵的真仙！别说见，便是想亦是不敢想。如今自己非但有机会见到西王母座下仙女，还亲阅了一番西王母的训诫留言。他见了那几行金字，也来不及与牛小青解释，先慌忙归家捧了香炉，请出了三炷好香，拉着牛小青对那墙上金字三跪六叩之后，方始向牛小青道出墙上金字情由。

待村正将那西王母的意思一一解释与那牛小青听完，牛小青不由得倒抽一口凉气。一时如五雷轰顶、天崩地裂，只道是不敢相信那日日与之耳鬓厮磨的桃花仙女已随王母离去，再无相见之日之事。

端的是：

可中宿世红丝系，自有仙人天上来。
可叹人无千日好，从来花无百样红。

话说这牛小青自得知桃花仙女如今已被西王母带走，弃自己而去，顿时心中无限感慨，整日家茶饭不思、心神难安、长嗟短叹、以泪洗面。他无法可解，唯有闷在家中，蒙头大睡之时，方能安静片刻。只不过待他再起床时，一望见这墙上金字，便心知自己再等不回桃花仙女，一念及此，便忍不住涕泪横流，也不知日后该做何想头了。

列位看官，你道是福无双至，祸不单行。这牛小青当日走运时，非但有神牛相助，还引来仙女思凡。如今他这人浮于事、无所倚仗之时，非但气跑了神牛，更失了那桃花仙女。

正是：

世间百物总凭缘，大海浮萍有偶然。
若非家贫人勤勉，何从千里配婵娟？

列位看官，你道是这离了灰牛大仙与桃花仙女，这牛小青该如何自处？从今往后，又当何去何从？欲知后事如何，且听下回分解。

【第十六章】

上回说到牛小青因失了娘子桃花仙女，成日家在屋里长吁短叹、以泪洗面之事。且说到那神牛也因见其好逸恶劳、虚度光阴的懒散之态，愤然离去，不知所踪。那村正见牛小青如今孤身一人，形态可怜，也不忍看他一个大好男儿这般消极度日，遂每隔几日，便去往那牛小青家中安慰他几声，言称来日方长，只要他振作精神，这等小伤小挫，不足动摇伤及根本，待时日久了，终有那雨住云收、拨云见日之时，这番伤感伤情，虽是人之常情，但却不可一味沉迷其中。

话说那村正见桃花仙女被西王母召回，牛小青再无依傍，心中原本有些幸灾乐祸。列位看官，你道这是为何？原来这牛小青与桃花仙女成日里不事生产、无所事事之态，虽不会殃及旁人，但大抵也是令那些勤劳务本的庄稼人看不惯的。那等与众人行事迥异、特立独行之人事，或为常人所远，或为常人不屑，古今中外，莫不如是。他本拟训诫牛小青几句，此刻见牛小青水米不进、形销骨立，成日里只知躺在家中伤感流泪，心中着实伤也有了几分物伤其类之感慨，一时也不知该如何劝解安慰，只得洗锅淘米，生火造饭，又将那牛小青乱作一团的住处收拾干净。

那村正造了饭，又劝牛小青起床，挑了一点清淡素食哄了他食用后，方语重心长道："你这放牛娃儿，也忒死心眼了。你倒是只顾自己心中快活、清闲自在，成日家与那桃花仙女厮混戏耍，却不晓得在这个世上，什么人都有什么人的烦恼，什么人都有什么人的责任。远的不说，且说那人间帝王，锄地该用金锄头，砍树该用金斧子了吧？但他也每日都还要上早朝，听那众臣汇报，方能知晓这一日之间，各地那些贫苦百姓、达官贵人身上，大抵发生了一些什么事。那天上的娘娘，地上的娘娘，莫不如是。每日理家算账，归置物资，是一等的贤内助。如今你倒好，与那桃花娘子，成日家只出不进，光顾着耍乐，一点也不理事，这如何了得呢？想那天上的仙人，因你辛勤朴实，方派了神牛与那仙子来助你，你如今起了不劳而获、好逸恶劳的心思，那神人如何能饶你？所以你且先不忙哭，把身子养好了，如从前一般安心做活，待那天上的上神见你诚心悔改，指不定何时便会将你的桃花娘子再送还回来了。”

那牛小青听了村正这番话，在心中细细咀嚼了一番，寻思正是此理。眼下一味消沉，非但得罪了神牛，那桃花娘子也是回不来。当下收了眼泪，第二日便起了个大早，先去了田间垄头照料了一番自己原先的两亩薄田，又往村中的纺社去了。因时间尚早，这纺社尚空空如也，牛小青独自一人收线、纺线、缫丝、打扫，做得异常卖力，且因牢记村正言语的缘故，他也未曾向纺社收取分文，只是一味起早贪黑、埋头苦干，誓要将自己曾经贪闲玩耍的时光挣回来。

牛小青这番动作，亦落入灰牛大仙耳中。灰牛大仙听闻牛小青愿意转变心思，心中亦是觉得欣喜赞赏，他本就喜欢勤勉上进、辛勤劳作之人，算是骨子中的惯性、性情中的根本。它曾经愿意帮助牛小青亦是这个理。如今见牛小青诚心悔改，自己那耕地种田的抱负也会因此得以施展，不由也心满意足、满心期待地回到牛小青身边帮忙。

且说回牛小青处。如今那牛小青虽不似往日成天闲耍，而是一味做活。但不管那牛小青白日如何消耗体力，夜晚仍旧会因思念娘子而暗自垂泪、向隅而泣。若不是有幸食用过仙草，身体如何经得起他这等不眠不休的消耗？

牛小青这般姿态，灰牛大仙瞧在眼里，也是着急上火。牛小青如今初尝男女情爱滋味，早不是当日初遇时单纯的放牛娃了。他如今相思成疾、抑郁抱病，若是这个问题自己不与他解决，怕是日久生病，始终也好不了。

列位看官，你道那灰牛大仙，因与牛小青相处时日久了，对他的感情早已有所不同。如今它甘违玉帝之命，为牛小青之忧思，冒险去那天上游离一番，将他带到那桃花仙女身侧，着他瞧一眼桃花仙女的模样，以缓解心中的郁结。

那牛小青闻言，自是欣喜若狂，一心只盼着自己见到那桃花仙女对她一诉衷肠，倾泻这些时日的相思之苦。但牛小青做此想头，却是因为凡人与那仙界不通消息，对天界种种，只有猜测想象而毫无实据。这等揣测，常常是失之毫厘谬以千里。

譬如那玉帝与王母，本非夫妻。那西王母乃先天阴气凝聚而成，故而为众女仙之首，掌管昆仑仙岛。而玉帝俗称“昊天金阙无尚至尊自然妙有弥罗至真玉皇大帝”，上掌三十六天，下辖七十二地，掌管神、仙、佛、圣、人间、地府的一切事，犹如人间帝王一般，权力无边。但是在世人眼中，一个锅要配一个盖，一个公必须跟一个母。因此便呼那玉帝为“玉皇大帝”，呼那西王母为“王母娘娘”，把两个八竿子打不着的上神强行捆绑为夫妇，以为天界亦是与那人间帝王的三宫六院、七十二妃一般无二，有一个皇后总体统领着。日日与他管理这些莺莺燕燕，月钱例子。那玉帝出外打柴做工回来，便有东宫娘娘烙大饼，西宫娘娘洗大葱，把他伺候得服服帖帖，日子过得有滋有味。

这等民间传言，说得多了，仙界众神便也有所耳闻。于是，某一阵那太上老君、赤脚大仙、二郎神、顺风耳、千里眼等一干仙人，见了那玉帝便哈哈大笑，戏称他为仙界第一“农夫”，只把那携着众女娥赏花饮酒的玉帝、执掌众仙的王母齐齐弄得哑口无言方作罢。这还不算完，素日若是仙界众神聚在一处宴饮畅聊，逢着西王母与那玉帝不得不受邀共同前来时，众仙更是乐不可支，直将那“东宫娘娘烙大饼、西宫娘娘洗大葱，皇后娘娘来统领”当成宴饮上的助兴节目，搞得玉帝有一段时日不得不回避宴饮聚会，也省得被这些仙人们嘲笑。

端的是：

世人皆云神仙好，乃知仙境似人间。
仙境有闲谈风月，别有天地非等闲。

列位看官，你道是牛小青如此，那灰牛大仙有何办法，与他缓解这相思感伤之态？那桃花仙子随王母回天宫，又当如何？欲知后事如何，且听下回分解。

【第十七章】

上回书说至那牛小青因遭受打击，不由得幡然悔悟、痛改前非，恢复农人勤勉本色，一门心思地劳作生产，只盼着自己这番诚心能感天动地、上达天听，令玉帝和王母知晓，好将他的桃花娘子重新送还。

因此他白天虽是殷勤劳作，晚间却忍不住哽咽忧心。列位看官，你道是他虽得了老村正的安慰，却也因为此举不过是无奈罢了。如今他便是想不听那村正劝诫，也寻不到其他更好的出处来纾解心中块垒。他虽安于这不似办法的办法，可诸位也知，失去心爱之物，为之悲切，乃人之常情。兼那村正之言，虽是暂且令他宽心，却终究不是定数，因此他存了这个希望，得了这番告慰，却并不知晓自己终究能否还与那桃花娘子见上一面，也不由得长吁短叹，不知来日几何。

且说这厢牛小青心中忽而焦躁不安，忽而七上八下，也不知该如何是好。只得一心渴盼事情真能如那村正所言，将来终有一日，自己能感动西王母，令她送回自己的桃花娘子。夜晚寂寥难当之时，他便只能在暗夜里回忆与桃花仙女初识的种种情景。间或向隅洒泪一番，却是再正常不过之事。只是他终究是肉体凡胎，纵然有那仙草养护，却终究经不起这白天黑夜的连番消耗。那神牛看在眼中，亦是急在心头。

它见牛小青始终这般消沉，便暗下决心，无论有何等惩罚，都要安排牛小青与那桃花仙子见一面。这一人一牛下定决心，便直往南天门去。

列位看官，你道是这牛小青相思成疾，灰牛大仙暗自忧心，为牛小青想各种办法，那边桃花仙女却又作何姿态呢？

话分两头，各表一支。且说这桃花仙女回到天宫之中，不消三四日，便把那牛小青之事忘得一干二净。这仙界诸神，尽是那些修成正果、寿与天齐之辈，素有无欲无求、不问是非之念，如今那桃花仙女既回天宫，重归仙家身份，便将那尘缘中的遭遇一一置诸脑后，并把那俗世之中的姻缘抛却得一干二净方是正理。其下凡历劫，本也就是她修行中一部分，她与那牛小青之间的情劫，于牛小青是深入骨髓、铭心刻骨，但那不过是她数千年仙家命数中的一点浪花浮蕊罢了，又岂会真正放在心上？

列位看官，原来这桃花仙女在遇到牛小青之前，便早已结束了数段恋情，上至王公贵族，中到富商子弟，下至市井平民，无一不被她的美貌仙姿与调情手段迷恋得销魂蚀骨、肝肠寸断，并为此相思成疾。那桃花仙女平生在情之一字上，未曾有过半点败绩，因而才突发奇想，盼望能寻得一个与众不同的凡人，体悟那不同的情感滋味。如此一则是满足自己的收集癖，二则是因为她因在民间日久，也如市井之人一般迷上了话本小说，先前不过是看看罢了，如今久了，自己也忍不住技痒，闲来无事，亦会描画几段、写上两笔，混在那市面上的才子佳人小说里，聊供众人娱乐。她之所以生出与那牛小青缠绵之事，正因她从不曾与一个农家小子、老实憨头相处过，所以才会设计出这一段相遇相知之事，以增加自己的情感体悟，寻到话本的一手素材。

你道是这厢牛小青在家中肝肠寸断，而桃花仙女却浑不在意，每日在天宫之中笔耕不辍，将自己与牛小青如何相识相知，又如何被那西王母拆散之事，写得婉转曲折、哀怨动人。她在这故事里，直把自己描述得柔顺怯懦、楚楚可怜；而将那牛小青描述得老实巴交、英俊潇洒，而玉帝与王母，便成了恶势力的代表、坏形象之典范，成日家人闲事多，无事生非，是那一等惹人厌烦的中年油子，最看不得别人家郎情妾意、相亲相爱，总要使尽那雷霆手段、恶毒心思去拆散一对恩爱的情侣，把那美好的事物毁坏给人看，如此才能有一波三折之起伏，而大众方能喜闻乐见、竞相阅览。

她本拟将这话本写来供自己玩耍娱乐，不承想某一日，这话本中间几页因未曾收拾，被其他仙娥无意中瞧见，一望之下，顿时被故事中的爱情故事、人间家常感动得痛哭流涕，由此便在众仙娥手中流传开来。后来那仙界众神阅览后，无一不被书中故事感染，以至于后来，竟然连书中的反面人物“王母娘娘”“玉皇大帝”也是仙手一本，时时翻阅。列位看官，你道是这桃花仙女歪打正着，那本由她所写的话本故事，因其在天界大为震动，于是不知由何人之口，慢慢也传入那民间话本之中，并被众人赋予了一个颇为直观的名称曰“牛郎织女的故事”，由此催生了牛郎星与织女星遥遥相望、一年一度的七夕相会之事，此处暂且先不提，当属后话了。

闲言少叙。且说自这牛郎与织女的故事自在仙界传开后，那些未经情事的仙女仙童们阅览后都为之唏嘘哀叹，深恨那牛郎与织女的一段情事未能修成正果。因那书中牛郎织女是弱势一方，玉帝王母是强势一方，众人这一腔愤懑无从发泄，便将那不满全部对准玉帝与王母，深怨此二人不应当这般强硬拆散这一对天造地设的佳偶璧人。初时玉帝王母还万般解释，言这不过是春秋笔法、曲解事实，如此假设，也不过是为了易读故事罢了。奈何那些仙人非但不懂艺术，更是早就对这故事中的设定先入为主，也不管这话本有什么艺术夸张手法，什么样润笔过程，反正只认定王母与玉帝做了那恶人，一味去找他二人理论。久而久之，这天界众仙都闲则生事，分为两派：一派忠于玉帝王母，另一派则拥护牛小青与桃花仙女。两派仙众日日聚首，动辄得咎，为各自的立场争论得不可开交，闹得玉帝与王母也烦忧无比，不知该从何处劝解。

端的是：

只眼须凭自主张，纷纷艺苑漫雌黄。
仙人看书何曾见，都是随人说短长。

列位看官，你道是这牛小青与桃花仙子各归各位后，那桃花仙子乐不思蜀，而这牛小青相思成病，这灰牛大仙因不忍牛小青日渐消沉，驮着一个凡人，冒玉帝天罚重回仙界，这一番动作之后，又待怎的收场？欲知后事如何，且听下回分解。

【第十八章】

上回且说到那灰牛大仙因不忍牛小青如今相思成疾，打算冒险化出仙身，将那凡人牛小青驮上南天门，寻个契机，着他与那桃花仙女一见，最好是能说上三五句话，以缓解他的忧思苦闷之情。

眼见一牛一人已至南天门，且说这灰牛大仙这厢将牛小青驮到南天门附近放下后，便捏了个隐字诀，将自己的牛身悄悄隐在云间，生怕那看守南天门的门将发现。它上天之前，便对牛小青千叮万嘱，云自己因受了天罚，不便在天界大剌剌地公然露面，万一被镇守巡逻的天兵抓住，便万事皆休。

那牛小青口中诺诺有声，一颗心却早已被飞出魂外，只盼着那桃花仙女立时便在南天门出现，让他一诉别后的相思衷肠，若是那桃花仙女能被他说动，随他重回福氏村家中生活，便是那天上地下、古往今来一等顺心事了。

说话间那灰牛大仙便已消失不见，只余了牛小青一人，在那南天门入口处东张西望。他又期望又害怕，一颗心跳得如同密集的雨点一般，只差蹦出嗓子眼了。他蹑手蹑脚地向那南天门接近，却越走越觉得步履沉重，两腿上如绑了铅块一般，一步比一步慢，如同被含在泥地里一般，眼见那南天门已近在咫尺，自己却是连一步也迈不动了。

且见那牛小青手脚并用，壮了胆子又向前爬了数步，将将要接近南天门的时候，胸口却如同一记重锤打来，直打得他眼冒金星，口吐白沫，只来得及嘟囔两声，便双腿一伸，直挺挺地向后倒去。

列位看官，这牛小青眼见已经摸上南天门，却在这门口功败垂成，你道这是为何？此情由虽不十分复杂，但细按敷衍，却还要啰唆几句。原是因为南天门乃九重天仙界的第一门户，端的是巍峨万丈、庄严肃整。那凡间的书中，便有翔实的记载，云那南天门之盛况如下：初登上界，乍入天堂。金光万道滚红霓，瑞气千条喷紫雾。只见那南天门，碧沉沉，琉璃造就；明晃晃，宝玉妆成。两边摆数十员镇天元帅，一员员顶盔贯甲，持铣拥旄；四下列十数个金甲神人，一个个执戟悬鞭，持刀仗剑。外厢犹可，入内惊人：里壁厢有几根大柱，柱上缠绕着金鳞耀日赤须龙；又有几座长桥，桥上盘旋着彩羽凌空丹顶凤。明霞晃晃映天光，碧雾蒙蒙遮斗口。这天上有三十三座天宫，乃遣云宫、毗沙宫、五明宫、太阳宫、化乐宫……一宫宫脊吞金稳兽；又有七十二重宝殿，乃朝会殿、凌虚殿、宝光殿、天王殿、灵官殿……一殿殿柱列玉麒麟。

列位看官，如今诸位听了这书中记载，方知晓南天门是何等圣地，寻常的散仙地仙想上南天门都不能。这牛小青一介凡夫俗子，如今擅闯南天门，岂是好玩的？书说至此，诸位定有一问。这南天门既然如此难入，那寻常天界众仙，从此门出出入入，不也是同样为难吗？列位看官，你倒是此事说难不难，说易不易。原来是因为玉帝一向喜好宴饮，若是众仙不能出入南天门，无法进宫赴宴，岂非是仙生一大憾事？

如此他便立下一个规矩，凡是欲入那南天门者，须得食仙家之馔，饮仙家之酿，或是有那仙界上神与他度一口仙气，方有资格入那南天门，登上仙界的天宫神殿。

那牛小青虽食了一株仙草。却是灰牛大仙在山谷中采摘炼制的，凡人食用，无非是强身健体罢了，与那仙界之中饮仙风仙露之奇花异草不可同日而语，而他入不了南天门，自也无甚好奇怪的了。

列位看官，这南天门的规矩如此严苛，也莫道是天帝无情。他如此安排，非是为仙家众神着想，反是为了凡人考虑。试想，那没有任何根基的凡夫俗子，如何与那千万年道行的仙界众神相比？

若是天界第一大门都是门户大开，常人皆可随意出入，万一何时那一介凡夫俗子因各种机缘巧合冒冒失失闯入天界，发现自己入了一个从前见所未见、闻所未闻的世界之中，该如何是好呢？这世间的肉体凡胎者，皆是那六识未开、心眼封闭之人，他们若是贸然闯入天界，非但不可见那天界玲珑多姿、雕梁画栋、彩羽凌空、金碧辉煌之态，反会撞入到那万丈混沌之中，无法辨其形，无法识其色，无法听其声，甚至连时间流逝都无知无觉。

此情此景，天何其宽，地何其广，己身如同天地沧海之中的浮游一般。以一个凡人的心智，断然无法承受。此小大之辨，稍有不慎，便会冲击人之心智、击垮人之心灵。

如今这牛小青贸然闯入南天门，反而着了道，亦是无法避免的了。

话分两头，各表一枝。且说回这灰牛大仙这边。他倒不是有意要害这牛小青的，因他入天界年短日浅，不知这天界规定，亦是常事。且它之前在天界人缘着实不怎么地，那天界知规矩懂来历的众仙一见他便躲闪，遂他不知此事亦是情有可原。

且说那牛小青晕倒在南天门前，终是惊动了天界的门神。且说那凡人闯入天界之事虽是十分罕见，却并非是前所未有。此前那天界诸神也有如桃花仙女一般贪恋红尘，偷偷去凡间游历，返回时那下界做法留下的种种痕迹若是被凡人看见，一不小心顺着那仙人下界的通道莫名去到那南天门，便会遭到牛小青今日的境况。

譬如某一次，寿星老儿骑着仙鹿下凡与当地的一位大善人加阳寿，回天宫之时，却把那仙鹿忘在了闪人家中。岂料此事竟然被善人家中的一名家丁偷偷瞧见，如今见寿星老儿已然回去，那仙鹿却在后堂徘徊，便心念一动，贪从心头起，恶向胆变生，悄悄取了一把匕首，扑到那鹿身上，拿着匕首便想将那鹿角削下来。

说时迟那时快。眼见他正要得手之时，岂料那鹿竟一飞冲天、腾云驾雾，转瞬间便飞至南天门。那凡人家丁何事见过这等时，顿时又惊又怕，趴在那鹿背上屎尿齐流，还未至南天门便晕倒了。

此人后来被南天门的守门金将发现，打开了人界名册，查明来出，便将他送还回去。但此举还与他留下了后遗症：此后他日日躲在屋子中不敢出门，但凡出门见了外间的蓝天白云，他便会忆起当日那一番好吓，顿时双腿哆嗦、小便失禁，熏得旁人掩住耳鼻、厌恶不已。

更有甚者，他日后睡觉便也只能睡在那棺材状的木盒之中，绝不可见到一丝天光云影。

端的是：

仙家肃整多规矩，凡人莽撞意难取。
朝参暮拜金人像，真身著尽黄金缕。

列位看官，你道是这牛小青如今倒在南天门，那灰牛大仙当如何，玉帝见了又当如何？而他如今擅闯南天门，与那桃花仙女，又能否得见？欲知后事如何，且听下回分解。

【第十九章】

上回且说到那灰牛大仙带着牛小青，一人一牛莽撞冒失地闯入南天门，累得牛小青口吐白沫、晕倒在地之事。列位看官，你道这牛小青本盼着能与桃花仙女见上一面，以慰相思之苦，如今这桃花仙女未见到，自己倒先折了，实乃祸不单行。

且说牛小青倒在南天门之后，被那看门的金甲天将发现，那两位金甲仙人一望之下，登时大惊失色。二仙验视完毕，见他是凡人，约是误闯仙界，便慌忙与他渡了一口仙气，那牛小青得了二仙的仙气，顿时悠悠转醒，天宫的诸般景致，也不再似先前只是混沌一片，而是诸般景致，皆在眼前一一浮现。那二仙见牛小青醒来，都在心中啧啧感慨，幸而此事发现得及时，如若不然，那牛小青非死即残，险些如同那名被巨鹿误带入天界的凡人一般变得呆傻愚笨，不晓世事。

且说那牛小青得了二仙所度的仙气，顿时悠悠转醒后，一张眼首先瞧见的竟然是一双比铜铃还大的眼白，便吃了一惊；再一望，那守门仙人悠悠抬头，眼珠子竟如同磨盘一般，在他瞧着那门神的同时，那门神也正目不转睛地盯着自己。牛小青以手撑地，正待起身，却觉触手处又软又热，不似实地，顿时又吃了一惊。待他定了定神，往四周打量了一番，这才瞧见，原来自己手撑之处，肌理分明，末端无根又粗又长的手指，指上宽大指纹指节，皆是清晰可辨，不由得吓得跳将起来。原来此时，他方才分明自己原不过是躺在某个仙人的手上。

幸而那牛小青自遇山神之后，生活中的怪事接二连三，如今再见到神仙，虽然又惊又怕，但终还是有些心理准备。只见他死死攀住了那仙人的指缝，生怕自己一个不小心，便要掉下去摔个粉身碎骨。但那仙人如平地拔起的一座大山一般硕大无朋，稳稳停在云间，更是吓得心惊胆战。

岂止那仙人虽然身材魁梧，为仙却甚是温和。他见牛小青神色惶恐，连声安慰，那声音亦是状如洪钟。牛小青见他瞪了一双大眼，不住地打量自己，顿时本能往后避开。那仙人瞪了他数眼，忽地欢呼一声，似是认得牛小青一般。

那仙人呼吸甚重。这一声欢呼，又差点将牛小青从他手掌上吹了下来。列位看官，你道这仙人为何如此？原是他将牛小青托在掌上，瞪着他那磨盘似的大眼辨别了好一阵，终于想明了此人眼熟的原因。原来这由桃花仙女所书的《牛郎织女》早已在天界传遍阅便，那牛小青之名，端的是无仙不知，无仙不晓。更离奇的便是，当初那桃花仙女在书写此话本之时，还用那织锦的七彩之色，绘制出了牛小青与自己的画像配图，那神仙生活甚是无聊，这一干仙人，个个都已把那牛郎织女之事阅了数遍，甚而连那牛小青的画像，也是众仙皆知、无仙不晓，个个烂熟于胸。且那桃花仙女在写此话本之时，还将仙术灌注其中，那话本的字迹、画像皆可随着仙界众仙之身量伸缩，阅览之际，十分方便，是以那仙人只是略辨了几分，便已认出了牛小青。

这一人二仙，在此叙了一番前因后果，方知情由。二仙此时忆起守门之责，便和颜悦色地询问那牛小青到底是使了什么法子上天的。牛小青生来老实，本不擅撒谎之事，此刻被这看守南天门的门神问起，心头立时便浮起灰牛大仙与自己分别时的殷切叮嘱，顿时结结巴巴、支支吾吾与那二仙道：“原是那桃花仙女下界时，曾与了自己一株仙草，食用这仙草之后便身轻如燕，能腾云驾雾，遂自己才可飞上这南天门。”至于如何进入天宫，当日她未曾相授，自己不知道，也是自然的。

那二仙心中暗暗称奇，想着当日牛郎织女的话本之中，从未提及此节。但既那牛小青已如此说了，那定是发生过的。自己不知道，自然可能是被那桃花仙女隐去此节了。

那二仙问明牛小青身份情由后，由那牛小青说到了《牛郎织女》话本，且由话本，又提及当日玉帝与王母是如何拆散这一人一仙的金玉良缘之事。列位看官，你道是，正是“无巧不成书”，这两位门神，虽都爱看《牛郎织女》一文，但却是一个拥护玉帝王母、一位拥护牛小青与那桃花仙女，如今见了话本中的正主牛小青，这二仙便越争越忘情，越谈越激动，争得面红耳赤之时，双方亦是无法说服彼此。

牛小青眼见那两名门神似是预备武斗，慌忙出言提醒，请求那两位如山岳一般的门神将自己放下。那门将将牛小青安置在地上，与自己的同伴左一个仙诀右一个法术地斗将起来，初时尚有些神仙风度，但后来见谁也不占上风，竟连仙诀也不捏了，只如孩童一般，抱在一起滚落在云间厮打。

牛小青见他们两个谁都不曾注意到自己，趁得那两仙不注意，蹑手蹑脚地溜进了天宫。

他一进天空，又吃一惊。

只见那凌霄宝殿上，众神正在争吵不休。而玉帝和王母各占一座，正在暗自叫苦、默默发愁。原来众人听了那门神之争，便再度想起自家当日读到的《牛郎织女》话本，顿时纷纷加入那争吵战团。那天宫中的“玉帝王母派”与“牛郎织女派”之争，由这两位门神引起，此时已扩展蔓延到众仙，那仙界诸位仙人，除了玉帝王母之外，此时皆已加入战团。是以牛小青一路行来，无人阻挡，原是因为众仙都在自顾自地争吵，倒是没有什么人有闲暇注意到自己。

端的是：

大家恶发大家休，毕竟到头谁不是。

列位看官，你道那牛小青这番闯入天宫，借那众仙争论不休之际，偷偷去寻那桃花仙女，却是寻得着寻不着？若是寻找了，那桃花仙女对他，又会怎的？欲知后事如何，且听下回分解。

【第二十章】

且说这牛小青一路小跑，终于闯入天宫之中，虽是大姑娘上轿——头一遭，但他却丝毫不曾流连半分天宫美景，一心只想去寻自己那桃花娘子。列位看官，想那天宫美色，有多少凡俗之人有缘得见？这牛小青竟然一眼不瞧，他如此这般，实属才蔽识浅、管见所及。

列位看官，说到此处，且容我多言几句。那天庭美色到底是何等景致呢？且容我慢慢道来——

寿星台上，有千千年不谢的名花；炼药炉边，有万万载常青的瑞草。至那朝圣楼前，绛纱衣星辰灿烂，芙蓉冠金碧辉煌。玉簪珠履，紫绶金章。金钟撞动，三曹神表进丹墀；天鼓鸣时，万圣朝王参玉帝。又至那灵霄宝殿，金钉攒玉户，彩凤舞朱门。复道回廊，处处玲珑剔透；三檐四簇，层层龙凤翱翔。上面有个紫巍巍，明晃晃，圆丢丢，亮灼灼，大金葫芦顶；下面有天妃悬掌扇，玉女捧仙巾。恶狠狠掌朝的天将，气昂昂护驾的仙卿。正中间，琉璃盘内，放许多重重叠叠太乙丹；玛瑙瓶中，插几枝弯弯曲曲珊瑚树。正是天宫异物般般有，世上如他件件无。金阙银銮并紫府，琪花瑶草暨琼葩。朝王玉兔坛边过，参圣金乌着底飞。

那诸般殿宇之中，还夹了一片桃园，这桃园景致如何？

有诗为证。

夭夭灼灼，颗颗株株。夭夭灼灼花盈树，颗颗株株果压枝。果压枝头垂锦弹，花盈树上簇胭脂。时开时结千年熟，无夏无冬万载迟。先熟的酡颜醉脸，还生的带蒂青皮。凝烟肌带绿，映日显丹姿。树下奇葩并异卉，四时不谢色齐齐。左右楼台并馆舍，盈空常见罩云霓。不是玄都凡俗种，瑶池王母自栽培。

且说这天宫建成之后，玉帝自矜宫中景致非凡，便大举设宴，广邀人间擅丹青之画师与人间擅吟咏之诗人，来观赏天宫景致，以便将那天宫精致，用世间最精致的文辞与最美的画卷表述。

且说那擅丹青者，绘制这宫中美景，用了那天宫之中最珍贵的火浣纸，画了整整七七四十九天，也未曾得到天宫中的半分神韵，此后，那能工巧匠因贪恋天宫美色，只瞧得双目失明。用仙法治好之后，便接前作继续作画。只因这画师们如痴如醉地沉入这天地间独一无二的景致美色，无论如何也无法绘出天宫美景之神韵，最后便愤而烧掉了自己所绘的美景，集体自杀赴死，以解此恨。

那宫中擅吟咏者，虽留下诗歌数言，但也自知不及天宫真正景致神韵之一二，见那人间来天宫的丹青师们已慷慨赴死，便也萌生死志。幸而被那哮天犬闻见血腥味道，慌忙前来阻止，否则那诗人亦会步那丹青师后尘。

端的是：

今日紫台良工匠，明日阎罗殿前魂。
借问因何生此变，自云人在画中游。

列位看官，你道这天宫景致非凡，但大凡世间好物，都不得贪慕渴求，否则便会物极必反，终生祸端。这些人皆是人间一等一的人物，但此番天宫赏玩，纵是这些人极尽脑汁，牵肠挂肚，也未曾将天宫的一二分景致尽述。那被玉帝所邀，前来描绘天宫景致的诸诗人，皆深陷那巧夺天工的景致之中无法自拔，深以自己无力描述这景致为憾，闹得险些自杀；而那些描绘景致、擅丹青的画家们，却已然自杀。幸而那哮天犬因机缘巧合前来阻止，否则这些人便要步那画家后尘，全部血洒天宫，岂非正是例证？

前言休叙。且接上次宴邀之事往下说去。因那哮天犬赶来之前，那被玉帝邀请前来吟咏天宫美景的画家皆已自杀身亡，实属人间悲剧。那玉帝本拟是举办一场美景赏玩的盛宴，遂广邀人间诗人画师，以便日后在人间广为宣扬，言天宫之美之盛，令人心生向往。岂料如今却酿成一场惨剧，那玉帝眼见眼前人间的诗人与画家皆无法承受天宫景致冲击，确属意料之外。

因此事事关重大，那玉帝不由得亲面十殿阎罗，与之交涉。且说玉帝令其将自杀的人界画师好好儿放回，并使了一个遗忘术，让其忘掉天宫景致对这些凡人的心神冲击，以免放回人间之时，这些诗人画家还带着那天宫之中的记忆，影响日后生活。

此事之后，玉帝也深知天宫与人界差异之大之深，贸然邀请凡人来天宫游历观赏，终乃是违背天道之事，遂他也日渐收起了邀请凡人来天界的心思。

且说此事之后，两界相安无事日久，除了偶尔误入歧途、无意中闯入天宫的凡俗之人和偶尔贪玩下界游离的一二散仙外，近年内仙凡之间，已甚是安静，无甚大事发生。如牛小青这般，主动结交仙人，又主动闯入南天门，妄想寻回那桃花仙子之人，实属独一无二唯一个了。

列位看官，那牛小青之事，因后头要详述，此刻便稍按下不表。且说那天界之事，虽是玉帝谨慎再三，却仍有一位诗人吟咏天界美景之诗卷，不知怎的落入了凡间帝王之手，那凡间帝王见诗中描述的凌霄宝殿之态，心中大为向往，不知如何便起了贪心，下令搜罗能工巧匠，誓要将自己日常行走坐卧的殿宇皇宫改建得与那诗中所写金钉攒玉户的灵霄宝殿，彩凤舞朱门的复道回廊一模一样，处处玲珑剔透、层层龙凤翱翔。

但列位看官，你想那天宫中诸般景致，因有仙法加持，遂四季常青。正是天宫异物般般有，世上如他件件无。金阙银銮并紫府，琪花瑶草暨琼葩。朝王玉兔坛边过，参圣金乌着底飞。那人间帝王，纵有能耐，无非也是兵马粮草多些罢了，又如何有天兵天将通天彻地、移山填海之能？

诸位，你道是“灯下黑”。其实这人间三岁小儿便知之事，到那帝王将相处，有时会一叶障目不见泰山，反而变成了世上最难懂的道理。那帝王因日常被文武百官追捧惯了，要风得风、要雨得雨，哪知这世界人力有穷尽、水能载舟亦能覆舟之理？只倒是那宫宇一日未建完，工匠们便一日不得闲。为此劳民伤财、流血漂杵也在所不惜。那人间的帝王，一根筋扭了，也是一件祸事，为造那琼楼玉宇，这帝王留下遗训，五代之内，必将此事完成。如今为建这地上的灵霄宝殿，耗费国力、民怨沸腾，各地民众无生存之机，不得已便揭竿而起，待众人攻到宫殿之中，便要学楚霸王项羽将那劳民伤财、举全国之力修建的宫殿一把火烧掉。没料到的是，待众人跑到殿前，却见那地上连地基也未曾建完，更别提起高楼、雕画栋之事了。

花开并蒂，各表一支。这玉帝灵霄宝殿的美景权且说到此处。且说回牛小青之事。如今因诸仙还在为“玉帝王母派”与“牛郎织女派”一事争执，无人管那牛小青是否闯入天宫，他便一路小跑，预备去那灵霄宝殿瞧瞧，看自己那美貌的桃花娘子是否在诸仙之中。

正待他跑进灵霄宝殿之时，却听声后一声轰鸣如雷般的喝令声，命他站住，休得再往里闯。那牛小青还待再跑，脚下已是一轻。原是此前在南天门守门的金甲门将已追了上来，要将其押解回去。他身材高如山岳，只用两根手指头一捻，便已捏着牛小青衣领，将他轻轻提起，大步往门口走去。牛小青挣扎不脱，只得乖乖跟着他到南天门处，待那一人一仙至南天门，牛小青抬眼一望，却见那隐身躲在云丛之中的灰牛大仙，不知何时也已经被揪出，正被另一个金甲门神攥在手中。

正是：

冤家路窄总相逢，落花流水各具心。

列位看官，你道是这牛小青与灰牛大仙，皆被这看守南天门的金甲门神捉住，又待如何？那牛小青既至天宫，还能不能见到他日思夜想的桃花仙子？欲知后事如何，且听下回分解。

【第二十一章】

花开并蒂，各表一枝。上回且说到牛小青与灰牛大仙贸然闯入天宫，因众仙还在为那牛郎织女与玉帝王母之事争论不休，故无人理会得他，叫他侥幸独自闯了进去，岂料他还未见到那桃花仙女，便复又被门口的金甲仙人拎了出来，连同着那灰牛大仙，一并成了南天门门神的俘虏。

列位看官，这牛小青惊鸿一瞥，眼见灰牛大仙也同样被俘，也不知心中作何想法。闲言休叙，且说这牛小青离开之后，如今兄嫂的光景却是每况愈下。原是人之天性。那悍嫂家长工虽多，但大抵都是能躲懒就躲懒，能偷闲便偷闲，总不如牛小青这自家人这般尽心。他嫂嫂不事稼穑，对田间垄头、六畜牲禽之事一窍不通，因此那长工糊弄，她也看不出究竟，只知一味喝骂，久而久之，众人对此皆是牢骚满腹，敢怒不敢言。到那做工之时，自然也就是惫懒闲散，阳奉阴违，能敷衍处，决不肯多使一分力，怎如牛小青当日做工时，那以一当十之态呢？兼之当日他兄嫂家有那灰牛大仙这勤恳自苦、喜做农活之天生劳碌者，遂那兄嫂家的景况，是扶摇直上；而如今之事态，却是一落千丈了。

且说那悍嫂虽然生平唯一乐事便是横挑鼻子地骂人，但骂得久了，见家中收入当减还是得减，自是那长工等人不受说、当面一套背面一套之缘故。遂她便减了对那长工的喝骂，日日只是拿着自己的丈夫牛大青出气，可那牛大青也是个老实头，骂得狠了，也不出声，只是自个儿躲在一旁生闷气罢了。那悍嫂日日把这一套新词旧貌翻来覆去地喝骂，说久了自个儿都腻歪了，却也不见那牛大青有所反应。更可气之事还在后头，且说那福氏村纺织之事兴起之后，远近乡邻借了那织社的东风，个个赚得盆满钵满，引得附近周围的人，纷纷去那福氏村取经，那兄嫂所在的庄子亦不例外。这悍嫂眼见别人如今都发家致富，自家确实急转直下，每日急得如同热锅上的蚂蚁一般，直是寝食难安。且说她家长工也早就受不了她这番尖酸刻薄、待自己宽仁待别人严苛之态了，人虽是在她家做工，心中计较的确实何日筹备到足够的银钱，自己买上几亩薄地耕种，也省得日日在家里受这番闲气。

且说这几名长工原是计较着有地了便自收自种，如今却听闻那福氏村村众因靠了纺织一技，没了土地，却依然是日进斗金的态势。再一打听，不少坊社没了土地，却依然还可赚钱维持生计，还略有结余。他们派了一人，去那福氏村查探后，确定那纺社赚钱之事确有其事，回家与婆娘略一合计，各自心下都觉得这纺织业大有可为，再不想继续在田间耕作，受那日晒雨淋之苦了。

这几名长工辞工去纺社之后，那牛家兄嫂的田地无人管理，牛大青一人也无法担待这许多活计，再招人却也无人情愿，原是比之种地，那纺社的活计来得又清闲自在些，赚钱也多些。因此，那种地的长工们，但凡是能进纺社者，便都想法子进了纺社，日子一久，那牛家嫂嫂做工之人日渐稀薄，家中田地也日渐荒芜。如今大家皆知纺织行当才有利可图，谁还愿意转头去做那面朝黄土背朝天的庄稼汉呢？唯有那牛家嫂嫂整日里嫌那织布机吵闹，不大愿意转行，如今也无人愿意再帮她家耕作，索性便一不做二不休，卖了家产，去县里住去了。

且说她搬到县城后，初时日子还算得上是略有富余，原是因为那牲口和田地卖了不少钱，遂她刚到县城，时日过得还算顺当。可惜好景不长，她打小便是那慵懒刻薄的性格，自己不做事，倒把别人指挥得团团转，稍有不对，动辄便大发脾气。丈夫着她骂了这些年，对她也已然免疫，任凭她说什么，都给她来个充耳不闻、视而不见。如今见家中无田无地，耕牛也尽数卖了，索性也心灰意冷地在家中躲懒，丝毫不想出去找活做。两人如今有出项无进项，万贯家财也经不起这番消耗，加之那悍嫂之前是挥霍惯了，如今没有了进益，她使起银子来仍还是不加节制，月月都要添新衣，顿顿都要食山珍海味，遂那家中的银钱，不多时便见了底。

且说正当这悍嫂消耗日久，牛大青暗暗叫苦之时，却蓦地峰回路转，不提防接了他胞弟牛小青一封信。端的是：

山重水复疑无路，柳暗花明又一村。

列位看官，你道是这书信上写的是甚？原来这牛小青离家日久，虽是当时深恨嫂嫂无情，但毕竟血浓于水，想起那哥哥雪下赠衣赠银之事，终究还是狠不下心肠，仍是忍不住托那能短文识字之人写了一封信，将那别情一一表述，云灰牛大仙当日不过是装病，现如今好好儿地跟自己处在一处，一人一牛耕种那两亩肥田，日子一天天便往好里去了。且如今自己也已和桃花仙女成婚，仙女从仙界带了七彩蚕丝，能教众人采桑织布，遂进益颇多，请兄长勿要以弟为念。

那牛小青的嫂嫂见了他的来信，已是有三分不悦，如今且听了那信中内容，更是愤怒难挡，原这一切的始作俑者，竟然是那牛小青与牛小青媳妇。此二人大兴纺社，害得如今没有人愿意耕田劳作，自家田地大半荒芜，长工们一心只想要去那纺社里赚轻省钱。若非他夫妻二人横插一杠，自己如今还过着躺在家中使唤长工的富贵生活呢。更可气的是，这牛小青如今竟然比自家当初还有钱，这且不提，他那信中描述的桃花娘子竟是仙女一般的人物，养蚕缫丝不费吹灰之力。二人只与那纺社供应生丝，便赚足了零花钱，成日家游山玩水，惹得人人侧目钦羡，如今日子过得比她好得多。她见当日被自己日日责骂的牛小青忽然有了这番成就，立刻便食不下咽、睡不安寝，心中对牛小青夫妇二人含恨妒忌愈烈，只盼他们两人立时有什么飞来横祸，好教自己平复心中的不平之气。

正是：

为报恨心虚嫉妒，红尘向上有青冥。

叹嗟浮世。被荣华、驱策名和利。人人斗作机心起。百般奸计。嫉妒愈增侥巧重，生俱相效皆贪爱。何曾停住常若是。

列位看官，你道是这牛小青与桃花仙女被生生拆散，若被那悍嫂听见，又是一番什么嘴脸？而那牛小青现如今被天界金甲神兵抓住，又该怎么办？欲知后事如何，且听下回分解。

【第二十二章】

上回且说到那牛小青与桃花仙女婚后，二人大兴纺社，家中增益颇丰，遂日渐游山玩水，令那田地日渐萧条荒芜。但二人对此非但丝毫不以为意，反觉游山玩水、整日厮守方是人生极乐，心中绝不会有甚负担。那牛小青如今自个儿过好了，心中畅意，时日清闲，便忍不住想起自己那老实兄长，一则是将自己近况告知兄长，二则便是他终究还是老实厚道，盼着能与那兄长之间互通消息，将自己如今的好日子与他分享一二。

可惜这牛小青性情憨直，丝毫不会转弯。他在与兄长的信中，除了写了如今近况，更是将自己与桃花仙女、灰牛大仙相遇始末和盘托出，他在信中言明灰牛大仙如今因得了山神帮助，由他采花医治方逃出伏牛谷，此事若是传入天庭，他与那灰牛大仙，皆会受到天庭重罚。他在信中写下此事，末了却又求兄长保密，实属糊涂。想他在那嫂家待了一年之久，对那悍嫂的脾气秉性，原本是再熟悉不过的，如今却写信与兄长说令其保密，殊不知有那悍嫂在家中，芝麻绿豆般的事也给她搞得比天还大，又岂有不知之理？

列位看官，这牛小青做下这等糊涂事，原并不怪他。你道为何？原是这牛小青到了西村之后，遇到的皆是厚道朴实之人，譬如这村正，虽是不喜牛小青整日闲耍不禾苗稼穑之事，但是起心却终究还是不忍一大好青年就此便放纵堕落罢了；而那代牛小青写信之人为村中老秀才，其人读的是圣贤书，学的是君子道，更是端方正直、德高望重，绝不会窥探别人的私密往事，更别提会起什么揭发告密之心了。

可列位看官，说到此处，你们大约也明白了这其中的道理。这牛小青是以自己的想法度天下人，以为人人皆是正道直行之人，却不提防他那嫂嫂却正与他们是贰样人。她从信中刺探了这信息关窍后，便连忙跑到土地爷的神庙之中，对着那神像述说了牛小青与灰牛大仙的诸般罪过，中间不乏许多添油加醋、无中生有之事。她如今对牛小青因妒生恨，只盼这些信息上大天听后，能立时将那牛小青惩罚处置，这样那牛小青遗留下的钱粮财产，便可二一添作五，算得他哥哥牛大一份，自己自然也可不费吹灰之力地据为己有。

当然，便是没有钱分与那牛大青，她亦是绝不容许那牛小青现在过得比她还要滋润悠闲的。遂咬碎银牙也要将那牛小青整死整垮，以消解心头妒恨。

闲言休叙。且说这土地爷听到这般消息，丝毫不敢怠慢，马上便要上天将那消息告知玉帝。可是诸位，你道是——无巧不成书，原那牛小青兄长收到他的书信，距离他托人写信之时，已过了三四月，这期间牛小青与桃花仙女之间变故接二连三，待那牛大青收到弟弟书信又被自家婆娘获悉，获悉后又去那土地庙中告祷，又间隔了数日，遂待那土地公上到南天门时，却已是牛小青与灰牛大仙偷偷溜上天宫之日了。

且说这土地公一路奔上天宫，正要入南天门之际，却蓦地转头，一眼瞥见了躲在云层之中的灰牛大仙。他不欲与那灰牛大仙正面冲突，便趁自己入天宫之隙，将那灰牛大仙的藏身之处，悉数偷偷说与那两位门神听了，同时又将那灰牛大仙的藏身处，指给了那两位门神知道。

那灰牛大仙躲在云中，正自忖无人瞧见，殊不知这两位门神早已得知，只待他一个不注意，这两位门神便奔袭到眼前，一步迈过，早已将那灰牛大仙抓在手中，那灰牛大仙不提防此二仙竟会有这番动作，当下还未抬手，便已被这两位门神抓住了。

如今这两位金甲门神抓了牛小青与灰牛大仙，略一商量，均觉玉帝如今天天被众仙为那牛郎织女与玉帝王母之事吵得头疼欲裂，此等小事，也不必去麻烦他了，倒不如自己按照天规将灰牛大仙与牛小青处置了便是。

两位金甲门神商量妥帖，其中一位便拔出身上佩剑，朝着那灰牛大仙的牛角一剑刺下。那牛小青心中担忧关心，便忍不住向灰牛大仙与那金甲门神的方向望去。且见那金甲门将一剑刺下，灰牛大仙的伤口之中却不流血，反是飘出一缕蓝色烟雾，那蓝烟在云中盘旋几次，终是慢慢消散了。且听那刺了他一剑的金甲仙人道："你且听着，如今你已神力消散，变作一头普通耕牛了。你既喜欢做农活，如今正好遂了你的心愿，便当回耕牛日日做活，才算是求仁得仁。"言罢他便将那灰牛大仙从云端上推了下去。

另一位金甲仙人见状，冲着下界的云面招了招手，不消片刻工夫，便有一怪物忽地从云彩之中冒出。

牛小青一望之下，顿时被吓得怔在当场。他刚才见了灰牛大仙被金甲仙人推下界的错愕之中，只是怔忡错愕，还未来得及伤心，此时见了这名怪物，心头惊惧恐慌，自难言明。

列位看官，你道那怪物是何等样貌？

只见它身长数尺、两臂下垂，较牛小青高了两个头不止。但因其如猿猴般弯腰驼背，蜷身屈腿、两臂垂地，倒也不好判断其身高。那怪物四肢躯干均与常人一模一样，身上却是肌肉虬结，显是经常跑动之故。

那怪物身上惨白，未着寸缕，如同僵死的尸体一般。皮肤上密密麻麻地生着倒刺，细辨之下，那倒刺上竟还生着倒钩，端的是锋利无比。

牛小青见它形貌倒似雄性，可是细看这怪物，却又是胯下无物。

且见那怪物身上血迹斑斑，红一块黑一块，那红色血液显是新沾染上的，但那黑色血块，显是干涸的旧迹，显是沾染时日渐久变色。更可怖的是，这怪物竟然是个无头怪，脖子以上，明明该生头之处，却生了一只大眼睛。那生眼之处，却又没有耳、口、鼻，只那一双布满血丝独眼，冷冷地不知瞧向何处，甚是可怖。

这怪物往此处一站，更衬得旁边一身金盔银甲，吴带当风的两位门神威风凛凛，直有云泥天壤之别。

列位看官，你道是这怪物到底是什么来头？那二神此时唤它上来，又所为何事？那牛小青既犯天条，落入这二神手中，又待怎的？欲知后事如何，且听下回分解。

【第二十三章】

上回说到金甲门神从云中唤了一个怪物出来，那怪物生得殊形异态，甚为可怖，直把牛小青瞧得头皮发麻、汗毛倒竖。他心中极为忐忑，也不知这两位金甲门神唤他出来做甚。

且见那金甲门神唤了怪物上来后，便自顾自对牛小青道："牛小青，你可知仙凡有别？这凡人若是与那违背天条的仙人结为朋友，便会被罚入幽冥地狱。不过念在你……"那金甲门神尚未说完，却见牛小青两眼一翻，已然晕死过去。原那牛小青心中，将地狱想象得阴森恐怖、骇人听闻，因此甫一听到"下地狱"三字，还未来得及深想，便已先叫自己心中对地狱的种种恐怖幻象吓得晕了过去。

那金甲门神见牛小青如此经不起吓，亦是摇头叹气地挥挥手，着那怪物将牛小青带走。

怪物见金甲门神有令，当即扛起晕倒的牛小青，毫不犹豫地从云端跳了下去，瞬间便不见踪影。

列位看官，你道是这牛小青与灰牛大仙既已各自被金甲门将做了处罚，心中定然暗含悲愤。其实不然。列位看官，此中缘由，且听我一一道来。这金甲门将瞧着严厉，但不过是奉命行事罢了。那天界本是闲适松散，只不过凡俗人等，尽如牛小青一般，历来将天界幽冥，想象得等值森严、过阴森可怖。试想一下，那天界仙人，在修炼得道之时，便应当弃绝尘缘，从心所欲，世间的规矩等制，在天界众仙心中，其实当不得什么大事。这天界众仙的头等大事，是修身养性、延年益寿，享受这人空明的闲暇时光。遂素来最是厌制定规矩原则，若这天条等制一多，便要耗费心神去留意，这一来二去，便严重悖逆修身养性之道，自是大大的麻烦事。

遂那天庭之中，实际并无什么非要人遵守不可的天规。至于那天条之中明言凡人不得与天庭之中的谪仙交友，却是因其有一段不为人知的缘故。

数千年前，玉帝对冒犯天威者，或是无意中犯错的仙人，尽皆采取宽大政策。只要此人行为不算是太过出格，玉帝便一概轻轻揭过，或是偶有小罚，也只不过是让那些仙人们在凡间历过小劫便就此作罢，从无过分较真。至此数百年间，天界凡要惩处那犯禁仙人，皆是如此做法，久而久之，众仙皆已习惯成自然，并从无觉着此法有甚不妥。

也当是合该有事。列位看官，以往天界有仙人犯禁，受了玉帝责罚，认了错便罢，那仙人与玉帝，都是轻轻将此事放下，日后不再重犯即可。不承想某一次，天界之中一名叫蚩尤的仙人在仙界犯禁，被玉帝从仙界贬落凡间后，非但不思悔改，反而变本加厉，偏要反正道而行恶事，于是出入往来之人，尽是那些心术不正者，他日日与这群人搅在一处，也不知因此催生出了多少邪恶心思。他谋划数年，大约是觉得心有不甘，便联合了那散在凡间各处的妖魔鬼怪，率众谋逆，带领手下一干妖魔，向天庭诸人宣战。

这场仙魔大战持续了数年之久，玉帝击败了这帮乌合之众后，那蚩尤仍不死心，带着残兵余勇与当时人界的帝王黄帝又打了一场。那黄帝也甚为悍勇，与他周旋数十年后，终于将其击败，赶往那蛮荒之处，不许他再入凡间闹事。

列位看官，你道是以仙界众神之能，这蚩尤一人，虽领了一群妖魔邪祟，但这场战事对天界而言，不过是一个小麻烦罢了。但那群魔过处，却搞得人间生灵涂炭、民不聊生。玉帝见那祸端也是蚩尤在人间受了邪魔歪道引诱，才会引发这一场大战。遂那玉帝思来想去，觉着若是为了避免这类灾祸再起，他便下决心要制定一条律法，尽量让仙凡隔离，以便减少那仙界与凡人之间的冲突摩擦。

这天条订立后，玉帝便命凡仙人下凡，皆不可与人类走得太近，因那人间鱼龙混杂，各色人等均有，但凡起心邪念、略有心机城府的歹徒，其邪恶程度，连天上的神仙听了，亦是瞠目结舌。便是玉帝本人，也几乎无甚邪念奇思，因那仙界众仙松散惯了，因此他也不大能分辨人之好坏良邪，索性便想出这一劳永逸的法子，干脆告知众人仙凡有别，能不接触便最好不要接触，凡那仙界众人，切不可与凡人走得过近。若是能不要与凡人打交道自然更好。如此天条在仙界通行后，众仙大都是无可无不可之态，久而久之，这玉帝当日的权宜之计，竟成了天庭的通行准则。

那玉帝云，这条天规推行后，如再有被贬下界的谪仙，姑且先留着他们的仙力，以便他们在凡间亦能享受衣食无忧的富裕生活。但切不可与任何凡人过从甚密，长久接触，更不得与之交友、交通往来。

若有仙人违反规定，非但要剥夺这仙人的一切仙力，便连与之交往的凡人，亦同样要下幽冥地狱领受惩罚。这灰牛大仙正因其与牛小青同吃同住，亲密异常，甚至于帮他违背天条，因此才会给两人招至今日之灾。

但那牛小青听见金甲门神云“下地狱”之语，便吓得晕了过去，却也大可不必。这天界诸神一向不过分执着于天条规矩，那地狱幽冥受其影响，当也好不到哪里去。便是牛小青入了幽冥地狱，那大鬼小鬼，亦要按地狱的规矩行事，他未曾做过坏事，到那地狱之中，便不用受什么刑罚，即使是交到那十殿阎罗手中，也不过是让他帮忙打打下手、做些力所能及的事情便罢了。

可怜这牛小青，一句话尚未听完，便自己将自己吓晕，端的是：

人胆小於壶，揣想无限极。
及其遂所愿，不过一消息。

列位看官，你道是这牛小青如今既已经被那怪物送入了幽冥地狱受罚，那他将来的日子，会是何等光景？这灰牛大仙如今已变回普通耕牛，又待怎的？欲知后事如何，且听下回分解。

【第二十四章】

上回且说到那怪物将牛小青带到幽冥地狱之后，便从一名罪鬼身上扯了一张嘴贴，贴到自己的肚子上，那刚贴上身，便自行蔓延生长，须臾功夫，那嘴贴便如同原本就生在他身上一般，当即便可吐露人言。那鬼卒腹部有口，便出声叫醒牛小青，并与那牛小青道："此处虽是冥界，但那冥界之罚，并不似你想象中这般恐怖，这不过便是个称呼罢了，你在凡间既无做过伤天害理之事，在此处也不会受什么刑罚，只需做好自己分内之事即可。"

那牛小青见此地无打骂虐待之酷刑，稍事松了一口气。此时他知那幽冥地狱内无甚刑罚，便又暗暗升起一丝离开此地的希望。他见那鬼卒要离开，连忙追了上去，恭恭敬敬地问道："不知我在这幽冥地狱的受罚期限是几何？"那鬼卒挠挠头道："这却无人吩咐过我，但依我所见，应当是差不多了便可完事。"

牛小青听它如是说，本拟再问这个"差不多"究竟是何时时，但见那鬼卒形容可怖，"到底几时"四字在唇边滚了数次，都又犹豫着咽了回去。

前言休叙。且说那牛小青自此便开始在幽冥地狱服役生涯。做活他倒是做惯了的，也不觉得有甚辛劳难挨，可那农活体力活上他是一把好手，但需要精细操作时，他却并无任何过人之处。但说来也巧，那地狱中打下手之事，尽是些有技术含量的事，譬如那地狱之中的刑罚，便是各有不同……

列位看官，你道是那地狱之中，皆以受罪时间的长短与罪行等级轻重而排列。每一地狱比前一地狱，增苦二十倍，增寿一倍。那十八层地狱的"层"，非是指空间的上下，而是在于时间和刑法上不同，尤其在时间上的差别。其第一狱以人间三千七百年为一日，三十日为一月，十二月为一年，罪鬼须于此狱服刑一万年。其第二狱以人间七千五百年为一日，罪鬼于此狱服刑须经两万年。其后各狱之刑期，均以前一狱之刑期为基数递增两番。

这牛小青如今初来乍到，哪知地狱之中这些门门道道？光是这番算数方法，已教牛小青晕头转向，更不用说另有设计上刀山之刀应当如何伸出，那油锅之中的油应当放置几多、温度应该控制在几何，如何做法，才能令那爬上去的罪鬼们觉得更痛苦才好。还有便是那碾人的石磨，应当如何设计，方能一点点将那罪鬼碾碎却又不令其卡在那磨盘当中，好令其一点点尝到“罪有应得”之痛，却不至于立刻便死。再说说那拔舌地狱之中，那拔长舌妇的钳子，亦是需要精细操作之事，力气大一分不可，小一分亦不可，都是决不可一下致其死命，却又要令其痛苦万端的手法。

那牛小青素来是个老实头，粗手笨脚、心拙口夯，几时做过这等精细之事？因他不懂这其中关窍，某一次，他因操作不当，把那地狱的刑具及工厂弄得爆炸了。如此依赖，他在那地狱服役便变成添乱，这些日常事他非但未帮上忙，反在一旁碍着旁人的手脚，实乃成事不足败事有余，给他人平添了无数麻烦。

列位看官，你道那牛小青既惹出这等麻烦来，阎王想不注意到他都难。阎王听那小鬼告知了牛小青此人此事，慌忙从那判官手中取了牛小青的阳寿薄，略一翻检才发现，那牛小青在福氏村中做活时，老村正也不过是令其做些搬东西之类的粗活重活，从不令他去那机器上做任何精细工作。细究其原因，便是那牛小青太过莽撞，但凡那机器到他手中，不过一二日便会损坏。这番摧折下来，谁还敢唤他帮忙？

阎王合上那阳寿薄后，念头一转，寻思着此人虽在地狱服役，但不堪其用，什么事都当不得，但若就此放他回去，却未免又太过便宜此人。他思来想去，也无甚更好的法子。便着那小鬼又唤了牛小青过来，令他无事便在地狱之中观他人的受刑之态，以达到杀鸡儆猴的效果。但其他闲事，一律不允许他插手。如此关他几年，便算是罚了他了。

话分两头，各表一枝。且说那牛小青日日在地狱之中闲逛转悠，见那千日折磨、万种酷刑，不是傻子，便也被吓得傻了。更兼地狱之中，阴森可怖、酷暑严寒兼有之，他日日待在其中，抬头争艳，看到的都是那严刑峻法，焉能不被吓得精神失常？

且说这牛小青被这场景吓得战战兢兢、如履薄冰之事，那鬼卒皆一五一十告知了阎王。阎王见其实在可怜，便令鬼卒在幽冥之中寻了一个角落，并将那角落布置得与牛小青在人间的小院一模一样，着他在此地安然待着，平日里若无重要事，哪里都可不去。

列位看官，你道是这“非我族类，其心必异”，这牛小青一个大活人，如今日日住在幽冥地狱之中，自然十分打眼。且说这地狱中的一众鬼卒，与那常人一样，凡无事之时，便会四处串门聊天。走动多了，便有那鬼卒看见牛小青独个儿住在地狱之事。话说那鬼卒们平日见到的不是生魂就是恶鬼，几时见过这等大活人？他们如今见了一个活人住在此处，个个都觉得新鲜有趣，遂一得闲便会前来，缠住那牛小青与之闲聊，并令他讲那人间的种种趣事。牛小青生性老实，哪敢跟这恶鬼们多做纠缠，见了这阵仗，自是能躲便躲。但那恶鬼们闲则生事，已无聊了这么些时日，又焉能放过他？

那牛小青无奈，便只得日日与那班恶鬼们纠缠周旋，能敷衍过去便嗯嗯哼哼地敷衍过去，非有重要原因，绝不敢与之多言。

端的是：

生在阳间有散场，死归地府又何妨。
阳间地府俱相似，只当漂流在异乡。

列位看官，你道是这牛小青与这一干鬼卒之间，当如何发展？这灰牛大仙被打落之后，又该何去何从？欲知后事如何，且听下回分解。

【第二十五章】

上回且说到那阎罗王因见牛小青可怜，便着鬼卒与他单独安排了一个住处。因那幽冥之中的鬼卒鲜少见到生人，遂那日常放风之际，便纷纷来与牛小青谈天说地，巴望着从那牛小青口中得知一二分人世风情。

那牛小青本已被地狱诸般酷刑吓得失魂落魄，又如何经得起鬼卒的这番纠缠，因此能不与之接触不与之接触，每日只是悄悄地藏在那帐篷之中不敢现身，生怕被那鬼卒逮住，又要强拉他告知各种人间故事。

列位看官，你道是那地狱罪鬼，亦有这闲暇放松之期吗?

确是如此。你道那幽冥地府，到底是何姿态？有诗为证：飘飘万叠彩霞堆，隐隐千条红雾观。耿耿檐飞怪兽头，辉辉瓦叠鸳鸯片。门钻几路赤金钉，槛设一横白玉段。窗牖近光放晓烟，帘栊幌亮穿红电。楼台高耸接青霄，廊庑平排连宝院。兽鼎香云袭御衣，绛纱灯火明宫扇。左边猛摆皆生魂，右下峥嵘罗厉鬼。接亡送鬼转金牌，引魄招魂垂素练。唤作阴司总会门，下方阎老森罗殿。

只见此处旋风滚滚，黑雾纷纷，一轮巨大的血月高悬，照着那幽冥之中的千只恶鬼、万重冤魂。

狱中形多凸凹，势更崎岖。峻如蜀岭，高似庐岩。非阳世之名山，实阴司之险地。荆棘丛丛藏鬼怪，石崖磷磷隐邪魔。耳畔不闻兽鸟噪，眼前惟见鬼妖行。阴风飒飒，黑雾漫漫。阴风飒飒，是神兵口内哨来烟；黑雾漫漫，是鬼祟暗中喷出气。一望高低无景色，相看左右尽猖亡。那里山也有，峰也有，岭也有，洞也有，涧也有；只是山不生草，峰不插天，岭不行客，洞不纳云，涧不藏水。岸前皆魍魉，岭下尽神魔。洞中收野鬼，涧底隐邪魂。山前山后，各方鬼卒乱喧呼；急急忙忙传信票；吆吆喝喝趱公文。

吊筋狱、幽枉狱、火坑狱，寂寂寥寥，烦烦恼恼，尽皆是生前做下千般业，死后通来受罪名。酆都狱、拔舌狱、剥皮狱，哭哭啼啼，凄凄惨惨，只因不忠不孝伤天理，佛口蛇心堕此门。磨捱狱、碓捣狱、车崩狱，皮开肉绽，抹嘴龇牙，乃是瞒心昧己不公道，巧语花言暗损人。寒冰狱、脱壳狱、抽肠狱，垢面蓬头，愁眉皱眼，都是大斗小秤欺痴蠢，致使灾屯累自身。油锅狱、黑暗狱、刀山狱，战战兢兢都是大斗小秤欺痴蠢，致使灾屯累自身。油锅狱、黑暗狱、刀山狱，战战兢兢，悲悲切切，皆因强暴欺良善，藏头缩颈苦伶仃。血池狱、阿鼻狱、秤杆狱，脱皮露骨，折臂断筋，也只为谋财害命，宰畜屠生，堕落千年难解释，沉沦永世不翻身。一个个紧缚牢拴，绳缠索绑。差些罪鬼，长枪短剑；抓些生魂，铁简铜锤。只打得皱眉苦面血淋淋，叫地叫天无效应。

四处受刑台略一转动，便有万千恶鬼悲鸣呼号；刀山火海利刃飞旋，就引无数生魂血肉横飞。那铁板下是万年的烈焰，从铁板缝隙席卷蔓延，只引得那铁板哀鸣轰响，震耳欲聋，便是此处唯一响动；而那各色黑气毒气混在一处，并那皮焦肉烂之气，混着血腥与恶臭，便是此地唯一气味。

而那在地府之中受刑恶鬼，被那刑罚惩处，或撕成碎片，或烧为焦灰之后，另有地方重生，将诸般刑罚，一一再领受一次。

正是：

人生却莫把心欺，神鬼昭彰放过谁？
善恶到头终有报，只争来早与来迟。

列位看官，且说这地狱常年便是这般形貌，便是那大罗金仙亦是难挨。遂那阎王便施法，令这地狱的诸般形貌，每隔数百年，便是一换。

那厉鬼受刑之铁山，忽得变得高山峻极，大势峥嵘。那布满血肉、常年恶臭之刑台，忽而变得日映晴林，迭迭千条红雾绕；风生险壑，飘飘万道彩云飞、幽鸟乱啼。亭台俨然、清溪延绵，花香数里。只见那翠峰巍巍凛凛放毫光；幽石突突磷磷生瑞气。崖前草秀，岭上梅香。荆棘密森森，芝兰清淡淡。深林鹰凤聚千禽，古洞麒麟辖万兽。涧水有情，曲曲弯弯多绕顾；峰峦不断，重重叠叠自周回。又见那绿的槐，斑的竹，青的松，依依千载秾斗华；白的李、红的桃，翠的柳，灼灼三春争艳丽。龙吟虎啸，鹤舞猿啼。麋鹿从花出，青鸾对日鸣。又见些花开花谢山头景，云去云来岭上峰。

便是那日日在狱中受刑的罪鬼，此刻亦换上了得体服饰，其乐融融地在其间畅聊休憩。

列位看官，你道阎王为何如此？原是佛语有云——“苦海无边，回头是岸。”这在阳间作奸犯科之人，虽到阴世受罚，却也不可太过。须知这世间之事，多半便是“过犹不及”，有张有弛，有罚有赏，方不负了阎王对那诸般恶鬼循循善诱之心。

那诸般罪鬼，见了那地狱云泥霄壤的诸般轮换，对世间之好恶，方可体悟更深，亦能真心思过，明了自己此前的种种恶心恶行之不可取之处。如此转换数次，令其印象深刻，便是将来历经轮回再去投胎转世，虽已将地狱之中前尘洗净，但仍能将那美与丑、善与恶之诸般情态烙于心中。便是不受教育，心中亦能天然向往美好，抑制恶行恶性，安分守己做个好人。

列位看官，这阎王虽然一番好意，但这世间善恶相生，有善念便有恶念，这世间心术不正者，多如过江之鲫，又岂是他这苦心引导所能灭尽的？但那阎王久居地府，一则是引导那罪鬼去恶存善，二则便是那地府之中形貌太过阴森可怖，虽可威慑那些罪鬼，但他自己见久了亦是不快，因此偶尔换作另一番形貌，亦可算是为了改变自家心境所为。

正是：

天堂地府，善恶由心，死生迷悟争先。
悟舍家缘，忘心展手街前。
旧孽如将消尽，定圣贤玄妙，暗里相传。
意净心清，自是宝结丹田。
若有分毫故犯，返招殃、罪孽难言。

列位看官，你道是那牛小青在地狱之中，情态若何？这地狱这般形貌，那牛小青是否有重回人间之可能？欲知后事如何，且听下回分解。

【第二十六章】

上回且说到那地狱中风貌之差别，皆随那阎王心意变幻更替，以令那服刑的厉鬼生魂们，觉知良邪美丑，继而对那世间美好心生向往，对那世间丑态大加鞭挞。但那阎王初衷及意愿虽是极好，却无奈世界本就善恶相生，只靠那教育引导，又岂能成事？

话分两头，各表一枝。且说那牛小青被阎王安置在地狱的一角，初时日日皆有那罪鬼纠缠，待那罪鬼们听他翻来覆去也不过是说些农事，毫无新奇之处，那些官场奇闻、政坛丑态，乃至于光怪陆离之人间百态，他皆一无所知。须知这世间众人，日常议论最多的便是那帝王将相事，何时对那鸡毛蒜皮的琐碎小事生过半分兴趣，此等癖好，便连阴世之鬼，亦是一模一样，那众鬼感兴趣之处，皆是达官贵人、帝王将相所欲，对牛小青口中那农事稼穑有关的鸡零狗碎，很快便无甚感觉了。

且说那罪鬼日日纠缠，牛小青说无可说之时，便将其与桃花仙女的一段情史一一道来，这对地狱中的众鬼而言，倒是一段新闻。一时间，众鬼耸动、议论纷纷，整个地狱谈论的便是那牛小青与王母座下的桃花仙女之情史，那罪鬼们对牛小青竟然能与仙女成亲一事，一时间，鬼鬼称羡，个中钦慕嫉妒，自不必说。

话说那罪鬼找牛小青一事，虽是令他惶惶不安，但却不是一点好处也无。那牛小青在与罪鬼们聊天过程中，亦是同样大开眼界，知晓了各种奇闻轶事。

列位看官，听到此处，当问一句，这是为何？且容我慢慢道来。

原来那地狱之中的罪鬼，生前俱犯下重重恶行，死后方落入这狱中受刑。且说这罪鬼之中，都有何人？其间形形色色的恶人，皆是五花八门、各有千秋：有那鱼肉百姓、营私舞弊的当权者；有那投机倒把、脑满肠肥的悭吝者；还有那不务正业、坑蒙拐骗的流浪汉；更有那打家劫舍、杀人放火的强人。世间种种恶行，无所不包；世间诸般恶性，无一不在。如此种种，皆是那牛小青闻所未闻、见所未见之人事，在他那简单的头脑之中，自打出生之日起，见到的便是那无甚见识、只知面朝黄土的农人，脑中对世间的认识端的是平庸匮乏，又焉能想到这世间竟还有此等层出不穷的恶人恶事，简直见所未见，闻所未闻。

以他的所见所闻，实是想不通世人焉能坏到如此地步。更令其费解的便是，那地狱之中的某些罪鬼，不但对其生前恶行不加思索悔改，反倒引以为傲，丝毫不曾有甚痛心处。如此这般，与那牛小青在世间所持之念大相径庭，令他极为困惑。但以牛小青之浅薄认知，又如何能想得通此种关窍呢？他生来便只接触那三五人等，耳中所闻，眼中所见，皆是单一道理，纯朴心念，这狱中恶鬼之种种语言心态，其无论如何也无法想通。但偏生这牛小青又是个倔脾气，虽是想不通，但其却偏要日夜思索，遂日夜为此冥思苦想、心事重重，继而萎靡不振，不知当何去何从。

那牛小青的此般状态，自也是传入那阎王耳中。阎王见其在地狱之中日日担惊受怕已是心中对其稍有怜悯，现如今见他陷入诸般困惑难以排解，每日只是精神恍惚地托腮苦思，担心其因苦闷烦忧而自伤，遂那阎王便自然而然想到牛小青渴盼能回到人间之念。这方法阎王自是知道，却不能告知牛小青。

列位看官，你道那牛小青想要回到人间，到底有何妙法？

其实这法子说难不难，说易不易。这牛小青在狱中死去，自然便可立时返回人间。原因是因那地狱之中，本就属阴阳颠倒之所，阴间生，自然便是阳间逝，而那阴界逝去，自然便是阳间生还了。但此乃地府机要，那牛小青自己悟不到，阎王自也无法说，遂只能由其自生自灭，自难插手。

且说这牛小青如此这般过了些时日，那罪鬼们已然明了他在人间生活的种种情形，便也不再主动与之搭腔。那农家稼穑皆属鸡毛蒜皮的小事，听久了也无甚意思，且那罪鬼们闲暇时日并不甚多，光听那牛小青的琐事有甚意思，自是要花更多时光闲耍，方不负这来之不易之休憩。那地狱中的时日可不比天界，阎罗大帝日理万机，每日新进多少罪鬼，释放多少生魂，施加多少刑罚，皆要一一记录在案。那手下的鬼卒及诸狱之中的判官，皆要向其回禀今日应卯情态，譬如那罪鬼惩戒几名、鞭挞几名、绞刑几名、煎熬几名、剁碎几名诸如此类，丝毫不能出错。因此那十殿阎罗，个个都要上达下效、日理万机，忙得脚不沾地。久而久之，那地狱之中，便无什么人来理会牛小青；而那牛小青本人，更是闷头闷脑，一声不吭，因此，不多时，那地狱之中的诸般管事者，几乎全然忘了还有此人存在。

这般过了许久，另一人却突然忆起当日将牛小青抓入地狱受罚之事。列位看官，你道是谁？说来也巧，这想起牛小青之人，恰恰便是当日应那金甲神将要求，将牛小青抓来地狱服役的那名鬼卒。

原来那鬼卒偶然忆起此事，想起自己公务尚未算是全然完结，便拟了一份公文交与阎罗大帝，向其征询如今牛小青是否服刑日满，是否可以释放一事。但此公文他虽是上交了，那大阎王一日之间，不知要处理多少比牛小青重要千倍百倍之事，焉知何时才能看到此公文？那鬼卒见等那阎罗大帝批复无望，左右这牛小青现如今也无人管辖，倒不如令其帮忙抓捕那刑狱之中漏网之罪鬼。他心道那牛小青既做不了精工细活，这般抓人之事，倒是不需要太多精力，着他去试试，也是无妨。

正是：

年年地府望故乡，人间团圆今相望。
冤魂怨魄无名留，阴阳不过倒乾坤。

列位看官，你道是这牛小青，到底能不能再回阳世？他日后到底能不能再与兄嫂相见？欲知后事如何，且听下回分解。

【第二十七章】

上回且说到那牛小青被安置在地狱之中，每日见那地府之中诸般酷刑恶态，及其对眼耳口鼻舌声意之痛苦折磨，常人绝难想象。这阎罗大帝、各大鬼差、连同拘魂的鬼卒们，每日都有抓不完的厉鬼，审不完的冤案，那牛小青从来都不曾见着。遂那牛小青日日待在帐中，也无人前来理会。

这牛小青日日在地狱之中，每日睁眼便只能再等入睡，日子过得无聊至极。而那地狱众鬼，因对其早已失去兴趣，故如今见到牛小青也视若无物，丝毫无人前来理会。

那牛小青每日这般无望等待，几欲发疯。更有甚者，那阎王为了让其不至于寻死，令其不用进食亦不觉饥饿，不饮水亦不觉口渴，遂那牛小青便是绝食亦是于事无补。因整日家皆无所事事，地狱之中又无甚实物，生活实在寡淡无味，那牛小青便只能醒几个时辰再睡，睡过了再醒来，实乃无聊透顶。遂听闻那鬼卒前来寻他，当即高兴得将其一把攥住，自己倒险些被那鬼卒身上的倒刺伤了。

且说那鬼卒携了牛小青去抓捕那阳间犯罪之人时，亦是大有章法。且见那鬼卒先令施法牛小青睡下，待牛小青入眠后，便神魂立体，变得身轻如燕，可与那鬼卒一般样子，可日行千里。他与那鬼卒在阳间拘捕时，待那恶贯满盈之人尚未离世之前，他与那鬼卒便已飘然而至，二人无须太费力，那厉鬼冤魂便已会自动跟随他们去往地府，只不过他们来去之处，却是正好相反罢了。那厉鬼冤魂如今是启程前往枉死城中，而那牛小青与鬼卒则是从阴世前往阳世。

列位看官，你道是牛小青跟这抓捕拘人的鬼卒日久，便也对那鬼卒办事章法，揣摩出一两分来。这阴间鬼卒行事，与那阳间官差断不相同。那阴世鬼卒，多是铁面无私之辈，阳间那恶贯满盈、穷凶极恶者，将死之时，在那阴世鬼卒面前，断无回旋余地。且说那恶人在阳世之中，彼此之间包庇贿赂、互相脱罪成性。如今死到临头，亦是不知悔改，见了那阴间鬼卒前来拘人，便妄想掏出银两来与他们通融，容自己再多活些时日。岂料那阴间鬼卒生来便毫无人情可言，随那生魂是奉献珠宝、痛哭流涕或是下跪求饶，均不为所动。也有那不知好歹者，因生前作威作福惯了，如今见了阴间鬼卒亦想用强，却不料如同蜉蝣撼树，那鬼卒对付恶人，却不费吹灰之力，见那恶人之灵前来撒泼使蛮，轻轻伸手，便可一拳打倒。

牛小青与那鬼卒同行日久，那鬼卒亦是会告诉牛小青仙、魔、妖、神的诸般往事。譬如那鬼卒虽多是铁面无私之辈，但那游离于三界之外的妖魔鬼怪，却是毫无顾忌。这妖魔最喜那将死之恶人，如此魂魄，加以魔性诱导，久而久之，便会自然生出戾气，在那妖魔的助力之下化出魔体，以帮那将死恶人对付此番前来拘捕恶魂的鬼卒。

鬼卒对牛小青道："若是遇到那普通的妖物倒也还好，其妖气凝聚未久，倒也不难对付。地狱之中鬼卒众多，若是打不过，还可召唤众卒前来相助，用人海战术将那妖魔放倒。但若要拘捕那殊异之罪人生魂，则是极为可怖之事。这等人虽然钟灵毓秀，却丝毫不将那心思用于正道，反是一心助纣为虐。这等人与那人间的帝王将相一般，也是万年难遇的，因此一旦生魂离体，地狱之中便会分外重视，若是引出这等大妖，寻常鬼卒，绝难匹敌，便是数量众多亦无甚优势可言。"

牛小青听它说得可怖，便好奇道："这等生魂，不知你可曾见过不曾？"那鬼卒道："我可不曾见过，若是见了，哪里有还命在呢？"

只听那鬼卒又道："此级别的大妖，绝不轻易出世，若其出世，必得地狱军团方能对付。"

牛小青听得新奇，便道："那若是再有这等妖魔现实，出动地狱军团便可。"

鬼卒道："这地狱军团，可不是想出动便能出动的。那地狱军团发动一次，三界震动，代价极高。一旦军团与大妖若是战起来，人界生灵便会死伤无数。双方斗法，引动那狂风、暴雨、洪水、山崩地裂之灾，对那三界损耗极大。遂不到万不得已之时，绝不会使用此法。因不到万不得已之时，断不会出动这地狱军团，除非是那妖魔太过强大邪恶，或是那罪人生前太过罪大恶极，恕无可恕，才会用此办法。"

牛小青听他如是说方明了，原那鬼卒抓人，还有这般缘由，难怪这世间许多贪官污吏、作恶多端之辈便是死了，也难以得到那应有惩罚。原是因为这些人等被那大妖保护，而那地狱军团又不得随意出动拘捕，遂只能让其生魂随那妖魔前去，在身故之后，还在继续为祸人间。

那牛小青道："这般行事，未免太过不公。按这般做法，那恶人生前死后，岂非都可为所欲为？”

鬼卒摇摇头，言此事自己亦是毫无办法，地狱之中鬼卒皆是如此，只得按这等方式做下去便罢。

不过那牛小青口中虽如是说，心中却颇为害怕。自己若是遇到这等殊异之罪人，并因其临终阳气散尽引来人妖，他亦只能吓得夺路而逃。幸而与他一起执法之鬼卒，负责的多是那打家劫舍、杀人越货者，并无那万里挑一之邪恶罪鬼。但即便是那打家劫舍之罪鬼，亦是不愿乖乖随那鬼卒去地狱之中受罚，总要挣扎一二。因此那鬼卒派给牛小青之事，多是令他给那罪人之魂戴上手铐脚镣，令那罪鬼无法逃脱。且说这拘捕之法，听起来容易，真正做起来却也不轻松，只是将那罪鬼穿孔，并与其戴上镣铐之事，也令那牛小青学了许久方会。

正是：

地府劳作何如此，鬼卒生涯度日闲。
月影又上东山顶，归来却见天际白。

列位看官，你道是牛小青与那鬼卒日日一起执行公务，且将如何？那牛小青是否还能重回人间？欲知后事如何，且听下回分解。

【第二十八章】

上回且说到那牛小青在地狱之中气闷无聊日久，终被那送其下界受罚的鬼卒想起，前来将他取出，令其随自己一道去拘捕那将死的恶鬼生魂，并在二人共同拘捕生魂的途中，将那地狱鬼卒拘魂之桩桩件件之往事，与牛小青一一道来。这一人一鬼谈起那邪灵之害，皆是感慨万千。

二人谈罢那殊异邪灵及地狱军团出动之不易，那鬼卒便与牛小青道，自家如今在地狱之中待得久了，其最大愿望便是某一日能变成人。牛小青听它如是说，亦是有些诧异。他因为做人日久，每日都要耕种劳作，且稍有不慎便遭遇天灾，颗粒无收，遂从不觉得做人有何好处。只听那鬼卒又道，他虽久居地狱，见多了那些罪鬼厉鬼生前死后的种种恶行恶性，端的是无比嫌弃鄙夷，但其在人间行走时，虽然人间亦有丑态恶态，但看人世间与那鬼界神界皆有所不同，虽亦有愤怒伤感之事，但更有那些花好月圆、至善至美之事，他见得多了，便也会生出百感交集、感同身受之情。

列位看官，说起这鬼卒之成人想法，面上看着虽是荒唐，细按则别有原因。原那鬼卒多是生于狱中，其造物设法，皆有缘由。这鬼卒因是那地狱之法的执行人，因此天然便生着一颗无悲无喜、不增不灭之心。更与那有情众生不同者，是这些鬼卒非但未有七情六欲，更是觉知不到人类最普通的喜怒哀乐之情。如此一来，他们在拘捕那生魂之时，方能秉公执法、铁面无私。遂那鬼卒们在与那罪鬼施刑之时，方不至心生怜悯或是有所畏惧。且那鬼卒日日身处地狱之中，所见所感皆是全天下最酷烈恐怖恶心之状，稍有所感者，或许便会因为眼儿口鼻舌声意之惑而崩溃。

然虽是如此，那地狱鬼卒亦想试试人之感情。想那数百年如一日之无感无惑，实是乏味至极。因此那鬼卒在人间行走得多了，见到人之喜怒哀乐，虽然无感，但亦已被其潜移默化、慢慢皴染，不知不觉间，已对人间生活心生向往。因此自然而然便也想尝试人类这情感滋味及那人生、老、病、死、爱别离、怨憎会、求不得、五蕴盛之八种感悟，如此这般，方算是真正不负在天地之间走了一遭。有这般体验，便是寿命有限，亦是无惧无憾。

因许多鬼卒皆有此意愿，遂这呼声亦已上达天听，令阎王有所耳闻。阎王见地狱之中鬼卒皆有此意愿，倒也愿意成全他们此等去恶向善之心。遂便令那在地狱之中表现良好的一二鬼卒转生为人。因此那地狱之中的鬼卒，但凡其有能变成人的机会，尽皆十分珍惜。因此转生成人之前，无论是谁——便是那地狱之中的鬼卒亦是一样——皆要将前尘往事一概洗净，但其托生成人的意愿，却因反复祈愿，早已深深烙印在心灵深处。遂他们转生之后，极为珍惜自己此番为人的机会，遂但凡有空，便会秉承那一寸光阴一寸金之训、勤奋上进，努力研习人间先贤世代遗传的书籍学问，学那诸位圣哲存续下来的精深技巧。因此这些托生成人的鬼卒，因有了这般前缘往事，那这些鬼卒托生之人，在人间多半都成为人中龙凤，对世人有造化之功。或为才高八斗之艺术家，或为医术了得之名医，或为一方豪侠，或为伟岸英雄等。便是因时机、出生、经验等未有成就者，多半也会是那忠于职守、乐于助人、人人皆愿与其交朋友的可亲可爱之人。遂这些人身故之后，天庭会直接缀升其为天界仙人。

鬼卒这番话，令牛小青觉得甚为吃惊。故此时方知原来人间那许多了不起的人，竟然尽是鬼卒转生所化。那鬼卒云，虽这等鬼卒所化之人不在少数，但也不尽然如此。还有那本身秉天地灵气，持造化之功的钟者，亦是人类之中钟灵毓秀之辈，或是神仙转世，想去那人界走一遭。

且说那牛小青跟着鬼卒追捕生魂日久，见多了世间的善恶美丑，且逛熟了地狱之中许多处，便将那地狱风貌与数日自己在民间所听闻的故事描述一一印证。他见这地狱之中，并未曾见过民间故事之中最是有名的牛头马面及黑白无常等人，兼之缺乏孟婆、城隍者，便问那鬼卒道："且说民间传说之中拘捕那罪鬼生魂者，不应当是传闻之中的黑白无常吗？"那鬼卒骤然听见黑白无常之名，懵懵懂懂，似乎并不理解牛小青所言。

且听那鬼卒解释道，这地狱之中拘捕生魂者，尽是这些鬼卒们，且牛小青所见的地狱之中，共有十个宫殿，殿中分别由十名阎罗掌管。其名分别为：一殿秦广王、二殿楚江王、三殿宋帝王、四殿五官王、五殿阎罗王、六殿卞城王、七殿泰山王、八殿都市王、九殿平等王、十殿转轮王。因分居地府十殿，故名。那牛小青听他如此解释，亦是十分讶异，他以前听闻地狱共分为十八层之多，而如今看来不过只有一层罢了。那鬼卒云，地狱一共便只有两层，那十八层地狱之说，不过是针对那些罪鬼们在此受到的不同刑名而言罢了。如今这地狱一共便只有两层，一层为罪鬼受刑之处，而另一层，则是那地狱之中关押地狱军团处。那地狱之中，一共便是这两处，而那第二层，除了阎罗大帝，地狱之中其他人等一概不允入内。

端的是：

天堂地府，善恶由心，死生迷悟争先。
一旦神魂归去。应教泪多如雨。

列位看官，你道这牛小青如今已日渐熟知了地狱生活，而如今听了鬼卒这一番话，其重回人界之心，又被悠悠勾起。但此时阎王仍未想起这牛小青之事，不知那牛小青何时才可返家？你道情势如此，欲知后事如何，且听下回分解。

【第二十九章】

上回且说到牛小青与鬼卒抓捕生魂日久，二人日渐熟络，这牛小青从那鬼卒口中，对地狱之事知之愈深。因而也得知那人间诸多有作为有建树者，很多皆是地狱之中对人间期许向往日久的鬼卒化身。而那地狱之本形本貌，亦不像旁人所说的那般有上下十八层，而是共计两层，上层便是那阎王惩罚罪鬼之所，而下层便是安置那地狱军团之处。

且说这牛小青因与那鬼卒合作，亦开始日渐熟悉地狱之中的各项事宜，也因此日渐习惯了那地狱之中的诸般行事方式，不像初入地狱时那般难挨。

话分两头。这厢说回这大阎王处。且说那大阎王这日心血来潮，也不知从何处翻看到了鬼卒所交的牛小青相关事宜之公文文疏，这方才想起如今牛小青尚关押在地狱之中一事。它既得知此时，便着那带引牛小青的地狱鬼卒将其带到自己日常处理公务处。

这厢鬼卒得到阎罗大帝通传，便一路带引牛小青去往那大殿行去。这牛小青随着鬼卒一路行至到了大殿之中，便也四处看瞧一番。且说这牛小青到了大阎王宫殿处，见此处环境并非如自己置身的地狱处一般恶劣。而是有一宏伟的黑色大殿，高逾山峰，那大殿门外，飘扬着十几幅硕大无朋的鲜红旗帜，而进了殿内，则会发现殿梁由诸多排列整齐的黑色石柱，石柱下垫着硕大的柱础，以支撑那黑色石柱。入了大殿之后，则又是另外一番风景，且说那殿内四处，均装以色彩绚丽的金色纹饰，且那墙上还有数幅壁画，画中图景，均为地狱军团此前与妖魔战斗之场景。不过因那图画太过巨大，遂在那牛小青眼中看来，反而只能瞧见那画上色彩，无法得知整幅画卷全貌。

且说鬼卒为了防止牛小青被自己背上倒刺所伤，便在被上垫了一块厚厚的棉布，背着牛小青在这大殿之中前行。牛小青极目望去，见自己置身这辽远殿中，实在是渺如蜉蝣蝼蚁，若不是有那鬼卒带着自己一路奔跑跳跃，他不知何时才能行至那阎罗大帝面前。

话说这鬼卒与牛小青在殿中奔了一阵，终于行到了这狱中大阎王处。待他见到这阎罗大帝，方始明白这大殿为何修得如此之高。且见那坐在黑色宝座上的阎罗大帝高如山岳，其身畔还有同样两尊阎罗，亦是高如山岳，只不过两相比较，那两尊略略比那阎罗大帝低一个头罢了。

列位看官，你道那阎罗王到底生得何样？且见这三名阎王皆是黑袍加身，面上带了白纹夹奇异花纹面具。那阎罗大帝与其他三名阎王穿着打扮皆如出一辙，唯有那面上的面具花纹与其他几名阎罗有所不同，且见那阎罗戴着暗金花纹面具，蹬着白底黑帮皂靴，正襟危坐，正在宝殿前等待牛小青。

鬼卒带牛小青至那阎罗大帝跟前，将牛小青与那阎罗大帝确认一番，与那阎罗大帝言明牛小青如今情形，阎罗大帝颔首道："既然牛小青受罚已毕，可放回人间家中。"说罢那阎罗大帝说完便摆摆手，着那鬼卒将牛小青带走，继而迅速转身，也不再理会那鬼卒与牛小青，而是急忙与周遭三名阎王商议地府中诸般事宜去了。

且说牛小青站在三人下首，仰视这堪比山岳的阎罗大帝，此刻听这阎罗大帝言语，其声堪比炸雷，震耳欲聋；其息堪比朔风，猛烈灼热。顿时便有些心惊，可一想到自己如今可以离开地府重回人间，心情亦是轻快了不少。兼之他与这地狱之中的鬼卒厮混日久，听这鬼卒日日宣讲地府中各类事体，对阎王也少了几分惧怕，此刻见地府的阎罗大帝就在近前，便仗着胆子开口，想向这阎罗大帝询问这地府之中，缘何未像传说之中那样有那十八层地狱之貌，且那牛头马面、黑白无常等诸般民间传说中的地府鬼怪，缘何自己在地狱这些时日，端的是一个也未曾见到。

且说这牛小青这厢在下首说着，于那阎罗大帝听来，如蚊子的嗡嗡声一般。毕竟从阎王视线处瞧去，那牛小青比一只蚂蚁也大不了许多，牛小青无奈，遂请那鬼卒飞来飞去，代自己为向阎罗大帝询问。待阎罗大帝听清牛小青所言，便与那牛小青傲慢道："你们民间有何样关于地府之中的说法，与我地府并无什么干系，且你如今问这么些有何用？我告诉你你亦是无法记得。在你离开地府之前，我会与你施法，届时你在此经历的一切便会全部忘掉。说了这许多，时间不早了，你赶紧走吧，我还有许多公事处理。"

牛小青听阎罗大帝如是说，也不敢再多问。兼那阎罗大帝每一开口便响声震天，极为刺耳，再听片刻，恐怕连耳膜也无法保住。遂其只能悻悻地跟着那鬼卒离去。

话说这一人一鬼行至殿外，牛小青方才想起，要问那鬼卒自己如何才能回去。那鬼卒听了牛小青的疑问，二话不说便一拳向牛小青的头上击去。牛小青见它骤然发难，慌忙躲闪。但那鬼卒出手极快，他一个人类焉能避过？且见牛小青避之不及，被那鬼卒一拳打下，竟然又一次“死”了过去。

且说这鬼卒一拳打下来，牛小青如何了？列位看官，原来这鬼卒一拳打下，牛小青便陷入了混沌状态。直似的蒲公英一般被吹得飘来荡去，过不多时，他便似被卷入一个接一个的漩涡之中。牛小青张眼望了一瞬，见那漩涡有着五彩颜色。且说这云彩般的漩涡将牛小青抛进抛出，吓得牛小青哇哇怪叫，直将其颠得七荤八素。待他好不容易能稍稍立定之时，那漩涡便停了。牛小青在原处清醒了片刻，再一张眼，发现自己竟似已立在坚实的大地上。

端的是：

狱中光阴日悠悠，物换星移几度秋？
村中贫家今何在，梗外碧水空自流。

列位看官，你道是牛小青如今回到家中，他兄嫂如何，家中境况又如何了？欲知后事，且听下回分解。

【第三十章】

书接上回。上回且说到那阎王大帝终于看到鬼卒上报公文之简述，终于明了牛小青在地府中无人问津之现状，便差鬼卒将其唤来，与之言明如今他受罚已毕，不日便可放其归家。那牛小青问了些地狱之中不解之处，阎罗大帝却不答，只令那鬼卒击打牛小青，将那牛小青打得晕死过去。其再醒之时，便发现自己已被送入漩涡之中，待他落到地面再睁开眼睛之日，却发现自己如今已然还阳。

且说这牛小青如今人虽回到福氏村，却发现这福氏村与自己当日离村之态，已相去甚远。他因在地狱之中日久，对时光流逝之感知，早已不如当日在福氏村为人时那般清晰，疏忽觉得自己在地狱之中不过一二年光景，为何如今回到福氏村，竟像过了二十年之久？列位看官，须知“山中方一日，地上已千年”，待他再回福氏村之日，人间光阴似箭、岁月如梭，已然过去了近二十年的时光。

闲言休叙。列位看官，你道如今福氏村到底是何光景？且说这福氏村经过这倏忽二十年的发展，如今纺社已然成为村中一个庞然大物。当日自桃花仙女开始的纺织一事，早已日益壮大，如今为福氏村中一景。因这行当发展过快，那村中边自然生发组织了一个商会，不仅将那坊社一行之中的总商号搬迁至京都，且如今在各大城市之中皆有分社。如今福氏村早已今非昔比，连同其在内的周边村庄，已然成了各商号的生产基地，而那商会的经营范围，亦是今非昔比，非但有那缫丝相关的生意，慢慢竟逐渐扩大到银票兑换、典当质押、镖局护送。酒楼茶肆等数重产业，在这一二年间，竟已全面蔓延至了全国中大大小小的城市，且那各家商号的生意均十分红火，颇有蒸蒸日上之感。

且说这阎罗大帝在牛小青返回人间之前，便施法令牛小青忘记了地狱之中的数番光景，但智者千虑必有一失，这阎罗大帝自以为算无遗策，已施法将那牛小青的记忆萃取得一干二净，却不曾想到，这施法的鬼卒因谨记阎罗大帝之命，在施法消除牛小青记忆之日，用力过猛，也不管何种记忆该删掉，何种记忆该保留，而是施法将其所有记忆一概洗净，一股脑全部清理了完事。且说这牛小青的记忆被如此生猛之法删减，以至于他返回人间之时，前后之记忆几乎全无踪迹，只能回忆起自己的名姓。那与桃花仙女之间的前尘往事，在福氏村生活之种种，除了影影绰绰有点零星感知，剩下几乎全然无法忆起。

只不过在牛小青心中，隐约尚能感知自己从前似乎与桃花仙女有相爱生活之经历，也同样记得自己曾与那桃花仙女在某间室内生活过。且说那牛小青凭借自己这零星记忆摸索至自己此前与那桃花仙女生活居住之所，却发现那屋门口站着两名守卫，待他将欲迈步之时，与他言明此处乃商会圣地，如今闲杂人等，一概不允入内。

那牛小青本就记忆模糊，不过是凭借本能摸索到此处。此刻听这守卫如此说，更不确定此处是不是与自己有关，待稍稍要在脑中搜索关于此地的记忆，脑海深处便立刻搅乱成一团乱麻，当即只得迟疑着从那屋内退出，缓缓转身离去。

且说这牛小青一路行去，走了大半日，只觉得腹中饥饿无比，又困又乏，脑中嗡嗡作响，也不知现在身处何地。想要回忆自己前半生光景，却又无论如何也想不起，端的是：

途穷天地窄，世乱死生微。

所谓“无巧不成书”。列位看官，且说这牛小青又困又饿，便本能地去探自己身上的行囊。且说他手一伸，便摸到了自己背上行囊，且见行囊之中放了几个蜜饼，一把水壶并好几个金元宝，当真是喜从天降。这几个物件旁边另有一张纸条，那牛小青不识字，也不知纸条上到底写着何语，遂他便也不做计较了。

且说牛小青本就饥肠辘辘，此刻见了这蜜饼，便宛如仓鼠掉入米缸，当下狼吞虎咽、风卷残云般吃完这蜜饼，并饮尽了这壶中之水。待他吃完之后，方觉得稍稍回复一些气力，适才的疲倦感渐渐散去，亦也有闲心去瞧瞧周遭的环境了。

列位看官，你道这牛小青定睛一看，方才发现，自己身上竟穿了一件绸衫，那衣服上描金锈朵，端的是贵气逼人。若是被那曾经认识牛小青的人瞧见，定然无法一眼认出。

你道是人靠衣装佛靠金装，这牛小青如今装扮得体，看起来便也似那体面的贵人，富贵的员外。否则以他曾经那放牛娃之姿态摸索到那房门口去，早已被那守在门口的侍卫撵走了。

你道这牛小青如今身上穿得，口中饮的，都从何而来？原来这一切，皆是那曾与之一并在地府之中逮捕生魂的鬼卒所赠，那鬼卒因与牛小青相处日久，彼此之间亦生了一些友爱之情，如今见牛小青还阳，便赠了他这些衣物金锞，令其不至于生存艰难。

且说这鬼卒为何赠予牛小青蜜饼？说到此事，缘由倒有些长。且说这牛小青在地狱之中，丝毫未觉知时光流逝速率，且其二十年都未曾饮食，虽其在地狱之中无甚觉知，但如今他返还人间，其生理构造及眼儿口鼻舌声意之六识，皆已转换，稍有不慎便会产生极端恶心反胃之痛，若不能及时解决此事，其意识便会在一炷香之内消亡，而肉身更是会随之化为齑粉。那蜜饼便是鬼卒赠予牛小青解开此地狱之毒之良药，牛小青食用了那蜜饼，便可避免肉身消亡之苦。但那蜜饼功效虽强，对那牛小青记忆消逝一事，却仍旧毫无用处。

那牛小青如今头脑清醒，知道查看自己周遭状况，却无论如何调动回忆，均不曾想起此前自己身上到底发生过何事。他在脑海苦苦搜索无果后，当即想到，这福氏村既是自己此前生活之处，当有人认识自己，若能寻得一二熟人，便可从其口中询出些关于自己的消息。一念及此，当即便往村中人多处去。但他寻了一圈，却发现这福氏村虽大，那村中人数甚众，却并未有半个自己想找的人。你道这是为何？原那福氏村中虽是朱门绣户甚众，那屋内却尽是一些顽童稚子，几乎未曾得见一个成年者。那幼童们见牛小青走近，尽笑嘻嘻地望着他，待他走到近前，那些顽童们又羞赧地跑开。牛小青见着人询问自己此前记忆之事亦是无果，只得无奈地坐在树下，思忖自己未来之事。

正是：

牛背短笛催归忙，飘飘逸兴空悠扬。
日落未落天苍凉，悬崖挂壁留余光。

列位看官，你道如今这牛小青心心念念，终得从地府还阳，重回这福氏村中，却遇到这么个光景，端的是天意弄人。且问这牛小青该何去何从，日后又当如何，且听下回分解。

【第三十一章】

上回且说到牛小青回到福氏村，却发现如今这村中已非自己旧日熟悉之光景，且那地狱之中无甚感触，回到人间方知疏忽已过二十余年，那福氏村因纺业带动，竟已有了翻天覆地的巨变，实是令人感慨万千。

这牛小青如今被阎罗大帝鬼卒施法，令其记忆消退，因此其虽回到福氏村，却对那村中诸般光景，端的是半分也不熟悉。好在那牛小青只是记忆消除，而不是变傻，当下思忖了一番，便想起可着人问问自己此前的情形，于是便往那人多处寻去，却不料这村中如今只见孩童，不见大人。

牛小青见自己如今着人问讯的想法也无从施展，一时间也想不到甚更好的主意，只得在树下呆坐着。正暗自苦闷惶恐时，却听远处有机器轰鸣之声，约莫是从坊社方向传来，遂灵光一现，想到那坊社既仍在运作，定然会有人存在期间，当下便循着坊社声音走了过去，想去瞧瞧坊社之中如今是何种情形。

列位看官，你道这福氏村经过这一二十年之发展，那坊社之中生意早已扩展发散，如今此处生出了一座绸缎加工之所，那声音便是从绸缎加工处传来。牛小青走到这绸缎庄前方看分明，原这绸缎庄已经过四度改良，将此前桃花仙女教与众人的技术修正得炉火纯青，如今这庄子生产绸缎已并非人力，而是在河边架起水车，得那水车之力驱动木材转动，还将木纺车纷纷改建为铜铁纺机。如今这铜铁纺机非但可生产出不同质量、不同档次、不同颜色之绸缎，其售卖之处，更是上达王公贵胄、下至贩夫走卒，不但包罗云泥霄壤之众，其品类更是各色各样，无限繁多，真乃应有尽有。

更令牛小青惊讶之事，是这铜铁工艺所制成的纺织器械，虽然生产量颇大，但是效率较那手工纺织要高出许多，如今运转起来，日断百匹，省了许多人力、物力。不过话说回来，那铜铁工艺的纺织器械虽是不错，但其运转起来颇费功夫，须得数名人等从旁协助。更需耗费颇多人力定时维护，也并非全然都是好处。

话分两头，各表一支。话说这绸缎产出定然需要蚕丝原料，因此那养蚕缫丝之事，必不可少。列位看官，你道那从前福氏村中蚕丝，乃桃花仙女从仙界带入凡间之天蚕，那桃花仙女如今早已随西王母返回仙界，其留下的蚕种也已历经数代，变为飞蛾重回天庭之中了。现如今这天蚕产丝量虽不如第一代，色泽上也差了些许，但好在其仍有两重优势，一是其数量甚众，可满足越来越多买主对绸缎之需求，二则此种蚕经过数代培育，其生长速度也较初代提升了许多，一经养大，便可迅速吐丝。

如今这绸缎庄声势日盛，那福氏村中村众为了赚取银钱，但凡那手脚略能活动的男女老少，只要能做此事者，皆已经在纺厂之中劳作，那男人们便在纺机前看守，那妇女老人便在桑畔养蚕。遂牛小青在村中转悠了数次，皆见不到那成年村众，也是因此之故。

且说这牛小青听了纺社机器轰鸣，便料想此处或有行事之人，便向那纺社之中行去。说来也巧，牛小青甫进那屋中，便逢着纺社之中的一名织机总管，那总管见牛小青通身打扮十分气派，暗忖此人莫不是那商会之中的领事，如今来此勘察纺社之中各织工情形。

一念及此，他也不敢问那牛小青到底从何而来，亦不敢细看牛小青之长相，只是悄悄传令，令社内那缫丝纺线之人愈发使力，自己却着了数人，毕恭毕敬地去迎接那牛小青。

待他带人走近，方始看清这牛小青之相貌。这一望之下，顿时吓了一大跳，原来自己眼前之人，不是别人，正是那失踪了二十年之久的牛小青。那随他前来的纺工，有数人皆为福氏村中故旧，此前在福氏村之日，与那牛小青共过农事，因此还记得牛小青相貌，更对他与桃花仙女之事，有极深之印象。遂此刻见了牛小青，皆吓得合不拢嘴，眼见牛小青形貌二十年来无甚变化，更不知眼前之人是人是鬼，当下个个面如土色、腿如筛糠，谁也不敢上前招呼他。

列位看官，也无怪这福氏村中村众如此。那牛小青此前进入之地府，乃特殊时空，但这特殊时空之中度日，非但未曾让牛小青衰老，反令其始终保持二十岁左右之形貌。而反观当年与牛小青同吃同住者，如今尽已老去，更有甚者，须发灰白参半，已然步入中年，老态颇显了。

且说如今牛小青重回福氏村之事，已如炸雷一般，激起满池涟漪，令那福氏村中人人震动。且说这消息传入众人耳中，那纺社里的纺工便纷纷停下手中活计，如见奇观般，纷纷奔至牛小青跟前，想瞧瞧那牛小青到底是何方神圣。且见片刻之间，牛小青便已被众人围了个水泄不通，周遭有识得牛小青的，大着胆子问其这二十年间到底身在何处、有何际遇，缘何未曾变老等种种疑问。

那牛小青见众人围着自己七嘴八舌地发问，只觉得头昏脑胀，兼自己听一句，那头脑之中便影影绰绰闪过一丝影儿，再去搜寻，却无论如何也无法寻到，那众人七嘴八舌的消息灌了进来，只觉得头脑中纷纷扰扰，毫无头绪，一时之间只得唯唯诺诺连哼数声，算作对众人之回应。

这厢正纠缠着，却听那人群中一声高喊道："牛小青，你竟还有脸回这福氏村来！"众人听见这骤然发难之声，均吃了一惊，便纷纷转头向那声音来处张望。牛小青正待看这惊声尖叫者为何人，身上便已莫名挨了数下。那围观者见牛小青挨打，竟然跟着那搅局者瞎起起哄来，一时间你推我搡，场面顿时乱作一团。

正是：

区区数竖子，搏取若提孩。
手持扫天帚，纷纷近前来。

列位看官，你道这吵嚷者为谁，打人者又有何缘由？欲知后事如何，且听下回分解。

【第三十二章】

上回且说到那牛小青依着那机器轰鸣声，终于在纺社之中寻到了福氏村中的诸名成年男子，尚未开口说话，那村众之中有认得牛小青者，便大声称奇，对牛小青如今依旧维持青春形貌皆是惊叹感慨，如观西洋景一般围着他又瞧又看，只把那失忆的牛小青闹了个丈二和尚摸不着头脑，也不知众人到底葫芦里卖得是何药。双方正大眼瞪小眼之际，却听见有人高声叫骂牛小青，那牛小青还未来得及辨认来人，接着便已莫名挨了数拳，只打得那牛小青不明就里、不知内情。

眼见这围观众人推来搡去，你踩我一脚，我打你一拳，混乱之际，也不知谁是谁非，大有愈演愈烈之趋势。那纺社领事呼喝了几声，却无人理会。他见这般情形，若容众人再闹下去，此处便愈将一发不可收拾了，便将挂在胸前的木哨拿起，含在口中“呼呼”吹了数声。只听他哨音刚落，从纺社的布幔之后，钻出了四名膀大腰圆的虬髯大汉，个个身似铁塔，目露凶光。那四人见纺社众人斗得正酣，也不待领事吩咐，上前便一手一个，不费吹灰之力，便将这干人等皆一一拨开，众人尚未反应过来，便已被四人一手一个，如鸡仔一般提到人群之外。那余下本待蠢蠢欲动者，此刻见了这般情境，也不敢有任何异动。只见这四名虬髯大汉一路畅行无阻地行至牛小青跟前，见尚有几人正抡着拳头往那牛小青身上招呼，便看也不看，提起这几人的领子往地上一掼，直把这几人一个个都摔得动弹不得。

纺社众长工见他们四人如此凶悍，顿时人人都吓得不敢吱声，一时间那车间除了领事人人屏气凝神、面面相觑，谁也不敢先开口说话。那领事见自己已然震慑了纺社众长工，便摆了摆手，着这四名虬髯大汉将被那刚众人打翻的牛小青扶起，并领回自己日常会账的清幽后堂安置。

列位看官，说起这纺社领事，倒也话长。也合该如此之巧，你道这领事亦是福氏村人，且对那牛小青与桃花仙女之旧事，亦是略知一二。如今他见这牛小青穿戴光鲜体面，又见这牛小青容颜如旧，心中早已暗自起疑，思忖这牛小青约莫是得了那天宫仙女赠予宝物，否则焉能有这般奇遇？一念及此，心中顿生贪念，便想从那牛小青口中套出话来，若是有运气得知牛小青从何宝物中得到如今这番遭遇，自己亦能沾上这宝物的几分光彩。

他心中这般盘算，面上却不显山露水，只是将自己珍藏许久的一壶好茶取了出来沏了，一面与牛小青斟饮，一面与他叙旧。待那牛小青坐定之后，又着自己在纺社的相好去取那治疗跌打损伤的药膏来与牛小青治伤。

且说这领事支开了屋内众人，便与牛小青更加热络了些。且听他先是与牛小青寒暄了几句福氏村如今的变化，又与之说起了如今商会对村众的益处。牛小青也不打断，心中却道是如今好不容易有人可相询过去之事，这机会自是十分难得，且听他说说也无妨。

只听那领事感慨道，如今这福氏村村众皆富，但每日亦十分辛劳，几乎便是全年劳作才能维持那纺社运转与那举国上下的布匹供应，如此这般二十年，这福氏村的纺社方有了如今的形貌。

那领事感慨完如今之事，便又与牛小青细数过往。他云正因那福氏村的老村正兢兢业业，方能领着福氏村的一干村民也胼手胝足、筚路蓝缕地开创如今这一份纺社之业。现如今这福氏村的村正已仙逝，如今这商会由他儿子接手，由那缫丝发展开的各种产业更是蒸蒸日上、遍地开花，如今他儿子已然成了商会总会长，而那商会也早已成为全国第一大商会。

牛小青原以为这领事提到那福氏村旧事，也只是与自己忆旧罢了，一时心中也有些期待。但听那领事言罢那村正儿子之事，却又不接此话茬儿，反是抱怨起那福氏村如今的境况来了。

且听他道，如今这福氏村早已和前些年有所不同，村中大半人马，已追随那村正之子去了京城，初时与之一同打江山的老人，现如今多半已是各商会分处的大总领了。自己之苦劳，与这些人并无太大差别，皆是从那缫丝在村中兴起时便入了纺社，跟了那老村正之人。却不承想，自己事是一桩也未曾少做过，出的气力亦不比那些故人少，如今却只能眼睁睁看着他们早车马轻裘、吃香喝辣，而自己却还在这村中守着那一亩三分地，丝毫未见升迁，甚至还不如他那徒弟。如今就连他徒弟都已是这纺社的大领事，而他却仍是这纺社的小领事，每日管着这几个不着四六的人马，也不知何时方能盼到出头之日。

列位看官，且说这领事如此之说，一半是真一半是假，也不过是他日常与人应酬的惯用开场白罢了。且听他一路说一路叹气，想要激起这牛小青的同情之意，更想等那牛小青慢慢放下戒备，再问他到底有何际遇。

且见他一路哭诉完，这牛小青也不曾有半点赞许同情，只是表情漠然地听完罢了。列位看官，你道为何？原来这牛小青心里一直都存着自己私事，对那领事的话，多半是左耳朵进，右耳朵出罢了。且说这牛小青适才虽然在此处挨了打，但心中却是喜气多过怨气。他如今可确定这福氏村中村众认得自己，亦知道自己旧事。如此一来，他便可向其询问自己故旧过往，也不必再似初回人间时那一筹莫展之态。且说他耐着性子听这领事讲着自家遭遇，心中虽急但也未曾打断，只是盘算着，待那领事一说完，便向其询问自家之事。

正是：

光鲜靓丽聚一堂，你方唱罢我登场，
嘴不言语心思量，二人各自怀肚肠。

列位看官，你道这牛小青与领事各怀心事，皆想从那对方口中得知己欲，这一番你来我往，又待如何收场？那牛小青到底又能否得知自己姓甚名谁，来自何处，将去何方？欲知后事如何，且听下回分解。

【第二十三章】

上回且说到那纺社领事认出牛小青，见牛小青如今容颜一如往昔，心中甚是疑惑，以为牛小青又得了什么了不得的际遇，便着人将牛小青从人丛之中解救出来，送到自己素日会客的内室，与牛小青攀扯亲热，好将那牛小青这二十年来身在何处、遇到何人套弄出来。

岂料这牛小青如今记忆全无，听了那领事的话，也不过是嗯嗯哼哼、随声附和罢了。待那领事一番长情哭诉完毕，见牛小青却呆头愣脑、毫无反应，直是视自己为无物，自己费了这半天唇舌，原是好不值当。当下便怒从心生，眼见便要发作。

且说这领事二十年前便是福氏村人，当然识得这牛小青。那牛小青昔日在他印象中，便是个呆头傻脑、沉默寡言之人。当日在福氏村生活之时，这牛小青日日与那桃花仙女厮混在一处，整日里便是游山玩水、无所事事之态。当是时，那福氏村缫丝一事刚由那桃花仙女兴起，因那缫丝织布之事进益颇丰，全村各家各户，皆是倾巢出动、各自帮忙，能做一分绝不会只做半分，只嫌自己未生有三头六臂，谁又有耐心去管那牛小青之事？而那牛小青自认识了桃花仙女，亦是个不干活的，如此一来，他与众人虽皆生活在那福氏村中，却是井水不犯河水、各自相安无事。因此那领事对其印象不深，倒也说得通了。

这牛小青听领事一通慷慨激昂的抱怨，自己倒是无甚感触。列位看官，你道这牛小青原本就不是善钻营之人，否则焉能混成今日光景？且说他听那领事说起村中光景与那商会如今盛况，皆是毫无反应，那领事见了，亦是在心中啧啧称奇，虽有疑惑，却只当是牛小青淡泊名利。但见自己谈起那村正离世之事，牛小青亦是波澜不惊之态，顿时气不打一处来。原来当日桃花仙女离去后，牛小青在福氏村中日日以泪洗面、相思断肠到生无可恋之态，在那福氏村中可是人人皆知之事。连带那村正去牛小青家中劝解安慰、照顾他数日之久之事，亦是在福氏村中路人皆知。如今他见自己谈起村正离世之事，这牛小青依旧一脸茫然之态，似乎丝毫也不念村正恩情，还当是牛小青如今交了好运，过上了那富贵日子，便将那福氏村中一干人等置诸脑后、不愿多加理会了呢。

但那领事心中虽然着恼，面上却不能显出那不耐神色。你道为何？原来此刻他尚吃不透这牛小青底细，不知他如今在何处高就，更不知其来头，当然也不好冲他发作。他心道那古往今来虽说是有福同享有难同当，但那有难同当者多如牛毛，有福同享者却罕如芝草，因此也不太以此为意，只是强压怒火，客客气气地与那牛小青说话。

且听那领事好不容易将自己一番长篇大论说毕，见牛小青毫无回应，不由得主动问牛小青道，这二十年间在何处高就、何地发财，缘何与那福氏村中众人不通音讯、毫无往来？

牛小青听他叙旧许久，早就巴不得在他间歇片刻，能令自己有机会开口相询与自家有关的诸般旧事。如今听他问起，自然求之不得，慌忙告诉他自己也不知缘何回到福氏村，更不知这二十年间，身上到底发生了何事。如今领事问起他来，他也不知该从何说起，他找到这纺社来，还想问那曾认识自己的人打听呢。

那牛小青交代完前因，便向领事作揖道，自己如今对诸般前尘往事确实是记忆全无，若那领事知道自己在福氏村的种种旧事，还盼其详尽告知，以解自己如今失忆之苦。

且说那领事初时不信，如今见牛小青神态恳切，渐渐了悟其所言非虚。

只见牛小青言语间毫无伪饰，其人神态，真与那自己在说书人处听到的得了失魂症之人一般无二，亦是被此番变故惊得瞠目结舌、不知所措。原来似牛小青这般情景，他从前不过在戏文之中见过，现实之中倒是第一次看见，一时间慌神错愕，险些连牛小青问了些什么也未曾听见。

且说牛小青向那领事问了诸多问题，并作揖为礼。待这牛小青问毕抬头时，方看见那领事的内堂山墙上了挂了三幅图画。列位看官，你道那图上所画何事？且见那正中最大幅者，其上绘了一名娇俏可爱、眉目如画的二八少女，旁边两幅一绘着一位精神矍铄的老者，另一幅则绘着一名清癯瘦削、丰神俊朗的年轻男子。那年轻男子眼神锐利，看起来甚是精明能干。

那画下摆了香案，熏了上好的檀香不说，还摆着精美的糕点瓜果，当是供奉这三者之意。

牛小青骤见了这少女图像，心中颇有些似曾相识之感，继而便涌起无限爱怜倾慕之绮思来。他对此甚是奇怪，思来想去，大约亦是与自己的前尘旧事有关，因此便又将那疑惑之事，开口向那纺社领事相询。

列位看官，你道这画上女子，究竟是谁？此刻怕是不说，大家便也猜到了。原来这画上女子，便是当日带那仙蚕下凡，被牛小青在山中遇到，带回福氏村家中的桃花仙女。而桃花仙女左边挂的绘像，便是那福氏村故去的老村正之像，而那右首者，便是那村正之子——如今福氏村丝绸及各方生意的商会总长之绘像了。

此三者乃福氏村缫丝生意之源，那领事的内堂供着这三人的绘像，自然也是无甚奇怪之处。但那牛小青却是毫无头绪，半点也忆不起。只觉得自家这番感官实是莫名而来，也不知该如何纾解。

且说那领事见牛小青一连问了自己诸多问题，也不知道该从何说起。正思忖间，却见他那相好风风火火地闯进屋内，将此前出去取的跌打损伤药膏送了过来。那相好见两人在此交谈，早就希望能从旁窃听，此刻见那领事未曾支走自己，便殷勤上前，要与那牛小青上药。原来这妇人亦认得牛小青，她见牛小青如今容颜未老、青春常驻，料想其定然得了什么仙丹妙药，便希冀从二人交谈的言语之中打听一二。

这三人正各怀心思、你来我往间，却听见那纺社中一声悠远的钟声传来。原来两人相谈甚久，竟连到了散工的夜饭时间也未曾察觉。那领事见牛小青毫无离开之意，一心只盼着能从自家口中探听到几分旧事，恰好自己心中亦有疑惑未解，他心念一转，便对那牛小青道，如今天色已晚，不若先去自己家中吃饭饮酒，待两人边吃边谈，方能缓和从容。

正是：

生事应须南亩田，世情付与东流水。
人寿几何逝如霜，时无重至华不阳。

列位看官，你道这牛小青这失忆之态，是否还有法可解？那领事与其相好，若得了牛小青容颜常驻之真相，又当如何待他？欲知后事如何，且听下回分解。

【第三十四章】

上回且说到那纺社领事见了牛小青，看他如今仍是少年郎般模样，不由得心中安生疑窦，以为其又得了什么了不得的奇遇，遂才保住了年少时的一番形貌。又见牛小青装扮得体、衣饰华贵，不知晓他不过是得了鬼卒的帮助，还以为这二十年间牛小青早已赚得盆满钵满，此刻回到福氏村，不过是衣锦还乡罢了。因此他在与那牛小青攀谈的言语中，时时透露着自己如今愤愤不平之慨叹，兼之闲扯一番福氏村中纺织丝绸之盛况，见那牛小青毫无反应，方始明了他如今不过是失忆罢了。

二人谈着便已到那纺社放工时间，领事见纺社之中工人鱼贯而出，自己此刻若是与牛小青一道出门，被人瞧见，保不齐又是一番骚乱，略思忖片刻，便领了牛小青从那纺社后门的一条小路悄悄潜了出去。

二人回到领事家中时，那领事的婆娘熟悉纺社之中放工时间，便已然备好了饭菜在锅里热着。那领事领着牛小青吃罢饭，便与那牛小青道："你如今虽记忆全失、形貌不改，但终究与我是同辈，总是敬称也多有不便，我姓周，单名一个际字，不若你便改口称呼我为老际吧。"言毕他便向那牛小青详述了一番自己所知的关于牛小青的前尘往事。

且听他道，原来这牛小青此前确在这福氏村中过活，先前因勤俭质朴、勤奋踏实，颇得那福氏村村正之喜爱，那村正因他初到此安家落户，便送了他两亩肥田，着他在村中好好安家落户，殊不知自那牛小青结识了桃花仙女之后，便每日沉耽于女色，不知不觉之中便已荒废农事、不理稼穑，令那老村正十分忧心。后经劝解，便去了纺社之中做工，本来在纺社之中做得好好的，不承想其没过几天却消失得无影无踪，谁也不知他去了何处，自此以后，这二十年里间，直至今日为止，福氏村中再也未曾有人见过牛小青。

那牛小青听他诉说，似是自己先前在福氏村的生活他知道，可是自从这牛小青从纺社之中失踪以后，去了何处，有何等际遇，他确属一无所知。

牛小青见这周际神情之中不似作伪，便诚心谢过。周际云，如今这商会是凭借当日仙女所教之技艺及其带回来的仙蚕之天丝，方能发展至今。而如今这商会会长——那老村正的儿子为了纪念这回到天上的仙女，便让全国各处分会尽数挂上其绘像，更有甚者，譬如那些钱财银两丰盈之商会，还要对其雕像精雕细琢、镶金镀银，更兼设檀香法炉、采四时蔬果上供，一刻也不能断绝。

那桃花仙女与牛小青此前在村中住处，亦被福氏村中众人看作商会圣地，严加看护，任何闲人未经允许，不得入内。

列位看官，听到此处，你可知为何那牛小青回到自己住所时也被拒之门外了吧。原来此处经由二十年时光加持，此处早已成为这福氏村中圣地。但缘何这牛小青自己，亦过其门而不得入呢？还有那福氏村中纺社工人，缘何对牛小青有这般深仇大恨？

说起此事，倒还要费一番功夫。列位看官，你道是那村正此前虽向村民们述说过那仙女被王母强行带走之事，但那村中有一人，却是无论如何也不肯信。原来那村正之子却满心以为，那仙女之所以被王母带走，错处全在这牛小青身上。若不是那牛小青与桃花仙女整日在外游玩而日渐堕落，亦不会令天上众神如此忧心烦扰，以至于强行将那桃花仙女从福氏村中带回。在他心中，那九天上的仙女，又如何会不是那勤劳善良之辈呢？定是那牛小青妄想仗着仙女仙法一劳永逸，遂引诱那仙女日日过那腐朽堕落之生活，这才惹怒了西王母，将那仙女提前召回。因此，他便将当日仙女离去之账，尽数算在牛小青身上，那老村正在世之时还好，待他一去世，他更是只字不提牛小青当日无辜之态，逢人便说如今这福氏村中缫丝一事，皆是因有一名西王母身畔的仙女下凡慈悲为怀，遂下凡来教众人技术，而那牛小青与仙女的那一段掌故，则是添油加醋，将牛小青描述为引诱那冰清玉洁仙女之登徒子，云若不是那牛小青从中横插一杠，仙女还会待得更久，教会那福氏村村众更多仙术仙法。

待那村正儿子当上商会会长之后，对那牛小青之错处更是广为传播，遂云若是没有牛小青带走桃花仙女之事，有那桃花仙女从中相助，商会之发展便不似如今这般艰辛，且有了那仙界缫丝养蚕之术，亦不怕其他商会效仿，那福氏村中村众，焉能不赚得盆满钵满？

天长日久、年与时驰，倏忽二十年过去，当日牛小青与那桃花仙女究竟是何种情形，众人再难得知，加之牛小青失踪得诡秘异常，众人心中便日益信了那村正儿子，也开始对那牛小青嫌恶起来。

但这番言语，骗到的却只有那底层做工者，那上位之人，对那牛小青与桃花仙女孰对孰错，并没有多少兴趣，对他们而言，能赚取利润之事，才是心中的头等大事。如今既然商会会长不想再提及牛小青，他们自然识相地缄口不语，至于真相究竟如何，也不会有谁在乎。

列位看官，你道这福氏村中，当还有其他人等，既不为财，彼时也不是商会之人，为何也对牛小青此人亦是颇有微词？原来这牛小青当日与桃花仙女日日处在一处，他娶了这等美娘子不说，还能沾那桃花仙女的光，与其整日游山玩水也不愁生计，直是将那桃花仙女的好处，从头占到尾，如此这般，焉能不惹得众人又羡又妒？

兼之那福氏村村众之中，也有诸多未成婚者，对那桃花仙女之美貌才能倾慕已久，更有甚者，因对思慕桃花仙女神魂颠倒，以至于人到中年还未曾婚配，听这桃花仙女被西王母强行带走，皆因牛小青之缘故，对其自然又恨又气，现在骤然在福氏村又见到牛小青，自是要逮着他好好发泄一通，将自家身上的诸般苦楚，一一向其泄愤方可。

端的是：

自欺云者，知为善以去恶，而心之所发有未实也。多言数穷，不如守中。知人者智，自知者明。善者不辩，辩者不善。知者不博，博者不知。

列位看官，你道这牛小青如今得知自己一二分前尘往事，又待怎的？欲知后事如何，且听下回分解。

【第三十五章】

上回且说到老际将牛小青此前在福氏村之种种说与那牛小青知晓，并告知牛小青如今福氏村中村众对其敌意由来。此时牛小青方知晓此事与那商会会长之间有所关联，但此言论经天长日久发酵，兼之众口铄金、积毁销骨，如今自己想要辩白，也不知该从何处说起了。

好在这老际对那会长之词倒并不认可，当日这仙女在福氏村时，老际对其也无甚念想，因此对那牛小青之事亦是无可无不可之态。且说这老际对牛小青云，如今其既已无家可归，倒不如在自己家中先安顿几日，等收拾心情之后再谋生路亦不迟。牛小青也无甚更好办法，听那老际如是说，便也就只好先在此间待下，等那老际下午放工归家后，再与之商量办法。

二人议定后，那老际便又去纺社，而家中婆娘也须得去往那才桑养蚕之所，只余了牛小青一人在家。牛小青酒足饭饱、神气两虚，在家中闲待了一阵，坐也无聊，站也无聊，便在老际安置给自己坐卧休息之榻躺倒，思忖着自己与桃花仙女之间的旧事。他听老际提及此事之后，虽是无从想起，但心中却又隐隐有些期盼，希冀这般好事真与自己有关。如此胡思乱想了一阵，不由得困意来袭，卧在那榻上便睡着了。

且说这牛小青在睡梦之中仍想着自己与桃花仙女之事，那脑海之中，自然便浮现出诸般美梦，似乎在梦中，真又与那桃花仙女腻在了一处。但这美梦却并未像他希冀般地只往好处生发，而是做着做着便急转直下，慢慢往那噩梦上转去。且见他梦到自己正与那桃花仙女如胶似漆之际，那桃花仙女却骤然被西王母带走，再也无从得见；又梦到自己在地狱的刀山火海、黑雾蒙蒙之中受罚，诸般罪鬼凄厉惨状一一浮现，受刑惨叫之声不绝于耳。

端的是：

积尸草木腥，血流川原丹。

失忆人不语，神魂自分明。

且说这牛小青在梦中陷入了地府的修罗境，顿时身心痛楚，恐惧升腾，也不知该往何处奔跑。一低头，只见脚下黑雾滚滚、血水翻腾，又一望，远处便是要追赶自己的狰狞罪鬼，心中又惧又怕，端的是叫天天不应叫地地不灵，只吓得头皮发麻、腿如筛糠，想要逃离却一步也无法迈动，只得在原地痛苦呻吟。

当此时，却听有人大唤自己的名字，他吃此一吓，猛地睁开眼睛，却正瞧见老际与他婆娘站在身畔。再一瞧，只见屋外天色已近黄昏，想来自己一觉竟睡了这么些时候，不知不觉竟已到了吃夜饭时分了。

原来那老际归家时未见牛小青，却听厢房之内传来痛苦呻吟，慌忙去瞧。再一望，便知牛小青在梦魇之中被恶鬼缠身，便一声大喝将其唤醒，以令其神魂归位。他见牛小青脸色煞白、浑身缠头、满额是汗，颇有邪气入体之相，若不及时调理，定有一场大病，便吩咐婆娘去笼中逮了一只鸭子宰了，先与牛小青炖一盅老鸭汤，再去市场买肉打酒，整治出几样好菜来，与其补神补气，以免牛小青经受不住这番冲击生病。

列位看官，你道那老际缘何会如此？

此事虽然蹊跷，但究其根有，说来倒也简单。原来这福氏村诸人，虽是有那贫寒之人的自私狡诈，却还不失其朴实良善之本心。此刻他见牛小青神态可怜，亦对其生出有三分关心之态，倒也不全是假情假意。

话分两头，各表一枝。且说牛小青这厢，自回到福氏村之后处处碰壁，在那纺社之中，还莫名其妙遭人一顿饱打，骤然遇见一个这般热心关切自己之人，心中顿时也生出感动之情，慌忙便从自己身旁的行囊之中取了几个金元宝出来，并将那金元宝交与老际，以兹为谢，感激那老际收留照顾之意，并报效其将自己诸多往事一一告知之情。

那老际早就想从牛小青身上得到几分好处，不承想此刻竟见他拿出金元宝来。他见这几个金元宝成色甚足，握在手中沉甸甸的，显是货真价实之物，顿时心中暗生喜悦，半推半就之下，便也不再客气，将那金元宝妥妥帖帖地收在自己怀中。

列位看官，这牛小青如今既已失忆，对这金元宝之价值，当然是毫不知情。而这老际将其留在家中，虽有照顾，但也远不值当牛小青一下子交出的这几枚元宝。这几个金元宝兑换银钞，非但可抵老际在纺社之中两年辛劳之资，若是普通人家过活，别说是整治一顿饭菜，便是用上三五年也足够。

且说老际这边拿到了牛小青交与自己的好几个金元宝，这突如其来的意外之财，令他心中分外欣喜满足。他美滋滋地拿了这笔钱，对牛小青也殷勤了几分，那牛小青缘何保存青春容貌至今，又从那桃花仙女处得到什么好处也不再如初时那般热心，只是热切地劝牛小青饮酒用菜，并与之随意拉些家常话罢了。二人饮至酣处，在那如豆微光之下闲话些家长里短，倒是让牛小青心中生出一番家庭温馨的感慨喟叹之意来。

二人闲话饮食完毕，老际便问牛小青下一步将去往何处。牛小青云，自己对这二十年的际遇十分疑虑，自己身上究竟发生过何事，缘何失忆，自己皆是一无所知。若是不能解开此惑，他怕是以后也无法安然生活。但如今老际既告知自己是突然失踪，怕是这福氏村中人亦是不知自己当日去向何处，若是要认真查探起来，实则恍若大海捞针一般，千头万绪也不知该从何处做起。

老际听牛小青在此感叹，脑中亦是转了百千个想法。一眼撇到牛小青身侧行囊，见其中还有几个沉甸甸的金元宝，心念一动，便对那牛小青道，这福氏村地处偏僻，那村众不知牛小青这二十年间去往何处亦是正常。牛小青若真想寻回自己记忆，也可去那县城省城之中查探查探，看看有无人家发生过同等怪事，有无人在这二十年间见过他等。他与牛小青出了这个主意之后，又叮嘱其此去县城省城路远，在路上切不可打扮得如此体面光鲜，若是被那强人看见了见财起意，倒是得不偿失。那牛小青哪知这番道理，听老际如是说，便深信不疑，老际让牛小青再拿一个金元宝交与自己，自己去与他换点零钱，带着上路也方便些。

牛小青对这诸般事宜皆是一筹莫展，听老际如是说，便慌忙将自己手中的金元宝交与老际，又好言好语地请他帮自己尽数化整为零，以便自己带着路上使。

正是：

大路朝天几去回，见财起意梦魂追。
层层法网疏不漏，步步机关紧欲摧。

列位看官，你道这牛小青此去之后，又会有何等际遇，他到底能否想起自己的种种前程往事来？欲知后事如何，且听下回分解。

【第三十六章】

上回说到牛小青暂歇在老际家中，听老际将自己此前桩桩旧事一一道来，一时只觉心神俱荡，难以自持，遂其躺在床上时，也有些想入非非，一时间陷入种种情绪之中难以自持，不知不觉便睡了过去。岂料这一睡，初是美梦，很快便坠入噩梦之中，待那老际放工归家，听见牛小青呻吟声，慌忙将其唤醒，又着家中内人与之炖老鸭汤烫酒与其压惊，这一番关切之下，牛小青自然是对其感激涕零，遂将当日鬼卒交与自己的行囊打开，从中取了几枚金元宝交与老际，以示答谢之意。

那老际见牛小青不知这金元宝价值，便又言语撺掇他，着其又交一枚出来，说是拿去与他兑换。牛小青对此倒是毫不怀疑，见老际如此热忱，当即便将自己那枚金元宝取出来，请老际在城中与自己兑成铜钱，将来在路上使起来，也不显扎眼。那老际并非十足恶人，如今见牛小青如此信任自己，自己却全然不曾将那金元宝价值如实说与他听，心中不由得也升起了几分惭愧意思，此刻见牛小青又掏出了一枚金元宝，便暗暗思忖道：适才几枚金元宝自己收了便也收了，如今牛小青交给自己这枚，定然要帮他妥妥帖帖地兑换好，并将此元宝兑换的银两铜钱，一文不少，尽数都交与牛小青手中。

且说这牛小青从行囊取金元宝之时，忽见行囊之中还附有一张字条。牛小青原就不识字，此刻见了字条，也不知道到底写着何物事，便将其取出交与老际，着他帮自己辨认。那老际听牛小青道要辨认字条，原以为这不过是一张普通字纸罢了，遂也不以为意，待接过一看，差点吓得站立不稳，只觉得心脏狂跳、口干舌燥，原来那字纸并非普通字纸，而是一张在全国各地钱庄皆可兑换五百两黄金的巨额银票！

列位看官，看到此处，诸位亦当知晓这银票从何而来了。原来这银票亦是那鬼卒所赠。当日他与牛小青分别之日，便已为牛小青计议规划了终生生计之本钱，那便是这银票上的五百两黄金。也幸亏有这鬼卒这番安排，那牛小青方不至于穷途末路。

原来这牛小青当日追随桃花仙女上南天门之后，这福氏村的人自然认定其已失踪遇害，而那牛小青当日在福氏村所置的诸般产业，也不知该归置何处。那牛小青的嫂嫂当日见了他的信，自然也知道牛小青在这福氏村中的诸般事宜，当即便报官云胞弟不知去向，又过了数年，见牛小青并未归家，那官府找也找了，便盖棺落定这牛小青应是已遭不测，其所留财产银钱，也该一一处理归置。列位看官，你道那桃花仙女在时，因其带了仙蚕在侧，并由此在福氏村中生出了缫丝之业，而她与牛小青，亦因银钱丰足，日日便赋闲在家，成日游山玩水不事生产，如今骤然离家，那家中自然也还有些盘缠资银，牛小青后继无人，其财产便只得归于那牛大青了。而那牛大青又素来是个怕老婆的，遂那牛小青的嫂嫂，既除去了自己的眼中钉，又平白无故得了这许多资财，自然是欣喜无比，一连开心了数日。

闲言休叙，且说回这银票之事。列位看官，你道这鬼卒日日在阴曹地府行走，为何又有阳间的银票？此事说来话长，还当从那地府之中叙起。原来这地府之中，有一个熔炉，那熔炉硕大无朋，有销金蚀骨之效，而那熔炉之上炼化的，便是那黄金沸水。原来这地府之中所有的刑罚皆有因果，凡是生前那些放贷剥削者、视财如命者、悭吝伪善者，死后均在此受刑，以惩戒其为聚敛财富无恶不作之意。这鬼卒因在阳间行走甚多，知道银钱在阳间好处，因此便从那金池的沸水之中，瞧瞧舀了一瓢，将其兑成金砖，又化为牛小青模样，在钱庄将金砖折成银票，同时这鬼卒还将那剩下的黄金沸水铸了数枚金元宝，尽皆放置于牛小青的行囊之中，以便牛小青在阳间时使用。

列位看官，你道这鬼卒虽是一番好意，但其千算万算，却未曾想到，这牛小青虽然不傻，但却并不识字，如今见了这花花绿绿的银票，也不知到底是何物事，竟然轻而易举便将其示以那老际。那老际如今骤然见到这样一大笔黄金，又焉能不见财起意、暗生祸胎？

且说这老际见到了银两，霎时间只觉得心荡神摇、心神激荡，一时间捏着银票的手亦有些颤抖。心中片刻之间，便已更换了数十个想法，一时觉得自己不应当欺骗这失忆的牛小青，一时又觉得如此巨额银钱诱惑，自己实是难以抵御抗拒。他心中暗自思忖道，如今自己只需将那牛小青立一张委托字据，他便可去钱庄，将那所有银钱尽数提归自己名下。若是他真的兑了这笔银钞，非但自己后半生衣食无忧，连带祖孙后辈亦是可以躺在这笔巨款上享受无两风光。他甚至在心中暗自思忖着待自己用这笔钱买房置地之后，应当与家里婆娘商量着再纳几名妾室才是，当然那纺社的活也不必做了，省得受那些闲气。

他心中这般盘算着，适才要帮牛小青的豪情壮志亦是一下子便消弭退散了，满心只想着如何分配使用这许多黄金。

那老际既做此想，心中便有些动摇，且听他告诉牛小青道，这字纸上到底写了何事，他也不太明了，不若待他先收了明日再找人问问看。此刻他满心满眼，尽是这银票之事，也不大有与牛小青交谈之心思了，便令牛小青早些休息，自己则假意将那银票收起，揣在口袋之中进了内室。

这一晚，老际因银票之事，在床上辗转反侧、难以成眠。一时觉得对不住自家良心，一时又觉得实是诱惑难挡，思来想去，终究决定将此事与婆娘商量商量，且也探探婆娘口风，自己再计议到底该怎样处置这笔银钱。

且说这老际的婆娘倒是个行得正走得直的，听了老际这番想法，当即便一口否定，云这老际万不可作私吞牛小青钱财的想头，这牛小青既不识字，那老际更应该陪其去钱庄兑换银票，万不可使牛小青一人前往，以免其受骗之虞。

老际见婆娘态度坚决，心中亦有些自惭形秽，不敢再多说什么，但要他舍了这一大笔钱财，却又是无论如何也舍不得。遂也只得先勉强先答应着婆娘罢了。他暗自思忖道，所幸自己并未将自己私吞牛小青那几个元宝之事告知婆娘，若是被她听见，怕是又来一顿好吵，直令他须得将这金元宝还与牛小青才肯罢休。

话说这老际人虽已躺在床上，心却早已飞至云天之外。原来他心里仍记挂着这笔飞来的横财，甚至想到自己索性便扔下那婆娘，一个人远走高飞也罢了。将来纳几个美貌妾侍，怎么也比现在强。反正如今有了这么大笔钱，做什么还不由得自己安排？那外头花花世界无限精彩，自己定要趁现在好好闲耍一番。他心中这般盘算着，恍若实现这想法的情景已近在眼前，一想到此处，他便忍不住偷偷一个人在暗夜之中笑逐颜开。

端的是：

义利源头识颇真，黄金难换腐儒贫。
莫言暮夜无知者，须知乾坤有鬼神。

且说这老际骤然得了牛小青之兑金银票，不由得暗生贪念，一门心思想将其据为己有，而那牛小青失了银票，下一步又待怎的？欲知后事如何，且听下回分解。

【第三十七章】

上回且说到牛小青因老际对自己关切日盛，也对那老际更加信任。他在那行囊之中取元宝时，却发现一张花花绿绿的纸条，便着老际帮自己瞧瞧这纸条上到底写了何物事。不承想老际一望之下，发现这哪是纸条，分明便是一张可兑换五百两黄金的银票！那老际见此银票，不由得贪念频起，一时暗自思忖着是否要将此银票据为己有，一时又觉自己这番作为太过，如此左右摇摆，始终也拿不定个主意。正巧已到就寝时分，他便将此事与家中婆娘商量计议，岂料那婆娘倒是个行得正走得直的，一听老际对牛小青之财起了贪心，便坚决否定了老际将银票据为己有之念。那老际思前想后，无论如何也舍不下这五百两黄金，遂暗自揣度，是否要将那婆娘休了，自己独个儿远走高飞，有了这五百年黄金，什么样的美娇娘还不是由得自己挑拣？他这厢在脑海之中做着黄粱美梦，眼见这好事似乎近在眼前，不由得便笑出声来。

这一笑，又吵醒了那床旮旯里睡着的婆娘，那婆娘心中有些疑窦，便问老际道：“你深夜不睡，又在笑些什么？”老际也不答话，只是一味想着那银票之事。此时月上中天，映照在那婆娘身上，且见她翻了个身，正对着老际。那老际瞅着婆娘睡颜，不觉忆起这二十年间种种旧事。

原来这老际自己原先在福氏村也是个老实巴交的庄稼汉，后来那桃花仙女在此兴了纺社，他便去纺社做活赚生计。岂料这纺社之中多是虚与委蛇、善于须流拍马之辈，初时自己还可靠那辛劳踏实挣得在上位者一两句褒奖，久了那纺社管事对此也习以为常，只道那老际蒙头做事、勤勤恳恳，不过是他分内之事罢了。老际眼见身边那须溜拍马、投机倒把者纷纷上位，留在自己身侧的，也无非都是些如他一般的老实头。而今已到不惑之年，其他与自己通入纺社善媚上谄下者多已升迁为总商会中要员，自己却还在福氏村守着这老纺社的一亩三分地。所幸的是，不管风里雨里、水里火力，好日子歹日子，这家中婆娘却不曾对他有过半句埋怨。

老际想起婆娘对自己多年体谅，心中也宽了些许。此时他倒是想起了自己与她成亲之后的种种来——原来那老际与她成亲多年，眼见老际也已是不惑之年，却一直苦于膝下无子，忧心日久。

两人正为此事困扰之际，列位看官，你道这事说来也巧。素日之前，正逢老际家中婆娘在家中歇假，未曾去那桑林之中应卯，可巧家中便来了一名游方郎中。他婆娘一问才知，这郎中名唤扁鹊，此时正四处行医，这日正好游历到这福氏村周际家中。

他那婆娘见这郎中衣衫单薄、风尘仆仆，也起了那一二分怜悯之情，便将自家预备晚上饮用的果酒取了出来，交与那郎中手中，着他解渴；又将家中蔬食取出，令那郎中食用完毕后再上路。

且说这老际婆娘赠予那郎中之果酒，虽只有小小一坛，但颇为珍贵。原来这果酒在福氏村颇受村众欢迎，且那果酒物美价廉，每日那酒肆前竞相购酒之人都可排成一条长队。素日里这果酒因酿造材料有限，供不应求亦是常有之事。那老际因是纺社小领事，每日都需处理各种杂事，收工归家之时也晚过众人许多，遂每每想要去购置果酒时，那酒肆却早已售罄，唯有一次，他向那纺社总领事告了假，提前去那酒肆之中排队，方购得这小小一坛。他因这果酒来之不易，每次饮酒时，亦惜酒如金，逢那婆娘做了可口饭菜，方将其取出来略饮一小口，不承想家中婆娘见了那郎中，竟将整坛都赠予那郎中去饮了。

且说那郎中饮毕坛中美酒，心中却无甚不安之处，只道当是与他素日一般，累了便饮酒作乐一番，醒了便再四处游历。那老际的妻子也啧啧称奇，且说这郎中也有些神异之处，他瞧了一眼老际婆娘，便知她人近中年仍是膝下无子，只听他与那婆娘道，她如今无法成孕，究其根本，却是因为她有先天不足之症。

言毕，这郎中便为那婆娘诊了一次脉，又开了一服药交与她手中。那婆娘见他说得有理有据，心中也是十分信服。为表谢意，便又从家中取了两吊铜钱塞到那郎中手中，以示谢意。那郎中半推半就便也将这铜钱收下了。那婆娘一心高兴，也不计较代价，把了郎中两吊钱后，还细细问明其姓名地址，言日后若那药能生效，再登门道谢。那扁鹊见她热心，便也将自己的姓名地址一一告知。待那婆娘再瞧时，却见这郎中扁鹊早已不知去向，如同凭空消失一般。这老际家的也浑不在意，只是抱着这张药方反复研究。待老际归家听说此事后，见她一下子竟送出了自己半个月的工钱，不由得气得七窍生烟，与那婆娘大吵一架，大骂那扁鹊是个骗子。

在那老际印象中，如这扁鹊一般无名郎中，多半不过是日日在外招摇撞骗者罢了。如今婆娘拿了自己的好酒好菜出来招待不说，还一下把与他这许多铜钱，定是被其言语蛊惑。他日若自己再遇到此人，当饱揍其一顿解恨。

列位看官，说来也怪。此事虽风波不小，但那老际的婆娘吃了扁鹊之药，气色却日渐好转。此前癸水之日的腹痛日消，而夜间难免之苦也少了甚多。待几月之后，某日偶见荤腥，那婆娘呕吐不止，老际带她去瞧郎中时，方知道也珠胎暗结数月之久。

思及此事，老际心中渐渐回暖。只觉自己一心想贪那五百两黄金之念，甚是可恶。如今家中虽比不得那些总商会中的同僚，但也算是丰衣足食、小富即安之态。若是自己取了牛小青这五百两黄金，怕是此后的时日里日日都要受那良心折磨，也未必是什么高兴事。那老际思及此处，也不由得冷汗涔涔，觉得自己险些犯了大错。如今婆娘腹中既有胎儿，便是为那孩子着想，亦是应该多行善事，积德积福。

这般思前想后，老际终是决定将那元宝留下，存作自己家中私房，而那五百两黄金，当一分不少的帮那牛小青取出来并帮其妥善处理安置才好。

那老际想到此处，便开始为那牛小青筹划打算起来。以那牛小青如今之态，日后总要寻个谋生之法，不为钱财，也得为着好打发时日着想。若论做生意，那牛小青颇不在行，赔本亦是迟早之事。置办房产田地倒不失为一个好去处，若是买上几十亩地与那牛小青，他做那收租放贷者，倒是一条好出路。如此这般，牛小青日后生计不愁，自己良心上亦不会再似这般不安。

那老际计议已定，便不再似此前那般坐卧不安、心思满怀。此刻困意来袭便也渐渐入梦。且说那老际正梦见自己将牛小青妥善安置，并看那牛小青娶妻生子，眼见牛小青田庄进益颇丰，牛小青自知老际功不可没，遂捧了一大筐金元宝前来道谢之时，却听村中传来阵阵犬吠。那犬吠之声素来有传染之效，那老际家中所养之犬，听那远处叫声，亦是跟着叫嚷起来。老际被这犬吠之声惊醒，暗骂了一句，正待重眠，却听外间传来一阵急促的叫门声响。

正是：

拾翠人归楚雨晴，金峰高处日微明。
不同桃李混芳尘，昧爽高声已报晨。

列位看官，你道是这来者何人？老际家中，又将有何事？欲知后事如何，且听下回分解。

【第三十八章】

上回且说到老际本拟将那牛小青那张可兑五百两黄金之银票据为己有，因此卧在榻上辗转难眠。且见他思前想后，一时想到是否停妻再娶一事时，那温柔乡中轻歌曼舞、倚红偎翠之美景，似乎已近在眼前，一时又觉自己不该如此欺骗牛小青。且说他正做这黄粱美梦，不提防却听卧榻里间睡着的婆娘问了一句，他见月色照在那妻子头脸上，不由得又想起自己发妻的种种好处来。如今这发妻已有身孕，生活虽不算大富大贵，但亦是小富即安之态，若是安于现状，倒也不失其好处。自己做这一桩好事，权当是为腹中胎儿积福。他这般思摇摆不定了数次，此刻终于忖定了，便也安心睡过去。不提防睡到半夜，却听见阵阵叫门声响。接着便是那狗吠如潮，也不知门外到底发生了何事。

老际这厢心中正纳罕，便即披衣起身，想去瞧瞧到底是谁夤夜来访。他一路行去，听那敲门声不紧不慢，既有克制之意，其力度却又恰到好处，想来那来者应是个知礼节者。但自他听到声响后，这敲门声便一声未歇，又令闻者心惊，大约此人夤夜造访之事甚急，大有不把门敲开誓不罢休之意。

老际一壁思忖着来访者身份，一壁向那门边行去。待他披衣入院，略想一想，便隔墙便道："请问来者何人？"那墙外人听了老际问话，遂答："我乃总商会的胡为。会长命我前来，是想邀那牛先生去往京都一叙，说有要事与他相商，还烦请你打开门，让我把此口信带到。"

那老际听闻是胡为前来，心中顿生厌弃之情。列位看官，你道这二人之间，到底有何恩怨？且听我慢慢道来。原来这胡为素日在纺社本是验收绸缎丝纱的质量管事，司那验货一职。说起这纺社之中的验货职官，本是老村正在世时的一番好意，以敦促那纺社纺工精益求精之意。防止有那惫懒之徒，素日做事时偷工减料、心不在焉，将那次品混入其中，充作好缎售卖到全国各处会坏了纺社名声，才下令在商会中设此一职。

列位看官，人人皆知，县官不如现管。这商品验货之职，本是当设，更是好事。但那商会日盛，这验职官也日益增加，几乎每处缫丝绸缎庄处，皆有那验货监测之人，并一个商会总验货职官管理他们，每日便把那纺社之事逐一向会长禀报一遍即可。

如今这老村正之子继位之后，这诸级验货职官之媚态，皆是有过之而无不及。如今这些职官们虽也验那纺社的丝织品、绸缎，但那不过是例行公事罢了。其他闲暇时，这验官们便在纺社四处逡巡，罗织各处情报。凡听见有对商会现行规制或是会长有所不满者，便立刻将此讯息报以那会长知晓。那抱怨商会者，轻则被罚钱降职，重则便被遣送回家。更可气的是，除了那胡为之外，素如这巡查的验货职官，皆是以黑布蒙面，也不知其底细。今日互相倾诉衷肠之人，明日便有可能将这言语一五一十报以那会长知晓，而那说话者，甚至连何人汇报，那讯息何时传至会长耳中都不知晓，甚至于待那遣返的文书下发时，都不知自己缘何被逐，又缘何得罪会长。

列位看官，你道那通信告密，不过是这些验货职官的一重责罢了。因这些人位置特殊，这验货的职官们日常也不用做什么具体事务，凡有空闲时，尽是做些给他人找碴的把戏。久而久之，各处纺社也知道这些验货官不能得罪，一旦听闻那验货官之讯，尽是风声鹤唳、道路以目。饶是如此，这些纺社有甚风吹草动，他们还是能寻到错处，对这纺社众长工施以小惩大戒。虽这惩戒不过是将那长工开除出原籍，但这长工离了纺社商会庇护，便只能在家中耕地务农，辛苦一年到头也仅够温饱，岂如纺社里风吹不到、雨淋不到，每月皆可旱涝保收？

且古语云：民不与官斗，穷不与富斗。若是真得罪了那商会总长，他身边便有那些须溜拍马者，追名逐利者，为讨其欢心，私下与人使绊子，令其日子难过也不在话下。几番动作下来，那纺社众人对这些验视职官，均是又恨又怕，只敢在心中腹诽，不敢在口中排揎。

闲言休叙。说回这老际处。原这老际前几日在纺社走动，听那纺社长工议论道，如今会长为了纺社安定，从那军中江湖，聘任了多名护卫，取其看家护院、守财藏宝之能，但实则是为自己私募府兵。老际听闻长工们这番说辞，不由得在心中感慨，如今会长已然是全国最有钱的商人，却仍是不罢休，还想要招兵买马，希冀与帝王抗衡。只怕这不是福缘和气派，倒像是在给自己招祸。

老际自那几个长工口中听闻这消息，自己心中也惴惴难安。这番事体可大可小，断不能马虎。且见他唤了这些长工过来，将其痛骂一通，又将这些人停工罚钱，着他们以后切莫乱嚼舌根，否则便让他们卷铺盖回老家，永不续用。那长工们见他动了真怒，当即也有些后怕，便唯唯诺诺地答应了。那老际罚完，又语重心长叹道：如今这纺社之中，勘察纠错的验货职官无处不在，他们在此处编排会长，若是被那些人听了去，莫说他们自己，便是那纺社之中一干管事人等，都讨不到好去。若是被官府知道他们有私募府兵之嫌，轻则牢狱之灾，重则砍头大祸，若真到那时，谅他们自己也写不出一个冤字来。

这长工们听了，方知兹事体大，再不敢吭声。如今这福氏村中发展缫丝日久，那田地多半被富户征收作私庄，若是将他们从纺社赶走，亦是无田可种。且这福氏村村众自幼便受那古训训导，深谙“父母在，不远游”之理。这些长工家中多半上有耄耋老人，下有稚子小儿，脱不开身去那外地谋生。若那老际真将他们从纺社之中赶走，家中怕是下月便要断炊。这几名青年听他要如此处置自己，吓得慌忙跪地求饶，言自己以后断不敢再在这纺社之中胡言乱语、无事生非。老际也不是真欲将他们赶走，便只是罚了他们一顿，令他们以后知道天高地厚，不敢再随意胡沁便罢了。

且说这老际骤然见了胡为，明白自己收容这牛小青之事已然传开。但他心中虽不许胡为此人，对那会长却并无太深成见。他与那会长皆为福氏村人，二人自幼一同长大，也算得上总角之交。

正是：

诏狱丧易牙，绣春照雪明。
卿本西城月，是非笔墨生。
生死何所道？但惜故人情。
他年尔来访，觞尽壶自倾。

列位看官，你道是这老际与会长之间，到底有何前缘？这胡为此番前来，是否能将牛小青带走？欲知后事如何，且听下回分解。

【第三十九章】

上回且说到那牛小青因失忆一劫，只得暂寄老际家中。这老际并牛小青等人正睡到半夜，忽听外边有人敲门。他披衣起身，与那门外之人对答，方知那敲门人乃是司掌商会验收讫货的职官胡为。因那会长吩咐，前来带牛小青上京一叙。老际站在堂前，想起这些人等素日勘察密报之劣迹，心中甚是不快。原这纺社中勘察审验之职官，现已是会长私人眼线，日日负责盯梢众人，遂那纺社众人，几个回合下来，不敢多说一句话，多行一步路，生怕一个不小心，便被人报以会长知晓，轻则罚俸停工，重则逐出纺社，遂那纺社众人，对那些勘察审验职官，虽是心中妒恨，面上却毫不敢显山露水。

那老际虽是对会长如今做派有不认同之处，但却也并未对其生出敌意恨意。原来他与那会长自小一起玩大，二人幼时情谊非比寻常。那会长打小聪明伶俐，因那出身不同，也染了些豪气霸气，素日在那几个闲耍的小伢之中，俨然便是一名孩子王。

俗语道：那男子十多岁时，正是人嫌狗不理之年纪。那会长更是其中佼佼，且见他日日带着那福氏村的一干顽童劣子，在田间垄头偷那农家的玉米土豆，或是欺负那瓦舍檐下的阿猫阿狗，若是遇见那同龄幼女，更是了不得。他们一群人，定要把别人捉弄得面红耳赤、又羞又气方会罢休。但说来更奇的便是，那小会长虽是深喜这等恶作剧，但却不过是指挥众人动手，而自己从旁观赏，俨然便是孩子中的将军一般。

待小会长再大一些时，那老村正深觉儿子整日这般闲耍，确属浪费光阴，遂凑足学资，便将他带去村中私塾读书识字。却不省得这小阎罗在私塾亦是个不省心的。素日里常常带头起哄不说，还将那书中文字曲解、墨汁淋得四处都是，气得那私塾里的老儒吹胡子瞪眼，直嚷嚷“孺子不可教也”，要辞去先生一职归家养老，断不能再在此多待一刻。

无独有偶。你道是这小会长气走了私塾先生，非但不知悔改，反而洋洋得意，将那顽劣之气，发挥得淋漓尽致。且说这私塾之中，因孩童甚众，他便从中挑选那最得力之人，与他们共立了一个名为“火妖帮”的帮会，而自己司那火妖帮帮主一职，真乃无法无天。他素日因怕那“帮众”办事无法上达下效，便又从那帮众之中遴选了一名“二当家”。列位看官，你道这二当家乃何许人也？说来虽是荒唐，但却又十分合理。此二当家乃小会长至交好友，素日最听他指派之人。那二当家在帮众之中甚有威风，一切行为，均得那小会长指派吩咐。

前言少叙。且说这老际当日亦是这福氏村的孩童之一，自是避不开这火妖帮的吸纳。那二当家入了火妖帮之后，便与那小会长共同立下规矩，凡入会帮众，须得上缴三枚铜板作为那入会费用。老际便是交了这三枚铜板作会费，遂入了那火妖帮。

列位看官，说到此处，且容我插一句。这老际入会，一则是兴趣，二则便是那火妖帮之规矩。一来是当是时，但凡那村众稚子顽童，若有不入帮者，自然而然便会被其他帮众欺负；二来此时这帮孩童正是那精力过剩、无处发泄之时，遂那老际跟着众人闲耍胡闹，自己也觉得甚是有趣。一干人等，在那小会长治下，先是把临近村落的几个未曾服膺的几名挑衅者收拾得服服帖帖。接着便又领他们去往那些素日长辈不允前往之处勘察历险，尤其是那荒凉破旧、鬼神出没之所。

那老际一开始入帮之时，尚有些不情不愿之意，待他与众人交往久了，对那小会长之胆大心细也十分叹服，众人素日的探险之旅，其他孩童不敢踏足之所，皆是小会长一马当先，与他人开路。待那小会长探明此处并无甚危险之物，其他人方才一拥而上。

这番际遇，较常人而言，蔚为普通；而在那老际心中，却记了甚久。他幼年之时，所有好玩之事，均与那小会长有所关联，因而在他心中，待那小会长自然也与他人有所不同。

且说这众孩童日常探秘之处：有那山溪野涧，有那荒冢废园，有那田间陇头，还有果园菜地，此番种种，均是众顽童素日游乐场所。他们在此处采野果蔬覃等诸般资材，每日玩得不亦乐乎。那林间有众人识不得的野果，采摘服用之后，眼前便会浮现众多异象，那异象中有自己素日未曾吃过的美味佳肴，有自己想要但未得之器物，有众人未曾看过的诸般美景等。自从众人发现了这般奇景，皆日日前来，那老际忆及此处，不由一声叹息。想到他与那小会长一同采摘果子之往事，继而便又想到如今这禁果早已绝迹。原那禁果因效果过于猛烈，已被帝王列为禁果，任何人均不得私自种植服用，反有那私种私食者，一经发现，严惩不贷。

列位看官，你道这小会长虽是霸道蛮横，但心肠倒是不坏。那追随小会长的帮众之中，凡有违逆他命令者，便由那二当家施罚，对其饱以老拳。但说起那二当家，他却得了小会长颇多照拂。原那二当家生来身材极其魁梧，非但力气大，食量也颇大。但因其家中孩童众多，因此时时要忍饥挨饿，那小会长见状，便将自己家中小麦馒头、烤玉米、烤红薯之类悄悄取了出来，将那食物尽数交与二当家充饥。当此时，那福氏村众大多吃不饱穿不暖，小会长给予之物，对那二当家而言，应是一等的美味佳肴、饕餮盛宴了。遂那二当家受此恩惠，对小会长亦是忠心耿耿，再无二心。

那老际思及此处，心中亦是十分感慨。这会长幼时虽然顽皮霸道，却从不曾失了义气豪气，因而在那老际心中，这会长自然也有几分英雄气概。但止此一项，却不足以令他铭记至今，他之所以对那小会长念念不忘，自然还有其他原因。

列位看官，要提及此事，倒是说来话长了。

正是：

与君俱老矣，且问老何如。
顽童各自远，空忆旧时年。

列位看官，你道是老际与那小会长之间，到底发生过何事？又有甚牵绊？欲知后事如何，且听下回分解。

【第四十章】

上回且说到老际因那胡为夤夜来访，不由得便联想起会长幼时与自己成长时的二三事。这老际幼时与那会长过从甚密，明白这会长虽有霸道处，但仍旧不失为一古道热肠之人，且这会长幼时便胆识过人、心性豪阔，确实当得起“有福同享、有难同当”这八个字，非但时不时接济这帮中的二当家，且还与那老际之间，有一段救命恩情。

列位看官，提及此事，倒是说来话长。

此事当从那老际十七岁时开始讲起。当此时，周际尚在福氏村耕地放牛，因家中贫寒，素日请那能读书识字的秀才先生赐名，家中父母嫌叫着拗口，便躲懒偷闲只取他一个小名唤作“巴头”的，日子久了，那村中众人便也有样学样，同样唤他作“巴头”，其大名倒是没几个人记得了。

且说这日巴头赶集归家之时，见那路上有几个地痞流氓无聊，正围着一个大姑娘说些不三不四的言语。他正是血气方刚之时，如今路见不平事，自是毫不犹豫便走上前去，预备将那几个流氓赶开。但那几个地痞流氓素来无风便要起个三尺浪，如今见有人挑衅，一则难以置信，二则求之不得。他们左顾右盼了一番，见这巴头不过是孤身一人罢了，心中也不甚害怕，反倒要给他几分颜色瞧瞧。且见这几名流氓走上前去，对那巴头推推搡搡，想要先激怒他，再将其好好教训一番。岂料这巴头此时跟着“火妖帮”混迹日久，也学会了颇多打架的招式伎俩，反倒是那几个小流氓不过是虚张声势、色厉内荏罢了，交手几个回合下来，他便打得那几个地痞流氓哭爹喊娘、鼻青脸肿，只有招架之功而无还手之力了。

那被流氓调戏的女子见巴头如此英勇，亦是又惊且喜。她慌忙羞答答地上前向其道谢。巴头问明这女子名姓，见她对自己又是崇拜又是感激，心中顿时也生出一股豪气，当即拍着胸脯对那女子保证道：“区区几个流氓，又何足为惧！日后他们若再敢找你，你便可来告诉我！”那女子心中惊疑不定，吃不准这巴头是何来头，她犹豫了片刻，终是将调戏自己那几名流氓的姓名告知了巴头。

那巴头听这女子说出几人身份，自己亦是神情异变、面如菜色。列位看官，你道这几个流氓地痞是何人？他们几人倒是不足为惧，但他们几人的老子，却是此地远近闻名的山贼！这下可好，自己无意之中竟得罪了山贼老大。

这巴头虽不是胆小怕事之人，但却也绝不敢去挑衅那山贼。且说自他救人那日起，为了自家安全起见，这巴头便不敢再随意出门。逢上爹娘有事着他去办，他也是扭扭捏捏，能推即推，能躲即躲，只是藏在家中，轻易不肯露头。他爹娘瞧他行为蹊跷，既不满又诧异，只当是他躲在家中偷懒，便拎着他的耳朵，将他拉出大门骂道："全胳膊全腿的大小伙子，每日像大姑娘般，只是躲在家中不肯出门，反倒要爹娘去做那累活重活，你说你如今成什么样子？"那巴头见躲不过爹娘的探究责问，只得将自己无意之中得罪了山贼的实情吐露。他爹娘听闻儿子竟惹上了山贼，一时间也被吓了个一佛出世二佛升天，只是张大嘴直愣愣地瞅着自家儿子，也不知道该如何是好。

列位看官，你道这山贼有何可怖？此事还得细细讲起。这山贼原本是数年前在福氏村无稽崖边落草为寇的绿林好汉，素日里便以打家劫舍为生。但那山贼既在此作恶，却也知"盗亦有道"之理，其有三不抢。你道是哪三不抢？一是官家扎手之人不抢。你道是那落草为寇者，虽是作恶，但亦是为了自存，若是抢了官家钱财，引得那官兵前来围剿，当是一笔不合算之账。二是自家兄弟亲族之人不抢。俗语道，这世间人皆有父母兄弟，那山贼也不是从石头缝中蹦出来的，遂他们的亲族兄弟之间的资财，轻易不动。三是，周边村落不抢。列位看官，你道这山贼虽是落草为寇，但也总要有个掩身之处。若是在那藏身山寨附近打家劫舍，惹得周边民不聊生、天怒人怨，待那村中报以官兵知晓，于山贼而言，亦是得不偿失。

但那山贼的规矩归规矩，这伙人既然都是打家劫舍的强人，自然也是不好想与之辈。如今这巴头惹上了他们，这一干人等又岂会忍气吞声。遂那巴头父母听他诉说了前因后果之后，亦是觉得此事非同小可，非但不令巴头做活，反倒叮嘱他千万要在家中藏好，切莫在外头抛头露面，若是被那山贼看见，定不会轻易饶过他。

列位看官，这事情坏就坏在此处。原来巴头救下这女子之后，为显自己英雄气概，竟主动向那几名地痞流氓自报家门。遂那几人回去之后，不出数日便纠集了数百名喽啰，锣鼓喧天地奔到村口，向那福氏村中不住叫骂，云若是不将那巴头交出，今日便不会善罢甘休。

因此事闹得极大，那村正也不得不出面理会。且说这老村正见来者不善，当即带了几名壮丁前去解围。他先是苦苦哀求赔罪，请那山贼头子大人不计小人过，就当是小孩子之间的打闹嬉戏，自己代巴头向其赔罪，看能否将此事揭过不提。

那山贼听了村正赔礼道歉之辞，只是冷冷一笑，接着便劈头盖脸甩了老村长几巴掌道："我如今打了你，再与你赔罪，你看看是否可行？"那村正见他如此强横，心中亦是十分愤怒，他身侧几名壮丁见他挨打，亦是血脉贲张，双眼通红。那山贼头目见他们敢怒不敢言之状，心中顿时更加得意嚣张，扬言道如今他们再不交出巴头，自己便先拿村正祭刀，然后再找那巴头算账。

那巴头此时亦躲在人群之中围观事态。眼见山贼如此嚣张，心知今日自己若不出头，定然不会善了。他叹了叹气，从人群之中走出，也不管父母会如何担忧难过，只是硬着头皮着那山贼将自己绑了去。

且说这巴头被山贼押回山寨，立刻便被那山贼儿子着几个小喽啰吊在了寨中前堂的"聚义厅"横梁上。那山贼儿子见巴头被绑，当即结结实实地赏了他一顿鞭子，直打得他半死不活，有进气没出气了。

那山大王折磨了巴头一整日，自己倒先累了。且见巴头被折腾得迷迷糊糊之间听那山大王道："先将这小子吊上十几天，待他被风吹日晒晾成人干之后，再将他的内脏取出来，供自己腌了做药引子。"巴头何时见过这等凶神恶煞之人，只在梁上吓得魂飞魄散，浑身发抖。

不知不觉那山贼寨中已到了月上中天之时。巴头正在惴惴不安、担惊受怕间，却听见有人走近。他凝神细听，却是来者不善。原来来者正是自己当日教训之人——那山大王的三个儿子。且说那日他在路上教训了他们三人，那三人归家之后，惹得山大王大发雷霆。一则是气自己那草包儿子没出息；二来则是气有人居然敢在太岁头上动土之故。那几人受了这等教训，亦是咽不下这口气，眼见将这巴头捉来，三人密谋一番，预备趁着夜色，将那巴头偷偷烧死。

那巴头吊在梁上，听那三人在下方密谋，不由得在心中暗暗思忖道：我命休矣。正在心中求神拜佛之际，却见那正堂的阴影之中冲出数人来，那几个人拎着木棒柴刀，向那三名小山贼杀将了去，三下五除二便将那山贼打晕了去。

巴头不承想此事竟还有这等转机，不由得又惊又喜。此时他借着月色方认出那前来营救自己的，不是小会长，却又是谁？且说那小会长自号"牛油"，此时正领了那火妖帮的一干兄弟，前来营救巴头。巴头不承想自己竟能在小会长牛油的英勇营救下死里逃生，如今被折磨了大半日，骤然见了这么些熟人，忍不住鼻子一酸，忍不住便想要抱着那牛油大哭一场。那牛油却闪身避开，擂了巴头一拳道："此地不宜久留！有什么屁，回到村里再放不迟！如今且赶紧走了再说！"巴头一怔，心知牛油说得有理，当即也不顾身体虚弱，一瘸一拐地跟在众人身后向山寨大门冲去。

正是：

漫山贼营垒，回首得无忧。
子弟犹深入，关城始解围。

列位看官，你道那牛油带着数人这番贸贸然闯入山贼寨子救人，能否杀出重围，又能否带着那巴头顺利返回福氏村？欲知后事如何，且听下回分解。

【第四十一章】

上回且说到这巴头忆起自己在路边救人被抓之事。原这巴头自入了火妖帮之后，素日也学了一些打架斗殴之术，因路上偶遇几个地痞流氓调戏良家女子，一时路见不平、出手相助，将那几名地痞流氓打得满地找牙。列位看官，他打也便打了，但偏生这巴头终于当了一回英雄，当下便觉得自己豪气干云，便拍着胸脯对那几名地痞流氓云，自己行不更名坐不改姓，乃福氏村巴头是也。

列位看官，你道他不说便罢，这一说，反倒还坏了大事。你道这几名地痞流氓是何人？原来他们并非普通市井流氓，而是这附近的山贼之子。这些人素来便是地方豪强霸主，如今在巴头手下吃了这样的大亏，又焉能忍气吞声？眼见这山贼回去禀报之后，隔了几日，那山大王便带人前来挑衅，非但羞辱了福氏村村正，还强行将那巴头抓至山上聚义厅中，折磨了整整一日。眼见日轮西斜、暮色四合，好容易今日折磨已毕，巴头正愁眉苦脸之际，却见那帮主牛油领了一帮人前来，趁着夜色将自己从梁上解下，令几人先行离开。

且说这火妖帮一干帮众正奔逃之际，那牛油心念一转，想起老村正被扎山贼欺辱，亦是咽不下这口气。他转头一眼便瞧见那大厅的柱子上架了一个火把，当即将其摘下，预备将那火把投入厅中，先烧掉这山贼的聚义厅之后再作计较。

只见这牛油提了火把，在厅中逡巡一圈，挑那便于下手之处。正在此时，只听那厅中一角传出声响道："你们这几个乳臭未干的小毛孩子，竟然还想放火烧我这聚义厅！"那牛油被这响动一吓，手上的火把差点落在地上。待他转头一瞧，却不知那山大王早已站在厅中，正玩味地瞧着几人。

列位看官，你道是这山大王突然出声，那厅上所有人，闻言均是吓了一跳。且说这山大王何时到此，又为何发声？列位看官，此事说来虽巧，但细按一番，无一不合理。你道这山大王占山为王，又岂是善与之辈？既非善与之辈，又岂能被这小小孩童蒙混过去？原在这牛油闯入山门之际，这山大王便已知晓，但他虽知几人进来，却丝毫不妨在眼中，反是一种赏玩心态，且想要瞧瞧这几名孩童到底因何闯入，又想在此做些什么。若没有那山大王之默许，这些孩童为何会长驱直入，只若闯入那无人之境，又缘何在进那聚义厅时，未曾遭到一个人阻挡？否则，不说那山寨之中的众贼个个均是亡命之徒，便是那里三层外三层的山寨围墙，便不是那稚子幼童所能攀附的。那围墙上安满了削尖的木桩，又被紧紧缚在一处，天然便是一道牢不可破的屏障。更不用提那寨子四角的岗楼及那岗楼上无时无刻不在逡巡的山寨哨兵。说起这哨兵，则更是离奇。列位看官，你道这山寨之中，哨兵分了蜀中，有明哨有暗哨不说，更养了数条猛犬，真乃无时不警觉，一刻也不大意。否则的话，仅凭这些小小的孩童，又如何能够闯进这山门？

且听这山大王出声后，那厅中的火把，便被一一点亮起来。牛油巴头转头瞧去，且见那山贼们次第而至，将那闯入聚义厅中的火妖帮帮众围了个水泄不通。那十几名火妖帮帮众，何时见过这等阵仗，顿时你瞧瞧我，我瞧瞧你，一时间谁也不敢轻举妄动。那火妖帮众之中有些胆小的，见了这番阵仗，不由得又是后悔又是害怕，只在原地抽泣哆嗦，深悔自己不应当一时冲动随这牛油闯入了这山贼处。

闲言休叙。且说这牛油、二当家等诸位胆子稍大者，见了山贼的这等阵仗，亦是愁苦无比。本以为自己闯入这山寨之中的救人计划乃天衣无缝之举，不承想竟然是螳螂捕蝉黄雀在后的一场空欢喜，自己此番行动，早已落在别人掌控之中尚不自知呢。更可怜的便是那巴头了，他本就被折磨了一整天，伤重体弱，此时吃了这一吓，更是难以支撑，倒头晕了过去。

且听那山大王冷笑道："真瞧不出，你们这几名小兔崽子，倒是颇有胆色，竟然连我的山门都敢闯，怕是活得不耐烦了吧？"且见那山大王一边吸了一口土烟，一边露出他被那黑烟熏坏的大牙冷笑着觑着那十几名火妖帮的帮众，接着道："想当年，官府派了三千精兵良将来围剿我，都被本王打得有来无回。就凭你们这几个毛都没长齐的小崽子，还想来此处撒野？哼，老子亲手砍掉的脑袋，怕是比你们一辈子见到的人还要多。老子杀人流的血，早就把河水漂红了！你们再看看屋外。"那山大王顺手向外一指，众人便不由自主地顺着他的指向向外望去，且见那寨前黑黢黢的，只有那树影婆娑，如森然的巨兽在瞧着众人，不由得更是面面相觑。

且听那山大王冷笑着又道："你们且瞧瞧，这寨子前的树木生得多高多好？一棵棵都粗得顶得上老子的腰了！你们以为这树肥从何而来？还不是老子杀的这些贼厮鸟人，把他们的尸首堆在下面，这树才长得又高又大！哈哈！”那众山贼听他如是说，又望了望那面如土色的火妖帮众，均忍不住哈哈大笑起来。

山大王看了四周众山贼一眼，又道：“你们且瞧瞧，我这些兄弟，哪个不是披盔戴甲、装备精良？你们以为这些是从何而来？尽是那些围剿山贼的怂货送与我们的！只要是谁敢前来，便是给我的这些弟兄们送货上门，孝敬爷爷们来了，兄弟们，你们说是也不是！”

众山贼听他如是说，均是大笑连连，直呼痛快。

那山大王讲到此处，便瞥了站在身侧的小喽啰一眼。那小喽啰见状，慌忙递了一碗酒与那山大王。那山大王接过酒，一口气将酒饮尽后，便把那碗向地上一摔，撮着牙花子嘶了一口，又指着那火妖帮的众人道：“你们这群小贼，吃了熊心豹子胆，连老子的山门也敢闯？一个个争着抢着来送死，说出来怕吓着你们，以前本王抓了一个路过此地的老妖婆，她为了求我饶过她那条烂命，便献了一个延年益寿的药方给本王。这药方里说，用那童男子的心肝做药引子，便是再好不过的了。本大王正愁不知道去哪里找些像你们这般的小崽子回来，”他瞧了众人一眼，接到：“可巧你们便送上门来了！”

正是：

金蝉未动蝉先觉，暗算无常死不知。
溪云初起日沉阁，山雨欲来风满楼。

列位看官，你道这山大王的药引到底有何作用？这火妖帮之帮众，又能否逃出生天？欲知后事如何，且听下回分解。

【第四十二章】

上回且说到那牛油正要放火烧聚义厅之时，却见山大王从里间出来，率众将火妖帮帮众围在厅中。那山大王对牛油等人细数自己过往经历，嘲笑众人自不量力，那巴头吃不住惊吓，早已晕过去，而余下火妖帮帮众，亦是面面相觑，不知如今该如何脱身。

且听那山大王说到自己曾抓获一老妖婆之事，众人均吓破了胆。那山大王见自己对这群毛头小子威吓已然生效，便得意扬扬地命手下众人将牛油等一干人捆了送到厨房去收押。身侧喽啰应声而动，待正要收押众人之时，那山大王却见牛油瞪着一双大眼，正狠狠地望向自己，那眼中神色毫无惧意，竟不像火妖帮其他帮众那般惊惶失措。反观台下诸人，有的被吓得瑟瑟发抖，有的尿脚水渍淋漓。有的干脆直接倒在地上不省人事，这牛油态势，竟与众人大相径庭。

那山大王见牛油如此镇定，再转身一瞧自己身后的三个儿子，两两相较之下，真是脓包至极。这几人非但不曾为自己适才大展的淫威而拍手称快，反倒一个个捂着自己头上的肿块青包哭骂赌咒，实是烂泥扶不上墙，令人一望便气。那山大王对比之下，顿时觉得自己的三个儿子怂包至极，反倒对那牛油心生好奇。他见那牛油瞪视自己，便冷哼一声，对那牛油道："你是从何处蹿出来的狗崽子？竟敢用这样的眼神来瞧本王？怎么了？莫非你小子还不服？说，你想怎样？若是你不能说出个所以然来，本王便第一个拿你开刀！"

牛油见了山大王凶神恶煞之态，心思一转，知道自己若是与他硬扛，今日必不能善了。遂其想了想道："小人岂敢冒犯大王之威！适才大王忆往昔之威，小人不敢随意打断，只好目视大王，以示聆听教诲之意。小人如此，更有一番私心。希望大王因其而注意小人，体察到小人心意，能令小人有机会与您对答，聆听圣训，不期此举竟然冲撞了大王，还望大王海涵。"

那山大王听了这几句文绉绉的奉承话，皱了皱眉，吐了口吐沫道："别跟老子拽文！有啥鸟屁赶紧放了便是！”

牛油正盼他有此一问，闻言立时便接道：“小子们实是愚昧无知，才做出此等愚蠢举动来。一来是不知大王您的山寨固若金汤，有若铜墙铁壁；二是不知大王您有若天神下凡，神威凛凛；三是不知大王您胸有韬略、用兵如神。如今被您擒住，方始明白何谓运筹帷幄之中、决胜千里之外。如今小子们闯入山寨，实属愚昧，不，简直便是不知好歹。兼之小子手边的人又冲撞冒犯了令公子，便是肝脑涂地、万死难偿了……”

那巴头晕了片刻，此时正悠悠转醒，忽地听见这一句“肝脑涂地、万死难偿”，吃了一惊，心中一紧，忍不住又晕了过去。

却见那牛油并不理会众人目光，反接着对那山大王道：“如今小子们犯下这等罪行，倒不乞求您宽宥。但如小子手下冲撞了令公子，也有小的调教不当之罪衍。小子曾与手下这些弟兄指天为誓，定要将其照料妥当。如今不敢求大王逃了活罪，但也望大王念在我们年幼无知的面上，大人有大量，放我这些弟兄们一条生路，至于小子本人，愿意留下来为大王做牛做马，效犬马之劳，也代我的兄弟向令公子赎罪。要杀要剐，悉听尊便。”

列位看官，你道牛油这一番话，虽是诚恳，但却说得前言不搭后语，着实酸得令人发笑。原这牛油素日除了带着火妖帮帮众四处寻衅闹事之外，还有一爱好便是听那戏文之中的故事。那戏文听多了，不知不觉说话之中便带了不少戏文的酸腐味道。且他这一番话，自以为说得恳切诚心、义薄云天，满以为便会像戏文之中演义的故事一般，因那铁骨铮铮、情深义重之态将那山大王感动，遂那山大王一念之间，便可将自己放走。

诸位，那牛油有此想头，倒也怪不得他。素日那戏文之中，凡是那豪侠草莽露此英雄之态，定会得到那英雄惜英雄、豪侠叹豪侠之故事。他如今拟那英雄样儿，便满心指着那山大王怜其义气，被其感动，以为是个风尘中的知己、盗寇中的同类，或许那山大王感动之下，与自己结义为兄弟也说不定。

且听那牛油说完，山大王果道：“好！好！好！你肯为朋友两肋插刀、赴汤蹈火，倒真是个顶天立地的好汉！本王听了你这番话，也忍不住有些感动。”

牛油闻言，心中暗喜，可想这山大王果然如戏文之中所写一般，赏识那不怕死的英雄、讲义气的好汉。不承想他脸上笑容尚未凝结，却听那山大王又道：“既然你愿意一力承担，本王不成全你便显得本王不识趣了。如此便委屈你这位英雄好汉了。”只见那山大王一招手，对身侧的几名小喽啰道：“来人，且把这个娃儿拎到厨房去，取了他的心肝出来。至于其他人……”那山大王眯了眯眼道：“且给我捆到监房去，你们轮班看守，再放下消息给他们家人，叫他们带上赎金前来赎人。钱给足的自然放人，钱没给足时，给我细细地折磨他们。直到他们把钱凑齐为止。至于那拿不出钱来的，”山大王冷冷一笑道“一样给我剜了心肝做药引子去！”那喽啰大声应了一声，便向牛油走来。

牛油听他如此吩咐，顿时愣在当场。眼见这小喽啰马上便行至自己身侧，不由得心中暗暗叫苦，这山大王的反应，如何跟戏文之中一丝也不像？

思忖间那山贼们已然一拥而上，将那些吓得腿脚发软的毛孩子个个捆得严严实实，如同那待宰的猪狗一般。那火妖帮的二当家却是个讲义气的，见这些山贼欺身过来，便死命护着牛油，不让众人逼近。列位看官，俗话说，好汉不敌人多。这二当家虽是体格雄壮，奈何对方人多势众，他双拳难敌四手，反抗不多时，自己便先被人打晕在地，更不提能腾出手保护牛油之事。

正是：

盲人骑瞎马，夜半临深池。
山贼与小子，皆拔刃张弩。

列位看官，你道如今这火妖帮的牛油巴头被打倒在地，其命运走向，又将何去何从？欲知后事如何，请听下回分解。

【第四十三章】

上回且说到那牛油见山大王如猫抓耗子一般将火妖帮帮众扣住，又是一番训话，便放眼瞪视那山大王，希冀其能注意自己。果不其然，那山大王见了牛油目光，顿时心中大为光火，冷笑着问那牛油所为何事，竟敢如此大胆。且听那牛油仿着戏文之中的言语，将闯入山寨之中的前因后果尽皆包揽在自己身上，那山大王非但对此无动于衷，反倒哈哈大笑，下令将众人抓捕，只把牛油搞了个又惊恐又错愕。

那火妖帮的二当家倒是个讲义气的。见牛油被困，慌忙前来帮忙。岂料双拳难敌四手，那二当家非但未曾解救出牛油，自己反而也被抓了起来。

牛油见势不对，慌忙对山大王道："大王您天纵奇才、英明神武，又何必与我们这些乳臭未干的小子一般见识，若是您大发慈悲放了我等，定在家中与您高供奉香案，日日祝祷您长命百岁、财源滚滚、寿与天齐、福如东海……只求您老能高抬贵手！"

那山大王听了，冷笑一声道："本王何时说过不放人了？想走还不简单？但我这山寨若是由得你们想进就进，想出就出，你们还当本王是开善堂的！如今你们落到我手里，想走，便叫他们家人送银钱上山换人。至于你，既然你如此想当英雄好汉，我便成全你了。"

牛油见求之无用，也不再言语。山大王见手下一众喽啰已将那火妖帮帮众收拾停当，捆得齐齐整整，只待押送往监房看管，心中也甚至快慰。此刻忙活了大半夜，见这帮黄毛小儿个个吓得有进气没出气，不由得十分自得，鼻子中却冷哼一声，吓得众人大气也不敢喘。且听那山大王对牛油道："你要给老子供奉香位，老子却还不稀罕呢！你可知道老子最信奉的是什么？"牛油摇头。那山大王举起手，握紧拳头道："老子的唯一信奉的便是谁的拳头硬，谁才是老大。至于求神拜佛，这些东西，老子半点也不稀罕，老子这辈子最擅长的，便是神挡杀神，佛挡杀佛！而且老子杀了那么多人，也不指盼着哪路神仙能保老子长命。与其求他们保命，倒还不如老子自己的那剂药方实在。行了，老子没时间跟你废话，没得耽误老子睡觉时间。”那山大王打了呵欠，身畔的喽啰听了，忙识趣地将牛油推推搡搡地捆走了。

列位看官。话分两头，各表一枝。且说这厢山大王独自一人在那聚义厅中，忆起刚才牛油所说之语，不由得在心里冷笑。彼时他初入山寨，也是满脑子戏文之中的教义，认为自己如今既然占山为王、落草为寇，要长远在此自处下去，最要紧的不过是“义气”二字。遂他初入伙时，便四处与人称兄道弟，但凡兄弟有事，便一马当先、义不容辞。初时尚有人夸他够义气、够朋友，待那时日渐久，众人习惯他的做派，凡是有事，头一个便想着推他上前。待他去求人办事时，众人却一个个推三阻四，全然不是他一般的作态。那山大王做了多年的冤大头，心中也逐渐回过味来，自己以为是义薄云天，落在他人眼中，不过是蠢笨好使唤罢了。

他如今方明白，贼始终是贼。不过是聚在一处的亡命之徒罢了，所谓的“义气”，不过是骗他这般无见识的小年轻、冤大头去帮忙做事罢了。那山贼虽是口中喊着“讲义气”几个字，自己心中却是先将此看轻了的。端的是：

有福同享者多，有难同当者少。

且说那山大王与众山贼交往，数个回合下来，渐渐也悟出了这个理。列位看官，你道是这老实人一旦发狠，比那恶人更甚三分。遂待那傻大王变成了聪明人，对那山寨之中的规矩，便也熟稔到无以复加之地步。自古成王败寇，以拳头论英雄。若是那人狠辣一些、狡猾一些、钱多一些，便是众人心中公认的老大。

山大王悟透了此理，便收敛了素日对人的义气热忱之心，专在那杀人越货之事上卖力，发起狠来便要玩命，连那一同做山贼的同伴对其也是又恨又怕。但他如今脱胎换骨，在那山贼团中也用尽心机手段，凡有机会，便极尽须溜拍马、嘉善矜能之事，那老大素日面对的尽是一帮亡命之徒，如今见他这等彬彬有礼、不邀功、不请赏之态，顿时也偏帮提拔。他便靠着这些城府，一步步爬上那二当家的位子。待他成了二当家，那原来的老大也无甚用处，他便在暗中又用了些下作手段，将那“一把手”陷害致死，自己坐上那山寨正位，成了山大王。

且说这山大王自己坐上第一把交椅之后，无须再谄上媚下，对义气二字却又有了一番认知。他如今苦心钻研驭下之术，心知若这帮绿林好汉对自己若是心怀“义气”，驾驭起来倒是方便得多了。遂他便暗中使了法子，将那些不甚听话者，杀的杀，放逐的放逐，慢慢只留下那不懂分辨是非、只知道忠于他的年轻山贼。那新山贼对他十分忠义，却不过也只是择人而施的。遂此后那山寨之中便形成了不成文的约定，对那寨中之人，讲义气便是美德；而对那寨外之人，尤其是这帮乳臭未干的黄毛小子，却丝毫用不着装模作样。更何况，如今他们自己送上门来，这等生意，真是不做白不做。

列位看官，这厢山大王在追忆往事，那边众人早已经被扔进监房之中。这所谓“监房”，不过只是一个山贼们挖出来的大坑。那坑深四米，与马棚一般大小，四壁都是土，只在那坑上罩了一层铁栅栏，以防收监之人逃脱。

且说火妖帮一行帮众被收押在此，闻到监房之中的种种恶臭，只觉得心中烦闷无比。原来这山寨之中的监房里，有那死人骸骨、有从前被绑的“肉票”之秽物，闻起来简直浊气熏天。火妖帮的小子被关押至此处，闻见那扑鼻的熏臭，又听到山贼不住地恐吓，不由得个个都吓得泪流满面、筋麻骨软。那巴头更是倒霉，一头栽入粪水之中，便没有再醒来过。

列位看官，如今这火妖帮帮众嘤嘤哭泣、泪流不止，却不知他们由此待遇，还算是那山大王的善心之举呢。原来那牛油一番模仿戏文之中的酸言腐语，虽然被山大王直斥，但是却令那山大王思绪飘飞，脑中想到了旁的事情，遂便并未急着将这火妖帮帮众开膛破肚，而是决定拿这火妖帮帮众作为肉票，试着用其换些赎金。左右杀了这些人也不过是头点地罢了，如今有钱可拿，自然更好些。

且说回牛油处。列位看官，你道这牛油是何待遇？如今他被关押到伙房的铁笼之中。那笼子非但焊接得异常狭窄，且异常牢固。那牛油既不能站亦不能坐，只能囚身在笼中缩为一团。但这还罢了，更可怖之事是那牛油定睛一看，伙房之中竟吊着两名剥了皮的男娃儿，此番光景令他触目惊心。心中直打寒噤：那山大王所云的吃人一说，原以为不过是吓唬自己罢了，如今瞧来，竟然是事实！

正是：

小人狡猾心肠歹，君子公平托上苍。
一家千金价不多，会文会算有谁过。

列位看官，你道这牛油是顺利逃脱，还是将会被那山大王剥皮抽筋？如今身陷囹圄，他又该如何自处？欲知后事如何，且听下回分解。

【第四十四章】

上回且说到那牛油与火妖帮帮众被山大王困住一节。列位看官，你道这厢山大王在聚义厅中思考旧事，却苦了那厢的火妖帮帮众。这火妖帮的一众毛头小子，被山寨之中的喽啰收拢在昔日的监房之中，闻着监房之中熏天的臭气，听着喽啰们危言危语、夹着恐惧悲戚，间或几欲作呕，实属置身地狱。且说他们在此地悲切难挨之际，那牛油被收押在铁笼之中，亦是同样犯怵。如今他非但被困在笼中不得动弹，更兼那房内竟然挂了两名剥皮的男娃，实是吓煞人也。

列位看官，你道这牛油也是忒胆大了些。他见了那两名男娃的光景，虽然心中犯怵，但却并未就此坐在原处待人宰割。且说这牛油人在笼中，手却再也没闲着，只在那笼子四周探寻摸索，想找到些撬开那笼锁的硬物。这牛油摸索了一阵，却也未曾找到什么可心的器具。原来寨中自建寨伊始，便有那小孩子借小刀撬开锁头逃离的前史，遂此后那山大王便在此事上留了心。列位看官，你道那小刀从何而来？原是那寨中的厨子做饭时不小心将刀具落在地上，且恰好落在那笼边，便被那小孩摸了去，用这刀具撬开了笼锁。但那小孩虽是幸运地将笼锁撬开，却终究未曾逃离山寨。

但此事终究也令山大王有所警觉，日后他新虏了人，便吩咐那喽啰留心四周，断不可再将那铁制硬物落在笼子周围，且那笼锁上，亦是焊接得紧密了些，便是那梁山泊轻功第一的“鼓上蚤”时迁，被关入笼中后，也休想逃脱。

闲言休叙。且说这牛油被关了数日，不知如今山大王的“药引子”业已用完，只待将其从笼中拎出，脱光衣服吊在天花板上，便磨刀霍霍，预备将那牛油宰杀了做新的药引。

那厨师正磨刀间，却见一个山贼喽啰中的小头目奔进厨房。原来他素来皆与厨师相熟，两人常常在混迹在一处喝酒闲聊，这日亦是如此，他一溜进厨房，便与那厨子聊在了一处。

列位看官，你道这牛油虽是被绑在原处无法动弹，耳朵却未也未闲着，只管凑在一侧听这两人闲谈的言语。且听那山贼的小喽啰头目云，昨夜那伙山贼饮酒过度，借着几分醉态与一名山贼吵架，二人争执不下时，这壮年山贼一气之下，拔出道具便将老些的那名老山贼砍了去。如今此事闹出，这山大王也头疼得紧，不过他倒不是觉得这山贼死了可惜，而是苦于自己刚得了一大票买卖，却无人可以审理这山寨之中出账入账之事。原是那被砍死的山贼便是会账者。余下的山贼之中，识字者一个也无，更别提有记账之能者了。如今这一干贼人对着府库之中的账目大眼瞪小眼，实是一筹莫展。

牛油听到此处，便再也按捺不住，慌忙对那山贼喽啰与厨子道："两位大爷，我有会账之能！我有会账之能！若是你们山寨之中缺账房，我便是那可以帮忙之人！"

那小头目见牛油嚷嚷出声，上前便劈手一掌，将那牛油打得晕了过去，口中还骂骂咧咧，嫌牛油不该大声叫唤，没得影响了自己与那厨子饮酒。但那小头目却也自由盘算，自己如今在山寨之中不上不下，若是将那能会账的牛油举荐与那山大王，倒也是大功一件。遂其打归打，饮酒完毕之后，仍是将那牛油拎到了山大王处，将牛油会记账之事报与那山大王知晓。

且说这厢山大王正在为寨中账目一事发愁，却听闻这小头目重新送了一位能会账之人上来，顿时也眉头舒展、略觉快意。那喽啰用水浇醒牛油，着他将此次所得之买卖，一笔笔做好记录规整后，再指挥那山寨之中的喽啰搬入库房放置。

这牛油因有会账之能，倒却是迎来柳暗花明、峰回路转之效。原他当日在私塾念书时，虽时时捣乱，但到底却是天资聪颖、悟性极高之人。凡那教授算学的先生所述之言语，他也尽数学会了，如今学以致用，处理起这山寨账目来，倒也还像模拟样、有板有眼的。

且说这牛油将那山寨之中的资财收库、每一笔皆核算清楚后，那山大王听了他归置之序，也觉得此人还有些堪用之才。且他之前对牛油倒也不算是十分厌恶，只是他素来要在众人面前立威，非显现出那喜怒无常的样子不可。如今见牛油借势自救，自己便也乐得做了个顺水人情，由得那牛油在山寨之中做那新的掌薄，为自己整理账目，正好顶替之前被误伤的老头。

且说牛油这一番死里逃生，当真是有惊无险。那牛油也是个机灵人，如今也借坡下驴，对那山大王倒头便拜，口中不住地恭维夸赞。他因比那山贼多读了些书，遂那恭维话中妙语层出不穷，直听得那山大王也有些飘飘然起来。且见这山大王坐在上首，一面听牛油夸赞，一面不住地点头，脸上的横肉亦是笑出了几道褶子，恍若熊嚎一般的大笑声，直震得屋内横梁之上的灰尘扑扑簌簌下落。

牛油见山大王心情极佳，遂连忙趁势相询，问那山大王可否将自己的同伴也一同释放，自己如今已是山寨之人，定会对那山大王报效忠义、肝脑涂地。那山大王近日得了这大笔买卖，正是心情大好之时，如今又被牛油一恭维，只觉得全身飘飘然，浑然没有四两重。这几个毛孩子关在山寨也不顶事，遂挥挥手，着看管他们的喽啰将其尽数放走。

列位看官，你道这牛油这一求，当真是胜造七级浮屠。这伙山贼本就干的是杀人越货的勾当，素日个个都是杀人不眨眼的活阎王，恐怕活到如今，刀下杀掉的人，只怕比杀掉的鸡还多。这被俘虏的火妖帮帮众，本就是素日福氏村中穷苦人家的孩子，譬如那二当家，在遇上牛油前，多数时间连饭都吃不上，又焉能有多余的银子去把与山贼赎人？遂若不是牛油求情，这火妖帮帮众，确实性命堪忧。不过如此一来，倒是苦了牛油，那火妖帮帮众虽是回去了，牛油却必须得留在山寨之中与他们整理日常账目。

且说这人离乡日久，难免会起思想之情，这牛油在山寨之中为那山大王整理了两个月账目，凡有空隙，便向那山大王苦苦哀求，以求他放自己返家。那山大王见牛油将账目打理得井井有条，并未出甚差错，山大王方允许两个喽啰将其押送返家，令他瞧瞧家中光景。

正是：

峰回路转乱云遮，骨冷误到只惊嗟。
两处春光同日尽，居人思客客思家。

列位看官，你道是这牛油返家是何光景？这牛油到底还有无办法脱身？欲知后事如何，且听下回分解。

【第四十五章】

上回说到这牛油被那山大王关在厨房做药引，正欲被那厨师剥皮宰杀之际，忽听那山贼头目提及寨中账房先生被杀一事。那牛油情急之下，慌忙告诉二人自己懂得理账之事，那山大王如今干了一票大买卖，正在为清点寨中财物一事发愁，见牛油自告奋勇要担此重任，自然是觉得再好不过了。幸而这牛油还颇有几分聪明劲，将那寨中抢回的物资，账目上清理得一清二楚，令那山大王颜色稍霁。这牛油显了这手本事，哄得山大王心生喜悦，遂借坡下驴，求那山大王将几个随自己同来者放回村中。此时恰逢山大王心情愉悦，当即便挥手将众人放了出去，却留下牛油继续为自己做事。这牛油在山寨之中煎熬两月，对家中之事一无所知，心中甚是痛苦，遂日日向那山大王苦苦哀求，令他着自己回家瞧一眼，若是家中无事，自己也好放心些在山寨之中继续做那账房。

且说这牛油整日苦苦哀求，山大王不胜其烦，终是答应令其回家看看，代价却是让两个喽啰一路押送，以防这牛油偷奸耍滑、半路溜号。

几人一路行至牛油家中，那村正与夫人一路赔笑，好酒好菜招待那山寨喽啰，待其醉倒之后，那牛油与爹娘交换过眼色，三人这一齐躲进室内，这才敢放声言语。这牛油娘几个月未曾见到儿子，又忍了整晚，如今见儿子站在眼前，自己倒先抱着儿子放声哀哭起来。牛油爹与他亦是同样愁眉苦脸、唉声叹气，不知道在山大王手下讨生活的日子何时才是尽头。这牛油大好青年，总也不能一直与这打家劫舍的绿林强盗为伍。

且说这爷俩一派愁云惨淡、无法可想。牛油爹思前想后，实在是无甚解脱之法，遂与那牛油道，不若趁着这两名山贼睡觉之际，快马加鞭逃出福氏村，待那山贼醒来时，牛油早已走远，便是他们迁怒，也只能拿老两口出气，天大的祸事也沾不到牛油头上去。牛油听了父母有此提议，当下便坚决拒绝，死活不愿丢开父母独自逃走。但除了此法，一时间父母也无甚办法可想，这山贼人多势众、来头极大，便是官府也奈何不了他们，更别提牛油父母这等平头百姓了。

这厢牛油见父母以泪洗面，叹息不止，虽然自己亦是发愁苦闷，但终究还是于心不忍，只得稍稍宽慰二老，令其暂将愁态放放，所谓事缓则圆，待他慢慢摸索，天长日久，总能想出破解之法来。

翌日那两名喽啰醒来，不由分说便又将牛油押回山寨。那牛油本想回到山寨后，瞅那山贼不注意的空子从寨子之中逃离，如此那山贼便不会迁怒父母。但那山大王却也是狠角色，不知是知悉了牛油的心思还是一时心血来潮，待那牛油一回山寨，便将看管牛油之人增加了数倍，日夜巡防，直盯得一只苍蝇也逃不出去。牛油见他这番架势，不由得也暗暗叫苦，也不知是何处出了纰漏。

列位看官，你道这牛油如今处境，实是令人同情万分。原来那日牛油与爹娘在家中隔着门板的一番言语，竟然尽数让这山寨喽啰听了去。那喽啰也不是省油的灯，押送牛油回到山寨，便将这牛油晚上与爹娘的言语一五一十地说与那山大王听了。

且说这山大王听见牛油起了他心，心中虽然光火，却并不欲置其死地，只是威吓威吓，以令他受个教训，好一心为自己办事。不承想自己如今这一试，竟然发现牛油早有异心，在那山寨之中做事，也不过是敷衍自己罢了。如今这牛油既然并非真心诚意地待在山寨之中，自己自然要派人严加看管，待那牛油在寨子中待上三五年，届时木已成舟，这牛油日日耳濡目染皆是山贼做派，又无旁的本领，怕是不想做山贼也不成。

列位看官，你道这山大王作此想头，也不是毫无因由的。此事说来虽然是荒唐可笑，但细按却又有几分道理。原来这寨子之中，被那山大王强拉入伙之人不在少数，这山贼们上山之时都互相抢地，待他们在此间生活的时日渐长，染上一身匪气，便会自愿在寨中生活了。

且说如今这牛油见自己逃脱无路，只得在寨子中先安心待着，保住小命，才能再作别的想头。好在这山寨之中能断文识字者只有他一人，这山大王明里暗里，对牛油都还算器重，遂那牛油虽未染上匪气，但寨中却也未遭到他人责难。

列位看官，你道是这世间之事，向来便是峰回路转。山大王的这番想头虽是没错，岂料却是天不遂人愿。这牛油在寨中还不上半年，这寨中形势竟忽地急转直下，逢上了一场大劫。

此事说来话长，且听我慢慢道来。

且说这日旭日初升之时，牛油便被寨中的山贼小头目唤醒，强令他握了一把大刀，又往其身上胡乱披了一身不成型的盔甲，便押着其往那山寨大门处走去。那牛油正不明就里，却听小头目在身后道："你若是敢不乖乖听话，老子便一刀剁了你！"

这牛油见他来势汹汹，一时间也不知所为何事，只得按起指令向前行去。他一路走，一路见众山贼个个已全副武装，正在寨中跑来跑去，神色紧张凝重、如临大敌，也不知所谓何事。

且说这头目一面押着牛油，一面指挥其他排成一组的贼兵向那山寨大门的门楼排开。牛油抬头一看，见山大王早已站在门楼上，身畔则是他那三个笨蛋儿子。一片混乱之声中，那山大王也不知对着何人骂骂咧咧道："你奶奶个熊，你们如今倒是能耐了，就这么几个烂番薯臭鸟蛋，也敢来我山寨前头丢人现眼？"

牛油听了这几句中气十足的叫骂，便在心中暗忖，这山大王的几句叫骂，听着倒是唬人，但这与他素日里真正的骂人姿态比起来，却是色厉内荏，不过是强撑着场面，不叫自己先胆怯罢了。他暗忖不知何人令山大王也有几分恐惧，便顺着那门楼向下瞧了一眼。

这不瞧不要紧，一瞧却连自己也不禁倒抽了一口凉气，忍不住在心中叫了一声"乖乖"！

且见这山寨门楼下，正围着一小队全副武装的骑兵，这骑兵人人驾着枣红色的高头大马，每匹马皆是丰神朗俊、油光水滑，看起来健壮无比。牛油见了这马，脑中便忆起自己幼时见过的一本名为《天宫游记》的连环画，那画中的天马便是这般威风凛凛之形貌。列位看官，说来也巧，这《天宫游记》，正是当日玉帝所邀请去天宫作画的画家所绘，虽当日玉帝下令将那图画烧毁，但是却有人偷偷保存了数张，日后装订成册，名曰《天宫游记》。如今这天马上的骑兵个个身披银色甲胄，那甲胄上似乎印了波光水影，又着了璀璨星光，看起来混不似人间之物。

正是：

山川萧条极边土，铁骑凭陵杂风雨。
相看白刃血纷纷，力尽关山未解围。

列位看官，你道是来者何人？又所为何事？欲知后事如何，且听下回分解。

【第四十六章】

上回且说到这牛油终于得了山大王赦免，准许其回家探一趟亲。但探亲之时，这牛油一家端的是煎熬无比。那牛油父母好声好气地招待山大王所派来的两名喽啰，将家中的好酒好菜一并献出，令其二人饮酒闲话。这番两人吃得酣畅淋漓，牛油一家三口却是暗藏心事，只待将那两名喽啰灌醉，三人好在里间商量牛油如何逃离山寨、脱身回家之事。这牛油一家眼见那两名喽啰醉倒在席间，便自顾自地在里间商量如何逃离山寨的法子。众人计议了数次，始终并无更好的办法，如此一夜哀叹到天亮。牛油为免父母忧心，只得假意与那两名喽啰重上山寨。岂料他刚进寨门不久，那山大王便加了一倍人手，令其将牛油严格看官，原来那牛油昨日与父母商议之时，那两名喽啰在外间并未睡死，将他们的话听了八成去。如今几人回到山寨，这两名喽啰自然将他们的打算一五一十地报以那山大王知道，遂这山大王当即命人将牛油严加看管。

且说这牛油因行动不自由，抑郁了一两日，却在某日清晨被一个山贼头目把与一把刀，又套上一副盔甲，押往那山寨门楼上，也不知所谓何事。

这牛油上了门楼，听见山大王色厉内荏的叫骂声，这才瞧见原来这山寨已被一队骑兵团团围住，那山大王带了人，正在与那骑兵对峙。

牛油见骑兵装备皆非凡品，也是在心中暗暗称奇，只见打头的骑兵一身装扮，更是俊朗非凡，除了星色铠甲与枣红大马，还披了一条天蓝色斗篷。牛油见那斗篷上用银丝线绣了一道闪电图案，自然也非凡品，只是与其他骑兵在装扮上略做区别。牛油见那领头的骑兵向前迈了一步，知其要说话。果不其然，且听他冲着山寨道："门楼上的人听着，我再给你们一次机会，若是你们放下手中的刀剑，乖乖束手就擒，我便放你们一条生路，否则，待我将你们擒住，到时候你们免不了一死！"

他声音颇大，落入耳中如同夏日旷野中轰鸣的低雷，深沉而威严。且那声音从面罩下传来，还添了几分幽深神秘之意。牛油见其这身打扮，又听闻他说话之气势，不由得在心中暗忖：此人如此做派，莫非是天神下凡？

且听那人说完，山大王便声嘶力竭地回道：“敢威胁老子！老子今天倒要看看，是谁在找死！龟儿子才投降！”

牛油听到山大王声嘶力竭地喊出这般嚣张话语，不禁心头一紧，心中暗道：不好！若这伙山贼真是闹到天怒人怨的地步，自是天神下凡对其施以惩戒。如今来者不善，我混在这山贼之中，若其将我也当成山贼剿了，那才是冤枉呢！正胡思乱想间，却听那山大王一声暴喝，挥手对身后众山贼道：“赶紧开炮！”牛油被其暴喝声吓了一跳，往侧边一跳，这才瞧见他身畔的一名炮手已将火炮引信点燃。

“轰！”

一声巨响在牛油耳边炸开，他从未听见如此声响，一下子便被震得懵了半晌。迷迷糊糊之间，见身畔的骑兵一瞬间四散开来，纷纷在身畔寻那躲避炮弹的遮挡之物。

牛油瞅着空子向门楼下瞧了一眼，只见围着山寨的骑士身上的铠甲在阳光下越发锃亮，恍若将那太阳银光尽数吸了进去，晃得他都睁开不眼。他还未怎么看清，便见这队骑兵已然结成阵法，悄无声息地向山寨大门发起冲锋。

山大王此时也瞧见骑兵逼近之势，又对身畔众喽啰挥手道：“见鬼的，再来！”且听他一声令下，身畔的炮手紧接着又点燃了引信。紧接着那炮手又射了一炮，牛油听火炮一声震天巨响，这次却是被彻底震得晕了过去。

闲言休叙。且说这厢山贼正与骑兵鏖战，牛油却已全然不知。待其再醒来时，只见自己被山大王挟在手中，那山大王人倒无甚大碍，一条腿却已不翼而飞，只余下半截裤管子，正淋淋沥沥地往下淌血。待牛油一动，傻大王却举起刀抵住牛油的脖子，带着哭腔对那牛油道：“你……你且别过来！你要是向前，我便一刀割断这小子的喉咙！我不怕告诉你们，这小子可不是我们这一伙的！他是我从山下掠来的百姓，若是你们再敢向前一步，我便马上宰了他！”

且说这山大王倒也是个刚强的，他此刻虽已流了一地血，但挟着牛油的手仍有些力气。牛油见一地的残肢断臂，又被他用刀抵着喉咙，吓得直哆嗦，一步也不敢乱动，生怕血溅当场。

他抬眼望去，只见一片滚滚浓烟，唯有那骑士铠甲上的耀眼银光，穿破了黑漆漆的烟雾照射出来，算是此刻的唯一一点亮色。

似是过了许久，又像是时光凝固。牛油耳畔传来一阵石磨曳地的马蹄之声，紧接着便见那领头的骑士披着满身银光迫近，那骑士身畔似是自带旋风，将那阵阵浓烟吹散。且见他行到山大王跟前，仍用他低沉威严的声线道：“事到如今你还执迷不悟！你手下的喽啰大多都已投降，你这般负隅顽抗，还有何用？你若投降我等，我们便立刻与你疗伤。”

山大王见大势已去，嘴上却骂道：“我投你个屁的降！我宁下地狱也不投降！你们这帮贼厮鸟，竟然连老子的儿子也不放过！告诉你，你若是不赶紧退后，我现在便将他宰了！”

牛油战战兢兢地被其架在原地，感觉山大王的刀锋似是已戳破自己的脖颈，尖利冰冷的刀尖正一寸寸向颈部深处探下，似乎马上便要下手。他无可退避，只能在心中暗道：如今我可要不明不白地死在这山寨之中了！他心中甚怕，两股战战，不觉之间膀胱之中便已充满尿意，似是马上便要屎尿齐流。那牛油在心中暗骂自己脓包至极，在这当口却做出这般丢人之事来！

且说这牛油正努力隐忍尿意，却听耳畔“嗖”的一声轻响，身后山大王手中的长刀却“叮咚”一声落在地上，拽着自己的手亦同时松开。牛油也不知道到底是何变故，此时既已脱身，便慌忙挣扎着从那山大王身畔逃了开去。

正是：

软湿青黄状可猜，欲烹还唤木盘回。
烦君自入华阳洞，直割乖龙左耳来。

列位看官，你道是这山寨到底是如何被攻破，又是何人前来救了牛油？欲知后事如何，且听下回分解。

【第四十七章】

上回且说到骑兵围攻山寨之事。那牛油被强架上门楼，吃了那火炮两番惊吓，第一番震得其心神慌乱，第二番吓得他晕了过去。且说他醒来时，发现那山寨已被骑兵攻陷，唯有那残废的山大王尚负隅顽抗，抓了牛油做挡，胁迫骑兵首领不得上前。牛油正恐慌间，却听耳畔一声重响，抓住自己的山大王已轰然倒地，不知缘何。

牛油骤然脱开掌控，慌忙挣扎着逃离那山大王的尸身。正待起身，却见寒光一闪，又是一柄长剑欺上脖颈。他战战兢兢抬头，却见适才自己所见的那名银甲骑士首领正持剑指着他，见他妄动，遂低声喝道："跪下勿动！"

列位看官，你道那牛油本就被吓破了胆子，正六神无主之际，骤然听他一声暴喝，自然来不及细想便已照做。且见牛油慌忙不迭地跪了下去，扑倒在那骑士首领身畔。他正忧心间，却听那骑士问道："我且问你，你是否真的不是与那山贼一伙的？"

牛油听他有此一问，慌忙不迭地点头，正了正神，这才恭恭敬敬道："回天神爷爷的话，小的确实不是山贼。小人是被那山大王逼迫，这才无奈与他们周旋度日。小人原是那福氏村村正之子，大人若是不信，可以着人去福氏村查问，看小人是否有半句虚言。"

"你且抬头令我看看再说。"

且听骑兵威严令下，牛油连忙抬头，令那骑兵瞧个仔细。那骑兵端详了片刻，也不知道做何感想。若是常人，牛油还可从神情揣度，再不济也可从那眉眼神情之中窥见一二。可如今这骑兵面戴银罩，面部被遮盖得严严实实，便是眉眼部位，亦是同样覆着一层银光，落在牛油眼中，似水非水、似银非银，也不知是何材质。

那骑士端详了牛油片刻，点头道："嗯。如今看来，你确实与这山贼并非一伙，你身上倒是没有他们的匪气。不过……"那骑兵首领说到此处，略一沉吟。

牛油心中一沉，不知此事又有何变故，慌忙望着那骑兵首领。且见那骑兵首领扭过头去，对身畔一名将士道："白鹤上前听命。"

他话音甫落，便另有一位浑身上下散发着银光的骑士骑着枣红马匹从队伍之中出列，对那将军道："白鹤在！请将军指令！"

牛油正忧心间，听那骑士首领道："将这小子先缚住，与那战俘一起收押。"

那名唤白鹤的骑兵领命道："是。"

骑兵头领见白鹤上前，对牛油点头道："你瞧着虽不似山贼，但这帮山贼忒狡猾，虽然你说是被其擒获，但焉知不是其设下的苦肉计？如今为了以防万一，免不了便要先委屈委屈你。若一会去那山下村里，确认你却是那村正之子，我们自会放了你。"

那首领交代完这番话，便径自转头离去，由着那名唤白鹤的骑士下马，将牛油拽起身来。牛油见那白鹤周身被盔甲裹得严严实实，也不知道何处带着绳子，却见他右手按在腰间，轻轻一抽一挥，一条长绳便如同细蛇一般游向牛油，将牛油看得目瞪口呆。

且见那绳子似是活物一般，自家便将牛油捆了个结结实实。

牛油虽被缚住，却也不似适才那般害怕，只是心中对这骑兵来历啧啧称奇。他心中更有一重欢喜——如今自己虽是战俘，但这骑兵倒也还规规矩矩，且经过这一番动作，自己倒是不留后患地摆脱了这一伙山贼，倒还真算得上是因祸得福。

那名为白鹤的骑士缚住牛油，飞身上马，押了牛油慢慢前行。那牛油此刻神魂归位，路过那山大王的尸身时，倒也有些闲心可以瞧瞧去。

列位看官，你道这山大王是何死法？且说这牛油环顾四周，这才瞧见山大王浑身浴血，周身铠甲已然支离破碎，披披挂挂地堆在身上。脑门正中直直插了一支长箭，两只血红的眼睛，瞪得如铜铃一般，他死得突兀，濒死之前绝望的表情凝固在面上，整个人瞧着煞是狰狞可怖。

牛油见那不可一世的山大王死了之后却落得这个下场，又瞧周围，昔日山贼啸聚的寨子已然成了一片废墟，四处皆是大火、触目便是硝烟，地上山贼尸体躺了一地，眼前寨子大门破了半边，更不提断臂残肢、鲜血横泗之态，不由得也在心中感慨唏嘘。

他不欲再瞧，眼见那骑兵启程，便低了头，随那山贼战俘一并向前走去。他一路行去，只见大火撕裂吞没身后山寨噼啪之声，虽未看见，却也能想象其触目惊心之态。他一路行去，鼻子之中皆是血腥之气，间或有焦肉腐烂臭味冲来，令他异常难受。

未行几步，又见山贼一伙矗立在寨前的大旗亦是残破不堪，正贴地而燃，上面已然被烧出几个烂洞。那旗上所书的“啸狼族”三个大字与那字旁的图画还依稀可见，这却是牛油看惯了的。不过那“啸狼”二字已被烧掉了大半，牛油记得这旗上原是他帮忙绘了一只咬着血淋淋断手的狼头，此刻也只能见到一点轮廓了。

牛油瞧着山寨的模样，想起自己煞有介事地建火妖帮之事，自己在心中冷笑一声，也觉着从前太过无聊。

思忖间这骑兵已押着他到了一群被俘的山贼处。这山贼尽是骑兵战俘，此刻个个丢盔弃甲、披头散发，兼有披红带彩者，看起来垂头丧气、甚是狼狈。那骑兵命牛油站在队伍末梢，在绳上一点，那绳子又如灵蛇一般向前探去，与前端山贼的绳子连在一处，“嗤”的一声轻响，这绳子便已打成死结。

那骑兵安置好牛油，对其厉声道：“我警告你，不论你是否与他们一伙，你最好别试图逃走。”他话音刚落，便听远处那骑兵头领朗声道：“集合！”白鹤听首领召令，连忙奔了过去。

牛油转头，见骑兵个个行动迅捷，瞬间便结成了俨然有序的队列，端得是：

金带连环束战袍，马头冲雪度临洮。
卷旗夜劫单于帐，乱斫胡兵缺宝刀。

且听那领头的将军勒住缰绳，转头对那队列之中一人叫道：“雷暴！”

列位看官，你道这对骑兵到底是何来头，又缘何要攻破这山寨？欲知后事如何，且听下回分解。

【第四十八章】

上回且说到这牛油被那骑兵救下，回身瞧了一眼这山大王尸身，不由从心底倒抽一口凉气。他为人机灵，眼见山大王身故，心中想的却是如今自家终可不留后患地离开这贼山寨了。虽是被骑兵头领命人用绳索捆了，但他自忖自己既不是真山贼，即便行动暂被这骑兵约束，但终是无性命之虞，遂也不甚忧心。如今这牛油见山寨四周尽是断肢残足，硝烟烈火，脚下血流成河，空气中尽是人肉焦腐之气，不禁倒抽一口凉气，再一眼，见山寨门楼前的大旗亦被踏入泥地，被那烈焰焚得只剩一半，不由得暗自庆幸自己今日之侥幸，再想自己创立的那火妖帮，心中也觉得愧疚脸红。

且说这银袍骑兵将牛油与众俘虏安置在一处，牛油瞧见众山贼狼狈模样，忍不住又在心中感慨一番。此时却听骑士将领出声啸聚众兵，那唤作白鹤者慌忙归队，等候那骑士将领下令。

牛油听那将军先唤了一名叫“雷暴”者，骑兵队伍之中马上便有一人出列，当真如《孙子兵法》中所叙述的一般军纪严明。

“在！”

那骑兵队伍之中有人应了一声，随着应和声，第一排左起的骑士驱马向前，显然便是那唤作雷暴之人。

那将军对雷暴朗声道：“今日攻打此寨结果，速速报来。”

那雷暴大声应道：“是。本次攻打此寨，杀死啸狼族贼子共计四百二十五名，余二百二十名贼子投降，除逃逸者十几人之外。我方共十二名，除天隼小腿有伤之外，其余人皆完好无损。”

牛油听到此处，瞪大眼睛站在原地，半晌不曾回神。他听那雷暴之禀述，似是这骑兵竟只有十二名之数，而寨中的山贼竟有六百多人，他们竟以区区十二人之数，剿灭了近百名山贼团，实是令人难以置信！

列位看官，你道难怪这牛油此刻恍若听天书一般，露出如此讶异之神情，他这番举动虽是唐突，但细想之下，却也不由得他不吃惊。这其中缘由，且容我慢慢道来。

原来这牛油在山寨之中待的时日，说长不长，说短倒也不短。这寨中情形，他自然也略知一二。这伙山贼虽无骁兵胜勇之猛态，却也并非全然便是那乌合之众。那山大王虽不能识文断字，却也不单只是那有勇无谋之辈。原他在寨中时，也是恩威并施、赏罚分明之人。那寨中众贼，对其也是佩也有之，怕也有之。因他在山寨之中如此施为，也颇得众贼之心。那山贼素日之间，彼此也算团结。兼其律令严明、言出必践，遂那山寨之发展态势，也有蒸蒸日上之态。如今众山贼之间分工极明，有步兵、有长枪兵、火炮手，另有骑兵与弓箭手，每日按部就班，训练极为严格。且那山大王亦明白坚固城池之理，日常劫掠之余钱，除赏与那众山贼之外，余下均用于山寨防固，只将那山寨修得固若金汤。当日那牛油初见山大王，听其说起“官府派三千精兵攻打山寨，山大王迎击，将那三千官兵打得落花流水”之事，他虽知其有吹嘘夸张成分，但那寨中的精兵良将，倒也不全是草包胡说。

此事倒说来话长。原这牛油在山寨之中时，确也见识过官府派那地方兵丁前来剿匪之事。当日官兵来者甚众，也不知确切人数，虽不足三千人之众，但就人头数而言，亦是从那寨前排到山脚。当日牛油满心期待那地方兵丁能击退这寨中山贼，将自己从此间解救出去，可现如今看来，这山贼竟然恁得扎手，直将那地方民兵打得丢盔弃甲、落荒而逃，牛油见地上官兵死伤大半，也不知道自己何年月才能从寨中脱身。

这厢牛油回忆当日情景，心中尤有余悸，如今见如斯厉害的六百人山贼团竟被十二骑士剿灭，心中更是认定这骑兵乃是九天天神下凡，专程来铲除这帮聚众作恶的山贼团。

他心中想着心事，便听得那将军对那十二名骑士道：“天隼何在？”

“天隼在此！”随那应答之声，便有一名骑兵从队伍上前。

“我素日是如何教你？每次练兵我便提醒你，让你冲锋之时当心下盘，你却始终马虎大意，现如今受伤也是自己活该！待回去之后，罚你练习冲锋动作千次，你可听明白了？”领头的将军冲那名唤天隼的骑兵训道。

“是！”天隼朗声应答。

那将军又叫道：“雷暴。”

“雷暴在此！”

“由你传讯与那武当山众道长，着他们前来洒扫战场，安抚亡魂。”

“是。我已放出信鹰，他们收到消息后便会来此。”

“甚好。如今此间事情已了，全队听令！”

“在！”牛油骤然听那骑兵共同应答，恍若那晴空里劈下一道暴雷，吓得他与众山贼浑身哆嗦。

且听那将军又道：“所有人排成两队，押解所有俘虏下山，今日便在福氏村中扎营。”

“是！”众骑士应了一声，便以迅雷不及掩耳之势迅速排开，分成两队，将众山贼夹在其间，押着他们向山下的福氏村中行去。

众人行了不多时，牛油抬头瞧了一眼，只见那骑士将手放置在头上所戴的盔甲畔，轻轻一掀，那头盔上的面罩便“倏忽”一声弹入头盔里间，渐渐露出那骑兵面庞来。牛油又瞧一眼，见众人盔甲上的银光此刻亦渐渐熄灭，化作那普通银袍铁甲之模样。牛油见了这番情景，眨了眨眼再瞧，再瞧瞧这些骑兵面庞，见他们还是同样一番模样，胸中这才了悟，原来这骑兵终究也不过是些普通人罢了。

此时那领头的将军亦是将头盔摘了下来。牛油瞧着这将军似是三十岁左右，面上略胖，留了一把大胡子，长得倒是颇为面善。且说他摘了头盔，直似变了一个人一般，竟冲着适才那名唤“雷暴”的骑兵道：“驴蛋，你且帮我瞧瞧这铁盔，看这铁盔中控声器到底有何问题，如今我戴这铁盔，说话时总觉唇边有些麻痒之感。”牛油听他卸下铁盔后言语与一般人无二，不禁对这骑兵的来头更觉有些摸不着头脑的迷惘之感。

正是：

俄然脱秽垢，冠盖儒衣冠。
终然匪我类，教养徒自伤。

列位看官，你道这骑兵到底是何来头，这牛油被其押解回福氏村之后，又能否脱险？欲知后事如何，且听下回分解。

【第四十九章】

上回且说到牛油在俘虏之中听这一队骑兵汇报剿匪一事。其在这名唤雷暴的骑兵口中听闻这十二人竟然将这六百多人的山寨攻破了，吓得眼珠差点惊掉。他在这寨中时日，说长不长说短不短，那山大王的心机手段，他倒也还领略过一二，如今他暗忖这山大王绝非泛泛之辈，手下也算是纪律严明、能人辈出、装备精良、操练有度，焉何这般轻易便被人连根拔起，这一队骑兵之势力，实是不容小觑。

这厢牛油一面前行，一面想着自家心事，却见那将军将骑兵分了两队，井然有序地将众俘虏夹在两队之间。牛油正暗忖这骑兵是否天神下凡，却见那骑兵将头盔旁的机关掀了数次，那罩在面部的银罩便倏忽弹回罩内，瞬间露出这些骑兵面庞。牛油此时方明了原来这骑兵亦是普通人，但不知缘何厉害如斯，大约是有甚自己不知晓的秘密。

此刻他见那骑兵将军亦将头盔摘下，命手下一名骑兵瞧瞧到底是何毛病，缘何戴着如此不适。

“得令，老大。我且瞧瞧这头盔到底出了何问题。”他正瞧着头盔的当口，牛油见那将军身后另两名骑士却掩嘴偷笑道：“我看这铁盔不是什么大问题，约莫是老大素日不曾清洁铁盔，导致这里头发霉了罢。”另一骑兵接道：“我觉得还不止如此，老大怕不是嘴痒，莫不是心痒，思念家中媳妇罢了！”

牛油觑着那将军的神色，估摸他也听见了这两人的言语。牛油心中也觉得略新奇，想要瞧瞧这将军到底做何反应。且见那将军听了这两人打趣，果然面色不善，转头转身对那两人喝道：“狗剩！饭托！我瞧瞧你们二人如今越来越大胆，怕是活腻了不成！”他话音未落，便驱马向那两人奔去，两人见他奔袭而来，却驾着马笑嘻嘻逃开，彼此之间似是玩闹惯的，甚是默契。

且说这骑兵一路叫唤彼此诨名彼此打趣玩笑向前行去，似是十分轻松熟稔。牛油一面听其漫无边际地聊天玩笑，一面随其向福氏村中行去。说来也怪，这骑兵们说笑打闹，但押送俘虏的队伍却毫不松散，当真训练有素。

众人行到村口，那领头的将军抬手轻挥，身侧的骑士一顿，那浩浩汤汤的俘虏队伍立时在那骑兵制止下暂缓行势。且见那将军调转马头，对众俘及骑兵道："前面便是那福氏村，进村之后的法度，不用我多言，你们自当知晓。现在给我听好，调整好队伍！"

其一声令下，只见众骑士齐齐整整地将适才摘下铁盔重新戴在头上，但却并未拉下面罩，只是纵马左冲右突，令适才已然整齐俨然的队伍更加齐整了一些。抬眼望去，恍若两条笔直的弹线一般。

将军一眼扫去，见众骑兵已经准备停当，自己亦将那头盔戴上，又扫一眼队伍，接道："如今这福氏村就在近前，进到村中，你们当自重些，别再说些有的没的浑话，你们可听见？"

众人齐声答了"是"，便不再言语。说来也怪，这将军一声令下后，适才队伍之中嘻嘻哈哈的骑士们皆不再言语，队伍之中霎时换了一片肃整的氛围，只剩下"桀桀"的脚步声与那被俘虏山贼碎散的迈步之声。那山贼心中亦是门儿清，如今见这骑兵也不再调笑，自家更是大气也不敢喘，只怕一个不小心便惹祸上身了。

且说众骑兵赶着众山贼前行，很快便行至福氏村中。只见众人行进村中，那福氏村中村民皆畏畏缩缩地站在门口，像瞧西洋景一般打量一下众骑兵，又疑惑不解地瞧瞧那垂头丧气的山贼，有胆大者沿着门板慢慢走到大道旁，见了骑着枣红大马、威风凛凛的骑兵，便三三两两地凑在一处，忍不住交头接耳。但他们素来受山贼侵扰，此刻虽见众贼被缚，却仍不敢主动指点，只是压低声音交头接耳，似是难以置信。

那村正还是更大胆些，见这骑兵押了山贼，慌忙跑上前来，拜服了一番，方低声颤声问那带头将军道："诸位大人，敢问如今驾临贱村，到底有何贵干？可是要打尖歇息？"

将军见他前来问候，亦翻身下马，先向村正施了一礼之后方低声询问道："老丈不必多礼，不知您是否是这村中村正？"

"正是，不知这位大人应该如何称呼……"

村正怔怔地瞧着将军，约莫是未曾见过如此彬彬有礼的军官，一时之间竟还有些难以适应。

那将军尚未来得及答话，猛地人群之中却有人大声呼喝了一声道："爹！"

众人转过头，这才看见出声者，原是牛油在人群中瞧见了村正，也不顾自己战俘身份，慌忙出声呼唤。

此刻二人父子相见，端的是又惊又喜。村正满心以为牛油被困山贼寨中，此生归家无望，不承想此时竟在此处重逢，实是喜出望外。两人各自话别上次分离之后的情形，笑中有泪，自是毋庸赘言。

打头的将军见二人父子情深，对牛油所言自己并非山贼一事也信了一大半，正待放牛油归家，其他被俘山贼见如今牛油脱身，自己却生死未卜，心下升腾起不满的情绪，冲着领头的将军便大喊大叫起来，那将军听闻他们左一言又一语，桩桩件件皆是控诉诋毁，云牛油既是寨中山贼，又岂是无辜可怜之辈，当日被逼上山时，早已缴纳过投名状，也与他们一般是那杀人恶徒。

牛油听这山贼如此诋毁自己，不由得也有些恼怒。诚然，他当日被那山大王逼上山寨之时，每每山贼们杀人劫掠的庆功宴会，他不得已之下亦参加过数次，时日久了，对那众贼也有了些同情恻隐之心，如今见他们沦为阶下囚，也颇有些于心不忍。当日在山寨中时，那寨中规矩却有逼那新入伙者杀人一事，只要那新近加入寨中者杀过人，手上沾过血，便算是跳进黄河也洗不干净。日后便是偷溜下山，亦是杀人凶徒，想要金盆洗手也不是易事。当日牛油入寨时，这番规矩本也要逼着他履行，幸而当日山大王寨中账目杂乱，牛油一连数日理账不得脱身，那山大王想着自己如今将牛油看管得如此严密，他便是想跑也跑不出去，遂令牛油缴纳“投名状”之事，也不甚急，却不承想这牛油未曾缴纳入伙投名状，那山寨便已被人攻破了。

且说这厢那将军听了众山贼言语，冷冷地对他们道：“无须你等在此聒噪，此人之事我自当理会。”

牛油听了山贼们的言语，也是又气又恨，心下一点同情也抛到九霄云外。他见那将军面色凝重，正要辩解，那将军却不容其言语，便招手唤来三名骑兵，令他们将面罩拉下，冲牛油正色问道：“你且说说，你到底杀过人不曾？若是有半句虚言，我自饶不了你。”

众人见他问得甚重，也皆是屏气凝神，丝毫不敢出声。

正是：

山雨欲来淮树立，潮风初起海云飞。
未知贼童辨真伪，更过金焦看落晖。

列位看官，你道这牛油归家之事，实属一波未平一波又起。究竟这将军将如何验明这牛油正身，牛油又能否顺利归家？欲知后事如何，且听下回分解。

【第五十章】

上回且说到牛油被那骑兵押送回程，众山贼并那骑兵共两路人浩浩荡荡进了福氏村之事。这福氏村众长年受官兵侵扰、山贼欺压，此时见那山贼一个个披红带彩、垂头丧气地被骑兵押解入村，顿时觉着又好奇又害怕，虽极力想瞧个鲜，但心中又忍不住有些害怕。那村正想着自己既然是福氏村一村之长，此时自该出头，遂大着胆子前来与为首的骑兵将军攀谈。

二人正对答间，却听见牛油呼唤，两人父子相见，分外动情。村正本欲将牛油领走，众山贼见自家如今死伤无数，那牛油父子及一向被己方欺压的福氏村众却安然无恙，顿时心生嫉妒、大声叫骂，云那牛油亦是杀人凶徒，断不能如此轻易便将其放走了。

且说那将军虽心中对牛油信了大半，但众口铄金，若是不将此事查验清楚，断难以服众。遂他便将那面罩拉下，对着牛油正色询问。

这厢牛油本就未曾杀人，自然理直气壮地对那将军道："我乃福氏村中守法良民，自然并未杀人。"

他话音落了，那骑兵将军又盯着他瞧了一会，牛油只见那骑士面罩上如水的银光跃动了数次，那银光重归寂静之后，他们便重新拉起面罩，露出了常人面庞。

那将军拉起面罩，与另外三人道："如何？这盔上颜色，是否红过？"那三人坚定摇头。将军轻应一声，对牛油笑道："不错。你的确未曾说假话，既然如此，我便也不再为难你，既然你是福氏村村正之子，如今便可随他回去。"

村正与牛油听了将军言语，二人心中皆喜不自胜。那将军见福氏村村民仍是有些害怕，便自我介绍了一番。牛油此刻方知，原来这骑兵乃天子治下的直辖精英将士、皇家御林军，名唤灵雷骑兵团。天子取"迅雷不及掩耳"之意，以一道银色闪电为其信物标示，以嘉其"迅疾如风"之意。此次众人前来，便是奉了天子之命，誓将全国各地为非作歹之匪盗彻底歼灭。

那村正听闻其乃正义之师，亦松了一口大气。且听那将军又告知村民道，以后若是有人听闻山贼欺凌百姓之类的恶事，便可直接向地方官禀报，若是那地方官置之不理或是畏缩不前，他们便可直接上京去报与那军官知晓，京官自会禀明圣上，指派御林军前来剿灭。

福氏村村众听其详述了他们此番行动的来龙去脉，又见他们将那大批山贼尽数剿灭，信中自是无比感激，又是作揖又是邀客，极力邀请他们前去自己家中饮茶歇息，聊表感激之情。

那将军却坚定摇头，婉拒了福氏村村众邀约，只云众人好意心领便可，如今还要回去述职，不便在村中久留。遂将那一众山贼押着，浩浩荡荡地去往府县之中受审了。唯有那名唤天隼的骑兵，因腿伤颇重不便与众人一道赶路，遂需留在村里调养数日。

村正见众骑士解救牛油，心存感激，慌忙邀那天隼去自己家中将养，那天隼询问过将军意思，见他也点头同意，当下便暂住村正家中。

列位看官，你道此事虽顺理成章，但于那牛油而言，却是喜上加喜。你道这是为何？且听我慢慢道来。原来这牛油在归途之中才得知这英勇无匹的骑兵并非天神下凡时，便有了另一番心思。他在山寨之中，见这骑兵十二人打那六百多人却势如破竹，已然对其又敬又佩，如今见这骑兵威风凛凛、英雄豪迈却又彬彬有礼，半分也不曾扰民，遂对他们早已心生向往，盼着自己能有机会加入他们。遂在这牛油心中，若这天隼真的歇息在自己家中，他能得一个与这骑兵团将士接触的时机，真是千载难逢，焉能不喜出望外？

且说这厢将军离去时，还交与这福氏村少年每人一册书卷。牛油打开书卷，见上面详细写明如何加入天子御林军的方法。他细看下来，却也不甚难：一来那申请者过往不能有犯罪实录；二来那申请者先要应征入伍三年，视军中表现，由朝中将官推荐；三来申请者须考取秀才。如此他们方可进入御林军军营受训，接受那御林军军中各项考核之后，方才算是正式加入御林军。

牛油将这加入御林军的手册书卷翻来覆去琢磨了数遍，心中暗忖着以自己的聪明劲，其他倒是问题不大，唯有这考秀才一项，确实要下一番功夫研磨。自己虽是有些聪明劲，但离着那考秀才一事，却还差得远。之前在私塾学堂，带头捣乱的便是他牛油。不过牛油自忖自己若是从现在开始研书，不再一天到晚领着火妖帮捣乱，考上秀才应当也不是什么大问题。

他打定这番主意，便如同变了个人一般，私塾先生授课时也不捣乱了，也不带着火妖帮四处乱晃，凡有时间时便下功夫读书。那福氏村其他同龄人本就是牛油跟班，且当日在山寨之时，若非牛油出头，恐怕他们早已成为山贼的刀下亡魂。如今他们见牛油都已如此下功夫，自然一个个也开始有模有样地认真研读、仔细听那私塾先生授课起来。

且说自这天隼住在村正家中之后，牛油但凡得闲，便与那天隼套近乎，希望从其口中打听一些皇家御林军之事。不承想这天隼对牛油却是十分冷淡，听闻牛油述说心思，只是不屑笑笑道："你想加入灵雷？你可知道，若是按照惯例，你如今早已经被收入天牢。你既在山贼团待了那些时日，谁知晓你到底有无做过什么坏事，若独你是清白的，那杀人不眨眼的山贼为何不处置了你？若是你帮那山贼做事，按常例你便是那山贼同伙。虽然你说自己是被逼入伙，但那山贼之中，怕是被逼入伙者也不少吧？你可知，这种情况若按帝国律令，你最少也要被监禁半个月。如此一来，那加入御林军第一条便可将你挡在门外。"

牛油听他这番言语，心又悬了起来，紧张地询问道："既然如此，那……那我为何未被狱官收押？"

天隼似是早就料到他有此一问，冷笑着答道："也算是你小子撞了大运，遇上了我们将军！你可知道，此次天子剿匪，乃行非常之事。圣上为速战速决，便予以每位将军即时判决犯人的权利。我们将军是灵雷之中脾气最和善者，非但饶了你，还耗费人力将那山贼们押到府县正式受审。此事若是换了旁人，哼！就我认识的那几位旁的将军，依他们的脾气，哪会有这份闲心！怕是不管不问，直接将所有的山贼就地正法了完事。"

正是：

时来天地皆同力，运去英雄不自由。

列位看官，你道这牛油到底能否进那御林军团，这福氏村又将有何事发生？

欲知后事如何，且听下回分解。

【第五十一章】

上回说到骑兵下山途遇福氏村村正并审验这牛油是否说谎一事。那骑兵将面罩拉下，正色相询，便确信牛油未曾说谎，任凭那山贼如何诋毁牛油，他也不再理会。且说这骑兵将牛油放还之后，押了众山贼去县府受审，唯留那受了腿上的天隼在福氏村养伤。

且说这牛油自从见了众骑兵神威凛凛之态，对那皇家御林军之能便又叹又佩。自忖着若是能加入这雷灵军团，自是天大的荣耀，遂将那将军留下的入团书卷上所写之要求，翻来覆去地研读，且在那私塾学堂里也不捣乱了，下决心攻书，势必要考上秀才，达成准入那御林军条例方才罢休。他自从下了这番狠心之后，整日有空便缠着那天隼，想要问一点关于皇家御林军团之事。但那天隼却神情淡淡，云那牛油如今活命也不过是运气罢了，若非遇上他们将军，怕是要吃半年多牢饭呢。

牛油听了天隼这番言语，也觉得脖子发紧，禁不住有些后怕地用手摩挲了一下自己的脖颈。如今他倒是庆幸自己未曾落到其他将军手中，能平安归家，实是不幸之中的万幸。但那天隼说的虽可怕，却并未阻止牛油心向御林军，但那天隼的言语却也着实令他忧心，自己如今到底是戴罪之身还是无罪，却也需要明了才行。

念及此处，牛油亦忍不住向天隼问道："那……我如今既然未被收监，便还是可加入你们吧？"

"哼……光想有什么用处，有种便先来试试，熬不熬得住还得两说。"

"呃……为何这样说？"

牛油讨好地望着天隼。

那天隼养伤亦有些无聊，听牛油问起，便详细与他讲起此事，云之前将军留与自己的文书，不过是略提及了准入条件，具体详情，还得牛油亲自试过方知。

牛油从旁相询，听天隼云加入灵雷前的素日的操练：有那三伏天里背着五十斤重的铁矿石翻越三座大山；有那三九天里光着身子在冰河之中潜水捞鱼之事，心便灰了大半。那天隼却并不在意牛油作何之想，只是自顾自与他道，此前牛油在寨中所见的枣红马乃天马后代，此马十分认主，只有驯服之后方能驾驭，但要驯服此马，不知要经过多少次摔打。许多渴慕加入灵雷之人，正是在此环节被落下，因为其熬不过天马野性，遂败下阵来。更有甚者，被那天马摔得终身残疾也是枉然。但这些倒还好，若申请者自行退出，也还可挽救。灵雷军团操练之中最酷烈之事，应是那大将军三令五申、屡次禁止也无法阻止的搏击训练。这番训练竞争之残酷、对手之狠戾，绝不是牛油在山寨之中所见的小打小闹可比的。军中的搏击锻炼，每年都要击打到死人才作罢。

且说牛油听了天隼这一番详述心中便擂起小鼓，未等其说完，便吓得连忙“辞别”天隼，逃了开去。思忖自己进入皇家御林军这一番折磨，他想加入御林军的念头亦打消了不少，直想着这番苦痛，断不是普通人所能承受的。

但这番念头既在牛油心中生了根，要凭空消泯，却也并非易事。且说这牛油每每瞧见天隼卸下的战甲，瞧见那甲胄上如星辰一般若隐若现之银光，内心便忍不住有些激荡，不禁会幻想自己穿上这身甲胄的模样。且说那甲胄浑然天成，当真当得起那“天衣无缝”一说，那穿上甲胄的天隼，外形俊勇高大，再跨上那雄壮威武的枣红色天马，真真如那天神下凡一般，瞬间身形便高大万分，一时所有风头皆可占尽，行走之时，可受万人景仰；所过之处，当是人人钦羡。

列位看官，说到此处，倒容我再插一句话。说起这铠甲，瞧着质地鲜亮却是表象。究其根由，更是大有来头。经那天隼介绍，牛油方知此铠甲名曰“齐月奉”。当初第一身齐月奉，乃是天子本人亲造。这第一身齐月奉，后来便是天子本人穿戴。如今天隼等人身上的齐月奉战甲，乃是帝国中央军中的高级工匠依照天子身上的齐月奉式样锻造而来的。在锻造这齐月奉时，幸而神工鲁班相助，不然便无法造出。且说这身铠甲，非但外形亮丽，且防御力亦高得令人难以想象。据那天隼所言，如今他们的铠甲，除了他们自家的刀具可破，寻常刀剑对其而言无丝毫用处。撇开这个好处不说，那齐月奉还可吸收太阳光芒用作能量，在冲锋时可依靠那光芒晃花敌人双眼，令其乖乖束手就擒。

这番场景倒是不用他详述，那牛油当日在山寨时，便已亲见。且听那天隼又道，他们面上所戴的铁盔，面罩拉下来时，可以挡住那强光直射，遂那强光只晃别人，对他们自己却是无害。且那面罩材质特殊，戴上后能在夜间视物，实非凡品。

那天隼对牛油道，除了牛油那日所见，这铠甲还另有奇处。如这铠甲聚了太阳光，便可医治穿戴之人身上伤口——只要那伤口不甚大，好起来奇快。如今他腿上的伤太重，那铠甲无从治疗，遂只能在福氏村将养着了。

牛油听他说得如此厉害，便询问其当日受伤原因，天隼云当日正全力抵御山贼，不承想有一名山贼举刀向其猛冲，刀锋在铠甲的阻挡下折损，长矛却也如草棍一般摧折。但那山贼力道甚大，借战马势头冲来，竟将天隼小腿一下拍得骨裂了。

且说这皇家御林军团除了战甲奇诡，战马迅捷，兵器亦是多重多样。如天隼这般骑兵，皆配有长短刀、弓箭、长枪等兵器，素日不用时，便可收纳起来，镶嵌于铠甲上的凹槽之中，带着行走也甚是方便，可以省去许多麻烦。此番天子为了方便一众将军执行其剿匪律令，还特意赐予其当场审判权利，遂那铠甲便又由鲁班大师带领众弟子开了一项新功用。凡审验时，由将军带上三名骑兵，便可通过铁盔面罩颜色变幻来测谎。若是那受审之人撒谎，他们透过面罩，便会看见此人全身皆笼罩于一片红色之下。

牛油忆起当日那将军审问自己时，果然是三人一道将自己围了起来，此时才明了其因果。他向那天隼询问为何定要三人审一人。天隼答曰，天子为防止将军存有私心，规定必要三人共同监察，方能认可审判结果。

正是：

威弧不能弦，自尔无宁岁。
川谷血横流，豺狼沸相噬。

列位看官，你道这牛油既对这御林军团有如斯好感，其能否入那军中行事，也尚未知否，究竟他缘何未进，又缘何变成了今日这番模样？欲知后事如何，且听下回分解。

【第五十二章】

上回且说到牛油在那天隼介绍下，对明了皇家御林军的种种规矩终于明了了许多，且知道那天隼所穿的银光闪闪的铠甲名曰“齐月奉”，且那齐月奉除克敌诸多功效之外，还有疗伤之功效，凡有轻伤，穿了那齐月奉，便可逐渐愈合。且说除了那铠甲齐月奉之外，那铁盔面罩也有诸多功效，若要审验犯人，戴上那铁盔正对犯人问话，若对方所云为谎言，透过那面罩，审验之人便会被那红光笼罩，断逃不过诸人法眼。

这牛油听说齐月奉铠甲之功效，欣羡不已。待他再要追问，天隼却缄口不言，他告诉牛油知道这些便已足够，若再多说便是犯禁。牛油虽好奇，但天隼云其余关于齐月奉之功效，属军中禁令，断不能告诉普通人知晓。若是牛油想知道，将来加入皇家御林军之后，自然便可知晓。

且说这牛油听闻天隼说了这许多齐月奉的好处，便忍不住向天隼询问道这齐月奉到底有何缺点。那天隼迟疑片刻，终于想起那铠甲的一桩坏处，便是穿上之后一旦骑马，久了之后，那后档处便会被磨得十分不适。除此之外，这齐月奉便无甚缺点了。

闲言休叙。列位看官，你道这天隼在福氏村中日久，一身齐月奉引得那福氏村一干少年日日前来瞧望，每人都渴望能摩挲一番，更有甚者，希望能将那齐月奉试穿一次，当真是死而无憾。但不论这些少年如何求索，天隼一概拒绝，绝不允许他们私自碰那齐月奉铠甲。那村中有几个少年，被他拒绝次数多了，便暗自怀恨，想要使个恶作剧去捉弄天隼。且说这几人悄悄偷了几把牛粪，想要将其抹在铠甲上，也让那天隼恶心一把，不想这番计划却被牛油听见，遂当时令那二当家前来制止。这二当家的拳头威慑尚在，他们见了牛油与二当家，便如同耗子见了猫一般，丝毫也不敢再造次。

列位看官，谈及此处。且容我插一言。这牛油幼时自见了这齐月奉，便终生对其念念不忘。自此之后，他心心念念一事，便是能拥有一套齐月奉。若是能穿上这身铠甲，加入御林军，这一生便值了。但因那机缘巧合，他终其一生，也未曾加入那灵雷军团，正式成为御林军中一员。倒是此后因那福氏村中的缫丝生意，逐渐发展成为帝国最庞大、最具影响力的商会，并因此受到天子接见，皆是后话了。

且说那日宫廷晚宴，天子垂询，问那已成商会会长之牛油想要什么礼物，那牛油当场毕恭毕敬地回答曰，他如今最想要的便是御林军铠甲齐月奉，若是能得此赠品，当真是死而无憾。天子当场应允，着那大太监赠其一套齐月奉，牛油受此赠礼，才算是真正圆了那幼时旧梦。

话分两头，各表一枝。且说这枣红骏马，也令牛油十分喜爱。据那天隼所言，那枣红大马乃天马后代，天隼每日清晨皆会骑着这枣红马绕村外大湖一圈，以保持原素日操练之感。每每见天隼骑着那枣红骏马从身畔掠过，牛油皆会对那天马速度感慨一番。那枣红骏马放开四蹄，全速奔驰之时，便如一道红色闪电一般从牛油身畔急速飞过，待牛油放眼望时，只能迷迷糊糊地瞧见一道红色飞影，影影绰绰地从眼前闪过。

且说这枣红骏马，亦令牛油十分钦羡。但那枣红骏马乃活物，他不识马性，也不懂该如何照料，遂其倒不是想将其据为己有，而是幻想能骑着此马在村中绕一圈便心满意足了。可惜那骏马十分神异，且如那天隼所说的一般，那马一生只认一名主人。每每牛油想要靠近都不行，更别提能骑它之事。不单牛油，福氏村中任何人想要靠近这马，它都是四蹄飞踏、长嘶不已。天隼怕其终有一日会将那福氏村中人撅伤，便专程在那红马栖身的马棚之外，又搭了一个三米多高的栅栏，将那红马围在其中，以防他人靠拢红马被其撅伤。

列位看官。说到此处，倒还有个题外话。且说这村正倒是个有心眼的，他见天隼这枣红骏马神勇异常，使蛮劲靠近不行，倒可使那巧劲试试。他灵机一动，将自家的几匹母马放入马棚之中，与那天马交配后，再偷偷将母马唤出，那母马受孕之后，生出来几匹小马，他将这小马圈养后，待其长成，皆卖出了天价。

此乃后话，暂且不提。且说这枣红马拒食普通牲畜草料，唯有那刚从地里挖出的萝卜、新鲜的莴苣、嫩玉米，方可入其法眼。且那马灵异非凡，除了天隼拿来的食物，其余人等一概不理。至于饮水亦是同样挑剔，非那上游的鲜水活水，下游水源，不论如何清澈，皆是一概拒绝。牛油曾就此事询问天隼，天隼言那马每日在村中兜风时，见村民在河水下游洗衣洗菜洗澡，嫌弃那下游河水过于肮脏。

牛油又问，那军营之中，又焉有如此洁净的河水水源？天隼云，军营之中有专人伺侍天马，其食物饮水，皆是过滤之后方可使用。

牛油听他如是说，不由得在心中暗忖：乖乖，这灵雷军团之中，一匹马的用度，竟比人还尊贵。且在他心中，那福氏村中的溪流素来便是清澈明朗、一望见底的。且如今在帝国医药总院的三令五申下，村中出钱出力，修了那化粪池，每家每户均依着化粪池建起厕所，也不会在那河水之中清洗便桶了，那河水只是洗衣洗菜，应该也不至于太臭。

但其转念又想，这骏马如此神异，有那高等待遇也是应当的。自己又能以那小门小户之间去揣想那骏马呢。

不过若论起那枣红骏马令牛油感觉奇特之处，除了那饮食之外，倒还有一处。那便是这骏马竟然还会饮酒，且那骏马酒量还不小。牛油曾见其某次饮酒时竟然饮完两桶米酒还神色如常，不由感慨此马确实神异非常。

但那牛油也禁不住询问天隼，云那马既如此矜贵挑剔，若是行军打仗之时，无那水源食物，又当如何？天隼云这马既被选为军中御用马匹，自有其特异之处。那马修养时确需全力养护，但其一旦做行军打仗，便可忍受十天半月不吃不喝之苦。且最重要的便是，自天隼加入灵雷，还未曾碰上能让其持续作战超过五日的敌人。这灵雷军团乃名副其实的战无不胜、攻无不克之铁军。

牛油听了天隼这一番详述，对枣红骏马更是向往。他素喜绘画，便对着这枣红骏马画了许多图绘，他一面绘画一面想着自己总有一日也要加入那灵雷军团，骑上这般枣红骏马，但这个愿望却并不似那齐月奉之愿，其一生也未曾实现过。

且说这厢牛油自与天隼日日处在一起之后，对那灵雷军团之向往，当真是一日深过一日。他思前想后，却始终犹豫不决。一来他确实向往御林军之神勇威风之态，但念及其受训之严格痛苦，又觉自己实在下不了这番狠心。

那牛油打小便是个极有主意的，也颇有决断，从来未曾在何事上有所犹豫，但此时却真的为是否要加入灵雷军团伤透脑筋。其思前想后，始终也拿不定主意。如今他经过山寨之中一番磨砺，也懂事了许多。如今自己思前想后拿不定主意，也可以询问父母之后再瞧瞧此事是否可行。一念及此，他便将想要加入灵雷之事告知父母。那村正听说了倒是喜不自胜，觉得这皇家御林军的灵雷也不失为一个好去处。但他娘亲从天隼口中得知素日训练十分酷烈，搞不好便有性命之忧，便成日忧心忡忡，说什么也不允许牛油去那灵雷军团之中受苦，但愿此生都平安无虞地待在这福氏村中才好呢。

正是：

意别父母河梁去，白发愁看泪眼枯。
惨惨柴门风雪夜，此时有子不如无。

列位看官，你道这牛油究竟走了还是未走，他加入雷灵军团之愿，到底能否实现？欲知后事如何且听下回分解。

【第五十三章】

上回且说到这天隼向牛油说起灵雷骑士团所配铠甲齐月奉之功能来历，并那天马后代——皇家御林军所乘坐的枣红色骏马之给养方式，方知这骏马饮水食物均需特供，断不可粗制滥造、敷衍塞责。但此马及那齐月奉均为灵雷军团之特殊配给，自己心中虽然极为羡慕，但自己若是不加入那灵雷军团，终究是与己无关，只能叹佩，无法拥有。

且说这牛油为是否加入灵雷军团一事犹疑不决，始终拿不定主意。思前想后，终于决定问询父母之意。且说这村正倒是十分支持他的这番决心，倒是那牛油母亲，想起家中只有这一根独苗，坚决不允其有加入灵雷之想，只一心盼其留在自己身旁，全须全尾、安安稳稳到老才是正事。

牛油这厢在父母处也没得到个什么好的建议，不禁更是苦恼。他夜间躺在床上辗转反侧，一时想到那皇家御林军团威名远播、声震四方之荣耀，一时又想起军中痛苦万端、酷烈异常之操练现状，只觉得心煎如沸，完全不知该何去何从。他整日都在这番犹豫之中，几乎便茶饭不思。

且说这日清晨，那福氏村中发生一件异事，却促使那牛油最终下定了决心。

列位看官，你道这是何事？说起此事，倒还需要从头一天夜间讲起。原来这日晚上，牛油忽听村内传来数声狗吠，那狗吠虽急，却也未曾引得他疑心，遂那牛油不过翻了个身，马上便又睡了过去。翌日天亮，他起身见了那村中异状，方又惊又怕、当场愣在原处。

闲言休叙。且说这日牛油一早起身，便瞧见那福氏村中村民皆聚在村口。牛油按捺不住好奇，忍不住挤到那人群前瞧了一眼，这不瞧不知道，一瞧吓一跳。原来那福氏村村众指指点点的不是他物，而是几具死尸。那几人似是已死了有些时候，尸身皆已僵硬冰冷，目下已被福氏村众用黑布盖了起来。那尸身之畔，另有五六人，正垂头丧气地被绳索缚在一旁，牛油定睛瞧了一眼，这几人身上都挂了彩，也不知是何人所为。他正暗自思忖，一眼瞧见这几个人身上捆缚的绳索，正如那日捆缚自己的一般模样，顿时想到此事约莫与天隼有关。

列位看官，你道这牛油如此猜测，当真猜对了。这十一人，正是当日皇家御林军讨伐山贼时侥幸逃脱的那批山贼。当日奔下山时，他们手上偷偷留了许多武器，暗忖着等那骑兵离去，自己一行人再来福氏村中劫掠一番，带着那劫掠财物占山为王，端的是快活似神仙。且说他们依计行事，在山中躲了这许多时日，昨夜终于按捺不住，便在夜色掩映下潜入村中，准备杀那福氏村村众一个措手不及，待其将那村中财物劫掠一空之后，在将那福氏村一把火烧净，令这福氏村的村众尝尝他们山贼的毒辣手段，才算是报了当日山寨被破的一箭之仇。

且说这厢漏网的山贼们，如意算盘倒是打得砰砰直响，却不承想这福氏村中如今供了天隼这尊大佛。且说他们不以为意地偷溜进福氏村时，那村众所养的家犬便已觉知，但其尚未叫唤几声便被那山贼用毒箭射杀。那村众是个老实无经验的，丝毫不知晓这犬吠缘由，但天隼一向训练有素，如今听了那犬吠，心中便觉得有些不对，遂立时起身，披上铠甲便要出去瞧个究竟。

这山贼哪里料到村中竟还藏了这个杀神，只当自己这一番来福氏村中打野便势如破竹，如若无人之境一般畅行无阻，不承想居然遇到了那皇家御林军的骑兵天隼。待那山贼们瞧见全副武装的天隼时，个个都吓得面如土色、浑身哆嗦，直如筛糠一般，且舌头打结，连话也说不清楚。他们当日在山寨之中，可是亲眼所见这骑兵攻寨之迅猛疾捷，更是将那骑兵之势不可挡深深烙在心间。如今本以为这骑兵早已撤走，不提防却在福氏村中又瞧见一个，焉能不将胆子都吓破?

且说这几名山贼骤见天隼，众人面面相觑，也不知如何是好。当日攻寨之时，他们觉得这骑兵简直状如恶鬼，无论劈、砍、抡、杀，均会被其躲开。且他们胯下骏马神勇异常，寻常人等，轻易无法靠近。待山贼们好不容易将那刀剑欺近，却无法劈开那骑兵身上铠甲。岂止是刀剑，他们用石弹、烈火均不能损伤其分毫。偌大一个山寨，十几名骑兵不到半个时辰便攻破，余下的众人不是身故便是被那些骑兵擒获，唯有他们十几人趁乱悄悄逃了出来。

如今山贼天隼对峙，那山贼们便先怯懦了七八分。但他们到底都是些亡命之徒，素日打家劫舍、杀人越货，对其而言也不是难事。他们骤见天隼，虽是有些害怕，但等待片刻之后，见那天隼孤身一人，自己这厢却终究有十一人之众，若是众人合力，未必不能战胜这天隼，遂几人相互瞧了瞧，打定主意一齐向那天隼冲了上去。

列位看官，要论起此事结果，当如牛油早上亲眼瞧见的一般了。他此时对天隼独力战胜众山贼十分叹服。这天隼腿上未愈，竟然如此轻松便打败了这许多山贼。但他想起此节，又觉得十分懊恼，如今他两次都未瞧见那御林军神勇克敌之经过，真是平生一大憾事。

这牛油瞧着满地的山贼尸身及那伤痕累累的山贼，再瞧瞧那被众村众围在中央的天隼，不由得又是羡慕、又是佩服、又是嫉妒。天隼独战这十一名山贼而毫发无损，且是在他腿骨受伤又被那十一人围攻之下。牛油望着众村众瞧着天隼的眼神，如凡人见天神一般，既有膜拜又有敬畏，心中顿时五味杂陈，暗忖道，从今日齐，自己无论用何办法，也要加入这皇家御林军，成为雷灵军团之中的一员！

正是：

孤勇驱人万火牛，浪淘风籁自天涯。
欲舒年少不展翅，安近元龙百尺楼。

列位看官，你道这牛油究竟能否有幸加入这皇家御林军，这皇家御林军之中又是如何光景？且待下回分解。

【第五十四章】

上回且说到这山寨被攻破当日，因有几个山贼私逃了出去，遂并未被那皇家御林军剿灭。这逃出去的数十人等，暗自结成一团，暗地里商量着待那御林军团离去之后，再到那福氏村中劫掠一番。岂料这天隼正在福氏村中养伤，这帮贼人前来，却正遇着这位杀神，便被天隼轻而易举擒拿了。牛油自见了天隼将那贼人轻松擒拿后心中愈发将那皇家御林军团奉为神明，暗自揣想自己定要加入这御林军团才罢休。说来也巧，这牛油下定决心未有几日，天隼腿上的伤亦是大好了，他思忖着在这福氏村中久留不便，便谢绝了众村众的盛情挽留，决意辞别那福氏村村众去追赶自己原先的队伍。

这天隼临行前，还取出了一本账本，将自己日下在这福氏村中饮食居住之资一一记在账本之上。他将此账与那福氏村村正厘清之后，便欲将自己这段时日所花费用，一概折成银两交与村正。那村正死活不收，二人你来我往，推脱甚久，天隼无奈，与那村正言明，将自己养伤的资用交与村正，乃是御林军团之中的明文规定，若是村正不取，自己回到御林军团之后将受军中重责。

且说这牛油听闻天隼欲行，心中不舍，便慌忙前来相送。他见天隼如今正不紧不慢地收拾行头，并未有焦虑神色，便问他道："如今你在村中耽搁了一月有余，焉能追上那御林军队？"天隼听了牛油问得天真，便不以为意地笑一笑，并令牛油不要为他的事情操这番闲心。那牛油一番好意碰了天隼的冷脸，却也不甚在意。正纳罕间，却见天隼所骑乘的骏马身体两侧竟"唰"的一声，径自生长出双翅来。牛油打量着这天马的双翅，约莫有三米多长，此刻猛然展开，当真神骏无比。且见那天马扇动双翅，地上霎时间便尘烟四起，那天马铆足劲头，扑棱一下便腾空飞起，带着天隼绝尘而去，只余下在原地目瞪口呆的牛油。

却说牛油如今见了这会飞的天马，对那御林军团之事，更是神往无比。巴不得自己此刻便立时长出双翅，即刻飞往那临镇上参军报名去。

说来也巧，这天隼离去之前，福氏村附近便有一集镇，镇上便有一皇家御林军团之报名点。这报名处正在招募青年才俊，若是牛油有心想要加入御林军中，这几日便是报名的佳期。但那天隼虽是如此说，他对牛油之能却素不看好，只与那牛油道："你虽有此心，但无此能。不过也就是做做梦罢了，我瞧着你便没有加入我们之能！"牛油听了天隼这番言语，心中甚不服气，心道：莫把人瞧扁！他越是这般说，我便越是要加入这御林军与他瞧瞧！若是将来我加入不了这御林军团，我这牛油二字便倒着写！

且说这天隼前脚刚离去，牛油回头便收拾了行李细软，预备往那邻村报名去。列位看官，说来这牛油倒当真还有几分气性。他自见了天隼在福氏村大展神威之后，本打算三日之后才去报名，如今他被天隼一激，又见了飞马之雄姿神骏之态，此刻便已按捺不住，定要立刻动身前去，方可平复此时之悲愤激动之情。那牛油之父听闻牛油有如此志向，也甚是欣慰，便套了马车，也不理牛油之母的哭劝，便意欲将儿子送往临镇报名。

列位看官，古语云严父慈母。这牛油之父倒也并非不担心儿子。只是他见牛油如今既已下了这般决心，又有一干年轻人同行，心中虽有隐忧，但更多却是快意。列位看官，你道这牛油的同行之人又是何人？原来这与牛油同行者，便是当日的火妖帮中二当家并村中好几户人家的少年。当日他们见了御林军团与山贼搏斗之英姿，深深为其精英之态折服，早已在心内萌生了想要加入御林军团之志向，如今牛油打头，他们自然也是纷纷响应，于是众少年与牛油结伙，一行人浩浩荡荡往那临镇去了。

且说众人转眼便到了那报名处。经由那验审官验明正身之后，见众少年都康健敏捷，视力听力甚佳，便也赞许其进入下一场考验。且说这场考验却是文试，专门考校人的笔墨功夫，那二当家却并未通过。原来进入军中虽并不严格要求那秀才身份，但却仍需有极佳的读写能力。那牛油见二当家在座位上抓耳挠腮，显是对这笔试之事十分为难，他便也为之着急。无奈这招考军官看官极严，加之此时众考生相距甚远，牛油有心无力，也只能眼睁睁见他作难。一场笔试下来，牛油本以为这二当家必会落地，不承想这主考官见二当家体格魁梧、力气深厚，竟还是破格将其录取了。

这牛油经过这一番初试，便算是正式加入了军队。他在军中训练了三年，与其同行之人纷纷败北，唯有这牛油与二当家二人留了下来。且说这其他人为何未能坚持熬过这军中训练，究其根本，也是因为当日对那御林军团之崇拜之情太过短暂。且当今天子有明文规定，若能参加这皇家的御林军，在全国各地行事会方便许多。有了军人身份，在商铺之中购物都可打三折。他们瞧见了这番好处，自然便想去军中混个一官半职。但那军中之痛苦，非有大意志力之人无法忍受，遂这些人在军中待不过十几天，一个个便偷偷逃回家去。幸而这一月只不过是考验期，便是逃回家中也不会被安上罪名。但过了这一个月仍然留在军中之人，便已算是正式士兵，绝不可再随意逃跑，否则便会被视作逃兵，受那军法审理。

且说这牛油因怀着一番向往，在军中熬过了重重考验，与那二当家表现得甚为出色，终于如愿以偿地得到那上级军官推荐，进入御林总军营受训。此时已过去三年有余，这牛油在军中受训三年，自忖也学到不少本领，如今考核期到了，他便严阵以待，随时应战。

正是：

男儿事在杀斗场，胆似熊罴目如狼。
生若为男即杀人，不教男躯裹女心。
男儿从来不恤身，纵死敌手笑相承。
仇场战场一百处，处处愿与野草青。

列位看官，究竟这牛油是否能通过这最终一番考验，顺利加入这御林军团？这御林军团的考验之中，又有何内容？欲知后事如何，且听下回分解。

【第五十五章】

上回且说到那天隼伤好之后，辞别福氏村众人而去，并将自己在福氏村养伤所费银钱，一一还与那福氏村村正，并告知牛油如今临镇那皇家御林军团正在招兵买马，若牛油有心要加入那御林军团，便可去临镇报名一试。那牛油见天隼离去时所乘飞马，对那皇家御林军团的种种事体，更是佩服得五体投地，哪里还有耐心再等，当即不用天隼激他，便要连夜赶去临镇报名，更何况天隼一激，云那牛油无甚希望，那牛油被他激起了一番愤慨，发誓更要出人头地，若是不能当上那皇家御林军中一员，便誓不为人。如是那牛油便收拾行装，并那原来火妖帮之中的二当家，并那福氏村中几个少年，一并到临镇报名，那牛油与二当家乃实心实意要做皇家御林军，因此比之其他人，更下了一番苦功，更通过了那皇军团之中的重重考验，便要去参加皇家御林军之考核。

且说转眼便是考核之日，牛油并二当家及另外来自不同训练营之数十人，骑着普通的战马一并进了那考核场地。此时牛油方明了，只有正式成为御林军中一员，才可骑那天马。说话间几人皆已进场，那几人甫一进场，便被一名相貌丑陋之老军官带进了一个城郊钟乳石窟之中。牛油见这老军官骑的亦是天马，只是相较于当日天隼他们所骑之战马要年迈许多，看起来老态龙钟，并无多少神骏。

牛油随那老军官进了山洞，见洞中点了许多火把，倒不甚暗。但山洞之中虽然视物清晰，但那火光却无法驱散洞中四处弥漫的雾气。且那洞中寒气逼人，处处传来奇怪响动，森冷之气，扑面而来。

列位看官，你道是这洞中虽有不妥之处，但牛油等人，早已今非昔比。他如今受了御林军规训，这洞中的奇诡之处，对牛油而言当不得什么。且听牛油对那二当家道："未来考核之前，对那考核一事，看得比天还大，如今见了，也不过如是。不知他们将我们带到此处何为？是要试炼我们胆量，那便也太过无聊了。"牛油见这考核场地不过如是，心中对考核一事，便也看轻了几分。

他如今想着这试炼已当不得事，便已在心中憧憬穿上梦寐以求的齐月奉之景，加之自己很快便可骑上一直仰慕之天马，心中遂十分兴奋。

那带路之老军官显是也听见了牛油所言，但他并未答话，只是将众人继续领了前行。众人行了一阵，至一个大山洞之中，牛油见此洞高达十几米，洞中十分宽阔，直如一座地下宫殿一般，兼有一条河从洞中穿出，叮咚作响。那洞中地面遍布石床，瞧着既似人工凿出，又似天然成形。牛油见地面上弥漫着紫色浓雾，那浓雾甚深，约莫至人的小腿肚处。

牛油低头，见自己未能透过这重浓雾见到自己的双足，便知这不是一般的烟雾。且说众人至此，洞中火把已熄灭，不似之前那般灯火通明，幸而紫色浓雾一直散发着淡淡光芒，稍可见到众人影子。牛油见此处十分黯淡，雾色之中只能看到众人身影，便打起了几分精神。幸而此前他们在军中早已受过黑夜作战的训练，如今视力经由非凡锻炼，平衡力及脚手感觉上均异常敏锐，否则早会被那半人多高的石床和地上无法瞧见的石块绊倒了。

且说这石床中间倒是有一座牛油从未见过的大理石屏风。那屏风较一般家用之物要大上许多，目测约三人多高、十米多宽。牛油行至那屏风前，伸手略摸一摸，感觉到这大理石屏风竟比人的皮肤还更光滑些。

一行考核人员之中有未见过如此大屏风者，纷纷走上前去抚摸观看。牛油只听人群之中有人道："哇，这般浑然天成的大理石屏风，看起来竟比我家整个宅院还要更值钱些。"

且说众人只注意了这屏风，却未见离这屏风不远处，另有一口大铜锅并几个水桶，那桶边还有好几摞瓷碗，瞧着又脏又旧，众人的目光均被这屏风吸引，目中未见其他物事，便是有人瞧见了，也是浑不在意。

闲言休叙。这众人品评屏风之时，那两名老军官叫了几声，把众人喊开了。且听那老军人令前来考核的士兵各自找一张石床躺下，那进入皇家御林军团之中的考核即可便要开始了。

众人听他报出考核开始之语，顿时醒悟过来，纷纷找那石床躺了下来。因那前来考核之人来自各个军团，互相之间也不大认得，便各自躺下，唯有那牛油与二当家之间却是相熟的，便寻了一个挨在一处的石床躺了下来。

且说这两人躺倒之处，却是离那大理石屏风甚近。牛油瞧那两名老军官将大理石屏风下方的那口大铜锅之中注满了水，牛油见他们注水甚为吃力，便招呼那二当家前来帮忙。原来这牛油虽然在军中磨砺几年，但本性未改，见那两名老军官注水甚为吃力，便欲招呼那二当家起来帮忙，暗忖着若是讨好那考官能否在考核之中加分，遂连忙起身帮忙。不承想这老军官竟然丝毫不领情，反倒骂着脏话粗暴地拒绝了牛油的请求，直将他与那二当家赶开。

牛油热脸贴了冷屁股，也不敢再提议。且见那老军官用手在铜锅下虚指一下，那铜锅下便“腾”的一声，凭空起了一把火来。那牛油见他们如此神异，心中更开心了些，暗想自己进入这皇家御林军团之后，莫不还能学到些法术。他见了那老军官露了这一手，也收起了自己的小觑之心，虽然极想询问这老军官是如何做到这些的，但因着刚才自己想帮忙却遭拒之事，令他觉知这两名考官脾气都不甚好，自己如今多了这一嘴，怕是更惹他们不高兴了。

正是：

千锤万凿出深山，烈火焚烧若等闲。
当风劲草根基固，经霜焦竹声更高。

列位看官，你道这牛油与这二当家究竟能否通过这皇家御林军团之考核？这铜锅如今烧将起来，未来又有何用处？欲知后事如何，且听下回分解。

【第五十六章】

上回且说到那牛油自报名之后，在军中刻苦训练，不觉已是三年。这日终到了考核之日，那牛油、二当家一并去参加考核试炼。且说二人随着两名老军官进了一个满是紫色雾气的石洞之中，牛油见那紫雾甚浓，直没到人的小腿处，不远处并有许多石床，且那洞中有一个硕大无朋的大理石屏风，那屏风旁还放置了一口铜锅，也不知作何之用。

且说牛油见那老军官正往那铜锅之中注水，也不知注水有何用处，那滑头的性儿又冒了出来，招呼二当家，想要去与那两名老军官帮忙，却被其厉声喝止。这牛油马屁拍在马蹄上，但考核在即，也不敢多言，只得按那老军官之要求，依旧回到那石床上躺好。

这水烧得倒是极快，不一会工夫便已然沸腾。牛油见那两位老军官从怀中掏出两个药袋，从那药袋之中取了许多药材扔进水中。牛油侧耳倾听，只见那两名老军官一面动作，一面却在谈着话。只听其中一人低声道："唉！如今这年轻人倒是越活越退步了，你看今日试炼，统共也未来几人，想当年这洞中所有的石床躺得满满当当，处处都是人呢。你可还记得，当日试炼之日，这石床有几次还不大够用，还将那前来试炼者分作两拨，并派了十多个人来襄助我们发药，如今你瞧，这考核者稀稀拉拉，倒真是世风日下了……"

且听另一个人又道："如今和平之日，这参军者也少了。哼，就这么些人，还是放低了那考核标准，才令他们通过的。你且看看，这些人一副蠢相，松松垮垮，焉能比得上我们当日的一根脚趾？"

那牛油躺在离那铜锅最近的石床上，这两人的言语明明白白地落入耳中。他听那两人言语之中不乏讥讽嘲笑，不由得怒从心起，但此情此景却也由不得自己发作。只得暗自发誓一会定要以高分通过这考核试炼，免得这两人将自己瞧扁了。且说这牛油心中作此之想，一转头，见那二当家额上青筋暴露，显是比自己怒意更甚，似是马上便要发作。牛油用眼神示意其忍耐，如今正是考核时分，若是发作起来，便要前功尽弃了。他二人能否加入那御林军便在此一举，那两名老军官便可决定他们生死，万不可得罪了。且说这牛油听此二人越说越不成话，只得放声咳嗽一声，提醒此二人不要视众人为无物。

这牛油咳嗽了一声之后，紧接着便听那山东之中咳嗽之声此起彼伏，约莫是众人听见了这两人言语，均用那咳嗽声掩饰彼时心中的不满之意。那老军官听这洞中不时传来咳嗽声，却似未有知觉一般，口中仍然谈论不绝，似是一点住口的意思也未曾有过。

众人只得继续忍耐这两人的编排责难，好容易待到那铜锅之中的药熬好，只见那两名老军官将药倒入碗中，分给那躺在石床上的士兵一人一碗。着他们喝下去，然后再在那石床上躺好。

且说这牛油见这两名老军官将药酒分给众人，不由得心生疑窦。且说他们在御林军的新兵训练营时，管教极严，素来不允许与任何正式的御林军官接触，以防他们与那御林军之人距离过近，向其打探考核内容。遂那牛油等人，素日皆是蒙头训练，想要向那军官咨询一丝考核内容都不成。大半时间内，众人要是说起那进入皇家御林军考核之事，多半便只能自猜。素日里，这些待考核者对那考核内容众说纷纭，如何说的人皆有。但那牛油听了各种考核猜测，却无论如何也想不到，那所谓的皇家御林军考核，便是跑到这个奇怪的山洞之中，卧在冰凉的石床上饮那药水而已。

闲言休叙。且说这牛油做此之想，那洞中其他试炼之人，也作如此之想。牛油不用特意支着耳朵，便能听见身畔有人问那考官道，如今躺在这石床上饮药是为哪般。那两名老军官听了众人言语，似是十分不耐，非但不解释，反倒喝骂道：“统统给老子闭嘴！别那般多言多语，哪有那么多问题，不想喝的，赶紧给老子滚回去！”

众人听那老军官发怒，怕他们将自己真的赶了出去，也不敢再多问什么，只是慌忙不迭地端着碗将药一饮而尽。

且说这厢牛油也将那药饮下，不由得被苦得直皱眉。这药的滋味令他忆起这当日在福氏村时，他将他那村正老爹为了医治他虚火炽盛之症的汤药偷饮了一大口，且那中药之中还有一味黄连，此后那苦味在他口中停留了一整夜，他觉得便是吃了几口蜜，也不能赶走口中那苦辣之味。但他如今饮下这碗药之后，他竟觉得当日那碗加了黄连的苦药，直赶上甘蔗水了。

列位看官，你道牛油如今饮的碗药，到底是何滋味？如今这碗药，饮起来非但苦得要命，且那药中，竟然还有一股腥臊之味。

牛油闭眼将那药一饮而尽，也不去瞧别人，此时他人是何模样，他也未可知，只道自己是用尽全身之力，才克制住自己未能将那药汁一口吐出来。

列位看官。此刻且按下此事不表。如今从那试炼以后，不知又过了多少年月，每每待那姚丞坤忆起那日情境，却恍然若梦。这虽是牛油的大名，但如今这牛油甚至自己也记不大清楚。他如今已是一个伤痕累累的战士，历经了数十场足以载入史册之大战，每一场皆足以流传千年。他在这般数十场惨绝人寰的战斗之中，一次次从那尸山之中爬了出来。

此后每每他闭眼之时，便只能见到喷涌而出的鲜血，那诸般参战者惨绝人寰的叫声，亦在耳边萦绕，久久未曾散去。

正是：

南北驱驰报主情，江花边月笑平生。
一年三百六十日，多是横戈马上行。

列位看官，你道是这牛油在御林军团之中是如何光景，他究竟又经历了怎样一番恶战？欲知后事如何，且听下回分解。

【第五十七章】

上回且说到牛油在试炼场，听那两名老军官言语之中颇不客气，不由得怒气渐生，心绪难宁。他听见两人越说越不成话，便轻声咳嗽一声，提醒那两名军官注意措辞。且说这石床之中试炼之人，说少不少，说多倒也不多，如今躺在那石床上的试炼之人，一多半倒听见那两名老军官的言语，不由得纷纷咳嗽提醒，皆是敢怒不敢言。一时间只听见那石洞之内咳嗽之声此起彼伏。那两名老军官却是充耳不闻，不论众人如何提示，仍是在自顾自地谈话。

且说这两人边谈便煮那药水，待那药水煮沸之后，将其倒入碗内，与众人分而饮尽。且说这牛油躺在在那石床上，饮完那药水之后，只觉得那药水奇苦无比，与那药水相比，黄连都能算得上是蜜糖了。

列位看官，闲言休叙。这牛油日后参加过数十场足以载入史册之战，每一场都杀了无数敌人。待那牛油——姚丞坤闭上双眼，便能瞧见那些刀下亡魂。如今这些人在他刀下丧命时，尽是扭曲着脸。那牛油征战时，他眼中的世界便是以人头为节点区分。每每斩杀一个人头，他便以断头为数。那断头脖子下的血水如注，渐渐渗出，蜿蜒遍地，直至集结成为一张大网。那些逝者的双眼皆是冷冷的、愣愣地盯着那牛油，在他眨眼的瞬间，便恍若又瞧见了觑着自己的冷眼似的。

且说这姚丞坤初时也十分不适，便想要想方设法忘记这些战场上的死者，为此其险些疯掉。但后来他也就渐渐习惯了这些亡魂的头颅在自己眼前晃过，甚至每次那些亡魂头颅再晃过自己的眼帘时，他甚至还会对其大吐口水，示威道："如何？你便是再怎么晃荡如今也是个死人罢了！我就是有能耐将你灭掉，你又能奈我何？"那牛油渐渐习惯了这般情境之后，甚至还会与其中几个稍微顺眼的亡魂头颅慢慢熟稔起来，偶尔他心血来潮，也乐得捉弄那些亡魂道："唉哟嘿，今日气色瞧着不错。你眼睛瞪了这么些时候，可不觉着累？不怕把眼珠子瞪掉？"

但那亡魂头颅似乎也锲而不舍地追着他，不论他是插科打诨还是威逼利诱，那亡魂头颅也不肯消失去。

久而久之，姚丞坤便也习惯了这亡魂头颅的存在，自也是懒得再为其费心，毕竟逝者已矣，自己眼下，尚有更多重要的事要去完成。

闲言休叙。且说这次御林军又接圣旨，奉皇命要去剿灭一群为祸地方的妖魔鬼怪。但那姚丞坤随军行走时，走到一半却遇上一场大雾，与那大队人马失散了。那姚丞坤受了这几年的训练，早已与当初的牛油不同，如今便是只有他一人存活，也不能堕了皇家御林军的威名，一样须得完成任务。那“灵雷守则”的重中之重，便是绝不会临阵退缩。

且说这姚丞坤行了不多久，便遇上了御林军中的另外十一人，这十一人也因浓雾与大队人马失散，众人一合计，便拢在一处，编了一个临时的小队，便可一起行事。

列位看官，说来也巧，这姚丞坤加入队伍之中后，这才瞧见自己旧日的小伙伴二当家亦在其队列之中。算起来二人已有许久未见，但如今两人皆是历尽沧桑，心绪早已和当日有所不同，如今见了，也不过略点点头，以当下灵雷要办之事为要，其余事体，待两人得空再说。且见面寒暄那些无用之语，实属那有钱有闲、无事生非的三姑六婆之奢侈，断不能发生在他们这些皇家御林军身上。

且说众人行了不久，便在途中遭遇到敌人。姚丞坤等一行十二人以迅雷不及掩耳之势结为长阵，首尾呼应，迅捷无比。这其中的种种默契，自不必说，众人心中便自然明了。诸如何时该进攻、何时该防守、何时该撤下、何时又该由其他人补上，时机把握得极为准确。

列位看官，提及此处，倒容我插一言。且说这皇家御林军团之中的规矩，从前文至此，可见一斑。其间的众人，断不如其他普通军队之中那般妇人之仁，瞧着十分窝囊，总需要跟随诸如“亲密战友”“老乡”及“班长队长”之人，方能发挥出那有限战力。这灵雷之人，个个皆为精英，人人均可独当一面、以一敌百。且因为素日训练得当，即便那没见过面的士兵，组合在一处，也会战力倍增，丝毫不会因为之前是否识得而影响到其相互配合之处。于他们而言，战场便如同一块画布，任由他们这些已臻化境的艺术家们以鲜血作颜料，恣意挥洒。

话说这妖魔鬼怪组成之军团，实力亦是不容小觑。如今在他们宛如名曲般行云流水之节律下，竟不消片刻工夫便已溃不成军、节节败退。只见那一队士兵一路势如破竹，如入无人之境。不多时，便已攻入了那妖魔的大本营之中。

且说这灵雷军团诸般士兵，其日常受训时，均遵从对坏人格杀勿论之原则，下手绝不容轻。无条件服从之信条，早已深入骨髓。这军中诸人执行其任务时，从未觉得有何可质疑之处，那魔兵无论老弱伤残，妇孺孩童，凡是眼所见之处，皆是手起刀落，下手毫不留情。

且说如今这姚丞坤眼见已冲到一名雌性魔怪面前，见这雌性魔怪却呆呆傻傻地伏在原地，丝毫未曾躲闪，只是护着自己年幼的魔仔，一脸惊恐愤恨地望着他，不由得也是一愣。

够了。

这两个字突然自他心中冒出，令他自己也吓了一跳。如今的这般情形，他在此前的战场也遇到过数次，但其仍是本能地举刀，将那长刀挥落。但如今他确实是不想再下刀，他虽有此机会，但确实不想晃在自己眼前的“亡魂屎脸”的群脸之中，再更多添哪怕一张脸庞了。

正是：

幡旗如鸟翼，甲胄似鱼鳞。
寸心明白日，千里暗黄尘。

列位看官，你道是这姚丞坤究竟有没有下刀，这雌魔与其幼崽的命运又若何？若其不下，又如何面对其灵雷身份？欲知后事如何，且听下回分解。

【第五十八章】

上回且说到这姚丞坤在皇家御林军团之中的日常事务等事。这姚丞坤自入了这皇家御林军团之后，日日便是与那军团众将四处征战。初时杀人，其心理负担颇重，且那亡魂心有不甘之处，自然带着一股怨气，日日跟在他身畔。遂那姚丞坤每一闭眼，便能瞧见这冤魂在身畔追魂索命，各种叫屈惊吓不绝。久而久之，他见那冤魂也并未如何，便也逐渐习惯了在战场上砍下的人头与自己同行之态，不再惶惶不可终日，反倒时而与那亡魂头颅赌气使咒，时而与其反唇相讥，一派死猪不惧开水烫之态势。

列位看官，你道这姚丞坤不惧归不惧，但其心中却自有一番日积月累的不畅快之处。他在皇家御林军中，凡那军中命令，其无不遵循，手起刀落之处，绝不含糊。但如此这般久了，也渐渐生出疑窦来——自家每每与那妖魔鬼怪接触时，见那鬼怪之中，亦有父母伦常、老弱病残，遂他此番与军团出动，见了一雌性魔怪，便怔在原地不知该如何是好。虽是想要将其斩杀，但见了那母子至情，手中的刀便落不下去了。

他甫一起心动念，这番念头便如同压弯骆驼背的最后一根稻草一般，而此时见了这魔怪母子，便是在那稻草上再添两根。

姚丞坤思忖了片刻，终是犹豫着对那魔怪母子挥了挥手，示意其趁着其他人尚未瞧见时赶紧离去，断不要在此逗留了。

这两名妖怪见皇家御林军团中竟有高抬贵手之人，亦是被吓得呆了。慌忙连滚带爬地站起身跑开。这两名魔怪刚站起身，却见一支长箭破空而来直奔那小魔怪后心而去。姚丞坤心念一动，眼疾手快，当即扬手挥剑将那支羽箭砍成两截。那羽箭被其一阻，便断为两截落在地上。

且说那射箭之人见自己一箭落空，又见姚丞坤动作，知是其从中阻碍，便对其冷冷道：“你若是杀怪累了，可退到一旁休息去，休要在此妨碍我。这其余的魔怪，留待我来动手。”

姚丞坤听他如是说，心头一紧，转眼见那魔怪母子并未受伤，却又松了一口气，竟第一次觉得自己身体迅捷更胜大脑之思考程度。

说到此处，却有那灵雷训练之法则处。这姚丞坤素日在灵雷军团训练之时，日日都被训导，不论何种情景，断不可令那低级本能支配之“肉”阻碍“灵”之广阔视角。这番训导，自其加入御林军团之后，那教官便时时对所有新兵耳提面命，绝不可因情废理。而如今他却挡在队友与那妖怪面前，将那训言违背得一干二净。

且说这姚丞坤听了此人的一番话，其“灵”之中，便已思忖到自己这番作为大约是愚蠢至极的。自己如今做出了这番行为，在诸队友眼中，定然会觉得自己这番动作乃是背叛了军训，按律当斩。而如今他见了那魔怪母子的情境，双脚便如同粘在地上一般，始终也无法挪开半步。

那射箭之人见姚丞坤死死挡在自己面前，未有任何走开的意思，心中虽然纳罕，但却并未犹豫，只是抽出宝剑向他走来。二人对峙这片刻，周围冷眼旁观者觑着不对，看了这半日，约莫明白了事体的大致经过，便也抽出宝剑，缓缓向姚丞坤走了过来。

姚丞坤扫了一眼围攻自己之人，心中暗自庆幸那二当家不在其列。原来诸人攻入这魔怪大本营之时，安排了那二当家在门外放哨，提防那魔怪援军前来，若是那二当家在此，见自己被围攻，定会站在自己身边共同御敌，如此自己定然是不情愿的，倒因为自己动心齐念，把那二当家也拖入泥潭之中了。

如此甚好，不牵连他，只是自己一人之事。姚丞坤如是想，心中便安了些。

他见众人提剑步步紧逼、表情严肃，竟有些哑然失笑。他与诸人朝夕相对，大体也知其路数。但如今他却也不想反抗，只是偷偷瞧了一眼自己身后，眼见那魔怪母子俱已逃远，短时间之内众人是追不上了，便暗暗希冀其能躲过那御林军团之追捕。

这般心愿已达成，姚丞坤忍不住在心中微微一叹：自己太累，便是在此结束也未尝不好。

他想到自己曾有过几番在生死边缘挣扎之历程，其在战斗之中，距那死神亦只有一步之遥，见敌人刀剑砍来，只觉得全身酥软，双腿一时间一步也挪不动，全身的每一块肌肉都如那被面汤泡软的面饼一般，动弹不得。极度恐惧处，他只觉大脑之中一片空白，口中猛然便充斥了一股咸苦气味，胃里亦是涌动着阵阵腥气，此外的一切事务便都已毫无记忆，便是连思考也停滞不前了。幸而素日训练如今已然成为身体之本能，那身体动作竟直接跳过大脑思索，这才捡回了一条性命。

而今他却在那清醒状态下，主动前来受死。他能想象到这每一刀是如何刺穿铠甲，又是如何插入身体之要害器官，甚至他觉知那心脏被刀尖穿插后之，仍不服输地顽强跳动数下之态。又能想象那血是如何一道道从伤口喷射而出。如今这般声响，倒是让他回忆起自家屠宰牛羊之场景，此时他方才忆起自己小时候最害怕的，竟然是杀猪一事。

那姚丞坤打定主意赴死，便也未曾反抗，只是站在原地等待。且见刀光闪过，他最后瞧见的却是那些人错愕困惑表情神态，约是众人未曾想到，这姚丞坤竟丝毫未曾抵抗，只是站在原地等死而已。

姚丞坤见了众人错愕惊诧，自己却也有了一股莫名的兴奋之意，自己如今捉弄了他们一番，总算是令这些脑中盛满纪律命令、丝毫不懂得变通的笨蛋们稍稍理解了何谓幽默。

且说这姚丞坤闭眼在原地等待诸人手起刀落时，心底却腾起一个念头：也不知自己是否还有机会能回家乡瞧瞧呢……

正是：

山下旌旗在望，山头鼓角相闻。
早已森严壁垒，更具视死如归。

列位看官，你道是这姚丞坤到底能否逃脱此劫，究竟他又是如何逃脱此劫？欲知后事如何，且听下回分解。

【第五十九章】

上回且说到牛油因放走了那魔怪母子，在原地等待那大刀落下。正怅惘思忖此事该如何了结时，却猛然间听见一声暴喝，他心中一动，倏然睁开双眼，眼前的魔怪母子及其同僚俱已消失不见。这牛油此时自己亦是大汗淋漓，双眼之中布满血丝，猛然从那石床上惊坐而起，大声喘气，如同刚被救上岸的溺水者一般。他这才警觉自己适才所历一切，不过是一场梦罢了，自己如今大汗淋漓，浑身早已被冷汗沁透，便如同刚被救上岸的溺水者一般，只觉得自家的经历甚是可怖，至于具体经历了何事，倒是全然想不起来。

且说这牛油起身不久，见其他来参加考核之人也陆续从石床上爬起身来，牛油侧目观察，见众人面上都是同样的茫然神色，约是也不知刚才发生了何事，遂明了这不过是考核之中的一环罢了。遂其心下稍安，便端坐在石床上待那两名老军官下一次的命令。

这两名老军官见众人依次起身，便命他们集合在一处，站成一排。牛油见众人集合，便也跟了上去，却听这两名老头单点他出来，用遗憾的语气对牛油道："实在抱歉，此番考核你并未通过。少年人，你心地倒善良，但这般仁慈，却实在并非参军的优选良才，遂只能请你离开了。"

众人见牛油第一个便被淘汰，霎时间数道遗憾的目光落于他身上。牛油见众人对自己的遭遇颇为同情，顿时心下茫然，也不知是何缘故。他如今能前来参加此番试炼考核，殊为不易。如今他们这十二个人，皆是从御林军新兵训练营之中千挑万选而来的，标准极为严苛，加之苦熬了数年，方得了这次机会，如今匆匆了结，确属憾事。

如今这牛油虽未多言，心下却也觉得十分迷惑。他这般想着，便止不住落下泪来。那两名老军官亦是对其抱以同情，但却并未寻思。遂那牛油虽是十分委屈，却暗自揣度自己被淘汰一事，其中必然大有缘故。虽自己并不记得梦中情境，但那皇家御林军之考核素来公正，遂他心下对那两名考核的军官并未有什么怨怼之情。他如今经过这三四年的磨砺，对自己强在何处、弱在何处也大致明了，遂虽然心有不甘，但仍是平静接受了这两名老头劝诫，亦接受了自己不适合上战场之事实。

列位看官，说到此处，容我插一言。且说此事，当落在那两名老军官与他们的汤药之中。那老军官此前让他们饮下去的汤药，的确会令众人昏睡，但同时亦会令其进入到一场幻梦之中。如今这幻梦的情境，则是那考官们事先安排好的。他们在熬制那药水之时，便已通过法术，将那考核的梦境灌注其中，其目的便是测试这些士兵在场上的具体表现如何。而这些士兵之表现，通过这大石屏，这两名老军官便可瞧得一清二楚。

如今这士兵醒来，他们将士兵在梦中经历的梦幻抹去，便是为了保护这些士兵，令其忘却那梦中残酷厮杀之景，方能获得心灵之平静。但他们出此下策，亦同样是为了知晓那些兵士实力，遂考官们素日安排下的考核情节，多是极端场景，若是参加考试的兵士记住了那考核之中的情境，便坏了大事。这记住情境的兵士若是通过了考核还好，自有那御林军之中的规则去约束他，若是未曾记住，便会坏了大事，他们在梦里受过那样一番惊吓，梦中的情境深深印刻在脑海之中，怕是日后都没法正常过活了。

闲言休叙。且说这厢牛油收拾好行李，拜别了几个熟人之后，便告别军营，踏上了回家之行程。如今他心中虽然不舍，却也算平静。那两名老军官事后亦是简略地告知其在梦幻之中的行事表现，牛油听罢，觉得自己果真如这般仁慈，不当兵倒还是一件好事了。他这般想着，心中便宽慰了许多，也未觉得不当兵有甚不妥之处，只是收拾行装归家而去。

且说这二当家一路跟着牛油，亦收拾行装要同牛油一道回福氏村。牛油见二当家已通过这御林军之考核试验，心中不忍，勒令二当家在军中好好待着。岂料这二当家也是个死心眼的。听闻牛油如今未曾通过考核，便死活也不愿再加入那御林军之中了。只想着与那牛油共同进退一事。那牛油不忍因为自己之事废了这二当家的前程，便强行勒令其在军中好好历练，断不可因私废公。那牛油劝了数次，甚至还为此与他打了一场，二人为此打得头破血流，便连胳膊也打折了，那二当家还是决意要跟着牛油回老家，那牛油听了，也自不管他，如今他爱回便回、爱跟便跟，他也无甚更好的劝解之法了。

且说这两人在回家途中，那二当家询问其今后有何打算。提及此事，牛油心中倒是颇有主意，他在军中时，便已收到了家中老爹来信。他从信中得知，如今村中来了一名仙女，那仙女与村中的牛小青在一处，那牛小青颇为老实，并不懂得经营之道。

列位看官，你道这牛油是个生有异象的，向来最是机灵，他如今看了老爹来信，思忖的倒不是仙女为何要与一个凡人生活在一处，而是那仙女竟然为福氏村之中带来天蚕一事。如今用这天蚕所吐之丝，织出来的绸缎异常顺滑，质量奇佳。村民若是用这等绸缎做衣服，既贴身又舒适。若真要跳出什么不妥帖之处来，大约是这绸缎所织就的衣物太过华贵，如今这福氏村人穿了这般好衣服，便没办法如以往那样干活了。遂他们多半时间都是将那丝绸衣服压在箱底，只在逢年过节时方拿出来穿穿。牛油见老爹在信中如是写，心思便开始活泛起来。

端的是：

不衒聪明时俗清，尽使人人怀忠义。
无为之道随时化，无为之道随时理。

列位看官，你道这牛油见信之后，究竟起了什么心思，又待如何做法？欲知后事如何，且听下回分解。

【第六十章】

书接上回。上回且说到这牛油自考核失利之后，便开始思忖回乡作何营生之事。正巧此时收到老爹来信，这牛油见信中写到如今福氏村中来了一名为牛小青之人，且那牛小青之妻，竟然是王母座下的仙女，遂十分心动。他倒不是对那女人有何想法，而是如今听闻这仙女竟自仙宫带来仙蚕，那仙蚕吐出的仙丝，可制五彩丝绸，遂在心中思忖如何去做这番生意。

且说这牛油天生便是个头脑灵活的。这仙蚕一事，他瞧见的却是巨大的商机。如今他所在的御林军新兵训练营倒是离京都不甚远，虽说训练时素来被关在屋内，但每月两日休假时间，他却常常在城中闲逛。这牛油向来是个心思活泛的，如今见了城中人一应吃穿用度，心下便对其生活做派有了大致了解。如今老爹来信说这村中的仙蚕吐丝所织就的绸缎，贴身柔滑，便是城中最好的绸缎质量也难以望其项背，当下心中便有一番计较：若是自家能将这绸缎贩卖到京中，还不赚得盆满钵满？

这牛油一念既起，说做便做。当下一到家便立时与那仙女见面。他此前对老爹在信中的描述尚有不信之处，如今见了仙女亲纺的绸缎，早已心悦诚服。他略一鉴别，便知道京中最好的绸缎与之相比，也不过尔尔，遂心下大喜。立时跪地央求，期冀那仙女能多拿一些天蚕出来，且一旦能将这纺织之术交与那福氏村村众，便能源源不断地批量产出这般丝绸，岂不美哉？

那牛油木拟说服仙女还要费一番功夫，岂料这仙女并未如何思忖便毫不犹豫地答应了牛油的请求，倒让牛油十分意外。这牛油是个能干的，说干边干，当即便将那福氏村的村众拢一一处，告知他们自己即将在村中建一所绸缎庄子，专职生产绸缎，然后将那绸缎卖与各大城市之中的富户，将来若是有得赚，也少不了村中众人的好处。

且说这牛油谋划了此事之后，为了照拂老爹的面子，些许让他面上显得好看些，表面上便令其做那绸缎厂总理事之人。事实上他那村正老爹虽是村正，但于经营之道，一窍不通。那绸缎厂日常决策事宜，并那生意往来、经营之道，皆由牛油一手把控，他老爹也乐得做个逍遥闲人，每日只到那绸缎庄上看顾看顾即可。

闲言休叙。说回这牛油绸缎庄之起由，起先也有那仙女一份。那牛油思忖这仙蚕缫丝之术乃仙女自天家带来，遂也对那仙女有一些感激之意。他将那绸缎进项分为几份，那仙女独占一大份。岂料后来这仙女因乐不思蜀，引得牛小青游玩太甚，被那王母下界召回，独留了一个牛小青在那福氏村中。这牛油见牛小青也不通晓经济之道，兼老实巴交，遂此前与那仙女之约，却不在牛小青处践行。那牛小青也不知晓这其中的门门道道，遂两下也相安无事。只是那牛小青因不理稼穑之事，导致自家生活每况愈下。此乃后话，此时不表。

列位看官，你道这仙女虽美，但牛油对仙女倒没动甚心思。他心中认定凡人绝不可玷污天仙，那天仙既是九天上的神灵，又岂是你一个小小的肉体凡胎可染指玷污的？遂他见那牛小青将仙女娶了，心中对其愤恨无比，觉得这牛小青直是亵渎神明。遂其素来便不喜那牛小青。而后那牛小青进了绸缎厂做工，便是那老村正数次出面求情，他方勉为其难地应了。

此后那仙女离去，牛小青失踪。此事传入那牛油耳中，他听了也无甚表示，心下却觉得如牛小青这般无用之人，失踪便失踪，也无甚可大惊小怪之处。且说这牛小青被灰牛大仙驮上天庭之时，这牛油竟与御林军的派出的一名代表在谈那丝绸买办生意。当日天隼在福氏村中养伤之时，曾说与那牛油听过，齐月奉上身时，虽甚是妥帖，但唯有那裆下总不甚舒适。他将这句话记挂在心中后，便灵机一动，命那绸缎庄众人做了一批上号的内衣裤，送与那御林军军中，让官兵试穿。且说这御林军中官兵，自穿上其送来的内衣裤之后，再套上铠甲，那骑士均觉得十分舒适，比之以前直有天壤之别。御林军将军自也有了一套。他们得此几处的好处，对牛油大加赞赏，指定其专门为那御林军定制服饰。那牛油接了这样一个大活，又因其军人身份，使得其出入达官贵人之间，结识了许多帝国高级将领，又通过这些将领的缘故，认得许多高士名流，有了这些人助力，遂其在生意场上更是如虎添翼。

那牛油得了这般好处，便一步步成为那帝国之中声势最大的商人。他思及当日仙女的仙蚕，便知其为一切起因。如今吃水不忘挖井人，他凭借当日的印象将那仙女容貌描于纸上，又请了全国最好的雕塑匠人为仙女塑了金身，将其作为商会的守护之神供奉起来，每逢初一十五，必奉香火。后来那二当家则成了其私人保镖，专程护理其内事外事。待那牛油自家的保镖团壮大后，又着这二当家打理整个保镖团之事。

列位看官，且说这牛油如今有了这番作为，这番成就。那当日的“诨名”牛油，便也没有人敢再唤了。到那牛油绸缎生意越做越大时，除了那帝国之中极少数的达官贵人可直呼其名之外，整个帝国几乎已无什么人可以以小名唤他了。且他后来被天子接见，那直呼其名者已然没有了。如今这牛油虽不到五十岁年纪，但众人见了牛油，皆尊称其为“姚老太爷”，断不敢有一点不恭敬之意。

且说这牛油自当日见过仙女姿容之后，心中便存了仙女的影子。当日虽是惊鸿一瞥，但有了仙女的珠玉在前，再瞧任何女人，皆为庸脂俗粉。

正是：

曾经沧海难为水，除却巫山不是云。

但这牛油生来便是个孝顺的，如今村中其他少年均已成年，有妻有子，他爹娘自也张罗为那牛油娶亲。这牛油为了让爹娘省心，便只得一一照办了。他如今有了众多资财，自然也有诸多女子主动投怀送抱。但那些女子越是如此，牛油心下便越是不快。如今那仙女，竟已成为他心下的一抹白月光一般，永远也无法忘却了。

端的是：

毕竟无求何用出，西风真解酿羁愁。

列位看官，你道是这牛油如今已成就一番基业，也好生令人羡慕，但自古“美中不足、好事难求”，那御林军之事，终是与其失之交臂，究竟那御林军中种种名物是何来头？欲知后事如何，且听下回分解。

【第六十一章】

上回且说到这牛油虽离了御林军团，但因其素来头脑灵活、善于谋划，未有多久，便又找到了经济之道。原来当日在御林军团时，他那做村正的老爹，写了一封书信交与他，他自那信中得知如今福氏村中有一仙女，从天宫处带了几只仙蚕，能吐五色丝绦，遂心念转动，想到那丝绸质地较京中超出甚多，遂其立时决定回那福氏村，将那丝绸生意打理起来。

闲言休叙。这牛油一路经营丝绸生意，端的是顺风顺水，毋庸赘言。此处倒容我插一句题外话。且说当日牛油见了天隼之飞马，无比称羡，遂多次询问那天马来历。天隼当日因不屑之故，并未与牛油多言。列位看官，你道这飞马从何而来，究其根由，倒说来话长了。

且说往久远了追溯，彼时混沌未开，这三界之中，并不仅只有一个天庭。而是凡有国家处，兼或那部落联盟及那有文明语言的人类聚集处，均有各自之天宫，那天宫之中，住了各式各样的神祇。

说回这人类，其实并非天神创造，追溯起来，自那天神诞生之日起，凡有记载时，人类便已存于世间。遂那天神也不知与他们一般形貌的人类到底从何而来，又是如何诞生。

因这般缘故，这天宫之中的神祇，事实并不如后来书中所记载的一般，仅依托于人类想象存在。彼时天神与人类接触密切，且因非我族类之故，在与人类世界交互之中，总有意无意影响人类，盖因那天宫之中生活实在无聊烦闷，遂那天神总觉无聊逗逗那人间诸人也未为不可。

某一次，因那宙斯、玉皇大帝与奥丁主神在天界闲逛之时，不巧碰到了一处，便凑在一处闲谈了片刻。

其余诸神听闻了这段经历，皆以为这三位主位之神聚在一处，是谈及那深奥的义理。诸如宇宙起源终结、万物与生命之意义，意识存在有无必要、痛苦与幸福究竟有何差别，或那痛苦幸福是否有所差别等诸如此类之话题。且那三位主神合当将他们相遇之宇宙空间定为一处圣地，欲拟令那三处天宫的其余神仙进行一次文化切磋。

岂料这三位主神听闻这番传言，竟然出面制止手下众神仙的想法打算，他们如今谁也不想再见谁。但却又因种种原因，不便向那手下众人明言。事实上这三位主神并未交谈正事，而是未过多久，便开始争论如今谁家夫人最美一事。皆因那三人均以为自家夫人才是最美之人，谁也不愿松口承认别家妻子比自家漂亮，遂其越说越来气，最后竟大打出手。幸而这三人斗气之地离如今人们生活之所甚远，否则在这番争执之下，世间万物均会被其神力所毁。

且说在这三人争斗得如火如荼之时，他们的坐骑也并未闲着，只是与这三人不同之处便是那坐骑竟因厮混了这半日，竟已熟识无比，互相之间，挨蹭摩擦，亲密无间。

列位看官，你倒是说来也奇，这世间诸多神明均喜爱那人间名唤为“马”之动物。素日那天宫众神窥见人类将马匹驯养之后，用作那替代脚力之骑乘家畜，觉得十分有趣。诸神因身形与人类接近，遂也学着那人类一般模样，将那名唤为马匹的动物当成坐骑，后渐渐成为那天庭之中的时尚风潮，引得诸多神明纷纷效仿。但自古阴阳相生、高下相倾，世间万物，有正便有反。那天宫之中意识如此，如今这马匹虽深受诸神宠爱，但也并不是那每位神明均是如此。天宫之中有那特立独行者，亦会选那大象牛羊，鳄鱼毒蛇，蝎子蜈蚣，鸭蟹鱼鸟，更有那拿植物当坐骑的，便是各有所爱了。

且说这神明这般做派，人类传说之中，对那各路神仙为何要如此，解释得十分详尽，总认为那神人不论以何物为坐骑，均是大有深意之举。但其实那神明素来收下坐骑不过是好玩罢了，且其养了那坐骑为爱宠，心情亦是愉悦许多。遂他们选择那坐骑时，多半只是为了自家愉悦，鲜少思索背后深意。于那神明而言，心之所至，不知其所止之处多了去了，断不会因为什么“意义”二字为难自家。

列位看官，说起这被神仙选中做爱宠之动物，倒也算是个有福气的。诸神明会赐予那宠物与人相仿之智慧、无尽寿命及各种神力。且说当日宙斯所骑乘之天马，虽有双翼，能在天际自由飞翔，但苦于其身材矮小、耐力不足。而玉帝所乘坐之天马，则四肢强健，骨干结实，连续发蹄狂奔十日十夜也不知疲倦。但却又无飞翔之能，只能借那玉帝神力，方能翔于天际。而那奥丁所骑乘的，便是众人熟知的八足神马了。

如今三匹天马的外形倒在其次。且说那宙斯的白马，瞧着体态匀称、凹凸有致，每每奔跑之时，那马鬃随风飘舞，瞧着俊美无匹，且充溢灵秀之气。那玉帝之骏马则不然，其肌肉强健有力，马蹄大如磨盘，马鬃浓密坚韧，双目如帝王般有赫赫神威，瞧着霸气十足。那奥丁之马又不然，兼有玉帝与宙斯神马之优点，但外形上瞧着却差了些，比那宙斯与玉帝之马矮了几寸，算是美中不足。

闲言休叙。且说当日三位主神正吵得不可开交，那三匹天马却在一处耳鬓厮磨，互相纠缠，直至那三位主神斗完，亦是难分难解。那三位主神如今相互之间打得鼻青脸肿，但却斗了个势均力敌，谁也斗不过谁，遂最后也只得各自骑上马匹愤愤归家，不想再与其他二人多说一句话。

且说那玉帝归家未久，却见自家的天马竟接二连三诞下三匹小马，那小马之中却有一匹母马。那玉帝检视完备，本应将那小马送还给宙斯奥丁，但如今玉帝与其一番争执，也不予再理会二人，便擅作主张将那小马送还人间。

说来也巧，这几匹小马生有异相，非但体格健壮，且有双翼六足。如今这小马兼具父母特征，成年之后便在人间与那人间母马交配。但那神异经由几代磋磨，便渐渐式微一些。那人间的马匹与这天马配对后，产下马仔虽仍有双翼，但却无法高飞，且与那人间普通马匹一般只有四蹄。那人间诸人见此马如此神骏，便收了做坐骑，此便是御林军所骑乘之马匹了。

端的是：

桓桓信无敌，堂堂宁有前。
九圻良易举，八荒安足奔。

列位看官，你道这牛油之事已述毕，当日老际留那牛小青在家中，如今牛油因闻牛小青重回福氏村，着人唤牛小青见面，及至二人见面，又待怎的？欲知后事如何，且听下回分解。

【第六十二章】

上回且说到那天马由来。却说这牛油与老际之间往事今已述说完毕，其间种种来由，诸位心中亦当明了。且说回这牛小青与老际处来。如今这老际立于中宵，回顾当日牛油自山贼手中将自己救下来之种种事宜，端的是心潮起伏、感慨万千。说起这老际因有过这番际遇，对那如今的会长、当日的牛油是绝无怀疑的。且其上次去往京中，参加这商会一年一度之评议之聚会，散会之际，那会长与之相谈甚欢，着那老际非要再称呼其“姚老爷”，直呼其名牛油即可。老际见其这般平易近人，心中也极欢喜，暗自揣想这会长并不似其他发迹之人一般，如今有钱了便将那旧友一一拂拭而去，反而是对那旧友更偏疼些。

那老际因坚信牛油为人，言其必不会做出任何卑鄙龌龊之事。如今这商检会使出种种鬼蜮伎俩，皆因那惯于狐假虎威的胡为背着牛油会长弄鬼。话说这老际也曾将自己这番怀疑写信说与那牛油听，但那牛油回信不过是令其宽心，告知其不要胡思乱想。虽牛油如是说，但那老际对商检会中人仍无一丝好感，想到其人曾向牛油状告自己，便恨得牙痒痒的，幸而那牛油宽宏大量，虽听闻这些闲言碎语，却也并未将老际治罪。

总而言之，老际对这商检会中诸人真乃一丝信任也无。虽听胡为托词，但其坚决不信如今胡为来带走牛小青乃是牛油授命。这牛小青不过今日才回福氏村，那牛油远在京中，难不成今日便听到了牛小青回村消息？他思忖着便是快马加鞭，那信送达京城还要一个多月呢。且话说回来，便真是那牛油之意，老际也不虞令牛小青随其离去。如今让胡为找不到人、交不了差，空手回那京城，讨上头人一顿骂，他心中也极为畅快，更觉得那是胡为活该受的罪愆。

一念及此，那老际便对门外叫道：“胡为兄远到此地，本该有所交代。但如今实在不好意思，我这里实在是未见到什么名为牛小青之人。如今都半夜了，若是无什么其他事情，就请先回吧。如今天色也不早了，我得折回再休息休息才好，否则耽误了明天上工，再劳烦到您给总裁大人写告状信，又添一桩罪责。如是便不劳您大驾，您老一路走好便是。”

那门外胡为听老际说完，不承想自己碰了个不软不硬的钉子，遂嘿嘿冷笑一声，对那门内的老际道：“既然您如是说，想来便真是我弄错了。那可真对不住您老，没想到我们竟也有那弄错的时候。如此说来，当日您背着夫人玩那‘金屋藏娇’之事，也是我们弄错咯？若果真如此，明日我们便去您太太处道个歉，言明此事确实是我们失误，竟误会了如您这般的好人。”

老际听胡为说得认真，心中十分不忿，忍不住道：“你……”

列位看官，且说这老际虽不想将那牛小青交出去，但听闻胡为要将其找情人一事告知他老婆，虽然又气又急，却又对其无可奈何。无奈之下，只得着人将牛小青叫起来，令他跟着这班人一道离去。

话说这老际眼瞧着牛小青上了胡为马车，趁着月光大亮，便瞅了一眼那胡为的马车。就着那月光映射，老际总觉那马车瞧着有些怪模怪样。虽则乍一看并未有甚特别之处，但那老际却总是隐隐觉着这马车每一边边角角处均有些不对劲。与自己素日坐过的马车相比，这马车外形之中，总透着一股子邪劲。直似那扭曲过的枝蔓简单修剪了数下，然后便拼凑起来，伪装为一个外形酷似马车形状之物。

老际又瞅一眼，只觉着那拉扯的四匹马也不甚对劲。等待那牛小青上车之际，那四匹马纹丝不动站在原地，竟连一声喘气之声也未闻见。便是这四匹马乃上等好马，一路行来既不喘气也不受累，但那马毕竟是活物，总也该喷喷响鼻，弹弹蹄子，绝不能似现在这般杵在原地，直似那雕塑一般，一点动静也无。

且说这老际送那牛小青上车之际，那牛小青并未睡醒，直是昏昏沉沉被拖上马车，那牛小青上车之时，一不小心滑了一跤，正要跌倒之际，慌乱扶了那马尾一把，那一般畜生吃人惊吓，或弹跳惊叫，或撒蹄自卫，但那马车上几匹马竟一丝动静也无，直如泥塑木胎一般，仍是笔直站在原地，一动也未动。

老际刚欲开口询问胡为这马车为何如此怪异，未等其开口，那牛小青已经被胡为的两名手下架上马车，那胡为连告辞之语也未曾说一句，那驾车便已洒蹄离去。

老际见胡为如此不近人情，心中也是又气又恨，只得骂骂咧咧地返回院中。他正要脱衣躺下，猛然却在那衣物口袋之中探到一张银票，原来那牛小青之银票仍然在其口袋之中，并未交还给那牛小青呢。遂其慌忙套了家中一匹马便冲出家门，一路向那胡为的马车赶了过去。

且说这厢老际快马加鞭，催着那马跑了半个时辰，却连那马车的影子也未曾瞧见。倒是自己胯下的这匹马累得口吐白沫，他实在无奈，只得停了下来。他暗暗思忖其中的蹊跷之处，觉得实在是无法想通。如今他骑乘的这匹骏马，跑得虽不十分快，但仍是其花了大价钱购得的号码，那马车纵然跑得再快，也不当连一个影子也无法追到，如何竟连影子也未曾得见？

老际在原地思忖片刻，实在无法想通，无奈之下也只得揣着那牛小青的银票折回家中。第二日他与家中婆娘商量了一番，将昨日之事告知，只略去自己找情人一节。那婆娘与他均觉得定然要把牛小青寻得，将那银票交还与他。

但说来也怪，自那晚胡为将牛小青带走之后，两人打听良久，也未再得到牛小青消息。时间倏忽便过了两年，这期间老际去京中述职，也曾向那牛油打听过牛小青消息，岂料这牛油也言明自己不知牛小青到底是何去向，如今自己也正在多方打听、四处寻找呢。老际问其找牛小青有何事故，他却又不愿言明。

这老际倒也当真是个死心眼的。为了将牛小青寻到，他与家中婆娘商议一番，将牛小青此前给自己的几个金元宝，再加上自己的积蓄尽数兑了，在京中开了一个酒馆。如是有两条原委：一是那京中南来北往之人甚多，总能探得一二分消息；二则当日那胡为云牛小青是往京中去的。万一这牛小青真到了京中，自己未寻见也未可知。遂其一面在酒馆忙活，一面继续寻那牛小青下落。且说倏忽几年又过去，这酒馆之中生意倒是越做越红火，那小酒馆如今已变作一间大客栈，家中婆娘也诞下一子，便是当日那小情人也升做如夫人了，却仍旧未有半分牛小青的消息。

端的是：

旧人音信曾轻失，此地因诗便凑诗。
曾觉寂寥峰景好，而今老病犯相思。

列位看官，你道那牛小青究竟落到何处？这老际能否再见牛小青？欲知后事如何，且听下回分解。

【第六十三章】

上回且说到那牛小青被胡为唤走，一路带着，也不知正向何处行去。那牛小青逐渐清醒了些，见身侧坐了两人。一路便想问问他们二人到底要往何处去，但那两人总沉着连，一句话也不与他说，唬得牛小青也不敢多问。他四下张望一番，见他坐的那马车车厢不知是何缘故，竟连一个窗户也无，他既看不到外面的风景，便无从判断前行的方向。更令其纳罕之事，便是那马车行驶起来，竟与一般马车十分不同，非但未有何颠簸震动，还安静得异常。

那牛小青也不甚在意，他本就是半夜被人拖了起来，如今尚未睡够，便过不多时，又歪倒睡去。他正迷迷糊糊间，尚未来得及做个小梦，身畔的人便将其唤醒，令它起身下车，云他们已至终点。

他正迷迷糊糊走下车来，只见眼前有一巨大的门楼。此时天色尚晚，那门楼黑铖铖地压了下来，竟让人心中一沉，莫名其妙有些惶然。

那牛小青一下马车，适才架着自己的人均走了，也无人前来招呼，遂其只好站在原地待命，丝毫也未敢走开。正纳闷间，却见楼上两个灯笼竟然径自亮起，接着两扇厚重的大门便次第开了。牛小青听那开门声响沉闷压抑，心中已有些不快，但随机那门内走出一名穿着体面的老人，客客气气地请他入内，他便也未曾多想，与那老人见礼之后，便穿堂入室，随他一起去了。

且说这牛小青随这老人一路行去，见门内是一个幽静的大宅院，那宅院四处亮着昏暗的灯笼，但那一点反光，反让整座宅院显得更为阴森。那牛小青跟着老人拐过数道长廊，路过两三个树木繁茂、阴气森森的花园，那老人方止住脚步，在一扇房门前停下了。

牛小青见他止步，慌忙询问缘故。那老人便打开一扇房门，着牛小青入内先好好睡上一觉，待其醒来再谈别事。牛小青见他们安排得也算妥帖，遂并未多想便入户休息了。岂料这宅院极大，他适才被强拉上马车，现在又行了颇长一段路，如今见好容易有了休息之所，遂并未多想，只向那老人道了一声谢，便进屋一头扑倒到床上昏睡了过去。

那牛小青一觉睡到天明，爬起身来，发现自己竟睡在一间布置极为豪华的卧室之内。他环顾四周，见榻边有一案几，案几上摆了一株白菜，那菜上还落了一只蝈蝈，也不知是何寓意。正纳罕为何有人将那白菜做摆设时，走近一瞧却发现原来那菜是假的。但那雕工极为精巧，要走近细瞧，方能发现其原是玉雕而成。牛小青在屋内逡巡，发现了更多类似的宝玉雕刻之物。那雕刻之物栩栩如生，有停在枝头的小鸟，亦有扑蝶之猫儿，还有钓鱼老翁，其雕工皆细腻精巧，动作表情刻画得极为到位，瞧着有栩栩如生之态。

话说其正饶有兴味地欣赏这些玉制摆件，却听有人在外轻轻敲门。那牛小青心知他们寻自己有事，便忙开了门请他们入内。他开门一瞧，见昨夜领他入内的那老者正站在门口，见了牛小青，先对其作了一揖，然后才毕恭毕敬对其道："失礼于贵客，此时前来叨扰，皆因我家主人请您前去与他共进造膳，不知您是否赏脸？"

牛小青听他如此客气，心中也是一惊，慌忙不迭地点头道好，遂跟在那老先生身后向外间行去。

且说两人又如昨夜一般行了良久，牛小青这才瞧清楚那宅院形貌。原来这宅院极大，也不知占地多少，那花木俨然之中，竟还藏了一汪大湖。那老先生与牛小青道明自己乃此处管家，望牛小青切勿客气，一切随意便可。牛小青一路与之交谈一路前行，二人通过一座漂亮的五彩木桥，那老者径自将牛小青引入湖中的亭内。牛小青一路行去，一边不禁想着，如今是谁将家中的房屋盖得如此之大，便是吃个早饭都要走这许久，实是多此一举。

那牛小青在亭中坐了，见那亭子四周的水面上浮着盛开的荷花。许多水鸟在池中嬉戏。牛小青见圆桌上早已摆满了各式各样的点心，那老者客气地请牛小青坐下，并让他勿要再等，若是饿了便可随意取用那盘中饮食，千万勿要客气。

牛小青本来还欲在等那主人来了同食，但其只坐了片刻，便觉有些忍不住了。且不说那桌上的点心色香味俱全，单看那摆设，便是赏心悦目、美不胜收。摆在那碟中，自若艺术品一般。那牛小青瞧了，也管不了这许多，拿起筷子便大口大口地吃了起来。

他一面吃，一面在心中赞叹，这食物实在太过美味，如今他吃得头也顾不得抬了，只是埋首大口狼吞虎咽、风卷残云一般。食毕他靠在椅背上，欣赏四周美景，只觉得心中甚是快意。

这牛小青如今所在的亭中雕梁画栋，放眼望去，那湖上生满了亭亭玉立的芰荷，间或有几只水鸟落在花上，又慌忙振翅飞走。湖边另有一株株绿树掩映的楼宇。瞧着古朴雅致、好似琼楼玉宇一般，令人极为赏心悦目。那牛小青瞧着这般美景，只觉得入目动心，为其所迷，不由得怔怔地发起呆来。

列位看官，你道这牛小青如今被这园中风景所迷，实属一叶障目。本来其在天宫之日时，那宫中美景，岂止美过此处千倍万倍？但那牛小青因为在天宫之中行事时，不过是惊鸿一瞥，过后却又失去那记忆。遂虽然上过天庭，但与那未去之人，无任何分别，否则，见过了天庭之美景，又何必在乎眼前的萤烛之光？

且说这牛小青一路看着诸般美景，回忆昨日来了之后的诸般事宜，渐渐也悟出些不对头之处来，端的是：

阴森白日掩云虹，阳台云雨过无踪。
鬼物图画填青红，圣朝偏重大司空。
阴山瀚海千万里，阳乌景暖林桑密。
鬼物撇捩辞坑壕，圣敬通神光七庙。

列位看官，你道这牛小青的命运究竟如何？他在此地又有何遭遇？欲知后事如何，且听下回分解。

【第六十四章】

上回且说到牛小青夤夜被那胡为拉到一深宅大院前，入室之后，见一老者前来引路。好容易穿过那偌大的宅院，将自己引至一卧室前，只听那人着自己今日先好好休息，有事明日再谈，便点头答应。他本半夜被人拉走，此刻又在那院中走了半日，早已累得浑身散架，遂也来不及细看这室内陈设，便倒在床上沉沉睡去，岂料一觉醒来，那老者又重新等在外间，只言主人请牛小青去吃早饭。这牛小青随他又穿过了几座花园，这才到达庭中，还未等来此间主人，自己倒先饿了，便狼吞虎、风卷残云地将那吃食用完，这才仔细瞧起那园中风景来。

且说这牛小青如今观赏这园中风景时，这才想起昨夜情形来。原来自己昨夜来此知识，见带他前来的那名老者瞧着极为骇人。阴森森的寒气扑面而来，脸如绿蜡、表情呆滞，声音亦是又尖又细，便如那书中所说的僵尸一般。牛小青记得自己一望之下，便吃了一惊，险些转身逃跑，幸而这老者面相虽然可怖，但说话还算客气，遂其终于勉强放下心来，跟着他入了宅院。

待那牛小青进了大门，只觉着那整座宅院都阴气逼人，而前方带路的老者步伐怪异，身体僵硬，似如那刚学会走路的婴儿一般，并不惯常于如人类一般行走，而是一直如蜥蜴般爬行前进，遂才会用这般僵硬怪异之姿势前行。再放眼一望，只见四周长廊之中，悬挂着幽暗的灯笼，在微风之中，那灯笼一火如豆，晃晃悠悠，只有周围寸余之光映照着那道路，那老者前行背影，在那鬼火般暗灯照射之下，倒显得越发奇特了。牛小青瞧见这般光景，心中越发觉得诡异莫测，但如今既已进了这宅院，便只得硬着头皮向前行去。且说他又打量四周，瞧着那灯光晦暗之处，大片黑沉沉的夜色皴染，如同浓稠的秋梨膏一般，心中越发泛起阵阵冷意。总觉得此处处处都透着一股子阴森恐怖意味，身后也似躲着各种生灵，用打量猎物之目光打量自己。他穿过那花园时，只觉背脊生凉，忍不住打了一个寒噤，森然的寒意压迫，令人觉得此处直似鬼怪栖息的荒家一般。

好在那老者此时已然将其引入房内。牛小青打量室内陈设，倒也稀松平常，与素日居家之处也无甚大的分别。遂心下稍安。有见那室内灯火莹然，便从那压抑的情绪之中解脱释放，很是松了一口气。他本疲惫不堪，这一放松便觉甚累，当即在那床上躺下，好好睡了一大觉。

这一觉便睡到天亮，他一觉醒来，向外一张望，却见四处风景，又与昨日不同了。那老者前来请自己去用早膳之时，牛小青瞧着他面色红润、表情和善、言谈声音洪亮、走路也极为稳健，全然没有昨夜那蹒跚学步的诡秘之感，他又瞧一眼，见他与普通人所差无几，丝毫未有令他胆寒之处，也觉得心下纳罕。

更有其奇特之处，如牛小青当下所在的湖心亭处，四周均是各色花式，他昨夜也曾从此路过。虽则当时天色甚晚，但这牛小青却记得昨日似乎路过一颇有特色的圆形拱门。那拱门由汉白玉雕成，刻意做成了那两条两两相对的鲤鱼姿态，镶嵌在墙壁之内。遂那牛小青十分肯定，昨夜自己路过之处，便是脚下这所花园。但昨夜此处如森罗地狱般阴寒恐怖，似是危机四伏，今日看来又如人间仙境，各种景致奇怪，不可胜数。昨夜那抄手游廊，如同黄泉鬼道，今日看来，却又是一副花木扶疏、生机盎然之态势。周遭花香浓郁，时不时竟还有蝴蝶蜜蜂经过，着实令他费解。

且说这牛小青也不是完全未见过世面的。他也知这世上诸多人都怕黑，许多日间看着十分不错的景物，晚上却影影绰绰，其虚影看起来便如森然博人的巨兽一般。但他听了，亦不过笑笑，觉着这无非便是人自己吓唬自己罢了。如今他十分肯定，今日之事，并非自己多心，因那背上森森凉意，绝非人力可模拟。且那宅院之中，昼夜差别如此之大，定然也有其蹊跷之处。再则那老者昨夜如阴间鬼怪，今日瞧着却又是一和善硬朗的慈祥老人，端的是可疑之至。便是夜间灯火昏暗，却也不至于连说话之音容笑貌、行走之身形姿态也弄错罢。那牛小青想着这些诡秘处，又伸手擦了擦自己嘴角痕迹，见自己嘴角处连一丝油迹也无，心中更是大吃一惊。自己适才直如饿狼扑食一般将那早膳食用了许多，诸如那灌汤小笼包、各种油炸点心等等。那包子之中，油水极大，因他食用速度迅猛，还有那汤汁溅到自己衣物上，决计不会似现在这般一点油迹也无。

且说他用筷子夹起自己吃剩的汤包，却见里头并非是自己认为的喷香猪肉馅，反而是那小块的白色半透明晶状颗粒。牛小青搞不清楚这是何物，便又咬了一口，令他诧异的是，这东西虽非肉馅，却有满口肉香。

牛小青发现这等怪事，便将那吃剩下的食物一一掰开，却见这些点心之内，并无原料，却各自有那不同味道。有的吃起来是豆沙味，有的吃起来是香菜牛肉味，有的吃起来则是海鲜味，更有那诸多不同的美味点心，皆是这些晶状颗粒所制成的馅料。

他瞧着这些食物，心中一沉，虽是青天白日，却忍不住寒毛倒竖。如今这宅院之中所历之事，虽然到目前为止，并未也甚极度恐怖之处，却足以让牛小青觉得十分不安。他如今只觉得处处都是怪事，还是赶紧离开此处为妙。

且说他想到此节，正盯着湖面，假意欣赏那湖中美景，掩盖心中种种不安之时，却听身后传来一个男人声道：“牛先生，欢迎您光临寒舍。算起来，我们可是许久未曾见面了。”

牛小青一惊，转过头去，只见一个三十左右、英俊瘦削、下巴上留着短髭的中年男子正向自己的方向大踏步走来。那男子被四个天仙般的姑娘簇拥，兼两名彪形大汉陪同，看起来声势颇为浩大。

端的是：

轻舸迎上客，悠悠湖上来。
当轩对尊酒，四面芙蓉开。

列位看官，你道来者是何人？这牛小青又是否能离开这深宅大院？欲知后事如何，且听下回分解。

【第六十五章】

上回且说到这牛小青在湖心亭中用完早膳，酒足饭饱之后，却疑心起自家处境来。他蓦地想起昨日种种诡秘之处，不由得越来越胆寒。至思忆及此，慌忙瞧了瞧自己的吃食，定睛一看，方知晓那食物虽是不同口味，但其间却包藏着同种晶状颗粒，也不知是何缘故。

牛小青正心惊肉跳时，却忽听有人唤自己名字，吓得他慌忙转头。却见一个衣饰华贵、人五人六者在几名婢子和保镖的簇拥下前来，看模样年龄不大，虽然认得自己，但自家却似乎是第一次见到此人。

且说这厢牛小青回头瞧见这人，便打量其衣物形貌，见其衣饰款式极为简洁，颜色亦并不丰富。且那衣物上花纹极少，便是有，亦是暗金织就，毫无复杂变色之处，与牛小青通身的花红柳绿相较，倒是显得朴素得有些过分了。殊不知其衣饰之简朴素净，正是其品味彰显之道。列位看官，你道是古语云“重剑无锋、大巧若拙”，说的正是此意。那越是名贵之器用，越是有浑然天成之古朴简雅，反倒是那穷人乍富，才将通身装饰得富丽堂皇，似是生怕别人不知道自己有几个臭钱似的。但到牛小青处，却又有一层原因，因那牛小青身上的员外服饰乃鬼卒所赠，那鬼卒素来只抓人才到阳间，岂能知晓这穿衣打扮之中的许多门门道道？遂把与牛小青一件花红柳绿的衣服，也不算奇怪了。

闲言少叙。列位看官，你道此人是谁？其实我一说你便知晓。此人正是当日被天子亲自接见并授予了功勋爵位、创了如今全国的丝绸庄子并令那国中所有从商者又恨又妒之对象，大名曰姚丞坤，小名唤作牛油者。他如今早已是全国第一商者，富可敌国。那国中有出嫁妇人，每每对丈夫恨怨之时，便拿着那姚丞坤之例证敲打对方，云同样生为男子，与那姚丞坤相较，真乃一天一地。提起那大泰安帝国及岳华商会总裁姚丞坤，如今举国上下，端的是无人不知、无人不晓。

诸位，其实算起来，如今这姚丞坤其实已有五十开外。但那牛小青乍见其形貌时，却并未觉知，只因那姚丞坤如今金山银海，有的是钱财，遂三日一小补、五日一大补，兼其保养得体，遂在那牛小青眼中看来，也不过三十出头罢了。

那牛小青听他呼唤，心中有些纳罕。这姚丞坤瞧着倒十分精干，但说话声音洪亮、中气十足，不似那身材瘦弱之人发声之态，遂也不禁在心中啧啧称奇。

他在心中暗暗将那不合常理之处又补一桩之时，但如今自己已入虎穴，不得走脱，只得苦笑一声，硬着头皮回应了。

且说这姚丞坤请牛小青坐下，随后亦缓缓坐到牛小青身侧。只见他坐定之后，方缓缓对牛小青道："鄙人姓姚名丞坤，字出樊。现下你虽不认识我，但若细叙起来，我们二十多年前在那福氏村时，却也是见过几面的。"

那牛小青本就失忆，兼其便是不失忆，其记性也不大好。如今听那姚丞坤如是说，也不知究竟，只得"啊"了一声，慌忙答道："如此说来，真是幸会。"

姚丞坤抬眼，见那亭中残羹冷炙，便向牛小青亲切道："可吃完了？"

牛小青听他如是说，想起自己未等他前来便独自享用了满桌盛宴，心下也有些不好意思，便支支吾吾应道："嗯，是……哎呀。承蒙您如此用心招待，实在不好意思。但不瞒您说，我自出生之日起，便从未食用过如此美味的点心。"牛小青慌忙回答。

"嗯，这样甚好。"姚丞坤听其应答，也缓缓点头称是。他话音刚落，便跑来几名奴仆，动作麻利地将那杯盏碗筷及那残羹冷炙收拾妥帖，又将桌子细细收拾干净，这才端上香茗瓜果。

牛小青见那水果均是时令果蔬，色泽鲜艳、鲜亮水嫩，瞧着倒是美味，倒令他十分心动。那姚丞坤也十分热情邀其品尝。但牛小青想着适才那来历不明的白色颗粒，如今见了这瓜果饮食，其形貌不禁又浮上心头，遂一口也不敢再动，只是一味饮茶。他见姚丞坤在此，心中一动，想要询问那宅中种种恐怖怪异之处，思来想去却又觉得不甚合适。二人本不相熟，总也不好刚见面便上前问那屋内晚上是否闹鬼之事罢。

他正想着自家心事，身畔的姚丞坤却开口道："不知可否冒昧问问，牛先生这么多年都在何处高就？可否说来听听。"

"这……"牛小青皱了皱眉头，却道："说来您倒也别不相信。如今我也不知怎的，只除了自家名字还记得之外，其余往事，均忘得一干二净，半分也忆不起来了。"

姚丞坤听他如是言，亦是"嘿嘿"尬笑两声道："您可真会说玩笑话儿。"

牛小青见他笑容有些僵硬意思，慌忙解释道："这可不是玩笑话儿。若是您此前便认得我，我还想从您这里问些我的景况呢。"牛小青急忙与他解释。

姚丞坤听他如是说，冷哼一声道："牛先生，你要是这般装相，可就没甚意思呢。我知道您如今定然是从仙女那得到了什么宝物仙丹，否则如何保住那二十多年前的容颜？至于我如今为何邀您前来，不过是希望您能行个方便，将那永葆青春的宝物或是仙丹售卖给我一宗，至于价钱上，您放心，尽管开口便是。"

"这如何说起……"牛小青听他如是说，越显尴尬起来。

姚丞坤见他犹豫，便接道："若是您仙丹吃完了，亦不打紧。您将那配方告知我也是一样。"

"您这般请求……恕我实在抱歉。但我确实不是期盼，那从前之事，当真是半点也回忆不起来。至于您说的那位仙女，老际也曾与我提起过，还告诉我我曾与她成亲。但我却半点印象也没有，恐怕还不如您二位清楚。"

姚丞坤听牛小青如是说，半晌无话，只是眯眼盯着他反复瞧看。牛小青不敢直视其目光，慌忙把头低了下去。

且说姚丞坤瞧了牛小青一阵，也不知道心中是否相信牛小青所言，只是语气轻松道："若是您不记得倒也无甚关系。我一会着人来给您瞧瞧，说不定他有办法医治你这失忆之症。"言毕便对身畔一名美婢道："去唤孔先生前来。"那美女轻轻应了一声"喏"，便姿态优雅地转身离去。

她离开不多时，便有一位瞧着颇有仙风道骨的老人飘然而至。且见他一袭白袍，白发及腰，也未用发带，只是仍由其随风飞散。牛小青瞧他面上亦是眉长过颊，美髯及胸，只是均呈白色。

老者表情超然，不惊不喜、不卑不亢。似是超脱红尘之外，不在三界之中。且说他至此也未和人招呼，径自坐了下来，神情瞧着倒是极高傲的样子。

牛小青见姚丞坤低头与那老者交头接耳，也不知在说些何事，那老者一面听，一面转头瞧了瞧牛小青。

且说这老者之前一直眯缝着双眼，此刻睁眼瞧着牛小青，却也未见得有甚威吓之处。那牛小青盯着其看了几眼，倒觉着有些像那谷仓之中的老鼠一般。

端的是：

尽人求守不应人，走向亭中且相对。
大家恶发大家休，毕竟到头谁不是。

列位看官，究竟这老者是何人？姚丞坤请他前来此处与牛小青相见，又有何贵干？欲知后事如何，且听下回分解。

【第六十六章】

上回且说到牛小青正思忖时，却见姚丞坤引了一大帮人前来。二人坐定，那姚丞坤便三番五次试探牛小青缘何能保持这般青春容貌的。一问之下，这才明了牛小青竟患了失忆症，如今他了解的，恐怕还不如自家知晓得多呢。姚丞坤数次问下来，见这牛小青也不似作伪，便着一手下之人，去请了家中将养的一名老者过来。牛小青见那老者须发皆白，端着那仙家款儿，但细看之下，一双盯着自己看的眉眼却如同谷仓之中的老鼠一般，令人十分不适。

且说这老者见了牛小青面，四处端详一番，便询问那牛小青最近做什么梦，梦中又是何内容等诸般事体。牛小青云自己如今也不记得，便老老实实告知自己并不记得。那老者听完，对牛小青所答不置可否，只是又与他号了号脉，兼问其若干问题，譬如他平素爱吃米还是爱吃面，食包子时是否吃那包子皮，动物之中爱蛇或是爱马，如厕时到底喜欢想些什么事情诸如此类。

牛小青虽被其问得莫名其妙，但仍然据实回答。那白发老者认真听其回答，并时不时点头称是。接着便又让牛小青随意写了一字。牛小青见其欲测字，心中惴惴，因其斗大的字不识一个，唯有自己所姓的那个“牛”字，他还略记得一二，遂只得应其要求，在纸上写了一个“牛”字。且说那老者见了牛小青的字，拿起来像煞有介事地端详了半晌，随后又用手在牛小青头顶与面部四处捏了捏，这才转头向姚丞坤道：“丞坤，我适才瞧了，此人确实并未对你撒谎，从他的脉象及我测字结果来看，他确实患了那失忆之症。”

姚丞坤听他如是说，脸色变得极难看。但如今众人在侧，他也不好发作，便只是勉强挤出一丝笑意对那老人道：“牛小青这般情况，不知您老人家可有什么好办法？”

“实在抱歉。老夫对这失忆之症实在无能为力，就先告辞了。”说罢也不待他答话，便起身欲走。

姚丞坤见老者要走，也慌忙起身，一伙人客客气气地将那老头送走，这才又折回坐下。

牛小青本就觉得此处甚为怪异，如今见姚丞坤脸色阴沉可怖，更是头也不敢抬。他如此低头半晌，也觉得有些憋不住了，遂战战兢兢地向此间主人姚丞坤问道："请……请问，您还有其余事情吗？若是没有，要不……我就先告辞了？"

姚丞坤听他如是问，沉默片刻，随即勉强挤出一丝笑意，干笑一声，对牛小青道："哈……骤然听见您得了这样的病，我亦是觉得遗憾，可惜我也帮不上什么忙，若是您还有旁的事，就先忙去吧。"

牛小青听他如是说，这才松了一口气。且说姚丞坤一行人将牛小青送至家门口，正欲告别时，却见姚丞坤又托人送来一摞银元宝，且听来人对牛小青道："此间主人托我带话与牛先生道，既然如今来到京城，您便好好在京城逛几日吧。这银子是他送给您的，让您有事随时取用。您如今虽是什么也记不起来，若是您日后回忆起什么来，便来找我好不好？"

牛小青想起自己包裹之中还有几枚金元宝，便死活也不要姚丞坤交与自己的银子。不过他见此间主人姚丞坤如此热心，遂还是答应说日后若是能想起自己如何未曾变老的缘故来，就会立时回来寻那姚丞坤，将缘由说与他听。

且说这厢姚丞坤见牛小青死活不要自己的银两，倒也不勉强他。他见牛小青要离去，只是着人与他找了一辆马车，将牛小青送上车后，自己这才进了院来。

牛小青坐上马车，四处打量一番。这马车却不似自己上次做的那辆车那般诡异，甚至四壁连车窗也无，而是一辆普通的马车，只是装扮略豪华罢了。牛小青透过车窗，见姚丞坤那大宅对面亦是一座豪华庭院，只是两两相较，姚丞坤家的院落更大更奢华罢了。那姚丞坤家的宅院可跑马，牛小青从大门口坐马车沿外墙出发，竟也跑了将近半个时辰之久，这才瞧见那院外一座三人多高的墨色高墙。牛小青在室外略瞧一眼，心中暗忖着，这姚丞坤家中的宅院，至少比对面人家大三倍还不止。

牛小青一面在心中啧啧称奇，一面沿着这大宅院之中的裕坛木所铺就的香街驶了出去。列位看官，且说这裕坛木十分罕见，非但木质坚硬，且时时散发异香，那香气持久，千年不散，遂价格十分昂贵。中等人家之中，能有一件裕坛木家具便已奉若至宝了，而今这姚丞坤家中竟用此物铺路，确属奢华得过分了。

且说这牛小青出了香街，却好似到了另一个世界一般，此处与那富户们所居之处有所不同。那富户多选在清幽僻静之所，而此地却是市井相交，各色人等熙来攘往、热闹非凡，烟火气十足。

牛小青问了旁人，这才知晓，原来此地便是自己所在的大泰安帝国都城——元王城。

牛小青一路行来，见四周各色器物古玩并生活器具等，琳琅满目。他一路瞧过去，只看得眼花缭乱。其实他以前与仙女一处游玩时，也来过此间数次，只不过如今却忘了，所以一切倒也十分新鲜。他瞧了几眼，很快便眼晕脑涨，想要躺在车上闭目养神。睡不多时，那马车便停了，且见车夫掀起门帘对牛小青道："先生，我家老爷着我带您到此间休息。这家酒店亦是我家老爷产业，您在此处一切自便。"言毕便将牛小青扶下马车，着他去房内休息。

牛小青抬眼瞧了瞧，见这酒楼前的匾额上写了"合裕楼"三个大字。姚丞坤将其安排在一间上房之中，每日三餐均着人送来，牛小青见那酒菜质量均是上乘佳品，也不由得暗暗赞许。如今他在京中出入时，还有那姚丞坤安排的两个小伙计陪同，不论他想买何物，这两人便慌忙抢着付钱，令牛小青心中着实过意不去。他问那两人缘故，答曰此乃老爷安排，切勿多心，只管在京中好生玩耍便是了。

二人既如是说，牛小青也不好违拗，兼那京中好吃好玩之物确实太多，那新鲜稀罕东西，真是应有尽有。那牛小青每日一大早便出门，逛到天黑才兴高采烈地返回酒楼歇息，每日都过得极为舒心畅意。

端的是：

昔日龌龊不足夸，今朝放荡思无涯。
可惜不当湖水面，银山堆里看青山。

列位看官，你道这牛小青在京中还有何际遇，这姚丞坤又到底有何打算？欲知后事如何，且听下回分解。

【第六十七章】

上回且说到那老者鉴定一番，见牛小青确属患了失忆之症，暂时无法可解。姚丞坤听闻此事，亦无可奈何，只得让牛小青离去。且说这姚丞坤资财甚丰，做人也十分大气，这牛小青虽未帮上什么忙，但在他离去时，亦着人将那牛小青好生送至市集处，且与他配了两名小厮跟班，每日只跟着牛小青，不论其看上什么，均抢着帮他付银子。另与牛小青在酒楼之中安排一雅间住处，只待那牛小青在京中逛累了，便可在此处休息。

那牛小青亦是乐此不疲，每日只在京中逛得不亦乐乎，早已忘却今夕何夕。

且说这日他听闻今年从帝国边境来了两拨奇人，这两拨奇人目前均在京中盘桓，且这两拨奇人都各有一手绝活，一拨人会一种名唤“穹阳之道”的武艺，端的是厉害无比，一个人赤手空拳便能战胜五六个手握兵器的好汉。那牛小青还听闻便是帝国目下的正规军士兵，若是不穿铠甲，亦不是这番人之对手。他们目下正在京中摆擂台，云凡那京中好事者，只要花钱便可上台试练，但凡有能将他们打下之人，便有高额奖金可拿。重赏之下虽有勇夫，但目下却并无一人挑战成功。那京中百姓素来看热闹不嫌事大，每日坊间所传均是此事。牛小青听了，心中亦是蠢蠢欲动，每天都寻思着是否要去那擂台处瞧瞧热闹去。另一拨人则更奇，他们的拿手绝技名为“龙问”，说到这“龙问”一技，则更加神奇。他们在台上表演，那台下诸人眼睛一眨不眨，未见有何多余动作，便可从衣服之中拿出各式花鸟虫鱼等物，兼有那鱼缸、笔架等物事。此番人等，或是在众人眼前浮向半空，或是口吐烈火，或是钻入那空箱之中，也未见有人挪动，再开箱时，那箱内人等均有未见。

列位看官，你道这两拨奇人至京城后，起先只是在街边表演技艺，赚点零钱花用。但如今投了那京中诸人之好，已被邀至那京中最大的戏院登台表演了。且这奇人演出之票价，因那围观人多，便已有了越来越高之趋势，许多人等，要托关系方能购票。

闲言休叙。且说诸人初至京中之时，众人还以为此为妖术，莫不是那狐仙作祟，否则岂有如此神异之事？后来众人瞧得久了，见未发生什么妖异之事，便也渐渐习以为常，久而久之，还带着亲属家眷前来赏玩。如今这两拨神人异术已在京中传开，其表演常常爆满，这牛小青也早就有所耳闻，便也十分想去瞧瞧这异术。

且说他甫将这番想法告知那两名小厮，他们便立刻跑了一趟。且说回来时，便与那牛小青道，如今"龙问"之票极难买，但表演"穹阳之道"的诸人，过几日道还是有人前来挑战，遂问那牛小青是否要买此场表演之票，且先瞧瞧那打擂之术再说。

那牛小青本就是两场都想去瞧的，至于先瞧哪样，他倒也不甚在乎，遂当下便满口答应。

列位看官，你可知那"穹阳之道"为何物？说起来虽有些唬人，但究其根由，却不过是那流派武术前身罢了。

且说彼时帝国边境有一小城，那城名曰穹阳，这穹阳城中臣民，素来总受那各类妖魔鬼怪之侵袭，又因其地处偏远，又极难得到帝国军队襄助，遂一直苦不堪言，但众人要生活下去，又不得不自救。遂与那妖魔鬼怪相斗久了，城中居民便发明了一名为"五禽戏"的健身体操，其动作便是模仿自然界虎鹿熊猿鸟五种动物行走坐卧之姿态。遂一开始那城中原住居民不过是单纯练习，作强身健体之功用，后因有人发现这体操动作之中竟还能做些改变，可进行攻击，便将其改成实用强大之格斗技艺。

不多时那穹阳城中便有许多人习得这格斗技术，在与那妖魔鬼怪战斗之中，将来犯者打得落花流水。他们见这"五禽戏"还有如此妙处，遂将那"五禽戏"更名为"穹阳之道"，着那家家户户适龄之人练习，那穹阳城中人人习武，一时间蔚然成风。

且说这穹阳城因久遭魔物侵袭，遂对求助那帝国军队时，其不能及时前来支援颇有怨言。虽前来进犯者不过是一些小魔怪罢了。但那在上位者，总是不管不问，只留待他们自家想法子，确实也有些说不过去。如今这穹阳城中众人既学会了五禽戏，那城中知县也有些自得，遂从城中青壮年之中挑选了几个中等人才，着其去京中组团表演，摆下一个擂台去，令那京中人前来挑战。且说这几人颇有表演天赋，竟把此事招办得像模像样。话说回来，这城主又有自家的心思，他如今这般安排，一则可驳那城中诸人的面子，发泄一下自家的不满情绪，二则能赚上一笔银子，带回来将那穹阳城再拾掇拾掇。

说来也巧，这穹阳县令虽如此安排，但却一如其所料，那城中便是连帝国正规军中最好的士兵，也不是那穹阳城之中众人对手。诸人在城中摆下擂台，将那京中众人打得落花流水，穹阳城亦算是长出了一口气。

如今都城之中，未有人能敌得过穹阳城诸人一事，倒是惹出另一个人的心思来。你道是谁？说来也巧，此人正是那京中的大将军。如今大将军见了穹阳人的这番表演，竟然领会到武术在战争之中的极大价值。这格斗这般厉害，以至于他此前从未见过有人赤手空拳或是随手取过身边一个物件，便能将他手下训练有素的士兵打得毫无还手之力。

想到此处，他便亲自去那穹阳城中，当众对以前军队未能及时赶到不住致歉，又与那穹阳诸百姓送了许多礼物，还对那官职远低于自己的知县大拍马屁。他好话说尽，又送了这样一份大礼，那穹阳城诸人赚了面子里子，遂也不与他计较了。知县亦是借坡下驴，见好就收。顺势便答应了那大将军的要求，派了许多人去军中做教头，前去与那军中士兵教授武艺。

正是：

神藏一气运如球，吞吐沾盖冷崩弹。
彼若抢来我先去，忽成铁楔入脊髓。

列位看官，你道这牛小青如今既决定要去瞧那“穹阳之术”，又将是个何等光景？欲知后事如何，且听下回分解。

【第六十八章】

上回且说到这“穹阳之术”来历一事。大抵这世间之事，总归不过是穷则思变、变则通这个道理。这穹阳城诸人自打练会了“五禽戏”之后，对那前来进犯之妖魔鬼怪，总也算是有了抵抗之力。且这套功夫颇有神异之处，因徒手夺刀、打退那未曾全副武装的士兵，均不在话下。

列位看官，虽武术在战争之中起到绝大作用，但因其易学易练，遂那习武之人渐渐多了起来。你道这易学易在何处？一则是习武那法门得当，极易入门。每个人均可学，每个人均可练，且费时不多时便可入门。二则是那练武场地无须太大，随意划出一块来，便可作那习武场地之用。因这两样特性，兼那大将军支持，这世间多了数名侠客，而这侠客们自成一体，令那后世统治者头疼不已。

这“穹阳之术”说毕，当说说那“龙问”之术。其实这“龙问”之术，不过是那世人常常提及之“魔术”表演罢了。之所以被唤作“龙问”之名，皆因彼时帝国领袖确为真龙天子。他与后世那些假借一切神异之术巩固统治，推崇一切神异之术驭下之人，均有所不同。那后世来者，往往刻意将此神仙法术，做出一个神异的样儿来，以蛊惑人心，令那治下民众，相信自己是真龙天子下凡，天然可通灵异。这一点，与那本有神异，但成日只想游冶玩乐之真龙天子，实在是大相径庭。

且说这神力无边的真龙天子，死活也不曾想通如今人类为何不用法术，便可做出这许多令他匪夷所思之事来。因他对魔术表演兴味十足，遂每次瞧完了那魔术表演之后，便要询问那演员是如何做到这番神异表演的。因问得多了，遂后来者，便将这表演之名以“龙问”一词代称。

话说自他前来询问，这演员们多不敢拒绝，但见他数次相询，又不敢不说，但说得多了，又怕泄露自己秘密，遂只得采用一个折中之法，只与他说明戏剧的基本原理，那具体操作的门道，却仍在自己手上，有所保留，如此这般，也算不上欺君之罪。

说来也巧，这天龙也是个好事的。他听了演员们的托词，回到那地面王宫之时，亦想跟着他们的法子去尝试那魔术表演，但他只知其一，未知其二，便无论如何也无法表演成功。但其生性骄傲，便是不能成功，亦不会再去询问，只自己慢慢摸索。如是一知半解之时，他对那魔术表演反而越发有了兴趣，日常前去观看魔术表演，反倒成为其最喜爱的娱乐活动。

列位看官，你道是自古以来，世间诸人，对那在上位者之喜好，殊爱模仿。既是天子喜欢之物事，自然也不会差到哪里去，遂自打得知这“龙问”之术之后，举国上下便刮了一阵前去观看“龙问”之术的风气。那风气既起，城中的票价一时间洛阳纸贵，京城之中那表演魔术者，也慌忙加场，一时间，那京中处处都有魔术表演。

因那买票者喜欢瞧个新鲜，遂这项表演在当时亦是空前绝后，十分繁荣。那魔术花样层出不穷，立志做那魔术师之人物亦多如过江之鲫。若是谁能练出高超的魔术技艺，在那天子面前表演一番，其所获得的荣誉奖赏，便足够一生使用了。遂一时间，诸般人等，个个在家苦练，人人拜师学艺，将那“龙问”之术，直演绎得与那国术一般。

且说回这牛小青处。列位看官，你道这牛小青自打得知了这“龙问”与“穹阳之术”后，便着那小厮前去先买了“穹阳之术”之票。他既得了此票，免不了便要抽个好日子，去看那擂台比武之事了。那两名小厮见他出门，也慌忙跟了去。

说起来，这日天气倒好，是个风和日丽、晴空万里的好日子，几人出门前瞧了一眼皇历，那皇历上也写明今日是个黄道吉日，但说来也巧，这般天时地利人和之时，这牛小青却倒了大霉。

闲言休叙。且说这三人正在街上向那擂台处行走，却见天地变色、阴云密布，但那云层说来也怪，不是黑色，却像是晚霞似的紫金色云朵，那太阳光竟从云海之中，射下来一道道五彩光芒来。

正惊诧之间，却见大地开始震动轰鸣，四处回响着“嗡嗡”之声，那天地之间似是变成了一个大瓦罐，其声响恰如瓦罐之中放置了一个滚来滚去的铁球一般。

这声音并不甚大，那震动也不甚强烈，可在牛小青听来，却是十分害怕。尤其他一眼瞥过去，见地上的一切都被云海之中射下的彩光照得光怪陆离，如同处在一个颜色混乱的梦境之中一般，这更让他恐慌。他转眼瞥了一下四周，见身畔除了那瓷器店老板呼唤伙计，命他们将瓷器扶好，万不可摔在地上。其余人等，走路虽是东倒西歪，但仍是该做什么便做什么，遂也安下心来。他虽不知发生了何事，但见大家都并无慌张神色，自己也只能稍稍定神。

且说这牛小青尚未安心片刻，抬眼一望，吓得险些一屁股坐在地上。你道他瞧见了什么？原来那天空的云海之中，若隐若现者，竟真的是一条硕大无朋、一眼望不见首尾的真龙。那牛小青一眼望去，也不知那龙身有多粗，反正自家眼睛都痛了，才能略寻到那龙尾。那龙前行姿态却如蛇一般，只是缓缓扭动身子，向前游去。

因那云海甚厚，遮挡住这龙身，牛小青张望之下，也不过只隐隐瞧见这龙的形状，但只是管中窥豹、惊鸿一瞥，牛小青也能想象出那龙身的巨大之态。因那云层并未将其完全遮挡，有些薄云之处，牛小青还能瞧见这蛇身之上，闪烁着变幻五彩光芒的坚硬龙鳞，他如今不甚清楚这龙身到底有多少鳞片。但现下看了，只觉那每一枚鳞片，比之那姚先生的宅院似是还要大上好几倍，要知那姚先生之宅院，比那普通郡县之占地还大，可想这龙之身躯该是何等雄伟。

那牛小青瞧到此处，终于有些后怕，也忍不住惊声大叫起来。

他这一叫，倒是将那街旁路人吓了一跳。众人见他如此惊慌失措，均用鄙夷眼神瞧他，那跟着他的两名小厮见了他这番姿态，也忍不住掩嘴笑了起来。四下众人交换一个眼神，大约是在嘲笑其到底是个未见世面的，那一名小厮的眼神端的便是“乡巴佬”，而另一小厮，则有嘲笑牛小青不过是个“土包子”之意。那两人见牛小青惹来众人侧目，便慌忙对路人赔笑道：“实在不好意思，叨扰各位了，这位大哥是从荒野乡里前来京城游玩的，他初来乍到，并未见过这等世面，还望各位多多包涵。”他一面说，一面将那牛小青搀扶至一处背人的清幽街面去了。

端的是：

幽壑鱼龙长啸，倒影星辰摇动。
回首三山何处，闻道众人笑我。

列位看官，你道这龙到底是何来头？为何众人对此并不害怕？这两名小厮如今又要将牛小青带至何处？欲知后事如何，且听下回分解。

【第六十九章】

上回且说到这牛小青因买到去观赏那“穹阳之术”的擂台票，便与那两名小厮一道，预备去瞧瞧那“穹阳之术”，岂料才走到半路，见那云层之中霞光万丈、低鸣不已，端的是：驾八龙之婉婉兮，载云旗之委蛇。那牛小青何时见过这等光景？当下被惊得大叫，以为是什么妖怪驾临、魔鬼现世。遂一屁股坐在地上，慌得大喊大叫起来。

众人见牛小青如此大惊小怪，纷纷投以鄙夷眼神，以为其未见过世面之态。那随从的两名小厮见牛小青这般模样，慌忙将他拉去那僻静处，免得这牛小青闹出更大动静来。且说牛小青此时仍是惊魂不定，直吓得气喘吁吁，也不知那天际神龙到底是何来头。那两名小厮扶他到一家茶馆之内坐定，唤那茶博士送了一壶热茶前来，着其喝一口热茶压惊。这牛小青猛灌了几口，这才回过神来。他定了定心，又抬头望了望那天上的庞然大物，见其并无攻击众人之意，这才用惊疑不定之声问那两名小厮道：“你们可知道，这天上的……到底是何物？”

此时那两名小厮面上亦被那天上彩光照得五彩斑斓，遂牛小青并未瞧见他们面上那一闪而过的鄙夷神情。他们见牛小青发问，便强压下心头瞧不起他之态，仍旧恭恭敬敬答道：“瞧您说得轻巧，万不可让别人听见了。‘那是什么呀’可不是您能说得，您若是直呼其名，可太过无礼。您不会不知道，那便是我们当今天子陛下的真身吧？”

牛小青听他们说完，仍是懵懵懂懂，一知半解之态。他如今虽然失忆，记不得前世也不是什么稀罕新闻，但是饶是他不失忆，此前他也并不知晓那天子是真龙之身。他生在那无稽崖下的穷乡僻壤之中，村中之人一辈子都未曾踏出村子，外界之事，一概不知。而他那哥哥嫂嫂，又焉会把与他钱去见识外物或是念书学习呢？他曾听他嫂嫂云：“他如今吃穿用度，都是自家中省出的，知道那放牛耕种之事便可，其他许多事，知道了又有何用？他知道得越多，心便越野，将来也越发不好管制了！”那牛小青见龙身在云层之中若隐若现，便战战兢兢问道：“是啊……不过，为何天子陛下之身如此巨大？”

那两名小厮听其问完，虽然面上有那五彩斑斓之色掩盖，但仍旧是一副哭笑不得之表情。随后这两人似是用尽浑身气力，方才忍住不笑，慢吞吞地对那牛小青一字接一字道：“我、们、的、天、子、陛、下、乃、是、龙、身、啊，你说龙、是、不、是、很、大啊？”

且说这牛小青虽是孤陋寡闻，但是龙是何物，他还是知道的。但如今他骤然听说高高在上的天子竟然是龙身，眼下自己竟然还亲眼所见，脑子之中才蓦地乱套，甚至连接下来要说什么也不知，只是懵懂地立在原地，呆呆地望着那两名小厮。

正在此时，那茶馆的老板亦走了出来。牛小青见他身上已不是适才所穿的半旧的外衫，而是换了一身崭新的干净衣物，那衣料甚好，看来是已经将他最好的衣服穿上了。且听那老板对众人道：“诸位请自便，我现下要去翰极殿迎接天子，先失陪了。诸位若是有甚需要，直接唤这店中伙计便可。”

那两名小厮听茶馆老板如是说，慌忙道：“麻烦店家等等，我们与您同去。老板，麻烦您帮忙先与我们这边会账。”这二人一面说，一面便有一名小厮跑了过去，先去与老板结账。那留下者则对牛小青道：“呐，牛先生，此地天子外出平灾归来时，我们都要去他的神宫迎接，此次天子是去西北等地降雨，那处最近正逢旱灾，天子归途上虽为龙身，但一会儿行至神殿，便会化作人形了。您若是去瞧了，自会明白。不过此事也并不是非做不可，若是您不愿意与我们同行，也可留在此处饮茶，我们一会儿回来接您。您看看您到底意下如何？”

那牛小青听他如是说，焉有不去之理？当下便满口答应，站起身来便要随二人离去。

且说当日玉帝决意要帮助世间万民治国之时，亦是遇到了一件棘手事。原因是在玉帝眼中，人间的帝王并无谁算得上成功，或是败给那因生理缺陷而产生的各种心理缺陷，或是目下的统治者英明神武，但其后世子孙却又是那败家蠢货，一心只想着鱼肉百姓，消耗祖上的富贵荣华。玉帝因着此事，也曾尝试要赐予那英明治下者永生不死之寿命，可惜这人间帝王，一旦逃脱生死，便又被权欲迷惑，完全无法自控。这玉帝逢上此事，只得将当日恩赐予其之寿命收回，遂那人间成王败寇，总在改朝换代，且战乱不绝，如此来回，如一个解不开的死结一般。那玉帝思来想去，便想到自家如今派一个仙人治下或可好些，遂他便在那仙人中询问一番。但那仙人中，却并无有意担当此任者，兼众仙素日只好游山玩水，并无掌控俗事智慧，那玉帝本人便更不曾有，遂那玉帝虽想了一个法子，却又添了一重烦恼。

且说这玉帝只管自家愁闷，每日在天庭之中思忖此事，便漫无边际地在院中踱步。且说这日他走到了一处，此处离天庭甚远，并不似天庭之中建筑。他见那建筑外观全不似他所见的天宫建筑，不禁眼前一亮，想起自己几欲遗忘的一处神祇来。

列位看官，你道这天帝想起了什么？他想到的，便是后世称之为“龙”之神明，便与那“玉皇大帝”“阎罗王”“太上老君”人等一样，皆是人类为了方便众人辨识而取的名号。在神明与神明之间，倒并无这许多讲究，皆因那神明相互之间能感应彼此存在，既能彼此融合，又能各自独立，遂那名字于他们而言，实是不必要的累赘。

正是：

菅君本不假凡胎，直自灵山会上来。
五百年间无识者，扶桑佛法一枝梅。

列位看官，你道这玉帝究竟如何安排龙神下界，这牛小青又有何际遇？欲知后事如何，且听下回分解。

【第七十章】

上回且说到牛小青途遇龙神，张皇失措，被那两名小厮拉到僻静处，又买了一碗热茶与他吃了，这才缓过神来。因问那龙神来历，只听那两名小厮云，那龙神乃当今天子，其化作龙身，定然又是去别处除灾解厄了。彼时那龙神回帝都，众人皆换了新衣，预备迎接其下界。

说起这龙神来历，倒也与玉帝有关。当日玉帝为人界遴选天子，或因权废私，或只能保住一代昌明，遂其预备令一天神下界，岂料这天神多半都是偷懒帮闲的，遂其对此也甚是头疼，也不知该如何是好。这日，玉帝行到一处荒废神祇，忽然计上心来。

列位看官，说到此处，你们应当也有所了悟。那神祇之中便是龙神所在了。说起这龙神，当与别神不同。这龙神甚是孤傲，素来不愿意与别神同住，甚至连那天神之间感应也不愿存续，遂自行切断。且那龙神脾气古怪别扭，素日大家说东其非要往西，大家往上他定要往下。后来便干脆不与那其他神仙在一处了，而是自个儿搭了个神殿，自家住下，谁也不理会，因那神仙岁月十分悠长，久而久之，众人便将他忘了，玉帝若不行到此处，也不曾回忆起此处竟然还有一处神祇所在。

话说此前那龙神虽然惹人着恼，但这会子玉帝见了，反而喜不自胜。原因是那玉帝触景生情，想起此前龙神与天上众神争辩其人间的种种是非对错之时，虽然与那众神看法截然相反，但其比起其他神仙来，倒似是更了解各种人间俗世。想到此处，那玉帝二话不说便走进龙神神殿，将自己希望他去治理人间之愿与他说了。

“滚！”“想让我去人间，想都别想！”“人间那些个臭虫，统统死了才是大快人心！死了更好，关我什么事！”“别以为别的神仙蠢蛋奉你是个头你便了不起了，我可不似他们，傻到这般田地，别扰了我睡觉，一边玩去烂孙子！”

且说这龙神连一句客气话也无，便将那玉帝赶出门外。那玉帝倒也不生气，心道这龙神也就这般臭脾气，自己此时与他无法说通，待他想通，再多来几次便罢了。

列位看官，你道这三国时，有刘玄德三顾茅庐之事。这刘备想请诸葛亮，前后去了三回，这诸葛亮心中感激，便跟着他走了。但不知刘备是否还有再多去一次的耐心。如今玉帝相请龙神下界治理，前后去了龙神神祇五次，这五次来回共五百多年，前两次那龙神见他来了，好歹还令其进门，后面那龙神知他来意，干脆将大门紧闭，连面也不令他得见了。

且说那玉帝第六次相访，又吃了一个闭门羹之后，他也无甚耐心了。遂强冲进那龙神神殿，二神说不得便动手打了起来。这两个都不是省事的，一打便打了三年多。其灵力相仿，谁也打不过谁。两人见再这般武斗下去，怕是要将整个天庭毁了，遂便约定改了文斗，以下棋来定胜负。

说起下棋一事，这玉帝倒甚不在行，那龙神在围棋之中连让他九子，他却仍是输了。那玉帝不忿，二人又改下象棋，这番象棋，那龙神又让了玉帝两车一炮，岂料便是如此，这玉帝仍是赢不了，遂二人又改比斗诗。

龙神诗兴大发，提笔挥毫洒墨。这玉帝已经玩惯了，哪里还有作诗的才能，憋了半天才想出一句诗来。你道他想出什么？说起来也是可笑，这玉帝想出来的竟是“你若再不答应，我便在地上打滚，实在可恨可恨”。不用说，这斗诗一事，玉帝又输了。

但斗诗输了，这玉帝仍不心服，还要与那龙神斗画。这龙神也应了。他落笔成画，那画中有森罗万象，展开如千卷飘飞，皇皇千里巨作。而这玉帝画了半天，不过画了个神龙飞天的画像，他本意是拍拍龙神的马屁，哄那龙神开心，令那龙神一高兴，便应了他。奈何其画技拙劣，这龙神瞧了画像，倒像是一只蚯蚓正追着他要拱其后臀一般。这二人斗画玉帝仍不服气，便要与龙神斗舞，那龙神一挥手，在空中姿态翩然，变幻万端，忽如五彩星子，忽如天际流云，端的是风流万端、曼妙无比。待轮到那玉帝跳时，却瞧不出他是在跳舞，倒像是身上长了天蚤，正抓耳挠腮不知该如何是好呢。

且说这玉帝十八般武艺上了，却仍是拿那龙神没辙，如今实在无法可想，只得对那龙神道：“虽说这些我都不如你，但有一样你却办不到。”那龙神听了，果然上当，问那玉帝道：“你说的是何事？”那玉帝云：“若是你觉得可行，便去那宇宙尽头走一遭再走回来与我瞧瞧，你若是能办到，我便服了你。你若是办不到，便给我老老实实去做人间的头儿去。”

列位看官，你道这玉帝为何出此下策？原来这天宫众神，那众人瞧着虽是在天上，实则他们自己也并不明了自己到底身在何处。自打众神有记忆开始，上至天庭，下至凡间，并非从云彩飘落地面一般如此简单。他们对自己住处虽是再熟悉不过，但那宇宙空间却是神秘无匹，便是天神也有许多并不了解之疆域。遂对诸神而言，探索那未知宇宙，便如人类要去那荒冢鬼屋探险做游戏一般，需要莫大勇气。那玉帝口上虽然说“宇宙尽头”，但其实他自家也不知那尽头到底在何处。日常众仙家所谓的宇宙尽头，不过是众神心里所认为的临界点罢了，一旦超出那宇宙某一界域，众神之中谁也不再有探索胆量，遂众神便将那界域唤作“宇宙尽头”罢了。

岂料这龙神正是个好事的，他听闻天帝挑衅，当即二话不说便起身飞走，想要赢了和玉帝之赌约。那玉帝见他不多时便又飞了回来，便问那龙神是否践约之事。原来这龙神不仅飞至众神所说的宇宙尽头，还比之其他神明更多飞了一段距离，这距离若是用如今的天文距离演算，大约有半个光年。超出这范畴，那龙神也不敢飞得再远了。

且说这龙神飞还之后还未开口，玉帝便觉十分无趣，闷闷不乐地折身回到自己的紫薇神殿之中了。

此时他劝不动龙神，便也只能就此作罢，那人间好一阵歹一阵，也只得由得它去了。但岂料这事情竟突然有了转机。原来当日西王母动心起念，贪图玩乐，便从人界学了一样技艺，这技艺，正是人界的酿酒之术。这西王母既学会了此术，若不演示一番，岂不手痒？遂其便用那人间采集之原料，酿造了一批好酒。如今她见玉帝一脸不快地折回神殿，便上前去问缘由。那玉帝将这番际遇说与她听了，她思忖片刻，着玉帝带着酒再去拜访那龙神一次，此番只管劝那龙神饮酒，饮得越多越好，只要那龙神愿意饮酒，之后诸事都好商量。

那玉帝听西王母如是说，虽不知道酒是何物，但此时也不过死马当作活马医。只得将信将疑地提了酒又去拜访龙神。那龙神见玉帝又来，本想将其拒之门外，但转眼却瞥见玉帝手中的酒坛，他闻见那酒香，便早已忘了自家原则，忍不住将那神殿大门打开，相请玉帝入内。那玉帝还未开口，龙神便索了酒坛，大口大口地饮了起来。

正是：

劝君今夜须沉醉，尊前莫话明朝事。
新寒中酒敲窗雨，残香细袅无情绪。

列位看官，你道是这饮酒已毕，这龙神下界之事，又待怎的发展？欲知后事如何，且听下回分解。

【第七十一章】

上回且说到那玉帝数度邀请龙神下界治理民间遭拒之事。这玉帝因愤愤不平，便忍不住与那龙神打架。二人打了数天数夜，不分胜负。因其皆为法术高强之神，这番打将下去其破坏力甚大，因而两人相约文斗，分别比斗诗词歌赋等各项时，玉帝均有所不如。那玉帝屡屡遭败，心情抑郁，只得怏怏回到那紫薇宫中。不想其回宫之时，正巧遇到西王母，这西王母历来也喜爱人间物事，正巧学了酿酒之术，便着那玉帝带着酒再来寻龙神。

这玉帝提了酒，又往龙神殿中来。龙神与他这五百年争斗，早就烦透玉帝，正待将他赶出门，却见玉帝手中提了一坛酒。一闻之下，腹中馋虫大动，想要将玉帝赶走的心也熄了不少。且见他将玉帝请入内，将那酒取过来，直接便饮了起来。那玉帝亦是有心的，见这酒既然能令那龙神心动，当下施法，将那酒变得源源不绝，那龙神馋酒，也未曾多心，只管自顾自地饮酒。这二仙也只管饮酒，没个止境，不知不觉间，竟豪饮了比之黄河长江水量最丰富之时加起来总量之酒水。且说龙神这般牛饮，便是铁打的身子亦熬不住，当下醉得一塌糊涂。那玉帝见龙神饮得如此豪兴，自己亦忍不住饮了一些，亦同样酩酊大醉。幸而他尚记得自己如今前来是为什么事，遂神志不清地对那龙神道："我与你说的下界人间之事，你考虑得怎……怎么样……兄……兄弟，就算是我求……求你，你且去人间当……当那众人的头吧。好，好不好？"

且说那龙神早已醉得趴在神殿之中的五彩琉璃砖上，头也无法抬起。他那硬逾钻石的龙角亦软绵绵地垂将下来，胡须捋在口中咂玩，龙涎亦流了满地，听了玉帝问话，也不过脑，只是口齿不清地答应那玉帝道："绳（行）……敖及闪该……购处（老子现在就去）。"那玉帝听了，点点头亦想离去，不承想早就醉成一摊烂泥，倒入那龙神的口水，也睡了过去。

二神这一醉醉了甚久。那玉帝饮得少些，不过睡了二百年。他如今醒来，见了满身口水，心中几欲作呕。其实那龙神口涎，玉帝瞧着虽然恶心，但于那凡人而言，得到其中一滴便能活上千年。那龙神醉得更久些，竟有六百年之久。待其醒来，玉帝便前来提醒其醉酒时立下的字据，说过的言语。那龙神心中懊悔无比，但如今也无甚食言的办法。他素来一言九鼎，若是叫人知道自己有反悔之意，实是对不起自家的自尊心，如今既然木已成舟，只得拾掇拾掇，下界去自己一贯鄙夷的人间称帝去。

说来也巧。不承想这玉帝与龙神赌约之事，竟然被一多嘴之神仙告与世人知晓。那众人知晓后，便将玉帝当作榜样，上至官员，下至黎民百姓，凡遇到那办事不好说话者，众人纷纷宴请饮酒，用饮酒之道解决此事。那酒反倒成了人际之中最不可缺少的润滑之剂了。

那龙神因受了这个教训，反而对酒之一物，恨之入骨。从此之后，非但滴酒不沾，到人间称帝之后，当即便颁下了那禁酒令。列位看官，你道这世人，均有一个怪癖。那越是在上位者禁止之事，反倒越是勾起那世人的好奇心来。他不禁还好，一禁之下，众人越发想要尝尝这酒之滋味了。以至于那兜售酒水，倒成了最赚钱的买卖，人间四处都是私自酿酒的酒贩，还因利益纠葛组成不同帮派，四处械斗不止。

龙神见自己禁酒令并不奏效，且那酒非但禁不住，反有愈演愈烈之势，也只得作罢。如今他既已下界，既来之则安之，虽禁酒令无法推行，但其退而求其次，在那丞相之帮助下对百官监督颇为严格，在其称帝期间，全国上下大小官员，并未有一人因酒耽误工作或是因酒违反律法。

且说这龙神既已安心下界，那人间之事，总该略平息一些了吧。但岂料这龙神虽对人间有些许了解，但其也并未有多少处理人间俗事俗物的能力。帝国之中，多少政务杂事，均由丞相担任。但有龙神威慑之力在此，便是其并无亲自处理政务，那帝国之中，亦没有人敢发动政变。那帝国之中，曾有一二不心服者，诸如曾有一名丞相想如此做，结果行至京师方才发现，自己辛苦召集的那五百多万大军，竟连给龙神塞牙缝也不够。自此之后，国内所有官员，便只有兢兢业业、克己奉公一道可行，那帝国因龙神坐镇，也一直国泰民安。

闲言休叙。这龙神坐镇人间，四处降妖伏魔自不必说。其回京之时，其实并未强制百姓前去迎接，但那众百姓与龙神处得久了，自发前去迎接者也有不少。那牛小青被两名小厮领着，沿着侧街走到了那正街上，越行却发现人越多，以至整条大街之上，皆人潮汹涌，均是自发去迎接那天子回宫之人。

牛小青哪见过此番阵仗。虽那两名小厮一直回头看顾，但人潮拥挤，那牛小青不明方向，很快便被众人甩在身后，与那两名小厮失散了。

这牛小青见自己找不到那两名小厮，便挤出人群，行至街边一个小花园。

寻了一个长凳坐下。他心中想着自己歇歇脚便先回旅店歇息也罢。如今见不着那天子虽是可惜，但也实在是挤不开那熙熙攘攘之人群，也只得作罢。

且说这牛小青刚坐下未久，便有三名衣冠楚楚之人凑上前来，问那牛小青道："牛先生，冒昧问问，您是否与那两人走散了？"牛小青见他们发问，便不假思索地点了点头。且听那人又道："若是如此，那您且跟着我们走，我们亦是姚先生的家丁，您只管跟着我们便可。"

牛小青听他既如此说，也并未多想，便跟从他们走了。这几人将牛小青请上一辆马车，便催马前行。

牛小青见那马车辘辘，疾驰而去，便问道："你们是不是带我去见天子？"那三人答道："那是自然。您是主我们是仆，您说去哪里我们便去哪里。"牛小青听了这番话，更是安下心来，只好好地在那车中坐了。

他在车中，见不到外景，只觉那马车行了好久还未行至那宫中，但他天生便缺心眼，凡一得闲，便想睡觉。遂他不多时便靠在马车上睡着，也不管他事。

这牛小青也不知睡了多久，一觉醒来，发现自己竟还在马车之上，透着那马车缝壁向外瞧去，只见外面天色竟有些暗了，便想问了一声道："怎么还未到？"他刚动心起念，却发现自家竟完全说不出话来。他呜咽数声，才猛然发现自己的嘴竟被一块抹布堵上，而想动也无法动弹。再低头一瞧，自己竟然被捆得严严实实。坐在他身侧之人见他醒了，冷笑一声道："哼，这位爷真是个心大的，不过也好，倒也给我们省了许多事。"

牛小青此时心下方明白，原来自己是遇到歹人了。原来自打牛小青在合裕楼之时，他们便已盯上那牛小青，且知其是姚老太爷的贵客，便已心生歹念。

他们动了这番心思，自然也费了一番手脚功夫。起先众人发现这客人姚丞坤似乎颇为看重，便想绑了他去姚丞坤处换赎金。为了探听此人消息，还特意买了姚丞坤家中一名家仆做眼线。不承想，那眼线探后，竟告诉他们一个更为惊人之消息，原来那牛小青被姚丞坤如此看重，竟是因为其手上有那长生不老的方子！

正是：

强盗遭逢恶抵家，贼赃才败别无他。
山藤彻骨令甘伏，反与渠侬贴面花。

列位看官，究竟这三人要将牛小青带到何处？这牛小青又能否逃脱强盗魔掌？欲知后事如何，且听下回分解。

【第七十二章】

上回且说到这龙神因饮酒之后迷迷糊糊应了玉帝之后，便只得应自己的允诺治理人间。好在这龙神威慑之力颇足，这帝国之中，虽有种种不忿之人，在他神力之下，渐渐也不敢造次。那国中诸人，也渐渐习惯了龙神泽佑万民之态，凡有那龙神出巡归国之时，万人空巷，均去迎接那龙神前来。

且说这牛小青听闻众人解释，终于明了这龙神之来龙去脉，他本拟与这两名小厮一道，也预备去瞧那龙神驾临之态，岂料这街上熙来攘往、人声鼎沸，自己人生地不熟，虽拼尽全力向前挤去，却终还是与那两名小厮被人群挤散。

好在这牛小青也不是非瞧这天子真身不可，便在街边歇脚，预备先回那酒楼。岂料正坐着，有三人前来相询，云自己也是姚丞坤家中仆人，前来将牛小青带回。那牛小青见几人说得真切，也并未多想，当即便随众人一道上了马车，意欲随其前往。岂料行了许久，尚未到达，他低头一瞧，自己早已被人绑了，口中塞了一个布条，竟然连身在何处也不知道。

那土匪头子倒是颇高兴。他早已从姚家眼线口中得知这牛小青手中竟有长生不老之药方，自己如今抓了那牛小青，便如钓上了一条大鱼一般。遂其命令手下无论如何也要将这牛小青弄到手。遂那三名土匪在合裕楼附近住下，使出死命盯着牛小青，凡那牛小青一出门，这三人便紧随其后，将其盯得紧紧的。怎奈这牛小青身畔一直有人，他们总也找不到机会下手，直至今日那牛小青与两名小厮走散时，几人才寻到机会，终于将那牛小青绑走。

列位看官，你道这土匪头子也不傻。他如今绑了牛小青，虽可在那姚丞坤处换一大笔钱，但其倒也并不想长生不老，但一个人只是长生而无钱财使用，这岂非白受其罪？遂其灵机一动，想到了另一种法子。这牛小青既有此良方，现既又落入他手，待他逼问出这法子，转手再卖与一个好价钱，并加姚丞坤手上那笔赎金，可保自己后半生无忧了。如今帝国境内四下皆在剿灭匪帮，便连那御林军也出动，且这些人等每隔数年便会来山中逡巡一次，土匪一行，他也不能再干多少年了。

且说其刚将那牛小青押往山寨时，那土匪们因想着长生不老之良方，皆对那牛小青以礼相待，希冀从那牛小青口中探到长生不老之秘密。但不论那土匪头子如何敲打，牛小青皆以实相告，云自己实在无甚长生之法，且如今已失忆，便是有，也实在想不起来。那土匪头子听了，不由得恼羞成怒，他不似姚丞坤那般见识广阔，并不知道这世上还有“失忆”一事，更不似姚丞坤那样还要顾及面子名声，如今见牛小青油盐不进，只道这牛小青在耍着他们玩儿，便将牛小青关押进山寨之中的石牢之中，用重刑逼供。

他虽不信，但实在并未想到，这牛小青实是并无隐瞒之处。饶是他如此，也半点信息也问不出。不过他也不敢将那牛小青整得太过，若是那牛小青真的就此死去，他们便是连赎金也无法拿到了。

不过这土匪头子倒也不甚急。如今牛小青已落入他们之手，他多的便是那令人求生不得、求死不能的法子。素日他口中说得最多的便是“地狱都赶不上老子寨中的监狱这般厉害”，遂诸匪折磨起牛小青来，实是比其在地狱之中还要更惨。要知这牛小青此前在地狱之中，只不过是做活罢了，并未有受刑一说。

好在这牛小青虽受了几日折磨，总归其运气还未差到家，没过几天，那剿匪之御林军便找到此处来。遂那牛小青便如当日姚丞坤在匪寨之中一般，经历了一番牛油所经历过的诸般事宜，只不过这次时间更短。那土匪头子未到一盏茶之工夫，便都已见阎王去了。而那土匪头子也算是践行了自己素日之名言，这番真可到地狱之中与那阎王比较一番，到底谁家监狱之酷刑更为严苛。

御林军救下牛小青时，见牛小青因重伤已昏迷不醒，便将其一并带上，送至附近县城之中的一个医馆之内。

说起这医馆，当真也是牛小青运气甚好才得此待遇。原来这医馆亦是这龙神下界之后，才命人修建的。以前这帝国境内，最多便是游方郎中。能有那固定处所与人看病之人乃凤毛麟角，且也只有帝都之流的大地方方有医馆。其余郊野之处，若是有人患病，多数只能自家挨着，若是患了重病逢不到医者，往往也只能在家中等死，遂只有那大富之家及权贵人等，方能养得起那固定之医者，凡有病痛，可随叫随到。

自打龙神下界之后，得知这番状况，便颁了一道圣旨，由朝中出资在那县城等人员聚集较多之处办几座医馆，以便那百姓生病了能有医治之所。此番政令颁布之后，那乡县之中，便也有了医馆。那都市之中，自然也有了更好的，而那偏远村镇之中，也得了几个医术一般的郎中。

且说这牛小青被救醒之后，便想折回去寻那姚丞坤。可如今他伤势颇重，那嘴巴与舌头，又都肿得说不出话来，且其大字不识一个，也无法将自己欲往之处写在纸上与众人瞧看，只好在那医馆之中待着，等口舌及身上之伤痊愈再行离去。

列位看官，你道这厢牛小青虽心中焦灼，但其并不知晓，这世上还有一个人比他更着急，那便是这姚丞坤！这姚丞坤自听闻牛小青失踪之讯，其便秘时长，竟从两天变作六天之久！

但其当真是个厉害的。这牛小青既已失踪，他便撒了众人出去寻他，但寻了颇久，那牛小青却仍是无影无踪。这日他又在茅房努力半天却仍旧一无所“出”之后，折身回房中躺下，忍不住潸然泪下。这倒不仅仅是因为那痔疮之故，更是因为那牛小青若是寻不着，他便连最后一丝希望也失掉了。

列位看官，你道这姚丞坤为何如此焦灼？此事说来倒话长。说起此事，倒还要从其五年前的一个决定说起。此时他倒想折回那五年之前，将彼时做决定时之自己掐死！

如今他面上看着虽然如常，但内里其实早已被那妖魔控制得死死的了。

说起此事，还当从那五年前说起。且说那妖魔自五年前，便已找到了牛小青。你道那妖魔是谁？正是之前牛小青在姚丞坤家中见到的管家及那白须老者。此二人找到姚丞坤之后，便对其道，只要那姚丞坤答应死后入他们一伙，便可保护其不被那地狱之中的鬼卒带走，以免其灵魂受地狱折磨之苦。

起先那姚丞坤听闻此言，也只当这两人疯子一般。后此二人在姚丞坤面前表演了一番妖术。诸如那穿墙、隔空取物等。又招来它们手下那不成人样之小妖来与姚丞坤看了，那姚丞坤便也信了。但他却仍然存有疑虑，自己如今赚来的钱，来路皆是堂堂正正，死后又焉会下地狱呢？

那两名妖魔听了他这番辩解，哈哈大笑，云那姚丞坤实是太过天真。如今地狱之人，才不会管你手中钱财是如何赚来。其主要考量之处，乃看一人生前是否做过那亏心之事。

姚丞坤听此二人如是说，心中便有几分信了。若问他平生是否做过亏心之事，他倒也有些无法坦荡。如今他最大的心结，便是自己始终也无法甩掉那仙女的影子，人间的庸脂俗粉，自己总难看上。他此前与许多女人欢好，却又很快便对其厌倦，他所知那女子之中，有不少为他伤心欲绝，甚有堕胎失子者。更有一女子，为了得他青眼，竟背着那姚丞坤将那孩子偷偷生了下来。那姚丞坤听闻之后，不过甩了一些银子与她，非但不认那幼子，其后更是连看也未曾看那孩子一眼。便是此后他成亲生子，却也依旧如此，并未有任何改变。

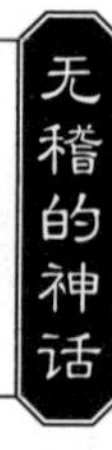

此处倒是不得不说，他这般作态，可不能怪到那仙女头上。便是没有遇到那仙女，这诸般作为，难道也不是他自家选择？

正是：

塞垣苦寒风气恶，归来面皱须眉斑。
谤书盈箧不复辩，脱身来看江南山。

列位看官，你道是这姚丞坤既已心动，二妖又待怎的？这牛小青又有何妙处，可破解其困厄？欲知后事如何，且听下回分解。

【第七十三章】

上回且说到这牛小青被土匪劫走，关押在山寨之中百般折磨，因那帝国之中剿匪之骑兵已至，那山寨便如牛油姚丞坤当日所待的山寨一般，不过一盏茶的工夫，便叫那骑兵破了。那骑兵见牛小青受伤颇重，便将其带到那县中医馆之中医治。这牛小青口舌皆肿，无法言语，又苦于其不会写字，便只能在医馆之中安心待着。

但他这一失踪，倒苦了姚丞坤。且说牛小青当日进姚宅时，只觉得妖异非常，实则大有缘故。原来那管家及白须老者，均是妖物所化，当日前来引诱姚丞坤，只云二人有法子，令其死后不用去地狱之中受刑，那姚丞坤起先不信，后来二人又多番威逼利诱，便渐渐也动摇了。且他听闻在人间做了亏心事，将来便需下地狱赎罪，便越发将信将疑起来。

只是若是只是如此，倒也还不足以令姚丞坤动心。他心道此事也并非大奸大恶，且总还有可控之处。自己大不了以后便再也不玩女人便是，初一十五时，多把几个香火钱去庙里也就足够。一念及此，他心中便暗暗想着，若是自己这般做了，将来便是在阎王面前分辩，他也算是将功折过，不至于无理。岂料那两名妖魔见这般也无法彻底引诱姚丞坤，遂取来一件宝物，又来引诱姚丞坤。

列位看官，你道那宝贝是何物事？说来是罕物，但细说起来，其实诸位也早就见过。那宝物正是那辆形状诡异之马车。且说这马车周身瞧着皆诡异无比，那拉车之马瞧着更不对劲，除了疾跑之时有所动静之外，其余时间皆杵在原地纹丝不动，且那马虽说是活物，此马则不同，素日绝不用进食饮水，堪称奇观。且那马车行动速度奇快，比之那姚丞坤家中最快的好马轻车竟然还要快上数倍，譬如素日他家中马车从一处跑到另一处，需三天三夜，可如今同样的路程，用这两人的马车，竟然不过堪堪两个时辰罢了。但若只是行速迅捷，也不足以令姚丞坤动心，遂那马车竟还有一番好处，便是隐形之能。当此时，御林军剿魔乃是家常便饭一般，凡有那妖魔行出，御林军皆格杀勿论，姚丞坤对此十分明了。遂如今这马车倒可解这番困厄，因那马车一经隐形，任谁也无法瞧见，遂不管是谁从其身畔经过，都只若刮了一阵轻风一般，如此这马车行驰之消息便半分也不会泄露了。遂当日这牛小青来姚宅之时，乘坐的正是这辆马车。

那姚丞坤听闻这马车还有这番奇能，心中自然也有一番计较。他心中暗自思忖着，如今自己有了这辆马车，那商会在全国所有分会之地，便均可随时视察，再不会如从前那般心有余而力不足，因路途遥远，无法亲至视察了。

这两名妖魔见姚丞坤已十分心动，便与其提供了另一宝物。云另一宝物与那马车配着使用，更有奇效。列位看官，你道这又是何物？原来这样宝物，乃是一箱破旧古镜，那镜子共计十三枚，只比手掌略大些，镜框上从一至十二编了号码。余下一个没有编号码的，上面只在镜框旁从上至下写了“五七六三八一四九〇二”这些数字。这枚镜子瞧着，倒比其他镜子要大上许多。

此物神奇之处，便是通过这面大镜而来的。且说那镜子摆开之后，非但能看见其他镜中所照出映像，更能听见其他镜子所处之处十米之内的声响。若是想要知晓哪枚镜子之中所照出映像，只要在大镜子前念出那小镜号码即可，那持小镜者若是在旁处，亦能通过那小镜与大镜旁之人联系。

你道这小镜与那大镜子之间如何联系？说来也容易，站在那镜前，跟着那从上到下之顺序，念出大镜镜框上的数字即可。此时大镜便会生出光芒，且那镜中会传出呕哑难听如蛤蟆吵坑般声响来。那持大镜子的人听了，便只要站到那镜子跟前，其声响便会自动停止。接着那镜面上便会显示出持小镜者身像来，二人在镜中照见，便如面对面一般可随意交流答话。

那姚丞坤自见了此物，便颇为心动。为了令那姚丞坤安心，这妖魔还施了法术，令那镜子只听有在其能看见镜子处，与之对答的持小镜者才能引发那大镜响动，若脱离其视线，便是持那小镜之人想要与其联系，那镜也不会发出声响。如此这般，便能防止其他人知晓这镜子奥妙之处了。且说那持小镜者，有了这镜子，互相之间，也可用这般方法交流，比之前方便了许多。

话说这姚丞坤自得了这些镜子之后，只嫌那镜子太少。如今他在全国之中分会及工厂酒楼兼各家票号当铺之流，早已远远超过十二所之多，遂其只能将这些镜子放置到那需要重点监控之处，有了这镜做监控，他只要想知晓那众人情态，便可随时从镜中瞧见。谁在偷懒、谁在做事，皆一目了然。

他自有了这些镜子，便让自己信任的胡为将这镜子放置在一些重要的工厂、酒楼与票号之中，还叮嘱胡为将那镜放得高些，尽量多照出那场所全貌，且令胡为在自己日常理政室内亦放置一枚。

这般安置好后，那姚丞坤犹不放心，又安排手下所收的一名自称“大侠”实为飞贼之门客将那一枚小镜子带上，夤夜潜入自己一名竞争者房中，撬开一块地砖，将那镜子放置在地砖之中，再轻轻盖好。此人之举动他倒不欲看，关键只要听见便可……

这小镜自装上之后。只有胡为与那商检行会之中的少数人等，才知晓这些镜子是作何之用，其余人等，只当这镜子不过是那老板之怪毛病罢了，也不去理会。且那妖魔想得倒也周全，这些安置了小镜子之处，只有经他们检点过的商检人员念出那数字编号，那其他镜子方有回应。如此便可避免有人在镜前无意说出那一至十二这些数字之后，引发那镜子灵力，令那镜子秘密暴露。本来素日那工厂之中，但凡有个风吹草动，商检会之人便报与胡为，那胡为也可自行处置。毕竟那姚丞坤也不是日日便在镜前待着。但那胡为处置不了之事，也会报与姚丞坤知晓，那牛小青到工厂之中询问，且其这些年都并未变老之事，姚丞坤便是从镜中知晓的。

且说回这两样宝物。那姚丞坤起先也并未想收下这两样宝物。他这些年也算见了些世面，不是那等眼皮子浅之人。他心知自己只要收下这两样宝物，便如与那妖魔签了死契，一旦身死，便会加入那妖魔之中，成为与他们一般人物。他曾在那御林军之中受训，若是自己死后化作妖魔，这一点，他却是无论如何也接受不了。但那两名妖魔却如洞悉那姚丞坤心事一般，其对姚丞坤云，若是这两样宝物姚丞坤不要，他们也不怕，将这宝物赠予那姚丞坤之竞争对手，只怕那姚氏之对手，对这两样宝物会慷慨笑纳，绝不舍得拒绝。

正是：

古有成金之说，今捧天赐之果。
诱惑如此撩心，看其如何安坐。

列位看官，你道这姚丞坤究竟如何反应？若其应了这两名妖魔，又有何后患？欲知后事如何，且听下回分解。

【第七十四章】

上回且说到那姚丞坤与两名妖魔之纠葛。这两名妖魔因见姚丞坤尚未十分心动，便抛出两样宝物去引诱那姚丞坤。一是那可隐形之马车，二是那可随时映照出画面之镜。这姚丞坤见了这两样宝物之妙用，心中颇喜，尤其是那一箱古镜，大大方便了自己素日中对各处工厂、酒楼、钱庄等地控制，但他心动是心动，思及自己当日在御林军之中处置妖魔的种种事宜，当下却仍旧未曾松口要答应二魔。那二魔见他坚持，也不强求，只说着要将那宝物赠予他的竞争对手去。

姚丞坤听了这番话，顿时心下颇急。他自家也是商人，深知这两样东西对那些生意人之妙用，若真落入自己竞争对手手中，怕他也并无甚好日子可过了。他思来想去，觉着若真将那东西把与自己的竞争对手，怕是极为不妥，遂与那二魔相商，半推半就地也就答应了。

且说这姚丞坤自拿了这二魔的宝物，心下便一直思忖自己是否会化作妖魔之事。但他如今也有些手段，且在商海沉浮许久，自忖见过无数狡猾刁钻之人，这些人等，均不是他之对手。他心下断定自家有足够扭转乾坤之智慧，能一边用那妖魔宝物，一边逃脱死后变作妖魔的命运。

要说姚丞坤这番想头，倒也还真对路了。那妖魔鬼怪素来便不如人一般狡猾，更何况是姚丞坤这般的狡猾人中的佼佼者？他习惯正话反说、虚应故事，那妖魔们自是猜不透他葫芦里到底卖得是什么药。但那妖魔之智慧欠缺，却并不妨事，其可用妖术补不足。尤其是那白须老者，早已可以用妖术窥见人心，遂每每其觉得那姚丞坤所说是谎言时，便搭腕把脉，马上便可对其言真假一览无余。遂有此一条，那姚丞坤便无法可想。

列位看官，你道是自打那姚丞坤接了这二妖宝物之后，这两名妖魔便在其家长住，还招来自己手下一些小妖，命其在家中做家仆使唤。不过那小妖多半修炼未成，若是长得略有人形，便可在人前打点，那长得实在不成话的，便在他家庭院之中挖了好些个地洞住下。那二妖云自己招来这些小妖是护那姚丞坤周全，实则是将那姚丞坤监视软禁，令其不得逃脱。

且说那小妖之中，有一妖做了姚丞坤家的厨子。凡他下厨，做出来的包子饺子馅饼等物，皆是喷香扑鼻，深得姚丞坤喜爱。但那姚丞坤食用之后，见那馅料均是小小的白色颗粒而并非肉菜，便询问那妖怪厨子到底是何原因。那妖怪见他发问，便对姚丞坤道："你尽管吃，我倒也不怕告诉你，这东西如今你吃多了，死后自会与我们一道了。但我们也不是那不讲情分之人，你既与我们在一处，我们也总会予你一些好处。你吃了这东西，非但日常不会生病，且老得极慢，可以多活好些年。不过好在我们也不急，你却总会有死的那一天了。"

姚丞坤听了这番言语，哪里还愿意再吃。但那妖怪却云若是他不吃这些食物，自己便也不会再做其他饭菜与他。那姚丞坤意欲往那外家酒楼去，却被二魔领来的家仆小妖儿们跟得紧紧的，绝无机会偷吃他处食物。他因深恨此事，竟联想到自己此番吃了这吃食之后，死后便化作妖魔，若是自己从此便不吃这些东西，当下便自杀，不就可堪逃脱那死后变作妖魔之命运吗？但那姚丞坤思来想去，自己现下无论如何也不愿自杀，无奈之下，也只得吃那小妖做的吃食。便是死后变作妖魔，也比当下饿死要好。

好在那妖魔虽是引诱姚丞坤，但不会做事太过。如今这食物，他们也不过把与姚丞坤一个人吃，却并未强迫他老婆孩子同食。有时候姚宅有客人时，那妖怪来不及做饭或是犯懒，亦会拿这些食物招待客人，但那妖怪与姚丞坤道，人若是只吃几次这种食物也并无大碍。

且说这些妖怪见天便在姚府作乱，但平心而论，这妖怪却也帮了他许多。那当管家的妖怪，素日治下也颇有一手，将姚丞坤家中的诸般事宜，打理得井井有条，便是连那姚丞坤的老婆孩子，亦是对其赞不绝口。那白须老者虽是一副眼高于顶的傲慢姿态，但其在姚宅之中管职却十分用心。且其还懂医术，自他来之后，便彻底治好困扰姚母几十年的旧疾，诸如肩周、关节、血糖、血脂、高压等，如今已尽数诊愈。兼那妖怪会读心之术，素日里便还帮着姚丞坤以帮人号脉看病为由，识破了许多存心欺骗那姚丞坤之人。他告诉姚丞坤，颇多打着大买卖借口前来与姚丞坤合作者，其实也不过就是骗子罢了。那府邸之中其他小妖儿，日常当值也颇认真，丝毫不躲懒，以至那姚丞坤不得不让其他人类家丁也学着那妖儿模样，认真办事。

但如今姚宅之中妖物如此之多，却也有些短处。那妖怪们多数本就是兽类，一到晚上便原形毕露，变作那不人不鬼之模样。那些白日里待在洞中的小妖儿，夜间亦会跑出来活动透气，遂那姚家此时便会一副阴气森森的模样。但那姚丞坤因知其缘故，便与家人及那人类家丁们早早便睡下，且那姚丞坤规定家仆晚间不许外出。遂那妖魔虽在姚宅之中现出原形，但却并未有多少人知道此事。只有当日那牛小青夤夜坐那马车前来，才略觉知了一点那姚老爷家群魔乱舞的气息罢了。

更奇之事，便是那姚丞坤家人之事。他们因只见过那妖魔白日的模样，且处得久了，便对其十分喜爱，落在姚丞坤眼中，真是哭笑不得。唯有姚丞坤自个心中明了，不论那妖怪帮了自己多少忙，他死后却也绝不想化作与那妖魔一般的怪物。这五年他想了颇多脱身之法，但却无一奏效。

那日因见牛小青骤然在那纺社之中出现，姚丞坤不禁眼前一亮，觉得或可从这牛小青身上寻到那破解法门。他见这牛小青虽已失踪二十多年，再现身时却半分也未曾变老，便也如老际一般，以为那牛小青是得了什么了不得的宝物，遂才会如现在这般青春永驻。加之那牛小青原来便和仙女在一处过，他思来想去，对此便又信了几分。且见这姚丞坤在宅中暗忖：若是自家能从牛小青处得知那长生不死之法，妖怪们岂不是拿他没有办法了？他一念及此，便再也忍耐不住，赶紧便让胡为坐上那平日只有自己才能用的怪马车将那牛小青接到姚宅中来。

正是：

祥光呈五色，瑞彩上三台。
生机何尝息，正看用世才。

列位看官，你道如今这牛小青被困医馆，姚丞坤心急如焚，究竟这二人能否俱数脱困，且听下回分解。

【第七十五章】

上回且说到这姚丞坤因被二妖所困，每日必须得食用那特制食物。这食物日久服用，日后死了，便会化作与那妖魔一般生物。姚丞坤虽不情愿，奈何这妖魔作法，他无处逃脱。而今骤然见了那牛小青，知这牛小青二十年来竟丝毫也不曾老去，约莫是得了什么长生不老的法门，自家顿时如同盲人见光一般，忍不住心下大喜，觉得自己算是终于找到了破解之法，忍不住连夜便让胡为套上自己那架怪模怪样的马车，去将牛小青接来。

不承想，这牛小青竟然患了失忆症，虽是被接到姚宅之中，岂料他竟然什么也不记得，只是一味傻吃胡睡，半点作用也无。那姚丞坤心中虽然对他恨得牙痒痒的，但因目下情势复杂，他还是克制住想要将牛小青交与自己私人保镖团调教一番的心情，转而好好招待那牛小青，想是瞧瞧若是时日久了，这牛小青慢慢调理，看看是否能想起什么事来。遂他安排牛小青在那合裕楼之中住下，每日派两名小厮跟随打点，若那牛小青想起什么事，便可随时掌控。

岂料人算不如天算，这牛小青眼下居然失踪了，那姚丞坤顿感天日无光，似乎自己最后一丝希望也叫人掐灭了。

却说这姚丞坤不想变成妖魔，倒不是他有多高尚之理想情操及那生而为人之尊严觉悟，而是他这人身做妖之后，在那妖界并无多高之地位，也就那中下一等妖魔罢了，这一处，才是令他最难受的。他在人界已风光惯了，在妖界再从低阶做起，岂非要他性命一般?

且说这厢牛小青在那医馆之中也算一日强过一日，他身体康复些，便着人帮忙去那京城寻那姚丞坤，想将自家目下行踪告知姚丞坤知道。但那人却与牛小青道此处离京都甚远，自家专程为牛小青跑一趟实是不划算得很，且他也不甚情愿。若是他下次需要去首都办什么事情，倒也可以顺便再帮那牛小青这个忙，如今牛小青可耐心等着，待他有此机会再说。这牛小青倒也算得上是倒霉，其实那姚丞坤所派之人，先前也找到过此处，但彼时牛小青浑身缠着纱布，脸亦肿得不成样儿，甚至连声音也发不出来，那医馆的大夫也不知这牛小青到底是何人，便生生与那前来寻他之人错过了。

牛小青在这医馆之中等待数日，那大夫便云如今御林军交与自己与牛小青诊病医治资用早已耗光，这牛小青瞧着也好得差不多了，应当可以离开医馆自寻出路去。那牛小青也不知道缘故，只得一瘸一拐地从那医馆处离去。待他从那医馆出来，却发现自己目下连生活都难以自理，非但伤势并未痊愈，此前在土匪处因受刑留下顽疾，手脚都颇不灵便，肩不能挑手不能提，凡那稍重一些的活计，目下均无法下手再干了。这牛小青头脑也不聪慧，更兼无旁的技能，又不识字，遂他寻了一圈也没找到能维持营生的活计。幸而后来他露宿街头时得了旁人指点，那人云如他一般为生计发愁且身体有残疾者，可去那救济院之中求助。

且说这救济院，倒也是个新鲜物事。原在那天龙神下界治理人间之前，那救济院亦是没有的。天子见途有饿殍、野有流民，便命道士们在那人多的城郭集镇处，设置救济之所，并由那道士们自行照管。且说那天龙神的安排也自有几分道理，这些道士们修行之前，便秉承那一心向善之原则，以度人为己任。遂那全国各处的道士们听了，便也积极呼应此政令，深感当今天子之大义。须知以前虽也是流民甚众，却不曾有哪个皇帝愿意想法儿解决此事，那些穷困潦倒、鳏寡孤独者，或是等死，或是与那乞丐、小偷、强盗混在一处，做些犯上扰民之举。

牛小青寻到那救济院，见那院内设施倒也不差。饿了有米饭，困了有床铺，日子倒也还能勉强往下混着。但如今他想要找人却是不能，只得在心中盼着那传话带讯者快些去京都之中办事，但他虽急，却又不敢催促。因那人瞧着便是个不好说话的，若是他将此人惹火，他一气之下不与自己帮忙，那自家算是得不偿失了。如今这县城之中，近期除了此人，也并未再有去京都的，他不与自己帮忙，自己便再无法可想。

且说这牛小青在这院中一日一日挨着，但便是这般勉强糊口度日，却也极难长久。如今这现任救济院管事在其宗教内部的派系斗争中竟败下阵来，遂被众教众赶出教团。而今新来的管事道士心肠极黑，他因自家包了一处矿场，遂上任之后，便用当院长之职务便利，令那凡能动者，甚至那幼子稚童，都去其矿场充作劳工。那劳工者，非但一分工钱也不曾有，吃食也如同猪狗一般。日常艰辛苦不堪言，因那所有出口都有打手看着，众人便是想逃也逃不了。那牛小青原先吃了灰牛大仙之仙草，身上本该精力充沛的，但自打二人偷跑上天庭，那灰牛大仙神力被夺之后，这仙草灵力也渐渐流失。兼那牛小青身上受伤，每日又被人这般催着往死里做活，便被累得害了一场大病，眼见着奄奄一息，便要死了。

且说此时那矿上众人也都憋闷至极，存了一肚子气，正鼓动众人罢工起义，而今却因有内奸告密，众人此举并未成功，反惹得那道士恼羞成怒，要杀鸡儆猴，办几个打头的去与其他奴隶瞧瞧，也好叫他们看看颜色，不敢再犯。那牛小青见他们竟挑着孩子下手，于心不忍，因想着自己如今反正也活不长久，却不如与那刽子手说一声，替那孩子受刑罢了。反正那刽子手也不过是遵上令杀鸡儆猴，好教众人知道厉害，既杀谁都是杀，只消一斧子便可，且其也不想造那杀幼童之孽，当即便答应了牛小青之请。

这行刑之时选在正午，皆因白日杀人威吓效果最佳。只见那刽子手手起刀落，将诸人一一杀死，转眼便要轮到那牛小青了。那刽子手正举刀欲砍，却蓦地见黑云遮日，紧接着便天降狂风，搅得那天地之间混沌一片，也不知道到底所为何事。那道士见了，慌忙与手下躲入矿坑之中以避狂风。他们瞧那狂风架势，暗忖自家若是不躲起来，恐怕便要被狂风刮走了。

且说这风来得妖异，气势汹汹，只刮了一个多时辰方才停歇。这风似是骤然而降，极为邪门，瞬间便铺天盖地、嘶吼不止。但说来也怪，这风去得也极快，不多时，那风便停了。只见天地之间又是一派万里无云、阳光普照之态。却说这道士与打手们待风停之后，从那矿坑之中出来一瞧，见适才押在此处的所有奴隶皆已不见，便连刚才砍死的几人尸身也俱已消失无踪，顿时都傻眼杵在原地。余下之人面面相觑，也不知到底发生了何事。

且说那道士用这救济院之中的穷苦人等来充作矿上奴隶，历来十分隐秘。此事早已经违反律法。那道士为免此事传出惹闲，影响自家声誉，便早已经在衙门上下打点妥帖，花了许多银子。可如今诸人竟无缘无故消失了，那矿石却并未挖出几颗，所剩银两，连他养的护院打手资薪也发不出来。且这些人素来不是地痞便是流氓，却还能饶得了他？然撇开这一点不算，他却仍是大祸临头。而今因那救济院人等全部失踪，到底还是引起了教团上级重视，便着专人来调查审理此事。此一审理，却又搭出了衙门官员，诸般人等为了自保，早早便将自家与他之间的各种干系撇清，众口一词将他供了出去。那黑心道士见手下流氓地痞生事，上头教团也找麻烦，在心中权衡一番，想着还不如令那教会之人将自己捉了去。反正如今这未曾拿到工钱的流氓地痞也正找他算账，如今被他们捉到，亦是死路一条，且那死之前，还要受他们一番酷刑折磨，倒不如让教团中人将自己光明正大地处置了，好歹留个全尸，也好过零敲碎剐的磋磨。

正是：

三天境象验人间，不在江湖不在山。
大约颇同随报应，耳根清净道心闲。

列位看官，你道这股妖风，到底因何而来？这牛小青，到底又被这妖风带去何处？欲知后事如何，且听下回分解。

【第七十六章】

上回且说到这牛小青当日被这黑心道士手下的刽子手捉了，正欲拿这牛小青开刀之时，却不知从何地刮来一阵妖风。那妖风飞沙走石、遮天蔽日，只刮得众人立不住脚。这黑心道士及那众打手见妖风眯人，也只得四处找矿坑躲藏。待那黑风散去，自己拢住的诸般奴隶，却早已不知去向。这道士捅了这般天大的娄子，被其手下的打手与那教团共同抓捕，再无生还道理，他因想着那打手及流氓的非常手段，只得蔫头耷脑地去教团受审，虽同样是死，但那教团还要顾及脸面，遂多少也能给他留个全尸。

闲言休叙。且说这厢妖风来得甚奇，但究其缘故，其实却是一个熟人所为。你道是谁？正是当日被贬下天庭，被牛小青所救，后来与牛小青共赴天庭寻那仙女，又被那南天门金甲天将罚下天庭的灰牛大仙，现名曰牛魔王者是也。

且说当日这牛魔王施法招来这阵妖风将那所有奴隶一并卷走，是以那黑心道士才栽了这样一个大跟头。他其实只不过想要将那牛小青一人带走。不承想这牛小青心地善良，竟苦苦哀求他将所有受苦的奴隶一并带走，他架不住牛小青恳求，只得将众人一并收了。

这如今的牛魔王，当日的灰牛大仙自当日被玉帝传旨，着金甲神将贬下凡间之后，便化作一头普通耕牛，日日皆在人间的一户农家耕作，日子过得极为艰辛。

当日他被那两名金甲门神从南天门推下，落入一牲口贩子手中。说来也巧，那牲口贩子四处贩卖这灰牛之时，竟又被那牛小青的哥嫂将它买回家中。

此事说来话长。当日牛大青拿到牛小青留下的银子不多时，便有那心怀不轨之人找上门来，言目下有笔大买卖，欲与那牛大青合伙去做。若是做成，现在两人手上的银子，可翻三倍不止！那牛大青听他极力描绘，虽然心动，但却仍十分犹豫。因他不想乱动弟弟留下的这些银子，兼其牛小青现在虽然失踪，却并无十分肯定其一定不会再出现。因兄弟连心，他也不忍花用弟弟的银两，万一有个闪失，岂不是对兄弟牛小青不住？不承想此事被另一人听了，却不依他，撺掇着令他一定要去随那些人去赚这笔银两。但凡那牛大青有一二分犹豫，她便扯着嗓子骂那丈夫没出息不顶事，弄得那牛大青在家里也不安生。

列位看官，照说这银子既已交到那牛大青手中，这牛大青如何使用，旁人也不太能插言。便是他家婆娘，也犯不上去管那兄弟家去的银子，但那婆娘向来便是个霸道的，这牛大青又是惯常怕老婆的，遂其习惯成自然，那婆娘一力撺掇了他拿钱去做买卖，他便也只得把那钱拿了，把与那人，让他去经营他口中可赚大钱的勾当。

却说此人虽吹得天花乱坠，但也不全是骗子。他开始之时，倒也还是拿着银子去做些营生。那他一无门路，二无技艺，想要做买卖赚银子，又谈何容易？遂他不过数月，便将那手中的银子一应亏损，他见势不对，便卷了剩下的银两，来了个金蝉脱壳，走为上计，乘着那夜黑风高时，慌忙跑路，再也未曾回来过。这牛大青夫妻转眼间又将手中的银两全折腾完了，且其报官又无下文，那官差胡乱应了一声，派了几个人搜查，见一无所获，便钩了稽，此事算是完结了。那牛大青夫妻银子也没了，又吃了这个哑巴亏，只得灰溜溜折回乡下继续种地，再也不打那做生意的主意了。

此刻眼见那春耕时分将至，二人觑着家中，却连一头耕牛也无。那牛大青没有耕牛也无法种地，只得东拼西凑，借了些银两买了头耕牛回来，以作犁地之用。其时因人力有限，遂那大多数农户，十分爱护家中耕牛，素日人都可以对付着过，却叫这牛儿吃好睡好，以其干起活来更有气力。但那牛嫂家中却又与众人不同，她素来使物，定是压榨到不能再榨出一丝一毫油水才罢。而且她生性吝啬，只管用不管养，若是坏了，便一脚踢出家门完事。她自己这般行事，还要时常抱怨东西不经用，自家花了钱却买了孬货回来，定然是被那黑心商人坑了。

她既生性如此，那灰牛大仙在她家中，自也是无甚好日子可过。整日做死做活却吃不饱睡不好，自是越来越瘦、越来越无干活气力。那牛嫂折腾了这灰牛几年，见其奄奄一息的样儿，便暗暗思忖眼见它也无甚用了，倒不如宰了吃肉，省得再浪费家中粮食。

且说这灰牛大仙虽无神力，却仍能听懂人言。他在栏中听牛嫂吩咐牛大青杀牛，吓得心中着慌，便瞅了个空，待那牛大青拉它出来之时，奋力挣脱缰绳跑开了去。照说这庄子之中，若是一般人家的牛被惊跑了，那庄户中人，尽会上前帮忙拉扯，如今这牛嫂因把全村人都开罪光了，素日里谁比她好，谁比她漂亮，谁比她能耐，她均要挑着事儿将人骂一顿。因此此时众人见他家的牛跑了开去，个个皆幸灾乐祸，存着那看笑话的心思，无一人前来相帮。那灰牛大仙得幸，便一溜烟跑开了去。

此时那灰牛大仙虽已脱身，却因受了这些年折磨，亦是万念俱灰。如今它不过是个普通老牛，既无神力，又不能言语。自己虽跑出村子，然到野外，若遇见歹人，不仍是死路一条？更兼那野外豺狼虎豹，个个磨牙吮血，若是不小心碰上，自己也成了那猛兽野餐。那灰牛大仙一路走一路哀叹，不由得把那天上懒散的神仙们，又恨得牙痒痒的，在心中暗暗发誓，若是自己有了机会，定然要寻了他们报仇雪恨。

但报仇却还不知是何日之事，现下其如何存活，方是眼下最大的事。幸而那灰牛大仙早开灵识，虽无神力，却仍有智力。如今它既已流落野外，便寻了一处隐秘的洞穴藏身，用作躲避那猛兽行踪之用。但它虽能想到此法，其实施之时，还是遇到了颇多困难，毕竟那牛身过大，若是要寻那隐蔽之所，也并不容易。但那灰牛大仙却颇为耐心，终是叫它寻到了一处。它寻到了住处，却还要去掉自己身上气味。原来它深谙兽类捕猎门道，知其素日爱循着那气味搜寻猎物，遂那灰牛大仙无事便要下河将自己洗刷一番，素日大小便时，更要去远离自己藏身洞穴处解决，以免那猛兽循着气味寻到自己住处来。

它就这般饥餐渴饮，每日战战兢兢地在外寻些野草野果过活，也不能全然安稳。某一次那灰牛大仙出门之时，正逢着一匹饿狼外出狩猎，这灰牛大仙被饿狼追捕，只得奋力奔跑脱身，正慌不择路之时，脚下一滑，却从一悬崖处摔了下去。

那灰牛大仙坠落崖底，虽是摆脱了那饿狼的追捕，却不小心将腿摔折了。它在崖底挣扎了数次也无法起身。不由得心如死灰，闭眼在崖底等死。

正是：

永念难消释，孤怀痛自嗟。
林深秋寂寞，愁引病增加。

列位看官，究竟这灰牛大仙如何脱身，又是如何化作那牛魔王？欲知后事如何，且听下回分解。

【第七十七章】

上回且说到这牛小青在那矿上做事，因遭到那黑心道人盘剥，又兼旧疾发作，遂其见那刽子手取了一个幼童来作杀鸡儆猴时，便主动与那刽子手云，不如由自己主动来做那刀下亡魂，也好过无故伤一幼童性命。那刽子手思忖着反正自己不过是警示众人罢了，杀谁不都是一样？遂当即答应牛小青。那牛小青因自己本就病弱痛苦，便也无任何反抗，只在原地就死。不巧那刽子手正要行刑之时，却见一阵狂风刮来，这黑心道士眼见目不能视物，便只得躲在那大石背后。待他再出来时，只见那矿上诸奴隶皆已消失不见，这一下动静颇大，那黑心道士也捂不住，便直接被判了死刑，再无回转余地。

这救牛小青者，便是当日的灰牛大仙，如今的牛魔王是也。他自遭贬之后，却又恰好被那牛小青兄嫂买走。因那灰牛大仙仙力全失，每日又被牛小青悍嫂虐待，遂日渐面黄肌瘦，再无力耕种。那婆娘眼见这灰牛大仙不中用了，便暗暗盘算要将其宰杀盘剥，那灰牛大仙得知她心生歹意，瞅着一个空便从那牛棚之中跑将出去，暗暗躲在山中，每日只昼伏夜出，生怕一个不小心被那猛兽抓住，便是饮食洗澡，也不敢离洞穴太近，只害怕暴露行踪，为自己惹来杀身之祸。

却说这灰牛大仙虽是千小心万小心，却仍然还是被一野狼发现行踪。这灰牛大仙被饿狼追捕，正奋力奔跑，却因慌不择路，一不小心滑入那崖底，将那牛蹄摔折了。这灰牛大仙挣扎了数次，却无法起身，只能躺在那崖底等死。

可巧这灰牛大仙此番在崖底摔伤的腿竟与当日在凡间遇到牛小青之时所摔伤的是同一条腿，而今际遇却也是一模一样，竟又被一人救了。

不同之处便是今日救他之人，却是一美丽的姑娘，模样瞧着不过十五六岁，甚是温柔可人。她本在谷底采摘草药，不提防却瞧见这伏在崖底的大灰牛。那姑娘本心地柔善，见这灰牛大仙如此老迈痛苦，焉有不施救之理？当下便采了数株草药敷在那灰牛大仙腿上，又仔仔细细与它包扎了，这才将那灰牛大仙牵回家中。

却说这世间多是那好人不长命、祸害遗千年之事。这姑娘虽然心地善良，但是与那牛小青一样，在家中也不过是个受气包罢了。她家中父母乃一等重男轻女之人，在她之前，家中已有了三个丫头，如今她娘又添了她一个女娃，那当家的见了，心下极失望，附带着对她也极厌恶。如今上头三个姐姐均已出嫁，父母素日有气，便都撒在她身上，极为严苛。非但把她如男丁一般使唤，且不允她有一丝一毫抱怨之意。只要其略有一点辞色，便招来他们一顿毒打，打完之后，却还要振振有词道："哪有父母不疼儿女之意！这天下断无不是之父母，只有那不懂事之女儿，孩儿不打不成器，我如今打骂你，不过是为了令你成器罢了。"且说这般日子过了十多年，虽然挨了不少打骂，她却出落得水灵标致，慢慢成了远近闻名的美人。家人见她越长越美，便寻思着找个有钱人家将她嫁了，好歹能多收些彩礼钱，也不至白养她一场，最后落得一个亏本买卖。

这姑娘在家中受足了闲气，素日也没有人可倾诉。如今捡回这老牛，便将那无人可诉的心事，每日尽数说与那老牛去听。这灰牛大仙听则听矣，却是一点法子也无。如今它已神力尽失，也不能像以前帮助牛小青那般帮助这姑娘，如今见她在家中受气，无奈之下也只有努力多干农活减轻她素日之负担。遂每每那姑娘与它倾诉时，它便用舌头将那姑娘眼泪舔干。久而久之，那姑娘也渐渐与这善解人意的老牛相依为命，总觉得这牛比人亲厚些，遂不论去到哪里都将这老牛牵着，这一人一牛相伴的时间，倒比她与人类在一处的时间还多些。

且说这灰牛大仙在这村中日久，渐渐也瞧出一些端倪，如今这姑娘生活的村子，环境颇为恶劣，那自然环境恶劣倒是其次，那村中诸人才是愚昧之源头。且说这些人落后、冷漠、势利，多是恨人有笑人无之辈，断不似此前牛小青所生活的福氏村那般山明水秀、人杰地灵。如牛嫂一般刁蛮泼辣之人，在这福氏村中极不受众人待见，便是那牛跑了，也无一人前去阻拦，其人缘做派，可见一斑。而今这姑娘所在的村中却与那村子大相径庭。如今这村中诸人，皆与那牛嫂一般无二，甚至有比那牛嫂更甚者，好吃懒做、吃喝嫖赌、无恶不作。与其相比，这牛嫂素日打牌逛街之恶习，反倒是不值一提了。由此瞧来，当日这名救了灰牛大仙的姑娘，与那众人相比，简直就是活菩萨了。只是这世上诸人，素来皆是党同伐异，那姑娘在普通人眼中是活菩萨，在此处瞧来，却是个不折不扣的异类，非但为家人所不喜，在村中也常常受些闲气白眼，实是苦不堪言。

自这灰牛大仙随着姑娘到那县里赶了几次集之后，他发现不光那姑娘所在的村镇恶习颇多，便连那临近的几个村镇，带那县城之中的人亦是一副阴晦不振、心术不正之态，且此地还缭绕着一股隐隐的阴煞之气。在那灰牛大仙看来，此地阴煞甚重，当属所谓“墨璃界”范围。

列位看官，说起这墨璃界，倒也有一番来历。原来自那龙神下界之后，帝国之中大半区域均是海晏河清、国泰民安。唯有那几处地处偏僻之处，或是地势险要，或是离那都城太远，兼那龙神对这些区域也并不上心，遂道消魔长，这些区域渐渐又被那妖魔逐渐吞噬，重新成为那妖魔据点，虽面上仍是由帝国官员管制，内里却早已是魔域世界了。便是那帝国官员，多也被妖魔暗中控制。而今此处居住者，多受飘散在各处的妖气熏染，人心亦逐渐变得十分阴沉晦暗，遂此地多被人称作墨璃界。

且说此前那灰牛大仙在天界之时，便常常提议要派出天兵天将下界，将那妖气浓郁处一并剿灭，而玉帝却回其曰，如今不管是天兵天将还是那地狱军团，若是与那妖魔发生战乱，便会殃及无辜，更兼诱发那自然界各种灾害。但那灰牛大仙却对此颇不以为然，他心中暗忖道，虽剿灭妖魔会牺牲许多无辜生灵，但那能将那邪魔歪道一举剪除，却也算是十分值得。

那天庭众仙听了灰牛大仙这番提议，皆表示反对。因那灰牛大仙想法太过极端，绝不可贸然施行。

正是：

休夸修炼飞金阙，勿笑沉沦陷铁围。
善恶两途俱是错，堂堂日用要知归。

列位看官，究竟这灰牛大仙与这姑娘命运如何，又当如何才能恢复仙力？欲知后事如何，且听下回分解。

【第七十八章】

上回且说到这灰牛大仙在村中与那姑娘相处日久，慢慢也觉知出其间的诸般端倪来。此地地处边陲偏僻之所，慢慢道消魔长，滋生出许多阴暗事体出来。似这般阴阳交接之处，因那龙神素日不大注意，所以也只能任由这妖魔滋事。那妖魔见无人治理，久而久之，便越发嚣张起来，非但控制当地官员，还渐渐熏染民众，令其好逸恶劳、心魔壮大，遂那姑娘所在的村镇县城，多半都是些以丑为美、好吃懒做的刁民，素日刻薄寡恩者，大有人在。

不过这话说回来，妖魔们虽整日总是蠢蠢欲动，想要扩大自家地盘，但毕竟有那龙神神力在此镇守，它们也不敢轻举妄动，生怕一个不小心便惹来杀身之祸。却说如今这妖魔据点如今也是以稳健为主，好几百年都不曾扩大，而那墨璃界与帝国之间，亦是形成了一个相对平和之势态，彼此之间，时而还会互通有无、易换市物，或是有简短的文化交流。有时那墨璃界的住民被帝国文化熏陶，亦会对搬迁到帝国统治处居住蠢蠢欲动。无独有偶，那帝国之中，亦有些人类，因听闻墨璃界之事甚久，便也对墨璃界之事心生向往，总觉得墨璃界处会别有一番风景。毕竟那帝国境内法制甚严，文化单一，商品也不过就是那寥寥可数的数种，倒是墨璃界处民风开放、无拘无束，各色艺术品类，多种多样，服务也甚为周到。据那享受过墨璃界服务者云，如今墨璃界十分繁荣，市列珠玑、户绮罗霞，参商人家、竞相豪奢，令人眼花缭乱、心向往之。遂从那墨璃界搬迁至人界、人界搬迁至墨璃界者，都大有人在。只是略算下来，这两地互相迁徙的人数，大体也都还是平衡的。

闲言休叙。这灰牛大仙这厢瞧着众村民之态，心中却甚是焦急。若此处真是那阴阳交接所在，像救它那姑娘那般美丽善良者，怕是并不会有什么好日子过，如今他深恨自己无法口吐人言，若是自己还如从前一般有神力在身，早就可以带着那姑娘离开此处，另辟好地安然过活去了。便是将那姑娘引至福氏村也是好的，至少也是山明水秀、民风淳朴之所在。

且说这灰牛大仙虽不会言语，但毕竟神识还在，遂日常亦是千般提醒、万种暗示，只希望她能主动明了，而后能逃离此处。但那灰牛大仙虽然心中已说了千万句，但应在面上，瞧着却始终还是那一种。便是每每那姑娘牵它出门吃草之时，它便拖着缰绳往那福氏村方向奔去，那姑娘瞧在眼里，只道是老牛的倔脾气又上来了，便暗自生气，将那缰绳捡了，使劲拽那老牛回来。那老牛见她如此，心中无法，只好回头。它无法明示，又不能言语，无奈也只能与那姑娘待在一处，走一步瞧一步。如今只要自己好好跟在她身侧，总也能想到脱身的法子。

却说这姑娘家中父母一心渴盼自家女儿能找个有钱的女婿，如今已过及笄年纪，便早已托媒婆四处散布消息，只云自家女儿如何温柔貌美、聪明能干、和顺贤惠、远近无匹。那媒婆一张嘴倒也厉害，兼那姑娘本也是大差不差，遂许多人听了这番消息，便也慕名前来求亲，那姑娘的父母甚是得意，比较一番后，便从其中挑选了一户瞧着最有钱的人家，与之订了亲事。

灰牛大仙将这一切瞧在眼中，心中叫苦不迭。那姑娘选亲之前，它对其要挑选之人，便已猜到几分。这姑娘父母挑人不过是看谁更富有罢了，遂选中了这家人，也不过是因为他们是前来求亲者之中最富有的一户人家罢了。但那灰牛大仙每日在村中转悠，自是对众人信息都了如指掌，如今这姑娘父母所选者，虽是有钱，但究其人品，实在不咋的。

列位看官，你道为何？原这姑娘所在的村子，那周围县里，就数这家最有钱。这姑娘每日牵着那灰牛大仙所化的大灰牛前往集市时，皆会路过这家人所修的豪华宅院。某一次那姑娘买了东西，正行至这家人门口，蓦地想起自己适才漏取了一样东西。此时那房内正巧走出两名老嬷嬷，那姑娘见她们瞧着还算面善，便托她二人帮忙看着老牛，自己折回集市重买。

却说这灰牛大仙等待那姑娘返回之际，听见这两名老太太在闲聊家常。她们是这家中用人，正巧在聊主人家的闲话，那灰牛大仙竖着耳朵听了片刻，这家中的情况他便明白了个大概。

原来这家人虽然富可敌国，但那家中生意，却是来路不明。白日里瞧着倒还正常，每到晚间，家中便有一些神秘人进进出出。那家中的大少爷更是孤星入命，家中仆人皆云这少爷大约是克妻之命，此前他也娶过几房妻室，但那些女人却无一例外，没过多久便都死了。

灰牛大仙当日听了这桩新闻，便留了一个心眼，将这家人的信息暗暗记在心中，日后好提醒姑娘避开。不承想，这姑娘最终还是被这家公子盯上，更有甚者，却还想娶她为妻。那灰牛大仙虽十分想要阻拦，但这姑娘素日在家中便是个逆来顺受、过惯了苦日子的，又如何能拗得过父母？遂不论那灰牛大仙如何担心，她终究还是嫁了出去。

且说出嫁当日，这灰牛大仙因担心不已，便死活赖在那姑娘身侧不走，不论有谁上前也无法将它拉开。且说那姑娘父母见它如此，心中也有些着恼了。暗忖着如今男方家送了自己许多聘礼，便是再买十头好牛亦是小事一桩。这大灰牛既然如此碍事，且老迈乏力，便是让它跟过去也无妨。反正那灰牛素日都跟着他们女儿，如今也不过是维持原样罢了。不过那男方家不种地，那大灰牛跟过去亦是无用，但如今事已至此，反正女儿已经嫁了，附赠一头老牛，有没有异议也是他们男方家的事了。

正是：

贫家不如富家利，一网得鱼长数丈。

无家无业岂足问，但愿四海同鲜腴。

列位看官，究竟这灰牛大仙如今跟着那姑娘同入夫家，会发生什么？欲知后事如何，且听下回分解。

【第七十九章】

上回且说到这姑娘的父母贪得无厌，故也并未多加考察，便答应将这姑娘嫁与那一名有钱人家公子之事。那灰牛大仙因偶然机会，得知这家人刻薄寡恩，且接连死过好几个媳妇，故心中十分忐忑。但如今它既无法口吐人言，便无法出言提醒，更不提阻止那姑娘嫁人一事。遂那灰牛大仙思来想去，如今只有跟着那姑娘一道前往婆家，再寻机会出手相助方是正理，遂它便在那姑娘出嫁当日，死乞白赖地跟在那姑娘身畔，任谁也无法将它赶走。那姑娘父母见它发了犟牛脾气，也只得随它去了。反正现如今他们也收了聘礼钱，至于以后如何，他们也犯不上再理会。

却说这灰牛大仙如今跟着那姑娘同入了这公子家中。这公子阖家上下见跟了一头牛过来，心中觉得甚是可笑。不过这新来的儿媳妇既如此欢喜这老牛，左右也不碍事，便在院中与这牛搭了个牛棚，将这老牛将养在牛棚之中，一日三餐把与它一点吃食便罢了。

这灰牛大仙自随那姑娘一并嫁入这公子家中之后，日日担心、夜夜惦记的尽是那公子克妻之事，暗暗思忖这公子是否有甚精神不正常之处。它因有这一层忧心之处，遂结婚当日便细细留心了一番，但见那公子瞧着倒也还是个颇有精神的帅小伙子，面上也无甚特异之处，兼那姑娘嫁到这家中之后，不过成亲一个多月，那姑娘，现如今唤作少奶奶的，面上瞧着也是喜气洋洋、渐渐透出那幸福的神色来，遂把那悬着的心，也稍稍放了一点下来。暗忖道自己当日听见的嚼舌根之说，约莫也只不过是众仆妇无聊嘴碎的传闻罢了。

但有一处却是它不得不疑心的——这家人似乎确实不是经营正当生意之人。这灰牛大仙身处牛棚，离那后院颇近，几乎每天半夜便能听见有人敲门，而每到此时，便是这家当家老爷亲自开门。他在牛棚觑见来拜访者手中都提了一个大罐子，老爷连人带罐一并请进屋内。过不多时，那些人便会离去。他们离开时，手中仍旧提着一个罐子，却不知道是何缘故。若是他们与那老爷谈的是正经生意，却又缘何不走前门？那灰牛大仙日日瞧着这般光景，也不由得它心生疑窦。但如今它也不想理会，只要那少奶奶过得幸福便罢了。这样闲暇的日子久了，他便想起那牛小青来，忍不住会思及这牛小青现在身在何处，到底怎样。

这日子一日日过去，倒也还算平静。这家人与那少奶奶相处久了，对她的温柔性情大致了解，便颇为疼爱。这少奶奶如今亦对老牛十分看顾，几乎是与之相依为命。如今她不似在自己家中一般受打骂折磨，吃穿用度都宽裕了许多，遂喂给那灰牛大仙的草料也丰富了些，那灰牛大仙在这家中吃饱喝足，又没有多少体力活派给它做，遂身体强壮了许多。如今少奶奶的幸福生活倒令它放了不少心，遂它虽挂念牛小青，却也实在想不出什么办法去寻他。

如此一年光景，那少奶奶便有了身孕。这屋中的老爷奶奶兼少爷，听闻这个喜讯，个个都欢天喜地，尤其是那老爷与大奶奶。这家老爷本就是位心宽体胖的和蔼老头，大奶奶亦是个满脸福相的和善太太，如今得了孙儿讯，面上更是笑出一朵花来了。那老爷本就是中年得子，好不容易才有了这个少爷，如今家中又要添丁加口，算得上是开枝散叶，当然更是喜上眉梢。

灰牛大仙见了这家人其乐融融之态，实是无法将其与那坏事联系到一处去。遂它也在心中安慰自己，觉着那夤夜提罐的寻访者，不过是真的有急事要寻那老爷罢了，不见得那晚上前来便是做那见不得人的事。

却说这日晚上，灰牛大仙趴在地上将睡未睡之际，却听少奶奶与少爷房中传出一声短促的惨叫之声，那声音极短，似是刚叫了一声便被人捂住了口鼻一般。

它正要细听，却再也听不到一点响动，唬得它连忙跳将起来。但此时黑灯瞎火，那小两口儿屋内亦是一片漆黑，悄无声息，看来也不像有事模样。它心中纳罕，便“哞哞”大叫几声。那少爷被它叫声吵醒，便点了灯，只见那少奶奶穿着睡衣，睡眼惺忪地走了出来，打着呵欠问那老牛是否未曾吃饱。那少奶奶刚出来不久，便听少爷在屋内喊叫，勒令其将老牛安顿好便赶紧回屋安歇，随后又骂那杀千刀的懒奴才们，也不知将老牛喂饱。那少奶奶将老牛牵回牛棚，又往石槽之中添了几把新鲜嫩草，随后伸了一个懒腰便又回房中安歇了。

灰牛大仙见她安然无恙，虽然心中纳罕，却也忍不住苦笑起来，看来自己确实老了，如今竟幻听起来。

一夜无话。那灰牛大仙第二日起来，却听仆人言谈间提及少奶奶着凉伤风一事。它心中一惊，甚是后悔。昨夜自己无故吵闹，将那少奶奶唤醒，约莫便是她起来给自己添草料时着凉的。它这样怏怏不乐地过了两日，听闻少奶奶病好了些，这才放下心来。

如此又过了一个多月乏善可陈的时日。那灰牛大仙面上十分安稳。但它心下总觉得这般安稳不过是表面功夫罢了。它在这家中仍然有一块心病。

它如今已肯定这里便是人气稀薄、妖气浓郁的幽冥界，属于帝国不大管辖之处。令它确定此事的便是那家中的一只花猫，如今它瞧着那猫的样子，便是要成精的先兆。

正是：

子熟河应变，根盘土已封。
西王潜爱惜，东朔盗过从。

列位看官，你道是这少奶奶与灰牛大仙究竟命运如何？这家人又是否真的暗怀鬼胎？欲知后事如何，且听下回分解。

【第八十章】

上回且说到这灰牛大仙随姑娘一并嫁入富贵之家，眼见姑娘日渐心宽体胖，又有了身孕，似乎已安安心心地做起她的少奶奶来，不由得也放心了许多。但那家中面上虽看不出什么端倪，内里却始终透露着几分古怪。尤其是某一日，那灰牛大仙竟然听见室内传来一声古怪呼叫，便慌忙哞哞叫了几声。却见那少奶奶好整以暇地从室内出来，不由得也疑心是自家多心了。

但它日日在这大宅之中穿梭来回，这宅子之中的古怪之处自然也瞧在眼中，眼见这宅子表面上虽风平浪静，内里却波涛汹涌，譬如那家中的猫，俨然已经快要成精了。

却说在这帝国势力范围内，动物切不可随意成精。它灰牛大仙之所以能成神仙，登上那极乐仙界，皆因当日吃了千年灵芝，兼百年努力修行，方才修成正果。且那动物若真有心修行，也是当神仙而不是变妖怪。但如今在这妖气浓郁的鬼蜮之所却又有所不同，这其中有些天赋异禀的动物，生下来便极具灵气，且日日在墨璃界之中受那浓郁的妖气熏染，自然十分容易便化作妖物了。

这灰牛大仙却是一贯认定正邪不两立的，它坚信自己是“正”，而那妖物们为“邪”。遂其一直寻机会在那花猫成精之前将其收拾掉，这样才符合它心下邪不压正的理念。且它也担心这瘟猫一旦变成妖怪了，便要加害这家人，若真如此，这少奶奶好不容易才修来的平静生活又要告终了。

它既生了此念，遂每每见到那猫时，便想方设法想要将那猫除掉。终有一日，这猫睡得正香时，灰牛大仙却又来找它麻烦。那猫见灰牛大仙牛蹄踩了下来，慌忙翻身，一个激灵躲过那灰牛大仙的重蹄，它见这老牛这些时日也不知踩了自己几百脚了，忍不住也有些不耐烦道：“你若真有能耐，别总跟我一只猫过不去，我也不怕说与你知道，你既如此讨厌妖怪，这里阖家皆是妖物，你要真有本事，去找他们才算！”

灰牛大仙听了这猫的言语，不由得愣在当场。他倒不是完全为着这家人都是妖怪一事而吃惊。更令它讶异的，是这猫竟瞧出来它并非只是一只普通的老牛罢了。它听这花猫如是说，也收起了将其踩死踩扁的心思，想要从其口中再套出更多话来。那猫此时却将他恨得死死的，一点多余的言语也不肯再透露给它。这灰牛大仙无奈，接连低三下四地恳求了数次，那瘟猫才终于松口与灰牛大仙道，它何时与自己捉来二十只耗子，自己便何时再将这家人的消息告与它知晓。

却说这灰牛大仙当真是个死心眼的。自它答应了要与那猫抓耗子一事，便每日将那少奶奶喂与自己吃的水果剩了一些在食槽之中。如此一来，倒也真招来不少耗子前来偷食。它瞅着耗子在食槽之中偷食之际，便用牛蹄踩踏。却说那耗子也当真机灵，水果偷食了不少，那老牛却一个也未曾踩中。但也幸亏这灰牛大仙执着，折腾了一个来月，终于也让它踩中了二十只耗子。但那耗子被其踩踏得稀烂，且过了这些时日，有些先死的耗子早已浑身发臭，无法下口。

那瘟猫见灰牛大仙将耗子送来，便也作罢了。它原本也并不是想吃耗子，而是见灰牛大仙对自己无礼，便想折磨它一番。眼见这灰牛大仙一个月因着答应自己之事食不下咽、睡不安寝，气也消了几分。遂便对那灰牛大仙道：若是它能再与自己弄十条鱼来，自己便把知道的事都告诉它。

灰牛大仙见这瘟猫将耗子拨弄到一旁，又开始问自己要鱼，不禁十分气恼，强压着火气才忍住未曾给那瘟猫一蹄子，但这口气也实在难出，遂它亦忍不住质问其因何如此言而无信。且见那瘟猫伸了个懒腰，这才施施然道，这二十只耗子，不过是令自己解气罢了，谁叫这灰牛大仙当日不住寻自己麻烦？若是那灰牛大仙想要从它口中询问这家人的信息，便还要再弄十条鱼过来。灰牛大仙无奈，如今自己投鼠忌器，这十条鱼无论如何，也得想法子弄到手。

却说自它得了这个要求，每日便想方设法去找鱼。某一日，那少奶奶又牵着它去野外放牧归来，路过集市的鱼摊时，这灰牛大仙见一小贩在此卖鱼，不禁灵机一动，计上心来。它先是假意用尾巴扫了那鱼摊，便从那摊上扫落了十多条小鱼。那小鱼落在土中，顿时沾满尘泥，眼见再也无法出售。那小贩见状，慌忙拉着少奶奶不让她离去，闹着要那少奶奶将鱼买下来。少奶奶想着自家也不缺这几个钱，既是错在己方，当下二话不说，便将那鱼尽数买了下来。

灰牛大仙见少奶奶已将鱼买回，遂走到门口，便大声“哞哞”地叫唤起来。提醒那瘟猫自家已将鱼带了回来。那瘟猫早已闻到鱼腥味，如一支离弦之箭一般冲到那少奶奶跟前，眨巴着眼睛盯着她。少奶奶本就是个良善的，见状早已于心不忍，遂将那鱼尽数给了它。那猫一面享用鲜鱼，一面在心下暗忖：还是少奶奶好对付，素日这宅中皆是用人买鱼，自己这一招，对那用人可是半点效果也没有。

却说如今这灰牛大仙使计带回的鱼不过八条而已，远远够不上这猫当日所提的数目。但这猫吃得津津有味，便也顾不上数数。待它将那几条鱼尽数吃下去，便也不再计较数目，将自家了解的情况，皆说与那灰牛大仙知道。

且听那猫道，这家人约莫是那蚂蟥毒虫修炼而成的，因它无聊时曾偷偷瞧了一眼，那些晚间拎着瓦罐前来之人，提的都是一罐罐血水。它有一次好奇悄悄尝了一口，确定那是人血。那灰牛大仙正疑心猫如何知道人血滋味，却听那猫又道，它此前咬过欺负它的小孩，遂知道人血滋味。如今它亲眼看到这家人捧着瓦罐贪婪饮血之状，又亲眼瞧见这家老爷给那送血之人许多白花花的银钱，便有七八分肯定了。不过这送血之人，到底从何处搞到这许多人血，它也不得而知。

正是：

逢君后园宴，相随巧笑归。
日暮长零落，君恩不可追。

列位看官，你道这家人到底是人是妖？这灰牛大仙如今从猫精处得了这个讯儿，又该如何思忖脱身之事？

【第八十一章】

上回且说到这灰牛大仙好容易给猫精抓了二十只耗子，又想方设法与它弄来一串鱼后，这才安闲下来，施施然将自己对这家人的观察猜测，尽数说与那灰牛大仙听了。

却说这灰牛大仙骤然听闻这家人莫不是那水蛭精一事，当下便吓了一跳。继而便暗忖如何将那少奶奶营救出去一事，便是硬来也无不可。那猫精瞧出灰牛大仙心思，正色劝其不要如此，那灰牛大仙正恨它恨得牙痒痒的，刚想给它一蹄子，那猫又接着道，这家人虽是妖身，但那少爷找伴侣之心倒是不假，它记得那少爷成亲前将它抱在怀中时，它听这家人闲谈时，也问那少爷为何不找同类结合。此事他们倒未曾提及，但据那猫精猜想，他们应当是想通过这番与人类结合的方式，慢慢融进那人类世界罢了。

这一牛一猫谈及此处，这灰牛大仙却突然想起当日少奶奶屋内光景，便忙向那花猫询问，问其是否知晓此事。且听那花猫云，这少爷毕竟是妖怪，若是正常与女子行房，本是无法令女子受孕的，遂只能施法将自家血液精气送入那女子子宫，才有那些许成功的可能性。

那猫精告诉灰牛大仙，这点自己亦是听家中太太说的。做此事时，那少爷多会显现出妖精原形，遂素日不敢露出本来面目，只敢乘少奶奶睡着时才做。不承想那晚少奶奶突然醒来，见了少爷真身原形，当即吓得惊惶失色、哇哇大叫。好在那妖精也有些道行，施了个法术，令少奶奶转瞬便忘掉了自己适才看见之事。但因此法太过邪门儿，遂少爷这样做了之后，之前娶的那几房媳妇便都死了……这灰牛大仙听到此处，便忍不住骂将起来，言这家人果然个个都是邪魔歪道。那花猫听了，不以为然地嗤了一声，令灰牛大仙莫要如此武断，它在这家中待久了，知道这家人也不是故意如此。且那些女子死后，这家人心下亦不太好过，端的是老爷太太着急、少爷伤心。而他们这次竟成功了，竟令那少奶奶成功怀孕，这一家子“人”，每日乐得如过大年一般。

却说这猫精将自己所知之事一股脑尽说与那灰牛大仙知道后，便对那灰牛大仙云，如今也不要管其妖怪不妖怪之事了。这家“人”对少奶奶的关爱，断不是假装的。若孩子生下来，她只会比现在过得更舒坦幸福，灰牛大仙又何必去破坏。何况便是灰牛大仙有能耐将少奶奶从这家中带走，如今这一人一牛头无片瓦，且那少奶奶又怀有身孕，一个人孤零零在外，难道这老牛还有照顾她的本事？那灰牛大仙听了猫精这番言语，亦是无话可说。猫精见自己所知已俱说与那灰牛大仙听了，便撂下一句话，令那灰牛大仙自家好生想想，遂将那尾巴一甩，便转身走了出去，留灰牛大仙一人在原地发呆。

这灰牛大仙在原地思忖了片刻，觉得猫精所说之事倒也在理。如今自家便是将她救了出去，又能带去哪里呢？若是他们回娘家，便只能受气，总不成将她带到野外与自己一同食草吧。

它思来想去，只有先待在此处方是最妥帖的法子。这灰牛大仙在心中苦笑，自家一向认定正邪不两立。如今却只能眼睁睁瞧着救命恩人落入魔掌。更令人哭笑不得之事，便是她在那妖怪家中待着，比在自家父母身边，不知要幸福多少倍。

这厢灰牛大仙满腹心事，眼见那少奶奶的肚子越来越大，离那生产期亦是越来越近，心中便越发焦躁。

这日夜里，灰牛大仙正假寐之时，突然被周围杂乱的脚步声、叫嚷声惊醒，眼见这家的女佣端着水盆，提了几壶热水，搭着毛巾焦急地往那少爷屋内飞奔而去，又见有个用人拿了几吊钱飞奔似的向外跑去，约莫是找接生婆的光景，这才思忖那少奶奶约莫是生产期到了。说来也巧，此番少奶奶的生产比预期时间提前了许多日子，又恰好赶上这大半夜的，大家未曾准备，更兼那家中轿子、马车偏巧又在这几日送到木匠处休整，遂众人均十分着慌。

且说自灰牛大仙得知这家人事情后，心下便一直担心，如今这人妖结合，会不会产下那半人半妖之子也未可知。它心下为了此事十分担忧，接连做噩梦，有时是那魔胎咬破少奶奶的肚子钻出来，有时干脆是那魔胎撕裂她的身体钻出来。而那魔胎亦是狰狞可怖，生着三张脸，顶了一头惨绿的头发，眼睛又黄又长，如猫儿一般，全身都闪着蓝幽幽的冷光，且蒙着一身鳞片，手脚均是尖利的爪子，背上生着翅膀，屁股上还长着一条尾巴。那梦境总结束于少奶奶的惨死及那精怪一家人抱着那小怪物狞笑，且现出这家人原本更为狰狞的原形之时方会结束。如今它侧着耳朵，听到少爷屋内传来那一声声少奶奶痛苦的呻吟惨叫声，与自己素日在梦境之中听到的，极其类似。

那灰牛大仙听到此处，便忍无可忍，终究按捺不住，生怕与梦中一般会从少奶奶肚子之中钻出一个绿发蓝光的妖怪来，遂便想仗着自己一股牛劲冲入屋内，用牛角乱抵一气，将那用人尽数赶走，自己独自驾着少奶奶撒腿便跑。

但那灰牛大仙心下虽如此之想，却不能这般做法。如今便是由得它冲进室内，将众人都赶走，谁又能将少奶奶扶到它背上去？且以少奶奶如今的状况，又焉能在牛背上安稳躺着？灰牛大仙一念及此，只能在牛棚之中一面转圈一面焦急得“哞哞”乱叫，如同有十万只牛虻围在它身边一般。

正是：

皆言冤怼此时销，必谓妖徒今日死。
旋教魔鬼傍乡村，诛剥生灵过朝夕。

列位看官，你道这少奶奶到底遭遇了何事？这灰牛大仙，又能否将那少奶奶平安救出？欲知后事如何，且听下回分解。

【第八十二章】

上回且说到这灰牛大仙听闻少奶奶在里间生产，只见一行人跑进跑出，自家却情况不明，不由得分外焦灼。它在心中早已思忖过千万遍如何将那少奶奶从这房中驮走，去苦于实施起来实在太难，也只能在门外干看着。

好在皇天不负有心人。这灰牛大仙的机会还是来了。它支棱着耳朵在外偷听，不小心便听见那去找接生婆的用人回来报信道，那接生婆这几日腿摔坏了，无法动弹，可否将那少奶奶接到她家中去生产。那老爷一听这报信之人的回禀，当即气得甩了他几个大耳刮子。如今少奶奶的光景，还能经得住一番挪动折腾？若是那接生婆腿脚不灵便，他也不知道将她背过这里来？但事已至此，生气亦是无用，如今瞧着这情形，这少奶奶怕是要难产的，赶紧租了轿子，抬着送过去。现下深更半夜的，轿夫早已休息了，一时半会又哪里找轿子去呢？且说那老爷目光在院内逡巡了一番，蓦地听见前院传来“哞哞”的牛叫声，顿时眉头一皱，心下有了一番主意。

却说那灰牛大仙正急得“哞哞”叫，却见用人们纷纷前来，将它牵了出去，给它套上一辆板车，进而又将那少奶奶背上车去。这驾马车素日虽是那家中用人用来运柴火的，但现如今人命关天，却也顾不得这些了。那用人们将灰牛大仙并马车套好，便赶着它往那接生婆所住的地方行去，那少爷紧随其后，亦是骑着马急匆匆地跟了上来。

列位看官，你道这厢少爷家中众人火急火燎地围着那牛车焦灼催促，这厢灰牛大仙心中想的却是另一番心思。它早就想带那少奶奶离开，此时那少奶奶套上牛车，竟是个千载难逢的机会。遂那灰牛大仙眼见时机成熟，趁着出门没人防备之时，突然大吼一声，将那众人吓了一跳。它自己却瞅着这番空当，拉着牛车便向县城外撒蹄奔去，连带着将那赶车的用人也给掀下车来。

也是合该这灰牛大仙逃走。原来这县城中的城门，素日晚间都关得严严实实，而今日恰逢着有一拨县衙外出办事之人回来述职，那守门老兵便开了城门，灰牛大仙瞅着众人鱼贯而入的空当便冲了出去。且说那老兵正要进城，眼见一头疯牛冲将出来，却哪里敢阻拦？回来的那拨人更是如此，眼见这牛来势汹汹，也慌忙都躲了开去。且说这家人见灰牛大仙拉着牛车撒蹄便跑，个个心中着慌，催着那马在后面紧赶慢赶，可这灰牛大仙却是拼命向前奔跑，加上少爷所骑之马亦是家中的老马，竟半点也追不上它。

却说这灰牛大仙，真是好心办坏事！如今这少奶奶已然难产了，只有那接生婆方能救其性命，灰牛大仙却全然不知！

眼见这灰牛大仙将少奶奶拉扯出县城地界，一面跑一面想着如何将那家人甩掉后，再将少奶奶带到福氏村去。它早先在福氏村生活，知道那福氏村中村众心眼不坏，如今见自己拉了一个孕妇过来，当也会热心帮忙。那灰牛大仙甚至暗自下定决心，若是那少奶奶真生了一个妖怪出来，它便乘着那小妖幼弱时将其用牛角捅死，也好过大了为害人间。

那灰牛大仙正思忖善后之事，却听身后传来几声刺耳的尖啸之声。它回头一看，原来那妖怪家中三人见灰牛大仙将少奶奶驮走，慌忙都现出原形，前来追逐灰牛大仙。灰牛大仙回头一瞧，这家人倒不似花猫所说的水蛭毒虫所化，反而更像是蝙蝠精怪。如今它们三只妖精背上均生出像蝙蝠一般的翅膀，脸上亦没有人形，只有那尖嘴瘪腮之像，面上却瞧着像老鼠，嘴里生满尖牙。那人脸特征倒是还在，依稀能瞧得出哪个是老爷、哪个是太太、哪个是少爷。身上的衣物却早已不知去了哪里，全身都披了一层厚厚的黑毛，正飞在半空之中追赶牛车。

灰牛大仙眼见它们追来，更是全速向前奔跑。但它如今毕竟老了，加上那三只妖精是用飞的。遂很快便被那妖精追上。灰牛大仙决定拼死一搏，遂转过身子，用角对着那三只妖精，预备与其拼命。但如今它们手脚均变成利爪，且那少爷比它还焦急，一巴掌掀了过去，便将那灰牛大仙打倒在地，再也无法爬起。

幸而这少爷目标并不在那灰牛大仙，遂只是将那灰牛大仙打倒，便去抱那已然晕倒的少奶奶。却说就在它去抱那少奶奶之时，那躺倒在地上的灰牛大仙却听见一阵阴森可怖的怪笑之声自那地底传来。那三只妖怪听了这怪笑声，立刻变得惊恐万分，老爷、太太亦是大惊失色，慌忙用其异常低沉的嗓音催促少爷赶快抱着媳妇飞走。她话音未落，灰牛大仙便觑见一只长满黑毛的大手自地面破土而出，一把攥住了老爷。

这灰牛大仙本就伤得不轻，那手从地面钻出时，又使得地面剧烈震动，将其震得晕了过去。遂其晕倒之前最后听见的，便是那被抓住的老爷发出的绝望的尖啸之声……

却说过了不多时，这灰牛大仙悠悠转醒，便慌忙爬了起来。它睁眼瞧了瞧，发现身上轻了许多，再回头看时，见适才自己将少奶奶拉来的车子已经散架，那少奶奶也不知身在何处。正茫然间，那地上忽地伸过来一只手，猛然抓住了它的蹄子，将它吓了一跳，以为适才那妖怪又回来了。待它定神一看，才发现原是那趴在地上的少爷，正不甘心地抓住了自己的后蹄。那少爷现在虽然仍是妖怪模样，但翅膀已被硬生生扯掉，一条腿也没有了。全身都是绿色血液。且见那少爷艰难举起前爪，想向那灰牛大仙挥去，却又无力地垂下，随后便呻吟一声，蹬腿而死。

正是：

疑怀无所凭，虚听多无端。
虫苦贪夜色，鸟危巢焚辉。

列位看官，你道杀这三妖者为谁？这少奶奶又到底身在何处？欲知后事如何，且听下回分解。

【第八十三章】

上回且说到这灰牛大仙趁着众人将少奶奶套上牛车的当口，拉着难产的少奶奶一路狂奔，在路上却被那三只妖物疯狂围追堵截，欲夺回少奶奶之事。那灰牛大仙思忖着如今除了一死，事情再无转圜余地时，却见地面蓦地探出一只手来，将那老爷太太一并击杀，又将那少爷真身撕烂。

却说如今这少爷已死，灰牛大仙眼见它的身体化作一摊墨绿色的脓水。正发出阵阵恶臭，且那脓水还冒着气泡。紧接着那脓水亦挥发成一股蒸汽，那蒸汽也慢慢散开，最后那地上只剩下一堆奇形怪状的白骨。

灰牛大仙见了这骇人一幕，心中狂跳不止。慌忙又瞧了瞧四周，只见不远处还有一堆这样的骨骸，思忖着这骨骸约莫也是刚才那妖怪所为，大约少奶奶亦被它带走了。它想着那妖怪手掌便已如此之大，若真个要站起来，身体也不知该如何丈量呢。但如今令它奇怪的便是，那么大只手从地底钻出来，这会子销声匿迹时，地上却连一个坑洞也无。

它心下虽然存了这个疑虑，但此时却也顾不得多想，目下少奶奶失踪，救人才是它的第一要务。它虽不知仅凭现状该如何做，但仍是颤颤巍巍地向一个它直觉中觉得差不多的方向胡乱行去。

列位看官，这厢灰牛大仙寻人之事，暂且按下不表，权且说说这家人的事情。且说这家人原本都只是普通人罢了，那老爷家中甚穷，人到中年，好不容易才娶到老婆生下儿子。且说他那时不过是个走江湖卖杂货的小货郎罢了，身边人因唤惯了他“老剩”，便不知亦懒得知其本名，因其人嘴笨心软，那货物自是没什么人要的，便也只是剩在家中，遂得名“老剩”。他因嘴巴太笨，不会揽客，生意极不好做，日子也过得颇为艰难，连养家糊口都成问题。他家这番光景，自然惹得婆娘成日抱怨，那儿子饿了，也不管大人世事艰辛，只管又哭又闹，使得他愁闷不已。

且说这日他外出卖货，行了一天，脚底板都打了三个水泡，却一分钱也未曾赚到。回家这一路上，都在发愁该如何向家中婆娘交代之事。却说这世间之事，常常便是福无双、至祸不单行，那日家中非但一个铜子也没有，连米缸也都空了。不提防还有更愁人之事，这日夜间他往家中赶路时，却被一伙小毛贼拦住，将他那唯一的一点货物亦给抢走，实是屋漏偏遭连夜雨。这老剩被众人打倒在地，瞧着不远处的家中，心中凄苦万状，实是不想再走进去，想到自己这艰难度日的惨状，巴不得立刻便结束自己悲惨的生命方好。

却说那山贼将其东西抢走之后，他走到镇子近旁的一条河边，思忖着便想要往河中跳下去。但一想到家中儿子仍然被饥饿折磨得哇哇大哭，便又有些于心不忍，他这般在河边左右徘徊，始终也下不了狠心。

此时正值盛夏，他在河边走了一阵，却见天上突然刮起狂风，进而电闪雷鸣，瞬间便噼里啪啦下起一场暴雨来。老剩被这大雨一淋，便下意识寻地方躲避，倒是暂时将自己想要自杀的心思忘了。这会子定下神来，两手空空如也，也不愿就此归家，便在雨中茫然走着，眼见前方影影绰绰，约莫是一座破庙，便慌忙向那里行去。

且说这庙里也不知供着一个什么神仙，那神像瞧着面目可憎，煞是吓人。他入内之后，对着那神像拜了几拜，接连说了几声得罪得罪，便寻了一个角落蹲了下来。

此时入夜，这庙里甚黑，只是时不时有那闪电划过，映照出那神像狰狞的面孔。如今老剩身上被大雨淋得透湿，又未曾吃饭，遂又冷又饿又怕，只是蹲在角落处不住地瑟瑟发抖。

就在这老剩惶恐不安、心下惴惴之时，却听那小庙破门传来“吱呀”一声的轻响，一个人影已悄悄闪了进来。老剩被这人吓了一大跳，借着那闪电的光亮，他见来者一身农户装扮，年龄也与自己差不多，遂这才放下心来，他在这破庙本就惶恐不安，如今见有旁的人来，便慌忙不迭去与那人打了一个招呼，这一打招呼，反倒把那人吓得不轻。

此人见庙中有人，便也坐了下来，与他一同聊起天来。老剩与他相谈方知，原来他亦是个赶集的农户，如今遇到这场大雨，便慌忙跑来躲避。那老剩与他闲谈之时，慢慢便说到自家的伤心往事，不由得掩面哀泣、痛哭失声。岂料那人听完却忍不住哈哈大笑起来。老剩见他这般作态，不由得在心中腾起一丝怒火，岂料那人瞧了他气恼的样子，反倒安慰他道，断不用为此事发愁，他如今前来赶集，也是因为有要事要办。

老剩听了，这才收住眼泪，问他前来所为何事。且听那人云，自家祖上是个大官，如今家道虽然中落，做了农民，但是家中传下来一个藏宝图，云是无上至宝。那家中其他亲眷倒也按照这藏宝图上的标识细细找过，却是一无所获。他将那图细细篦了一遍，发现那图上所标的地点离这个镇子并不太远，便慌忙来此处赶集，顺便也去那藏宝图上所示之处挖了看看，碰碰运气再说。

那人说到此处，便拿出火石将那庙里的油灯点了，再将那藏宝图递与老剩，着他瞧瞧看。老剩将信将疑地将那宝图接了过来，又听那人信誓旦旦地说，要是老剩与他一道过去，自家挖出来这宝藏也会分给他一些，帮他渡过现下难关。

老剩闻言，心下虽不大相信，却还是礼貌地谢了他一番。那人十分热情，将身上的干粮分给老剩，着他先吃两口，暖暖身子再说。他见老剩衣裳已尽湿，便令他将湿衣服先脱了，拧干了在这破庙先晾一晾再穿。那老剩吃了干粮，身上也暖了些，如今肚里有食，先前凄苦愁闷，亦是一扫而空。他如今体会到许久未曾体会到的人情暖意，心中也充盈了许多，适才的痛苦瞬间便消散了。他见这雨一时并未有停歇之意，便靠着这破庙里的柱子，昏昏沉沉地睡了过去。

正是：

人间心不足，意外事难量。
神仙竟何益，抚卷空凄凉。

列位看官，你道是这少奶奶到底是生是死，灰牛大仙能否将其寻回？欲知后事如何，且听下回分解。

【第八十四章】

上回且说到这灰牛大仙眼见这无端惨状，一时也蒙了，但他虽然心中畏惧，却依然还惦记那少奶奶安危，遂凭着直觉寻了一个方向，便莽莽撞撞地向那方向奔去。

花开并蒂，各表一枝。却说回这家人来。原来这家人此前家主名唤老剩，是个卖货郎，因其嘴笨，遂素日也卖不出什么货物去，因而每日只能怏怏而归，这日眼见家中已然断炊，他又一件货物也未曾卖出，遂心灰意冷之下，木木然向家中行去，不巧屋漏偏逢连夜雨，他走到半路，却又被一伙山贼将那剩下的货物尽数抢走，思及家中嗷嗷待哺的孩子，他心中难过至极，竟已经萌生死志。

却说这老剩茫茫然行到河边，正思忖自家是否该投河自尽时，却突然天降大雨，他心下无奈，便下意识躲雨，这一番动作，那寻死的心倒消了些。遂其一路避雨，好容易才找到一间破庙，便慌忙躲了进去。却说虽是雨夜，这破庙之中倒也热闹，这老剩躲进来不久，又遇到另一人，老剩见其一身庄稼人打扮，便大着胆子与其攀谈了几句，将自己如今的窘境，家中的惨状，尽数说与这陌生人听去。却听那人云，自家手上如今有一张藏宝图，待明日雨停了一并去挖了，说不定大有所获，届时将那宝物分一半与老剩，他便不会再这般痛苦了。

这老剩吃了此人带来的一点干粮，衣服也拧干了些，当下便朦朦胧胧睡了过去。次日一醒，却已然是第二日清晨时分。老剩见庙外大雨已收，那庄稼汉也早已不知去向，但昨夜所见的藏宝图却扔在地上，大约是那人急匆匆赶路，竟连藏宝图也忘了取。老剩打量了那藏宝图几眼，终究按捺不住心底的诱惑，便抱着试试看的心态，将那藏宝图取了，按图上所标示的路线，向那树林深处行去。且说这树林倒是离镇子并不太远，不一会儿便行到那藏宝图所在之处。

老剩瞧了那藏宝图几眼，寻到埋藏宝物之处，四下捡了一个粗硬的树枝便向下挖去，不提防没挖多深便挖出一个旧箱子来。那箱子瞧着有些年头，却未曾上锁，打开一瞧，里面竟然堆满了金元宝与那银元宝，甚至还有一些是他叫不上名号、从未瞧见过的珠宝。那老剩被这些珠宝晃得眼花缭乱，当下心跳加速，血液上涌，抱起那箱子便向外跑去，眼见快要跑出林子，心下却又有些惴惴不安。如今这巨额财富，似是得来颇容易，莫不是有什么阴谋？他心有不安，便又瞧了瞧那藏宝图，见藏宝图上的提示简单至极，那人的亲戚为何云自己不曾找到？那庄稼汉打扮之人，为何清晨会不辞而别？饶是老剩见识短浅，却也咂出此事疑窦之处来。他思忖此事的种种可疑之处，越想越怕，便又将那珠宝箱子原封不动地埋回土里，惶惶不安地向家中行去。

却说这老剩刚行到家门处，隔着门便又听见家中儿子的哭喊及妻子焦灼地劝慰声。他在门口徘徊踟蹰，想进却又不敢入内。如今他们住在这镇上最残破的便宜的胡同内，四下尽是穷人。三人统共住在一室之内，那室内摆了床与柜子，便再也容不下他物了。素日他们一家吃饭连桌子也未有一张，诸般事宜，只能在床上进行。那门板墙壁皆薄，素日干什么，邻里之间皆能听得见里面的动静，遂那老剩听到那孩子哭喊，婆娘的痛苦劝慰，顿时心下又十分犹豫，忍不住想起那林内的一箱财宝来。现下自己一文不名，唯一的一点货又让贼人抢走了，便是自己去报官，官府亦是不会给自己这般贫民申冤。且此处的官府与那靠近都城那些省城区别甚大，官家有明文规定，凡是来报官者，必先挨一顿板子，以示其为干扰那官老爷们的正常政事之惩罚。若是来报官者能打点衙役一些银子，便能打得轻些，给得多了，打起来又似是挠痒痒一般，看着甚重，其实轻轻落下，并不会伤其筋骨。若是遇到那没给钱的，这衙役的板子落下极重，几是将人往死里打了。如今他一没钱，二没身子骨，若是再挨上这一顿板子，怕是连命也没有，实是已走上绝路了。

老剩站在门口，思来想去，便又折回那片林里，重新将那箱子挖了出来。但他到底没有胆子将那宝箱取回，遂只是从那宝箱之中取了一锭银子，以先渡过眼下难关为要。

却说他取了这银子，兑换了粮菜，又重新置办货郎行头，日子便能挨下去了。他如今有了这锭纹银打底，便又走街串巷去卖货了。

列位看官，你道是从善如流，从恶如崩。他如今虽是暂时解救了眼下的痛苦，却埋下了不劳而获的胎根。如今这箱财宝之事，总是时时萦绕心头，他担心自家不拿，那庄稼汉随时会回来取走，待自己这一锭银子花完，生活又无着落了。如今藏宝图虽在自己手中，但这藏宝图既然如此简单，说不定那人早已暗自都记在心中了。说不定那日他也不过是因为有急事，才走得如此匆忙，忘了将那藏宝图取走。他思忖那人也不像是谋算他给他下套的行事，如今他不过是一介贫民，又有谁犯得上要与他要弄阴谋？且自己那日取回银锭之后，箱子埋得也不甚深，说不定有人瞎猫碰上死耗子，碰巧发现那箱子，将其取走，那才真是得不偿失了。

这老剩如今存了这番心思，每日日思夜想，都是那宝箱之事。他躺在家中，亦是挂念那宝箱安危，生怕那宝箱有什么闪失。他想得越多，心思便越重，也没办法安心做他的货郎了，往日日出而作日入而息，如今却是三天打鱼两天晒网，三日里倒有两日歇在家中，思忖那宝箱之事。

却说那一锭银两，取的时候瞧着颇多，但花的时候却一点也不顶事，未过多久，他便将那银两花完了。这番他却并未有多少犹豫，当下便折回了林中，三下五除二挖出宝箱，取了不少银两后，又将那箱子换了个地方重新埋下。这番他埋得极深，如此便是那藏宝图的主人来了，也寻不到那宝箱了。

这老剩如今手中银子多了，素日住的那屋子，亦是怎么瞧怎么不顺眼起来。反正如今他也不用如此拮据，便在那镇上寻了一间更好的屋子安顿家人，又盘了一家别人家转让的小酒馆，做起来过路客的生意，生活也算是日益安稳。

正是：

味从中夜永，痛偶暂时忘。
意外逢奇宝，人间欠此方。

列位看官，你道这老剩如今取了宝箱，到底有无不可？若是有天罚惩戒，却又该如何惩戒？欲知后事如何，且听下回分解。

【第八十五章】

上回且说到这老剩因家中拮据，因此也不再惧怕自己取了那宝箱珍宝之后，会惹上何等麻烦，他心中一旦放下这口气，自是松了一口气般一而再、再而三地去取那箱中的珍宝。到后来，索性也不做那货郎了，而是用那宝箱之中的银钱盘了一个小店，素日与家中婆娘经营酒店的营生，日子倒也日渐安稳了。

列位看官，你道是由俭入奢易，他既是这般发家，而那些财宝又仍旧时时刻刻萦绕心头，如今日子安稳了，他倒更多些时间想那箱珠宝之事了。且人的欲望又哪有餍足之时？如今稍稍安定了些，他便又思忖着是否能过得更好些。如今他搬到镇上，见惯了那些有钱人，自是羡慕不已。遂心中一直暗想，大家皆是一样的人，自家缘何不能如他们一般过上奢华舒适的日子呢？明明机会便在眼前，只消将那宝箱取回即可。

他因动了这番心思，起了这个念头，又瞧着目下官府也未曾通缉过甚江洋大盗，可见那宝箱中的银两多半也不是那些强盗的。他在无人时，也曾思忖过这些银子是否被那官府追缉的强盗一时情急才藏在那处的，丢藏宝图不过是骗个人将那宝箱挖起，然后自家再从他手中抢回，如此方可不暴露身份。

却说这半年他过得极不安稳，隔三岔五便跑回那林中查探一番，生怕这宝箱又被人挖走了。

他因这般忧心忡忡，始终也无法安稳度日，这日，他终于痛下决心，夜间自己拉了个独轮车，提心吊胆地将那箱子取回家中。因怕有人来抢，遂又在那箱子上盖了些蔬菜水果，假扮成那不起眼的小商贩，将箱子偷偷运了回来。

却说从此之后，他便真正过上了自家一直向往的好日子了。他将那箱中的珠宝偷偷兑了一些，在府县之中买了家大宅院住下，还请了许多用人前来伺候。如此这般后，他又将宝箱之中剩下的银钱算了算，照自己目下的花法，便是什么也不做，也足够过上几辈子了。遂也不做活计了，只是优哉游哉地开始享受当下的快活日子。

自此之后，他每日睡到日上三竿方起床，白日里提笼遛鸟，与其他有钱人家摸牌赌钱，晚上便上那戏园听戏。玩了一阵，这府里县里的那些玩意他都瞧不上了，便时时跑到省城去玩耍，逛省城的大戏院、高级酒楼，唤头牌妓女与自己耍乐等，不一而足。如今他这番做派，倒像是个真正的老爷了。

却说他如今虽然腰缠万贯，倒是也未曾像别家那样，想要多娶几房太太，如今他与自己共患难的妻子，却也还有些感情。且那妻子生活好了些，人也越发贤惠，将阖家上下，打理得井井有条，任谁也挑不出错来。那家中一应上下，也都对她十分服膺。且随着小儿一日日长大，家中生活越发称心如意了。那小儿子既聪明又肯学，惹得家中请的教书先生不住夸赞，云其将来考个状元也无甚问题。却说那时已有了科举制度，倒是玉帝给天龙所出的种种馊主意之中最可取者了。

天龙自推广科举制度后，治下的帝国人民均可参考。其与后世最不同之处便是，只要考生本人未有犯罪记录，即使家里人干着些不够体面的工作，譬如狱卒、妓女、屠夫等下九流者的子女，亦同样可参加科举。只是这些家庭出身者，常常因家中重重限制，自己也不甚渴望读书罢了。这科举制度甚是松缓，连墨璃界之人亦可参加。却说这墨璃界毕竟面上还是由帝国管理，遂这墨璃界中人亦可参加考试，只不过若真有从那墨璃界前来者，帝都之中负责治安的御林军会对其格外注意些罢了。

闲言休叙。却说因为有了这番想头，因此这老爷不管在外如何胡闹，最终却也还愿意回家来。尤其是听闻自家儿子这般有出息，心中更是欢喜无限，亦开始多多关心孩子的教育，外出胡闹的次数也减少了许多。

这般完美光景持续了数年。某一日，那老爷与几名酒友雅兴大发，正在茶园品茗闲谈，忽见家中一个用人匆匆前来，云家中来了一个人，有要事找老爷。

老爷听他说得慎重，便辞别朋友回到家中。刚行至大厅，只见一个庄稼汉扮相的中年人正站在厅中，那老爷见他服饰敝旧，也不太将其放在心上。却说这两人分宾主落座，用人上茶之后，老爷随意与其寒暄了几句，便想要将其打发走。来人瞧出老爷心思，便笑笑对他道：“莫不是不认得我了？”如今这老爷走南跑北，晃了世界，早已不知见过多少人，遂端详他几眼，却无论如何也想不出自己在何处见过他。来人见老爷记不起自家，只是嘿嘿笑了两声，云记不起便算了，自己先行告辞，着老剩一个人再慢慢想，待他想起来，自家再来拜访。说完他拱了拱手，便向外走了。

那老爷因他卖了这个关子，心中也有些惴惴，遂那随后几日，每日都在思索来人到底是谁。这日他刚睡下，却又如同被火烫一般猛然起身，他如今终于回忆起此人是谁了！来人的音容笑貌、衣饰装扮，分明就是当日在庙中给他留下藏宝图的那人！那老爷忆及此处，不禁心虚不已，如今看来，此人分明是前来讨还宝箱的，说起来，这钱本来便是归他所有的。

不想起来便罢，如今一想起来，这老爷便坐立不安。他心下惴惴，思忖着破解之法。转念想起此人仍然是一副庄稼汉打扮，分明是并未发迹之态。自己如今有钱有势，连官老爷也前来巴结，若那人真的跑去报官，一来此事并无甚确凿证据，二来那官老爷与自己熟识，若真有此事，官老爷亦会站在自家这边，届时随便把几个钱将那庄稼汉打发走，反正挖宝之事他并未亲见，且那日在破庙，早上醒来他自家先走了，又能怪得了谁?

老爷将此事利弊在心中反复思忖了一番，想着无论文斗武斗，自己如今皆稳占优势，便放心地睡了下去。梦中忆起那人所说的“待您想起来以后，我自然会再来拜访”之词，却还是有些不安。但转念一想，此人不过是一介草民，又能有多大能耐，定然是故弄玄虚，假意要挟，还不是为了多几个钱?且自家何时记起，他又如何得知?老爷在心中这般自我安慰一番，便又睡了过去。

正是：

正为此事人偶知，自惭不密方自悲。
主今颠倒安置妄，贪天僭地谁不为。

列位看官，你道是这庄稼汉到底是何人?这老爷如今取了宝箱之中钱财，到底又会有何代价?欲知后事如何，且听下回分解。

【第八十六章】

上回且说到老剩自取了宝箱之后，每日都在家中赋闲享乐，再也提不起做事兴头。好在妻贤子孝，家中也无甚操心之处，只怕是神仙日子，也不如自己如今舒坦快活。却说正当老剩欢愉之时，却有一个庄稼汉模样的人来找他，却正是当日在破庙之中将藏宝图给自己所瞧之人。那老剩见他如今寻来，心下也是惴惴不安，好在自己如今也算是有钱有势，倒也不甚怕他，只消打发他几个钱，将他撵走便是了。

此人倒也并不吵闹，只云待老剩想起自己之时再来拜访，倒令那老剩心中惴惴不安。却说这老剩一面思忖对策却一面睡了过去，不知不觉便已入梦。列位看官，你道他梦见什么？

且说这老剩刚睡着，便梦见自己又回到当日下着暴雨，去破庙之中避雨的那晚。这事情他虽十分熟悉，但在梦中却是旁观视角，玄妙无比。他眼见着几年前更年轻些的自己跑进庙里，便慌忙跟了过去。只见自家进入庙里未多时，那庙外的空地上却慢慢显现出一个形状怪异的黑影来。那黑影似蛇又似蜈蚣，缓缓从土中爬了出来。

老剩吓得如同筛糠一般，却仍然按捺不住好奇，忍不住瞪大眼睛瞧着。却说这东西爬出来之后，抖了抖身上的尘土，慢慢变成了人的模样，却正是给自己藏宝图的那名农户模样。

老爷瞧到此处，早已吓得魂不附体。他木木地跟随那人到了庙中，眼前的景象倒是他极为熟悉的一幕——那角落之中瑟瑟发抖的自己已同那妖怪开始聊天了。眼见那人给自己瞧了藏宝图，又把与了自己一些食物，自家却毫无防备，只管随意吃了。那老爷见自己不明就里，忙想提醒自家赶紧跑，切不可与这妖怪过从甚密。但自己张嘴喊了数声，却一点也说不出话来，只能眼睁睁瞧着自己伸手接过藏宝图。如今他方看清楚，那藏宝图上竟还有一张亮着红眼且狞笑的人脸，那整张脸早已腐烂，且生着脓疮，且有许多蛆虫在人脸上爬来爬去，如今瞧着简直恶心至极。

那老爷见了这般情景，拼命叫喊着令那时的自己不要取那藏宝图，可不论他如何叫喊，却始终发不出半点声响。他见彼时自家拿着藏宝图仔细端详，那整张恶脸却从图上凸显出来，笑得越发邪恶了。眼见那藏宝图的蛆虫都落在自家手上，那时的自己却仍是视而不见、无所察觉，更是心下惴惴。老爷见了这番情境，也不知自何处生出的勇气，忍不住想上前拉自己一把，但此时这张脸却忽然掉转过来，用血红的眼睛恶狠狠地盯着他，吓得那老爷脚一软，一跤跌倒在地上。

他这一跌之下，便不由自主地一直往黑暗之中坠下，不知坠了多久，却听见“啪”的一声，落在一个实地上。那老爷睁开眼一瞧，见自己又落在正在挖藏宝图的自己面前。眼见自己挖开宝箱后又打开来瞧，这其中哪里是什么珠宝，竟全然都是盘在一起的毒虫罢了！那毒虫有蜈蚣，有蝎子，亦有毒蛇，其间种种，皆是狰狞可怖，而自家脸上却是一应的贪婪狂喜的表情，将那宝箱抱起来便跑。那老爷瞧见这等情景，唬地忙上去拉他，可是却见那箱子中猛地蹿出一条毒蛇来。那蛇蹿到半空中，照着老爷的脖子咬了下去，老爷只觉得脖子上一阵剧痛，便人事不知了……

却说这厢梦中之事结束，那边老爷却大叫一声坐起身来。一转眼，却发现自己并未睡在床上，而是坐在家中客厅的椅子上，那人也坐在身前，笑吟吟地对老爷道：“我且说过，您若是忆起我来，我自然会回来拜访您的。”老爷想起梦中情境，吓得舌头打结，只管傻傻地盯着他瞧。那人似乎对此了如指掌，只对老爷道，适才那梦，不过是开个玩笑罢了，不过是吓唬老爷，觉着好玩，让其切勿生气多虑。自古至今，那钱财都是人人艳羡的好物，又岂会是什么毒虫蛇蚁？若真是如此，那老爷素日花钱，又焉能如此开心？

老爷听他这番言语，却镇定了些，回过神来问他到底是何人，或是到底是人是妖？那人却淡淡一笑，云这些倒并不很重要，关键是那老爷拿了他的钱财，花也花了，玩也玩了，如今是不是该帮他做些事情了？毕竟拿人手短，吃人嘴软，也该换回来。老爷听他如是说，却正色拒绝道：若是要钱，自己倒是可以还给他，他可不帮这妖怪做事。那妖怪听他如是说，当即便笑了，云连这地方当官的都是它们走狗，那老爷又何苦在此装甚清高？而今钱财对他而言，不过是身外之物罢了，他喜欢的是人，尤其是如老爷这般的人物。那老爷听他如是说，却不甚明了。他虽不懂那妖怪如何找上自家，但他自小便听过许多传闻，知道这妖魔鬼怪尽会做些伤天害理之事，遂心下对其十分鄙夷，他虽然自认并非什么善人，但也绝不会做这助纣为虐之事。

但有一事，他心下却并不知晓，这世间许多坏事虽是人为，但那个时代正好有妖怪，遂众人也便不管不顾，将这些坏事一股脑尽归结在妖怪身上，不加分辨便将那妖怪描绘得无比邪恶。

却说那妖怪还要再说些什么，那老爷却下定决心绝不再听。反正不论那妖怪如何花言巧语，他都不会去帮那妖怪做事。那妖怪虽听他如是说，但是却并不生气，只说自己断不会改变主意。那人听老爷如是说，也是笑而不语，紧接着又从怀中掏出一个金色雕像，那雕像瞧着是个美少年，披了一身华丽异常的铠甲，但那铠甲的式样却不知属于哪个年代，反正与他在京都见过的帝国军队中任何一个官兵的式样均对不上号，便是他素日在博物馆之中，也未曾见过历史上有形制如此的铠甲。

那雕像瞧着虽然不大，约莫只有半根筷子高，但雕工却是异常精细。那少年姿态极为高傲，目空一切，瞧着栩栩如生，便是铠甲上细腻的纹路，也都被雕刻出来。甚至那少年身上所披的斗篷兼彩带迎风飘舞的样子，亦是精致刻画，也不知当日雕刻之人是如何做到的。却说那妖怪对老爷道，若是他改变主意，便对着这雕像跪下，连磕三个响头，他便会知道这老爷有意悔改了。言毕他便将这雕像放在客厅的茶几上，走上前来推了那老爷一把。这老爷未有防备，被他一下子推倒在地上。

正是：

日日悭贪心未足，只叹众人不回头。
直待荒郊卧土丘，免了前程无限愁。

列位看官，你道这老爷如今受了这番惊吓，对那妖怪的要求，到底是答应还是未答应？欲知后事如何，且听下回分解。

【第八十七章】

上回且说到这老爷入梦之后，竟重回破庙，又见到当日自己得到藏宝图的情形。却说当日遗失藏宝图的庄稼汉，原来是妖物所化，而自己所拾到的藏宝图，在梦中看来竟暗藏鬼脸，那一箱宝物也尽是蛇虫鼠蚁所化。老爷瞧着这番情形，不由得冷汗涔涔，正唬得魂不附体之时，却见当日那个庄稼汉仍旧坐在室内，正好整以暇地等着自己，云他有些事要这老爷代办，这老爷自是坚决不从，那妖物也不甚逼迫，只是与那老爷云，他若是想好了，可对他所赠的小雕像磕三个响头，他便知晓这老爷意愿了。

老爷惶恐地听他说话，猛然一惊，便从床上坐了起来。他伸手抹了抹额头，见自己额上满是冷汗，原来适才与那妖物所化的庄稼汉对谈，也不过是场梦中梦罢了。此刻他才算是真正从梦中醒来，但他心中却十分明了，这并非一个普通的噩梦，但他仍是抱着侥幸心理重新躺下，暗忖着或者那天明之时，一切便会烟消云散，但此刻翻来覆去，却再也睡不着。

且说这老爷在床上折腾一阵，眼见天色发白，鸡鸣不已，那老爷蓦地想起一事，慌忙翻身下床，奔到床边将一幅画摘了下来。且见那图画所挂之处，染了一小块难看的污迹，那污迹瞧着虽十分刺眼，但却是一个极为隐秘的机关。那老爷轻轻按了按这机关，只见那墙面忽地向暗门两边滑开，突然露出一个装有密码锁的保险柜来。

列位看官，此事说来话长。这保险装置，原是老爷在帝国首都订购之物。却说当日都城之中有一家名扬四海的商店，店主名唤鲁班，是个极擅长发明器物之人。他素日在自家店中出售各式有趣实用商品，在别家店中极难购买。这其中一些是玩具，另一些则非常实用。譬如那上发条便能耕种的木牛，可以与人送信和简单器物的飞鸟等。他发明的新奇东西甚多，适才老爷所用的这套个人保险装置，亦是出自他之手笔，只是知晓这套东西的人并不甚多。究其缘故，还是因为帝国境内治安极好，遂这套铁柜销路并不甚高，但在墨璃界生活的众人却购置颇多，那老爷听闻，亦慌忙去购进了一套。

却说这老爷在箱中到底置放何物？列位看官，说来也巧，这老爷按下密码，打开那箱子一瞧，顿时倒抽一口凉气，自己适才担心之事果然业已成为事实。原来当日老爷自得了宝箱之后，亦是十分惶惑，遂秉承财不外露的原则，将宝箱之中剩下的财宝均锁在家中，以防万一。他思忖那箱财宝若是折成银票商号，将来那商号倒闭，自己亦是人财两空，遂思来想去，为了安全起见，便得了这个主意。且那老爷为了保险，早已将那财宝分成三份，分别置放于三个保险箱内，而今他去另外两处瞧了瞧，那两处的宝箱亦是不翼而飞。他又跑到客厅瞧了一眼，果不其然，那尊金像早已放置在茶几上，吓得老爷大惊失色，更确定自己昨夜所见之事并非梦境。

只见他向后跌坐在椅子上，六神无主地在原地失神发呆，思忖着自家心事。他心下明白，如今这钱定然已是被那妖怪拿走了，若是没钱，他又能如何？如今失了宝箱，自家悠闲富裕的生活定是马上便要泡汤了。他下意识地望了望那雕像，沉默了许久，在心中默默盘算日后的生计。但他转念一想，自家也并未到山穷水尽之时，将眼下所住的这套大房子卖掉，或许也能稍稍有些余钱，足够在县里再买几间更普通些的民房居住，余下的钱，亦足够开一家小酒馆，日子也依然可以过得下去。若是酒楼生意不错，过不多时自家亦可再做一个富翁。但这个念头不过在心中一转，他便又想到其不妥之处。如今他又是卖房又是搬家，又该如何与那妻子儿子交代呢？没办法，自家只得编个谎言骗骗老婆，但这谎话也不太好编纂，若直接告诉他们妖物所为，又太过离奇。好在他老婆贤惠，儿子懂事，好歹不过是一家人之事，总也有办法向之交代。

他在心中思量了颇久，便下定决心，暗想着自家无论如何也不能为妖魔做事。如今他既做了这决定，便又折回卧室，预备叫醒自家媳妇，与她商量此事。但听他唤了几声，老婆却始终未醒，他伸手一探，却见她的额头烫得吓人，唬得他慌忙唤用人去找大夫，并又着几名用人唤少爷前来。

却说那用人去了不久，便又慌慌张张奔回来告诉他，少爷如今怎么叫也叫不醒，不知道是什么缘故。惊得他连忙赶到少爷房前，扯着嗓子唤了十多声。他嗓子都快叫破了，那少爷却一点也不曾理会，也未应声。他慌忙叫用人撞开房门，冲进去一瞧，只见儿子亦是躺在床上不省人事，再一摸他的额头，同样烫得吓人。

老爷在原地呆了半晌，吓得说话也不利落。好在适才去请大夫的仆人已将大夫请来，这大夫是县城之中的名医，也给老爷家人看过几次病，端的是药到病除、妙手回春。老爷慌忙请大夫与自家两人号脉，且见那大夫伸手探了探，便将老爷唤到一旁，不住地摇摇头道，自家也算是见惯病人了，却实在也不知道他们二人得的是什么病。如今瞧来，这种疑难杂症，他也未曾遇到过，姑且先开几方药，着他们先吃着。

老爷听他如是说，也忙点头不迭。再一摸钱袋，却发现那妖怪连他身上的几两碎散银子也收走了。这一番打击，实在是雪上加霜。但眼下这家人病势迫在眉睫，他只得硬着头皮对那大夫道，现下并不方便，若是可以，明日再着人将银子与他送去。好在那大夫一向与他们有来往，知他们必不至于短了这几个钱，遂也不曾计较，只是叮嘱了几句便走了。

正是：

耕犁千亩实千箱，力尽筋疲谁复伤？
但得众生皆得饱，不辞羸病卧残阳。

列位看官，你道如今家人这番境况，这老爷究竟是否会应承那妖怪？欲知后事如何，且听下回分解。

【第八十八章】

上回且说到这老爷痛定思痛，终是下定决心与那妖怪割断联系。却说他正要将此事与家中夫人商议时，却见夫人与儿子不知因何缘故，都已经病倒在床上不省人事。唬得老爷慌忙唤人请来大夫，那大夫一见二人光景，虽是十分疑虑，但却始终查探不出这两人症状，遂只能先开两帖药，着他们二人先吃了再瞧。那老爷正待付钱，却发现自己身上几两散碎银子亦被收走，只得先与那大夫说明，日后再补。

那大夫走后不久，老爷忙着人煎药，喂了夫人少爷后，便在那两个院落奔忙，一时去瞧瞧夫人，一时去瞧瞧少爷，生怕他们有何闪失。却说正是怕什么来什么，只见这二人适才还是好好的，这会却一面尖叫一面抽搐，一会在床上打滚，一会又如被烫的虾一般弓起身子，一会蹬腿伸拳，一会发疯一般撕扯身上的衣物，直若中邪一般。老爷见状，慌忙叫了几名强壮的女佣将太太按住，遂又派了几名男佣将那少爷按住，云实在按不住，也可先将其绑在床上再说。如今这一连串的事情早已将他打蒙，只见他一筹莫展地走到客厅，呆呆望着那金像，也不知该如何是好。

正在此时，只见那妖怪又走了进来。此时他早已不是那农户模样了，而是打扮得十分妖冶，瞧着却是不男不女的模样。那妖怪见了老爷，便笑吟吟地问他想不想瞧瞧自己的夫人与儿子现在何处？那老爷此时也一片混沌，便也迷迷糊糊点了点头，也不知道算不算是就此答应了那妖怪。那妖怪见其点头，便就着他的肩膀往下一按，将他压倒在地里，那老爷就势下坠，只听耳畔风声不断，呼啸而过。他不知此番是何等光景，却也不敢睁眼来瞧。好容易待耳畔的风声停止，双脚亦可挨到地面时，便听那妖怪道，你且睁眼瞧瞧。

老爷战战兢兢地张开眼睛，只见自己此刻已置身于一个阴森森的大石厅内，这石厅之中光线甚暗，到处都点着绿色火把，头顶上垂下尖石，瞧着如同刀尖一般。正瑟缩着向四处打量之时，却听一声哀号惨叫传来。那老爷慌忙向发出惨叫的方向瞧了过去，只见自己的夫人儿子被人高高吊起，有一群面目可憎的小鬼正在想法子折磨二人。那老爷见状十分担忧，也忘了自己怕不怕，只管冲上去，想将这两人救下来。他尚未近身，却被几个小鬼冲上来，三下五除二便打得鼻青脸肿、口吐鲜血。

只见众小鬼将他押送到那妖怪面前，那妖怪一面好整以暇地修剪指甲，一面漫不经心地对他道，他这番挣扎受苦，又是何必呢？对着那雕像好好儿磕几个头，不就什么事也没有了？言毕不待那老爷回答，身后便有一名小鬼抽出刀来，对准那老爷的后背又是一刺。那老爷只觉得后背刺痛，唬得连忙惊醒过来，却发现自己仍旧坐在客厅，眼前赫然便是那座金像。

此时只见管家匆匆闯了进来，对他道，如今太太与少爷挣扎得越来越厉害，不得不将两人捆在床上，问他下一步该如何是好？那老爷听罢，叹了口气，对那管家挥挥手，着他先行出去等着，这二人再过片刻，便可痊愈。那管家十分不解，但见老爷脸色铁青，也不敢多问，只得行了一礼，慌忙退了出去。

这厢老爷瞧着那雕像，瞧了许久，最终却还是对着那雕像跪了下去，咚咚咚地磕了三个响头。

说来也怪，自他磕过头之后，夫人与儿子当晚烧便退了，也不再蹬腿吵闹，神智亦清醒了许多。老爷着人将饭菜送去，他们吃罢饭，便早早歇下，也不记得自家到底经历了多少凶险时刻。老爷一摸口袋，见适才不翼而飞的银子也重回钱袋，心知必是那妖怪所为，遂也不再反复思量挣扎，只是一个人静静坐在客厅之中，等那妖怪前来找他。

这晚老爷虽是视死如归，但那妖怪却并未前来，此后又过去几日，那妖怪也无甚动静。家中似是一切如常，夫人儿子也只记得自家似乎生了一场重病，却不记得有被带到大石厅之中受刑之事。那老爷却丝毫不敢掉以轻心，他只是不住地想着自家要给妖魔鬼怪做事的许诺，那妖怪定会要求他害人，说不定便是要他杀人，每每念及此处，这老爷便寝食难安。他如今这般情态，落在夫人儿子眼中，亦是担心疑惑、寝食难安。遂他那夫人儿子瞧着虽然着急，却也不敢对其说明真相。

他这般忧心忡忡地度日，一连过了十几天，那妖怪却并未前来，倒是有个酒肉朋友前来寻他。此人吃喝嫖赌样样精通，更有很多玩乐去处，此前他在外面花天酒地地作耍，其间一大半的花样都是此人告诉他的。后来因儿子日渐大了，再这般作态，也不是那孩子应有的榜样，遂他便逐渐关心孩子的教育，也不大出去作耍了，与此人的往来便少了许多。

如今见这人前来，老爷怏怏地告诉他，自家现在无心去玩，那人听了也不气恼，对他道，这番自己前来，倒不是为了唤老爷出去玩耍，而是有笔生意要把与他做。老爷对他本不甚信任，尚未听他说完便回绝了他的邀约。岂料此人巧舌如簧，反复与那老爷说这生意的多番好处，说得老爷亦有些动心。兼那老爷还有一虑，便更是犹豫难断。你道这老爷到底在担忧何事？原来他思忖着如今自家虽然尚有诸多财宝，但那财宝这妖怪说取便取，何不借此机会自家先做点生意，将那生意得来的资财，找一家老字号的票号妥善存储了。他才不信那妖怪会如此神通广大，连那票号之中自家经营得到的钱也能取走？他在心中这般思量了一番，兼身畔的人不住地鼓动，那老爷便也动了心，答应跟着那人一起去做生意试试。

正是：

病起心情终是怯，困来模样有谁怜。
闻道欲来相问讯，邑有流亡愧俸钱。

列位看官，你道这人究竟邀老爷去做何事？那老爷这番盘算，又能否成事？欲知后事如何，且听下回分解。

【第八十九章】

上回且说到老爷因受那妖怪胁迫，非但家中钱财被妖怪没收，且家中夫人儿子均染上怪病，遂不得已，只能先应了妖怪，再因那妖怪请求，徐徐图之。却说自他向那小像磕头之后，却未见那妖怪有何指示，反倒是有个不常联系的朋友来邀他前去做生意。

老爷心中对其虽不甚喜爱，但如今听他描述，那生意似是前景十分广阔，遂已有三分动心，转念又想到如今妖怪对自己的诸多限制，遂也暗下决心，要自己赚出一笔钱来，再暗暗存到钱庄，如此这妖怪便是能耐再大，也不能悄悄将他自家赚的钱挪走了。

却说这两人议定之后，便收拾行装，一并坐着轿子来到了府县里的一家商会。如今这商会做的是期货行当，经营范围极广，那朋友将老爷引荐给掌柜，又说明来意，掌柜便着老爷帮他处理几桩生意。

说起做生意，这老爷其实并不在行。先前他做货郎时，总也干不好，究其根本，一则因其生性懒散，日常疏于吆喝推销；二则他行事多是三天打鱼两天晒网，待其发财之后，也没想过要成就什么事业，只顾着自家享受玩耍。但如今他毕竟也奢侈惯了，再也不想过那穷日子，便暗下决心，无论如何也要赚些那妖怪拿不走的银子，遂也只得打起十二分精神做事。

好在他倒也算是个能干人，如今有了这层压力念想，日常经营行事便十分肯用心，遂很快便发现自己竟还颇有经商天分。经营期货生意风险极大，他虽一开始吃了点亏，但不久后便游刃有余，做成了数笔价位可观的生意，赚了许多钱。如今这番境况，连他自己也十分惊讶。如此一年后，那商会再召集掌柜们议事时，发现自家竟赚得盆满钵满，那老爷便也拿了一些钱入股商会，商会诸人见他颇有些经商天才，便推举他从经营商会的总管位置上正式成为商会的“二把手”，一跃便成了商会的二掌柜。

老爷见了这番情形，心中倒是另一番想头：自古皆云，贪财招祸。但如今他虽因贪婪而动心起念，倒也不见得会是什么坏事。如今这墨璃界之中的妖物比起帝国治下他处的居民，贪欲是赤裸裸地放在面上的，兼那龙神也不大理会这些地方，不像他治下的其他处所，能安插些清正廉洁的官员，将各种物资平均配给百姓，遂那墨璃界之中因得了这个空当，反倒有了自由竞争的可能，倒令那商业发展得更快些，倒比那龙神治下的其他地域，更早有了按能力大小分配股份的概念，发展得更快更好些。那龙神治下的人类居所，因见了这墨璃界之中的种种光景，慢慢也开始模仿这些商家做派，如今瞧着，反倒是墨璃界之中的商户影响了龙神治下的商户，反令他们向墨璃界中的众人学习似的。

闲言休叙。却说老爷如今赚了这些钱，虽心中觉得十分膨胀且充满了成就感。但江山易改本性难移，其懒散本性却仍在骨子里，时时便会萌生偷懒退休的念头。如今他票号之中已存了不少银子，遂其日常行事便怠慢了许多。有几次，明明是几笔生意上门，却因腻在那头牌妓女怀中未曾出面，被那手下人将生意谈黄了。

又有一回，分明来了一笔大生意，商会之中早早便已定下谈生意的日子，偏偏那日又与戏院上新曲目的日期撞上，遂他便又失了约。那商会中人问其原因，答曰这场新曲目是他早就想去看的，不容错过。但那戏院的新曲目上了，又焉有只演一天之理？既然那戏院的戏目要演上这许久，等谈完生意他第二日再去看亦是一样，偏生那老爷非要在上映首日便去戏院观摩，便又着那手下人去谈，自家推说生病，悄悄溜到园子里去看戏了。

且说这戏剧表演果然十分精彩，那老爷跷着二郎腿坐在后座上，听着十分尽兴，待散戏了还与那太太一路哼着戏中的曲调，施施然坐了轿子回到家中，心满意足地睡了去。

睡到半夜，那老爷却不知怎的突然惊醒，正要起身，却发现身体似是被死死钉在床上，半寸也无法挪动。正要出声，一抬眼，望见周遭围了一圈小鬼，竟是先前在大石厅中见到的那些。未等他回神，那小鬼便狞笑着将他的床向下一压，老爷猝不及防，被他们从床上一直压到地里。且听耳畔不停传来呼啸风声，老爷只觉得自家在不断下坠。果不其然，待那下坠之势止住，他发现自家竟又回到了适才那个石厅之中。

却见他刚一落入石厅，那小鬼们便一拥而上，用绳子将他捆绑了，倒吊在石柱上。他想起当日自己所见婆娘儿子被绑在石柱上受刑的情景，慌忙不迭地在厅中大喊饶命，与那妖怪们云，切勿动手，万事好商量。正嚷着，却见那只妖怪走了出来，坐在厅中放置的交椅上，那妖怪仍是当日不男不女、阴阳怪气的装扮，此时见老爷求饶，便挥了挥手令那小鬼们停下，眯着眼，皮笑肉不笑对那老爷道：你如今知道害怕求饶了？明知今日要谈这笔生意，你为何不到场？

老爷听他如是说，一时也忘了害怕，只是惊愕地看着那妖怪。那妖怪见老爷如此吃惊，便懒洋洋告诉那老爷道，如今商会的东家，正是那妖怪本人。老爷听了这番话，惊得愣在原地。如今半年多过去了，那妖怪却一直未曾前来骚扰他，他本以为那妖怪当日不过是随意吓唬自己而已，不承想自己竟傻乎乎便做了那妖怪的手下。此刻听那妖怪提起，那老爷也忘了害怕，只是傻愣愣地问那妖怪道，如今到底是什么情形？自己缘何成了那妖怪的手下？

那妖怪听了，哈哈一笑。对那老爷道，你以为来找你合伙做生意的人是谁？那人早已被自己收入麾下做了许久的奴才了。那老爷此时方明了，原来从决定与那人合伙之日起，便已是在为这妖物做事了。妖怪见老爷纳罕，便道，你以为为我做事，便是去杀人放火、坑蒙拐骗？这等无甚内涵之事，又焉用得着老爷这等人？他手下早已养了一帮小鬼，素日便是为此，否则，这小鬼们又是干什么吃的？老爷听完妖怪这番话，脸色早已经煞白，心中更是五味杂陈，不知该如何是好。他本以为安心做生意便可摆脱那妖怪控制，不承想自家如今竟自投罗网！

妖怪却不理会老爷心中所想，只吩咐老爷，着其老实把生意照管好。如今他手下的商会大掌柜经营生意不如老爷，那妖怪决定再过一个月便将其换了，交由老爷来当。老爷战战兢兢问那妖物道，既然他如此神通广大，为何又还要与人界交通往来，经营生意。那妖怪望了老爷一眼，吓得老爷慌忙把余下的话头咽了回去，好在那妖怪倒也并未十分追究，只是挥挥手，对老爷道不该他知晓的事情，便不要追问。

且说好不容易等到那妖怪训示完毕，又警告老爷一番，问其日后还敢不敢偷懒。那老爷见了这等阵仗，哪有不害怕之理，连忙摇头示好，云自己再也不敢作偷懒之想。那妖怪见他吓得魂不附体，料定他也不敢欺骗自家，便着小妖将其放下，威吓老爷道，自家如今已经记了一顿鞭子在他处，若是那老爷日后再敢偷懒，便连本带利一并罚他。

正是：

不觉独占世间好，过计私忧无已时。
知尽古今成底事？空将血泪向人垂。

列位看官，你道这老爷如今已知事情原委，又当如何？欲知后事如何，且听下回分解。

【第九十章】

上回且说到老爷自经营生意之后，颇见成效，至年终时，已赚得盆满钵满。众商见老爷颇有经营此道的天分，便令那老爷担任商会二掌柜，将经营中一应大小事物交由他掌管。岂料如今生活妥帖了，这老爷便松懈了许多，那牵鹰走狗、懒散度日的臭毛病又浮上心头，遂每日价只要想躲懒，便将手下生意交与他人打点，自己则藏着享福。

却说这日因戏院开台演唱，老爷便携了夫人去听戏，又将一笔上门生意推给手下人。却说这日听完戏回来，睡到半夜，那老爷突然惊醒，原来自己又被一干小鬼拉到了妖怪处。却得那妖怪告知，如今老爷经营的生意，正归那妖物所有，那妖物云，若他不好生照看，便变本加厉地找他算账。

那老爷哪受得住他这般恐吓，慌忙应了，只求脱身。却听那妖怪接着对老爷道，这老爷如今的经商天赋，皆是那妖怪从中推波助澜方才得以显现，若是无他从旁协助，这老爷如今不过还是当日那个过着穷困潦倒生活的货郎罢了，且那妖怪如今不过是看上了老爷的经营天赋才选中了他，若是老爷不为他所用，后果那老爷自己自然知晓。末了那妖物还提醒老爷道，如今老爷将银子存在票号之中，自以为很安全，但其实他所有举动，那妖怪一五一十尽数知晓。若那妖怪需要这些银两，一样可以随时从老爷票号之中取走。

老爷听完这妖怪威胁，这才知晓其中原委。此时他方始明了，原来自家一切行为，尽在那妖物掌控之中，半点也由不得人。却说听完这妖物一席话，老爷猛地睁开眼，原来自己仍旧躺在床上，刚才不过又是一场梦中梦罢了。他想起了那妖怪的神通广大之处，不由得十分痛苦，翻来覆去在床上琢磨那妖怪的威胁话语，再也无法入眠。如此这般挨到第二日清晨，他见天色发青，想到那妖怪昨夜威胁之语，便慌忙不迭地从床上爬起来，一大早便赶赴商会去了。

却说如此过了一月之后，那商会的大掌柜却骤然失踪。众人惊诧不已，官府中人亦查不出所以然来。且听那报官的家人道，那大掌柜头天晚上还一切如常，好好地待在家中，第二日清晨便失踪了，找遍了家中各处，哪里也寻不出他来。诸人检查那门窗锁链，见诸般防盗设施均安然无恙，唯有那大掌柜不翼而飞，问遍了家中诸人，个个皆云不曾瞧见。

那官府闻言又寻访了几个素日与那大掌柜有纠纷的仇家，那仇家们却也无甚破绽，无任何证据能显示是他们所为，遂那案子便成了无头悬案，不了了之。那老爷听闻这番消息，极为不安，他心中十分清楚，此事定是那妖怪所为，但如今这般境况，他又焉敢去官府处告密？且那妖怪曾威胁他，再不许耽误商会中经营，若他再敢有误，有何下场他亦是心知肚明。遂那老爷只得战战兢兢地将事情做妥帖，以备那妖怪随时知晓。

却说果然如妖怪当日所言，在那商会大掌柜失踪第二日，商会便开会议定，着那老爷做新一任大掌柜。老爷虽新官上任，却无喜色。如今一切皆如那妖怪所云，他便更是知晓了妖怪的厉害，遂其工作也益发努力起来，生怕有一日自己也如这大掌柜一般莫名其妙失踪且无人知晓。

闲言休叙。这老爷自得知妖怪神通广大处之后，每日价便战战兢兢地做事，这般过了好几年，儿子也日渐长大，待他长到十五岁时，已是十分聪明好学、乖巧懂事。如今家中的教书先生已换过数茬，皆因家中小儿学得极快，不多时便超过了那教书先生，遂只能另请高明了。却说如今他家中的教书先生是一位当代大儒，曾任相辅太傅，后因狎妓被相辅辞退，便到此处来觅得一个教书先生的职业，也是因此他才会来墨璃界。如今帝国境内在龙神治下，一切都井然有序，私自开设青楼者，皆以非法论处，遂要在那寻常处找到一个做皮肉生意的酒楼，十分不易。但那墨璃界却又与人间各处不同，妖怪魔物们天性散漫，欲望深重，遂那亘古魔域之中，处处皆是秦楼楚馆，只要银钱充足，想要如何逛便如何逛，断不会有人理会。

却说这位教书先生，脾气倒也十分古怪。他虽花销甚大，但是挑学生时，却不以银两论处，只瞧那学生有无资质。凡有资质者，便下大力气教授，凡是无资质者，任凭对方给自己多少银两也不理会。他来此不久，听闻老爷家的幼子聪颖好学，便主动上门拜访求教。二人会面，他考校了少爷几个问题，便住下来教授其学问。老爷夫人见状，心中欢喜得什么似的，日常只差将那先生如活菩萨一般高高供起，对其毕恭毕敬，非但将自己的卧室让给他居住，还把那先生的吃穿用度，一应打点妥帖。他们自己倒是住在客房之中，丝毫不以为意。那先生教授少爷不久，便前来与老爷商量，将来定要将少爷送往京城参加科考。那老爷正有此意，若儿子考取功名，便跻身朝廷命官之列，有那龙神庇佑，自可摆脱妖怪辖制。若那儿子来日有望，自己也不算白辛苦一场。

话分两头，各表一枝。却说近几年来，自打那老爷得知妖怪辖制一事后，便努力行事，帮那妖怪赚了许多钱。而今天长日久，那妖怪也渐渐对他生出几分好感，时不时也邀请老爷到自家洞府做客。如今这妖怪洞府，较之老爷当日所见，华丽了许多，再无当日阴森恐怖之感，反而装点得富丽堂皇。且那妖怪远不满足洞府如今模样，时时花心思装点打扮，遂那老爷每次前来，便发现那洞府之中又漂亮了许多。如今这妖怪洞府瞧着颇富丽堂皇，洞顶上垂着水晶吊灯，地上铺了漂亮的花毯，周遭石壁上亦挂着许多名家字画。那洞厅之中做支撑用的大理石柱早也不是当日模样，而是漆成朱红，还雕上了精美纹饰。那洞穴之中原本有一条地下河所形成的飞瀑，以往被妖怪们用作堆放垃圾之所的，如今亦被布置成了一个大花园，种满种种奇花异草，那花园之中假山小湖一应俱全，湖中还放了几条锦鲤。园内有曲径通幽之雅，还修了一座风格别致的凉亭。遂如今老爷每次前来，皆能与那妖怪在此处品茗吟诗，赏风弄月，偶尔还会对那妖怪珍藏的名画品评一番。而今洞中的小妖们，在这般风雅熏陶下，面上似是也少了许多狰狞之气，日常的衣饰也华丽讲究许多。更有甚者，将自己的长相修饰得极为雅致，甚至带着几分曼妙，只是妖冶太过，令人不辨性别罢了。

也无怪那老爷有此想头。且说某日那妖怪对老爷道，再过几年便让老爷回家颐养天年。他见老爷听闻此语惊恐失神，便笑着令那老爷放心，他断不会像对付大掌柜那般对付老爷，如今他说的颐养天年，便真的是着那老爷在家中修养，而不是悄无声息地将其除掉。

正是：

无作无为成道果，拍手空回没所得。
譬似无常速炼全，出离凡笼决真仙。

列位看官，你道这老爷少爷，究竟能否脱离那妖怪魔掌？欲知后事如何，且听下回分解。

【第九十一章】

上回且说到老爷因知晓这生意的内里乾坤后，便再不敢造次，每日只是兢兢业业地打点经营生意。那妖怪见老爷乖巧，也不再多找他麻烦，二人也日渐熟稔了起来，素日得空，这一人一妖，偶尔也会互通有无，但于那老爷而言，如今虽是与那妖怪之间的关系缓和了许多，但其仍旧信不过那妖怪，日常与那妖怪之间，亦是虚与委蛇者多，真心实意者少。

却说这妖怪自与人接触日久，那洞府之中的装饰，亦是一日盖过一日，玲珑精巧，美轮美奂，却说这日妖怪又将老爷邀来，二人在凉亭之中坐下不久，那妖怪便托词有事，先行出门，着老爷自己先小憩一阵，暂且等他回来再说。老爷坐下不久，忽感有些内急，便慌忙去寻找如厕之所。说来也怪，这老爷虽多次来此，却从未在此地如厕过，现如今慌忙去寻如厕之处，却哪里都找不到。他在心中暗忖，莫不是那妖怪素日都无须去那五谷轮回之所，遂那洞中才会找不到如厕之处。

诸小妖见他神色慌张古怪，脸色煞白，虽暗自纳罕，却也无人敢上前询问。那老爷如今甚是着急，只在洞内转来转去，转眼间转到那妖怪的厨房所在，探头一看，只见那几个小妖正拿着一颗人头扔着作耍，眼见老爷来了，也不回避，只是自顾自玩乐。老爷瞧了这一幕，不由得心中作呕，在原地哇哇大吐。他念及此前在这洞府之中吃饭的情境，想到了饭桌上的肉菜，心中更是恶心反胃，只觉得那肉菜约莫也是用人肉做成，自己先前不知，还大吃大嚼。想到此处，他便吐得更加猛烈。这呕吐声惊动了厨房的小妖，那小妖瞧他如此，不由得哈哈大笑、乐不可支，非但未曾止住动作，反而变本加厉，更将那血淋淋的人头伸到他鼻子下方，直将他熏得差点没晕过去。

后来那厨房管事的妖精见那小妖儿们闹得太不成话，便走上前来，将那几个小妖哄散，着它们不要再在此胡闹。这妖精倒比那众小妖稳重许多，安慰老爷道，那人肉不过是素日它们与大王吃的，那老爷在席上，吃的是一般的牲畜禽鱼，并无人肉在内，那老爷大可不必担心。

那厨房的管事妖精虽如此说，但那老爷却十二分不信，且他心中暗想，自己怕是再也不想来此间做客了，但念及那妖怪淫威，却又不得不来。如此在心中反复拉锯，最后只得暗暗思忖着，大不了日后再不吃此间的饭菜便是，莫说是肉类，便是素材自己也要多加小心才是。如今他一想到这些菜都是在那剁碎人肉之处做的，便无论如何也再吃不下此间的饭菜了。

且他想起商会之中前大掌柜遭遇，思忖他莫不是也进了那妖怪的肚腹，如今想来，当真后怕。却说他离开此间后，再与那妖怪相约时，绝不在此处吃饭。那妖怪知道原委后，倒也未曾责备，只是请他喝果茶，饮果酒，从那洞府花园的果树上采些水果与他吃，他见这些都是现摘之物，这才敢略略吃一点。

列位看官，你道是现如今那妖怪虽对老爷假以辞色，但其毕竟以食人肉为生，那老爷心中始终对其敬而远之，绝不会轻易相信。遂他面上虽对那妖怪十分客气，但暗地里始终在寻摆脱那妖怪的法子，毕竟当日那妖怪对前大掌柜的做派亦是有目共睹，那妖怪所谓的颐养天年，真不是进他的肚腹去颐养天年？

却说这老爷自见了这妖怪种种做派之后，心中更决定要骗取其信任，如此才好找机会摆脱那妖怪控制。遂那老爷想通了此节之后，素日工作越发卖力，此前指挥那下属去商谈之事，如今尽数亲力亲为，将那商会的生意打点得极为红火，一时间风头无两。那商会业绩节节攀高，妖怪也越发喜欢老爷，渐渐将其当作自己的心腹对待，素日里与他无话不谈。

这日这妖怪心血来潮，也不知从何处拿来了一幅名画，找了老爷出来，在亭中一面饮酒，一面欣赏那画中所绘图景。那妖怪饮了许多酒，心下一高兴，嘴上话也多了些。只听他与那老爷道，自己是由田间的小蛇所化，那小蛇本不辨雌雄，只不过随那种群数量，协调彼此性别罢了。因此那小蛇成精之后，穿衣长相，均是一副雌雄同体的装扮，素日里言谈举止，亦是不男不女之态。他说话声音也是中性之态，但他却并未将此事告知老爷知晓。那妖怪云，本来比起那些天生有灵的动物，诸如狸，狼，老虎，黑熊，白蟒，大雕之类，自己本无甚成精的可能，但它却是天纵英才，竟真的修炼成精了。那墨璃界修炼成精十分不易，修炼一百年才会有成精的可能性，且对那修炼之处，要求甚高。

说起那修炼地，其他猛兽猛禽倒也好说，一则那猛兽天生就比爬行生物要聪慧许多，二则它们生来十分凶猛，人类对其十分敬畏，便不会有人来干涉它们素日修行之事。而如它这般没有什么道行的小蛇，便是一个稚子顽童都能欺负，遂素日连一个安静的修行之所也找不到。好在它运气甚好，终于寻到一个香火甚旺的庙宇，便住在那庙宇的神像背后修行，这才免于被人类打扰之苦，得以安然修行。

却说这庙宇一百年间都未曾断过香火，它受那香火熏染，兼自家努力，终于修成正果。但好容易到这一步，却不知是何缘故，天上总要降下天火、天雷、天风、天水等灾劫来消灭那修炼成形的妖怪。它又想法子躲避了这番天灾之后，才慢慢有了存身之处。

后来才知晓，原来这天灾是那已修炼成精的、妖力强劲的妖怪所为。那妖怪们自家修炼成形后，不虞有人来与自己争抢那墨璃界地位，遂想方设法把一些刚修炼成形的妖怪害死，以巩固自家灵修排行。但若是那新近修炼成形的小妖害不死，它们倒也不甚执着。毕竟那能修成正果的动物，也不是好欺负蹂躏的软柿子，总有办法躲过那大妖打压的。但唯有它自家确实天生条件不好，刚成精时脑子不甚灵光，虽然勉强躲过死劫，但却并未逃脱活罪，结结实实地挨了那大妖几下子。其间痛楚，直是无法用言语形容。

正是：

平分从满箧，醉掷任成堆。
恰莫持千万，明明买祸胎。

列位看官，究竟那老爷是否能摆脱那妖怪纠缠？欲知后事如何，且听下回分解。

【第九十二章】

上回且说到这老爷偶然去这妖怪厨房时，见那小妖们正在厨房掰扯血淋淋的人肉，几欲作呕。原来如今这洞府之中虽然装饰得美轮美奂，那小妖们却还是江山易改秉性难除，仍旧以吃人为生。好在那妖怪此时与老爷也有些相熟，遂坦诚与那老爷道，素日招待老爷的食物，与这妖怪们诸般饮食无关，着那老爷不必忧心。

饶是那妖怪如是说，这老爷仍不敢再在此处随意用餐，除了那现摘的瓜果外，其余食物，一概不用。

那妖怪约是寂寞难耐，凡有空时，也与那老爷说说自己变成妖怪之前的诸般事体。原来这妖不过是一条田间的小蛇，因机缘巧合，躲在那佛像之后受了香火，这才有成精的夙缘。却说这妖怪成精之后，也是有诸多考验，头一遭便是要忍受那大妖打压伤害，原因是那大妖们自家修炼成精后，在那妖怪待的墨璃界作威作福惯了，对那后来修炼成精的妖物皆是能伤则伤，断不喜它们来和自己分一杯羹，但好在这大妖也不甚执着，若是打压不了，也就不了了之了。

却说这老爷听到此处，忍不住问那妖怪道，既然成精之路如此艰难，那妖怪手下为何还有这许多有灵识的小妖来供其驱使？这蛇妖云，这修炼成精的妖怪，也各不相同。有喜欢群居的，亦有喜欢独个来往的。那喜热闹的妖，便会将自家灵气渡给一些小动物，将那小动物变作与自己一般的妖物，着其来做自己的跟班，素日为自家做点杂事。这蛇妖正是喜欢群居的妖物，素日也不大喜欢伤害同类，便将那小动物变作神识较低的妖物，以供自家驱使。

老爷又问，这妖怪为何要以人肉为食，那蛇妖云，此事皆因那妖怪们素日之间的传闻，原来众妖都云吃人一事乃是提升妖力的最快法门。此法虽无真凭实据，诸如人间总有人云吃燕窝人参鱼翅熊掌可大补一般，但实则并无人知晓其效果如何。但那小妖们与人一般想法，约是宁可信其有，不可信其无，或多或少便会以那人肉为生了。兼对妖而言，那人肉尝起来味道极为可口，乃是墨璃界之中的美食，遂那妖怪们素日吃人肉一事，也见怪不怪了。

且更有一重是那妖怪们的报复心理。那妖怪们成精之前，许多皆是平凡的动物植物，大多是人类的盘中美餐，自家从无甚决策余地，遂只有被人吃的命。而如今好不容易有了妖力，可以有食人的机会，断然不肯放过了。说到此处，那蛇妖云，它们这些修炼成精的妖物之中，有一个名曰“年”者，是其中翘楚。当日正是因为它吃人太多，遂终于被人类联合在一处消灭了。因有了这个事故，那妖怪们素日吃人，也不敢再如往常一般肆意妄为，多不过是吃些落单的旅人或是无甚亲朋好友的单身者，总而言之，那妖怪们在吃人一事上，也学会避免麻烦。再则便是有许多妖怪会去那大牢之中偷偷抓出一些犯了死罪又无钱财赎身的犯人来吃，反正官家对此事通常不过是睁一只眼闭一只眼罢了，遂若是抓了这些人来吃，麻烦便更少了。

那妖怪们自从得了此道，便有了绝佳的食人来源。许多小妖索性也不等那犯人被官府抓捕了，直接上街巡逻，见到有人干坏事，便直接上前将其打倒了拖回家中，慢慢将其分食。因众人不知那妖怪们的真实身份，遂还将那妖怪当成侠客英雄，对其赞不绝口。如此这般，那妖怪们既满足了口福，又省去了事后麻烦，真乃一举两得之事。

妖怪们见这般捕食并未有甚风险，遂开始三五成群行动。那墨璃界各个城县之中，帝国政府并未十分上心，其间本就混乱不堪，如今有那妖怪出面帮忙，治安反而好了许多。

且听那蛇妖道，如今自家虽然对大多数人类而言凶神恶煞，但其实自己在那墨璃界中，也不算是多么厉害的妖怪。在那蛇妖上头，还有诸多厉害妖物，在人间经营生意之道，并不完全是那蛇妖之意，而是那大妖们的指示。但那大妖为何要如此，它亦是不明就里，如今这境况下，它只是奉命行事罢了。

老爷听到此处，方才明白其间的各种门道。只听那蛇妖又云，那些大妖们它也未曾见过，素日大妖指令，皆由魔使传达至各处。当日它令老爷跪拜的雕像，亦是那魔使们给的，那魔使云，那雕像所雕刻者，便是那诸妖之神，只要对着那雕像磕头跪拜，便如向妖神效忠一般。如今它所管辖的这处洞府，那妖精们皆早已向那神像磕头行礼，被那雕像认可过。

蛇妖说到此处，话锋一转，忽而谈及人类，那蛇妖道，人类若是要入伙，亦需对着雕像行礼。譬如之前拉拢老爷，邀老爷前来做生意的那个朋友，还有在老爷之前的那名大掌柜，均对着这神像行过礼。这雕像早已被人施过妖术，凡有人向它行礼，它便会将这行礼之人的长相姓名，说与那些更厉害的妖怪知晓。那老爷听至此处，不禁打了个寒战。原来自家不知不觉之间，早已被妖神纳为信众。当日自家还以为摆脱这蛇妖便万事大吉！莫说加入这妖物的组织，便是人界的诸般教派，他都不想加入。若是被宗教的诸般教规限制，自家玩耍起来，便毫无自由可言。但人界的宗教，尚在他可接受的范围之内，那来路不明的邪神，无论如何他都不想供奉。但如今这般糊里糊涂便被这蛇妖威逼利诱着奉了妖教尊长，实是呜呼哀哉。

念及此处，那老爷心中不禁对这蛇妖愤恨不已，但面上却又不敢表露，那蛇妖抱怨道，自己本想着成精后，能与使唤的小妖们自由自在过活，不想终究还是被别人使唤，终日要给那妖神驱使奴役。它觉着这妖怪之中，有那妖神领属本就极为可笑，但倒过来瞧瞧，却也并非全无好处。自家当日听了那些厉害大妖们的话，好好经营了一桩生意，如今手中的钱宽裕了许多，洞府之中修饰得美轮美奂，日子也清闲许多，断不至于如当初那般，想要吃点肉，还需要去那农舍家，靠着威吓人的手段来抢，这般瞧着，那大妖妖神们，倒也对下层的妖物还算照顾。

正是：

修炼居士一纤尘，被魔所败未成真。
丹真养浩持入靖，或目见显现形影。

列位看官，你道这雕像究竟有何用途，老爷与那蛇妖之间，还会发生何事？欲知后事如何，且听下回分解。

【第九十三章】

上回且说到这蛇妖与老爷说明这墨璃界的诸般事宜。这厢蛇妖只自顾自地谈着，那厢老爷却想着自家心事。这蛇妖说到兴头上，更是十分忘形，直拉着老爷，将其带到自家的藏身宝洞之中，希冀能将自己素日搜罗的诸般宝物，一一展示给他瞧瞧。

却说老爷与其走出凉亭，又穿过一个嵌在石壁上伪装得严丝合缝的石头暗门，这才来到一个极大的洞穴之中。那老爷甫一入内，便差点被众宝物的亮光晃花眼。

却说这洞中满满当当地全是些奇珍异宝、名家字画，这还是老爷能看出来的，更多的却是老爷从来未曾见过的那些玩意。且听那蛇妖云，这些东西大多都是那些大妖和妖神身边的妖怪们研制出来的，效果甚好。它们与下面的小妖儿发了不少，让它们酌情处理。

老爷瞧着这些东西，不由得心里犯怵。那些东西的外貌瞧着便已十分凶险可怖，更别提再拿着使用了。譬如那洞内有一株盆栽，看那叶子倒也如常，只是那树上所结的不是果实，而是一个个裸露的眼球，那眼球如活物一般，见了人还在不停转动。另有一把锈迹斑斑、微微蠕动着的大砍刀及一个盛满了红色液体、不断旋转的青花瓷杯。这般物事那洞中尚有许多，那蛇妖得意扬扬地介绍与老爷，那老爷自家却连碰也不想碰。唯有一样东西，却是令老爷挪不开目光。说来倒也稀松平常，那东西却是一个脏兮兮的水晶球，瞧着十分老旧。那老爷也并非被这水晶球所吸引，而是被那水晶球上贴着的一张纸条所吸引罢了。却说那纸条上画了许多老爷不能识别的符号，那符号上还微微发着绿光。

老爷对着那纸条端详片刻，仍旧不能瞧出端倪，便向那蛇妖咨询诸般符号的由来。却听那蛇妖云，这符号乃是那些大妖们素日所用的符号，那符号本身便自带法力，但却也仅限于那大妖与妖神们，它们这些下层妖魔，皆因法力不足以使用这符咒，遂连辨识这符咒也还要从旁加上些普通文字。老爷听那蛇妖提及此事时颇有点酸气，料来它也并未撒谎。遂又仔细瞧了瞧，果见那符号旁还有许多注释文字在解释这宝物的使用方法。他辨认一番，这才识得，原来那字符上的意思是说明这水晶球的妙用的。得到这水晶球之人，只需将那水晶球放入自家家中，便可使自己不想见到的人永远也不能寻到自家。

那水晶球的使用之法，也颇为简单，只消对着那水晶球，说出自己不想见之人的名字即可。老爷瞧到此处，不禁心中大动，暗忖着自己如今最不想见到的，不正是这个妖怪吗？说起那蛇妖的名字，他也是知道的。那蛇妖自和人类世界接触日久，便也学了人界的几分酸腐之气，与自己取了个十分风雅的名字，唤作“琴荣”，只是那蛇妖不知父母，便不能如人界的常人一般拥有姓氏罢了。

却说这老爷一念及此，便忍不住心虚地瞧了那妖怪一眼。见那妖怪正在美美地欣赏字画，丝毫未曾注意到自己，便一不做二不休，以迅雷不及掩耳之势将那水晶球揣在怀中。且说这老爷取了水晶球之后，不由得心下怦怦直跳，好在这水晶球并不大，藏在老爷的宽袍大袖之中，倒也不甚明显，老爷见那妖怪未曾注意自己，倒也把心稍稍放下，便又假意随那妖怪看了几眼，便对妖怪道，如今时候不早，自己也宜归家为盼。

那妖怪听老爷如是说，也不疑有他，便与那老爷客套了几句。也不知那妖怪是不是饮酒过量，见那老爷要走，又极真诚地对那老爷道，自家如今与老爷交往日久，十分赏识老爷的生意天赋，想与那老爷交个朋友。此前对那老爷家人之惩罚，还望老爷莫要放在心上。那妖怪说完，便着小妖们拿出了几幅自己收藏的名人字画兼金银珠宝、自酿的果酒等，一并送与老爷。

老爷见那名人字画都是罕见的真迹，怕那妖怪起疑，便也惴惴不安地收了。

却说这回家路上，那蛇妖着两名小妖化作人形，将那老爷送了回去。却说此前那妖怪每每来找他时，均是让小妖化作人形前来相邀，待那老爷一出府县大门，便将其双眼用黑布罩了，待到了地方再揭开。归家之时，亦是同样如法炮制。但如今这蛇妖倒也是真心将那老爷看作朋友，待那老爷归家时，竟并未让那小妖将其双眼蒙上，而是任由他四处瞧看。

老爷有了这番自由，更是乐得四处瞧瞧看看。如今他第一次知晓自己是如何归家的。原来那拉车的动物似马非马，而是一只肌肉健壮、四肢粗短、蹄子瞧着如大象、个头却又如毛驴一般的奇怪动物。那动物生了两个头，每个头上都带着三只又尖又长的犄角，身上却又披了厚厚的甲壳，身躯两侧伸出一排如刀锋一般的骨刺，长尾上则是一个如狼牙锤一般的硬骨。

马车转瞬之间便将老爷送至洞口，老爷见了洞口，这才知晓这洞口原来是在地下，只在那出口处置了一台极大的升降栏，那升降栏十分宽阔，承载四辆马车也毫不费力，有许多健壮的小妖在那升降栏处，旋转那转盘绳索，令那机关运作。

却说这木栏升到顶处，将那老爷推送至地面之后，他却发现这洞口极为隐蔽，那马车甫一踏上地面，那地面适才的开口裂缝便立即合上，将那升降机盖住，连一丝缝隙也未曾留下，瞧着与一般的地面并无二致。老爷正纳罕称奇，却见那拉车的怪物晃了晃身子，瞬间便化作一只骏马的模样，大摇大摆地拉着马车向府县境内那老爷的居所行去。

正是：

云淡风轻近午年，洞府别有天外天。
时人不识祸心外，将谓偷宝结暗胎。

列位看官，你道这老爷如今将水晶球偷走，到底能否摆脱那蛇妖控制？欲知后事如何，且听下回分解。

【第九十四章】

上回且说到这蛇妖将自己藏宝洞展示与老爷之后，那老爷在洞中瞧见了一个能掩藏自家行踪，着那自己不想见之人寻不到自家的水晶球，当下便动心起念，将那水晶球偷偷顺走了。那蛇妖却似并未知晓，只是将老爷作心腹看待，竟连蒙眼的步骤也省了，直接着小妖们将老爷送归家去。

却说老爷出了那洞府地界，拉车的妖兽瞬间便化作骏马的模样，直拉着老爷大摇大摆地向家中行去。老爷见到这番光景，便悄悄问那小妖们道，自己素日在戏文上，凡见着妖怪洞府，上面必有几个大字，写上那洞府名称，如今怎生未曾瞧见这蛇妖将洞府名称写上呢？那小妖听他问起，便有些羞赧道，此前并未想过在此安营扎寨，便随口将那洞穴唤作“大深坑”罢了。后来那蛇妖有钱有闲，对那文化事宜略知一二，便也觉出这名称的难听之处，一直想换个名儿。诸妖见大王有求，亦纷纷献计，七嘴八舌地想了好些个名字，那大王却都不满意，如今因没有更好的名字，只能沿袭旧日称呼，仍旧唤作“大深坑”罢了。待何时想到好名字，再专门做块玉匾额挂起来，到时候好正式将那名字换下来。

那小妖又对老爷道，如今老爷也是自己人，着他帮忙想想名字，看唤作什么名儿好。老爷听那小妖口气，又旁敲侧击问了那小妖素日的生活境况，心中有些纳罕，原来那小妖们在洞府之中，素日过得倒也美满自在，比不得自己在生意场上那些钩心斗角、提心吊胆之事。且那小妖们没有人的诸般心思，单纯热闹许多，断不似他一般，一个交心的朋友也无。

一干人边谈边行，转眼间便已行至府县处。且听那小妖对老爷道，此前被蛇妖收拾的大掌柜，断不似老爷面上瞧见的那样和善老实。那大掌柜见老爷比自家能干，一直暗下决心，想要将老爷收拾暗算了，盖因老爷比其能干，令其心生嫉妒。兼如今他生意场上比不过老爷，便十分担忧自家会在东家主子处失宠背弃，遂有意安排下一场必定赔本的生意着那老爷去做，那老爷若是答应去做了，便会栽个大跟头，再也无法在商行之中立足。岂料此事被那蛇妖知晓，便二话不说，将此前那个大掌柜带走并关押起来，如今那前大掌柜还在洞府之中呢。

老爷此时才知道这中间原委，正要发问，却听那小妖儿又道，那大掌柜一事，蛇妖一向不许小妖儿们说与老爷知道，以免老爷忧心。老爷听这小妖如是说，心下也忍不住有些愧疚，他偷了那妖怪藏宝洞中的水晶，心中本无甚愧疚之情，但如今才知道，这蛇妖害前大掌柜原是为了帮助自己，当真是人心比妖还要坏。他忆起蛇妖此前对自己所言的那句“没有妖怪帮助，自己如今还过得猪狗不如罢了”，仔细思索，这句话也并无什么错处。老爷念及此处，心下顿时有些愧疚，但转念一想，妖有妖道，人有人道，那妖怪终究是要吃人的，且自家成为邪神的信徒，亦是拜那妖怪所赐，两下也算是扯平了。一念及此，他心肠又硬了起来，暗忖着自家无论如何也不能跟这妖物胡混下去，此后各不相干，也算是皆大欢喜的结局了。

却说不多时这老爷已行至家中，打发走了诸小妖之后，老爷便将水晶球置放于客厅之中，按那符咒所云一般操作了一番。他心中暗忖着此后几天自家且试试不去商行，看那蛇妖是否如当初一般找上门来，便可知这水晶是否顶用。

说干便干，自此之后七八天，那老爷便未再去商行之中打点事务，反是坐在家中静静等待。说来也怪，自从他将这水晶置放于家中之后，晚间做梦时，便再也未曾梦见那些妖怪。那商会中倒也不全是妖物，还有那正常上工者，他们来请老爷出面时，老爷也只是推说身体不适，无法外出，要在家中静养一月方可。商会诸人听他如是说，心中暗自计算一月无最高领导，不知又要耽误多少工作，可他们心中虽是为着那商会之事焦急担忧，但那老爷坚持要在家中修养，他们也十分无奈，只得先应承下来。

却说这一月之间，商会中事暂由那二掌柜接管。那二掌柜虽然不赖，但相较老爷终是差些火候，这一月之内，商会的银两收益便下滑了许多，生意订单也叫那对头抢走不少。那商会中人虽是不忿，却也无可奈何。老爷在家中冷眼旁观，并未为之动心。自启用那水晶球之后，老爷便再也未被这妖怪们骚扰过。想到此前自家不过一次未去商会，便被妖怪找上门来警告，而今过了一个多月却平安无事，他心中也着实高兴，知道那水晶球的确是卓然有效。

如今他已肯定这妖怪拿自己并无办法，便马上请辞了大掌柜之职，又托人打听那京中的房屋，打算在龙神的辖制范围内买屋置地。他此前早已在家中合计过，将现如今他所住的宅子卖掉，再加上这几年赚的银子，足够全家人在京中过几辈子富裕安闲的时日了，且在京中居住，他家小儿参加科考也方便。如此这般，他才能彻底摆脱那蛇妖纠缠，毕竟虽有这水晶球抵挡，但自家现在的居所那蛇妖也知晓，保不齐何时便会登门问罪。

那老爷正托人打听京城之中买田置地之事时，不提防天子却突然下了一道圣旨，明文规定帝国之中部分府县居民不许迁移至京城或是周边的城市，那老爷所在的府县竟也在内。这一下真是屋漏偏遭连夜雨，一下子将老爷的计划全数打乱，老爷无法，如今有文法规定，托人是无用了，自家只得亲自去京城一趟。

但如今这老爷要出门，却又有些犯难。列位看官，如今他能躲过那妖怪追踪，无非是他将那水晶球放置在家中，令妖怪无法搜索，但若是自家与家人要出门，却不知是不是还受那水晶庇佑。那老爷左思右想，终究给他想到一个法子来。既然自家是因那水晶的异能才逃脱了妖怪的掌控，如今要出门，若是从那水晶球上敲出一小块来挂在身上，说不定亦可抵挡妖怪。却说那老爷虽想到这个主意，终究也不敢自己动手，便着人唤了个珠宝匠前来，用其专业器具从那水晶球上凿下了一块，制成了一个吊坠挂在脖子上随身携带，这才悄悄走出家门。

一开始他并不敢走远，只是试探性地在家宅附近遛了几圈，见并无太大动静，这才敢越走越远。如此试探了几回，见妖怪并无追来，约莫自己的判断并无差错，这才又唤那珠宝匠前来，再从那水晶上切下两块来，制成了一个与自己所佩戴的一模一样的水晶吊坠，分别与家中夫人儿子拿着，千叮万嘱着他们出门时一定要佩戴在身上，无特殊事宜，万不可取下来。

端的是：

不为困穷宁有此，只缘恐惧转须亲。
即防远客虽多事，便插疏篱却甚真。

列位看官，你道这老爷到底能否逃脱那妖怪掌控，顺利在京中安家落户？欲知后事如何，且听下回分解。

【第九十五章】

上回且说到老爷偷走水晶之后，在家中实验一番，果然颇见效果。如今他有了这灵物傍身，自然也不害怕那蛇妖再前来找事，遂也要为日后打算一番。却说因着这帝国之中新法令的缘故，托人去京中买房置地也不大合事体，那老爷无奈，只得聘珠宝匠前来，将那水晶凿下一块，做成配饰，着自家一家三口尽数挂上，以躲避那蛇妖追捕。

却说这老爷出门之后，便一路行去，好容易才找到负责此项事务的官员。待那老爷上下求告，这官员方道明缘故，原来这天子法令，不过是为了方便对那帝国境内的百姓进行管理罢了。老爷慌忙又问，如今这节骨眼上，自家却不得不举家搬迁，不知可否通融？那官员云，如今虽然限制颇多，但事无绝对，若是条件够格，也有其他法子可想。老爷听了，慌忙请那官员行个方便，那官员看了老爷一眼，便抽出了一份文牒，令老爷将家中境况一一填写再等候消息，便打发老爷走了。

老爷这厢填完文牒之后，只在旅店之中等待了一个晚上，第二日便有官员派人来与老爷道，如今他家境况并未满足帝国法令之中搬迁的诸般条件，不得搬迁。老爷听闻这番说辞，如打了霜的茄子一般，蔫在当场，过了颇久才想起向那官员追问缘故一事。那官员却颇不耐烦，直与老爷道，这不过是相关规定罢了，断不可随意便叫人知晓。那老爷听他如是说，以为是自己未曾花银子的缘故，当即便从怀中掏出许多银票来，想要送与那官员。不承想，这官员非但未收那老爷所赠的银两，反将其严词喝止了。

老爷见状，想自己在客栈干等亦不是什么妥帖法子，不若再四处想想门路。却说他去京中四处求人，却处处碰壁。那京中法治严明，官场风气端正，与那墨璃界大相径庭。他此前在那墨璃界时，上上下下皆秉承有银子万事好商量之原则，而帝国京畿附近却纪律严明，油盐不进。究其根本，一来是因为法度严明，那皇家设有专门的监察御史；二来是帝国境内选拔官员时，对其人品考察十分严格，且有严密的测试机制；三来是帝国境内有龙神坐镇，寻常妖物不敢进犯，遂民众生活普遍富裕，官员待遇也极好，遂素日对那金钱的追逐，并未到不择手段的地步；四来是帝国之中神龙皇帝可随意化作众人身边任意一人模样，兼其可变形为各种动物，上至猛禽凶兽，下至苍蝇蚊子，遂一旦其对手下高官或是帝国之中某一部门有所怀疑，当下便会悄悄潜入，亲自探查。这般数次之后，皇帝身边众人终究发现无事可逃过那皇帝法眼，只有老老实实工作才是唯一正道。遂也不再有别的心思，只是将当下之事办妥帖。但那帝国官员的高风亮节，却正是老爷的催命毒药，如今他拿着大把的银子却求告无门，找不到任何通融之处，遂那搬迁之事，也只能暂时搁置了。

列位看官，你道是这神龙下了这道圣旨，却真真来得不巧。如今这圣旨，实则针对的便是那墨璃界的诸座城镇。本来此前龙神帝国境内与那墨璃界，素来是听之任之，不大管辖的，而如今他却深觉墨璃界中诸妖作风散漫、想法极端，若是任由其这般发展下去，只会将他治下诸位帝国良民也带坏，遂其思前想后，终究下决定划定这两界的界限，再不允许那墨璃界诸人搬迁过来。

说到此处，倒还有个缘由要解释。其实以那龙神之能，若是他真有心辖制，那墨璃界也不会有被妖魔控制的机会，而他之所以听之任之，不过是因为他生性懒散，毕竟连这个人界管理之职，也是玉帝在酒桌上骗他来做的，遂将那墨璃界与人界划定，自家管辖的范围亦可少许多，当然何乐而不为了。

闲言休叙。且说回老爷这边。如今这老爷自己搬迁无门，只有将希望寄托在儿子身上。原因是那儿子正到了仕途年纪，虽说帝国法令不允许老爷搬迁，但科举考试却对考生并无地域限制，若是老爷的儿子考中，便可有机会在京中任职。儿子如今已十五岁了，再过两年便可参加帝国之中的科举考试，他听家中老先生对儿子的日常评价，想来其考中三甲断不在话下。若是连中三元，那按例留京任职是绝对没有什么问题的，若真到了这一步，他们便可举家搬迁到京城了。

想到此节，那老爷便暂且先归了家，抓紧敦促儿子学习。好在儿子也争气，那先生所问，无一不能答，便是那先生教过这么些学生，面对那老爷家的公子，仍旧是赞不绝口。老爷归家见了这般情境，心中亦宽慰了许多。

却说接下来的时日，那老爷家中却又出了一桩怪事。原来这老爷如今发现，家中众人虽不受那蛇妖骚扰，却对肉食产生了极大的执念。那家中众人非但极喜食肉，更爱那半生不熟的肉食。最好那肉上还带着血丝，他们才会觉得食用起来绝佳。又过了不多时，这肉食也不能满足其胃口，他们又爱上了血食，素日鸭血、猪红等不在话下。一开始众人还将那血食煮熟，后来却只吃那半生不熟的了，且那血食之中越少调料，他们便觉得味道越鲜美。那家中烹饪的用人见状，心下暗暗纳罕，不知为何这菜肴闻着腥气扑鼻，他们却吃得如此津津有味。

老爷这厢，似是习惯成自然，也未觉有何异常。自家以前穷酸惯了，如今穷人乍富，身子骨中缺的东西，自然要一一补回来，那些未尝过的，更是要尝过才算够本。

如此持续了数月，那老爷觉着如今也无蛇妖骚扰，自然要好好耍乐一番，遂亦是故态复萌，带着家中夫人去那戏院听戏。却说这戏瞧着虽然精彩，但那老爷听着却并不是往常滋味。虽他在家中吃过饭方才出门，可当下坐在这戏园子里，却觉得腹中又饥饿难耐。那老爷见自家夫人亦是饿得发慌，便一连点了数样戏园子中的点心，狼吞虎咽般吃下。不承想这几份茶点非但不曾解饿，反倒像勾起两人肚腹之中的馋虫一般，令他们饿得更加厉害，直引得那老爷太太肚子咕咕直叫。那老爷用眼睛在周围逡巡一番，却见众人因听见他们二人肚腹咕咕乱叫的怪声，正掩面偷笑。这一看之下，那老爷却更觉奇怪，他不瞧见人还好，而今一瞧见众人，却突然食欲大增，似是自己脑海之中只剩下食欲可言。自己周遭的众人，似已不是同类，反而是可口的食物一般。直令其想要咬破他们的脖颈，吸食他们的鲜血，似是只有这样，方能解自家腹中饥饿折磨。

正是：

一念铸成玉鼎丹，缟帷惊变紫宸班。
心魔有泪哀何及，人情无踪去不还。

列位看官，究竟老爷一家又遭遇了何事？有无解法？欲知后事如何，且听下回分解。

【第九十六章】

却说这老爷突然有了吸血念头，那人群并无觉知，他自己倒是先吓得够呛。他悄悄回头瞧了瞧自家太太，见太太亦是一副坐立不安的姿态，只是双眼发红，紧盯众人，那目光中的凶狠神色，早已不是家中贤淑温良之态，老爷此时才觉察出诸般不对劲之态，慌忙拉着太太，坐着轿子连滚带爬地奔回家中。

这二人好不容易着家后，见太太一副欲言又止之态，老爷早已心知肚明。他知道太太想要追问自家是不是亦对吸食人血极度渴望，但他此时亦是心乱如麻，实在不想与夫人再就这问题讨论一番，只想着说不准明日此事便已止息，当下便慌忙催促太太早早上床睡觉。

二人逃脱人群，这吸食鲜血的欲望似乎小了不少，能安稳睡下。二人一夜无话，待第二日清晨，两人刚醒来时，却发现家中帮厨的用人并未端来早餐。再往院子中瞥一眼，却见也未有人在院中打扫，阖家上下一股沉寂的死气，半天声息也无。那老爷见状，气得大喊大叫，直呼唤管家前来，不提防自家喊了半天，却未见半个人影，更别提有人应声了。那老爷无奈，只得自己披上衣服前来查看，走近才瞧见几个人伏在窗边，那老爷唤了几人，见众人未应，便上前摇了摇，这一摇才瞧见，原来这些人脸色惨白，双眼紧闭，早已死去多时了。

老爷这一番吃惊可不小，好在其见过世面，虽是惊讶，却也不至于六神无主。如今家中死了这许多人，若是惊动官府，少不了一场异动。遂他慌忙穿戴整齐，奔出门去报官。那官府中人听闻出了命案，亦是马不停蹄地赶将过来。随行的仵作查验一番，这才说道，众人死因倒不复杂，多数皆死于失血过多。只是不知这凶手用何凶器，能将这许多人悄无声息地杀了，且并未在众人身上留下伤口，现场更是半点血迹也无，却不知这血到底流向何处了。那官府中人向太太及家中少爷一一盘查，却得知二人昨夜睡得极沉，竟然半点动静也未曾听见。那教授少爷功课的先生倒是无事，但却也问不出什么有用的信息来。

如今这人既然已故去，只得通知众仆家属前来收尸。老爷因这事终究是发生在自家庭院，心中十分过意不去，便把了许多银两给众仆从的家人，那些人本就穷惯了，否则又如何能将家人送与别人为奴为仆？如今骤然见了这么一大笔钱，焉有不心动之理？遂纷纷收下银两，直赞颂那老爷是个大善人。

却说这仆从的家属之中，倒也还各自不同。有些仆从的家属取了银子，自回家安葬亲人，便不在话下。有些仆从却十分不服气，打定主意要那官府将此事查个水落石出才行。那街坊邻居听闻此事后，有说是因为武疯子杀人的，有说是那鬼怪所为的，一时间众说纷纭，也不知真相究竟几何。那坊间传言甚嚣尘上，一时间人人自危，但凡离那老爷稍近一些的街坊邻居，一到晚间，便立刻关窗落锁，断不敢独自出门。官府中人也一再警告老爷，今后要注意防范，若是见到那歹人再来，便立刻通知官府。

此事过了一月有余，那官府中人却仍旧无甚头绪。如今死者家属之忍耐情绪似是已到极限，每日价上门闹事，搅得衙门上下皆不得安宁。那查案的军曹无法，只得胡乱抓了几名有前科的罪犯，将其屈打成招后再收监问斩，如此将此事糊弄过去便算完事。

但这官府解决问题倒是迅捷，那老爷解决问题却困难无比。原因是这老爷家中如今出了这事，便再无仆人应征了。那宅院既被视为凶宅，自然无人敢上门，便是老爷自己，也每日惶恐不安。众街坊邻居见他如此，便好言相劝，着那老爷干脆也搬家完事。那太太更是吓得魂不附体，整日价便劝老爷搬离此处，便是花点银子，也好过如今这番惶恐。现下住在此处，全家人瞧着都不大对劲。如今偌大的房屋，连一个仆从也无，她一个人，又如何能照应得来？

老爷听了她这番说辞，大骂她不过是妇人愚见罢了，若是为着这点捕风捉影的东西便搬家，才真是傻到姥姥家了。太太听他如是说，无奈之下，也只得作罢。那老爷见一连数月也无仆人上门，便又将那仆从的工钱提了一倍。端的是重赏之下必有勇夫，如今银子给得足了，便有些胆子大的悍勇之人前来为仆，只是这些人白日价做完了工，晚间仍回自家睡觉。太太见状，也不再多说闲话。这场风波便算是慢慢平了。

好在那教书先生倒是不动如山。且听那教书先生道，他是一介耿直书生，行的是孔孟之道，又焉何会被一个杀人犯所吓倒？再说那官府早已将那杀人者抓住行刑，更无甚好忧心的了。至于那凶宅一说，他更是丁点也不会放在心上，自己既读了那圣贤书，便断不会相信那怪力乱神之谈。这少爷亦是如此，并不为传言所惑，整日如同无事一般，只是自顾自地念书罢了。

又过了几日，这日清晨，那老爷刚起床，便见教书先生一脸惊恐地奔到屋内，直云自己家中有要事，须得马上归家，片刻也不能多留。那老爷见状，心中纳罕，问那教书先生到底何事，那教书先生云，如今家中母亲过世，需要他收拾装殓。那老爷却并不深信，那教书先生母亲早已故去几年，而今缘何又能以此为由？想来不过是那教书先生害怕留在此间之故。那老爷心中明了，但却并未说破，如今既然他起意要离去，不管自己如何强留，亦是留他不住，只得着仆从拿出几锭元宝来赠予那先生，算是对其教授少爷的酬劳。那先生收了元宝，连午饭也未曾吃，便匆匆离去了。老爷虽是不舍，但却也并不忧心，如今自家儿子该学的倒也都学全了，这先生便是留在此处，能教授给少爷的也并不甚多，如今他要走便走，也未尝不可。

这先生走后，少爷考取功名一事却仍不能落下。如今没有了先生，那老爷便每日陪着儿子念书。但如今年岁不饶人，他确实也未有少年人那般旺盛精力，每日念不到多时，便早早睡下了，只余了儿子一人在旁继续用功。晚间老爷被儿子攻书的烛光晃花了眼，却也始终睡不踏实。正迷迷糊糊间，只听儿子唤了几声“父亲大人”，他虽是想要应他声，告知儿子自家一会便起，着他先念着，却实在困得无从睁眼，也答不出话儿来。

却说这儿子见他熟睡，便蹑手蹑脚地行到门口。那老爷模糊之间，瞧着儿子的脸竟慢慢变成了如老鼠般的形状，那身上的黑衣也渐渐脱去，慢慢生出一身黑毛来。待那黑毛覆遍全身，这儿子竟然腾的一声，又生出一对如同蝙蝠一般的双翼来。待他全然化作一副怪模样后，便抖落衣物，伸手打开房门，作势要向空中飞去。

正是：

鞞鼓动时雷隐隐，兽头凌处雪微微。
冲波突出人齐譀，跃浪争先鸟退飞。

列位看官，你道这少爷到底要去往何处，又要行何事？欲知后事如何，且听下回分解。

【第九十七章】

上回且说到老爷半梦半醒间，忽见自家儿子在油灯下竟化作一副鼠头兽身的模样，缓缓拉开门向外行去。老爷何时见过这等情景？当下吓得大气也未敢出，只道自己这番仍在梦中，眼前所见，不过是梦中场景罢了！他在心中如此暗示，便又翻了个身，但这一翻之下，却忍不住打了个激灵，原来自己方才所见并非梦境，而是切切实实发生过的场景！

一念及此，那老爷竟无端生出一股力量来，猛地从床上坐起，连跑带飞地奔至儿子面前，低声对儿子喃喃道："你……你意欲何为？"

却说儿子听见他呼喝之声，却并未十分恐慌，反倒落下地，回头瞅着那老爷的模样，半是惊喜半是纳罕道："父亲大人，您如何也学会了这招？"老爷见儿子虽然顶着一张老鼠面庞，神情却极为丰富，只是那说话声线却变得瓮声瓮气，自带几分尖刻。老爷听了儿子这番言语，却不甚明了，只是呆呆地瞧着儿子，对他言语中的意思仍是不明就里。却说这老爷见儿子走近，不知端的，一面惊恐万状，一面向那墙根退去，不知不觉间，自己后背却顶到了一个毛茸茸的硬物，也不知到底是何物。老爷下意识伸手触碰，这一碰之下，如痉挛一般慌忙将双手缩了回来，再低头一瞧，险些吓得魂飞魄散，原来自家的双手，不知何时竟变成了一个长满黑毛的利爪！

老爷正低头审视自家身上的种种异象，却听远处传来一声似人非人的惨叫声，老爷少爷听这声响正是从自家卧房内传来，如今已经二更天，那卧房内当只有太太一人，二人听见这呼喊，当即面面相觑，一瞬间将满腹疑惑尽数压下，慌忙不迭地向那卧房方向奔去。

二人刚奔进卧室，打开那卧室门一瞧，只见一个生得与他们一模一样的怪物仰天倒在铜镜面前，那怪物眼珠泛白、口吐白沫，瞧着像是一副不省人事的模样。老爷见了儿子的模样，又得知自己如今幻化的样子，再瞧瞧这倒在地上的怪物，对这事态早已心知肚明，当下长叹一声，半晌也无甚言语。倒是儿子似是一副见怪不怪的模样，只是低声道："这母亲大人也忒胆小了，竟然被自家的模样吓得晕了过去。"老爷听了儿子言语，这才注意到那倒在地上的怪物，脖子上还挂着当初从水晶球上凿下的碎片吊坠，那吊坠上的金链子，确实是早些时候太太买的。他本在心中存着一丝侥幸，但如今有了这信物，想要自我安慰也无从安慰起。

那地上所躺的怪物，不是自家的夫人，又能是谁？

而今他才彻底明了，原来自己一家，竟然皆成了怪物了！

老爷此时回过神来，只觉得心惊肉跳、头疼无比。此时他却又忆起了当日家中用人遇害的情景，原来当日害死这些用人的人，不是别人，正是他自己！

这厢老爷正失魂落魄地站在原地，也不知如何是好之际，却见那太太悠悠转醒，一副魂不守舍的模样，呆呆坐在地上，也不知在想些什么。

二人面面相觑，你瞧瞧我，我瞧瞧你，谁也未曾开口言语。如此又过了一阵，还是那少爷不耐烦地开口咳嗽了数声，老爷方长长地叹了口气，一五一十地将自己当日如何丢了货郎担，如何想要了结生命，又如何在雨中躲进破庙、途遇蛇妖，得到宝物之事一一道来。末了又与他们二人说了自家是如何与妖怪交往及当日怎生偷来那个水晶球一事。

那老爷幼时便听家中大人说过妖怪的可怕可憎之处，遂他如今才如此惧怕妖怪。但他幼时听说之事，却又与如今有所不同。当日众人云，如今谁吃了妖怪的食物，便会化作妖怪模样，那时他并不尽信，而今瞧着，倒像是真的。但他思前想后，这家中诸人，只自己一人吃过那蛇妖食物罢了，若是因为这个缘故，那自己变成妖怪模样，还情有可原，而如今为何连带着家中众人也化作妖怪模样？他思来想去，始终想不通，而今恐怕也只有那蛇妖本人才知道缘故了。

却说这厢太太与儿子听老爷说完，反应却又各不相同。太太素来受那三从四德的礼教，打小便秉承那嫁鸡随鸡嫁狗随狗之则，从无自己拿主意的时候。如今自己只需要跟随在男人身后操持家务即可，家中男人说什么便是什么，无须过问，更不能瞎掺和，遂她素日便是一副温良恭俭让之态，便是家中穷得揭不开锅之时，她也未曾抱怨过。待到老爷带回财宝，她更是没有半点闲言碎语、好奇之态，只是一心一意相夫教子罢了。打从她嫁人那日起，她便一向秉承夫为妻纲之古训，多年来便只是默默地跟着老爷身后，尽心竭力地操持家务，尽一个妻子的义务与本分。岂料她这大半辈子皆老老实实地跟在男人身后行事，临老却化作这般丑陋的妖怪模样，实是超出她的见闻范围，令她完全无法接受。

那少爷却又是另一番态势，如今他有了飞天遁地之术，却是新奇大于恐惧。兼那妖身妖力十足，令他可为所欲为，当然是求之不得。如今他不用念书做官便可行那生杀予夺之事，当然也不再费那劳什子的神了，当下现出原形将那教书先生吓走，待那教书先生惊恐万端，慌忙辞行之后，那少爷还嘲笑教书先生这番惧怕的模样。且听那少爷道，亏得那教书先生此前还说自家不相信这世上有甚妖魔鬼怪，还云那学圣贤之书者，断不会被妖魔鬼怪所吓，可如今瞧了自己的模样，还不是被吓得尿湿裤子？那少爷打小便被逼着读书识字，而今好不容易有了这妖力，当然要痛痛快快玩上一场才算够本。他早就不想再困在家中念书，不过是迫于无奈，不想忤逆老爷罢了。

老爷听了他这番说辞，气得直哆嗦，当下也忘了化妖之事，恨不得立刻便左右开弓，扇那少爷一顿耳光。他正作势要打，却见身侧夫人咆哮着冲将过来，掐着老爷的脖子将他压倒在地。

如今这太太化作妖物之后，气力亦是大得惊人。且见她红着双眼，龇牙咧嘴得向老爷叫骂道，若不是老爷贪心，又缘何会将家人害成如今模样？她还未找老爷算账，这老爷倒先打起儿子来了。这太太化作妖身，力气也大了一倍。老爷如今被其掐住脖颈，白眼连翻，险些便透不过气来。他十分无奈，只得与那太太扭打在一处。

二人此时不管不顾，只想争个输赢，遂下手也并不容情，只将素日的怨气一并发泄在对方身上。却说两人撕扯之下，转眼间便将那客厅折腾得一片狼藉，饶是如此，两人却并不罢休，又扭打着冲破房顶，飞到那半空之中撕扯。那老爷气力不济，并非太太的对手，正不知该如何收场之时，却见另一人飞上来，将两人轻轻一拨，便各自分开了。

老爷定睛一瞧，来者不是旁人，却正是少爷。

正是：

皓魄当空宝镜升，云间仙籁寂无声。
狡兔空从弦外落，妖蟆休向眼前生。

列位看官，究竟这老爷一家三口的命运如何？欲知后事如何，且听下回分解。

【第九十八章】

上回且说到这老爷一家三口尽数化为妖怪，那太太因受不了这番刺激，当即便与老爷扭打在一处，被那少爷轻而易举分开之事。

列位看官，你道这妖怪之中排序之事也当真奇怪。那人类化妖之后，越年轻者，便越显厉害，那老爷太太如今虽然也是妖物，却斗不过那少爷所化之妖。

只见少爷轻而易举便制服了二人，将他们架到客厅之中，笑骂他们二人为何这么大年纪还火气如此旺盛，这般打来打去，岂不令人笑话？如今事已至此，倒不如坐下来好生商量对策为上。

待三人落座，那老爷太太互相望见对方模样，不禁又想起当日家中死去的诸位用人。彼时两人皆是化妖未久，算来此事当是……一念及此，二人均把目光投向老爷。老爷见自己瞒他们不过，索性便承认此事乃自家所为。

却说当日晚间，那老爷变身之后，意识并未太清醒，只是在一股无法压抑的饮血冲动下，向素日用人的房间行去。总算这老爷尚有一丝残存的意识，知道那教书先生关系儿子的科举前程，遂饶过那教书先生一命。至于自家如何将众人咬死，又如何吸食众人鲜血的过程，他倒是一点也记不起来了。众人身上少伤之事，他也无法说清，自家唯一有印象之事，便是第二日一大清早在床上醒来时的诸般情景了。

少爷与太太此时方得知那仆从被杀原委，听闻此事乃老爷所为，皆气愤无比。这些仆从中有人在家中帮佣数十年之久，与那太太少爷十分亲厚，如亲人一般。其间有个老嬷嬷，直如太太的老子娘一般人物，素日太太有什么心里话，便会悄悄与她诉苦。那老妈子也是性情温和之人，见太太心头不顺，不知暗地里劝她多少，只将她瞧得如女儿一般。家中还有两名年轻的帮佣，也早已与少爷成为好友，素日得空，便会领着少爷出去耍乐，日常出去采办时，总也会给少爷捎回一两件有趣的玩具回来，虽然并不是什么贵重稀罕物，但也给那少爷念书枯燥的时日增添了许多乐趣。

这厢太太听闻老爷当日将老妈子也一并咬死，当即气得忍不住又向老爷扑将过去。那老爷连挨了太太好几爪，一时间脸上也挂了彩，尽是些花花绿绿的血痕。少爷见好不容易将二人劝好，此时却又打了起来，慌忙过来挡了一阵，将母亲劝服，着她先出去冷静一番再谈。

老爷这厢却一个人留在这一片狼藉的正厅之中，直是盯着自己如今变成黑爪的双手发愣。却说他目光逡巡在自家的妖身身上，却蓦地想起了当日那蛇妖，这才猛然想起当日那个水晶球来。适才自己与太太在客厅之中厮打，那水晶被打破了也未可知。一念及此，老爷慌忙便在厅中搁置水晶球处找寻。好在二人厮打时虽将那水晶球碰到地上，却并未将其摔碎。那老爷瞧了，慌忙将水晶球重新安置回桌上，自家取了扫把抹布来，将这一片狼藉的客厅一一收拾完毕。那厅中种种颓断之处倒也好说，唯有那破了的屋顶，今夜是无论如何也无法收拾妥帖了。老爷心道，明日若是用人问起，只好推说是那房子本身不结实，断不能令他们知道那真正缘故。

却说老爷正收拾着，那肉翅渐渐收了，黑毛褪去，他又重新化作人形。如今木已成舟，家人便是搬着石头砸天，也无法再抹去一家人化妖的事实。好在终归是一家，如今家人也算是原谅了老爷，只不过是经此一役，老爷在家中也是威信扫地。那家中仆从皆是他杀死的，变身后他又是家中最脆弱的妖怪，遂连老婆儿子现在也不想再听他的了。如今太太是家中管事，待其发现自家男人原来有这许多事隐瞒自己，并不十分靠得住时，倒变得颇有主见，暗自下定决心，如今无论变成如何模样，都要试着先去看看能否恢复正常人的生活。其余的倒还好说，如今最大的障碍便是他们想要吸食人血的欲望。但说到此事，少爷的问题倒也不甚大，他第一次变身时年纪尚小，对事实所知也不多，并未如父母一般惶恐害怕，更多的反而是兴奋。彼时正是夜间，他甫一变身，便奔出门去，在空中上下翻飞，高兴得哈哈大笑。随即又将身体缩成了蜜蜂大小，打一户人家的窗户缝中钻了进去，偷瞧别人家在做什么。说起来这番本事倒也只有他才会，那老爷太太都不曾有。

原这少爷偷窥的人家，有个远近闻名的漂亮女儿。这少爷也早就听闻此事，遂才偷偷来到此人家中。且见他飞到姑娘床边，抖了抖身体，重新化作了正常大小，便咬住了那姑娘的脖颈，吸食那姑娘身体中的鲜血。

列位看官，你道是众仆身上未有伤痕，那老爷不明就里，但少爷却心知肚明。原是因为这少爷吸血之时，其舌头便会变得如钢针一般，中空外尖，可以直插入那姑娘脖颈的动脉饮血。而他将舌头拔出来后，那姑娘脖颈上的伤痕亦会马上愈合，并不会留下多少痕迹。幸而这少爷还有几分良心，虽然吸血，却并不过量。饶是如此，他也不大放心，第二日一早便去那家人门口转悠。见那姑娘仍旧与无事人一般在家门口晾晒衣物，他悬着的心也渐渐放了下来。此后几日，他又如法炮制，去吸食了几家漂亮姑娘的鲜血，却都是浅尝辄止，并不致命。遂那些姑娘第二日醒来，直如蚊虫叮咬一般，并无大碍，仍是该做什么还做什么。

如今他听老爷云自家吸血之事，竟伤害了这许多仆从，不由得从心底暗暗鄙夷起自己的父亲来。究其缘故，还是因为他吸血非但不会死人，而且还从不吸食男子及老人。这两者的鲜血令他觉得十分恶心，遂他素来只是吸食那年轻漂亮的女子的鲜血，也不伤人性命。不承想自家父亲，那素来威严的老爷吸食鲜血不但致死数人，还不辨男女老少，端的是既贪心又没品。

正是：

> 抟风乍息三千里，感旧重怀四十年。
> 少壮况逢时世好，经过宁虑岁华迁。

列位看官，你道是这老爷一家化妖之事，如今已成定局，那一家三口，也都慢慢接受此事，但这老爷夫人，却始终未曾接受，也不知是否还有转机。欲知后事如何，且听下回分解。

【第九十九章】

上回且说到这一家三口如今皆化作妖身之事。果然是拳怕少壮，这少爷倒还好，难的是老爷与太太。这二人不似少爷这般可随意控制变身状态，且那想吸血的欲念一起，即刻便会化作妖身。也不知是否因年龄的缘故，他们与那少爷更有不同之处——那少爷几日不吸血，亦不会有什么极端渴望，还能如常人一般在人群之中生活。老爷太太则不然，他们欲念上来时，无论如何也无法克制，只想要如野兽一般冲出家门，见人便扑上去吸血。

这老爷太太在家中待了一阵，那太太慢慢觉知出他们这番饮血欲念，大抵是晚间才会生出来的，遂这二人无法可想之时，便着那少爷将其二人锁在地窖之中。如此一来，别人不会知晓，他们也不至于出门害人。但如今每天饮血不成，直将他们二人折磨得兽性大发，浑身上下如百蚁千虫噬咬一般。少爷瞧在眼中，于心不忍，遂晚间出外猎食之时，也会多饮得饱些，再将自己吸食的鲜血吐出来喂给父母。

但他虽想到了这个法子，却另有一番为难之处。如今这年轻美貌的女子已然不多，再算上他反哺父母之血量，远远不足令三人成活。为了存续，他也只得去吸食男人老人之血。但如此这般下去，却并非长久之计。那三人在家中合计一番，终究还是太太想到了法子，且听她对二人道，此前她嫁入老爷家时，她居处众人，皆云许多疾病，源于身体之内有些不洁之血，遂若是有人生病，便可放出身体之中的“脏血”，如此清理一番之后，身体便可重新造出些“净血”来，遂如此一来，有些大夫凡遇到病人，皆给病人使用这放血疗法。太太深谙其中三昧，遂着老爷出银子，兴办了几家医馆，凡有病人要用这放血疗法祛除病症的，皆让那医馆的大夫用瓦罐将那放出的血盛好，待到晚间那医馆闭馆之时，再与他们送上门来。

这法子倒是颇为精巧，只是那医馆大夫为了方便自家解决血源问题，将那不需要放血的病人也放出一些血来。反正适当采血也没有性命之忧，兼那医馆大夫多是太太挑出来的可靠人儿，只要多把几个钱，他们断不会去询问这家人为何要这放血疗法的废血，更不会四处张扬，如此一来，这人血来源倒是解决了，但是如何如常人一般生活，将那日常琐事经营得当，却又是一个难题。

按太太的想法，那少爷顶好还是能继续念书，他日上京赶考，若能得到一个功名，便不用再为后事如此烦恼。如今三人之间，唯有那少爷能自由变身，且能控制那吸食鲜血的血量，既不会将那被吸者吸血至死，事后被吸食者也不记得此事，不会太耽误其出门赶考。

她将自家这番意思说与那少爷听了，那少爷却老大不情愿，他本想着自家以后再也不用读那劳什子的四书五经了，现如今听那太太的口气，却还是以那科举功名为盼，当下心中十分不悦，说什么也不愿答应。且如今少爷已是他们三人之中最厉害的一个，太太打他不得，骂他也不得，只能慢慢劝解哄骗方可。只见这太太连哄带骗，对那少爷道，如今只要少爷自家小心些，不被旁人瞧见，可以想飞便飞，待他一路飞到京城，可以见到多少京中的漂亮女子？那少爷听她如是说，自己思忖了一番，觉得那太太说得尚有些道理，这才又勉强答应去念书。

却说这厢太太虽是暂时将那少爷劝住，但思来想去，觉着少爷如今心性不定是为大忌。不如索性让那少爷先成家后立业，托人说个好人家的姑娘，且将那少爷的心拴了再谈其他。但那姑娘好找，后事难续，如今这少爷变成了妖怪，也不知是否还能生出孩子来，遂只能先试试再看。

可巧这般拖了几年，这老爷太太家是凶宅的传闻倒是销声匿迹了，那仆从们做了这许久的事，也未见有甚不妥帖，遂渐渐也觉得当日可能是自家多心罢了。且如今血液来源十分稳定，众人生活也慢慢恢复平稳了许多。那太太见时机成熟，便托人找了个媒人，寻了一户平常人家的女子——正是当日少爷第一次吸血时所见的那位姑娘，三书六礼聘了来，着她与少爷成亲。

不承想，这成亲容易，但在一处生活却颇难。未过多久，那姑娘便香消玉殒了。太太心痛不已，追问少爷是否是因少爷之故，才害死了这姑娘。少爷连连发誓，说自己对普通人也不会过度饮血，更何况这是自家媳妇？他素日只是实在忍不住胸中欲望，才会适度吸食一点罢了。太太听到此处，便忍不住又问那少爷，害不害怕令那姑娘瞧见自己现出妖怪原形的模样。却听少爷道，便是她瞧见了，自家也有法子令其忘掉这可怖场景。只消自己用双眼盯着那姑娘的眼睛，心下默念令其忘却此事之心愿，那姑娘便会慢慢忘掉自己所见。说起来，这少爷此前正是用此法帮父母从别人身上采血的。他想要从那许多人身上吸血，别人也难免会有所察觉，但如今却并无什么人知晓他们家人是妖怪一事，究其根本，靠的便是少爷的这番本事。

列位看官，你道这少爷虽如是说，但那太太偶尔也会听见少爷房中传来新妇的呼叫之声，莫不是被她瞧见饿了少爷变身的情景？少爷听太太提及此事，才怏怏道，自家原本是想要新妇看看他化作妖身后威风凛凛的模样，不承想她却半点也不能接受，遂只好施了个法子，再令她将所见之事尽数遗忘。

老爷听到此处，忍不住插言道，如今他们一家人皆化作妖物，却是再也不能与女子行房事了。太太听了这话，忍不住柳眉倒竖，勒令老爷闭嘴闪到一旁。却说自上次与太太坦白了自己的恶行，又与太太打过一架后，此时家中哪里还有他插言的余地？自家如今是毫无威信了，便是说话，也还得瞧着太太的脸色，更别提那家中的种种决策了。那老爷自讨没趣，也不再说什么，只是识趣地去照顾那庭院之中的盆栽了。

却说这个新妇故去后，那太太仍不甘心，不多时，又托人与少爷说了一房媳妇。这次新妇是个农家女，嫁过来时瞧着十分健壮，不承想嫁到这家中不足两个月，却又害了一场大病，那病症来势汹汹，这新妇不多时便又殒命。如此连丧二妻，换作旁人却早就死心了，偏生这家太太却是个不见棺材不掉泪、不到黄河不死心的，那第二个媳妇死后，她又与少爷物色了一个农家女，不承想还不到半年，这新媳妇又死于小产。

这番难过归难过，却好歹教那太太瞧到了一丝希望。虽是滑胎流产，但毕竟能有身孕，倒也是一件极好的事情。那太太有了这根救命稻草，又焉能放手，遂又张罗起儿子的婚事来。但这太太想得虽美，少爷自己却不太愿意了。如今家中三番五次地接连死人，倒像是自己将这些女孩儿害死了一般，令他心中十分难过，再也不想动成亲的心思了。太太好不容易将事情推到此处，又如何能甘心？遂好说歹说，那少爷拗不过母亲的爱子之心，只得答应再试那最后一次。

诸位，这次却好巧不巧，正寻到了当日救治灰牛大仙的那位姑娘。再往后的事，前文已一一说明，便不再详述了。

正是：

水饭恶冤家，尊前饮流霞。
莫惜三五盏，锦上更添花。

列位看官，你道这三只妖怪追赶而来时，那灰牛大仙正要将这姑娘驮走，究竟这灰牛大仙能否与这姑娘平安脱身？欲知后事如何，且听下回分解。

【第一百章】

上回且说到这太太为拴住少爷，便托人给少爷说亲之事。岂料这少爷化作妖身之后，在娶妻一事上实是命途多舛，接连死了三个新妇之后，那太太仍不死心，直云自家如今看到了传宗接代的希望，又岂肯就此善罢甘休。遂极力劝服少爷，总算令其同意再试最后一次。

却说无巧不成书。这次媒人说与那少爷的，正是当日救治灰牛大仙的那位姑娘。

列位看官，你道是洞房花烛夜、金榜题名时，乃是人生一大乐事。但如这番人生大事，太太却只是说那小门小户的姑娘来草就。究其原因，不过是因为她心中还有另一重忧虑？你道这忧虑的是何事？原来这太太想到的是另一个隐忧。若是少爷如果考取功名之后再成婚，皆是绿袍加身，前来提亲者，非富即贵。如今这少爷就如一颗定时炸药一般，万一娶了大户人家的女儿，一不小心将那女儿折腾至死，人家又岂能善罢甘休？遂她思前想后，还是给少爷聘那农家女为妙。彼时许多农家连勉力维持温饱都困难，且家中儿女甚多，纵失了一个，也当不得什么大事，只要把与他们两个钱就成。前头几个死掉的女子，她与他们一些钱，将那女孩儿葬了，对方便也不再追究了。这般做法，虽是门不当户不对，但是现下少爷成亲之事迫在眉睫，一时间她没有更好的法子，只得先这样了。好在那少爷本人却无甚门户之见，只要那女孩子本身漂亮即可。

闲言休叙。列位看官，却说回这灰牛大仙。你道当日灰牛大仙晕倒之际，正见着地底伸出一只大手捏住老爷，那太太与少爷上去扑救时，围着那手又咬又抓，却无半点效果。

二人正对付着这只手，不提防那地下又伸出一只手来，一拳将太太打倒在地，那太太哪里受得了这番重创，当下便悄无声息了。少爷却毕竟年轻许多，围着这手灵活绕行，那手虽凶蛮，一时之间却也并未抓住少爷。但那少爷自家对那手也是无可奈何，如今他使尽浑身解数，也不过是令那手擦破了点皮罢了。

这一人一手斗得正凶，那手趁着少爷闪避不及的空当，一把将那少爷捏着，适才抓住老爷的那只手缩回地里，只一小工夫便又伸了出来，却又已空空如也，上面却已没有了老爷。现下这两只手皆腾空，当下一只抓住少爷，另一只则捏住少爷身上的肉翅。那少爷自化妖之后，肉翅便是长在身上一般，此时被那大手捏住，当即痛得大呼小叫。却见那大手一用力，已将少爷的两只翅膀尽数扯掉。少爷呼号着死命挣扎，想要从那手中解脱出来。说时迟那时快，那少爷刚要挣脱，这只手马上便又扯断了少爷一条腿。

却说少爷受了这一番折腾，早就浑身鲜血淋漓，痛得大呼小叫。如今被这只手倒提了双腿悬在空中，眼睁睁瞧着另一只手又要伸过来撕扯，情急之下慌忙挥动利爪，割断了自家被抓住的那只腿，用弃卒保帅的策略方将自己的身躯挣脱那大手的掌控，呻吟着摔在地面上。

少爷这番争斗着实痛苦，但他也不敢停留，只是挣扎着向前攀爬去，想要甩脱那大手的掌控。那大手此时似乎亦不想再找少爷麻烦，也缓缓潜回土里。适才钻出之处，只留下两个硕大的圆孔。那圆孔也并未持续多久，并未在地面上留下多少痕迹。少爷只听得地底传来一阵沉闷的轰鸣声，渐渐便向那更深邃处消逝了。他又在地上趴了片刻，直到那声音消逝不见，这才双手撑地，挣扎着爬了起来，目光四下逡巡，想去寻找适才被那手抓住的母亲。

他抬眼一瞧，见母亲正躺在不远处，慌忙连滚带爬地赶了过去。不想他尚未爬到母亲跟前，却眼睁睁地瞧见母亲的遗体化作一摊绿水。那绿水也很快便化作轻烟，蒸发掉了，只在地上余了一堆白骨。

少爷瞧着这堆白骨，忍不住放声大哭。如今母亲未留下只言片语便已殒命，着实叫他痛苦。如今这堆白骨历历在目，叫少爷好不伤心。他双眼通红，扑到白骨上，扑扑簌簌落下泪来。却说他伤心了一阵，慢慢止息下来，这才想到自家原是为追赶被那灰牛大仙拉走的媳妇，这才跑到此处的。可如今媳妇未见，父母殒命，着实令人痛苦。一念及此，他便四下张望着寻找那拖着媳妇的牛车。但寻来寻去也未见媳妇踪影，地上只有一个散架的牛车，并那惹祸的老牛晕倒在地。

他思忖片刻，估摸着媳妇许是被那双手趁乱带走了。如今痛定思痛，他想起父亲当日所述，心中暗暗明了，这双手或许便是父亲所说的妖怪。但如今他们虽然出门，身上也带着那水晶碎片所做的吊坠，为何还是会被那妖怪发现？如今心中桩桩件件，皆是疑惑不已。他四下乱看，蓦地又瞧见那躺在地上的牛，不由得怒从心头起，恶向胆边生，暗忖着若不是那疯牛，自家又缘何有此大难？如今不能找那妖怪麻烦，宰了这牛也可泄愤。他这般想着，便向那老牛所在之处爬了过去。

却说当日灰牛大仙眼见一场祸事，被眼前诸般可怖惨状吓得晕倒在地。待它再醒来时，周遭已是一片静寂。它无甚头绪，只得在周围乱转，只见周遭一片荒草地上只有夜虫鸣叫，地面齐齐整整，丝毫也瞧不出竟然是个妖怪藏匿之处。灰牛大仙无奈，只得“哞哞”乱叫，不承想它这一叫倒是颇顶用，只见伴着它的叫声，那地面忽然轰隆隆地向两侧裂开，一个可升降的木栏吱呀吱呀浮了上来，那木栏做的升降器之中竟还站着两个长得如黄鼠狼一般的小妖。这两名小妖见了灰牛大仙，冲它叫道：“太好了！你瞧瞧，这边竟有一头牛，且将这牛牵回去，也不用再费神去镇上买肉，省下的银子正好我们自己拿去耍。”说罢便向灰牛大仙奔来。

这灰牛大仙一心救人为盼，此时也把自家安危置之度外了。如今它虽听见了这小妖所说，但却也并不反抗，任由这小妖将自己牵走了。那小妖仍旧将灰牛大仙安置在他们升腾起来的那座木制升降器上，乘坐着那木制的升降器向地下“咯咯”坠去，灰牛大仙见那小妖兴高采烈的模样，也想不出自己这番模样能有何用处，但事已至此，却只得先走一步瞧一步了。

且见那升降器停在一处后，那两名小妖便牵着灰牛大仙向厨房的方向行去。灰牛大仙一路留心，待行过那石洞大厅时，却听见一阵婴儿的哭声。灰牛大仙慌忙不迭地瞥了一眼，却见一群小妖正围成一团，也不知在瞧着什么稀罕物。这两个牵牛的小妖见有热闹可瞧，又岂会错过，便牵了灰牛大仙，一同凑近来看个究竟。

正是：

意外功名不用图，故园风景此非殊。
烂醉何妨翠袖扶，六载别来一梦如。

列位看官，你道是这妖怪洞府之中，到底有何稀罕物，惹得众妖都围着瞧看？欲知后事如何，且听下回分解。

【第一百〇一章】

上回且说到这灰牛大仙拉着那姑娘逃出之时，因受了惊吓而昏倒，醒来四处乱撞时忽被两只小妖抓住。这两只小妖见灰牛大仙生得也算敦实，当即拟用那灰牛大仙充今日购买之肉食，便带着那灰牛大仙一同回到地下洞府。

这三人回到洞府，路过那前厅之时，却听那厅中有哭闹之声。众妖围着一物，也不知在瞧些什么。那两只小妖素日便是喜爱热闹的，既然有此等事，又焉能错过？遂当下也不及将那灰牛大仙送至厨房，便领其一路去瞧热闹。

待那二妖一牛挤到近前，这才瞧见原来是一个长得似狼非狼的妖怪正持着九节鞭在教训老爷。那妖怪生得颇为强壮，抡起鞭子毫不费力，且听他边打边骂，一边在口中叫骂云那老爷是背叛他们的骗子，一边死命用力抽打老爷。这厢老爷仍顶着妖身，被众妖用铁链捆缚在木桩上，浑身上下在那鞭子的抽打下早已渗出惨绿血痕。饶是如此，那妖怪却是仍旧不肯善罢甘休，直是一鞭又一鞭地抽打那老爷。那鞭子每抽一下，老爷便惨叫一声，眼见那老爷已被打得奄奄一息，只有进气未有出气之时，那狼妖方才罢手。却听他指着地上躺倒的老爷道，适才他杀老爷的老婆儿子之时，那老爷未曾瞧见，倒是个遗憾。现下他要当着老爷的面杀了那老爷的儿媳妇并孙子，再送那老爷下地狱方能解恨。

却说此时那少奶奶正躺在老爷脚下不省人事，她本就难产，现又受了这颠簸折磨，一条命已然去了半条。只见她身畔躺了一个赤条条的婴孩，正在哇哇哭闹，正是少奶奶所诞下的孩儿。原来适才那少奶奶甫一至此便已生下孩子，但瞧见身边诸妖，便被吓得晕了过去，那婴儿被众妖丢在地上哇哇哭着，也无人前来理会。可怜这少奶奶在墨璃界产子，连脐带也未有人剪，现下母子二人身上满是血污，被弃在一旁，倒惹得诸妖垂涎欲滴，灰牛大仙瞥见这般场景，当下心如刀绞，不忍再瞧。

此时那狼妖已然抽出宝剑，眼见便要向那地上的孩儿刺去。灰牛大仙见事态紧急，一时也忘了惧怕，直想要与那狼妖拼个鱼死网破，便是不能将人救走，也要报这狼妖伤人之仇，大不了便与那狼妖拼个同归于尽。它心下十分愤慨，身上便生出一股猛力，当下挣脱了抓住自己的小妖，一面嘶吼着，一面低头亮出自家的两只牛角，便要向那狼妖冲去，用双角顶它一个透心凉。

抓住灰牛大仙的那两只小妖见它挣脱束缚，也吃了一惊，眼见灰牛大仙已向狼妖扑去，慌忙大声出言提醒道："二当家，当心这瘟牛！"那狼妖正欲杀人泄愤，却见一头老牛狂奔着向自家冲了过来，当下挠挠头，也不知自己到底何处得罪了这老牛，但眼下事态紧急，不论是何原因都不若保命要紧，遂想也不想，便提剑向灰牛大仙刺去。灰牛大仙眼见明晃晃的长剑对准自己，却仍不收势，直抱着必死之心向前冲去。

眼见这一妖一牛正要撞上之时，那灰牛大仙却蓦地听到自己身体内一声爆响，继而璀璨耀眼的白光自那身体之中发散开来。不知不觉之间，它竟变身为一个牛头人身的模样，瞧着正是：头如泰山，腰如峻岭，眼如闪电，口似血盆，牙如剑戟，双股之间，还生了一个牛尾。那小妖们见状，早已吓得呆若木鸡，那狼妖也愣在当场。便是那灰牛大仙自己也不知为何会如此，它打量通身形态，亦是不明就里。一时间只听那大厅之中众妖鸦雀无声，只余那婴儿的哭泣之声在其中哀哀回荡。

这哭声倒是令灰牛大仙清醒了，它想起自己便是为救那姑娘母子而来，当下命令那狼妖，着它令这母子二人离去。这话甫一出口，灰牛大仙方意识到，原来自家竟又能发声了。此时狼妖亦回过神来，听了灰牛大仙这番言语，当然不肯就此放人。于它而言，如今这灰牛大仙虚实未明，当然不肯乖乖听它摆布。且听那狼妖道，不管这灰牛大仙是哪条道上的妖怪，如今到这洞府，便算是到了它们的地盘，只能听它发号施令，哪里轮得到这灰牛大仙说话。且听它对灰牛大仙云，若是灰牛大仙想走，它倒是可以送它一套衣物，以免它这般赤身裸体地出去有伤风化。

灰牛大仙闻言，慌忙瞧了瞧自己身下，见自己果然袒露私处，慌忙用手盖住。那小妖们见状，齐声哄堂大笑，将那灰牛大仙挤对得满面通红。却说这灰牛大仙难堪归难堪，却仍旧坚持叫那狼妖放人。这狼妖听得极不耐烦，当下举剑便刺，不承想却被灰牛大仙轻轻巧巧拨开了。那狼妖一惊，不料这灰牛大仙竟如此厉害。那灰牛大仙自己却是吃惊更甚，它不知为何，自己竟突然这般厉害了。

狼妖见这灰牛大仙是个劲敌，自家使出浑身解数，打起精神来应对，同时招呼那洞中小妖一并上来对付它。这灰牛大仙一面招架着来自各方的攻击，一面护着躺在地上的少奶奶及婴儿，要是从前早就左支右绌了，但现下却并未觉得太过吃力，轻而易举便将那小妖儿赶开，还打伤了其中不少人。

却说双方正斗得难分难解，猛然听到一人道："都给我住手！"

狼妖小妖闻言，慌忙收了手中的兵刃，灰牛大仙见对方停手，虽想要趁机将那妖怪们一并消灭了，但见眼前的妖怪们乌压压一片，也并不是好相与的。它如今虽不知为何变得这般厉害，但双拳难敌四手，好汉架不住人多，这小妖们人多势众，若真硬碰硬，自家胜算也并不大，遂也只得停了下来，不再追打。

闲言休叙。列位看官，原来这出声之人，正是当日那位蛇妖。

它回到洞府见诸妖乱作一团，便出声喝止。说起来过了这许久，这妖怪倒也不大记恨老爷了，刚开始那老爷偷了它的水晶球，它瞧着也是挺生气的。也出门去寻了几次，无奈那水晶球的效果极佳，它遍寻了墨璃界也未曾找到。说起来倒也着实生气，它明知老爷住处，但去了却找不到房间，只能瞧见一片蓝色烟雾。它若闯进那烟雾之中，便会被其团团裹住，无论如何行走，也不能走到那烟雾尽头。但前行不可，后退却有效，它无论在雾中行至多远，只要后退一步，便从那烟雾之中退了出来。

时日久了，那蛇妖的气也渐渐消了，且它自从手头宽裕之后，闲情逸致也多了许多，日常无事便捧着书读，渐渐也明白了许多道理，知晓总是去恨一个人并没有什么实际效用，倒还不如自家宽慰开解则个，好歹也能有个好心情。这般想来，那老爷背叛自家之事，也不大放在心上了。虽是如此，但有时它与那狼妖二当家说起此事，免不了还是要抱怨几句，感慨人心叵测。

但这蛇妖抱怨归抱怨，不过是说说便罢。但说者无意听者有心，这狼妖却是蛇妖成精后点化而成的，且那蛇妖多年来对其十分器重。遂这狼妖自有一片忠心，唯蛇妖之命是从。它虽是口上不说，心中却认定背叛主子之人断不可轻易放过，遂其这许多年来，都未曾放下要惩治老爷的决心。

正是：

象箸击折歌勿休，玉山未到非风流。
眼前有物俱是梦，莫将身作黄金仇。

列位看官，你道这老爷与那少奶奶之事，究竟该如何处置？欲知后事如何，且听下回分解。

【第一百〇二章】

上回且说到这蛇妖一举喝退了狼妖与其他小妖，众妖一牛暂且罢手之事。却说蛇妖见老爷被捆缚在这木桩上，便喝令众人将老爷放下，好生治疗。再着一名小妖去照顾少奶奶与那刚出生的婴儿。末了又令小妖找出一套衣服，好好儿地与那灰牛大仙换上，待灰牛大仙穿戴整齐之后，这才引它去那花园之中的凉亭坐下，两人好好谈了谈。

只听那蛇妖向灰牛大仙询问道，不知这灰牛大仙到底是什么来路，如今到这洞府之中，意欲何为？那灰牛大仙救人心切，也不欲与其透露太多事情，便撒谎道，自家以前是老爷他们一家人所养的耕牛罢了，不久前才修炼成精，因老爷一家对自己有恩，这才溜进来救人，情急之下与众妖大打出手，实属无奈，还请那蛇妖见谅才好。

蛇妖听见灰牛大仙已靠自家能耐修炼成精，便舍不得放过，当即劝其归于自己麾下，日后好吃好喝，不在话下。那灰牛大仙是见过世面之人，又焉能与那妖怪们搅和到一处，当下婉言谢绝了那蛇妖邀约。但那蛇妖见过灰牛大仙能耐，说什么也舍不得放掉它这个厉害的干将，遂一直苦口婆心地劝说，并承诺若是那灰牛大仙愿意加入，便令它当个大头目。但灰牛大仙只是不肯。可巧此时一名小妖前来，云那少奶奶因产后失血过多，又无人看顾照料，如今已经死去了。

灰牛大仙闻言悲痛欲绝，当下随小妖一同奔到少奶奶房间内，眼见少奶奶确实死去，它亦忍不住悲痛万分，放声哭泣起来。蛇妖见状，眉头一皱，顿生一计，只听它对那灰牛大仙道，这少奶奶死了也并未有甚可惜的，若是灰牛大仙愿意加入它们，它便有法子令少奶奶重新活过来。

灰牛大仙听了这话，却是将信将疑。它以前在天宫之中生活时，也极少听说这世间还真有那生死人肉白骨的法子。但瞧那蛇妖信誓旦旦地保证，却又忍不住冒出一丝希望。遂那灰牛大仙将心一横，与那蛇妖道，只要蛇妖能令少奶奶活过来，它便可马上归入那蛇妖麾下，便是做个小兵也心甘情愿。但它虽是如此说，心中却还有一重忧虑，如今它担心少奶奶被妖术救活，不知是不是也会变作妖身，若是如此，倒是好心办坏事了。那蛇妖闻言，笑着保证道断不会如此，它且尽管放心，过几日保证还它一位正常的少奶奶，灰牛大仙且安心等待着，过几日再来瞧。

却说这蛇妖自答应了救治少奶奶之后，便将自己与那少奶奶同锁在一个房间之内，不让那灰牛大仙去瞧。未过两日，它便与少奶奶一同从房间内走了出来。那灰牛大仙等得心焦不已，见状慌忙奔了上去。它走了几步，蓦地又想起，自家如今已不是牛身，而是化作了那牛头人身的怪物，少奶奶晕倒之前从未见过自己这番模样，莫不会被吓怕？一念及此，它慌忙闪到一侧，却说时迟那时快，它动作虽快，却已经来不及了，那少奶奶张眼便瞧见了站在面前的灰牛大仙。

灰牛大仙虽吃了一惊，但少奶奶却无甚吃惊之态，反是用那愤恨的眼光，恶狠狠地瞧着灰牛大仙，也不知所为何事。那灰牛大仙见她瞧着瞧着，眼中却淌下眼泪来，它心中又是纳罕又是关切，正欲上前询问，却见少奶奶也不擦眼泪，而是头也不回地转身跑开了。

灰牛大仙不明就里，正欲追上去问个究竟，那蛇妖却挡在身前，将灰牛大仙拦了下来。且听那蛇妖云，原来它早已考虑到灰牛大仙可能会吓到少奶奶，便在那少奶奶醒来之时，已然告诉她灰牛大仙变身之事。但如今它却不明白这灰牛大仙与少奶奶到底谁说的才是真话，那灰牛大仙当初云自家是救主心切才闯进蛇妖洞府，但那少奶奶却说当日生产之时，乃是被一疯牛拖着奔出城，那老爷太太及少爷为了救回自家，这才被妖怪所害。若无那疯牛从中作梗，引得老爷一家不得不现出妖身，这狼妖也不可能发现老爷一家行迹，将其残忍戕害。

那蛇妖谈到此处，又告诉灰牛大仙道，老爷一家人虽时时带着那水晶残片，但那晚他们飞离洞府太近，又化作了妖身，遂身上妖气颇重，那随身所携的一小块碎水晶，早已掩盖不住他们身上的妖气，因此那狼妖才循着妖气找到了这一家三口。说起来倒也还要归结在那灰牛大仙身上，若非这灰牛大仙发疯似的将少奶奶拉到城外，那狼妖也确实无法寻到他们三人。

却说这蛇妖云，自家如今也甚是奇怪，若说灰牛大仙急着救治主人，缘何在那少奶奶临盆之时，不把她带到那助产婆处，反是发疯似的向城外跑？他将这番疑虑说与灰牛大仙知晓，那灰牛大仙甫一听完，便正色道：“自古正邪不两立，这一个好好的人，为何要与妖待在一处？”

那蛇妖听了它这番回话，半晌也未曾说出话来，过片刻，它才又一脸莫名地问那灰牛大仙道：“若不是你本身也是妖，我便当你说这番话是脑子有病罢。”

灰牛大仙听它如是说，这才想起，自己如今也就是个妖怪模样，说这番话也着实奇怪，但如今话已出口，也不知如何圆回去，当即支支吾吾了许久也未曾说出只言片语来。

那蛇妖不明就里，只是疑惑不解地瞧着那灰牛大仙。那灰牛大仙亦十分尴尬，只得对那蛇妖云，自家如今先去瞧瞧少奶奶再说，至于那人妖殊途之事，待它回来再与那蛇妖解释。

蛇妖见灰牛大仙确属十分焦躁，便也未曾阻拦，任由它去了。却说这灰牛大仙好不容易找到了少奶奶，慌忙向其解释道，自家以前是天上的神仙，因看不得诸仙家的懒散之态，这才愤然出走。自它的仙力被玉帝褫夺之后，便被贬下凡间，只是做一个普通耕牛，每日过着朝不保夕的生活。后来被狼追赶，慌不择路坠下山崖，若不是少奶奶救了它，它便再无活路了。也正因如此，它更要报那少奶奶的大恩，发誓要将少奶奶从这家化作妖物的人手中救出来，此前在那家人家中熬着，不过是苦于没有寻到救人的机会而已。

正是：

溟濛便恨豪家惜，浓暖深为恩人驱。
莫讶相逢只添恨，伊余心不在荣枯。

列位看官，你道这灰牛大仙与少奶奶，到底能否和谈？这灰牛大仙又是如何寻到了牛小青？欲知后事如何，且听下回分解。

【第一百〇三章】

上回且说到这少奶奶深恨灰牛大仙将自己拉出城外，害得老爷全家妻离子散之事。那灰牛大仙好不容易等来少奶奶复活，当然不肯就此罢休，遂慌忙追上少奶奶，与其说了这家人尽是妖怪所化一事。

少奶奶听它如是说，更是气不打一处来，只是恶狠狠与那灰牛大仙道，这家人是人是妖之事，她自家心中早有计较，用不着这灰牛大仙在此处多管闲事。她如今毫不在意这家人是人是妖，只要令她安然幸福度日就成。她早先在家中过得极为适意，被灰牛大仙这番一闹，好心办了坏事，倒叫它失去了所有的家人，如今她落到这番凄惨田地，说什么也不会原谅灰牛大仙。

言毕那少奶奶接连喝骂灰牛大仙，着它赶紧走开，切勿在她眼前，惹她生厌。

却说灰牛大仙听了少奶奶这番话，心中亦是十分气闷。且见它二话不说，转身便走。但终究是放心不下，临行前还特意凑到近前瞧瞧那孩子的模样，它要确认这孩子是人非妖，若那孩子也是妖身，它便要出手将这孩子杀了。幸而这孩子不过是一个普通的小小婴孩，这才得以逃脱。

这番灰牛大仙去见少奶奶的当口，那蛇妖亦去寻那老爷了。那老爷自被蛇妖救下，又得小妖照料，此时总算也缓了一口气。那蛇妖见老爷已然清醒，便对老爷说起他们全家化作妖怪的原委。原来当日老爷吃过妖怪们的饭食，又时常来这妖怪洞府之中做客，无形之中早已沾满了妖气，归家之后又将这妖气传染给了夫人少爷，这才致使三人皆被妖气熏染。而人类一旦染上妖气，若无解药发散，时日一久，便会慢慢化作妖怪了。不过说起这点，倒也不算是蛇妖故意暗害，因那蛇妖自家一开始也不知这其中还有这番原委，待其知晓之后，便开始研制克制这化妖之事的解药。它原本打算等那老爷辞商归隐之日、颐养天年之时便交与他，且它深知老爷并不信任自家，遂当日放老爷归家之时，自己并那小妖们表现出了十二分诚意。岂料饶是如此，这老爷还是偷偷取走了那水晶球。自此之后，蛇妖遍寻他们也寻不到，便也不在执着于找寻老爷了。如此直至那晚老爷离家去追牛车时，因离那房子太远，三人又皆化作妖身，不知不觉闯到了蛇妖洞府附近，虽则身上挂了水晶残片，但因失了那水晶球的庇佑，效用并不甚大，这才被那狼妖觉知。如此那狼妖才施展妖术，将几人一并擒获。

却说这蛇妖说到此处，又对老爷道，自家无论如何也未曾想过要将老爷一家折腾到如此惨状，如今这结果，不过是因为身为洞府之中二当家的狼妖太过热心为自己着想罢了。若不是那老爷当年如此不信任蛇妖，缘何又会落得如此下场？但如今事已至此，说什么也无济于事。如今老爷化妖时间太久，就算此时立刻将那祛除妖怪性的解药吞下，也不能解那妖气入侵之毒了。老爷听到此处，也是默默无语、心如死灰。

闲言休叙。如今老爷再回到了蛇妖洞府，那蛇妖依旧记挂着老爷当日能耐，希望能用老爷商才继续为自己效力。但如今事已至此，这老爷与狼妖断无法和睦，那蛇妖思忖一番，索性便放了老爷，兼又令他与自家儿媳孙子一道归家，并将自己研制出来的解药一并把与他们。如今这解药老爷吃了虽无甚用途，但他的媳妇孙子与他们家人相处的时间并未太久，现下吞下解药，也还来得及解除他们身上的妖毒。末了那蛇妖还叮嘱老爷，若是可行的话，最好将那解药再分一些与家中的用人。

这厢老爷领了这许多物什自去了。只余了灰牛大仙一人在此处。说起这灰牛大仙，倒是令蛇妖颇头疼。这蛇妖原本想令这灰牛大仙在自家手下做个大头目。如今听灰牛大仙这番“正邪不两立”“人与妖断无在一处之可能性”等诸般言语，已觉得这牛头妖精约莫有些精神不正常，若真如此，便是灰牛大仙再有能耐，却也不适合为它所用，当下也不强留它在洞府之中，而是随意把与了它一些银两，意欲打发那灰牛大仙去别处安身。

岂料这灰牛大仙却是个有想法的。它非但不想去别处谋生，反而苦苦哀求蛇妖，云自家愿意留下。列位看官，你道这是为何？原来那灰牛大仙本也不想与妖怪们同处一室，但它如今见了蛇妖的本事，心中却颇为好奇，存了一百个心思，只想要知道蛇妖是如何将那少奶奶复活的。据它所知，便是天上的神仙，也只有玉帝等几个上仙才有法子生死人肉白骨，而如今这洞府之中的妖怪也有了这般本事，倒是令它又担心又惊诧。如今既被它遇上，它那犟牛脾气又冒了上来，想着无论如何也要将此事调查清楚，遂其思前想后，觉得弄懂此事最好的法子，便是与这群妖怪住在一处，待自己查明真相再走也不迟。

这般想着，那灰牛大仙便对蛇妖撒谎云，自家确实有那间歇性癔症，有时说些狂悖之语，实是难以根除，它也无甚办法。它前身本就是一头老牛，有时候突发癔症，乃是牛的本性罢了。它将此事说与那蛇妖知道，又信誓旦旦与那蛇妖保证自己日后绝不再犯。那蛇妖听它说得认真，也只好勉强答应它，着它先在此处当个巡逻的小头领，并对那灰牛大仙道，如今它刚成精，并未赐名，不如就由它送那灰牛大仙一个名字，唤作“愣头牛”是也。

灰牛大仙听了这名，心中不置可否。它虽不喜这名字，但如今却是因为好不容易说服了蛇妖方留在此处，遂也不和蛇妖辩解，只点头称是。

说干便干，为取信蛇妖，愣头牛领着几名小妖，便往任上应卯去了。好在这任务也不繁重，每日价就是领着几名小妖在洞府门口四处转转，以防有人来时不小心发现它们的洞府罢了。

岂料好景不长。自这灰牛大仙当上巡逻头领之后不久，这洞府之中的小妖便对其的行事做派怨气冲天。原因是此前但凡有人行到了洞府附近，那小妖们便偷偷设下陷阱，将那人抓回洞府之中，与众妖分食，做那打牙祭用的大餐。如今这灰牛大仙倒好，断不肯戕害人类，凡有那靠近洞府者，一律吓跑赶走，那洞中的小妖们错过了数次抓人时机，已许久都无法食得人肉了。

正是：

空卖呆傻又卖痴，拦街都是要乖儿。
通身一具痴呆骨，抖擞将他换与谁。

列位看官，你道这灰牛大仙的牛脾气在此处又犯了，不知这蛇妖洞府，它还待不待得住？欲知后事如何，且听下回分解。

【第一百〇四章】

上回且说到这灰牛大仙在洞府之中因不懂变通，颇不招那诸妖待见之事。那小妖们倒也还好，翻不了多少风浪，但自从这灰牛大仙与那狼妖交手之后，这狼妖也将其视作眼中钉肉中刺。那日两妖甫一交手，这狼妖便觉知出这牛精的厉害来，自此这狼妖心中便有些犯嘀咕，生怕这灰牛大仙妖力过强，威胁到自家的地位。正巧如今洞府之中的小妖对它也有诸多意见，遂它便联合其他小妖，联名对那蛇妖上书，着那蛇妖将这个讨人厌的家伙赶紧驱走完事。

却说这厢蛇妖虽十分看中灰牛大仙的能耐，但念起当日它所言的“人妖殊途”“正邪不两立”之事，仍是有些耿耿于怀。兼如今这牛头妖怪虽然是妖身，却不肯如旁的妖怪一般吃人，遂其认定这妖怪是妖中异数，精神颇有些不正常之处。如今见这狼妖与诸小妖一并上书，它便也动了将那牛妖逐走的心思。

这灰牛大仙呢？如今虽对那蛇妖的复活之术十分好奇，但这洞中诸妖皆排挤自己，如此这般也实在憋闷。遂它也顾不得这许多，眼见蛇妖想要将自己撵走，它思来想去，也觉得一走了之才能痛快。

列位看官，说来也正是无巧不成书。这日灰牛大仙正要离去，诸妖暗自欢喜，遂谁也未曾前来为其送行。它正走到洞口之时，那蛇妖忽然前来，唤住了灰牛大仙，只云自家如今收到了一封来信，是那上头的妖神送过来的，妖神在信中明言令灰牛大仙前去寻他们去。

那灰牛大仙得了这个消息，不由得在心中暗自纳罕，便忍不住向蛇妖询问上头的妖神是如何得知自家事情的，那蛇妖明言，自家如今须得定时向那妖神汇报洞府之中的一应大小事务，以方便那妖神辖制诸妖。此前那灰牛大仙入洞之时，它便已写信告知妖神，如今妖神既来信着灰牛大仙去见他们，那蛇妖也只能传达，让灰牛大仙赶紧去寻那妖神才是。

言毕那蛇妖便将妖神之信递与那灰牛大仙，令它自己瞧瞧究竟。

这灰牛大仙本不欲理会妖神，也不想前去讨这些麻烦，但它心念一转，暗忖那妖神是否会知晓这妖怪怎生令人复活之事，遂便按捺住心中的抵抗之意，照着那信上所说之处，便寻了去。

却说这信上言明令那灰牛大仙去一座高山山顶寻他们，那灰牛大仙如今已有了腾云驾雾之力，自然轻而易举便飞了上去。它去到山顶瞧了瞧，只见那山顶上盖了一座高耸入云的建筑物，且那建筑硕大无朋，瞧着颇有气势，比人间的皇宫也不遑多让。灰牛大仙见四下无人，便又绕着那建筑多看了几眼，渐渐却瞧出端倪来了。原来修建这建筑者，竟将这建筑物的外形造得与那云霄宝殿颇为相类，但相类的也只是那外形而已。其颜色质地，却正与那云霄宝殿金碧辉煌的样子相反，入眼便是灰扑扑脏兮兮的模样。当日修建云霄宝殿的工匠用的乃是纯金与各色宝石，并一些极其稀罕的木材方搭建而成，遂远远瞧着，那云霄宝殿金碧辉煌、触目动心，如一块搁置在云端的绝美艺术品，而眼前这幢建筑则如同是用烧焦的煤炭和一块块烂肉搭建而成的。那灰牛大仙瞧着，似是那类似煤炭之处竟还在幽幽燃烧着，并隐约从中透漏出一缕红光来。更令它讶异作呕的便是那用来堆砌建筑的烂肉，似乎还在微微蠕动。

再说那云霄宝殿的外墙，那云霄宝殿的外墙，当日有巧匠雕刻了许多巨大的天神雕像，捕捉各色神兽的优美姿态，并将其一一镌刻于墙面。而如今这个建筑在同样位置上所雕刻的种种，却是巨大、丑陋又狰狞无比的妖魔鬼怪。且那云霄宝殿的外墙上描绘着各种五颜六色的美丽花纹，而眼前的建筑上则涂抹着让人不明就里的壁画。

灰牛大仙凑近了一瞧，这壁画的画工瞧着倒还不错，但所画的内容却是极为邪门，所绘不但大多是那各色妖怪与它们吃人的诸般场景，那场景还描绘得栩栩如生，令灰牛大仙瞧着便欲作呕。这还不算，那画面的内容有些还颇为淫邪，灰牛大仙瞧着着实不悦，它也不想细看，便匆匆从那建筑的大门走了出去，寻那想要见自己的妖神。

却说进了这大门，里间便有一个空旷的大厅。灰牛大仙早在门外便听得里面一片喧哗，待它走进去一瞧，才发现原来是一群妖魔鬼怪正在狂欢。

待到灰牛大仙瞧清楚这妖魔鬼怪的狂欢姿态时，它这才知晓原来自己此前竟错怪那蛇妖了。原来它在洞府之时，那蛇妖也曾带它去过它与诸位妖王聚会的宴席，原来那些狐狸、熊罴、虎精等诸位妖王等，也时常会选一个风景优雅的去处，打扮得颇为正式体面，便如同人类的文人雅士一般，在那美景处吟诗作赋、赏月观花。虽然席间也有些吃食是人肉所制，但那菜品也雕琢得如一幅美图一般，用艺术品来形容也不为过。

且得那蛇妖告知，那聚会时所用之人肉可不是它们随意在路上捉来的行人，那素日在路上捉来的三教九流、来历不明者，多是赏给小妖们的，这聚餐上的人肉，是诸妖素日特意命人饲养，专程用作宴席上大餐的人群。这些用作诸妖宴饮食材的人，打小便被那妖怪们养着，衣来伸手饭来张口，所有的要求能满足便被满足，日子过得极幸福，唯有一条——素日他们被灌输了许多人生来便有一死，最好的归宿便是被诸妖吃掉一类的想法，遂他们也不觉得被妖怪吃掉是多可怖之事。兼那妖怪宰杀这些人时，多施展妖术，令其毫无痛苦，于是众人总是高高兴兴赴死，如此这般，他们的肉质才能松软可口。

正是：

宝殿砚工巧无比，深洞镌斲黑蛟尾。
入门触目惊闻见，虬腾虎攫惊神鬼。

列位看官，你道妖神召这灰牛大仙来，到底所为何事？这灰牛大仙此番前来，又所见何物？欲知后事如何，且听下回分解。

【第一百〇五章】

上回且说到这蛇妖与灰牛大仙谈及自家吃人的门道，这灰牛大仙听在耳中，却丝毫不以为意。原是因其心中始终信奉正邪不两立的法则，对蛇妖的说辞却嗤之以鼻，吃人便是吃人，缘何还有这许多讲究？如今这些妖怪们在人界待得久了，便是聚会也还要吟诗，纵然这灰牛大仙内心深处也无法不承认这诗歌吟得有水平，但想到那吟诗者的身份不过是一群下贱的妖怪，且日日在此装模作样，实是令人作呕。

闲言休叙。如今灰牛大仙到了这妖神居所内，见到的却是另一番场面：伴随那节奏诡异、喧闹刺耳的音乐之声，这妖怪们蹦来蹦去，将人头人腿及人胳膊之类的器官随意抓在手中便吃！更有一些身形甚巨者，抓起一个人便整个囫囵吞下！且见这些妖怪们满嘴鲜血，吃得差不多便将那残骸往地上一掼，也不管那人死活。灰牛大仙瞧得瞠目结舌，不禁想起蛇妖的种种来，便是那蛇妖手下的小妖们食人时，也还会煮一煮炒制一番，且食用之时，会学那人的办法，用盘盏盛了，用筷子夹着小口吃，断不会似这些妖怪一般上手便啃食。

灰牛大仙又行几步，只见这大厅中央有一个大坑，那坑中尚有许多活人正赤条条地躺在其间哭喊，那哭喊之声震耳欲聋！妖怪们随便从这坑中捞起一人来便往口中喂去，也不管那人如何哭闹。除那大坑之外，这厅中的天花板上还吊了许多人，有的人身体还算完整，有的却已被吃得差不多了。如今这大厅的地板上处处染满鲜血，随处可见被那妖怪吃剩的断肢残骸，整个大厅瞧着便如人间地狱一般。

灰牛大仙见到此处如修罗场一般的模样，心中也腾起了一股怜悯之意。它目光逡巡一番，见尚有许多活人，便暗忖着自家一会施个法术瞧瞧，看看能否将众人救出去。念及此处，它便用法力探了探周围的妖怪，这些妖怪倒不在话下，它一个人打十个也不成问题，但问题也在此处，如今这厅中妖怪数量甚多，若真动起手来，对方一拥而上，它也招架不住。

它思来想去，还是徐徐图之为妙。遂它暂且按捺下内心念头，将那封邀请信取了出来，叫住身畔的一名小妖儿，询问此间管事者到底是何方神圣，传唤自家来此又所为何事。

却说这名小妖正捧着一个人脑的骸骨吮吸脑浆。闻言便不耐烦地对灰牛大仙道，现下头领正忙，自家也忙着，无甚闲工夫理他。那灰牛大仙自己权且找个地方随便玩儿一阵，待其头领出现了再说。

灰牛大仙瞧着这妖怪的昏言悖语，粗俗不堪，且满口满脸皆染满了脑浆，兼其衣不蔽体、怪模怪样之态，心中甚是不忿。

但若不究察外在，单论模样，这妖怪却生得颇为俊俏。非但如此，这厅中的妖怪，个个皆是那衣不蔽体的美少男、美少女，便是长相和身材都是一等的，就连那些体型硕大的妖怪，外形上瞧着也是年轻且威猛有形的。

这一点，倒与其素日见到的其他妖王们不同。那些妖王们平日只要不是刻意化作人形，大都不过身子是人身，而那头部形态却仍然维持着各自成精之前的动物形态，譬如虎妖平日便顶着虎头，熊妖平日便顶着熊头，只有素日那洞府之中的蛇妖方会整个化作人形，但也不是因为其化作人形更为俊俏，而是因为自家的头变作蛇头太过碍事，那蛇头显得很长，聚会扭动时一不小心便会撞到旁人脸上去，且它在家中练习书法时，那头还会不小心垂落在纸上，妨碍其写字作诗。这两样倒也还好，不是什么不可原谅之处。更糟的一次便是，它某一次曾将那蛇头盘作一圈，顶在自家身上时，它自己虽是美滋滋的，觉得模样俊秀俏皮，但其他妖王瞧了，皆嘲笑它似是将一坨大便顶在头上一般，实是恶心之至。说来也巧，这蛇妖在现作原形时，正是一条土黄色的小蛇罢了。遂那颜色形状，皆十分接近大便的模样，如今这蛇妖自己也明了幻化时保存蛇头的麻烦处，遂素日总是保持那人头的模样。

且说回这些妖王。原来诸妖王便是化作人形，多数也不愿变成少男少女形象，总觉得瞧着不甚威严。遂那妖王们素日只化作老者形象，以其修行了几百上千年，应当老成持重为由，遂说什么也不愿意化作人处在最轻浮时段的年轻模样。

不过这灰牛大仙既已瞧见这番恶心的场面，又哪里还有心情管此间的妖怪们是美是丑？对这妖怪美貌它也不想弄个究竟，如今这喧哗又无甚节奏的音乐，直令其心情烦躁，大厅之中浓郁的血腥味，熏得它几欲作呕，遂多一秒钟在此也待不下去。正转身想走，却见大门已被关上，如今想出去怕是暂时也不能。只见它晕乎乎地在一群妖怪之中撞来撞去，挨了许多白眼与咒骂，又转了一大圈，这才终于瞧见大厅之中还有个侧门敞开着，慌忙着紧冲了出去。

却说这门却通向一个露天平台，只有少数几名妖怪聚在此处吃人，血迹较那厅中要少上许多。饶是如此，与那里间的大厅比较起来，也算是能令灰牛大仙喘口气了。

这灰牛大仙寻到了此处，便倚靠在此平台的栏边，大口吸了些新鲜空气，慢慢总算缓过神来。它正想着自家是不是干脆从这露台上直接飞走，也不等那劳什子妖神了，一转头，却发现一个女妖正漫不经心地打量着它。

女妖亦是一个美丽的少女模样，但其穿戴却讲究许多。她身着淡红色长裙，脖颈与腕上皆戴着漂亮饰物。手中托了一个银制的小托盘，托盘里放置了几个人类的手指，她将手指叉送进樱桃檀口之中，一口一口慢慢含了，再小心翼翼地咀嚼吞咽。

正是：

君之面兮锦绣壤，君之背兮修罗场。
诗灵罢歌鬼罢哭，问天不语徒苍苍。

列位看官，你道这女妖到底是何人？这灰牛大仙又有何际遇？欲知后事如何，且听下回分解。

【第一百〇六章】

上回且说到这灰牛大仙逃到厅外的栏边，正巧遇见一名吃相优雅的女妖。灰牛大仙因见了厅中众妖食肉的粗放之态，如今再瞧这女妖的优雅吃相，两相比较之下，也顾不得那女妖吃人与否，只觉得这女妖的吃法才是那正当做派。却说因那女妖瞧了它两眼，它竟还觉着这女妖身上散发出一种淡淡的忧郁气质，若不是考虑到她正在吃人手指，灰牛大仙甚至都要觉着她瞧着也颇有些可亲起来。

却说灰牛大仙本能觉知这女妖似是个可沟通的对象，便先向其问了好，再拿出那封邀请信，询问这妖怪缘何会唤它来此。

这女妖闻言，不过淡淡地瞧它一眼，这才悠悠道，常人若是向旁人问话，总要先自我介绍一番，先云自家是谁，再云到此有何贵干，这灰牛大仙连这番道理也不懂，还要向别人问话？

列位看官，你道这说来也怪，这灰牛大仙虽是瞧不惯眼下的诸般景象，但却也不想在这貌美的女妖面前说出蛇妖给自家取的那“愣头牛”之名，仿佛自己若是告知了她，她便会在心中嗤笑自己一般。且若谈及来历，不免又要向那女妖提及自家在那蛇妖洞府之中担任巡山领队之职一事，这样一来，便更不妥当了。那牛怪想了一想，一时间也想不到什么更好的词，蓦地想到那聚会之时，诸位妖王给自家所取的名字均与其变身之前的动物有关，当即心念一动，便对那女妖道，自家名唤作“牛魔王”，手下辖着上千名妖怪。

这灰牛大仙说完，自己亦是大吃一惊。它本觉着自己一身正气，未承想它如今也这般好面子，竟会对女妖说出这样的谎言来。但它虽一面这般想着，一面又着实期待这女妖能对自家有所敬佩。

不想这女妖听完它的言语，面上却无甚表情，便是向灰牛大仙介绍一下自己也不曾，只是漠然地将信接了过去，随意瞥了一眼，便又将信递还给了它，口中喃喃道：“谁知那家伙要做什么，待一会他来了，你自问他便是。”

灰牛大仙听她如是说，便又恭恭敬敬问道，不知“那家伙”到底是谁，有甚来头？那女妖听了这话，依旧不咸不淡道：“不过是一个自以为是的东西罢了，当自家是厅中那些小妖们的头儿，哼，不过我可不吃他这一套。”她一面说，一面向那正厅所在的方向努了努嘴，示意灰牛大仙，那人不过是厅中诸妖的领袖，自家如今可不受其指派。

那女妖言毕，灰牛大仙还欲再问，她却不搭腔，也不再理会这灰牛大仙。那灰牛大仙站在此处，进也不是，退也不是，倒显得十分尴尬。它想一想，便要再寻些话题与那女妖聊下去。猛然忆起蛇妖洞府之中那死人复活一事，便向那女妖问道：“那个……我此前曾见过一个朋友将已死之人复活了……不知同样身为妖怪，您是否有此本事，若有的话，能告诉我其中的缘故吗？”

女妖待它说完，瞥了它一眼，目光中似是透露着十分的不屑之色。过了片刻，方开口道：“此事能有什么关窍？但虽没有关窍，说穿了也无甚意趣，你不知其中缘故，归根到底不过是因为你并未加入他们罢了。你想知其中究竟，待你加入他们一伙之时，你自然便明白了。”

灰牛大仙还欲追问，却听大厅之中群妖爆出一阵震耳欲聋的欢呼之声。那女妖听见呼声，不由得皱了皱眉头，对那灰牛大仙道：“喏，你要寻的那家伙已来了，你且进去瞧瞧吧。”

灰牛大仙听了，忙奔了进去。且见此时散布在厅中的众妖早已层层叠叠地绕着大厅正中的大坑站了。一面向那坑底瞧着，一面伸出手臂欢呼号叫。灰牛大仙费了九牛二虎之力方才挤到近前来，却正巧瞧见那大坑从地上突然伸出许多密密麻麻的黑色尖刺来，将那坑中正在哭喊之人大半扎穿了！却说有几个尚未被扎穿之人到处跑着，想要躲开那尖刺奔袭，但那尖刺无处不在，在周遭到处伸展，便如天网一般织就得密密麻麻，这几个人还未跑脱，便又被那尖刺追上，直直刺入心脏，当即便一命呜呼了。

这尖刺将坑中众人扎死之后也并未停歇，反是继续生长，直将那坑中众人举到半空。眼见这些尖刺在半空之中又突然燃烧起来，将贯穿在那尖刺上的诸人尽皆烧焦了。此时厅中的焦肉气息混着此前的血腥之味，别提有多难闻，这灰牛大仙如何能习惯这种味道，且在此间折腾了这许久，终于忍不住便呕吐起来。

只见这大坑之内腾起的熊熊烈火的火势越来越猛，接着便从这烈火之中跳出一名妖怪来。这妖怪生得倒是颇为俊美，肌肤雪白，黑发耀泽，墨色的眼睛兼秀气的口鼻。那妖怪赤裸着上身，从肩膀至后背处文着一长条奇怪的图案，腰间扎一条金色镶嵌着蓝色宝石的腰带，下身则是一条白色长裤，那裤脚不知在何处蹚过，已沾满鲜血。

这妖怪跃出大坑之后，便浮在半空之中。也未见其施法，那大坑中央却缓缓升出一个平台来。那些着火的尖刺被这平台挤压，纷纷向两侧倒去，这平台正好升到那妖怪脚下，便堪堪停住，将那妖怪稳稳地托在上面。此时那厅中诸妖的呼声也到了顶峰，那平台上的妖神似乎也十分快意，正半眯着双眼，享受着来自众妖的欢呼。

却说过了好一会儿，这妖怪才摆了摆手，示意众妖安静下来。只见下头的妖怪们见了他的手势，适才欢呼的声响也渐渐平息下来。

那妖怪见众妖都安静下来，这才清清嗓子，开始朗声放言，渲染众妖如今的种种辉煌之态。灰牛大仙伏在下首听那妖怪声如长啸，不由得也暗自佩服那妖怪的能言善辩及其煽动他人的才能。它这般听见，不由得在心中暗忖，若它真与那妖怪一伙，或许亦会被其说得心潮澎湃，恨不得马上便扛着刀，与他一并去打仗了。好在那灰牛大仙内心有些自己的主张，它定了定神，凝神细听了那妖怪所言之事，忍不住大吃一惊。

原来这妖怪所说的内容竟与自己有关，如今他们的大军似是已准备就绪，马上便可进攻天庭了。

灰牛大仙听了他这番话，心中惊疑不定。这妖怪聚在一处，竟然是想要向天庭宣战？虽说它也不甚喜欢那天宫之中的众位神仙，却从未想过要加害报复；虽说如今它因与那天宫诸神格格不入才被玉帝贬落凡间，但却也未想过要推翻玉帝之治。

正是：

开函捧之光乃发，阿修罗王掌中剑。
五云如拳轻复浓，昔曾噀酒今藏龙。

列位看官，究竟那妖神能否称意，这灰牛大仙如今听得这个大秘密，又该何去何从？欲知后事如何，且听下回分解。

【第一百〇七章】

上回且说到那灰牛大仙正躲在一群妖怪之中，听那上首的妖神疾言厉色慷慨陈词，刚巧听到那妖怪提及进攻天宫之事，闻言如骤然被人打了个闷棍一般，不知该作何想法。它这厢正呆呆想着自家心事，却听那妖怪说着说着，话锋突然一转，竟然指着那灰牛大仙道："诸位如若不信，权且让这位被那玉帝老儿亲手贬下凡间的犯仙来说与大家听。此位曾乃是天庭之中灰牛大仙，如今便让它来与诸位说说那天界众神仙到底有多可恨可恶。"

那妖神话音一落，场上众妖的眼睛霎时间齐刷刷落在那灰牛大仙身上，如今数千双眼睛盯着它瞧，它见众妖这等态势，便是想钻地缝都找不到罅隙。且那整个厅中皆是那幻化为人形的妖怪，唯有它生着一个牛脑袋，想不承认自己是那妖神口中的灰牛大仙都不成。

却说众妖见妖神提及那灰牛大仙之事，也早已让出一条路来，着那灰牛大仙上那平台去说话。灰牛大仙迎着众人的好奇目光，却不动作，只是傻傻地杵在原处。它何时在这许多人面前慷慨陈词过，遂连该进该退也不知道。旁的妖怪见它在原地发愣，早已经等得不耐烦了，一面咒骂一面将灰牛大仙推推搡搡地推了上去。那灰牛大仙没有办法，只好一步一挪，好容易才挨到那平台前，那灰牛大仙望了一眼，见那平台处也无落脚借力的台阶，当下只得提了一口气，用力跳了上去。

只听"轰隆"一声巨响，这灰牛大仙重重跌落在那平台上。它这一落，惹得台下众位妖怪们皆哈哈大笑起来。那灰牛大仙一面狼狈地从尘土飞扬的平台上爬起，一面听那台下众妖嘲笑道："这蠢物，竟然连浮空飞升也不会，真真丢死个人了！"

站在那台上的妖神见了灰牛大仙这般模样，亦忍不住笑了几声。见众妖交头接耳有骚乱之态，那妖神便抬起双手，做出向下按压之势，示意诸妖先权且安静下来。

众妖见了他手势，便也不再笑了，只是抬头望着那灰牛大仙。

灰牛大仙此时正爬起来，见了下首众妖的几千双眼睛盯着自己，早已有些犯怵了，而今这妖神还欲令它述说自家经历，实是为难痛苦至极。这灰牛大仙与众妖大眼瞪小眼，瞧了老半天，也不知该说些什么，只是浑身冒着冷汗，一直在口中嗫嚅着谁也无法听清的嘟囔之声。那下首的众妖等了许久也未见它出声，渐渐便又有些骚动起来。灰牛大仙望着众妖越来越不满的态势，更是急得直如那热锅上的蚂蚁一般。

便在此时，却见此前的那名红衣女妖无声无息地飞了来。只见其施施然行到那立在平台的妖神身畔，娇声对那站在灰牛大仙身侧的妖神道："大王，我瞧你还是饶了这笨牛吧。你看这笨牛，一身土气都未褪去，又如何能应付得了这等大场面呢？您就大发慈悲，网开一面，饶了这笨牛吧。再说了，我可不要听这笨牛胡吣，还是您来说吧，您说得才好听，谁要听这笨牛的。"

那妖神闻言，得意地笑了笑，便接口道："好！既然爱妃已开了金口，那我便暂且饶过它去。"言毕他便又向那台下诸妖挥挥手，继续述说其打天宫之大计了。

却说这妖神与下首诸妖一唱一和的倒甚妙，唯余了这灰牛大仙杵在原地，无人理会，也不知自家是该继续站在此处，还是该从这台上下去。它在台上尴尬地站了许久，亦等了许久，好容易那妖神将话讲完，台下诸妖欢声雷动，那妖神意犹未尽地瞧了下首一眼，这才搂着红衣女妖向灰牛大仙走来。却听他懒洋洋地对那灰牛大仙道："本王瞧着你不错，回那洞府之后，便由你来代替那蛇做洞府掌事，如今我瞧着那蛇妖倒是越来越不成话，既是如此，那洞府之中的一应事务，就由你来接管吧。"

灰牛大仙正欲拒绝，那妖神却摆了摆手，接道："你敢拒绝我？你可知道，那日你为何突然间重获法术？因为我瞧见了洞府之中的种种，这才赐予了你法力。我念你曾是那天宫之中一个破落户儿散仙，想着你总该会有那么丁点见识，可以为我所用。但今日看来，你也无甚本事，连对我的属下们说几句话儿都不会。你今日给我记好了，我赐予你的，随时亦能收回，如今我再与你一次机会，回去将那洞府给我守好，否则我便要你好看！"

那妖怪说完，便从手臂上揭下一块皮来。说来也怪，却说他手臂上破皮之处，瞬间便又恢复如常了。那妖怪掐了一个法诀，只轻轻用手指在这小块皮上一点，那皮上霎时便浮现出一个闪着幽幽紫光的符文来。他瞧也不瞧，便将那皮又重新丢给了灰牛大仙，并与那灰牛大仙道："你且将这个带回去交给那条蛇瞧瞧，它虽不认得我们这种所用的文字，但却认得这个符号。若它见到此物，便会笃信是我指派你去接管它的洞府的。”说罢他便头也不回地搂着那女妖跃进了火焰之中，那火焰腾起，霎时便将这两名妖怪裹在其间，随后尽数便消失不见。

灰牛大仙瞧了瞧洞府之中的其他妖物，只见那妖神离去后，诸妖渐渐散开，又围着那人肉饕餮起来，与灰牛大仙初到之时并无任何分别。灰牛大仙见此处也不过是个是非之地，慌忙收了东西便匆匆离去。

却说这灰牛大仙返回蛇妖洞府之后，便将自己在那妖神处的诸般事宜尽数说与那蛇妖听了。那蛇妖闻言，不由得大吃一惊。如今他却不是嫉妒灰牛大仙能见到这妖神，受那妖神之青睐，亦不是那妖神令自己让出洞府，着那灰牛大仙接管。

列位看官，你道此时蛇妖早已今非昔比。如今它在下界时，大半时间皆是在修身养性，翻阅种种前人著述的传道授业解惑之作，因受那书中禅意熏陶，它早就想要放下诸般事宜，找一处清幽静谧之所，以供自家静心修行所用。它如今万万没想到的是，那些在上位者的大妖们，竟公然在厅中用如此残暴的法子吃人。它因观照自己素日与朋友吃人时的讲究姿态，遂一直便以为那在上位者应当更为优雅得体，不承想如今这些比它们更高等的妖魔们食人时竟然是如此饕餮之态，实是令它大感意外。

正是：

天地精英都已得，鬼神情状又能知。
陶真意向辞中见，借论言从意外移。

列位看官，你道这灰牛大仙究竟有无接管那洞府，若它接管洞府，这蛇妖又将何去何从？欲知后事如何，且听下回分解。

【第一百〇八章】

上回且说到这灰牛大仙将那妖神之处的所见所闻及那妖神所言之事一五一十告与那蛇妖知晓后，令那蛇妖震惊不已。原来这蛇妖本以为在上位的诸位妖神应当更有智慧，更俨然有序方是正理，岂料竟如此荒淫无道、奢侈纵欲，实是令它心灰意懒。但如今这蛇妖早已超脱方外，闻言也不过是摇头叹气罢了，更无其他多余想法。却说如今它早就想要去那世外修行，对其他事也不愿再多费心思，正巧那在上位者着它将洞府之中的诸般事宜交与那灰牛大仙打理，它也乐得顺水推舟，借机金蝉脱壳，过它的太平安闲日子去。遂它将那洞府诸般事宜飞快交与那灰牛大仙后，便拾掇拾掇，带了几名小妖离洞而去。

说起来这洞中绝大部分小妖都是想要随着那蛇妖离去的。算起来，它们跟随蛇妖的年限颇长，渐渐习惯了与那蛇妖相处之态，兼那蛇妖素日治下宽松，遂大伙儿对其如今弃那洞府而去，均感十分不舍。但蛇妖云，自家如今是去清修享福的，不想被太多人叨扰，遂也不便令众妖跟随。那小妖们此前便十分讨厌灰牛大仙，如今那灰牛大仙上任后，下令洞府之中的小妖戒掉吃人恶习，这些小妖儿们原本便十分讨厌它，如今有了这条命令，更对那灰牛大仙嗤之以鼻，许多小妖儿们已不想再在那洞府之中存身，便陆陆续续离开洞府。因诸妖散去，此前偌大的洞府之中，如今却只剩下了灰牛大仙与那几个年迈得迈不开步子才未曾离开洞府的老妖怪了。

却说这几个老妖怪之中有个螃蟹精，这螃蟹精素日还算是个晓事的，见如今洞中人才凋零，门可罗雀，便劝诫那灰牛大仙道，你这般作态可不成，如今洞府之中的妖怪都跑光了，若是那妖神问责，你怕是担待不起。灰牛大仙虽不想与那妖怪们搅和到一处，但如今瞧见自己孤家寡人，连小妖儿们也不愿意追随的这番光景，心中亦是十分沮丧。那老螃蟹精见了，亦是于心不忍，便对那灰牛大仙道，若它不介意，自家也可去帮帮灰牛大仙招兵买马。灰牛大仙云，只要那小妖儿们不食人肉便可，其余事体，随那老螃蟹精安排便可。那老螃蟹精听了，当下便一口答应。

这老螃蟹精既得了令，便四处去招兵买马。一开始并无小妖愿来此处，原是因为此前那些离去的小妖们将此洞府之中首领不许众妖食人之事四处散布，遂那众妖一听，都不情愿过来。那螃蟹精见到这番情景，眉头一皱计上心来，既然众妖不愿前来不过是担心不能食人，如今它便在那洞府更深处挖了一个隐蔽的地牢，偷偷抓来一些人，喂与那小妖们吃，这般两头讨巧，总算是招来一些妖怪。兼此前有些小妖在洞府之中住惯了，也不大舍得离去，遂如今见洞府之中仍可吃人，便也渐渐回来了一些。

却说这厢灰牛大仙却并未知晓螃蟹精一直瞒着它偷偷抓人喂与那小妖们吃，还当是那螃蟹精办事能干、驭妖有术，对其十分信服。如今它见这洞府之中小妖日渐多了，它却也不知道该如何治理，便将那洞中的大事小事往那螃蟹精手中一交，自己乐得做那甩手掌柜去。

这小妖们如今入了洞府，见灰牛大仙在此镇守，便问灰牛大仙该如何称呼。灰牛大仙听它们问及此处，不禁从心底泛起一丝伤感之意，自家本是神仙，如今却落得和这些妖怪们为伍，实在是造化弄人。想到此处，它却鬼使神差地转念道，若非自家与妖怪混迹在一处，缘何当日能在那妖神及众妖的首领处见到那位漂亮女妖呢？那日它听见妖王称呼那女子为王妃，当是那妖王的女人无疑了。虽是如此，想起那女子的美貌娴雅之态，他却忍不住还是有些心动。它瞧了瞧洞府之中巡逻的小妖，想到如今自己麾下亦有些许实在人马了，再提那诨号“牛魔王”之时，也不算是吹牛胡侃了，遂它想了想，便真的着那些小妖唤自己作“牛魔王”。

列位看官，你道那灰牛大仙虽有些蛮迂，但却并非无情无义之人。如今它手下人手充分，便派出许多小妖，四处去打探那牛小青的消息。但小妖们将四下翻遍，也未打探出那牛小青的下落。但那牛魔王却仍不死心，始终相信牛小青尚在人世，遂终年不曾停歇，时时命人查看，直至十几年后，终于得了那牛小青的一丝消息。

说来也巧，这日有个小妖突然探得牛小青住在京城附近的一家救济院内，牛魔王听它说得真切，便慌忙施展法术飞到那救济院内。待落入那救济院时，它化作人形，向周遭众人询问了一番，终于叫它得知如今牛小青被带到矿场，眼见便要被那恶道士的刽子手行刑，便马不停蹄又赶了去。待其好不容易赶到那矿场之时，却是牛小青被按在那断头台上，刽子手正欲行刑之前夕。灰牛大仙见势紧急，慌忙施法刮起一股黑风，将牛小青裹在那黑风之中救了出来。只听那牛魔王对牛小青云，自己正是当日与牛小青混迹在一处的那头老牛！

端的是造化弄人，如今这牛小青在阎罗处服刑后，又接连遭遇许多事情，早已记忆全失，记不起任何事情来。待他弄明白这只妖怪原来是来营救自己的，便央求其将其他蒙难的奴隶一并救出。牛魔王本不是坏人，闻言便施法把所有人随风卷入了半空之中，半路再找一个村子放下，随后带着牛小青一路驭风回到了洞府之中。

却说牛魔王将牛小青带回后仔细察看了一番，这才发现牛小青失忆之事。它是个热心肠的，见牛小青为过去所苦，便将自己所知的牛小青过往并自己与牛小青分离之后的遭遇，一一说与那牛小青听了。这牛小青听得瞠目结舌，断然未曾想过，自己竟然还有这般丰富多彩的过去，竟连天宫之中还走过一趟，端的是常人十辈子也求不来的际遇，而这牛魔王的遭遇也令他唏嘘不已。

牛魔王将这诸般往事一一详述之后，便问牛小青日后打算。是否还想要寻回仙女、重温旧梦。说起来这牛小青虽然还隐约记得自己与仙女在一处的感觉，但却不甚强烈，遂如今寻回仙女的心思也早就淡了，不太想再去寻她。二人对坐片刻，牛小青问起牛魔王日后的打算，却听牛魔王云，自家如今也不知晓该往何处去，权且先在这洞府之中住下，走一步再瞧一步吧。

他们这一人一牛精又合到一处，成日价混日子。但那洞府之中的老螃蟹精却不曾闲着，每日只是操练那小妖儿，忙得不亦乐乎。这老妖精在洞府之中，原本不过是一个负责洒扫打杂、采办杂物的小角色，做梦也未曾想过自家竟还能拥有比管辖两名小妖更大的权力。但如今牛魔王诸事不理，安于做个甩手掌柜，将洞中一应大小事务尽数交给那老螃蟹精打理，也不怕大权旁落，端的是县官不如现管，那老螃蟹精有了这等金牌令箭，简直乐得发疯。

正是：

登堂入室螃蟹精，咒力虽穷法转新。
三田昼夜铁牛闲，蛇头撷落神鬼惊。

列位看官，你道是这牛魔王如今与牛小青混迹在一处，将那洞府之中的一应大小事宜尽数交与那螃蟹精打理，若被那妖神知晓，又将会如何惩处这牛魔王？欲知后事如何，且听下回分解。

【第一百〇九章】

上回且说到这牛魔王施法救回牛小青之后，将洞府之中的一应大小事务一并交与那老螃蟹精打理，自家却乐得做那太平逍遥妖怪之事。

且说如今这洞府虽由螃蟹精打理，但其管理洞府之时，也未有什么新的创见，无非也是沿袭以前蛇妖所立下的规矩罢了。算起来，招兵买马并训练小妖儿一事倒还有一套规整的范式。每日清早那小妖儿们起床后，便去洞中的比武场操练武技，也有晚间操练的，其作息规则亦是准时规范，每晚太阳一下山便起床，起床后亦到习武场上操练。那小妖儿们的操练时间及其作息时间，多与它们原来的动物秉性有些关联，此前为夜行动物者，便多是晚上起床，此前为昼间活动的，便多是日间行动了。那小妖们操练完毕后，便聚在洞府之中派饭的厅中饮食即可。如今这洞府之中有专人打理种种资材，遂洞府之中许多需求俱能自给自足，无须多加采购。那洞府之中原来便有个菜园，更兼一个畜栏。菜园与畜栏所在的洞顶上方均有暗门，日间打开暗门，那阳光便能直射下来，各色时蔬与牲畜可自行生长，若这番仍然不够洞府众人使用时，再着小妖们去集市上采买。此前洞府之中本也会采买些牛肉，如今牛魔王来到洞府之中，洞府之中便不再养牛吃牛了。

却说每日饭毕，不论白日还是夜间活动的小妖儿们，皆要统一学习功课。这些功课有初阶、中阶、高阶之分，那小妖儿们亦是根据各自原来的基底，分别被编入各式不同的集体之中，统一着专人教授。那些被定为初阶的小妖儿们，皆是些刚来洞府或是才化精怪未久的妖怪。洞府之中所教授的内容也大多是为了令这些野性未驯者学会如何守规矩听话罢了。遂其授课手段大多十分强硬，非打即骂，其目的也是令那些小妖们学会听话。待那些小妖们学完这初阶的种种法则，便会晋为中阶妖怪。到了这个级别，其教授的内容亦会高级一些。主要便是教授小妖们如何识字，如何算术或是其他生存常识。待这个阶段完结之后，成绩优异的小妖们便如科举功名中的晋升规则一般，会按照其优异程度，被精挑细选出来，接受高阶的教授。但多数小妖儿们达到中阶便不会再修炼了，那修炼之余的时间，均可自由支配。遂那些习惯白昼出行的小妖们亦会化作人形，日间去人类的集镇上闲逛，夜间去赌场玩耍或是听戏。那高阶修炼的功课之中有兵法知识及那行军布阵的知识，只有少数天赋异禀的小妖才能习得，其余妖怪，大多到中阶便算是妖怪生涯之中的学习顶峰。

如此又过了两年多，洞府之中已训练出一支由小妖组建的军队来。某一日，老螃蟹精向牛魔王回禀道，如今这洞府之中的妖怪军队已集训完备，它收到上头的通知，须得向妖神禀报当下集训众妖之成果。

闲言休叙。说起来，这两年牛魔王自家过得也着实抑郁，如今它虽是接管了蛇妖的洞府，但一来未有根基，二来未有才干，遂在众妖面前，也未立起多少威信。且那洞府之中的诸般事宜均由螃蟹精从旁打理，它也不知何事可为，素日便只能多加修炼，以免自己妖力下降，令那洞府之中的小妖儿们瞧它不起。且那妖怪们多是胜者为王，若是自家实力不足，被其他妖怪干掉亦不是什么怪事。因此那牛魔王每隔一段时日便努力修炼，以提升妖力为盼。但牛小青却是堕落到底了，他如今在洞府之中衣食无忧，每天皆浑浑噩噩度日，除了吃便是睡，遂慢慢长成了一个脑满肠肥的胖子。牛魔王虽然看不惯他这般模样，但念及他身世可怜，也就不想再多骂他，任由他去了。

这日那牛魔王听螃蟹精提醒自家如今该向妖神回禀洞府之中的一应事务，牛魔王一时之间竟未反应过来，便连妖神是谁，也未曾想起。直到那螃蟹精提醒它道，这妖神乃当日它在那妖魔宫殿之中所见到的少年，它才终于回忆起此事。

说起此事来，这牛魔王亦回忆起那殿中的诸般情形。它本不想再回到那大殿之中。但转念之间，却不知缘何又想到了当日的那名女妖，忍不住便心中一动。它想起自己当日欺瞒那女妖，云自家是手下拥兵甚众的牛魔王，此刻却也应了这句话来。不知自己此番去那妖殿，是否能再见到那名女妖呢？

它思绪飘飞，却又忍不住有些责备自己。说起来，这牛魔王素日最是迂腐刚正，但却不知为何，竟然会对妖神麾下的一名女妖如此恋恋不舍，它心中虽觉不妥，却无论如何也放不下那女妖的一颦一笑。它这般边想边行，不多时便来到了那魔殿之中。待走到近前一看，这殿中倒也真够热闹，厅中早已聚集了诸多魔王，均是来向妖神汇报自家妖军的训练成果的。但那牛魔王既未见到妖神，亦未见到当日那名女妖，今日前来接待众妖王的，不过是那妖神身边的一名副手罢了。

牛魔王问那副手打听方知，如今妖神麾下众位魔王训练妖兵的时间并不一致，他要待所有妖王集结完备，所有妖兵皆聚在一处时，才会出面检视。

它得知这番信息，心下稍松，目光便又在那厅中逡巡着，想要寻找当日那名女妖。但它寻了许久，也未见到那女妖身影，不由得心下十分失望，便欲自行回洞府之中，不欲在此处再多做停留。

却说事有意外。原因是那几名前来此处应卯的魔王，如今注意到这牛魔王像是新近来的，自己此前并未见过，便有意与它结交，当下热情地邀请牛魔王去自己的洞府之中做客。牛魔王架不住众人这番热络，只得应了。

这牛魔王与众魔王们交流了一番，这才知晓如今这妖神所集结妖军的可怕之处。事实上这魔王们训练出的小妖倒也还好，因那妖神麾下的魔王统共也不过六十二名，统共加起来，也不过只能训练出个三四百名小妖罢了。这些小妖能力本身便参差不齐，兼那能成精的动物植物并不甚多，遂众魔王们便只能用自己的魔力催化这些动植物成精罢了。因此那三四百名小妖之量，已是魔王们施展浑身解数后所能达到的最佳效果罢了。那牛魔王亦不例外，如今它手下的小妖比起其他魔王，还要少上许多，约莫只有两百来名，盖因它从不理事之故。如此一来，魔王们所训练出来的妖军总数，合在一处也不过两万多名罢了。

正是：

风雨正欲来，妖殿翻浪波。
长怨世间旷，上界也多魔。

列位看官，你道是这妖神如今集结众妖在此，意欲进犯天宫，究竟这场争斗能否成事？欲知后事如何，且听下回分解。

【第一百一十章】

上回且说到牛魔王及那妖神麾下的众位魔王聚在一处，共同议论如今的妖军合聚之事。虽说众魔王麾下的小妖们多多少少都会一些法术，由那小妖们组建而成的妖军，实力亦不算弱，但如今却也要瞧这支妖军是用来与谁对抗。这小妖们合聚在一处，对抗那人类大军，自是绰绰有余。但若是想要借此对抗天庭，却断然未可。且那仓促之间招来的妖怪，比不得那训练有素的专业从军之妖，那魔王的队伍之中，有许多心术不正之妖，或是想法特异的怪妖畸妖。

撇开魔王麾下众妖，说起来，那妖神一直着众魔王想方设法在人间赚取银两，且用这些银两在墨璃界招买了许多兵马，但便是再算上这些人，也不过才三十多万，与那天宫之中的金甲神兵相较，还是显得太少了。

且撇开数量不谈，这些由不同的魔王带领的小妖儿并各色人等混杂在一处，其组建的妖军，不守军纪者倒是多数。凭借这妖军在人间攻城略地倒是不难，但如今想要与天庭对抗，却无疑是异想天开。

那魔王们讨论了一番，均觉得此战墨璃界前景堪忧，除非有那不得了的洪荒妖神来领头，或许还能与那天宫之中的众仙一战。

却说这牛魔王听到此处，不由得十分好奇，便向那老一些的魔王打听那洪荒妖神的消息。在它心中，本以为那妖神已是诸妖之中最厉害所在，不承想，在那妖神之上，竟然还有比之更厉害的角色？却听那魔王们道，离此处不远，便有一座秀丽的山岳，那山岳顶上，有一块仙石，其高有三丈六尺，圆二丈四尺，上有九窍八孔。说起此石真正的来头，众魔王均是一无所知，只道那石头矗在此处甚久，怕是自打开天辟地之时便已长在此处了。且那石头每日秉天地灵秀，沐日月精华，时间愈久，感知愈深，渐渐也有了那通灵之意，慢慢竟在那石头内里孕育出一个仙苞来。

却说那妖怪们对周遭的气息感知极为灵敏，每每从那石旁掠过，均能感受那块仙石之中蠢蠢欲动之妖气灵气，遂那墨璃界众妖，均猜测这仙石之中将要诞生一个了不得的大妖出来。若是这大妖能加入它们此番征讨天宫的军队之中，恐怕他一人便能顶得上整个妖军！但如今这仙石异动甚久，那妖怪却始终未曾脱胎出来，遂众魔王们虽提及这仙石，却仍是摇摇头，无法说清其中究竟来。

列位看官，你道众魔王虽是发现这座仙石，但缘何那石中妖怪，却迟迟不曾出世？众魔王未曾知晓的便是，自打那妖神发现这座仙石之后，心中十分惧怕这石中妖物，那妖物若是太过强力，自然便会威慑如今他在墨璃界之中的地位。如此这妖物诞生后，他的下场岂不是十分惨烈？遂这妖神暗地里一直在想法子，看能否毁掉这座仙石。

好在这仙石生得十分牢固，不论他想何等办法，均不能撼动那仙石分毫。再后来，那妖神甚至想要将这仙石挪开，令其无法再吸收日月精华，但他费了九牛二虎之力，亦无法将这石头挪动，甚至连移动一丝一毫亦不能。那妖神心中明白这仙石乃天地异象，断不是自家妖力所能及，遂也只能由它去了。

不过虽是无能为力，这妖神也暗自祈祷，他希望那石中妖物若真诞生，来日在自己攻打天宫之日，便是不相帮也最好不要与自己添乱。

总体而言，这魔王们所率领的军队，战力并不很强。这妖神命其训练众妖军，也不过是希望它们能率军去做个前锋哨岗罢了，并未对其抱有更大希望。便是它们打不了前锋，能骚扰一下天宫众仙也是好的。他真正的撒手锏，却是自己麾下的正规训练的妖军，如今牛魔王听众魔王谈及妖神组建这干妖军的方式，差点吓的跌坐在地上。

列位看官，你道这妖王的麾下的正规妖军，到底从何而来？此事说来话长。原来当日妖神利用自家法力，兼手下众魔王的帮助，竟生生造出了一个“假地狱”来。你道这“假地狱”是如何造出的？原来他先是在自己控制的妖界范围外设置结界，命那阎罗统辖的地狱之中的小鬼们，设法来墨璃界带走死者魂灵。如此一来，在墨璃界之中亡者灵魂，便由他手下的魔王领走了。随后他又寻了一处偌大的地洞，施法将这地洞又扩得大了些，直至大如一座小城一般方才停手。而后他便又在这洞中穿凿出一个“十八层地狱”，里间设置了各式各样的处刑间，初入此间的魂灵便会被妖王手下警告，言明其若是不想受那十八层地狱的酷刑，在此处便要乖乖听话，将上头指派的活做好。非但要其做好，还不得偷懒，凡有偷懒者，亦要上刑。

更奇的便是众亡灵所做之事。那进入假地狱的魂灵，便是为妖神制作各式战争所用的器物。那妖神的手下素日从旁监察，若是指派的活计干得不错，便可重入“轮回”之中，转生成为他们口中的“人上人”，过上自己上辈子想过但并未过上的富贵日子。但实则在那“假地狱”之中，并未有什么真正的轮回之境。为令那些魂灵信服，这妖神还造出了一座金灿灿的大门，且将这所大门竖在“假地狱”之中的任何灵魂皆可瞧见之处，妖神这番心计，哄骗得那些亡灵们尽皆信以为真，他们日常做活时见了那“轮回之门”，便真以为自己努力行事便可转生轮回，遂日常做活时，也肯付出十二分努力。且那魂灵们因封闭六识，素日不需饮食休息，只是一味供那妖神驱使。若有因日复一日重复那相同动作而生出逆反心理的魂灵，自有那处刑室伺候。

却说万一这假地狱之中，真有那表现优异者，那妖神便会将其选拔而出，命其从那金光灿灿的“轮回之门”离去。那魂灵在出入“轮回”之间，便有一些唤作“孟婆”的妖怪令他们饮下它们手中所端的“孟婆汤”，待其饮下之后，此魂灵便会失去自家以前的所有记忆。若有不情愿者，“孟婆”便会与那魂灵云，自己如今这番施为，皆是为了众魂灵好罢了。如此便可免去前世的记忆干扰众魂的转世记忆，省得干扰亡灵转世投胎之后的新生活。

大部分逝者亡灵听到此处，均会觉得此举有理，便也乖乖饮了。少数不愿意饮下孟婆汤的，亦会有那些名曰“牛头”“马面”的妖怪前来相逼。此后便是那失去前世记忆的灵魂们进入“轮回”之地，待其再出来时，便已忘却前尘，成为一名合格的妖兵了。

原来这所谓的“轮回”之秘，亦是被妖神施过术法的。那些亡者灵魂进入此地之后，再从另一面出来时，其灵魂便会混入由妖神与魔王们用泥土新造的肉身之中。且经过这番改造，他们出来之时，便带着嗜血暴力之天性，乃至于会喜食人肉。且他们因受妖神点化，均会对妖神忠心耿耿，绝无贰意。这妖神也算是知人善任，那些生前便有领导才能者，哪怕失去人类天性后，其领导才能亦在，遂那妖神便会任命其做妖军之中的头领或是将军。更有一些天赋异禀者，妖王还会放大其才能，将其改制成各式战争器具。譬如有人天然视力好，妖王便能用妖术将其视力优势放大，改制成用来追踪敌人的可视镜。有人生前是大力士，妖王便会将其变作攻城车，专程用以攻城。如今这些由妖军扭曲而成、用作战争器具者，其外观都十分凶煞可怖，直可用那“惨不忍睹”四个字来形容。

正是：

地狱皆因心不悟，一十八界杳难寻。
八万四千城可畏，铁围无间苦呻吟。
个中不遇佛光照，万劫无由得山轮。

切利诸天因业坠，后闻天鼓复超升。

列位看官，你道是这仙石之中聚力生妖，而这妖神却准备就绪，预备与天宫众仙一战，究竟后事如何，且听下回分解。

【第一百一十一章】

上回且说到这妖神生造“假地狱”之事。因那妖神当日假借神力造出“轮回之门”，又一一安排下孟婆、牛头马面等若干人在这假地狱之中引导一众亡灵，遂令这亡灵其信以为真。但他在一边却偷梁换柱，将那一众亡灵皆收为自己麾下妖军。

遂这便也是当日牛小青在地狱之中未曾见到那些传说中的“黑白无常”“判官”“牛头马面”“孟婆”等一干人的原因。后来牛小青能得知这些传说，皆因当日妖神手下的一个魔王因百年前闲得无聊，遂将这个假地狱的境况，以那民间话本传说之方式，写成一本书，在市面上流传了开去。那写书魔王之初衷，不过是想要以此书的售资换些酒钱，岂料此书越传越广，传到最后，众人已忘了这书出自何处，只有书中的内容代代相传，闹得人尽皆知。后来便是那三岁稚子也知晓这地狱之中有那牛头马面、黑白无常捉人，知道过那奈何桥时要饮孟婆汤，至于那真正的地狱到底是个如何模样，反倒无人知晓了。

列位看官，说起来，牛魔王当日一直想要知晓这复活死者的秘密。自加入了这妖神的军团之后，自然也知晓了蛇妖能将少奶奶复活的原委。说起来，此事却是不足一提，这少奶奶亡故之后，灵魂便在那假地狱之中服刑，这蛇妖只消到假地狱之中，将那少奶奶的灵魂带回阳间即可。

却说众魔王们自打告知牛魔王这番消息之后，还将牛魔王带到假地狱之中转了一圈，令其增长见识。待牛魔王见到妖神组建的妖军时，着实被这妖军之势吓了一跳。原来妖神这支妖军经过其数百年的经营，已然拥有数千万人的规模，只待妖神一声令下，便可随时出征。

如今这墨璃界众妖并不避讳牛魔王，将这其中种种，一五一十向其展示，但这牛魔王见了，非但未觉妖神英明神武、胸有城府，反是对他这种为所欲为、无法无天的行径气愤不已。列位看官，它道它对妖神的诸般行径如此不满，盖因它到现在为止，仍觉自家是个神仙身份，若非不得已，断不会与这等妖物同流合污。尤其这地狱之中唤作“牛头”的妖怪，还生得与它颇为相像，更是令它心中大为不满。但如今它人在屋檐下不得不低头，一时之间，对此事态也没有什么更好的法子。若说去通知众天家防范吧，它也无去那天宫的路径。若说它抗命不遵吧，它现在的法术又皆为那妖神所赐，若是它一不小心将自己心中所想暴露于人前，万一被那妖神觉察，将其术法收走，它的下场只怕会更惨。这牛魔王思前想后，也无甚更好的法子，为今之计，只有先好生修炼自己的实力，来日再见机行事。

这厢牛魔王如何修炼术法，且先按下不表。此处却先说说妖神及他目下所带的众妖军。说起来，这妖神一直便是个急性子，他出兵天宫的念头，数百年前便有了。且他这支妖军，数百年前便也已筹措妥当。当日妖神见时机成熟，便带领着几千万人组成的妖军军团出征，不承想，其行到一半，竟然迷路了。

列位看官，你道缘何如此？原来当日妖神理所当然地以为，自家只要飞上天，便可瞧见那云中巍峨的天宫及那众人皆知的南天门所在。但待其领着众妖飞出云层，却什么也未曾瞧见。他欲再往高飞时，那魔王们所率的小妖们，皆已无法喘气了。众妖见状，只得退回原地，唯余那妖神及他的亡灵军不受影响。但这妖神及亡灵虽不需要呼吸也能在高处存活，却寻不到那天宫之所在。便是那妖神又飞了数百尺，也未见那天宫的影子，苍茫的天宇之中，只有那黑沉沉的宇宙空间及散落于各处的星斗罢了。那妖神的副手见空中星斗粲然，忽地忆起那月宫嫦娥一事，便给那妖神支着儿道：“据传说云，那嫦娥仙子与月兔均住在月亮上，不若先去天宫之中将嫦娥捉了，再向其逼问天宫的地点不就成了吗？”那妖神听他说得在理，便携了副手，带领这一支妖军又浩浩荡荡地向月亮上去了。

列位看官，却说这一支妖军浩浩荡荡地去了，不过是那妖神自以为的情况罢了。事实上这千万人组成的妖军军团到了这广袤宇宙之中，妖王瞧着那一众亡灵妖军，怎么瞧，都觉着众人如一群蝼蚁一般。待众妖好不容易寻到月亮上，四处逡巡一番，到处只瞧得见一片灰漆漆的平原及一众大坑，却哪里又有什么广寒宫及那嫦娥的身影？妖神心中不服，又撒手下的妖兵出去寻了一圈，却什么也未曾找到。说起来，这妖神手下虽有几千万人，但放在那偌大的月亮上，却丝毫也显现不出人员之优势来，遂众人寻了好几个月，什么也未曾寻到，只得又灰溜溜地折回了。

但这一干人等，虽未找到天宫，却也令这妖神长了些见识。如今他在天宇之中走了一遭，见那宇宙辽阔至深，断不是自己所能探究的，便也隐隐生出了些惧意，再不想去一探究竟了。而如今他通过多方信息，亦知晓自家所住的世界并非只是一望无际的原野，而是一个圆形的大球。这大球上，除了自家所在的大泰安国之外，尚还有许多其他国度。遂那妖神归家之后，便又去其他国度瞧了瞧，果不其然，那其他国度亦有各自的天宫及其妖魔在，那其他国度的妖魔，有的也想要攻打天宫，有的却只是胡乱混迹度日。那妖神找到那想要攻打天宫的妖魔，与其交流一番，却见众妖与自己遭遇的情形一模一样，皆是上天之后，在宇宙四极逡巡了很久，却什么也未曾找到。有些魔王们比妖神找寻的地方更多，不单是月亮，便是那水星、金星、木星等一众传说中的神仙居所，众妖皆细细地篦了一遍，但结果也未有任何不同，这些地方，尽是一无所有。且说众妖巡逻时，见那月亮表面处处皆如旧沥青一般，寸草不生、一望无垠，面上似是有许多曾经被巨岩撞出来的大坑，虽是被后人唤作“月海”，事实上这“月海”之中，竟然连一滴水也没有。那月海的外围与月海之间，夹着明亮的、古老的斜长岩高地，待地久了，竟还有一种冷飕飕的感觉。

再说那水、木二星面上的光景与你听。那水星与月球一般，光是面上的环形山便有上千个，这些环形山比月亮上的环形山的坡度略平缓些。但那水星表面有许多褶皱、山脊和裂缝，彼此相互交错，略不小心便会摔进那缝隙之中。木星上则全是乱流与风暴，还有许多黑色碎石块与雪团，劈头盖脸地向众妖魔打来，弄得他们狼狈不堪。那妖神与众魔王甫一到木星上，便被那木星表面上的飓风刮得凌乱不堪，这木星中风力比那地表上素日起的十二级大风更强盛，吸住那妖神与众魔王不停旋转，妖神与众魔王铆足劲方始脱身。歇息了许久，仍觉晕头转向，这厢妖神与魔王好不容易坐下来，便“哇”的一声，呕吐不止。

饶是如此，这妖神仍不甘心。他又派了小妖，去那金星与火星上寻找一番。但这般作为，的确是那妖神执着心作祟，他在木星上吃了如此大亏，还是不愿放弃，待一干魔王及那妖神好容易寻到火星上，却哪里见到天宫的影子？那金星上温度极高，堪比十座火焰山，大气压力极大、严重缺氧。这妖神及其他魔王寻到此处来，当下便吃了个极大的苦头，那火星上则是黄沙漫天、砾石遍布，一个活物也不曾有，更别提神仙了。

妖神与众魔王商议了一番后，想要联合众魔王一道攻打天宫。但有许多魔王听了，当即便拒绝了妖神提议。原来这妖神所想之事，却早已有其他魔王想到过，但其计划得虽然十分完备，待施行之时却发现并不妥当。原来一众国度的妖神大多实力相当，单打独斗时十分威风，但聚在一处时，却谁也不服从其他魔王的指令，断然无法合到一处。那妖神在其他国度，还见到一些稀有的魔怪，但这些魔怪要么无甚智慧，只空有一身蛮力，要么性情古怪暴躁，无法收入麾下利用。

这妖神四处转了这样一大圈，却收获寥寥，当下也不作他想，老老实实地收心经营自家的“十八层地狱”去了，他如今也想将这妖军的规模再扩大些，但自己的法力及辖制能力，最多也只能支持着维持现状，无法再抻开更多。

只是，如今这墨璃界仍旧不断有人死去，遂亡灵之数，却是只增不减。那些多出来的亡灵，妖神也不欲浪费，他从这妖灵之中，挑出更能为其所用者留下，而其他略次些的，便放还回去，待那真正的地狱之中的鬼差出来，便会将其抓走。如此一来，那妖神的亡灵妖军便可不断清洗换血，其中实力，亦可不断增强。

正是：

飘飘飖飖寒丁丁，虫豸出蛰神鬼惊。
金华谁识仙宫密，神怪何知道术多。

列位看官，究竟如何才能到达天宫，这妖神所谋之事，又能否得成？欲知后事如何，且听下回分解。

【第一百一十二章】

上回且说到这妖神数百年前，曾率众攻打天宫时的种种旧事，当日妖神因未能寻到天宫所在，遂发奋苦学，游历各处，想了诸多法子。但因那各个国度的妖神皆遇到同样问题，遂始终也未曾有更多进益。

这妖神思来想去，觉着自家如今这般，始终寻不到那天宫门路也不是办法，遂其便暗自琢磨，想看看自家能否剑走偏锋、另辟蹊径。他想到天庭之中一众仙人，总也会如那妖界一般，有那么三两个被贬下凡间的罪仙。遂其自此以后，便留了个心眼，时时探听那天庭之中有无谪仙的消息，想要寻个被天庭贬下凡间的罪仙来领路。岂料这天庭之中，那神仙们素来便是无所事事之做派，遂要找一个被贬下界的神仙，却也不甚容易。好在那妖神也无他事可做，每日只是四处打听有无谪仙消息。

终究是功夫不负有心人，这日便叫这妖神找到一个被贬下界的灰牛大仙来。说到此处，却也免不了还要多提几句灰牛大仙当日遭贬之旧事。原来当日在南天门之时，这守门的金甲天将，虽说是要剥除灰牛大仙全身神力，但那金甲神却还是悄悄手下留情了一番。原来在那金甲神将心中，觉得自己与这灰牛大仙无冤无仇，虽是天庭指令，但就此下这般狠手，却也委实有些太过。遂当日行刑之时，他手下也留了三分气力，只是将灰牛大仙的法力封印，却并未完全剔除。那灰牛大仙若是遇险，其法力便可在外力激励下恢复，譬如当日在蛇妖洞府之中与狼妖交手之时，其打败狼妖之力，便是激出它自身法力所致。但当那蛇妖将此番事宜禀报与那妖神知晓后，那妖神却立即嗅知其中种种端倪，并暗忖那牛头精怪莫不是那天上被贬的神仙，否则，那寻常妖怪之中，岂有会说这“正邪不两立”之语的？他存了这番心思，当即便偷偷用法术调查了那牛怪一番，见其竟然真是那被贬凡间的罪仙，当下心生一计，便暗自筹划起来。

却说这妖神终于筹划完备，便在一次众妖聚会上将那灰牛大仙请了过来。这灰牛大仙来此之后，妖神本想让其露露脸，着其在众妖面前讲个三言两语，将那妖怪与天庭之间的诸般矛盾更激化些，更兼此事还能令灰牛大仙在众人面前长长脸，将来若灰牛大仙在这墨璃界谋个一官半职时，也可感谢自家的栽培。不承想这灰牛大仙却根本不谙此道，遂那妖神也只好作罢。后来他见灰牛大仙欲离开此处时，便诓骗那灰牛大仙，云他如今的法术均是自己所赐，如此一来，便可利用这攻心之术，将这灰牛大仙牢牢握在自己手中。但那妖神虽是如此一说，其本意却并不只是威慑这灰牛大仙，更是欲试探那灰牛大仙是否真的对天宫路径一事是否真的一无所知。但其试探数次后，却发现这灰牛大仙亦是不知那天宫路径，甚至连自家是如何被天庭贬下凡间之事也不甚清楚。

列位看官，说到此处，若不解释明白，倒也将众位绕糊涂了。究竟这其中缘由几何，且听我慢慢道来。原来这灰牛大仙不知晓天宫所在、失却旧日记忆之事，并非是真，乃是那灰牛大仙诓骗妖神所为。这牛魔王既然当日能将那牛小青驮上南天门，又焉能不知道如何寻到天宫去？它如今的这番说辞，不过是因为它不想帮那妖神攻打天宫罢了。

却说虽然这牛魔王处油盐不进，那妖神却仍不死心。他思忖着，自家如今何不在人类之中找个与天神关系密切之人，着其来给自家当探子，探探那天神所住的天宫到底所在何处。他寻来寻去，终究叫他寻到了一个名唤“姚丞坤”之人。说起此人，倒也还颇有来头，此人乃是一名大富商，曾受真龙天子接见，且极受天子器重，若是能与他接洽，说不定还可探听探听那天宫所在。妖神合计一番，当下便着手安排，命手下的小妖们收服笼络这姚丞坤。不承想众妖儿未过多久，便将那姚丞坤引诱上钩，竟然比妖神原先预计要顺利许多。那妖神原来还想着，莫不是自己要施法将此人变作妖魔，他方能乖乖听命，不料手下的小妖儿们不过是借用了一番人类贪欲，还勿用将其变作妖魔，他便已足够听话了。

既然如今这姚丞坤已被自己收为麾下，那妖神当即下令让姚丞坤去向天子打探，到底如何才能寻到去天宫的路径。他原想着此事定然十分不易，这妖神甚至做了许多丰足准备，心想着若是这番打听不到，他便一定要想法子，支持那姚丞坤再寻门路。没想到这龙神对姚丞坤竟一点戒心也无，这姚丞坤一问之下，他便一五一十尽数说与那姚丞坤听了。

列位看官，你道那天宫入口到底在哪？说来却也简单，这天宫入口倒是确实在空中无疑。但却是只有从特定的入口之中方能进入，且要念出一长串的咒语，那天门才会出现。

那妖神美滋滋地得了这番消息，当下心中十分快意。但待其收整亡灵军，想要再打上天宫之时，却发现自家如今想要与天庭开战，其实并非易事。他上次能将众亡灵带往天宫，皆因彼时天龙尚未坐上天子之位，那人界之中，也无这骁勇善战且骑着天马的御林军。眼下倒好，若是他领着千万大军，浩浩荡荡地奔向天宫，那天龙及御林军，说什么也不会坐视不理。说起来，这妖神觉着若是只与那御林军为敌，对他而言，问题也不甚大，自家手下的魔王军队们，即便不能完全得胜，应当也能拖得住这一众御林军。便是天龙，妖神自己也有法子能战胜他，但他思忖自己与那龙神的实力，却是伯仲之间。他既不能一击必杀，那龙神势必会趁机遁走，如此一来，这龙神定然会去天宫之中报信。自己率亡灵妖军，能不能追上天龙，就得两说了。若是放那龙神去天庭报信，自己杀到天庭时，天庭便早已有所准备，自己想要靠奇兵一招制胜之举，便断然行不通了。凡欲对外用兵时，贵在神速奇袭，这两点便是人类的将军也尽皆知晓，自家作为妖神，又焉能不知？

一念及此，这妖神便对自己是否应当立即开战一事犹豫不决。但如今命令已下，手下副将将军们，个个摩拳擦掌，意欲进攻。那妖神既已放出话来，却也不好一拖再拖，所以也十分为难。每每有那将军来催请时，那妖神总会令其再等片刻，当下时机不对，不宜冒进。

这般又等了几年，也是合该那妖神走运。某日他听众人回禀道，龙神不知因为什么缘由，不单突然返回天庭，还留下话来，云自己以后也不再回人间做皇帝了。且那龙神临走之时，还气哼哼的，也不知所为何事。但那龙神临走之时，却也不是全然不管，他在人间留下了九名龙子，名曰令九名龙子共治天下。但这九名龙子却并非真正纯血天龙，遂其加在一起，也不若那龙神一人厉害。

如今龙神既走，那妖神在心中盘算了一番，即是自己向天宫开战，以那御林军及九名龙子之力，皆无法抵挡太久。便是合这些人之力，在自己与众妖的夹攻之下，他们也来不及向天宫众仙报信，因为那九名龙子并未长成，也未有那龙神一般的法力及飞行速度。

正是：

亢龙宾天群龙战，潜龙跃出飞龙现。
妖仙皆有龙跷术，可笑长生事战争。

列位看官，究竟这场妖仙大战，结果如何？这牛魔王又会有何际遇？欲知后事如何，且听下回分解。

【第一百一十三章】

上回且说到这妖神为寻找去天宫的路径想尽各种法子。好在他并未轻易放弃，用尽浑身解数、寻得多方线索，终于叫他寻到了一名与龙神关系颇近的，名唤姚丞坤的商人。这姚丞坤意志并未十分坚定，那妖神手下未费多少气力便将其攻陷，且借助他从那龙神口中探得前往天宫之法门。

可巧此时龙神不知是何缘故，撂下人界这厢烂摊子，亦赌气飞回天宫中自家的神殿里了。总算这龙神并未完全放弃人界，自己虽飞了回去，但却留下九子仍在人界驻守。妖神合计一番，觉着自己应付这龙神九子问题应该并不甚大，遂心中十分快慰，摩拳擦掌，预备再次召集军队攻打天宫。

饶是此事已万事俱备，但那妖神还是不能十分放心。为保险起见，这妖神又派姚丞坤去探了探那真龙天子日常与天庭联系之法门，这姚丞坤一探方才得知，素日龙神与天庭之间互通有无，皆是靠着一棵天龙临行前种下的神树，只消在那神树前念出咒语，便可与天庭之中的神仙们互通有无。现下若是真要进攻天宫，为防龙子们与天宫众仙通信，只消提前毁了这棵树即可。且眼下这棵树只是一棵小树苗，只用一把火便可将其烧掉，待此树一旦长成，到需二十人才能勉力合抱之时，届时无论用什么方法，皆不能将其毁掉。因此这妖神若是先下手为强，人界与天宫之中通传消息之物也没有了。

妖神听了这番消息，心中最后一块大石也算落地了。眼下万事俱备，再无其他烦恼，遂当下他便指派一支小分队前去将那与天宫通传消息之树烧掉。说起烧掉此树一事，对妖神而言十分简单。虽然姚丞坤云此树素日里由那九名龙子轮流看守，每次均有两人轮班，但那妖神副将之中亦有诸多好手，若是单打独斗，要胜过这几名龙子亦不在话下。

此事权且按下不表。说起来，这妖神也有些纳闷，缘何龙神在人界统治得好好的却突然折返天宫？他生性多疑，如今又意欲进攻天宫，遂心中十分纳罕，甚至觉得此事不过是天龙的一个计策罢了，其目的只是引蛇出洞，将自己及众妖一网打尽。但他自信自家生造假地狱及训练军队一事，做得十分隐秘，天宫之中众仙诸神，断无知道之理。如今这龙神突然离去，也不似是疑兵之计。这妖神为攻打天宫之事准备了这许久，也不能说放弃便放弃，他思来想去，仍旧决定放手一搏，如今自家既有了十全准备，且得知了天宫位置，定然要赌上一把，成就自己的无上霸业。遂那妖神下令，不论眼下是否龙神故布疑阵，墨璃界全体，当集合全力攻打天宫！

闲言休叙。列位看官，要说起这龙神折返天宫一事，妖神还当真得多谢如今的牛魔王，当日的灰牛大仙。因当日灰牛大仙在天宫时，害得太上老君炼制解除人界瘟疫的仙丹未成，此事还惹来玉帝动怒，遂因那玉帝动怒，这才在人界降下了一场瘟疫。却说这场瘟疫降临之时，正是天龙在人界治理之日，他费了诸多气力，才将这瘟疫所带来的后果消弭了。但瘟疫虽除，龙神对玉帝的不满却并未消解，遂龙神想起此事，便觉愤愤不平。更兼当日本就是玉帝用酒骗他下界治理，如今倒好，这玉帝非但不帮他，反倒无端还给他治下的人界降下一场瘟疫来，实在是岂有此理。当下龙神拾掇完毕这人界之事，便怒发冲冠地折返天庭去了。说起来，此事只为其一。更有一事，则为其二。

原来这龙神在人界治理，自家的神殿自然便疏于管理。这日他闲来无事，便飞回天宫，想去自家神殿瞧瞧。岂料归家一看，自家的神殿如今竟被玉帝王母用作开蟠桃宴会之场所，聚集了一大帮子神仙在此饮酒作乐。这龙神素来喜静不喜闹，如今瞧见这许多神仙竟在自家宫殿之中聚餐，将他宫中诸般摆设折腾得乱七八糟，当下大发雷霆，只差将众仙从此处轰走了。玉帝见状，也有些不好意思，遂尴尬地对那龙神解释云，因自家瞧龙神许久未归，便暂时借用一番，且龙神此前也未曾邀请过任何神仙来自家居所做客，遂众仙对龙神神殿皆十分好奇，因此都想来此瞧瞧热闹。那玉帝见此事乃众望所归，便擅作主张，将此次蟠桃宴会举行处所选在天龙家中。

此时众仙瞧着天龙神色不对，亦纷纷过来致歉，那天龙见玉帝这般鸠占鹊巢，心中自是愤愤难平，但见众仙均在，也不好当场发作，只得将不满之意按捺下来。但他后来返回人间时，每每忆起此事，均觉气闷无比，兼那玉帝在此之前又令人间无端闹了一场瘟疫，遂这两样加起来，让他胸中的不平之气升腾至极点，遂其一气之下，当即折返回自家的神殿，不想再虚耗时间应玉帝之求待在人间。总算他还有责任心，生气归生气，却仍将自己的九名龙子留在人间驻守。

却说此时妖神命令墨璃界与天宫开战的消息亦传到了牛魔王耳中。这牛魔王听闻此事，却也陷入了两难之中。一方面它确想报复玉帝当日之罚，但另一方面，它却又对加入妖神，与其一同犯上作乱之事十分矛盾。但它思来想去，觉着自己无论如何也逃脱不了这妖神掌握，遂也只好带上众小妖，随着妖神大军一同出发了。它出发这日，亦携牛小青与自己一道前行。如今这牛小青已胖得不成人形，原是因为当日在洞府之中无事可做时，他便只知道吃与睡，后来总算想起自己在人间的兄嫂，便想要寻他哥哥前来与自己一同享福，不承想待他寻到他哥哥时，哥哥已经过世，这嫂子早已另嫁他人。牛小青见自己如今仅存在世间唯一的亲人也已去世，伤心之下更是自暴自弃，每日只知道暴饮暴食，如此一来，更是越来越胖，陷入了无止息恶性循环之中。

牛魔王瞧他如此，想起二人旧日情谊，心中也十分痛心。便想将牛小青亦带到战场上见识一番，想要用战争之惨烈警醒牛小青，以发其深省，令其有所转变。遂它当下便命牛小青随自己一道出征。

说起来，这牛魔王如今与牛小青却正好相反。妖神筹划进攻之时，它便一直未曾闲着，每日皆刻苦修炼，遂那法术也日益精进。如今这牛魔王的法术越来越厉害，甚至连妖神亦对其青眼相加，便将牛魔王调遣为自家的副将之一。牛魔王略思考了一番，便勉为其难地答应了那妖神做其副将。

列位看官，你道这牛魔王一向不是秉承那“正邪不两立”一说吗？缘何如今却又愿意成为妖神副将？原来这牛魔王之所以答应妖神，亦有两重缘故：一来是方便自家在妖神进攻天庭时，能做个内应。它原本只想报复玉帝一人而已，从未想过要毁掉整座天宫，若是能在妖神身侧，它实现此事要方便许多；二来是牛魔王一直都对当日那红衣女妖念念不忘，一直想要寻个机会靠近那妖神身畔的女妖，若它能当上妖神副将，与那女妖见面的机会亦会多许多。如今有了这番便利，说不定它便能有机会俘获那女妖芳心。

正是：

担板人多见一边，圣心思虑甚周旋。
方知妖神同仙家，彼此观之无间然。

列位看官，你道如今妖神万事俱备，假以时日便要攻打天宫。究竟其结果如何？欲知后事如何，且听下回分解。

【第一百一十四章】

上回且说到这牛魔王答应了妖神做其副将之事。且说这牛魔王当上妖神副将未久，便如愿以偿地与那女妖混在了一处，二人行过鱼水之欢后，那牛魔王方发现这女妖非但未如它所想一般矜持高贵，反倒处处留情、放荡不已。这妖神身侧的副将，稍稍有些头面的，均与这女妖有染。牛魔王自得知此事后，心下十分恶心，它本将那女妖想得如同仙女一般，不料却是这般水性杨花的人物。如今它知晓这背后暗度陈仓之种种，竟有些同情那妖神的毫不知情状了。虽然自己与那女妖有染，也未有什么资格去评价他人，但如今这般却也实在太过了。它得知这女妖处处留情后，便生出了要离开那女妖的心思，不想那女妖魅力极大，牛魔王虽作如此之想，但却也始终无法痛下决心转身离去，这般在心中如拉锯一般挣扎许久，也未曾做出个决断。

却说妖神这厢却也未闲着，不日便点好妖兵，带着那一行人浩浩荡荡出发了。他们这一路行来，旌旗招展、战鼓喧天，端的是威风凛凛、气势磅礴。

列位看官，你道如今这妖神出兵，当是何等光景？原来妖神手下的诸般大将，不是从“假地狱”之中招来的怪物，便是魔王手下妖物。兼那妖魔个个长相狰狞邪恶，且有些怪物还受那妖神法力加持，将外形刻意扭曲，变成只知进攻的战争器具，因此越发显得邪魅可怖。若是普通人瞧见了这等光景，光看一眼怕是便会被吓疯掉，更何况这支妖军头上还被那妖神施法，令其头顶上空一直笼罩着一层厚厚的、不断翻滚的紫色浓云。端的是妖气十足，瞧着便肝胆俱裂。因有这诸般法术加持，遂那妖军行到何处，何处便会失去了阳光，且这番乌云蔽日之境况，便是持续到那妖军离去之后亦不会消失，遂那人界众人瞧在眼中时，端的是十二分绝望。

诸位，你道这妖神生造而来的“假地狱”虽说并不若真地狱那般有烈火烹油、刀山火海之残酷，但那死魂灵们出征之时，所穿的战袍铠甲却亦有常人难以想象之可怖处。其实素日与妖神在一处时，这些身死神不灭的亡灵生得并不十分吓人，仍是那俊男美女之模样，一如当日牛魔王在妖神殿中所见一般。说起这妖神手下诸位下属存着貌美的模样，倒还有一段缘故。盖因众人如今虽为妖兵，但生前却亦是人类，只是身为人之记忆被妖神拔除，如今只剩躯壳，为那妖神驱使之故。因这些亡灵尚有些被妖神手下灌输的神识，遂亦希冀自家有个俊美外形。妖神投其所好，着每个从“轮回”之所出来的亡灵，皆会奖赏其变作自己最年轻貌美之模样，便是有些生前生得并不甚美之人，经那轮回改造后，亦会得到一副俊俏的容貌。

说起来，如今这亡灵们顶着这般美貌皮囊倒也不全是因为妖神好心。他们之所以如此，倒也因为那妖神自家亦喜欢外形漂亮、瞧着十分养眼的俊男美女。那妖神委派的副将之中，若是有动植物成精的魔王，定要在其面前化作一副美貌的模样才行，这一点上，便是那牛魔王亦不例外。它素日凡要面见妖神时，定然要施法将自己的牛头收起来，变作一个英俊小生的模样后，妖神方会出面接待。

但这只是日常会话时的习惯罢了，如今众位魔王随妖神出征，便又是另一番光景了。那妖神并不昏庸，这番境况下，自家军队自然是杀气腾腾、来势汹汹、令人望而生畏才好。

却说妖神带着自己这支恐怖妖军自墨璃界出发，一路上攻城略地，寻常人类自是不在话下。那人类城主大都闻风丧胆，还未见到妖神前来，便已乖乖献城投降，妖神因志不在此，遂对那些投降的城主也并未多加为难，只是补给一些食物，便继续向前路进发。

列位看官，说起来，这妖神的“粮草食物”，却又与一般的军队大为不同。原来这妖神妖军口中的粮草，说的便是城中的大半居民。饶是如此，那人类顺民却无一人敢反抗，凡遇到妖神抓人时，便用抽签之法献出城中一半的人给众妖食用罢了。那城主为保住城池，只得按此法行事。那妖神一路下令，若有敢违抗此规矩者，自己便将全城人尽数吃光，再将城池烧掉。遂所到之处，那城主们也只得乖乖听令。

却说这城主之中亦有心向龙神者，遂其趁着妖神军队离开之际，便派人通知那九名龙子。九名龙子听闻此事，当即派出全体御林军，在妖神行进的路上将其截住。两厢交手，妖神派出魔王军团与一众御林军战斗。这御林军团虽是骁勇善战，但如今一下子要与如此之多的妖军魔王对抗，仍是觉得有些吃力。那妖神留下一干魔王与御林军众人厮杀，自己却带着余下妖军继续前行，因那御林军兵力被众人拖住，这妖神一路行来，也未再遇着什么像样的抵抗，轻轻松松便攻到了京城。

此时正巧此前妖神派去毁神树的小队妖军亦顺利完成了妖神任务，遂这妖神将两边人马合在一处，初战告捷，更增威势。此时天庭尚不知晓妖神已率领众妖军攻入京城，那妖神本拟先将人间征服，再攻入天庭，如此一来，既可威慑众人，又能获得补给，方始为用兵之道。这妖神势不可当，留在人间的九名龙子虽奋力厮杀，怎奈全然不是那妖神对手，几个回合下来，便尽数被那妖神捉住。

妖神部下副将见自己这一行妖军在人间简直势不可当，便想要将那龙子们就地处决后，再在京城之中大开杀戒，过足那杀人之瘾后，再行攻打天宫。但妖神却觉进攻天宫一事不宜拖延太久，未免夜长梦多，还是赶紧攻入天庭为宜。众将不敢有违，这妖神当下便整顿人马，直接向天宫杀去了。

却说妖神率领众妖飞向当日姚丞坤从龙神口中探知的天宫所在，又念出咒语后，南天门果然便在众人眼前显现。守门的金甲门将见了众妖军这番架势，知道大事不好，当下连门也未及关上，便吓得抱头逃窜入内。妖神见状，不屑地撇了撇嘴角，领着众妖军施施然地跨过那南天门去。却说此时那天宫诸般景象尽收眼底，令妖神十分快意。原来当日玉帝施与那凡人的障眼法，对这妖神却无半点效果。这妖神法术高强，凡人眼中的一片混沌，在他眼中却清晰无比，非但妖神瞧得分明，便是他手下的妖军，看清这天宫的模样亦是毫无障碍。

众妖军入了天宫之后，却见眼前的天宫竟然空空如也。妖神见状，半是疑惑半是得意地将手下的妖军聚拢，命众妖在天宫之中细细搜寻。虽然那妖神心中暗忖着众仙约莫是躲了起来，但如今敌势未明，他便也不敢令众妖分散去寻，还是集中在一处各个击破最好。那妖神心念一转，想着擒贼先擒王之理，便命手下众人先将那玉皇大帝揪出来再说，抓住了玉帝，余下众仙便可慢慢再寻。

这妖神正要下令之际，却见后方妖军一片哗然，也不知所为何事，竟然乱作一团。待那妖神回头一看，亦是同样被吓得脸色惨白。说来倒也十分可笑，这妖神的皮肤本就白如初雪一般，但如今却白上加白，呈那惨白之色了。

正是：

外道聪明无智慧，魍魉名利如世人。
攻城略地伐诸仙，有为不了终归坠。

列位看官，你道这妖神究竟见了何物，竟会如此失态？欲知后事如何，且听下回分解。

【第一百一十五章】

上回且说到这妖神一路大摇大摆地率众妖军杀进天宫，正想着要将玉帝揪出来就地正法，却见自己身后的妖军乱作一团，也不知道是何缘故。他一扭头，这才瞧见，原来妖神的妖军后方，不知何时竟站了许多如巨塔高山一般的巨人。这巨人整装待发，正与众妖军对峙。此前南天门上的两名门神虽也如山岳一般高大威猛，但毕竟他们统共只有两人，与那妖神统率的千军万马相较，亦不值一提，瞧着也不甚吓人。但此时站在妖军身后的巨人竟有上百之众，这且不提，在那巨人身后，竟还有更多的巨人正源源不断地从南天门内涌入，不多时便已将妖神的军队团团围住。

妖神打量了众巨人一番，心中亦有些犯怵。说起来，南天门那两名门神瞧着虽然高大威风，但也是依仗一身金光闪闪的铠甲才增色不少。可眼下不断涌入的黑色巨人，其身躯瞧着便如钢铁打造而成的一般，由内而外皆泛着森森的铁色寒光，瞧着便是一副牢不可摧的模样。

待众巨人将妖神的军队围得水泄不通之后，玉帝才不紧不慢地从众巨人脚边走了出来。

众妖见玉帝仍是常人模样，心下稍安。原本这玉帝也可变得如众巨人一般高大威猛，甚至比众人更高些，但此时他却仍是一副常人模样。只见玉帝径直行到妖神面前，抬头望向妖神时，面上竟有些愧色。只听玉帝对妖神道："你如今杀上南天门，也不尽然是你之过错。说起来，此事原也是因为我们不好。"

众妖听了这话，心中皆有些纳罕。列位看官，这根由说起来虽是荒唐，但此时也免不了要细按一番。原来玉帝之所以如是说，盖因这妖神降世，说起来与这玉帝亦不无关系。

虽这妖神对此事实难启齿，但为解诸位疑惑，此时也免不了要解释一番。说起来，这天上诸神本也未有什么正常的男女情欲，最初成仙之时，亦未有性别之分。但那神仙时日十分闲散无聊，众仙每日从天宫之中窥探人间种种之时，便可瞧见这世间的红男绿女们耳鬓厮磨、你侬我侬之态。这人界一干人等，似乎十分享受这鱼水之欢、情欲纠缠之乐，甚至有许多人类，竟将此事视作自己一生之中最大的乐趣。

众仙瞧着人类的这番姿态，只觉十分好奇。原本未有情欲之心者，此时亦懵懂间萌发了有样学样的凡心。遂那天宫之中的众仙也便依照人类模样，慢慢划出了性别之分，那男仙与女仙之间，亦如人类一般相互亲热，甚至有的还如人类一般与那异性成亲。

这般作态的仙人，自然也包括这玉帝本人在内。他与王母本无任何关系，但如今亦学着人类的模样，与王母结为夫妇。

当此时，这天宫之中便一派热闹非凡模样。却说这异性相吸之事久则多，多则厌，那天宫之中有些小仙亦学着凡间众人的模样，有养小厮的，有蓄女奴的，那同性与同性之间，也开始行些不可告人之事来。许多神明见这种情景，虽是十分疑惑，但那神仙本不大理会旁的事，遂也就听之任之，且那些当事者多是有主意的，一向也不大理会旁人眼光，只是自顾自地为所欲为罢了。

却说这神仙们如今行过那云雨之事后，亦如人类一样产生了诸般秽物。众神素日偷窥人类之时，便瞧见人类清理秽物的模样，如今自己亦有这些又黏又湿之秽物，诸仙亦觉得十分羞赧，遂也只好学着人类一般模样，将那些秽物处理干净，再寻一个僻静的山谷偷偷扔掉。

众仙之所以如此，皆因天庭素日并不容纳垃圾秽物。原来众位仙皆是辟谷者，素日只需餐风饮露便可成活。众仙闲时若是想要如人类一般享受美食，稍动起念间，那美食便会在眼前显现。且众仙亦不像人类一般需要将食物在五谷轮回之所重造之后再行排泄，兼那仙人皆有仙法，若有需要新衣之时，只需动心起念，一应器物皆在眼前显现，收起来时再施以念力即可。吃穿用度，应有尽有。那天家仙人洗澡亦是十分方便，只消在天河之中游过一趟，身上便冲刷得干干净净。且众人身上也不脏，遂也不会产生什么垃圾。因这等行事习惯，那天庭素来便未有清除垃圾秽物之概念，但如今学人类行事产生了诸多秽物，于众仙而言，却是头一遭。如今这天庭之中断无可盛放垃圾之处，众仙所过之所，风景皆可入诗入画，若有了这秽物垃圾，实施大煞风景。遂众仙一合计，皆同意将这秽物扔到他处去。

如此这般又过了一些时日，那仙家对学人类这般云雨之事也觉十分腻味。但他们这腻味之期，对那神仙寿命而言，虽不甚长，却亦有千年之久。且仙凡有别，众仙交合，不若人类一般能孕育后代，诸仙在最初的新鲜感过后，便觉十分腻味。后来这天宫之中老一些的神仙对此事早已无甚兴头了，只有那初入天宫，刚成仙未久的仙童仙女们尚对此事兴致勃勃，但饶是他们成日厮缠在一处，也仍旧无法孕育后代。

这厢仙人们虽是对此兴趣渐消，但此事却仍是折腾出一番因果来。其缘故也还出在那众仙扔在山谷之中的秽物之上。说起来，这神仙房事事毕之后的秽物亦有仙法加持，此物堆积在山谷之中，日渐吸收日月精华，未过多久便化作精怪，那精怪又修炼了不知多少日夜，竟渐渐变作如今的妖神。

且说这妖神成精未久，因对世间诸事好奇疑惑，便主动与山中的魔王结交。众魔王说起自己修炼之前的原形时，这妖神却嗫嚅着不方便答话。每每众人问起之时，妖神便蒙混搪塞过去。这般久了，也惹得有些魔王好奇起来，众魔王见他如此，便寻到妖神修行出世之山谷，瞧见了那一大堆剩余之秽物，便将妖神的底细探得明明白白。众魔王明白妖神的来历之后，这妖神便彻彻底底沦为其他魔王的笑柄，许多魔王竟将其当作茶余饭后的一个笑话说与身畔的众人去听，非但说，且还不止一次，令那妖神简直羞愧得无地自容。

彼时妖神实力并未如今天一般强到可威慑众妖的地步。遂众人拿他取笑打趣之日，他心中十分难受。偏生当日最厉害的魔王每当举行宴会之日，便邀请妖神前往作陪，且在宴席上将妖神之事告知新来的妖怪，常常引得众妖哄堂大笑。妖神虽是心生不忿，怎奈这魔王法力太强，凡他相邀，这妖神却也不敢不去。

如此忍辱负重颇久，这妖神终于挨过了自己生涯之中的至暗时刻，待其实力终于超过魔王时，他便毫不犹豫地将那魔王一家老小杀了个片甲不留。这还不算，那妖神又将当日知道其底细的妖魔鬼怪尽数杀了，却仍觉不解气。他在心中思忖过后，觉得如今自家所遭遇的一切，皆因天上众仙而起，遂其造出“十八层地狱”之后，预备培养出一支妖军打上天庭，再与天上众仙算这总账。说起来这妖神想要打倒天上众仙，倒也不全是因为心中恨意，这打上天庭之举，更是因这妖神如今实力增强，野心日炽。

却说此刻听了玉帝道歉，那妖神只是撇了撇嘴，对那玉帝道歉之词不置可否。如今他早已决定要与这玉帝拼个鱼死网破，遂无论玉帝说什么也无济于事。遂其当即下令进攻，带头向那些钢铁巨人冲了过去。

正是：

霸鬼亡神计已行，论功何物赏心机？

仙凡亦有情欢惧，不独鸱夷变姓名。

列位看官，你道这场仙妖大战，到底该如何收场？欲知后事如何，且听下回分解。

【第一百一十六章】

上回且说到这妖神下令手下亡灵组建的众妖兵向玉帝进攻之事。那妖兵被一干巨人围住。

玉帝与妖神道歉未果，这妖神当即命令部下进攻。此事先不细表，且先说说这些巨人之事。原来此时前来的巨人便从属于真正的地狱军团，其本质便是阎王爷所造出来的超大号傀儡人偶，既无心肝亦无感情。这傀儡军团之中的巨人，生来便不会恐惧害怕，且只服从阎王与玉帝命令，一旦作战，只知前进，不知后退。这不死不休状神妖俱畏，其战力自然也不可估量。

却说如今妖神率一众妖军进攻，却正中玉帝下怀。玉帝心中早已知晓妖神企图，但却一直未派天兵前去剿灭。究其缘故，皆因这玉帝心中仍以慈悲为念，若是双方开战，他也势必派遣天兵天将与地狱军团在人间与妖神展开战斗。如此一来，他们之间的战争，便会将整个人间毁灭。遂玉帝只好一直装作不知情模样，着那妖神自家找上门来，再在天宫之中与其战斗，如此才可以将这祸水东引，避免危害人间。

这便也是当日天龙爽利地将那天宫入口告知姚丞坤的缘故。众仙早就想将妖神及其所统领的一干魔物引来，那姚丞坤乃妖神探子之事，龙神早已知晓，遂这才布下疑阵，引妖神前来。但他将龙子留在人间确实也属失算，未承想这妖神在进攻天庭之前，竟还想着先要在人间征伐一番，要先将人间征服了才打上天庭。他本以为妖神会直接打上天庭，这才好整以暇以逸待劳，否则他又如何肯让儿子们冒此风险呢？

诸位神仙亦都是不大用阴谋的实心人，他们心中虽想遏制妖神，却也不过只想到了正面战争这一样手段罢了。其实不然，若那神仙们知晓暗杀的伎俩，或是略有些心机城府，便能在妖神的妖军之中通过阴谋矛盾或是其他下流破坏手段，着那妖神自己将实力消耗了去。但诸位天神要么并不想这么做，要么干脆便想不到此节，且那想不到此节的仙人倒居多。旁的不说，单是那玉帝自己，便想不到还有这等手段，可以兵不血刃便将妖神拿下。列位看官，说起来这玉帝也真是个实心人儿，如今这妖神已然带一众妖兵打上天庭了，这玉帝却仍想着自家只要好生与那妖神道个歉，那妖神说不定便会乖乖降服，也免得自己与其兵戈相争。说起来也尤怪这玉帝会有此想法，诸位神仙们会如此，皆因其素日仙力强大，反而无须动用什么心眼。

闲言休叙。且说回妖神下令妖军进攻之事。却说这妖神一声令下，部队之中众妖兵便与地狱军团之中的傀儡巨人并那一众天兵天将斗在一处。各色妖术法术在空中翻飞，令人眼花缭乱。玉帝及一众神仙瞧见此状，亦是倒抽一口凉气，暗自庆幸这场仗是在天宫之中打了。若是这战争真要在人间展开，这妖力神力之能量，端的便会令那江河倒流、大地迸裂、海水干枯、星辰失色。待这一干人等打完，那地上应是一个活物也不会剩下了。权且不说那地面上的活物，若真有那刻，彼时还有没有地面怕也难说，这等法力，定会掀开整个地壳，只怕到时候全世界只剩下浓烟与沸腾的岩浆了。

这厢妖神与那玉帝在天庭之中斗得精彩非凡，那厢牛魔王亦率领众魔王与御林军之战斗亦是日趋白热化。却说众魔王斗了许多天，这牛魔王仍是心下惴惴，它本不想率众对抗天庭人类，但它如今与妖怪相处日久，慢慢也有了些同袍之谊，且此时情势危急，若令那牛魔王将自己的部下抛却，撒手不管，对它而言亦是极为难的一件事，遂那牛魔王仍旧麻木而有条不紊地指挥众妖与御林军战斗。双方如今斗了这些时日，其余魔王，有些不是战死，便是逃离，与留下的众魔王相较，还是牛魔王最为厉害。虽然这牛魔王亦是初次上阵，但它行事较其他魔王沉稳，且法力亦是最强，经过这几日相处，众人对其能力也越来越叹服，便慢慢对那牛魔王形成向心之力，无形之中已将牛魔王推举为总指挥官。

且如今牛魔王亦发现审时度势、运筹帷幄，调整己方的作战策略，验证这策略的正确与否是一件极其富有挑战性的事情，它如今已尝到如此做的乐趣，便渐渐沉湎其中，深感兴味无穷。

却说牛魔王这边正体悟指挥战斗上瘾之乐趣，天宫之中却射出万丈霞光，那妖神军团所布置的铅黑浓云，一下子便被这霞光驱散开去。牛魔王及众妖兵怔怔抬头，只见玉帝打头，正率领众天兵天将从天而降，先头的金甲天将手中押解了一人，正是妖神。只听那天兵天将喊话道："尔等妖魔，速速投降，若有敢负隅顽抗者，格杀勿论！"

那天将话音未落，牛魔王心中便已有了计较。它如今虽是妖兵统帅，但却连屁股也未曾坐热，断不至于为这点滴权力将脑袋冲昏，遂说时迟那时快，只听牛魔王对妖兵下命令道："跑！有多远便跑多远！"众妖兵早就见势不对，如今听它说了，当下作鸟兽散，钻洞的钻洞，化烟的化烟，现原形的现原形，霎时间便跑得无影无踪。

这厢妖怪们倒是跑干净了，那厢玉帝却傻眼了。他如今下界，便是想要将这些妖魔们一网打尽，尽数收编，将来带着这一众妖魔，随着众位天神一道离开这世界，如今众妖轰然而散，他却又抓谁去交差？

诸位看官，此事说来话长。原来这天宫之中的众神早就决定离开这世界了，这玉帝所在天宫之外的许多处，那神仙们早已散去，包括当日与那玉帝打过架的奥丁与宙斯，此时也早已离去。当日这两位主神离去之时，还不计前嫌地询问玉帝可否要与其一同离去，彼时玉帝心下还有些犹豫，如今见龙神也撂下人界挑子，自己不论如何，亦找不出第二个愿意管理人间事之人，如此看来，确实无甚意趣，他便也决定学那众神的样子，远离此处，再不折返。

正是：

水晶宫阙净无尘，仙凡人界绰有真。
宝录自应表离世，冰台安用结凡人。

列位看官，你道这一场仙妖之争，如今如此收场，这一干仙人，又将若何？这牛魔王，将何去何从？欲知后事如何，且听下回分解。

【第一百一十七章】

上回且说到玉帝擒住妖神，命金甲神将押着妖神前往魔王与一众御林军相斗之处，意欲借此机会将众妖一并擒住。却听牛魔王对众妖大叫一声“逃跑”之后，小妖们当即作鸟兽散，一下子竟跑得无影无踪。

列位看官，其实若说按那众神之意，去往离那人间越远之处便越好。毕竟仙凡有别，若是众神就此离去，些须少了许多麻烦。你道为何有此一说？原来众妖意欲相助人类，却总是好心办坏事。每每仙家出手，人类非但未曾领情，倒还惹出一堆新的麻烦事来。譬如某一次，一个神仙施法那凡间众人修了一座大水坝，想要帮那处的人类解决饮水灌溉之烦恼，令其能够休养生息、繁殖稼穑。不承想，此处的居民自尝到这般甜头之后，竟然不再理事，凡有麻烦，皆想着求神拜佛，只求那神仙帮助，自己丝毫不想动手解决。更有甚者，到后来，干脆连那日常的小事也不做了，反正麻烦自有那神仙施法解决，又何必自己伸手？遂因当日神仙插手一事，导致此处一干小民的道德底线一落再落，连当初帮那神仙管理水坝者，后来也只知混迹时日、吃喝嫖赌，终有一日因他疏忽，那水坝塌方时也未曾及时修整，遂那洪水终于给此处带来不可逆之害，将当地房屋田舍尽数冲毁。

说来也巧，这洪水滔滔、水坝垮塌之日，恰逢当日施法建造水坝之仙走亲访友之时，因其不在场，遂也并未及时阻止这番惨祸。那水坝虽冲垮了众人生存之本，但却也侥幸存活了几人。那几人存活之后，眼见此状，心中不忿，但若要他们承认是自家酿成这番苦果，却也不能。遂那活下来的几人便将这桩事因尽数归结到那神仙身上，云其觉得是此处生民道德败坏，这才引来天罚，降下洪水将此地人畜尽毁，且这还不算，为取信于人，众人还编出一个挪亚方舟之传说，将那一切归咎于神仙惩罚，令那神仙郁闷不已。

人类像这般将自家过错安在神仙头上之事，却还是小事。令那众仙更疑惑、更费解、更郁闷、更多余之事，便是天庭及那地府设置。当日妖神所见的各处，均有神仙妖魔，遂那些地方的神仙便不约而同地造出了地府及天庭一般的两个场所，将人类死后的亡灵按其生前所作所为，分为一善一恶这标准，着专司此事的仙人来裁决。那坏事做尽者，自然会下地狱，而行善积德者，便有机会升入天庭位列仙班。但因那神仙毕竟人手有限，负责此事者也未必尽善尽责，遂许多人类死后，其灵魂到底去往何处，其实他们亦并不全然知晓。许多他们未曾捕获的亡灵，因死后无路，便飘至那管事鬼卒并不知晓之处去了。

这疏忽处且不提。如今神仙们在人类亡灵的去处阴世与阳界之间设置了这样的障碍，虽发心并不很坏，但其不久之后却又有了新问题。如今他们经手的亡灵多了，心中也十分疑虑，这好人坏人的界限，实则是一桩十分主观之事，并未有绝对定论。有时候那掌管此事者认定了某人为坏人，也确令其下地狱受刑，不承想过了若干年，此人当日之暴虐随时间流逝，竟然又成了一件造福万民之好事。譬如人界当日有个帝王，劳民伤财、兴师动众，修了一条运河，当日虽遭到了万民的唾骂反对，不想过了一两个世纪后，这运河对两岸商贸日渐兴盛、农田灌溉日渐丰足等，又显出极大的好处来。遂这人界帝王是好是坏，也真是极难判定。此其一。

其二则是更复杂。这亡灵在人界生存时，瞧着倒是挺坏，但其实际上只是想要按照自己的方式生存罢了，这类人等，虽不服人，但也并不害人，只是如此我行我素，不被世人所理解罢了。其亡故之后，有许多人亦按这等方式行事生存，令那神仙们极难判断。更有甚者，这神仙当日虽认定此人为好人，擢拔其进升入天庭，做那无忧无虑的仙人，但与之相处细按之后，方知晓这些人其实并非真善人，这般做派，只是因为生前太穷，连想做坏事的机遇也无，待其一进天堂享受那天庭之中衣来伸手饭来张口的富贵日子，马上便如换了个人一般，其妄图不劳而获及那好吃懒做之恶习，显现得淋漓尽致。

若说到好人一说，上文的且还不算。说起来，这人界还有许多“自以为是之善人”，这类人等总认定全天下只有自己是正确的。但凡自己看不顺眼之人事，便认定对方为坏人，恨不得马上便得而诛之。这类人虽心中向善，但真升入天庭后，怕是连神仙也忍受不了这等人的做派。当然，最无奈的便是那好心办坏事之举了。许多人生前虽是积德行善，但随着那时态发展、时光流逝，其所作所为竟然又向恶行转化了。

这种种情形，皆令众仙头疼不已、无所适从。也不知到底该令何人上天庭，何人下地狱。虽然在众多情况下，好便是好，坏便是坏，武断地将好人送入天庭，坏人贬下地狱也并不会有什么错处，但这般行事，至多也只是惩罚那些少数在人间侥幸逃过一劫的恶人罢了，那真好人与真恶人，早已因其在世间的种种善恶因缘而求仁得仁了，事后再令其上天庭或是下地狱，实属多余。兼那上天庭者，多数便只混了个散仙，成日无所事事，闲得发慌时便脱不了在人间的陋习，想在天庭聚众闹事。这般作态，搞得天上的神仙也不知该如何施为才对。

诸位，你道是这事态复杂，但还有更教人匪夷所思之处，我还尚未提及呢。上述种种境况，不过也是世间善恶转化之常态罢了。但虽只是常态，便已令神仙们头疼不已，如狗咬刺猬一般无从下手，还不提那更复杂、更离奇之处。原来这世上，还有许多以善为耻，以恶为乐者，便是将其贬下地狱，在地狱之中受那种种酷刑，其也不以为苦，反倒亢奋无比。

如此种种异象、复杂事态，令那神仙们极费解，便是想破脑袋也想不通其中的缘故。而那些神仙因每日最大的事情便是吟风弄月、赏花饮酒，所以一遇到这等复杂事态，便头痛心烦，只想回避。

这诸般事态若总的来看，这等情形虽不很多，但积累起来，也着实令那神仙们不知所措，他们不管还好，如今越管越麻烦，也令这些神仙们暗觉十分挫败。众仙见了这般情景，秉着好事不如无之念，渐渐把那想要治理人界的心思都消解了，不如收拾行装，离这混乱世道越远越好。但总算众仙心中还念着人界安危，遂在其离世之前，便想要将许多在人间伪装为世外高人者、各行各业的大师骗子者并那修炼成精的小妖魔王等一并带走，也省得其再为祸人间。

正是：

众仙去国归无日，人间瘴疠还过秋。
天庭地狱仍犹在，合门开日入还齐。

列位看官，你道是这妖怪如今尽数逃了，玉帝想要将这妖怪一并带走之愿望也落空了。且说目下事态又将如何发展？欲知后事如何，且听下回分解。

【第一百一十八章】

上回且说到这玉帝想着借此机会将地面的妖魔一并抓住，由众仙家带离这世界之事。他原想着自家这番去了，不再插手人间事务，便能令那凡人自治，省得神仙再与他们多添些不必要的麻烦。不承想，如今牛魔王一声令下，众妖全跑光了，那玉帝计划落空，也只能作罢。事已至此，如今只得派手下众将零星抓了些妖怪回来，待其自觉得那妖物已抓得差不多之时，便带着这些已经抓到的妖魔们一并离开了。

列位看官，你道这玉帝想法虽好，但真实施之时，却总是打了一个折扣。这混迹在人间的妖魔数不胜数，他又岂能尽数抓完！遂直到玉帝离去之日，尚有许多妖魔仍然留在人间，且如今这些妖魔们少了神仙压制，反倒更加为所欲为、不知收敛。却说这九名龙子亦随着他们的父亲离去后，人界少了那龙子看护，非但妖怪魔物们无所辖制，便是人间的许多权欲熏心的野心家们，因少了对龙神的敬畏，亦开始蠢蠢欲动，四处谋求私欲扩张之道。那野心家们深谙煽动人心之理，不多时便拉扯起一支军队来，组建私部之后，他们便带着自家部队与其他门阀混战，因抢夺地盘、土地、女人之争，年年不休。且这军阀之中，许多皆是从以前御林军团出来之人，他们因有了御林军的精良铠甲、尖锐器械，遂打起仗来亦是殃及池鱼，折腾得那人间众百姓苦不堪言。

却说当日这牛魔王率众与御林军作战之时，因其第一个便逃跑，自然也并未被玉帝抓走，但这牛魔王却也并未就此堕落到与妖魔为伍之地步。若按其往常脾气，人间如今这番遭遇，它定然要出来管上一管，但如今这牛魔王虽瞧在眼中，却提不起兴致出来理事，盖因它眼下与当日妖神身畔的女妖混在一处，眼下它却只顾着与那女妖耳鬓厮磨，腾不出一点心思来打理人间诸事。

众位，却说当日妖神身边女妖是一等水性杨花、见异思迁的货色，与那妖神身畔的众多副将均有那不清不楚、不明不白的关系。但如今这些与女妖有染的副将，早已在当日妖神进攻天庭之时，随那妖神一道攻上天庭，尽数成为玉帝众仙的俘虏，唯有那牛魔王因与御林军相斗而并未上天，遂侥幸逃过一劫。如今这红衣女妖见自己可依靠的一干人等，皆已七零八落，唯一可依靠者，如今只剩下牛魔王一人而已，遂那女妖审时度势，找到牛魔王，想与那牛魔王双宿双栖。

却说这牛魔王见着女妖找来，本着自家“男性尊严”，本想要严正拒绝，但如今它一看见这女妖梨花带雨、楚楚动人的模样，那拒绝的话语，便无论如何也说不出口，那女妖一软语相求，牛魔王心立刻软成一团，当即便接纳了她，令她与自己同住同行。

这牛魔王与女妖合在一处后，本想着如今二人相守、比翼双飞，既不用再忧烦玉帝，亦不用忧烦妖神。不承想这快意舒畅的日子还未过上两年，玉帝便一走了之。玉帝走后，阎王也随他一道走了，妖神亦随这一干人等，被玉帝带走，因此那天庭及地狱随着众仙家的离去也一一失效。此前锁在那地狱之中的亡灵，此时亦能自由自在地去往许多他们本来要去之处了。

列位看官，你道我说这地狱，便牵扯到这女妖之事。这女妖自与牛魔王生活在一起后，牛魔王一直以为女妖亦是动植物所化之精怪，没想到这女妖竟然是从假地狱之中复活的亡灵，这日清晨，女妖尚未与那牛魔王招呼一声，便从那牛魔王眼前消失了。

那女妖消失后，牛魔王为此颇消沉了一段时日，好不容易方重新打起精神来。如今它见世道不稳，便着手去管理世间事。如今就它一人与众妖不同。它的手下一干小妖虽十分忠心，但妖魔之中，也只有他们这一小撮势力愿意帮助世人，其余尽是劫掠之辈。他们这一拨人终究力量有限，帮不了世人多少。但饶是如此，这牛魔王依旧尽力施为，也颇取见成效。但你道这世间从来都是好物不长，美事多磨，这牛魔王虽尽力，但之后所发生之事，却又令其不得不罢手。

列位看官，说到此处，且听我慢慢道来。原来当日玉帝与其他神仙离开天宫之时，尚有少部分神仙对他们目下所在之世界感到十分留恋。遂无论玉帝如何劝说，他们也不愿离去。但如今留在人间的妖魔，因那妖神一事，却也清清楚楚地知晓了进入天宫之法，遂那仙人离去不久后，他们便结伙闯入天宫作乱。那天宫之中，因留下的神仙太少，也不能一次对付这许多妖魔，只好四下逃窜。

如此一来，这些妖魔便顺势占领了天宫。因玉帝等人不在天宫，这些妖魔们闲来无事，便也按当日天庭之中的品阶，将此地的妖魔一一册封起来。那妖魔们因自己也想不出什么好名，便将自家伪装为玉皇大帝、太白金星等各路天庭之中本有的神仙，大剌剌地住在天宫之中，过起神仙日子来。更糟之事还在后头，当日有些神仙从天宫离去之时，将自己的一干法宝亦遗留在天宫之中。他们本想着这些法宝日后定然用不上，遂不拿也罢。但放在此处，倒便宜了这伙闯入天宫的妖魔，这妖魔们自得到法宝之后，在那法宝助力之下妖力大增，更是为所欲为了。

却说这妖魔们闯入天庭之前，便一直觉得牛魔王干涉其为害人间之事实是太令他们厌烦，但若要与那牛魔王相斗，却又打它不过，如今好了。既有了各路神仙留下的法宝，自然得好好使用一番，以报复他们在人界大肆破坏时，被牛魔王阻挠之苦。

牛魔王这厢自然也不甘示弱，那妖怪们既打上门来，亦是要与之较量一番。如此两下对战一番，以牛魔王的失败告终，那牛魔王无法，只得找了个隐秘之处先躲了起来，然后再行计较。

这还只是天宫之中的境况。说起天宫，倒也不得不谈谈地狱。话说那真地狱在当日阎罗王离去之时，便已将其锁上，但妖神留下的那“假地狱”却依然还在。那假地狱之中的种种刑具，亦是完好无损。遂似那“假地狱”这般完备之处，那妖魔又如何肯放过？当下众妖将那假地狱也一并占了，由那领头的魔王装成阎王爷，其手下的小鬼则假扮作当日的黑白无常并牛头马面等各路地狱之中的常见魔鬼，这一干妖魔，亦学当日假地狱之中的种种做派，各司其职，沿袭妖神当日做法，非但将一干亡灵拉来受刑，后来渐觉折磨亡灵不满意，竟还将活人也拉过来受刑。

却说那人也并非皆受其控制，若是有人还记得自己并未死亡，那“孟婆汤”便可派上用场。待其饮下之后，便将种种前尘过往忘得一干二净。幸好这些人不会使用妖神留下的“轮回之门”，遂其虽可折磨亡灵，但却也无法再组建新的亡灵军团了，且那亡灵们在这假地狱之中待不了多久便会消失，去往那亡灵该去之处，如此看来，这也算是不幸之中的万幸了。

正是：

元来上界也多魔，自己同时作魔观，
直下起来呈两指，山河大地黑漫漫。

列位看官，你道是如今这乾坤倒转、神魔混淆，那牛魔王如今也躲在暗处，人间态势，又将若何？欲知后事如何，且听下回分解。

【第一百一十九章】

上回且说到这妖魔们在众仙离去后各自占领天堂地狱之事。如今这天地之间两处要塞皆成了妖魔地界，人间又是门阀争战，闹得人界民不聊生、苦不堪言。这等状况虽令人类叫苦不迭，但却正中那妖魔下怀。那天庭之中的一拨，最爱瞧这打来打去的热闹，那地狱之中的一拨，却希望亡灵越多越好。这亡灵一多，他们折腾起来才越起劲。遂这两处的妖魔们混在一起，一方唱红脸，一方唱黑脸，在本来便矛盾重重的人间不时搅闹，折腾得那百姓不得安宁。好容易一场战争停止，众百姓以为刚能喘口气时，在那妖魔们的教唆下，新一轮的争抢大战却又马上开始了，凡间被他们这般折腾，直闹得生灵涂炭、饿殍遍地。

牛魔王将这一切瞧在眼里，心中虽万分焦灼，但一时之间，也想不出更好的法子，只能在一旁干着急。以它现在的实力，若是跟这两股妖魔蛮斗，简直毫无胜算，直如找死一般。

如此混乱不堪得又挨过了百年，这百年间，牛魔王因不能向人界施以援手，几乎每日都郁郁寡欢。

却说它这般郁郁寡欢了数百年，人间便也乱了数百年。

大约这世道亦秉承着物极必反之理，这数百年因未有人去管那仙石，此前那众魔王口中的仙石，每日吸取那日月精华、阳光雨露，终于养出了那石中的仙胎来，这日那石中的灵物终于从那仙石之中诞生了。那灵物生得如一只猴儿一般，从那仙石之中爆裂而来，诞生之日便引发天雷地火，联动着天地之间也迸发出一股惊人的能量出来。这能量甚大，将每日在天庭闲耍及地狱作妖的“玉帝”与“阎王爷”惊动了来，这两人向下瞧了瞧，心中觉着这东西也未有什么了不得的，便也不去管他。但未过多久，众妖便听闻这石猴不知从何处学来一身本领，还给自己取了一个名号，唤作“孙悟空”的，回来之后便在自己当日诞生的那座山上称了王。非但如此，这石猴还与自己诞生的山取了个名号，唤作“花果山”，将自己每日出入的洞穴唤作“水帘洞”，率领一帮猴子在这山上生活。说起来，这“花果山”名字倒也算得十分贴切。因这山上有许多猴精，猴精们素日最喜水果，遂唤那山作“花果山”，也算是遂了众猴心愿。

彼时牛魔王因与许多魔王不合，遂其在石猴诞生之后，很快便也注意到这位石猴，注意到这石猴后，牛魔王非但想要与其交朋友，还欲将自己的其他魔王朋友介绍与它认识。

列位看官，你道如今这牛魔王接近孙悟空，却还与其他人不同。它并非只为好奇，而是希望能说服孙悟空前来助自家一臂之力。这些年，牛魔王倒也未曾闲着，盖因其实在瞧不惯那些伪装成仙人来为非作歹的妖魔鬼怪们，更受不了人间如今的混乱，早就想要理一理这诸般状况了。但其考量到自家毕竟势单力薄，遂其几百年间，也努力发展了数名志同道合的魔王朋友，皆属那不好战、欲求和者。这些魔王聚在一处，商议着想法子结束人间混乱不堪之场面。但人间闹成这番模样，想要将这境况结束又谈何容易？一干魔王巴不得人间越乱越好，有牛魔王它们这番想法者，实在太少。如今这孙悟空出世，且法力如此高强，这牛魔王暗自忖度，若是能将这孙悟空拉进自家阵营之中，得它相助，岂非事半功倍？

此念一起，这牛魔王当即说办就办，成日价无事便去那孙悟空处献殷勤，不但如此，两厢厮混熟识后，牛魔王竟要拉着自己的几个魔王朋友，提议与这孙悟空结为异姓兄弟。

这孙悟空如今与它相熟，便答应与其结拜之事。牛魔王瞧着如今与那孙悟空相交之火候也差不多了，便与其他朋友一道，鼓动孙悟空与自己一道去反抗如今盘踞在天宫之中的妖魔鬼怪。彼时这牛魔王未避免夜长梦多，便未向孙悟空表明这天宫之中的“仙人”乃是妖怪伪装。盖因素日这牛魔王与孙悟空处在一处时，发现这孙悟空亦不是什么支持老实正统做派之人，也不似它们一般致力于结束如今这混乱局面。若真被那孙悟空知晓如今妖怪竟能在天宫之中伪装成神仙，只怕孙悟空非但不会觉得有何不妥，反倒会认为此事新鲜有趣，断不会去插手阻止这妖怪们所为。只怕自己一个弄不好，这孙悟空反倒还会帮着那妖怪去为害世人，遂那牛魔王与其谈起天宫之事时，皆言这天宫之中的神仙是何等一本正经，何等循规蹈矩，又是以何等严刑峻法及残酷天条戒律来约束下世诸位妖怪等，这孙悟空一听，果然气得一佛出世二佛升天，只觉这天界众神实是无耻无聊至极，当即便对那天宫之中的众仙甚是不喜，想要去南天门与其斗上一斗。

却说这厢孙悟空既已听牛魔王如是说，果不其然便心下大怒，想要抄起武器去与那天庭的神仙决斗，却说它打上天庭之日，还扯了一杆大旗自称“齐天大圣”，公开与那天庭叫板，还将那花果山的猴精们组织起来向那天庭进攻。

牛魔王未想到这猴子竟如此没有耐心，还如此高调行事，自己亦被其唬得当时便慌了手脚。原这牛魔王的军队尚未集结完备，它们这厢还急急忙忙在集结军队，打算与孙悟空会师之后再行攻上天宫之时，那孙悟空早就一个人带着自家的猴精军队上了天宫，将那整座天宫之中的妖怪尽数杀光了，这还不止，牛魔王更没想到，孙悟空非但将这妖怪打杀完毕，还顺便将那妖神留下的“十八层地狱”也一并捣毁干净。

牛魔王见状，被吓得瞠目结舌。它们当日拉拢这孙悟空之时，只想到孙悟空厉害，却没想到这孙悟空竟然如此厉害。这番摧枯拉朽之势，实是太过可怖。但不论如何，它们想要平息纷争、降妖伏魔的愿望算是实现了，今后人间也不会再有大的动荡了。遂为表欢庆，这牛魔王召集手下众人，与那孙悟空摆了一场史无前例、规模宏大的庆功之宴，单是那酒席便有上百万桌，预备与那孙悟空及它手下的猴精们接风。

但这世事全然不可预料。这厢牛魔王兴味盎然，但孙悟空归来之后却郁郁寡欢，瞧着竟有些落寞之意，在宴席上只草草应付了一番，便率领众猴精打道回府了。

诸位，你道这孙悟空大闹“天宫”“地府”，杀了诸多“神仙”，便是这两处的神仙合起来，亦不是其对手。那“天宫”“地府”之中众仙，初时还稍做抵抗，但这孙悟空大展神威、手起刀落，打得众“仙”连丝毫还手的余地也无。后来那“天宫”“地府”之中的神仙见实在打它不过，便向其跪地求饶，请求那孙悟空念在双方同属妖物的分上，高抬贵手、手下留情，保它们一条性命，以后当牛做马供那孙悟空驱使，以报偿今日不杀之恩。孙悟空先听了牛魔王之语，此刻又听这天宫“神仙”们的另一番说辞，当下便呆在原地。

那几名侥幸留得性命的神仙见其发呆，也不知缘故，便慌忙夺路逃了。

正是：

祇今鏖战谁知误，凡我同盟便认真。
梦亦妄生颠倒想，何如明便仙与妖。

列位看官，你道如今这孙悟空受了这番误会，心中甚不是滋味。如今它已知晓这牛魔王在骗它，其与牛魔王之间，又当若何？欲知后事如何，且听下回分解。

【第一百二十章】

上回且说到这孙悟空因误信牛魔王之言，率众猴精打上天庭，不料其无意中却发现众“神仙”乃是自家同类之妖怪，不由得心中暗惊，待其得知真相后，便一直郁郁不乐，便连牛魔王为其准备的庆功宴会也未能让孙悟空感到有甚高兴之处，端的是备预不虞。

这厢孙悟空虽将天宫地府的妖怪大体皆消灭干净了，但其却在心中暗忖：若自己在天宫之中打杀的“神仙”皆属妖怪，那它如今便是杀死了许多同类。且它若是早些知晓这天上地下的神仙尽是那妖怪们伪装的，它又岂会将这些妖怪杀死？依它的性子，定然是要与这妖怪们一道在人间随心所欲地放开怀抱来耍弄一场，且还要将一干人类视作玩物，成日折腾把玩，如此方合其本心、正中下怀，亦会令它感到十二分之意趣。

那孙悟空想到此节，不禁怀疑这牛魔王一行人存心欺瞒自己，但其转念又道：若是那牛魔王真是存心欺瞒，那这与它朝夕相处了这么多日子的朋友哥们儿，难不成竟然是骗子？若这牛魔王真是骗子，它又为何要处心积虑地对付自家同类？其目的若何？莫不是就为了尘世间如蝼蚁一般生存的人类？抑或它早就对那天宫地府之中的妖怪不满，所以才利用自己夺权？这孙悟空想破脑袋亦想不明白，当下它越想便越是心烦，恨不得立即便奔去牛魔王处与它对质一番，但它随即想到，自己若是真的如此，却委实又显得太过无聊。如今做也做了，但那孙悟空却越想越没劲，只觉得自己在世间未有多久，便被人大大耍弄了一番，心中着实不快。它因自家心中难受，也不想再在人世待着，当下折返东胜神洲，重回它师傅菩提老祖处继续修行去了。

却说孙悟空离去后，这厢牛魔王亦从孙悟空手下的猴精处得知了孙悟空如今心中的诸般想法，当下这牛魔王亦觉十分抱歉。但因为它暂且也顾不得那孙悟空了，如今这天宫地府大战已毕，眼下它们这一伙人正四处收拾此前“神仙”们当日贻害人间时留下的一干烂摊子，好不容易才勉强将这人类世界整理出一点轮廓，方能让人类自行休养生息、繁衍子息之时，若是再动干戈，这番岂非前功尽弃？遂那牛魔王思前想后，心中虽是对孙悟空感到万分抱歉，但此时也只好由它去了。

说起这清理收拾这人间残局，不得不提当日那首富姚丞坤，牛魔王率众在人间打理诸事之时，其间姚丞坤也帮了它许多忙。说起这姚丞坤，倒也还有些故事。当日追随妖神时，他从一众妖魔处讨要了许多宝物，自打那妖神攻打天宫失败，被那玉帝抓住，随那天宫众仙一道离去后，那加诸在姚丞坤身上的种种妖术亦随着妖神离去逐渐失效，且那小妖们见妖神离去，亦纷纷逃走，再无人来烦扰这姚丞坤了。遂那姚丞坤非但未变成妖怪，反而因祸得福，靠从妖神处得到的宝物并自己此前积蓄的财富，成了当地最大的门阀首领，但虽是如此丰饶，他也并未着急称帝，而是秉持“高筑墙、广积粮、缓称王”之原则，先观望当下态势，以免自己成为众人靶子，又慢慢帮助牛魔王一行人，以此笼络人心。此后牛魔王等一行人，帮助人间百姓收拾残局时，这姚丞坤见眼下牛魔王已然成为势力最强之团伙首领，便马上投那牛魔王所好，助牛魔王一道收拾人间残局。那平民百姓哪知其中门道，如今见姚丞坤前来相助，当下交口称赞，直夸那姚丞坤是难得一见的大善人，遂那姚丞坤也因这番缘故，反而得了福报，最后得以寿终正寝，享年一百二十六岁，其他的子孙后辈们也因他之故，繁荣昌盛了数代之久。

牛魔王将人间诸事理顺后，却拿眼前的这个牛小青没甚办法。此前它将牛小青带上战场，本拟让其见识一下战场残酷，以让牛小青明悟生命可贵，不再虚度大好光阴，以免其再似此前一般海吃胡喝地作践自家。岂料这牛小青天生胆小老实，在战场当日便差点被吓背过气去，待其回来之后，更是被唬得大门不出二门不迈，顺带那精神上亦有些不正常了。此时他倒不似先前一般猛吃胡喝，反而如掉了个个儿一般水米不进。如今他由一个暴饮暴食者变成一个厌食者，不多时便瘦得不成人形。牛魔王瞧在眼中，也有些于心不忍，便自己做主，帮牛小青买进了一座庄园并几百亩良田，又舍了许多银子，找了一个愿意照顾牛小青且心地善良的寡妇与牛小青成了家，如此又过了几年，这牛小青心情慢慢平复，也日渐正常了些，总算能安稳度日。牛魔王瞧在眼中，心下觉得自己这番也算是对得住救命恩人，便也将悬在牛小青处的心渐渐放了下来。

如今这人间诸事平息，暂无可表。斗转星移，倏忽又过了许多年，这牛魔王终于也处理掉当日神仙们留在人间的最后两个障碍——“天宫”与“地狱”。

这天宫与地狱，此时虽并未被妖怪霸占，但留在人间，终究是祸患无穷。原来当日留在天宫中的一小拨仙人，虽被妖怪赶走。但其终究十分留恋天宫，遂时时也关注天宫的诸般消息。后来那孙悟空横空出世之后，将一众霸占天宫，伪装成“神仙”的妖魔打得打，杀得杀，吓得占领天宫的妖魔魂不附体、四处逃窜，再也不敢待在天宫之中了。遂当日被这妖魔们赶走的神仙见状，便又偷偷搬了回去。但一来他们并不如玉帝那般法力强大，对那天宫所在的空间，亦是控制有限，遂那天宫出入之门，有时候会四处滑动，一不小心便连到凡间，被那凡人遇上，有无心者便会突然闯入。众仙人十分好心，见凡人闯入，便用心招待过那凡人，再将凡人悄悄送回去。

不承想这天上一日，地上百年。许多误闯天宫的凡人再回尘世之时，发现人间竟已过了上百年，甚至上千年了。但究其根本，却并不是那些神仙们故意为之，之所以如此，盖因这仙人如今法力式微，无法加持通道。玉帝在时，天宫人间地狱之时间皆为同步，且因他法力强盛，这三处相连之通道方能有条不紊地运转。如今天宫与凡间之通道，因缺失如玉帝一般强者的法力加持，一众凡人在路过这些通道之时便会被困入其间，这其中的些微差距，一众神仙们自己却觉察不到。那凡人只觉自己在通道之中走了一小会，但不料这通道之中时间与外界流逝并不相同，待其再出来之时，外界早已是沧海桑田，流光飞逝数百上千年了。

却说这通道之于仙人与其之于凡人十分不同，遂那天宫之中的散仙通过此处，并无什么问题，因此众仙也一直未曾察觉这时间扭曲之事。列位看官，你道这天宫虽扭曲，但好歹也未闹出大动静。但那地狱向人间的通道却与之相反，当日那阎罗王离去之时，虽将地狱所处时空用法力封印，但因其离去时太过仓促，有几处并未顾虑周全，遂也留下了几处并未封闭之通道，令一些凡人偶尔误入其中。

彼时那地狱之中的小鬼与地狱军团中的众巨人虽然都已随阎王一道离去，但当日那地狱之中种种阴森可怖的环境却并未随他们的离去而消弭，那凡人若闯进来，瞧在眼里便吓得肝胆欲裂、汗毛倒竖，一条命霎时便去掉半条。更可怕之处则是那凡人若是闯进来，见了这森罗地狱般的景象，想要退出去时，那闯进来的通道竟会在倏忽之间隐去，这才是真真令人最绝望之事。原来这阎罗王当日为防止那罪鬼们找到通向人间的门路后潜逃，便施法令此处的环境不时变幻，遂那地狱之中的路径一会通向此处，一会通向彼处，端的是诡异无常，遂令那闯进来的倒霉蛋们也受尽惊恐折磨。却说那一天寻到路径还算是好的，有许多人竟要找好几天才能找到出口，待其在这地狱之中找到出口，寻出门后，却发现人间只是倏忽半炷香的时间而已。

正是：

仙宫结制没规绳，超过诸主百年程。
莫怪七颠并八倒，地狱日午打三更。

列位看官，你道这地狱天宫如今这般凌乱，这牛魔王是如何得知，又是如何处置的？欲知后事如何，且听下回分解。

【第一百二十一章】

上回且说到天宫地府之隐患一事，这凡人因不知情而误入天宫地府，被那通道所害者不在少数。

此时这牛魔王亦从一些乡野传说中得知此节，它因知道事情原委，遂心知其中有异，也暗暗留心此事起来。说起这天宫地府的通道，倒也还有些意趣可言。当日那不幸通过此通道者亦可分为两拨：那通过天宫通道者，有些倒也算得上是十分幸运，盖因这些通过那时光隧道者，再回到凡间时，已经过去了若许年，此前认识他们的，包括那冤家债主、仇人家人等一应死去，但那误入者改名换姓后，人生亦尚可重来，此前种种，只当是烟消云散罢了。

旁人提及此事时，只当其是个传说，但牛魔王并未等闲视之。且说它调查了一番后，发现天宫地府通道确有异常之处，当下便把地狱那些阎王当日遗漏之所施法彻底封死，此事完毕后，它又到天宫之中与那留在天宫之中的神仙们商议了一番。众仙也不想给世人带来麻烦，遂答应了牛魔王开出的条件，弃仙宫而奔往人间居住，将那天宫彻底封闭，以免有人误入其间后影响人生。

却说封闭天宫这日，牛魔王心中倒也还有些恋恋不舍，毕竟当日它食芝草而升天之景仍是历历在目，兼它升入天宫之后，又在这天宫之中住了一些时日，遂对这天宫之中那鬼斧神工、巧夺天工、雕梁画栋、美轮美奂之景物，有颇多留恋之意。这牛魔王尚且如此，其余神仙，自更不必说了。如今要离天宫而去，众仙便在天宫之中最后开了几场宴会后，含泪瞧着牛魔王将天宫大门锁住，又在原地徘徊踟蹰良久，方才恋恋不舍地离去。

这仙人们离天宫而去之后，有的去尘世隐居，有的化作各行各业的大师，暗中去造福世人，还有的化为神医，更有化为能工巧匠者、大学问家者，如此等等，不一而足。不知是不是因为众仙皆为淡泊名利者，那落入凡尘的仙人，却鲜有化作帝王将相、官员或是富商的。

闲言休叙，这牛魔王如今将天宫大门封闭，见众仙如此留恋难舍，心中亦被这番情绪感染，归家之后还不能止息。但这牛魔王终究不似众仙那般对天宫感情如此深沉热烈，遂其在家中遇到一件可笑之事后，又令它将这对天宫不舍之事随即置诸脑后了。

这故事说来也十分有趣。原来当日牛魔王回到自己洞府之中，无意间瞧见了一个被孙悟空赶出天宫之妖魔所写的故事，这故事穿凿附会，生造了许多不切实际之处，实在令人忍俊不禁。且见那妖魔写了一出孙悟空大闹天宫之章节，在此章节之中，“玉帝”不敌孙悟空，遂那玉帝无奈之下只能主动去西天相请“如来佛祖”，后来那如来佛祖前来与孙悟空相斗，孙悟空斗他不过，被压到如来手掌所化的五指山下，饱受煎熬几百年，最后在五指山下被活活饿死之故事。

牛魔王瞧到此处，心中已经明白了八成。不用问，这妖魔定然是对孙悟空此前大闹天宫之事怀恨在心，遂才编排出一段这般故事来。那妖怪对实情虽是心知肚明，却又十分无奈，这孙悟空法术高强，自己打也打不过，骂又不敢骂，只能写书泄愤罢了。却说这妖怪倒也机灵，此书并非当下就写，而是等那孙悟空在世间隐去许久，才敢慢慢将书付印售卖。此书发行之后，在当日被孙悟空打败的众妖之间十分流行，那些妖怪还将此故事编成戏剧，经常在聚会之时上演几场，以供众妖怡然自乐、自欺欺人之用。

这等只能用牵强附会、映射穿凿故事出气之行径，自然是令牛魔王又好笑又不齿，但那牛魔王瞧这故事之时，觉得这故事倒也不是一无是处。这如来出场之事，也算是这故事之中的一处亮点。

却说为何这如来佛祖入了故事令那牛魔王稍感欣慰？原来当日玉帝等一干仙人携那部分妖怪一同离去后，人间因失了强力约束与挟制之力，便处处充斥着痛苦混乱，更糟的是当日在神仙帮助下，人间本已休养生息、缓缓恢复元气，将尘世之中的种种文明又往前推进了些，但这一切却皆是维系在神仙的仙力影响之下，借助那仙力才得以持续。如今神仙们一走，再加上妖魔作乱，将此前打下的根基尽毁，人间一应事务，又得重新开始。

譬如此前因有仙力加持，人类便是不遵循那建造规则，亦可盖出七八层甚至十几层高的琼楼玉宇来，但如今神仙一走，便无人再来教授人类这类知识，也失掉了仙力加持，且此前盖好的高楼又在连年的战乱之中毁于一旦，如今的幸存者，无论如何也盖不出高楼了。因为对史前的种种美好想象，人类也有了许多痛苦，那痛苦之中自然便有开悟者，遂人间亦生出许多可称圣称贤之人。这些人等，虽无神仙法术，但凭借自身智慧休养，在人间的名望也可比肩仙家。

牛魔王对此事早有耳闻，遂对这类人亦深感钦佩。目下从妖怪所写的这本书来瞧，众妖魔对这类英雄人物亦十分敬仰钦佩。否则也不会在故事之中将那人界佛门领袖乔达摩·悉达多之事作为原型，来塑造出一个本来在原事之中不存在之佛祖。且那妖怪不但塑造了这佛祖形象，还令其在故事之中成为一个法术高强、智慧无边之角色。但即便这佛祖形象讨喜，却也不意味着牛魔王就对这故事感到满意，说起来，它心中对故事结尾时孙悟空被饿死一事大大不满，遂它自己又提笔，用那春秋笔法将故事敷衍了一番，非但补足了一些自己的认知，还大大丰满了原故事。

列位看官，你道这牛魔王是如何补足的？因它此前与孙悟空是拜把兄弟，它对孙悟空在何处出生、过去经历的种种及师承谁人，心中十分明晰。这牛魔王便在故事之中介绍了孙悟空之由来，再接其大闹天宫一事。它在补足故事时，也未提及这天宫之中众仙是妖魔所化，那天宫实则是妖魔所占据的，盖因它在此事上亦有对不起那孙悟空之处。它心中亦有些害怕，将来万一那故事传入孙悟空耳中，想到它此前种种欺瞒处，心里须不好受，便会更加怪罪于它了。这牛魔王想了一想，便将此处真事隐去，只按故事敷衍。且这牛魔王修了前因之后，又将结尾也改了一改，把那大闹天宫之后的孙悟空之饿死一节，改写成孙悟空最后随佛祖一并修行去了。如此这般，才将自己过错完完全全掩盖，又将孙悟空的结局真正交代明晰。

却说牛魔王将这故事补全，发出去供众人观瞻之时，心中也暗自期待着这故事瞧见的人越多越好。顶好它笔下的故事压过妖怪们的那个版本，以免它的兄弟在故事中因欺骗孙悟空一事显得有些不堪。不想那妖怪们瞧见了牛魔王重修过的故事，也不愿意了。它们见牛魔王如此，便也将自己的故事版本四处给世人传看，遂那孙悟空的结局，在两边你来我往的这般拉锯战之下，便演化出两个版本，令那喜欢瞧这故事和戏剧的人也都有些糊涂了，久而久之，众人也不知道什么是真什么是假，干脆也不管真假，只挑着自己喜欢的版本来瞧。

如此又过了许多年，终于有人将这两个故事糅合在一起，又在其中增添了许多枝丫树杈、后续情节，终于令这故事有了一个固定版本，那版本经过众多敷衍增删、设色整理，便是后人所熟知的，大名鼎鼎的《西游记》一书了。

正是：

人犹认假为真实，蛾岂将灯作火看。
且须辨取假和真，虚实短长休相问。

列位看官，你道是这故事说到此处，一段公案也近了结了。这牛魔王如今将诸事处理完备，自家又该当若何呢？欲知后事如何，且听下回分解。

【第一百二十二章】

上回且说到这牛魔王将当日众仙家与妖魔逃离此地的诸般事宜尽数收拾妥帖之后，又修改了那孙悟空故事结局之事。

那故事在人间广为传播之时，牛魔王亦觉得自己在人间待得有些烦腻了。它虽也想似众神一般远离尘世种种，不想其某一日在城镇之中闲逛时，突然被一个叉帘的叉子打到头，待其抬首一瞧，顿时愣在原地，想要抬脚，发现自己竟然连路也不会走了。

却说这叉子正是从一个女人手中掉落的。这牛魔王抬首间，瞧见这女人的相貌，竟与当日和自己欢好的那名红衣女妖一模一样。这女子瞥见牛魔王时，亦愣在当场。二人四目相接，各自皆是满腹心事，其中错愕震惊、电闪雷鸣，自不必提。那女子倒是先回过神来，向那牛魔王道了歉之后，便赶紧又缩回头去了。

牛魔王站在原地如晴天霹雳一般，那女人离去后好一阵，才一个激灵，从适才的失神之中醒了过来。这番际遇像是将其从梦中点醒一般，让牛魔王亦有些惊慌失措。牛魔王定了定神，慌忙奔去向左邻右舍打听这女人消息，问其姓甚名谁、是否成家等。待那邻居一一应答牛魔王的问题之后，牛魔王却觉有些失望，原来这女人早已许了人家，目下已经成亲好几年了。饶是如此，这牛魔王也觉得并非什么大碍，它如今什么事未曾见过？这凡间的姻缘，断阻挡不住它追求这红衣女妖之热情。

却说这女子也并非什么矜持娇羞之辈，她见牛魔王攻势猛烈，很快便败下阵来，又与其如胶似漆、黏在一处，二人欢好之时，那女子便对牛魔王明言道，它如今的这副模样，正是自己在梦里经常见到的。牛魔王闻言，更觉这番际遇，除了称其为“姻缘天定”之外，再无他理可解了。此事端的是太过神奇，盖因那牛魔王在凡间行走时，绝不会以牛头人身之原形行走，只有化成人形方会出行。且那牛魔王数次化作人形时，外貌也有所不同，极少用那同一张脸孔示众。这女子在梦中所见之人的相貌，竟然便是它这番在市镇上行走时所化的那人相貌。说来也确实不由得叫人啧啧称奇，它如今这副样貌，便是那牛魔王自己，亦是头一遭使用，这女子竟然在梦中与之相见，实乃夙世缘分。

打那之后，牛魔王便与这女子时时会面，二人如从前在妖神处一般，好得蜜里调油。牛魔王如今有了这名女子后，心中暗自觉着此前与女妖相聚的美好时光，似乎又重现眼前。这两人好得一日赛过一日，便实在受不了这般偷偷摸摸的感觉，当即两下一合计，约定向那女人的丈夫坦白二人私情。红衣女子的丈夫一听，自然是气得浑身哆嗦，恨不得当场将二人结果了。牛魔王见状，慌忙现出原形，唬得那女人的丈夫连连后退，这牛魔王本意也并非仗势欺人，只是想平息此事，遂对那女子的丈夫又哄又吓，把与他一大笔钱后，那人才不得不将这口气重新咽了回去。

列位看官，你道这牛魔王如今得偿所愿，心下简直快慰无比。它携那红衣女子一并离开了原来洞府。待其走后，众说纷纭，很快便又有好事者将牛魔王之事编纂成书，只不过在此书之中，那女人是一等一的淫娃荡妇，牛魔王则被描绘成一个淫棍，这书里还给二人重新取了名字，牛魔王唤作“西门庆”，那红衣女子则唤作“潘金莲”。

却说牛魔王携那红衣女子离去之后，光阴如箭、岁月流逝，这红衣女子乃肉体凡胎，自然也不像牛魔王那般拥有千年万年的长久寿命。牛魔王施法想要令那女子多活些时日，以便她陪自己的时间也长些，可这女子终究是肉体凡胎，牛魔王使尽浑身解数，也不过将那女子寿命延续拉长到两百岁而已。它如今法术已有大成，与那仙家一样，用砖瓦石片也可捏出人形来，再学当日蛇妖那般度一口灵气，便可点器物成精，它与那红衣女子两世相逢，便用红砖造了这女子当日的模样，再度一口灵气，携其一同出游，只是这终究是泥塑木胎，不能似那红衣女子一般自己能生出七情六欲来，遂始终缺了几分意趣。这灰牛大仙在凡间旧地重游，不意间竟路过当日老爷与少奶奶之家。当日蛇妖将两人放归，并未为难他们。待那妖神离去后，这老爷与少奶奶身上所中妖术也渐渐散了，复归那凡人之态。此时两人早已仙逝，旧日富贵烟云此时已经变作一片断壁颓垣的旧迹。这灰牛大仙当日拉那难产少奶奶出行时，那少奶奶因情势危急，未及穿鞋，那一只绣鞋还落在尘土泥淖之中、房梁掩盖之下，如今岁月绵延，竟也还未朽坏。

牛魔王记起诸般往事，心知仙力也有尽时，阳寿尽时，强留只会惹出诸般邪祟来。想通了此节将那红砖之灵气收回，一并弃在这旧屋之内。忆起少奶奶当日救它的恩德，因那阴差阳错，无法像报答牛小青一般报答这少奶奶了。再想到如今众人往生，独自己修成术法，独存于世，便取了一块小小牛骨，并那少奶奶遗留之物放在一处，以报偿当日主仆之情、骨肉之恩。

且说这牛魔王法术大成后，虽是取骨，转眼间却又生出来了。只是荏苒两百年时光，这牛魔王竟又重新回到当日孤身一人之态。

如今佳人早已香消玉殒，旧人也大半仙逝，因牛魔王修得仙法，所以寿命无尽。只能孤身四处闲游，它眼见不同之处的四时风景，访那如今没有仙家加持时的世间百态。

如此这般，又过了几个沧海桑田，它无意间走到当日仙石所在之处，只见如今这仙山已在岁月之中被风蚀作苍茫原野。它足踏沙海，极目望去，只见此地有两座古堡。随意在路边拉了一人询问，只听那人云，这古堡是因人类之间争战所修，唤作“镇北堡”，如今盛世太平，便暂时荒废在此。牛魔王瞧着这两座古堡奇特、雄浑、苍凉、悲壮、残旧、衰而不败之景象，恰如人类之生生不息。

它沿着这古堡一路行去，眼中所见越来越多，也知晓人类如今在没有仙家插手的景况下，反倒更能发挥他们的聪明才智，发明改造出许多以往自己不曾见过的新奇玩意来。它瞧着这古堡的遗迹，也觉得深有意趣。

【后记】

列位看官，这书说至此，这段故事也算说完了。此后种种，连我也不曾知晓。你道这段故事从何而来？说起来倒也十分意外，这故事是当日我乘火车往银川考察之时，听与我睡在同一卧铺包厢之中的一个中年人述说的。

彼时火车因途中遭遇大雨，遂引发一场泥石流天灾，我们在同一车厢之中困了几日几夜。那次出行，离家之前，我因行色匆匆，将日常消遣读物尽皆落在家中。

我闷在车厢之中暗自想着心事，见对铺之人也觉得十分气闷，若不是听此人给我说了这样一段故事，困在此地的这几天里，我简直会被这难以打发的无聊折磨死。

如今我将此事记录下来，权且作各位无聊解乏之用。还有一件奇事，附在这故事之后，一并说明：

却说当日这泥石流之困终于结束，这火车又向目的地行驶而去。不承想我与当日说故事那人到站分别时，他竟对我道，自己便是见证这个故事、经历这个故事的牛魔王。我听了这番话，吃了一惊，以为自己这几天竟然和一个疯子同住同行，不由得心中十分后怕，慌忙不迭地从他身畔逃开了。那人见状，也不以为意，只是微笑着转身离去。我不禁又觉得有些好奇，再转头瞧他之时，却只瞧见他渐渐淹没在人群之中的背影，恍惚之中，那离去的背影头上竟真的长出了两只尖尖的牛角……

当然，诸位也可将此看作我舟车劳顿、疲惫不堪时所产生的幻觉罢了。但我心中也存着许多纳闷处。当日在同行的火车上，每每我买了牛肉，想要邀请他一道前来食用时，他总是摆摆手，生疏而礼貌地拒绝我的邀约。且每当我打开手中的那包牛肉干，从中取出牛肉食用时，他便一脸不高兴地从包厢之中离去了，似是对此场景十分不喜。

这一路行来，我并未见过他食肉，偶有几次，我在餐车之中又遇见了他，他点菜时，也只是拣那素菜来吃罢了。他食量甚小，每次进餐也只是略食一点，我瞧着他那魁梧雄壮的模样，再忖度其食量，心中只觉得反差极大。如此瞧来，此人倒还真的将自己当成传奇之中的人物了，我在心中暗道：大概其真的患有妄想症也未可知。

却说此人后来究竟如何了，我也并不知晓。我与他不过萍水相逢，他日后的种种，也与我无关了。

（全文完）